KB175842

우리 어디서 무엇이 되어 다시 만나랴
파파 이중섭
고산고정일 지음

동서문화사

어느 봄날에선가 꿈결에선가
고산고정일

"높고 뚜렷하고/참된 숨결/…/삶은 외롭고/서글프고 그리운 것/아름답도다 여기에/맑게 두 눈 열고/가슴 환히/ 헤치다"

저무는 저녁놀 사무친 고적 속에 쓸쓸한 황소, 붉게 타오르는 노을 지평선 이어지건만, 조선의 소는 그 한가운데서 처연히 해넘이를 바라보며 으엉으엉! 운다.

사랑하라! 우리가 불행한 것은 사랑받지 못해서가 아니라 사랑하지 못하기 때문이 아닌가. 이중섭이 오늘날에도 많은 사람들의 사랑을 받는 까닭은 무엇일까? 아마도 그이가 예술과 사랑의 참뜻을 안 사람이며 그것을 실천하여 이루려 몸부림친 사람이었기 때문이리라. 세상에는 그 예술과 삶으로 우리를 숨쉬게 하는 이가 있다. 우리의 감성을 움직이게 하고 가슴을 뜨겁게 하는 미덕과 품성을 지닌 사람. 미쳐서야 미친 그는 짧은 생애, 짧은 사랑, 짧은 창작기간, 그러나 깊고 넓은 아름다움으로 우리를 감동케 한다.

신이나 이성으로도 어찌할 수 없는 일제강점기에 이어 전쟁과 이데올로기 시대를 살아야만 했던 이중섭은 인간을 사랑하고 예술을 사랑했다. 피비린내 나는 전장에서 배고픔과 목마름에 시달리면서도 영혼을 더럽히지 않으려던 순수의 인간이 바로 이중섭이었다.

암흑시대 전까지 천사들의 활동 무대는 천국에 한정되지 않았다. 그 이전에는 천사들이 영원한 수호자로서, 또는 정신적 안내자로서 살아 있는 사람들 마음에 있다고 여기지 않았던가.

피카소의 〈게르니카〉를 다시 본다. 솜씨나 화풍도 중요하지만 무엇보다 이제까지 한 번도 없었던 끔찍스러운 참상을 그리려는 관점이라든가, 그 참상을 밝힘으로써 인간의 잔학성을 해부하려는 피카소의 진심을 모른 체할 수는 없을 것이다. 이와 마찬가지로 이중섭(李仲燮)의 황소나 닭 그림에서도 모순에 찬 세력에 꿋꿋이 맞서는 뜨거운 민족혼을 읽을 수 있고, 애통해하는 시심이나 바람을 그 동기 하나하나에서 느낄 수 있다.

이중섭은 진실로 그런 감동을 주는 사람이었다. 그를 만난 사람들은 누구나 그 사실을 부정하지 않았다. 하지만 어째서 그러한지 설명하지는 못했다. 그저 중섭은 예수를 닮았으며 암울한 시대를 밝혀 주는 성자를 닮았다고들 말한다. 그 까닭은 말로는 표현할 수 없는 아우라가 그에게서 풍겨났기 때문이 아닐까.

시인 김춘수는 중섭이 갑자기 우주에 생긴 틈새로 새어나오는 한 줄기 밝고 눈부신 빛 같은 존재였다고 표현했는데, 과연 그 말 그대로였다.

이중섭이 세상을 떠나자 안개 같은, 어둠 같은 장막이 드리워지고 나는 아직도 그 속을 헤매는 느낌이라고 작가 김이석은 말했다.

예수를 닮았다는 말은 이중섭에게 참으로 잘 어울렸다. 그에게서는 재능과 호기심과 기이함이 도드라졌기 때문이다. 그는 자신의 됨됨이와 재능의 촉수를 뻗어 주위 세계를 느꼈다. 또 장난기 많은 어린아이들과 게들의 유희를 그리면서 끊임없이 인간을 탐구하고 이상의 감성을 이입하며 자신만의 세계를 오롯이 만들어갔다.

이중섭을 아는 사람들은 그가 우울증에 빠진 걸 슬프고도 안타까워했다. 그를 잊지 못해 추억 속을 헤매던 이들은 얼마 동안 세상에서 그의 이야기를 하지 않기를 바랐다. 몇 번을 말해도 이미 이 세상에 없는 사람이기 때문이다. 하지만 그것은 잘못된 생각이었다. 그로 인해 이중섭을 잘 알지 못하는 사람들과, 제대로 알지 못하는 사람들이 함부로 지어낸 일화들이 여기저기에서 멋대로 희화화되었기 때문이다. 이제 이중섭의 진실을 알아야만 한다.

이중섭 예술의 주제 〈흰 소〉를 보면 흰색 선으로 그려진 소에서 고구려 벽화에서 볼 수 있는 강한 선의 힘을 느낄 수 있다. 그림 속 소는 맑은 눈빛으로 때로는 분노하고 저항하는 무서운 힘과 한의 절규 등이 우리 민족의 처절한 모습을 말해 준다. 이중섭은 추운 겨울 창호지가 숭숭 뚫려 매서운 찬바람이 울며 몰려드는 방에서도 소를 그리고 또 그렸다. 그는 나라 잃은 겨레의 잠자는 혼을 일깨우는 무서운 사명감을 불태우듯 그림을 그려냈다. 그 시대 민족의 아픔과 저항의식이 미술이란 매체로써 드러나야 함을 절실히 느꼈던 것이다.

붉게 타오르며 스러져가는 저녁놀을 배경으로 우뚝 서 있는 황소는 고적하고 측은한 민족의 모습을 보여준다. 저녁 노을은 지평선을 따라 막힘없이 이어져 있건만, 소는 그 한가운데서 쓸쓸히 붉게 타오르는 노을을 바라보며 울고 있다. 마치 전쟁은 휴전으로 끝났으나 남북은 여전히 분단된 상태로 남아 있음을 슬프고 안타까워하는 듯.

이중섭은 고독하고 우수에 찬 예술혼, 아내와의 농염한 애정, 아들들과의 행복한 놀이, 티없이 순진무구한 아이들과 낭만적 무릉도원의 세계를 아로새긴 천재로만 알려져 왔다. 이런 요소들이 그의 내면에 깔려 있음은 분명하다. 그러나 이중섭은 인간의 영혼을 짓밟는 이데올로기에 맞서, 전쟁과 분단에 분노한 평화주의자요 사랑으로 가득찬 민족혼의 화가였다. 그의 표현주의와 상징주의는 민족의 슬픔과 한을 극복하기 위한 형이상학적 창작방법이기도 했다.

예술가로서 이중섭은 자신의 죽음을 어르고 달래 겪지 않아도 될 한 장면에 기꺼이 출연했는지도 모른다. 끝내 그는 애절한 사랑을 탄식하다 마침내 다시 돌아올 수 없는 문을 열고야 말았다. 그는 이 상실의 시대 난장에서 내쫓기고 만 것인가. 아니 내쫓긴 건 우리 쪽인지도 모른다. 그렇다. 이중섭은 자신이 지상으로 가져왔던 천국의 일부를 다시 거두어 가버린 것이리라.

그리운 파파 이중섭이여!

우리 어디서 무엇이 되어 다시 만나랴
파파 이중섭
차례

환상적인 바다 풍경 1940년

소와 말을 타는 사람들 1941년

미쳐야 미치는가

이슬방울 맺힌 영롱한 눈빛, 오뚝한 콧날, 물결치는 머리카락 사이로 살며시 드러나는 가녀린 하얀 목선의 청초한 자태를 빛내며 그녀가 그의 가슴속으로 들어왔다. 이중섭 마음에 사무치는 그리움이 샘솟기 시작한 것은 이때부터이다.

그리움은 헤어짐 뒤에 찾아오는 것이 아니라 사랑의 설렘과 함께 시작된다. 구하고 구해도 채워지지 않는 것만 같다. 그렇기에 애타는 그리움을 간직한 순수의 사람은 아름답지만 가혹하기도 하다. 분별의 지혜는 빈약한데 혈기는 뻗쳐오르고 꿈은 생생한데 현실은 아득하기 때문이리라.

사무치는 그리움이여, 사랑에 굶주리고 목마른 순간들조차 청춘은 아직 이루지 못한 꿈들로 빛나고, 순수한 활력으로 아름다운 것들을 안아쥐려 애쓴다. 그리움이 깊어지면 잎새에 이는 바람에도 마음이 베인다. 다치지 않기 위해, 다치기 위해 이중섭은 상처투성이인 채로 밤마다 저 현해탄 너머 그녀를 그리며 거친 바다에 배를 띄우고 돛을 올린다.

아직 갈길이 멀건만 죽음은 못된 상사처럼 인생이란 쓰디쓴 잔을 내밀며 "자, 이걸 마셔라! 마셔라!" 명령한다. 소리치고, 모욕을 주고, 때로는 목을 조른다. 세상이 처음 생겨나고 지금껏 어느 누가 소멸로 치닫는 그 거대한 힘으로부터 자유로울 수 있었던가. 이중섭 또한 그를 거스르지 못하는, 힘없는 노예였다. "자, 네 인생에서 일군 포도를 짓밟고 으깨서 즙을 짜내어라. 아침이나 점심이나 저녁이나 그 어느 순간도 쉬지 말고 일해라."

아내와 아이들을 일본으로 떠나보낸 이중섭은 마치 죽은 사람처럼 몸과 마음이 차갑게 얼어붙었다가 다시 녹아내렸다. 마치 그의 존재가, 존재 속 어떤 소중한 것들이 하나로 용해되어 비워지는 듯했다. 그런 나날이 이어지면서 자신의 존재가 연기가 되어 때로는 바람에 날리기도 하고 때로는 안개처럼 피어올라 허공에 흩어지곤 했다. 이는 단순한 우울감이나 시름없는 탈진 상태와는 퍽 다른, 그를 소진하고 파괴하는 허무와 기진맥진함을 말하는 것이리라.

가족과 헤어져 홀로 남겨진 뒤부터는 어떤 노력, 어떤 희망, 어떤 환상도 이중섭을 유혹하지 못했다. 되풀이되는 불운으로 넋이 나가고, 생각과 행동 능력을 잃고, 예술과 현실의 참담한 괴리에 짓눌린 나머지 환각에 빠진 것처럼 방향감각을 잃어버린 그는 마침내 후회하며 체념한다. 삶의 부정적 한계에 다다른 것이다. 마지막 환상이 완전히 모습을 감추어 그는 삶이라는 벼랑 끝에 서 있었다. 그 숨막히는 아득함 속에서 그의 삶은 아무런 희망도 없이 발버둥쳤다.

이중섭은 삶과 죽음은 늘 함께 한다고 생각했다. 그러므로 그는 삶엔 언제나 죽음과 같은 고통이 뒤따른다고 생각했다. 그리하여 마지막 고통의 시간이란 오직 삶과 죽음이 가장 치열하게 싸우는 순간, 죽음을 의식적이고 괴롭게 겪는 순간일 뿐이라 믿었다.

그 마지막 순간에 삶이 무너지면 죽음에 이르고 만다. 그러나 삶의 벼랑 끝에서 가까스로 죽음의 순간을 뛰어넘는다 하더라도, 인간은 거의 누구나 하루하루 고통스럽게 죽음과도 같은 삶을 다시 만나게 된다. 죽음의 본질을 생각해 보면 생명의 힘이 영원함을 믿는다는 것이 얼마나 큰 환상에 지나지 않는지 알 수 있다.

이중섭에게는 찬란한 태양의 나날들과 고즈넉히 붉게 타오르는 슬픈 해넘이들이 순식간에 날아가듯 사라져버렸다.

이중섭이 죽은 뒤에도 세상은 그다지 달라지는 게 없으리라. 여전히 봄에는 산수유가 열리고 박새는 매화나무 가지에 사뿐 내려앉아 노래하리라. 낙엽송들은 비 그친 뒤에도 반짝이며 빗물을 뿌리고 그루터기에는 갈색 울새들이, 그리고 따스한 푸른 언덕엔 착한 어린 양들이 하얗게 털옷을 입고 움메움메! 엄마를 찾으리라. 어디 그뿐이랴. 버드나무에는 잎눈이 돋고, 산비탈에서는 까악까악! 까마귀들이 종일 울어대리라. 그리하여 봄은 꽃이 피고 져도 아파하지 않으며 여름은 화려하게 찬란하며 가을은 머뭇거리지 않고 열매를 낳고 온누리를 하얗게 눈 내려 덮어주는 겨울을 맞이하리라.

가련한 인생이여, 너는 무엇을 말하려는가? 그대는 지고의 경지에 결코 다다를 수 없다. 이 세상에 태어나지 않는 것, 그것이 최상이 아니었던가? 존재의 몸을 입은 그대, 미쳐야(狂) 미치(及)는 것을 아는가! 하루살이 삶이여. 아낌없이 사랑하고 노래하라.

미쳐야 미칠 수 있다는 그것을 찾아 이중섭은 얼마나 지치도록 헤매었던가. 생명의 환희를 가져다주는 그 열락은 너무나 매혹적이고, 그 희열은 너무나 찬란해서 남은 목숨을 모두 바쳐도 좋다고 생각할 만큼 절정의 한순간을 맛보게 한다. 또한 언제나 혼자인 인간의 고독을 덜어주어 진정한 사랑의 결합 속에 성자와 시인들이 상상하는 천국의 신비로운 축도를 즐기게 하리라.

아! 마침내 이중섭은 미쳐야 미치는 그것, 기쁨의 창조이며 말없는 시 같은 그림을 그리고 생명의 절정이며 찬가인 그녀를 발견하여 행복의 시간을 누린다. 그녀는 피어오르는 꽃잎 같은 입술로부터 뱀처럼 슬그머니 몸을 비틀며 다가온다. 풍만한 젖가슴을 어루만지면서 사향과 꿀이 밴 달콤한 말들을 흘러나오게 한다. 그의 젖은 입술은 침상 속에서 모든 부끄러움을 던져버리는 극치의 절정을 찾아 달린다. 그녀가 애무하는 뜨거운 손길에 온몸을 내맡긴 채 거친 탄성을 쏟아내면, 그는 찰나의 감동과 순간의 죽음으로 몸을 떨었다. 그녀의 육체는 절벽을 덮치는 거센 파도처럼 힘차게 물결쳐 그의 성스런 욕정을 거듭 솟구치게 만들었다. 봉우리에서는 꽃잎이 하늘거리고 골짜기에서는 욕망을 토해 낸다. 아아, 그녀의 새하얗게 눈부신 우윳빛 맨몸을 그는 탐욕스런 키스로 옷 입혀 광염의 불길 속으로 휘몰아쳐 갔다.

사랑의 샘물에는 비밀이 있다. 샘물이 마르지 않는 이유는 그것에 중독된 사람들이 끊임없이 사랑을 원하기 때문이리라. 큐피드는 언제나 샘물 앞에서 장난스러운 노래를 부른다. "맛보세요. 천 번을 맛보세요. 한 번 마신 사람은 그것만으로 충분하지 않을걸요. 아무리 마셔도 채워지지 않거든요." 이렇듯 사랑의 샘물은 한 번 마셔서 갈증이 해소되는 게 아니기에 해갈되지 않는 목마름으로 마침내 사람을 탈진하게 만든다. 생명극진의 추구가 자연스런 쇠진으로 이어지는 것이다. 풍요의 신 포로스와 빈곤의 여신 페니아 사이에서 태어난 큐피드는 늘 아름다운 것, 영원한 것을 갈망할 수밖에 없는 운명이며, 그를 닮은 인간 또한 서로에게서 멈춤 없는 욕망을 갈구하며 서서히 죽어가는 존재인 것이다.

화가 이중섭은 죽어서 소가 되었을까 아니면 호박이 되었을까. 혹은 이름 모를 새가 되었을까 닭은 더더욱 싸움닭은 되지 않았을 거야./ 어려서 하도 소를 좋아해 하루내내 소를 지켜보다가 소와 대화를 했는지를 딱히 알 순 없지만 끝내는 소도둑으로 몰린 적도 있다니까 아마 고삐 풀린 도둑맞은 소가 되었을 거야 앞뒷발 다 꺾고 기진맥진한, 그렇다고 힘이 넘쳐 곧잘 뿔을 쓰는 그런 소가 아니라 쌍붙는 일에도 궁색치 않는 황소가 되었을 거야./아니면 갸름하거나 등 그스럼하거나 오동통 속살이 찐 호박이 되었을 거야. 누가 심었는지도 모르는 아무렇게나 공터에 나뒹구는 어느 누가 따가도 되는 그래서 아무도 선뜻 손을 못 대는 그런 호박이 되었을 거야./아니면 우리가 아무리 똑바로 걸어도 그게 지그재그로 보이는 가로 걷는 게가 되었을 거야 가랑이에서 대롱이는 고추를 가시 돋친 발로 아프게 아니 피눈물 나게 아니 정분이 깊어지게 꽉 무는 그런 게가 되었을 거야./아니면 탐나도 가질 수 없는 지상의 꽃을 연방 부리로 쪼아 떨어뜨린다든가 발가숭이 동자를 등에 태워 공중 높이 비행하는 나래 긴 새라든가 한 번 둥지를 틀면 다시는 떠나갈 줄 모르는 먹이 같은 건 영 조르지 않는 바보새가 되었을 거야.

김광림의 시

이중섭은 참으로 놀랍게도 그 참혹함 속에서도 그림을 그려서 남겼다. 판잣집 비좁은 골방에 시루 속 콩나물처럼 끼어 살면서도 그렸고, 부두에서 짐을 부리다 잠시 쉬는 틈에도 그렸고, 다방 한구석에 웅크리고 앉아서도 그렸고, 대폿집 목로판에 엎드려서도 그렸고, 캔버스나 스케치북이 없으니 합판이나 마분지, 담뱃갑 은종이에도 그렸고, 물감과 붓이 없을 때에는 연필이나 못으로도 그렸고, 잘 곳과 먹을 것이 없어도 그렸고, 외로워도 슬퍼도 그렸고, 부산·제주도·통영·진주·대구·서울 등을 표랑전전(漂浪轉轉)하면서도 그저 그리고 또 그렸다. 그래서 수채화·크로키·데생·에스키스 등 200여 점, 은종이 그림 300여 점이 그의 예술인생을 보여주는 발자취로 남았다. 이 작품들은 한국 땅에서 활동하는 현대 미술가, 아니 모든 예술가 가운데서도 가장 많은 사람들에게 사랑받는 이중섭만의 그림 세계를 이루고 있으니, 이 어찌 놀랍다 아니하랴.

그의 인품을 말한다면 천진, 바로 그것이었다. 그러나 유치하고 바보스러움을 떠올려서는 그에게 합당치 않고, 일반적 의미의 선량성을 떠올려서도 그의 사람됨과는 거리가 멀다. 구태여 비교한다면 우리가 성자(聖者)라 부르는 인물들의 지혜가 후천적 수양에서 이루어졌다고 생각지 않듯이, 또 그들의 선함을 성격적 온순함으로 보지만은 않듯이 이중섭의 인품 또한 그와 같았다. 저 성자들과 그가 다른 점은 진선의 수행자들이 경건하고 금욕적인 것에 비해, 인간의 눈과 마음, 손이 하나가 되어 예술로 표출되어 그림을 그리는 그는 유머감각이 넘치고 얽매임 없이 자유분방했다는 사실이다.

시인 구상은 이중섭을 두고 "일반적 의미의 선함만을 떠올려서는 안 되고 성자들의 천품도 떠올려야 그의 사람됨이 올바로 이해된다"고 말했다.

그렇다. 그는 달라면 아무 말 없이 주면서도 남이 주겠다면 한사코 받지 못하는 사람이었다. 이중섭을 천재 예술가요 기인으로 보고자 했던 사람들은 문헌을 통해 '그가 술이라도 마시고 예술적 상상력이 발동되면 무척 호방했다' 묘사하기도 한다. 그러나 그는 평소에 점잖게 행동했으며 마음이 넓고 깊었다. 그가 세상을 떠나고 30년 세월이 흐른 1986년, 그의 아내 마사코는 이중섭에 대해 이렇게 말한다.

글쎄요…… 인품이 좋았다고 할까요. 품성이 고귀했다고 생각합니다. 어떻든 천한 느낌을 주는 데가 하나도 없었어요. 그것은 피란지에서도 그랬어요. 학창시절에 일본 친구들이 그의 하숙방을 찾아가 보면, 방이 재떨이 속처럼 어지럽혀져 있는데도 그 한가운데 난초가 자라나고 있었다 하더군요. 방 주인은 외출했고…… 그래서 친구들이 돌아오면서 역시 아고리상은 아고리상다운 데가 있다고 이야기들을 했어요.

마사코의 추억은 이중섭에 대해 갖고 있는 나의 느낌과 꼭 들어맞는다. 그는 어떤 상황에서도 천하게 행동하지 않았다. 무엇보다 돈과 이익에 대해서는 더욱 그랬다. 미술 평론가 박용숙이 오죽했으면 그를 "무소유의 철학자"라고 했을까. 그러나 그는 돈을 필요로 했고 돈을 추구했다는 점에서 무소유의 철학자는 아니었다. 다만, 성품이 너무 고결해서 돈을 제대로 가질 수 없었을 뿐이다.

참으로 놀라운 사실은 이중섭을 좋아하는 남자들이 매우 많았다는 점이다. 남자가 여자의 사랑을 받기는 그리 어렵지 않다. 천성적으로 여자와 남자는 서로를 사랑하도록 되어 있기 때문이다. 물론 이중섭을 좋아하는 여자들도 많았다. 그런데 그를 좋아하는 남자들 또한 그렇게나 많았다는 사실은 그가 고결한 품성의 소유자였음을 증명한다. 소설가 김이석, 시인 구상, 화가 황염수는 이중섭을 숭배했다. 화가 송혜수와 권옥연은 이중섭을 '세계 제일'이라 우러렀다. 그리고 화가 박고석은 이렇게 말한다.

이중섭 형은 말보다 그 말을 둘러싼 간절한 제스처가 더 이중섭 스러워요. 말 한 마디가 나오려면 그 말이 나오게 하기 위한 지극한 제식(祭式)과 같은 제스처를 마쳐야 했지요. 참으로 신비스러운 표현이었습니다. 제가 보기에는 예수보다 더 훌륭했어요. 예수는 웅변가였지만 이중섭은 마음의 웅변가였던 셈이지요.

이상한 일이지만 이중섭을 예수 그리스도에 비유하는 사람들이 많았다. 시인 구상도 언제나 그를 성자에 비유하곤 했다. 어떤 이들은 순수한 어린아이 같다고도 했다. 빈센트 반 고흐를 빗대어 "잠시 지상에 머물다 간 천사"라고 말하는 사람이 있듯이 말이다. 대구시절 소설가 최태응이 병원에서 이중섭을 간호한 일이 있었는데, 거의 밥을 먹지 않는 그를 보고 "야위어가는 이중섭의 얼굴이 마치 만년의 초탈한 예수의 상과 같았다" 말한 바 있다. 확실히 이중섭에게는 성스러운 면이 있었다.

그러면 '아, 이중섭이 좀 어리석고 바보스러운 면이 있었던 모양이구나!' 생각하는 사람이 있을지도 모르겠다. 또 이중섭을 그렇게 이해하는 예술가들은 "그는 글도 잘 쓸 줄 모르고 그의 편지는 같은 말이 되풀이되는 이상한 문장"이라고 말하기도 한다. 그러나 이중섭에게는 시인 같은 마음결이 넘쳐났다. 그는 오산학교 선배인 백석의 시를 너무나 좋아해서 '나와 나타샤와 흰 당나귀'를 옆에 끼고 살 만큼 그의 시들을 애송했다.

가난한 내가/아름다운 나타샤를 사랑해서/오늘밤은 푹푹 눈이 나린다/나타샤를 사랑은 하고/눈은 푹푹 날리고/나는 혼자 쓸쓸히 앉어 소주를 마신다/소주를 마시며 생각한다/나타샤와 나는/눈이 푹푹 쌓이는 밤 흰 당나귀 타고/산골로 가자 출출이(뱁새) 우는 깊은 산골로 가 마가리(오막살이)에 살자/눈은 푹푹 나리고/나는 나타샤를 생각하고/나타샤가 아니 올 리 없다/언제 벌써 내 속에 고조곤히(고요히) 와 이야기한다 /산골로 가는 것은 세상한테지는 것이 아니다 /세상 같은 건 더러워 버리는 것이다/눈은 푹푹 나리고/아름다운 나타샤는 나를 사랑하고/어데서 흰 당나귀도 오늘밤이 좋아서 응앙응앙 울을 것이다

그리고 이중섭은 폴 발레리의 시 '해변의 묘지'를 거의 암송하다시피 했다. '바람이 분다. 살아야겠다.' 무엇보다 이 시구를 너무나 좋아했다. 그는 맑고 깨끗하고 순수한 마음으로 다른 사람과 하나가 되고 싶어했다. 함께 어울려 살지 않으면 망한다는 것, 세상 속 고아가 되어버린다는 것, 너와 내가 둘이면서도 하나라는 생각, 사람들의 형체도 성격도 다르지만 평화를 갈구하고 인간성의 회복을 바라는 것, 이것이 이중섭이 꿈꾸던 '다양성 속의 일치' 곧 하나됨이었다. 소·닭·비둘기·어린이가 저마다 지배와 억압에 대한 민족의 저항을 상징하면서도 모두 한결같이 자유와 사랑 그리고 평화를 동경했듯이 말이다.

중섭은 이런 마음으로 아내에게 사랑의 시와 애틋한 편지를 보냈다.

나의 상냥한 사람이여/한가위 달을/홀로 쳐다보며/당신들을 하나 가득/품고 있소.

나의 멋진 현처, 나의 귀여운 남덕, 나만의 소중한 사람이여. 8월 24일 보낸 편지를 9월 6일에야 받았소. 건강하다니 무엇보다 반갑구려. 어제부터 석유곤로를 사다가 혼자 밥을 지어 먹고 있소. 15분 정도면 훌륭하게 된다오. 처음에는 많이 탄 밥도 먹었지만 차차 선수가 되었소. 혼자 밥을 먹으며 제주도 생활을 떠올리면 귀여운 남덕이가 옆

에 없는 것이 무척 쓸쓸하지만, 남에게 신세를 지지 않아 마음도 편하고 밖에 안 나가도 되고…… 하루 종일 그림을 그릴 수 있어서 오히려 편하고 좋소.

화공 대향의 가슴에 하늘이 베풀어준 나만의 보배로운 아내, 나만의 슬기로운 아내, 참된 천사, 나의 남덕이여. 대향의 열렬하고 참된 애정을 받아주시오. 당신은 어찌하여 그렇게 놀라웁소? 당신의 발가락에 몇 번이고 입맞추는 대향의 확실하고 생생한 기쁨은 당신 말고는 세상의 온갖 여신의 온갖 입술에, 온갖 아름다운 모든 꽃잎에 입맞추는 기쁨에 비교할 수도 없는 최대 최고의 기쁨이오.

1953년 가을 편지에서

어떤 사람들은 그의 과묵함을 두고 그가 말을 잘 할 줄 모른다고 생각한다. 그러나 이중섭은 한번 말이 터져나오면 입담이 대단했다. 어느 날, 그의 평안도 사투리를 듣고 사람들이 "니가 중섭이지 왜 둥섭이냐?"는 식으로 농을 걸어왔다. 그랬더니 이중섭은 춘원 이광수가 잘 쓰던 "쑥대머리 까까중이 되기 싫어 둥섭이 되었다, 왜 어쩔래!" 하며 너스레를 떨었다.

그래서 이중섭 주변에선 한동안 ㅈ자를 ㄷ자로 바꾸어 발음하는 것이 유행했다. 서정주는 서덩두가 되고, 김영주는 김영두가 되고, 소주는 소두가 되었다고 한다. 그랬더니 이중섭은 "아니, 소주는 다르지" 하면서 "이보우다, 술은 텬디창도 이래 님자(사람)들이 좋아했거든, 부처님도 곡주는 마시라고 했수다래, 그러니 술술 마시고 취하면 ㄹ자로 술술 가다가 술술 주무십시다래" 말했다고 한다.

이를 보면 그가 얼마나 언어에 천부적인 소질을 가졌는지 알 수 있다. 그림도 그림이지만 바로 이런 재치와 해학스런 농담 때문에도 그의 주위에는 사람들이 끊이지 않았다. 물론 이중섭은 자기 주변에 사람이 많은 것을 그리 좋아하지 않았지만 자기를 찾아오는 사람을 싫다고 내치지도 않았다.

어느 날, 이중섭은 종로 단성사에서 마릴린 먼로, 로버트 미첨이 주연한 오토 플레밍거 감독의 영화 〈돌아오지 않는 강〉을 보고 왔다. 그날부터 이중섭은 그 영화의 제목과 음악이 너무 좋다며 그 주제가를 자꾸만 흥얼거리고는 했다.

돌아오지 않는 강이라 불리는 강이 있었지/그 강은 평화로웠지만 때로는 폭풍우가 불기도 했었지/사랑은 그 강을 항해하는 여행자/이리저리 휩쓸리다가 영원히 폭풍의 바다로 사라지고 말지/강물이 나를 부르는 소리를 들을 수 있었어/(돌아오지 않을 거야. 돌아오지 않을 거야)/(포효하는 물살이 부서지는 곳)/그이가 날 부르는 소리가 들려/"나에게로 와줘"/나는 그 강에서 사랑하는 사람을 잃어버렸지/그러나 내 가슴에서 영원히 그를 지울 수는 없을 거야

그는 그 로맨스 서부영화의 내용이 아니라, '돌아오지 않는 강'이라는 제목과 성적 매력이 온몸에 흘러넘치는 먼로가 기타를 치면서 부르는 끈적끈적한 매혹적 선율의 주제음악에 흠뻑 빠져 있었던 것이다. 〈돌아오지 않는 강〉. 이중섭은 그 영화 제목을 보고 미쳐서 미친, 그래서 그 모든 걸 잃어버린 자기 인생의 종착역을 그리려 한 게 아니었을까.

"나는 가야 해. 사랑하는 아내와 아이들이 있는 현해탄 저 너머로.

여기는 감옥이야, 꽉 막힌 감옥. 누군가 나를 이곳에 가두어놓은 거야. 내가 돌았다고, 내가 미쳤다고, 그러면 너희들은? 그러면 너희들은? 나는 아니야. 나는, 나는 가야 해. 현해탄 저 너머로, 내 가족들이 있는 곳으로. 지금 여기에서 이러고 있을 수는 없어. 나는 가야해."

이중섭은 막무가내로 병실을 나서겠다고 보챘다. 그런 모습을 바라보며 어찌해야 좋을지 몰라 김이석은 적잖이 당황했다.

"이 사람아! 아니, 이게 무슨 일인가. 지금은 안정이 필요해. 참아야 하네. 자넨 너무 지쳐 있어. 여기서 잠시 쉬고 있다가 건강만 회복하면 언제든지 가족들에게 갈 수 있잖아."

"아니야, 지금 빨리 일본으로 가야겠어. 아내와 아이들이 있는 곳으로."

"그럼 가야지. 그래. 잘될 거야. 전시회에서 그림을 가져간 사람들이 돈을 보내주면 자네가 그동안 진 빚을 모두 갚을 수 있을 걸세. 대구 전시회는 반응도 좋았고, 미국 뉴욕미술관에서도 자네 그림의 가치를 인정했잖아."

"이젠, 절망이야. 나는 모두 끝났어. 나의 능력도, 나의 재능도, 나의 그림도. 나는 가족들과 함께 살고 싶어서 그림을 그렸어. 그것을 팔아 아내의 빚을 갚아주고 작은 아틀리에를 만들고 싶었어. 아이들에게 자전거도 사주고 공부도 돌봐주고 싶었어. 하지만 허사야. 몽땅 허사야. 그림을 가져간 사람들은 다들 사라져버리고, 내게 남은 건 또 다른 빚과 평론가들의 차가운 비판뿐…… 이젠 절망뿐이야. 나는 끝났어. 예술도 건강도. 나는 가야겠어. 저 따뜻한 남쪽나라로……."

이중섭의 목소리는 차츰 가냘프게 잦아들고 있었다.

"그러게 어서 건강을 회복해서 자네가 그리워하는 그들에게로 가게나……."

목이 메어오는 김이석은 들기조차 힘겨워하는 중섭의 앙상한 손을 부여잡고 그를 다독였다.

이중섭은 다시금 아기처럼 배시시 미소를 지어 보였다. 쓸쓸한 웃음이었다.

"아! 잠이 온다, 잠이 와……."

그리고 그는 깊은 잠 속으로 빠져들어갔다.

삶이라는 바다는 언제나 죽음의 파도로 넘실댄다. 파도가 없는 바다를 상상하기 어렵듯이, 죽음이 없는 삶 또한 상상하기 어렵다. 이렇듯 죽음의 파도를 거듭 대하다 보면 그것에 익숙해질 만도 한데, 어찌된 일인지 사람들은 사랑하는 사람의 죽음을 마주할 때마다 마치 처음 겪는 일인 듯 어김없이 휘청거린다.

누구를 사랑하든, 언젠가는 그 사람과 이별을 해야 하고 상실의 쓰라림과 고통을 견뎌내야만 한다. 애도의 대상은 부모나 연인, 친구들일 수 있겠고, 좀 더 비유적인 뜻에서 폭을 넓혀 말하면, 우리의 꿈이나 이상까지도 포함될 수 있을 것이다. 인생이란 어느 관점에서 보면 죽음의 파도에 휩쓸려 끝 모르고 흘러가는 삶이다. 지금 이중섭은 그 거친 파도 앞에 쓰러질 듯 위태롭게 휘청이며 가까스로 서 있다.

깊은 상념에 잠겨 아무 말 없는 김이석은 축 늘어진 모습으로 잠든 이중섭을 그저 처연한 눈길로 바라본다. 세상이 막막하기만 하다. 야위고 핏기 없는 중섭의 얼굴이 너무나 가엾고 안쓰러워 가슴이 시렸다.

까악! 까악! 어디선가 까마귀 울음소리가 들려왔다. 창 밖 나뭇가지 위에서 까마귀 한 마리가 하늘로 솟구쳐 오르고 있었다.

그대 영혼에 뜨는 별

뉴욕근대미술관.

한곳에 몰려 서 있는 사람들의 발길이 좀처럼 떠날 줄을 모른다. 은박지에 그려진 작은 그림에 쏟아지는 눈길들은 모두 환상에서 어떤 진실을 찾아내려는 철학자들처럼 진지하고 경건하다. 황소, 에로티시즘이 물씬 풍기는 남녀의 격렬한 성행위, 그리고 아이들과 게의 유희. 굵은 선들이 금방이라도 꿈틀거릴 듯 생명력 넘치는 걸작들이지만 그림을 제대로 이해 못하는 사람이 보면 어린아이 장난 같기만 하리라. 질곡의 시대에 태어나 온갖 고난 속에서 순수 예술혼을 불태운 이중섭의 은지화다. 고통스런 삶을 살다 간 비운의 천재 반 고흐를 떠올리게 하는 이중섭은 시인 김광림의 말대로 '한국의 가장 사랑받는 민족화가', '그림으로 시를 쓴 화가', '한국근현대 미술의 자존심' 등 숱한 수식어를 지니고 있다.

이중섭. 그 이름은 세월이 흐를수록 해넘이 샛별로 더욱 반짝인다.

평안남도 평원군 조운면 송천리.

앞산 맞은편에는 제법 풍채를 자랑하는 집이 한 채 서 있다. 평원군 일대 대농지를 맡아 관리하는 마름 이희주의 집이다. 1916년 4월 10일 그 집에서 막내아들 이중섭이 태어났다.

그의 아버지는 뒷날 세상을 뒤흔든 이 아이의 이름을 이중섭이라 지었다.

　'중(仲)'자는 가운데에서 버금간다는 뜻이고, '섭(燮)'자는 불꽃으로 익힌다는 뜻이었다. 그러니까 중섭이란 이름에는 양쪽으로 치우친 것을 익혀서 고르게 펼쳐가며 조화롭고 온화하게 다스리는 존재를 희망한다는 의미가 담겨 있는 것이다. 이중섭은 그 이름에 따라 자연과 인간을 조화롭게 재구성하는 예술가의 생애를 살면서 식물, 동물, 인간의 혼융 세계를 화폭에 쏟아놓았다. 그리고 그것은 앞에도 없고, 뒤에도 없을 새로운 형상이었다.

　이중섭이 태어나기 전부터 잦은 병치레를 하던 그의 아버지는 중섭이 다섯 살을 갓 넘겼을 때 그만 세상을 떠나고 말았다.

　대대로 농사만 지어온 중섭의 집안은 할아버지 때만 해도 넓은 논밭을 관리하며 부유하게 살았다. 그러나 아버지 이희주는 단단한 근육에 구릿빛 얼굴을 한 농부 인상과는 거리가 멀었다. 그는 아내 이씨에게 모든 일을 맡긴 채 바깥출입도 없이 사랑방에 틀어박혀 혼자만의 세계에 빠져들었다. 그렇게 천장을 벗삼아 고독한 젊은 날을 지내다 서른 살에 눈을 감음으로써 우울하고 짧은 삶을 끝냈다.

　이씨는 결혼 13년 만에 남편을 잃고 혼자 집안일에 농사일, 거기다 자식 셋을 키우는 일까지 떠맡았다. 평양 지주 이진태의 막내딸로 곱게 자란 이씨가 홀로 감당하기엔 너무 큰 시련이었다.

　이씨는 모든 일을 스스로 헤쳐나가야만 했다. 어찌나 앞일이 막막했던지 아이들을 친정에 맡기고 그곳 남자들에게 송천리 농사를 부탁해 볼까 생각도 했다. 그러나 외가에서 보통학교를 다니다 방학 때면 집에 돌아와 아버지 없는 집에서 제법 의젓하게 구는 맏아들 중석을 보며 마음을 다잡곤 했다.

이씨는 700석이 넘는 농지의 주인으로서 소작인과 고용인들을 엄격하게 다스렸다. 직접 농사를 짓는 것은 물론 집안의 크고 작은 일을 도맡았다. 그녀는 꽃을 가꾸고 나무를 다듬는 솜씨가 매우 뛰어나 부업으로 원예와 축산업에까지 손을 뻗쳤다. 남편이 세상을 떠난 아픔과 절망을 이씨는 그렇게 의욕적으로 일하며 생계를 책임짐으로써 이겨내려 했다.

가장 없이 집안일을 혼자 돌보다 보면 생활에 치여 성격이 드세어질 법도 하건만 세 아이들에 대한 이씨의 사랑은 자상하고 그윽하기 이를 데 없었다. 이런 어머니에 대한 그리움은 뒷날 이중섭의 예술세계에 큰 영향을 미쳤다.

형 중석이 할아버지를 닮은 데 비해 중섭은 아버지의 내향적 성격을 빼닮았다. 이씨는 막내아들에게서 세상을 떠난 남편 모습을 떠올리고는 했다.

10대 소년인 형은 중섭과는 대조적이었다. 방학 숙제로 곤충 채집을 할 때면 표본에 필요하지도 않은 다른 곤충들까지 막무가내로 잡아댔다. 호랑나비만도 100마리가 넘도록 채집할 정도였다. 그런데 중섭은 새가 나뭇가지에 앉아 있으면 그 새가 날아오를 때까지 한참이나 바라보기만 했다.

형제는 이렇듯 서로 다른 성격으로 자라났다. 형과 나이 차가 열두 살이나 되는 탓인지 중섭은 형보다 누나와 더 친했다.

이중섭은 마을 갯가에서 온몸이 진흙투성이가 되어가며 진흙으로 여러 가지 모양을 만들어냈다. 일곱 살 때 일이다. 어느 날 평양 외가에서 먹으라고 보내준 사과를 먹지 않고 집 모퉁이로 들고 간 중섭은, 밝은 햇살이 내리쬐는 조그만 상자에 그것을 올려놓고는 그럴듯하게 사과그림을 그리기도 했다. 화가로서의 첫 자질을 보여준 셈이

서귀포의 환상 1951년

섶섬이 보이는 풍경   1951년

었을까.

송천리 서당에서 《동몽선습》《논어》《맹자》를 마친 중섭은 아홉 살 때 어머니 곁을 떠나 평양 이문리에 있는 외가로 갔다.

이문리는 중섭이 태어난 송천리보다 훨씬 크고 번화한 곳이었다. 대동공원 기슭의 커다란 집에는 외할아버지를 비롯해 외삼촌들과 외종사촌 형제 자매들, 그 밖에도 많은 사람들이 살고 있었다. 외할아버지는 한때 서북지방을 주름잡던 은행가로서, 초대 평양상공회의소 회장을 맡아보기도 했던 인물이다.

중섭에게 새롭고 엄격한 생활이 시작되었다. 집에서 지낼 때처럼 어머니의 자애로운 사랑 같은 것은 기대할 수 없었다.

중섭은 시내 종로공립보통학교에 입학했다. 형 중석이 평양제2고등 보통학교를 뛰어난 성적으로 졸업하고 일본으로 건너가 동양척식대학 상과에 입학할 때까지 중섭은 형과 함께 평양 외가에서 살았다.

이중석은 아우 중섭의 엄한 보호자였다. 그는 뛰어난 학업성적과 출세에 삶의 가치를 두었다. 때문에 중섭에게 공부를 하지 않는다고 나무라는 일이 많았다. 그럴 때면 중섭은 뒤란 굴뚝 곁으로 가 쪼그리고 앉아 소리 내어 울었다.

하루는 외종사촌들이 안쓰러운 마음에 "형이 다 너를 걱정해서 혼내는 것이니 너무 야속하게 생각지 마라" 위로하자, 중섭은 이렇게 대답했다.

"형한테 야단맞아서가 아니라 형이 나 때문에 너무 속상해할까봐 우는 거야."

외할머니에게 귀여움을 받으며 지냈지만 외종사촌들과는 그리 친하지 않았던 중섭은 내성적이고 하나에만 골똘히 집중하는 성격 때문에 '바보'라든가 '외돌토리' 같은 별명으로 불리곤 했다.

어머니가 친정에 다니러 오거나 방학 때 고향으로 돌아가는 경우를 빼고는 언제나 고독하게 지내며 외가에서 보통학교를 다녔다. 중섭은 자신보다 두 살 위인 외종사촌 이광석과 같은 반이었다. 뒷날 소설가가 된 김이석, 시인이 된 양명문과도 한 반이었다.

중섭은 광석·명문·이석과 함께 외가 바로 뒤 대동공원이나 대동문 언저리에서 어울려 놀기도 하고, 모란봉 부벽루까지 달려갔다 오기도 하며 보통학교 시절을 보냈다.

뒤로는 연광정이란 정자가 있는 모란공원이 있고 북쪽으로는 대동강 위의 능라도가 바라다보이는, 평양에서도 가장 풍경이 아름다운 곳에 중섭의 외가가 자리하고 있었다.

중섭은 4학년이 되고 어느 날부터인지 그림 그리기에 열중하기 시작했다. 교과서 겉장, 공책 빈 구석마다 온통 그가 그린 그림들로 가득 들어찼다.

소년 중섭은 때로 강가에 나가 진흙을 가득 퍼담아 왔다. 그러고는 외종사촌 광석과 함께 집 한 귀퉁이에서 차진 흙을 다져 사람 얼굴을 빚었다.

보통학교를 졸업한 뒤 진학을 앞두고 학생들이 모두 수험공부에 매달려 있을 때에도, 중섭은 그림 그리는 일 말고는 어떤 것도 거들떠보지 않았다. 오직 그림 속에서 살며 자신의 속마음을 말 대신 그림으로 나타내려고 했다. 심지어 시험 전날에도 태연하게 그림을 그렸다. 중섭에게 늘 시비를 걸곤 하는 같은 또래의 막내이모가 '미친아이'라고 욕지거리를 하는데도 아랑곳없이 그림에만 열중했다. 그러다가 정 못 참겠으면 이모에게 대드는 대신 다락방에 홀로 처박혀 훌쩍이거나 공원 숲 속에 가서 실컷 울었다.

반에서 한둘쯤 으레 그런 아이들이 있다. 답을 적어내는 네모칸에 표정을 그려넣거나 눈에 보이는 동그라미마다 손을 대어 꽃으로 만들고 햇님으로 만들고 한다. 산수 공부를 시켜놓으면 10분이 멀다 하고 궁둥이를 떼었다 붙였다 어수선하게 굴면서도 진흙으로 뭘 만들라고 하면 코 밑이 거뭇해지도록 정신 없이 빠져드는 아이들이 적잖이 있는 것이다. 그래서일까 이때까지는 아무도 소년 중섭의 비범한 열정을 눈치채지 못했다.

그런데 얼마 뒤 중섭은 마치 운명을 따르듯 정주 오산학교에 입학하게 되었다.

오산학교(五山學校)는 남강(南岡) 이승훈(李昇薰)이 1907년 12월 평안북도 정주군 갈산면 익성동 오산에서 4년제 중등과정으로 설립했다. '오산(五山)'이라는 이름은 그곳에 제석산·황성산·자성산·남산봉·소형산, 5개의 산이 있다고 해서 붙여진 이름이다. 이승훈은 일제강점기에 기울어가는 나라를 바로 세우기 위해서는 민족교육과 신교육이 최우선이라는 교육구국(敎育救國)·교육입국의 신념으로 근대식 학교를 세웠다.

남강이 처음 오산학교 문을 열었을 때에는 학생들이 모두 일곱 명에 교사는 두 명뿐이었다. 그때 가르친 과목들은 수신·역사·지리·영어·산술·대수·헌법대의·물리·천문학·생물·광물·창가·체조·훈련 등이다.

이승훈은 이듬해 강명의숙(講明義塾)을 개편해 오산소학교를 부설했다. 강명의숙은 남강이 평양 모란봉에 있는 쾌재정에서 청년애국자 안창호(安昌浩)의 연설을 듣고 깨우침을 얻어, 1907년 7월 김덕용(金德庸)을 초빙하여 정주군 갈산면 익성동에 소학교 과정으로 설립했던 곳이었다. 학생 수가 차츰 늘어나자 1908년에는 성적을 기준으로 하

날아오르는 여자 1941년

말 탄 남자를 뿔로 쳐내는 소   1941년

여 갑·을·병 3개 반으로 나누었다. 1910년 교사로 부임한 이광수(李光洙)가 메이지학원의 교과목을 본떠 새로 학과를 배정하고 교재를 등사하여 교과서를 만들었으며, 야구·테니스·축구 등과 같은 운동을 가르쳤다. 일제의 탄압을 피하기 위해 1910년 12월 학교 교육의 주된 지도이념을 기독교 정신으로 바꾸고, 당국으로부터 고등보통학과와 보통과의 합부제(合部制)로 정식 인가를 받았으나 교과과정보다는 독립정신 고취 등 민족교육에 심혈을 기울였다.

1915년 5월 조만식(曺晩植)이 오산학교 교장으로 취임했다. 1919년 3·1운동 때 이승훈은 민족대표 33인 가운데 기독교 대표로서 참가하여 투옥되었고, 오산중학교 학생들이 졸업생 및 주민들과 함께 만세운동을 벌이자 일제 당국은 이에 대한 보복으로 학교건물을 불태우고 폐교시켰다. 그러나 김기홍 등이 사재(私財)를 들여 교사를 신축하고 1920년 9월 다시 학교 문을 열었다. 이 무렵에 학교 교원으로는 소설가 염상섭, 시인 김억 등 20여 명, 학생 수는 200여 명이었다.

1925년 8월 재단법인으로 인가를 받고 이승훈이 초대 이사장으로 취임했으며, 1926년 11월 5년제 오산고등보통학교로 인가를 얻었다.

1930년 5월에 졸업생들이 이승훈의 민족교육을 기리기 위해 학교 교정에 남강의 동상을 세웠다. 그로부터 1주일이 지난 뒤에 이승훈은 협심증으로 운명했는데, "유해를 생리표본으로 만들어 학생들을 위하여 쓰게 하라"는 유언을 남겼다.

이중섭은 평양을 떠나 정주로 갔다. 1931년 4월이었다. 봄이 다가왔지만 아직 꽃샘바람에 나뭇가지가 잔뜩 움츠리고 있었다.

경의선을 타고 청천강을 건너면 고읍역, 그다음이 정주역.

오산중학은 우거진 숲을 등지고 정남향으로 자리잡은 10만 평 남짓한 넓은 땅에 기와로 지붕을 인 본관이 있었는데, 이 단층 건물에는 5년제 10학급 교실과 교무실이 나란히 자리잡고 있었다. 또한 체육관·강당·수영장·도서실·실습농원이 갖추어져 있어, '오산교육촌'이라 불러도 될 만했다.

꽤 규모가 크고 버젓한 이 학교 넓은 운동장 한쪽에 세워진 설립자 남강의 동상에는 본디 무궁화로 울타리를 둘러쳤으나 일본 헌병들이 무참하게 뽑아버려, 중섭이 그곳에 갔을 때에는 무궁화가 몇 그루밖에 남아 있지 않았다.

오산중학은 민족학교였다. 이곳에서 이승훈의 맏사위 주기용과 다석 유영모, 그리고 젊은 철학자 김기석의 가르침은 중섭에게 민족의식과 주체의식을 깨우쳐 주는 계기가 되었다.

이와 더불어 잊힌 조국 역사에 대한 함석헌의 열렬한 가르침도 있었다. 함석헌이 머리를 박박 깎고 흰 두루마기 자락을 휘날리며 조선인의 긍지를 불러일으키면 그를 바라보는 수많은 눈동자들이 초롱초롱 빛났다. 함석헌은 '뜻으로 본 한국 역사' 강의 내용이 끝내 문제가 되어 일본 헌병에게 붙잡혀갔다. 그는 정주형무소에서 수형생활을 치르기까지 했다.

중섭은 오산학교에서도 그다지 공부를 열심히 하지 않았다. 그럼에도 언제나 성적이 좋았다. 무엇보다 예체능에서는 늘 우등생이었다. 게다가 그는 오산학교의 명물이었다. 수재들 모임에 '아구리'란 이름으로 가입한 중섭은 다른 네 명과 함께 학교 곳곳에 많은 이야깃거리를 뿌리고 다녔다.

하지만 소년 중섭이 마음을 온통 빼앗긴 것은 바로 그림이었다. 그와 마찬가지로 화가를 꿈꾸는 3년 후배 김창복과 함께 하숙을 하던 이중섭은 그림붓을 손에서 놓지 않았다.

천재는 홀로 빛을 드러내지 않는다. 재능은 한없이 여린 새싹 같아서 그 소중함을 알아보고 아름답고 장하다 말하며 보살펴주지 않으면 자라지 않는다. 영혼이 짓밟혔던 비참한 시대에 예술을 알고 깊이 사랑하는 이들과 조우하기란 얼마나 힘든 일인가. 그런 의미에서 소년 중섭이 미술선생 임용련·백남순 부부를 만난 것은 축복이자 기적이었다.

평안남도 남포의 부유한 집안에서 태어난 임용련은 조선이 일본 식민지 지배 밑에 놓일 즈음 미국 시카고미술학교와 예일대학교를 졸업할 만큼 일찍 서양 문물을 접했다. 그는 모든 사람에게 감동과 선망의 대상이었다.

예일대학 미술학과를 수석으로 졸업한 임용련에게 세계 여러 나라를 둘러볼 수 있는 기회가 주어졌다. 영국·스페인·독일을 거쳐 마지막으로 프랑스 파리에 들렀을 때, 그는 숙명적으로 백남순을 만난다. 백남순은 일본여자미술학교를 졸업하고 곧장 프랑스로 건너와 미술 공부를 하고 있었다.

사랑에 빠진 두 사람은 그곳에서 결혼했고, 미술에 열정을 바쳤다. 3년 뒤 '살롱 도톤(Salon d'Automne)'에 입선함으로써 그 결과가 나타났다. 부부가 나란히 파리의 미술전에 입선한 사실은 서울 '동아일보'에 대문짝만 하게 실렸고, 두 사람은 곧 조선 지식인들 입에 오르내리는 유명인사가 되었다.

임용련·백남순 부부가 파리를 떠나 오산중학 미술선생으로 몸담게 된 것은 오직 조국에 대한 사랑 때문이었다.

1934년 임용련·백남순 부부가 귀국했을 때, 오산중학은 명절이라도 된 듯 기념행사를 열어 두 사람을 뜨겁게 맞이했다.

오산중학 교실에서 임용련은 중섭을 발견했다. 탐험가가 노다지를

닭과 게

닭과 게

발견하듯, 진흙에서 진주알을 찾아내듯 그렇게 소년의 재능을 알아보았다. 기쁨에 들뜬 그는 중섭에게 후기 인상파의 화법과 그에 대한 반발로 일어난 야수파의 거칠고 개성 짙은 화법을 알려 주었다. 중섭은 임용련을 존경하며 따랐다. 임용련이, 정해진 미술교육 원칙에서 벗어나 스스로를 불태워버릴 만큼 열정적으로 '에스키스'를 거듭하라고 중섭에게 요구한 일도 일찍이 그 천재성을 감지한 까닭이리라.

그런데 에스키스란 무엇인가? 바로 스케치이며 밑그림이다. 그림에 대한 겸손하고 진지한 자세를 가르치기 위해서 임용련은 탄탄한 '기본'을 강조한 것이다.

"하나의 예술은 수많은 예술적 습작에서 창조된다."

"밑바닥을 비우지 마라. 밑바닥 없이는 어떤 그림도 되지 않는다."

"에스키스를 바닷가 모래알보다 더 많이 해라. 그런 뒤에야 너의 예술이 있게 된다."

그의 열렬한 가르침은 중섭의 타고난 재질을 더욱 북돋아주었다.

임용련은 아내 백남순에게 중섭에 대해 이렇게 말하기도 했다.

"첫눈에 알았어. 중섭은 틀림없이 큰 화가가 될 자질을 갖추고 있어."

이중섭은 수채물감과 밀가루를 한데 섞어 짓이긴 뒤 그것이 꾸덕꾸덕 마르기 시작할 무렵 캔버스에 발랐다. 누가 가르쳐준 기법도 아니건만 이렇게 해서 독특한 입체감을 만들어내는 새로운 재료의 구성을 시도한 셈이다. 이 같은 중섭의 천재적 기법은 스승인 임용련을 감탄시키고도 남았다.

"무에서 만들어라. 무에서 찾아 만들어라. 그리하여 창조하라!"

임용련은 자신의 천재성을 모두 오산중학 미술교육에 쏟았다. 참으로 행복하게도 이런 귀중한 교육을 받게 된 중섭은 자신의 천부적 재능과 열정에 깊이 빨려들어갔다. 마치 이불을 깔아놓은 듯이 하숙방에 에스키스와 데생과 크로키와 밀가루가 널리고, 그리다가 망쳐 구겨 내던진 도화지까지 수북하게 쌓여갔다.

오산중학이 아름다운 자연 속에 자리한 사실도 소년에게 더할 나위 없는 행운으로 다가왔다. 그는 고읍 언저리 들판 여기저기에 매인 소들을 눈여겨보곤 했다. 그 시절에는 어딜 가나 농경 풍경이 펼쳐지는 게 너무도 자연스러운 일이었으니, 뒷날 '소'가 그의 미술에서 영원한 주제가 된 것도 어찌보면 필연이라 할 만하다.

오산학교 시절 중섭은 미술에 대한 정열뿐만 아니라 모든 방면에서 열정으로 활활 타올랐다. 힘센 장사라는 소리를 듣기도 했고, 오산학교 육상 단거리 대표 선수로 뛰기도 했다. 권투도 수준급이었다. 폴 발레리의 시를 즐겨 외웠으며, 〈오, 소나무〉 〈불어라 봄바람〉 같은 노래도 가수 못지않게 잘 불렀다.

이 모두가 오산중학이 베푸는 전인교육을 목마른 사슴처럼 받아마신 덕이었다.

오산중학은 다른 학교와 달리 어떠한 종교행사도 갖지 않았다. 오로지 민족의식을 깨우쳐주는 것만이 교육의 목적이었다. 중섭이 끝까지 동양적·민족적 사상을 지켜낼 수 있었음은 오산교육의 긍지가 그의 마음 깊은 곳에 자리잡고 있었기 때문이다.

일본 헌병들의 간섭으로 이따금 학교에 사나운 회오리바람이 몰아치곤 했으나, 남강선생의 애국정신 교육지침에 따라 철저한 주체의식을 가진 선생들 덕에 학생들은 조금도 흔들리지 않았다. 어느 날 교정에서 학생들이 모두 모인 조회시간이었다. 때때로 남강선생은 연단에 오르면 민족사랑정신을 말씀하고는 했다. 그날 따라 일본순사는 연단 곁에 서서 남강선생이 무슨 말을 하나 노려보고 있었다. 드디어 남강선생이 교단에 오르자 모두들 긴장하고 주목했다.

"이놈들아 정신차려! 이놈들아 정신차려! 이놈들아 정신차려!"

딱 이 세마디만 크게 외치고는 남강선생은 교단을 내려갔다. 처음에 일본순사는 자기를 호통치는 줄로 알고 깜짝 놀라 어쩔줄 몰라하는 모습을 보였다. 그날 선생들과 학생들은 참으로 통쾌한 기분을 맛보았다.

이따금 중섭은 학교에서 돌아온 늦은 저녁에 생활 지도차 선생님이 하숙마다 들렀다 가고 나면, 한방에 사는 창복과 수재 친구들을 불러내어 몰래 옥수수 술을 마시곤 했다.

그러나 소에 깊이 빠져들고부터는 이런 부질없는 낭만도 시들해졌다. 중섭은 해넘이면 들로 나가 땅거미가 몰려올 즈음의 소를 한참 동안 바라보다가 달이 높게 뜨고서야 하숙집으로 돌아오고는 했다. 소를 발견하고 소에 탐닉한 것은 중섭의 예술 세계를 형성해준 운명 같은 일이었다.

오산학교 시절 '향토색의 대표 소재'로 소를 선택했으며 '소에 미치다시피 했다'고 서술한 김병기는 임용련, 백남순 부부 교사의 영향으로 오산학교에서 소를 그리는 화가들이 탄생했다고 지적했다. 거기에는 이중섭도 포함되어 있었다.

소에 대한 최초의 증언자인 김병기 이후 그 탐닉을 아주 특별한 일이라고 강조하는 이야기는 1971년 조정자, 1973년 고은, 1986년 야마모토 마사코(山本方子, 1920~)에 이르기까지 계속되었다. 그리고 뒷날 이중섭의 부인 야마모토 마사코는 "그건 일본에 오기 전부터, 그러니까 중학시절부터 그랬던 걸로 알고 있습니다" 하며 그 탐닉의 시점이 오산학교 시절이라고 말하기도 했다.

이처럼 중섭의 인생관과 예술관의 바탕은 이 오산의 터전 위에서

바닷가 1941년

바닷가 1941년

점차 굳어져갔다. 그는 틈나는 대로 들에 나가 소와 더불어 생활하며 소의 움직임을 샅샅이 살펴 갖가지로 표현해보았다.

조정자는 1971년 《이중섭의 생애와 예술》에서 "기숙사에 있는 그의 방은 소를 에스키스(esquisse)한 종이들로 가득 찼고, 그는 그 위에서 잠을 자곤 했다"며 몰입의 깊이가 심상치 않음을 지적하기도 했다. 고은은 1973년 《이중섭 그 예술과 생애》에서 "고읍촌 부근의 들판에 여기저기 매어져 있는 농우(農牛)와 해후했다. 그의 일생 동안에 걸쳐서 영원한 주제가 된 소가 이미 오산시대로부터 일관한 것"이라고 했다.

그런데 소에 대한 그의 탐닉은 오산에서 멈추지 않는다. 일본으로 건너가기 전 원산에서 그는 이른 아침부터 송도원(松濤園) 일대에 나갔다가 밤에 들어왔다. 그의 손에 들린 스케치북에는 많은 황소와 암소의 온몸 또는 대가리, 뒷발, 꼬리 부분 따위가 그려져 있었다. 그러나 어떤 날은 전혀 그려지지 않기도 했다. 그런 날은 그가 소를 관찰하다가 하루를 다 써버린 날이었다.

부인 야마모토 마사코는 1986년 어느 대담에서 이렇게 증언했다. "이젠 모두 지나가버린 이야기니까 괜찮습니다만 한 번은 이런 일도 있었습니다. 해방이 되고 원산에서 그이가 소를 그리려고, 남의 집 소를 너무나 열심히 관찰하다가 그만 소도둑으로 몰려서 잡혀간 일까지 있었답니다."

그렇게 이중섭과 소 이야기는 전설이 되어갔다. 그런데 정작 그 오산고보 시절 이중섭이 전조선남녀학생작품전람회에 출품한 네 점의 작품 제목에는 '소'가 등장하지 않는다. 3학년 때 〈촌가〉, 휴학 시절

〈풍경〉, 〈원산 시가〉, 그리고 졸업반 때 〈내호(內湖)〉가 그것인데, 모두 도판이 남아 있지 않다. 물론 〈촌가〉나 〈풍경〉 안에 소를 그려 넣었을 수도 있지만 소에 탐닉했다는 기록만으로는 학생 시절 이중섭이 지닌 관심의 범위를 모두 설명해주지 못한다. 그토록 쾌활하고 명랑한 청년을 사로잡은 것이 어디 소 한 가지뿐이었으랴.

중섭의 오산학교시절, 일본은 강제점령한 한반도에서 억압정치로 제국주의를 착실히 다져나가고 있었다. 이윽고 불똥은 오산학교까지 튀어왔다. 바로 '조선어 없애기 정책'이었다.

민족주의 학교인 오산은 다른 학교들보다도 그 파장이 컸다. 또한 오산의 민족주의 교육을 받은 학생들의 충격도 엄청났다.

중섭은 하숙방에서 창복을 상대로 침울하게 뇌까렸다.

"한글을 없앤다면, 우리가 조선사람인지 왜놈인지 알 수 없겠군."

"맞아요, 형님. 큰일이지요."

"그래······ 이제 그림만 남는구나. 그림으로 남기는 수밖에 없어."

언뜻 머릿속에 떠오른 생각이 있었다. 중섭은 그토록 열중하던 소 데생도 잠시 잊고 독특한 구성의 그림을 몇 장씩이나 그렸다. 마침내 완성되었을 때, 그는 그 그림을 임용련 앞에 조심스레 내놓았다.

"보세요, 선생님. 한글 자모를 가지고 구성한 그림입니다."

그날, 임용련 선생의 말 없는 칭찬과 격려를 얻고 하숙집으로 돌아온 중섭은 창복에게 다짐하듯 말했다.

"창복아, 나는 이제부터 진짜 조선 소만을 그릴 거다. 그리고 우리나라 한글을 남겨놓을 테다. 너도 네 그림에 조선을 담아보아라."

그때 중섭은 사람들의 가슴속에 잠자고 있는 민족정신을 일으켜 세워야 한다는 사명감으로 뜨겁게 불타올랐다. 우리 민족의 아픔과 저항의식을 미술로써 알리고 극복해야 한다는, 어렴풋하지만 강렬한 생각이 뇌리에 박힌 것이다.

1936년 2월, 스무 살의 중섭은 한 달 뒤로 다가온 오산학교 졸업을 앞두고 졸업앨범의 장정을 맡았다. 그는 앨범 표지에 일본에서 한반도로 불덩어리가 날아드는 그림을 그려놓았다. 조국을 뒤덮은 일본 제국주의의 무거운 야욕을 불덩어리로 나타낸 것이다.

'조선으로 쉴 새 없이 날아드는 이 불덩어리를 꺼야 한다. 이 땅에서 외세와 전쟁을 몰아내야 한다. 그러나 애통하게도 지금으로서는, 지금의 나로서는 그림을 그리는 일밖에는 달리 방법이 없구나.'

그런데 중섭은 얼마 뒤 화학교실에 불을 질렀다. 큰불을 낼 의도가 아니라 일본보험회사로부터 보험금을 타내 낡은 건물을 신축할 수 있도록 할 생각에서 졸업생 몇몇과 불장난을 쳤던 것이다. 이렇게라도 저항의 몸짓을 보여주고 싶었던 그는 뜻한 바를 이룬 뒤 통쾌해하면서도 못내 씁쓸한 미소를 지었다.

"이제 졸업이구나. 앞으로 어떻게 할 생각이나?"

임용련은 이제 어엿한 청년이 된 중섭에게 술을 따라주었다. 핼쑥한 중섭의 얼굴에 알코올 기운이 불그레 감돌았다. 백남순은 옆에서 빈 커피잔만 만지작거렸다.

"그림을 그리고 싶습니다."

"맞아요. 중섭 학생은 그림을 그려야 해요. 그렇게 훌륭한 재능을 썩히면 안 돼죠."

백남순의 말에 임용련이 고개를 끄덕였다.

"암, 그림을 그려야지. 그러려면 공부를 더해야 할 텐데, 조선에는 그림 공부를 제대로 할 만한 곳이 없구나."

"형님을 잘 설득해 보겠습니다. 일본으로 건너가 공부하고 싶습

꽃 피는 산 1941년

짐승을 부리는 사람들 1941년

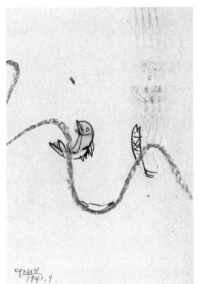

파도타기 1941년

해를 불평하는 사람 1941년

니다."

"그래, 중섭아. 그리고 어디를 가더라도 우리가 조선인임을 잊어서는 안 된다. 그림을 그린다고 해도 조선을 그려야 한다. 조선정신이 없이는 아무것도 이룰 수가 없다. 무슨 말인지 알겠느냐?"

"예."

스무 살 제자에게 술을 따라주는 스승 임용련의 자세는 매우 진지했다. 이 순간부터는 스승과 제자의 틀을 깨고 선후배 동지로 예우하겠다는 은근한 의사표시였다.

"만일 일본으로 가기 어려워지면 내게로 오너라. 나와 함께 그림을 그리자."

"선생님, 고맙습니다."

중섭은 3년 전 원산으로 이사한 어머니 집으로 돌아가기로 했다. 그에게는 새로운 곳이었다.

오산을 떠나기에 앞서 중섭은 학교 서쪽에 있는 제석산에 올라가 발밑으로 굽어보이는 오산 일대를 그렸다. 본디 풍경화를 즐겨 그리진 않았으나 오산을 떠난다는 아쉬운 마음이 풍경화를 그리게끔 했다. 그는 그 그림을 임용련 선생에게 바쳤다.

임용련은 중섭을 붙잡고 말했다.

"나는 외국을 여러 곳 다녀보았다. 미국에서도 살아보고, 프랑스에서도 지내보았지. 하지만 내 뿌리인 내 나라만큼 좋은 곳은 없더구나. 무릇 조선사람은 조선을 사랑하고 조선땅에서 일해야 해. 내 말을 잊지 말기 바란다."

중섭이 조심스레 물었다.

"그럼, 일본 유학을 포기해야 할까요?"

임용련은 고개를 세차게 저었다.

"아니, 아니지. 일본을 이기려면 일본으로 가야 해. 갈 수 있으면 가는 거야."

중섭은 스승의 이 말에 깊은 감동을 받았다. 임용련이야말로 그에게는 '그림'이라는 예술에 첫눈을 뜨게 해준 잊지 못할 스승이었다.

중섭은 이미 어엿한 화가였다. 1920년대 한국미술계는 신미술 운동의 혼란 속에서 앞으로 나아갈 방향을 찾아 헤매고 있었다. 그리고 1930년대로 이어지는 무렵, 관서지방 한구석에서 독특한 자기 화법과 뛰어난 미학적 눈을 지닌 중섭이 나타난 것이다.

그때 그는 곧바로 미술계에서 두각을 나타내지는 못했다. 그보다 먼저 가족이라는 커다랗고 깊은 도랑을 건너야만 했다. 중섭은 천재화가로서가 아니라 한 집안의 막내아들로서 먼저 집으로 돌아갔다.

1937년, 마침내 이중섭은 일본 유학길에 올랐다.

참으로 어렵게 이룬 길이었다. 아버지 역할을 맡은 형이 고집스럽게 막는 바람에 원산에 남아 있다가 어머니를 통해 가까스로 허락을 받아냈다. 그러므로 현해탄을 건너다니는 관부연락선은 그에게 매우 특별한 의미가 있었다.

일본에 도착해서 도쿄 데이코쿠(帝國)미술학교에 입학하기까지의 1년은 홀로 고독하게 있었다. 중섭은 일본에 유학 와 있는 외종사촌들과 오산학교 선배들에게 자신이 일본에 왔음을 일부러 알리지 않았다. 그저 간다(神田)에 있는 미술연구소만 다니다가 이듬해 4월, 미술학교에 입학했다.

미술학교 시절에도 그는 고독했다. 조선인 유학생이 적지 않았으나, 그들과 어울리는 일 없이 시계추처럼 그저 학교와 숙소만 오갔다.

차마 자유로운 분위기까지는 바라지도 않았지만 모든 것이 권위와 규범으로 철책을 두른 우리 안에 갇혀버린 중섭은 숨을 쉬기조차 힘든 무거운 나날을 보내야 했다.

그런 중섭의 심정을 헤아린 운명의 신이 그를 위한 주술이라도 풀어놓은 것일까?

입학하던 그해 겨울, 중섭은 크게 다쳤다. 스케이트장에서 넘어진 것이다. 그 일을 사유로 중섭은 식구들이 있는 원산 집으로 돌아갈 수 있었다.

겨울 내내 요양을 하면서 중섭은 불어 공부에 몰두했다. 기필코 유화의 본고장인 파리에 가서 공부를 하리라! 기회가 닿을 때마다 중섭은 자신에게 다짐하고 또 다짐했다. 틈만 나면 중섭은 제 가슴 안에다 굿판을 열곤 했다.

더 넓은 세상으로 나가야 한다. 나가서 내가 하고 싶은 공부를 원 없이 해보는 거다. 무당이 어머니의 염원을 춤사위에 실어 신께 아뢰었듯이, 중섭도 굿판 한가운데 서서 하늘을 향해 소망을 비는 일을 게을리 하지 않았다.

봄이 되어 도쿄로 돌아가서도 중섭은 데이코쿠에 복학하지 않았다.

중섭이 뜨악하게 여겼던 모든 상황은 하나도 나아지지 않은 채 교수와 학생들이 한데 어우러져 분규까지 터져버린 데이코쿠의 소요는 중섭이 새로운 결심을 할 수 있는 용기를 북돋아주었다.

그렇잖아도 그곳을 자연스럽게 벗어날 수 있는 마땅한 구실을 간절하게 찾고 있던 중섭은 이를 좋은 기회로 삼아 분카가쿠인(文化學院) 유화과로 전학을 결심했다.

야수를 탄 여자 1941년

소와 어린아이 1942년

그 무렵 일본 미술계에는 서구현대미술 운동이 들어오면서 전위미술을 따르고 모방하는 사람들이 잇따라 생겨나고 있었다. 다른 한편에서는 서양화 전통을 따르는 근대 화가들이 일본 근대 서양화의 수준을 높이고 있었다. '아방가르드'와 '아카데미즘'이 저마다 창조적 자유를 누릴 때 중섭이 뛰어들게 된 것이다.

　중섭은 1년 뒤, 데이코쿠미술학교보다 훨씬 자유롭고 귀족적인 천재교육의 중심지 분카학원(文化學園)으로 전학했다.

　분카는 1921년 지금의 도쿄 간다에 세워졌다. 건축가 니시무라 이사쿠(西村伊作)가 주로 자금을 대면서 교장을 맡았고, 화가 이시이 하쿠테이(石井柏亭) 등이 설립에 참여했다. 니시무라는 갑부집에서 태어나 미국에서 공부했으며 서양사람처럼 자유롭게 살았다. 공식 석상에서 일본국왕에 대해 "폐하는 따분할 거야"라는 소리도 아무렇지 않게 내뱉었던 그는, 제1차 세계대전이 벌어지는 동안 경직된 사회 분위기 속에서 여러 번 당국에 불려가 문초를 당하기도 했다. 딸들을 모두 외국으로 유학보냈는데, 큰딸만 빼고 나머지 딸들은 저마다 스웨덴·네덜란드·미국으로 시집을 갔다. 딸들을 위해 설립했다는 분카학원은 그 무렵 다른 학교들과 달리 여학생들을 받아들여 함께 공부한 데다 교복제도도 없었다. 분카는 '도쿄의 첨단적 모던 걸 교육기관'이라 할 정도로 자유롭고 개방적이었다.

　명문으로 이름난 분카학원은 3년제로, 처음에는 문학과와 건축과만 있다가 나중에 미술과가 만들어졌다. 이중섭이 수학했던 유화전공과는 한 학년이 서른 명 남짓이었으며, 남학생 반과 여학생 반으로 나뉘어 있었다. 남학생 가운데 조선인 동급생은 다섯 명이었는데, 오산학교 동기인 홍준명과 안기풍, 이정규와 홍하구가 그들이었다. 뒷날 함께 조선신미술가협회에서 활동하게 되는 김종찬도 데이코쿠에서 분카로 전학와서 상급학년에 다니고 있었다. 운동을 좋아하면서도 내성적인 중섭에게 호감을 가진 홍하구는 만석꾼의 맏아들로, 중섭과 거의 같은 때에 문학부 문예창작과에서 서양화과로 옮겼다. 둘 사이는 무척 가까웠다.

분카학원은 규모가 작아 가족 같은 분위기였으나, 수줍음이 많고 부끄러움을 잘 타는 이중섭은 얼굴을 제대로 들고 다니지도 못했다. 초등 과정 뒤 오산 골짜기에서 남자들하고만 자라다시피 한 이중섭으로서는 여학생들과 함께 공부한다는 게 그저 매우 낯설 뿐이었다.

중섭은 학교 친구 소개로 도쿄 변두리 기치조지(吉祥寺)에서 이노가시라 공원이 내려다보이는 아파트를 세 얻을 수 있었다.

이노가시라 공원은 본디 경치가 좋기로 이름난 곳이다. 울창한 숲이 호수를 둘러싸고 있으며, 삼나무 향내가 은은히 풍겨 젊은이들에게 풍요로운 정서를 안겨주었다. 날씨가 맑은 날이면 멀리 산머리에 눈이 잔뜩 쌓인 후지산이 환상처럼 도드라져 보였다. 곳곳에서 발에 채이듯 불쑥 나타나는 예술적 영감들이 미술을 공부하는 학생들의 가슴을 마냥 설레게 했다.

얼마 뒤 오산학교 시절 수재 모임 회원으로 '고릴라'라 불리던 이준명이 도쿄로 건너왔다. 그 또한 화가를 꿈꾸고 있었으나 집안 형편이 어려워 포기했다가 무작정 중섭만 믿고 현해탄을 훌쩍 건너온 것이다.

중섭은 앞뒤 재지 않고 준명을 자기 아파트에 머물게 했다. 원산에서 실업가로 탄탄하게 발판을 굳힌 형 중석이 보내오는 돈의 일부는 준명의 학비로 들어갔다.

이렇게 공부한 이준명은 '독립전'에 입선했고, 이중섭은 학생으로서 '자유미협전'에 입선해 나란히 '아사히신문'의 호평을 받았다.

오산학교 후배 김창복은 니혼대학에 입학했다가 데이코쿠미술학교로 전학해 다니고 있었다. 그 밖에도 1, 2년 선배로서 문학수·김환기·유영국 등이 있었다. 중섭은 한때의 고독을 떨쳐버리고 그들과 함께 곧잘 어울렸다.

소묘 수업은 이시이 하쿠데이 교수가 맡고 있었는데 교실에는 이중섭과 더불어 이씨 성을 지닌 학생이 세 명이나 있었다. 이 세 학생을 구별해 부르기 위해 별명을 붙여야겠다고 생각한 이시이 하쿠데이 교수는 세 학생의 신체 특징을 관찰했다. 이정규는 몸집이 크고 뚱뚱하니까 크다는 뜻의 '데카' 또는 기름을 발라 머리카락이 번쩍인다는 뜻의 '데까'를 앞에 붙여 '데카이리'라고 했고, 이주행이 키가 작으니 작다는 뜻의 '지비'를 앞에 붙여 '지비리', 그리고 이중섭은 유달리 턱이 기니까 턱을 뜻하는 '아고(顎)'를 앞에 붙여 '아고리'(顎李)라고 불렀다. 또 누군가는 AGOLEE라는 영어 철자로 표기하기도 했던 이 아고리는 뒷날 이중섭이 아내에게 보내는 편지에 스스로를 부르는 호칭으로 사용하기도 했다.

그런데 그의 별명이 '아고리'만 있던 건 아니었다. 원산의 후배 김영주(金永周, 1920~1995)는 뒷날 이중섭의 그 무렵 별명이 '노랑수염'도 있었고 '허재비'도 있다고 밝혔다.

'노랑수염'은 해방 직후 이중섭의 콧수염을 보고 김영주가 지어 준 별명으로, 그즈음 금발의 소련군이 활보하던 모습과 겹쳐 시대 추세를 따른 것이기도 했다.

그리고 그 전에 지어진 '허재비'라는 별명은 이 분카 학원에서 생겨났다. 이는 이중섭의 옷차림에서 비롯된 별명이었다. 이중섭은 아랫단을 무릎 위까지 짧게 자른 뒤 잘라낸 조각으로 큼직하고 네모진 주머니를 만들어 붙인 독특한 외투를 입고 다녔다. 양복저고리의

날아오르는 여자 1941년

엽서 1941년

앞가슴 양쪽에도 주머니를 붙여 연필을 꽂았다. 여기에 선원 모자를 썼는데 그 모양이 마치 허수아비 같아서, 평안도 출신 친구들은 그를 평안도 사투리로 '허재비'라 불렀다. 학생들은 이런 이중섭을 그저 좀 특이한 괴짜 친구라고 생각했겠지만, 그를 본 교장 니시무라는 여러 학생들 앞에서, 그의 옷에는 창조정신이 깃들어 있다고 칭찬을 했다.

별난 사람 이중섭은, 방학을 맞아 원산 집에 왔다가 일본으로 돌아갈 때 들고 간 어머니가 마련해 준 고급 양복 10여 벌을 모두 친구들에게 나누어 주었다. 이중섭이 다시 방학이 되어 집으로 돌아왔을 때는 주유소에서 일하는 사람처럼 아래위가 붙어 있는 작업복 같은 것을 걸치고 있었다. 그는 그 많은 옷에서 하나를 골라 적당히 마음에 들게 고쳐 입었던 것이다. 이중섭은 옷뿐만 아니라 생활도구 등 주변 물건들도 자신의 취향에 맞추어 마음에 꼭 들 때까지 새롭게 만들곤 했는데, 그렇게 만들어진 것들은 뛰어난 조형감각과 개성이 엿보였으며 인간적인 향취까지 물씬 풍겼다.

그의 방은 언제나 화구들로 어질러져 있었지만, 그런 가운데서도 난초를 키우는 정갈함이 있었다. 희끄무레 새벽빛이 열려오는 장지를 배경으로 유연하게 뻗어오른 난초잎에 받들려 조금씩 벌어지는 꽃송이의 해맑음! 이 맑음에 씻기어 중섭도, 방 안 풍경도 소리 없이 정화되어갔다. 한 송이 작은 난초꽃 속으로 우주에 흩어져 있던 미(美)의 정기(精氣)가 고일 때마다 중섭은 어김없이 그 기운을 눈으로 맛보았다.

이중섭은 특히 여학생들에게 인기가 높았다. 키가 훤칠하고 잘생긴 데다 권투·철봉·뜀박질 등 못하는 운동이 없었고 노래까지 잘 불렀기 때문이다. 이중섭은 조선사람들 사이에서는 절대로 일본말을 쓰

지 않았다. 심지어 일본 학생들과 조선 학생들이 함께 모이는 연회에
서도 조선말 노래를 거침없이 불러 젖혔다.

사비수 나린 물에 석양이 비낄 제/버들꽃 날리는데 낙화암 예란
다/모르는 아이들은 피리만 불건만/맘 있는 나그네의 창자를 끊누
나/낙화암, 낙화암 왜 말이 없느냐//칠백 년 누려오던 부여성 옛터
에/봄 만난 푸른빛이 예 빛을 띠건만/구중의 빛난 궁궐 있던 터 어
데매/만승의 귀하신 몸 가신 곳 몰라라/낙화암, 낙화암 왜 말이 없
느냐//어떤 밤 불길 속에 곡소리 나더니/꽃 같은 궁녀들이 어데로
갔느냐/임 주신 비단치마 가슴에 안고서/사비수 깊은 물에 던진단
말이냐/낙화암, 낙화암 왜 말이 없느냐

오산학교 선생을 지낸 춘원 이광수의 시에 가락을 붙인 〈낙화암
만경창파〉라는 이 노래는 우수 어린 애잔한 곡으로 일제에 강점당한
슬픈 민족적인 감정이 흠씬 풍겨 나왔다. 일본 노래를 부른 조선인
유학생들은 이중섭 앞에서 부끄러움을 느꼈다. 그 자리를 함께한 김
병기는 그런 이중섭을 조마조마한 마음으로 바라보면서도 한편으로
는 자랑스러워했다.
이중섭은 독일의 크리스마스 송가 〈소나무야〉도 자주 불렀다.

소나무야 소나무야 언제나 푸른 네 빛/쓸쓸한 가을날이나 눈보
라 치는 날에도/소나무야 소나무야 변하지 않는 네 빛//소나무야
소나무야 너희는 우리 동무/갑갑한 일이 있어도 어려운 일이 있어
도/소나무야 소나무야 씩씩한 우리 동무

중섭은 학교에서 돌아오자마자 초저녁부터 잠을 잤다. 그러고는 온 세상이 잠든 먼동이 트기 한참 전인 12시에서 1시 사이에 일어나 밥을 먹었다. 그런 다음 그는 아침까지 줄곧 데생 연습을 하거나 이런저런 구상을 스케치하며 밤새우기 일쑤였다.

　　그런 시간들은 온전히 자기만의 것이었다. 혼자 된 그때가 되어야 본디 자세로 돌아와 모든 것을 자신에게 쏟아부을 수 있었다. 값진 희열을 맛보고 느끼는 시간이었다. 그럴 때 중섭은 품이 넉넉해 조이는 곳 없고 마음대로 움직일 수 있는 헐렁한 바지저고리를 즐겨 입었다.

　　새벽이면 어김없이 이노가시라 공원으로 달려가 냉수마찰을 했다. 겨울이라 호수가 얼어붙어 있으면 얼음을 깨고서라도 정신이 번쩍 드는 차가운 물로 온몸을 씻어냈다. 마치 자신을 현실로 되돌리기 위한 엄숙한 의식 같았다.

　　아파트에는 배급 가스가 들어오므로 자취하기에 큰 어려움은 없었다. 간이침대와 냄비, 밥그릇 두엇뿐인 간소한 살림살이에 어머니가 부쳐 주는 장조림을 반찬으로 끼니를 이어갔다. 물론 식사시간이 일정할 리 없었다.

　　한아파트에 살던 준명이 친구 집에 가 있거나 할 때면, 중섭은 문밖에 '면회 사절'이란 종이를 써 붙여놓고 겨울바람이 솔솔 들어오는 방 안에서 홀로 이불을 뒤집어쓴 채 1주일이고 2주일이고 미친 듯이 그림에만 몰두했다. 그럴 때의 중섭에게는 누구도 침범할 수 없는 신비로운 기운이 깊게 서려 있었다. 자기 세계로 파고든 예술가의 기운이었다.

　　그는 일본에서 배운 미술 지식을 전혀 써먹지 않았다. 그의 그림에서는 '고추장 냄새' 조선 냄새가 물씬 풍겼다. 예전에 그리던 소의 표현 방법도 달라졌다. 이제는 소의 뼈대만 그렸다. 사람도 뼈대만 그렸

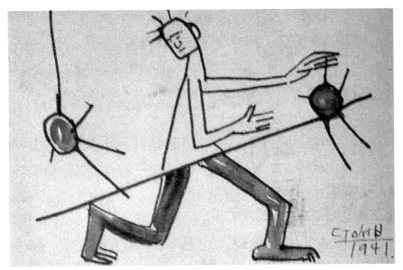

저울질하는 사람 1941년

교차하는 직선과 사람들 1941년

다. 며칠씩 어지럽게 널린 방 안 청소도 잊은 채 오로지 그림만 그리느라 폐지로 온 방 안이 어질러져갔다.

중섭의 그림은 곧 분카학원의 여러 교수들과 학생들 입에 오르내리게 되었고 그들 사이에서는 이러한 말들이 퍼져 나갔다.

"루오가 나타났다네. 시커멓게 칠하는 학생이야."

"루오처럼 굵은 선을 쓰는 개성파 학생이 나타났어."

그의 작품을 놓고 이런저런 엇갈린 평이 나오기도 했다. 야마시타(山下) 선생은 그의 데생이 피카소를 흉내낸 것에 지나지 않는다고 빈정댔다. 그러나, 쓰다 세이슈(津田正周) 선생은 한지에 먹물을 칠하고 긁어낸 그림 수십 장을 보고 고대 벽화를 떠올리게 하는 우수작이라며 탄복하면서 칭찬을 아끼지 않았다.

이 무렵, 중섭은 평양사범을 졸업하고 한때 원산 광명보통학교에서 교편을 잡았던 나찬근의 소개로 구상을 만나게 된다. 그때 찬근은 데이코쿠미술학교에 다녔고 상은 니혼대학 종교과에 적을 두고 있었다. 찬근이 중섭을 고엔지(高圓寺) 옆에 있는 다방 르네상스로 불러내어 함께 만났는데, 상이 중섭을 보자마자 "루오가 그린 예수 같소" 하자 중섭은 상더러 "당신이 그렇소" 맞장구를 쳤다. 이처럼 두 사람은 만나자마자 의기투합했다. 이날 상은 중섭에게 중국 국수집에서 맥주를 대접했고, 중섭은 상을 끌고 그의 하숙집으로 갔다.

그들의 두 번째 만남은 1939년 여름방학 때 고국에서 이루어졌다. 원산 송도원에서 시내로 넘어오는 고갯길에서 중섭은 상과 우연히 마주치자, 같이 어울렸던 친구들을 뿌리치고 오던 길을 되돌아 송도원 안에 있는 마루요시 별관으로 상을 안내했다. 도쿄에서의 첫 만남 때 맥주 대접을 받은 보답으로 술자리를 마련한 것이다. 곤죽이 되도록 밤새 술을 마신 두 사람은 이날부터 중섭이 세상을 떠날 때까지 17년간 둘도 없는 좋은 벗으로 우의를 다지게 된다.

이중섭이 머물고 있던 아파트에는 그 무렵 화가로 널리 이름을 떨치던 쓰다 세이슈가 살고 있었다. 그는 프랑스 화단에서 10여 년간 활약하다가 귀국하여 중섭이 다니는 분카학원 교수로 재직하고 있었다. 서구예술을 체험한 선구적인 예술가이면서도 동양정신에 매료되어 있는 고양이 그림의 대가였다.

중섭이 분카학원을 졸업하고 나서의 일이지만, 일제 침략 아래 신음하는 조선과 중국 곳곳을 두루 돌아보기도 한 쓰다는 보기 드물게 민족에 대한 차별 의식이 조금도 없었다. 오로지 소중한 것은 자유이며, 삶의 목적은 예술 창작에 있다고 생각하는 사람이었다. 그러했기에 몇몇 선생이 중섭의 그림을 폄하할 때도 쓰다는 어떠한 편견도 없이 그림에 마땅한 칭찬의 말로 올바르게 작품을 평가할 수 있었던 것이다.

이중섭처럼 화가를 꿈꾸는 학생들은 쓰다 세이슈의 집을 자주 찾았다. 중섭이 처음으로 그를 찾아갔을 때, 쓰다는 이렇게 말했다.

"자네 얼굴에는 모든 게 그려져 있네. 자네가 '루오'란 별명으로 불린다는 것도 알고 있지. 나도 언젠가는 조선에 한번 가볼 작정일세. 조선의 고대 미술은 정말 감탄을 자아내거든."

어느 날, 열흘 동안 방에 틀어박혀 그림만 그리던 중섭은 자신이 그린 소 그림을 들고 쓰다의 화실을 찾아갔다.

"선생님, 그림을 가지고 왔습니다."

쓰다 세이슈는 중섭이 내미는 그림을 말없이 들여다보았다. 진지한 침묵이 한참 흐른 뒤 쓰다가 입을 열었다. 얼굴은 애써 표정을 감추었으나 나지막한 목소리에서는 탄복의 울림을 숨길 수 없었다.

"이게 자네 그림인가?"

그러고 나서 스승이 굳은 표정으로 그림을 노려보고 있으니, 중섭은 적잖이 긴장되었다.

"소를 그렸군."

"예, 그렇습니다."

또 한동안 침묵이 흘렀다. 쓰다는 하염없이 그림에서 눈을 떼지 못했다. 그러다가 마침내 다시 입을 열었다.

"열흘 동안 이것만 그렸나?"

"예."

"물감이 없나? 없으면 가져다 쓰게."

"물감은 있습니다."

중섭의 그림은 완성된 게 아니었다. 밑그림일 뿐이었다. 쓰다 세이슈의 시선은 여전히 그림에 머물러 있었다.

"살아 움직이고 있군."

쓰다 세이슈가 중얼거리듯 말했다.

"무언가에 분노하고 있어."

"……."

"열흘이나 결석한 것은 없던 일로 치겠네."

그제야 중섭은 안도의 숨을 내쉬었다.

"그림은 누구에게 배웠나?"

"선생님께 배우고 있잖습니까?"

"아니, 난 자네를 가르친 적이 없어. 이번에도 열흘 동안 혼자서 공부를 하지 않았는가. 그 전에는?"

"조선의 화가 임용련 선생님을 존경하고 있습니다."

쓰다 세이슈의 눈이 둥그레졌다.

"임용련? 자네는 임용련을 알고 있는가?"

못 가에서 노는 세 어린이 1941년

"예, 제 선생님이셨습니다."

쓰다 세이슈가 고개를 끄덕였다.

"임용련, 대단한 사람이지. 그래 역시 그렇군. 임용련에게서 그림을 배웠다는 사실만으로도 자네는 엄청난 혜택을 받은 것일세."

"그분을 아십니까?"

"암, 알다마다. 우린 프랑스에서 함께 공부했지. 그는 거기서도 촉망받는 신예였어. 내가 그에게서 배운 것이 많다네. 성격이 불 같아서 금방 귀국을 했지만. 하기는 내가 조선인이었어도 그랬을걸세. 부인이 누구더라? 백……?"

"백남순 선생님입니다."

"그렇지, 백남순. 그분은 정물화로 유명했지. 지금은 어디에 계신가?"

"조선의 오산학교에 계십니다."

"오, 조선의 정신을 가르치겠다던 남강 이승훈 선생이 세운 그 오산학교 말인가? 과연 그 사람답구먼. 자네도 그 학교를 다녔는가?"

"그렇습니다."

쓰다 세이슈는 고개를 끄덕이며 중섭의 등을 두드려주었다.

"자네 그림은 매우 독창적이고 훌륭하네. 임용련에게서 그림을 배웠다면 예술정신을 제대로 배웠겠군. 꼬박 열흘 동안 그린 게 겨우 에스키스라니, 자네의 노력에 경의를 표하네."

쓰다 세이슈는 진심으로 중섭을 칭찬했다. 이중섭은 스승 임용련을, 그의 열정적 가르침을 새삼 떠올렸다.

'에스키스를 많이 해야 한다. 에스키스를.'

"임용련의 주소를 알고 있나?"

"예."

"알려주게나. 내게 훌륭한 제자를 보내주어 고맙다는 인사를 해야 겠어. 앞으로 열흘 동안 또 학교에 나오지 않아도 좋아. 그 대신 이 그림을 완성해서 가져오게."

"알겠습니다."

"장소가 마땅치 않으면 내 화실을 써도 되네."

"고맙습니다."

쓰다는 선이 굵은 중섭의 그림에서 번뜩이는 가능성을 읽었다. 그는 거듭 칭찬했다.

"놀랍군. 자네는 틀림없이 대단한 화가가 될걸세. 확신하네. 자네 그림에 감탄했어."

쓰다는 자신을 찾아온 방문객을 다음 날 만나기로 미루고는 중섭을 붙잡아 앉혔다. 그는 벽장에서 코냑을 한 병 꺼냈다.

"이건 내가 오래도록 아껴오던 술일세. 화가의 탄생을 기념한다고 생각해도 좋네. 자, 함께 마실까? 자네 그림을 축하하는 뜻에서."

쓰다 세이슈가 이중섭을 화가로 인정한 것이다. 쓰다 세이슈 같은 일본 화단의 거장이 이제 고작 20대 초반 학생인 중섭을 화가로 인정 한다는 것은 전대미문의 대사건이 아닐 수 없었다.

이중섭은 쓰다 세이슈의 화실을 쓰지는 않았지만 그를 더 자주 찾아가 그림에 대한 조언을 들었다.

"자네 그림에는 절망만 가득하고 희망이 없네. 이제부터는 희망을 그려보게. 절망만이 조선적이라고 생각한다면 그건 크게 잘못 생각 하는 거야. 예술은 그 자체가 희망일세."

"자넨 잡념이 있군. 제작을 할 때에는 그림 속으로 녹아들어가야 하네. 소를 그릴 때에는 소가 되어야 하고, 어린아이를 그릴 때에는 어린이가 되어야 하는 것일세."

"조급해하지 말게나. 가슴이 채워질 때까지 기다리는 게 좋겠어. 억지로 그린다고 그림이 되는 게 아닐세."

쓰다의 충고들은 백지에 물감이 젖어들 듯이 중섭의 가슴에 그대로 스며들어 그의 예술혼을 뜨겁게 달구는 자극제가 되었다. 또한 쓰다의 가르침으로 중섭은 서학위용(西學爲用)의 참뜻을 알게 되었다. 서학과 양재(洋才)는 어디까지나 그림의 표현상 기법으로만 활용해야 하며, 그림의 내용은 민족의 혼이나 민족에게 필요한 사상들을 담아야 한다는 사실을 뚜렷이 깨달은 것이다.

'그림은 단순히 어떤 대상을 그럴듯하게 그려내는 게 아니다. 그림에는 영광스러운 것이든 비참한 것이든 역사와 전통을 담아내야 하고, 행복하든 불행하든 시대의 사명과 민족의 생활이 드러나야 한다. 나는 그것을 긍정과 희망으로 압축하고 싶다.'

임용련 선생님께

지금 저는 쓰다 세이슈 선생님께 배우고 있습니다. 그분은 임용련 선생님 말씀을 많이 하십니다. 그분한테서 제 그림 칭찬도 받았습니다.

저는 프랑스 파리에 가서 그림을 배우고 싶습니다. 선생님을 처음 뵈었을 때에도 그런 생각을 했는데, 쓰다 세이슈 선생님을 뵙고 나니 그 생각이 더욱 간절해집니다.

그림을 그리는 것은 너무 행복한 일입니다. 밥을 먹지 않아도 배가 고픈 줄을 모르겠습니다.

제 이름이 신문에 났습니다. 이곳의 자유미협전에 입선을 했기 때문입니다. 이준명의 이름도 같이 났습니다(고릴라라고 부르던 이준명입니다. 그도 그림을 그리고 싶어서 무작정 이곳에 왔답니다. 하

엽서 1941년

엽서 1941년

엽서 1941년

엽서 1941년

지만 돈이 없어서 고생이 심합니다. 저하고 같이 지내기도 하고 다른 친구들과 어울리기도 하면서 함께 그림을 그리고 있습니다. 그는 독립전에 입선했습니다).

그래서 친구들과 모여 맥주를 마셨습니다. 기분이 매우 좋았습니다. 요즘 저는 사물에 대한 관찰을 많이 합니다. 관찰을 한 다음에는 눈을 감습니다. 그러면 그것이 하나의 상(像)이 되어 떠오릅니다. 그럴 때마다 그것을 그립니다. 어떤 때는 쉽게 떠오르지만 끝끝내 떠오르지 않을 때도 있습니다. 그러면 눈물이 납니다.

선생님 말씀대로 저는 에스키스를 많이 합니다. 이제는 그것이 습관이 되어서 에스키스를 하지 않고는 그림을 그리지 못할 정도입니다.

봄은 언제나 오려는지요?

이중섭 올림

어느 날, 이따금 만나 고향 이야기며 그림 이야기를 나누곤 하는 외종사촌 광석이 찾아왔다. 중섭은 캔버스에 처박고 있던 초췌한 얼굴을 들고는 오랜만에 웃음을 띠었다. 광석이 부드럽게 말을 건넸다.

"피곤해 보이는군. 잠깐 산책이라도 하는 게 어떨까?"

"좋지, 형. 겨울 거리나 구경할까?"

두 사람은 긴자 거리로 나왔다. 패션과 예술, 그리고 유흥의 거리인 긴자는 그 시절에도 방황하는 청춘들의 꿈과 좌절이 뒤섞인 곳이었다. 그들은 싸구려 술집에서 맥주를 시켜놓고 마주 앉았다. 화가와 시인, 소설가를 비롯해 예술가 지망생들이 주로 찾는 집이었다.

"요즈음 네 그림 속의 소는 소가 아니더구나. 솔직히 좀 놀랐다."

와세다대학 법학과에 다니는 광석은 전공은 다르지만 중섭의 그림을 누구보다 아끼고 이해해 주었다.

"그럴 테지. 소를 꿰뚫어보고 있으면 소뼈다귀가 가죽을 뚫고 나오곤 해. 요즘에는 송천리 소, 오산 소, 송도원 소가 한꺼번에 내 가슴속을 메우거든. 이곳에서는 소를 볼 수 없기 때문인지 기억으로 소를 꿰뚫어보면 그만 그렇게 돼. 실은 나, 요즈음 한 가지 엉뚱한 짓을 하고 있어."

이중섭이 내보인 것은 그가 도쿄에 온 지 얼마 안 되고부터 남몰래 실험해 온 그림 조각이었다.

"이게 뭐지? 아, 이건 은박지 아니야?"

"맞아, 은박지야. 하지만……."

광석은 중섭에게서 은박지 그림을 조심스럽게 받아들고는 주의 깊게 들여다보았다. 사방 10센티미터쯤의 은박지에 새까맣게 먹칠을 한 뒤 뾰족한 칼로 선을 긁어 만든 그림이었다. 깊은 계곡에 어머니가 서 있었다.

또 다른 은박지는 손으로 구기고 비벼 신비스러운 형태를 이루고 있었다.

"좋구나, 아주 좋은데."

"이게 좋다구?"

"그래. 게다가 어머니가 그려져 있잖아? 내가 가져도 괜찮겠어?"

"형이 좋다니까 가져도 돼."

광석은 중섭의 은박지 그림 2장을 안주머니에 소중하게 넣었다.

은지화는 이중섭이 6·25전쟁 때 어려운 피란생활로 캔버스와 물감을 구하기 힘든 탓에 그리기 시작했다고 전해진다. 그러나 이중섭은 사실 도쿄 유학 시절부터 벌써 독창적인 실험작업을 하고 있었던 것이다.

예술은 개뼈다귀

일본에서 쇼와약학전문학교에 다니는 외종사촌누나 효석이 언젠가 이렇게 물었다.

"중섭아, 너는 어떤 여자한테 마음이 끌리니?"

중섭은 그저 가만히 고개를 숙였다가 대수롭지 않게 대답했다.

"한 가지만 좋으면 되지, 뭐."

도쿄에서는 많은 미술전람회가 열렸다. 미술전람회를 보는 일은 중섭에게 커다란 즐거움이었다. 그는 짬이 날 때마다 혼자서 전람회에 가거나 이준명이나 다른 친구들과 함께 가곤 했다.

"예술이란 과연 무엇일까? 사랑이란 과연 무엇일까?"

쓰다 세이슈가 강의 시간에 예술과 사랑에 대해서 이렇게 말한 적이 있었다.

"예술을 위한 예술가들은 사회를 지옥이라고 생각했으며 자신들이 우연한 실수로 이 지옥의 불꽃에 떨어진 예외적 존재라고 믿었다. 그렇기 때문에 되도록 이 지옥으로부터 멀리 떨어져서 예술의 마력, 그 신비한 상상의 나래를 빌려 본디 고향으로 되돌아가려고 여러 가지 모험을 하는 것이지. 이 모험 가운데 최고 가치가 바로 사랑이라는 감정이다.

사랑이란 관능적 측면과 관련해서는 사랑의 본원적 표현이 무엇인지, 사랑이 어떻게 실현되는지를 찾는 것이 핵심이란다. 사람들은 이성간의 사랑을 말하기도 하고, 신적 존재나 예술 혹은 자연에 대한 사랑을 이야기하기도 한다. 또 열광을 사랑의 한 형태라고 주장하기도 하지. 그렇다면 사랑의 원형, 다른 것들이 종속되어 있고 파생되어 나오기도 하는 그 원형의 특징이 무엇일까? 신학자들은 신을 향한 것이라 하고, 범신론자들은 자연이라 하며, 탐미주의자들은 예술이라 주장한다. 그런가 하면 생물학을 추종하는 사람들에게 사랑은 정서가 배제된, 있는 그대로의 성욕이라고 해. 그리고 일부 형이상학자들에게는 보편적 정체성을 느끼는 것이기도 하지. 그러나 그 누구도 자신이 주장하는 사랑의 형태가 가장 인간적이라고 내세우지는 못할 것이다."

이중섭은 그 뒤로 가끔 다른 사람의 그림을 보고 나서 혼잣말처럼 중얼거렸다.

"예술은 개뼈다귀다. 사랑은…… 사랑은 아직 잘 모르겠다."

그러나 그 개뼈다귀인 예술을 손에 잡기 위해 얼마나 수많은 밤을 지새우고, 그림을 그리면서 울고 웃었던가.

이중섭은 전람회를 보고 온 다음이면 방문을 걸어 잠그고 미친 듯이 타오르는 열정으로 그림을 그렸다.

이중섭이 분카학원 3학년이 되었을 때였다. 준명과 함께 전람회를 보러 가던 중섭은 길에서 같은 학원 미술부 2학년 여학생을 만났다. 야마모토 마사코였다.

"안녕하세요?"

서로 가볍게 인사만 나누고 헤어지는데 준명이 고개를 돌려 그녀를 바라보았다.

"아, 예쁜 아가씨인걸."

학교 다닐 때의 편안한 옷차림이 아닌 정장을 갖추어 입은 마사코는 20대의 화사한 젊음과 청초한 매력이 한눈에 드러나 보였다. 마사코는 뭔가 아쉬운 듯, 준명이 뒤돌아보았을 때에도 가만히 그 자리에 서 있었다.

준명은 중섭의 옆구리를 쿡 찔렀다.

"차라도 같이 마시지 않고……"

중섭은 전혀 관심 없다는 투로 대꾸했다.

"여자는 가까이해선 곤란한 존재야. 마치 그림과도 같지. 한번 빠지면 다른 곳에 눈돌릴 겨를이 없게 만드니까."

그런데 사실은 그때 이미 마사코의 가슴속 한 부분을 이중섭이 차지하고 있었다.

어느 날이었다. 쉬는 시간에 학교 뜰에서 남학생들이 배구경기를 하고 있었다. 그런데 그 가운데 한 학생이 마사코의 가슴을 두근거리게 만들었다. 훤칠하게 키가 크고 잘생긴 청년이었다. 그때는 그가 조선사람이라는 것을 몰랐다. 그는 권투·철봉·달리기 등 못하는 운동이 없었다. 그뿐 아니라 노래까지 잘 불렀다. 그러다 보니 그 청년은 뭇 여학생들에게 선망의 대상이 되었다.

하루는 마사코가 실기수업을 마치고 붓을 빨고 있었는데, 바로 옆에 중섭도 있었다. 마침 주위에는 아무도 없고 오직 단둘이었다. 중섭은 자연스레 그녀에게 말을 걸었다. 마사코로서는 그 첫 만남이 평생 잊을 수 없는 기억으로 남았으나 정작 중섭에게는 그 장면이 가물가물 아련하기만 했다.

운명적 만남은 거기에서 끝나지 않았다.

쓰다 세이슈는 중섭에게 자기 화실을 쓰라고 여러 번 권했다. 그러나 중섭은 그것이 자기를 구속하게 될 것이라는 생각으로 거절하고

엽서 1941년

엽서　1941년

는 음습하고 퀴퀴한 자신의 방에서 그림을 그렸다. 그는 편리함을 추구하기보다는 정신의 자유를 소중하게 여겼다.

'쓰다 선생을 존경하지만, 그의 예술이 내게로 스며들어서는 진정한 나의 그림을 그릴 수 없으리라.'

이것이 중섭의 생각이었다. 중섭은 며칠간 방 안에 틀어박혀 그린 그림을 가지고 쓰다 세이슈의 화실을 찾았다.

"어서 오게."

뜻밖에도 화실에는 눈매가 곱고 예쁘장한 여학생이 앉아 있었다.

"아, 마사코 양! 바로 이 사람이 내가 말하던 화가 이중섭일세."

쓰다 세이슈는 서슴지 않고 중섭에게 화가라는 호칭을 붙여주었다. 그 여학생이 수줍게 해맑은 미소를 띠며 인사를 했다. 그러자 중섭의 얼굴은 이내 붉게 달아올랐다.

"저는 그만······."

마사코가 자리에서 일어나 꾸벅 인사를 하고는 화실을 나갔다. 그제야 중섭은 가지고 온 그림을 꺼내놓았다.

"물고기를 그렸습니다."

"물고기라? 어디 보자. 뼈만 그렸군."

"살은 제가 그만 먹어버렸습니다."

중섭은 생선통조림을 즐겨 먹었는데, 그 이유는 식사 준비시간을 줄이기 위해서였다. 그림에 몰두해야 할 시간이 식사 준비로 허비되는 것을 견딜 수 없었기 때문이다. 그는 늘 생선통조림을 먹으며 그림을 그렸다. 살은 발라내고 뼈만 남은 물고기를 그림으로 남겼다.

"대단하군."

때로는 살과 비늘이 붙고 지느러미 달린 완전함보다 뼈대만 남은 앙상한 것이 본질에 더 가까울 수 있다. 쓰다는 고개를 주억거렸다.

중섭은 쓰다 세이슈의 화실에서 한 시간도 넘게 머물다가 밖으로 나왔다. 날은 이미 어두워져 있었다.

'술 한잔 걸치고 싶네.'

중섭은 그런 생각을 하며 계단을 내려왔다. 그러나 중섭의 주머니에는 돈이 없었다. 광석을 찾아가든지, 아니면 다른 친구라도 찾아가야겠다고 생각하며 중섭은 담배를 한 개비 꺼내 입에 물었다.

"저기……."

막 불을 붙이려는데 웬 여자가 다가왔다. 마사코였다. 중섭이 마사코를 바라보았다.

"저한테 그림 하나 파셨으면 해요."

목소리가 너무 작아서 중섭은 알아들을 수가 없었다.

"뭐라고요?"

중섭이 큰 소리로 묻자 마사코가 놀라 주위를 돌아보다가 중섭의 눈과 마주치고는 곧바로 고개를 아래로 떨구었다. 부끄러움에 얼굴이 빨갛게 달아올랐다. 중섭은 담배에 불을 붙이고 길게 빨아 연기를 빨아들였다가 날려버렸다. 그러고는 툭 내뱉었다.

"맥주 좀 사줄래요?"

놀란 마사코는 어이가 없다는 표정으로 그를 잠시 바라보았으나 곧 고개를 끄덕이고는 앞장서 걸었다.

술집 조명등 아래에서 보는 마사코는 단정하고 기품이 있었으며 매우 아름다웠다. 그녀를 물끄러미 바라보던 중섭이 무덤덤한 투로 물었다.

"아까 내게 뭐라고 했소?"

"그림을 파시라고요."

"내 그림을?"

"예. 쓰다 선생님께서 칭찬을 많이 하셨어요. 우리 분카학원에서 가장 훌륭한 화가가 될 거라고 하시더군요."

"부끄럽네요."

"저는 이중섭 씨의 그림을 꼭 갖고 싶어요."

"내 그림을 본 적이 있어요?"

"예, 지난번 전람회에서."

마사코의 눈은 열망하는 소녀의 간절한 눈빛처럼 호기심으로 가득 차 있었다. 중섭은 가슴 속 깊은 곳에서 무언가 뜨거운 것이 울컥 솟아오름을 느꼈다.

"그냥 줄게요. 내일 갖다줄 테니까 맥주나 사줘요."

둘 사이의 대화가 길어지자 발길은 자연히 학교 앞 찻집으로 옮겨 갔다. 자욱한 담배연기 속에서 마사코는 찻잔을 두 손으로 감싸고 일본여자답게 얌전히 말했다.

"조선 이야기를 들려주시지 않을래요?"

"아……."

문득 중섭은 조선이라는 말에 목이 메었다. 울밑에 피어난 봉선화가 떠오른다. 눈이 아린 것도 담배연기 때문만은 아니었다.

"하지만 나는 이야기를 잘하는 재주가 없으니 어쩌죠? 그저 서글픈 역사를 지닌 나라라고밖에 할 말이 없군요."

마사코와 헤어져 집으로 돌아온 중섭은 밤새 그녀를 그렸다. 중섭의 방 안에는 수십 명의 마사코가 울고 웃고 슬퍼하고 기뻐하며 중섭을 지긋이 바라보고 있었다.

"누구를 그리는 거야?"

밤늦게 들어온 이준명은 온통 어지럽게 널린 그림들을 보며 물었다.

짐승을 부리는 사람들 1941년

물놀이 하는 아이들 1941년

세 개의 동그라미와 아이 1942년

엽서 1942년

"하하, 천사."

"천사라고?"

"그런 게 있어. 천사가."

이준명은 고개를 갸웃거리며 중섭이 그린 그림을 바라보았다.

"오늘 밤은 행복하겠군. 천사가 우리를 지켜보고 있으니."

"그렇겠지."

다음 날, 중섭은 마사코와 찻집에 앉아 있었다. 약속한 그림을 건네주기 위해서였다.

"저는 프랑스에 가고 싶어요. 그곳에 가서 예술을 직접 제 몸으로 느끼고 싶어요."

중섭이 준 그림을 보며 마사코는 불쑥 프랑스에 가고 싶다고 했다.

"예술을 하는 사람들은 누구나 프랑스를 동경하지요. 나도 언젠가는 꼭 프랑스 몽마르트르에 가보려고 합니다."

그러고는 두 사람 모두 침묵했다. 중섭도 말이 많은 편은 아니었지만, 마사코 또한 고개를 숙인 채 손가락으로 찻잔만 만지작거리는 시간이 더 많았다. 중섭은 노트 위에 다소곳이 앉아 있는 마사코를 그렸다. 중섭의 손이 바삐 움직이면서 마사코의 얼굴과 손과 찻잔이 하나씩 완성되었다.

"자, 이거."

중섭은 당연하다는 듯이 그 그림을 마사코에게 주었다. 마사코는 중섭이 건네는 그림을 소중히 받아들고 한동안 감상하다가 자신의 손가방에 조심스레 넣었다.

그날부터 중섭과 마사코는 거의 날마다 만나다시피 했다. 중섭은 이제 마사코만 그렸다. 그러다 보니 쓰다 세이슈의 화실을 찾는 일도 어느덧 뜸해지게 되었다. 언제나 마사코를 그린 그림만 쓰다 세이슈에게 보여줄 수는 없었기 때문이었다.

이중섭과 마사코의 사랑의 시작을 알리는 그림 가운데 하나가 '여자를 기다리는 남자'이다. 이중섭의 그 어떤 그림보다 채색이 곱고 아름다운 이 그림은 요정들의 신비한 세계를 보여준다. 무엇보다 주목할 점은 중섭은 이 그림 서명 옆에 제목을 써두었는데 마사マサ. 곧 마사코의 이름 가운데 마사(方)를 일본어 가타가나로 써놓은 것이다. 화폭에 담긴 꽃나무 요정은 다름 아닌 이중섭의 마음을 빼앗은 그녀, 야마모토 마사코다. 중섭이 이 엽서를 그려 마사코에게 보낸 1941년 4월 2일은 개학 다음날이었다. 꽃으로 온통 뒤덮인 교정을 그는 샅샅이 찾아다녔지만 중섭보다 먼저 학교를 졸업했던 마사코의 모습은 이미 그 어디에도 없었다. 그저 그녀 그림자와 향기만 가득했을 뿐. 이중섭은 이 한 해 동안 매주 한 점씩 사랑의 연서를 그녀에게 보냈다.

마사코는 미쓰이(三井)그룹의 자회사인 니혼(日本)창고주식회사 사장 야마모토의 딸이었다. 정신적으로나 물질적으로 풍요로운 집안의 막내딸이었던 것이다. 그런 그녀가 조선인 청년을 사랑하는 게 용납될 리 없었다. 그렇지만 마사코는 그런 사회적 제약에 전혀 신경쓰지 않았다.

화가를 꿈꾸는 마사코는 중섭의 예술에 반했으며, 둘이 함께 프랑스로 가서 진정한 예술을 이뤄내고 싶은 생각만 간절했다.

분카학원 학생들이라면 누구나 그러했듯이, 마사코나 중섭이나 모두 예술의 도시 파리로 떠나는 걸 꿈꾸던 무렵이었다. 그런데 중섭이 형 중석의 반대로 파리행이 막힌 반면, 마사코는 아무런 장애 없이 파리로 갈 수 있었다. 그럼에도 마사코는 파리유학 길을 서두를 수 없었다. 그녀 앞에 지금, 가장 큰 장애물이 나타난 것이다. 바로 이중섭이었다.

"학생, 웬 아가씨가 찾아왔는데?"

중섭이 며칠간 밖에 나가지 않고 집에만 틀어박혀 있는데 마사코가 찾아왔다.

"어디 아프신가 해서요."

"하하, 어서 와. 마사코를 그리고 있었어요."

방으로 들어서던 마사코는 깜짝 놀랐다. 방에는 온통 그녀를 그린 그림뿐이었다.

"중섭 씨."

마사코는 그만 말을 잇지 못하고 감동의 눈물을 흘렸다.

"어서 들어오라니까."

중섭은 바보처럼 순진하게 웃고만 있었다. 그는 방으로 들어온 마사코를 한참이나 바라보다가 불쑥 말했다.

"마사코, 옷을 좀 벗어봐요."

"예?"

"벗어보라고. 마사코의 모든 것을 그리고 싶어."

그러나 마사코는 부끄러움을 아는 처녀였다. 얼굴이 붉어진 마사코가 중섭을 흘겨보았다. 중섭은 마사코의 반응에는 아랑곳없이 고뇌가 가득찬 심각한 표정을 지으며 어서 옷을 벗기만 기다리고 있었다. 만약 옷을 벗지 않으면 금방이라도 울어버릴 듯이, 그 얼굴에는 비장함마저 흘렀다.

잠깐의 침묵이 흐른 뒤에 마사코가 내려놓았던 가방을 집어들었다.

"저, 가겠어요."

마사코는 중섭의 그 심각한 표정을 무시한 채 그대로 나가버렸다.

여자를 기다리는 남자 1941년

스케치북과 연필을 든 중섭은 그 자리에 우두커니 서서 마사코의 뒷모습만 멀뚱멀뚱 지켜보았다.

마사코는 밖으로 나와 이노가시라 공원을 걸었다. 그러나 그녀는 마음이 초조하고 불안하여 어찌할 바를 몰랐다.

'뭐가 잘못되었을까……? 아니야, 잘못된 건 아무것도 없어. 중섭 씨에게 나는 한 여자라기보다는 그림의 대상에 지나지 않은 거야. 그 대상을 관찰하기 위해 나에게 옷을 벗으라고 한 게 아니겠어? 적어도 예술을 하겠다는 절대명제 앞에서 그것은 부끄러움이라는 허위의 감정과는 다른 차원이다.'

그녀는 마음을 가다듬고 중섭의 방으로 되돌아갔다.

"마사코."

이중섭은 그때까지도 마사코의 뒷모습을 지켜보던 그 자세로 꼼짝 않고 서 있었다. 마사코는 아무 말 없이 옷을 벗기 시작했다. 블라우스 단추를 하나하나 풀어 내려가는 마사코의 손이 가늘게 떨렸다. 중섭은 그저 바라만 보고 있었다.

"돌아서세요."

마사코가 조용히 말했다. 상기된 그녀의 얼굴은 새빨간 물감을 뒤집어쓴 듯했다. 중섭은 말없이 돌아섰다. 마사코는 깊게 심호흡을 한 뒤 나머지 옷을 벗었다. 방 안에 흐르는 정적 속에서 두 사람의 숨소리만이 더욱 크게 들려왔다.

"됐어요."

중섭이 조용히 돌아서보니, 마사코는 저만치 떨어져서 비스듬한 자세로 서 있었다. 중섭은 눈을 질끈 감았다가 다시 떴다. 실오라기 하나 걸치지 않은 우윳빛 비너스는 눈부시게 아름다웠다.

'하늘에서 내려온 천사의 자태인가.'

눈을 반쯤 감은 채 중섭은 마사코를 응시했다. 얼굴을 쳐다보기도 하고 오종종 예쁜 발끝을 한참 살펴보기도 했다. 이미 중섭도 마사코도 호흡이 고르게 돌아와 있었다. 그들은 화가와 모델, 관찰자와 사물의 관계일 뿐, 그 이상도 이하도 아니었다.

스케치북 위에서 서걱서걱 연필 움직이는 소리뿐이었다. 숨소리도 멎은 듯한 정적의 시간이었다. 그렇게 30분이 흘렀다.

"됐어. 이젠 돌아서."

마사코가 몸을 돌렸다. 그 순간, 마사코가 옆으로 힘없이 풀썩 쓰러졌다.

"마사코!"

30분 동안이나 꼼짝 않고 서 있다는 것은 거의 불가능한 일이었다. 그렇기에 몸을 움직이는 순간 굳었던 근육이 풀리며 경련이 일어났던 것이다. 중섭이 쓰러진 마사코의 몸을 부축하자, 마사코가 희미하게 웃으며 말했다.

"다리를 주물러주세요. 쥐가 났나 봐요."

중섭이 벗은 마사코의 다리를 주물러주었다. 마사코는 스스로 자신의 팔을 번갈아 주물렀다.

"됐어요, 이제."

마사코의 다리에서 손을 떼내면서 중섭은 마사코의 풍만하게 봉긋 솟은 가슴을 건드렸다. 마사코가 놀라 움찔했다. 놀라기는 중섭도 마찬가지였다.

"미, 미안해."

"중섭 씨."

마사코가 중섭을 똑바로 바라보았다.

"당신을 사랑해요."

아주 작지만 낮고 조금 떨리는 젖은 목소리로 그녀가 말했다. 중섭은 순간 울어버릴 듯한 표정을 지었다. 그러자 작고 보드라운 마사코의 두 손이 그의 얼굴을 쓰다듬듯 어루만졌다. 중섭의 귀에서는 소가 으헝으헝 울어댔다. 고삐를 끊고서 이리 뛰고 저리 뛰는 누렁이 황소였다. 중섭도 마사코의 얼굴을 감싸듯 가만히 끌어안았다.

"마사코."

중섭의 목소리가 갈라져 나왔다.

"아무 말도 하지 마세요."

마사코의 팔이 중섭의 등을 감쌌다. 그녀는 그를 꼬옥 껴안아주었다. 그녀의 가슴에서는 '토닥토닥' 방망이질 소리가 들려왔다. 호흡은 마치 뭍으로 올라와 파닥거리는 물고기 같았다. 중섭의 마른 입술이 마사코의 젖은 입술에 포개졌다. 아찔한 현기증이 일었다. 원산 바닷가 모래밭으로 깊고 푸른 하늘에서 무수히 아름다운 별들이 쏟아져 내렸다.

아, 당신을 사랑해요. 마사코는 쉼 없이 중얼거렸지만 그것은 소리가 되지 않았다. 누가 먼저랄 것도 없이 두 사람의 갈망은 하나가 되어 절정으로 치달았다.

"당신 몸에서 달콤하고 향기로운 복숭아 냄새가 나는군."

이윽고 중섭이 마사코의 머리카락을 하나하나 세듯 만지작거리며 중얼거렸다. 마사코는 몸을 파들파들 떨면서도 더욱 힘차게 중섭의 가슴을 파고들었다.

제2차 세계대전에 맞물려 병력 및 군수물자가 많이 필요해진 일본은 한반도에 '내선일체(內鮮一體)'를 부르짖었다. 일본과 조선은 한 땅덩어리이며, 한 조상의 자손이라는 이 억지 주장 아래 수많은 조선

소와 여인 1941년

젊은이들이 전쟁터로 끌려나가 총알받이로 목숨을 잃어야 했다. 뿐만 아니라 조선의 모든 산업은 일본에 군수물자를 대기 위해 움직여졌고, 아리따운 처녀들은 '정신대(挺身隊)'라는 속임수에 끌려가 짐승보다 못한 모욕을 당했다.

시대가 시대인 만큼, 조선인과 일본인이 공식적으로 부부가 되는 일은 조선이나 일본 어느 쪽에서도 받아들여지지 않았다. 이러한 사회 분위기 속에서도 마사코는 중섭에게 아낌없는 사랑을 바쳤다.

그녀가 배구 시합에서 그를 처음 보았을 때, 혹시나 마주칠까 싶어 괜스레 수돗가를 기웃거렸을 때, 운좋게 쓰다 세이슈의 화실에서 그를 만나 힘껏 용기를 내어 그림을 팔라 요구했을 때, 그녀는 자신의 사랑이 어떤 모습으로 자라날지 예상하지 못했다. 그러나 제국주의와 식민지, 가해자와 피해자, 응징과 복수가 난무하는 그 어떤 상황 속에서 만났다 하더라도 국경과 사회적 배경을 초월한 그들의 사랑은 결국 천진하고 아름다웠으리라.

하루는 마사코가 장난스럽게 이런 이야기를 꺼냈다.

"머리가 좋아지는 약이 있대요. 책을 한 번 읽으면 그 책을 줄줄 외울 수 있는 그런 약이래요."

"그래? 그런 약이 다 있소? 효석 누나는 그런 말 안 하던데."

"있어요, 그런 약이. 바로 파예요."

"파? 먹는 파 말이오?"

"예, 파 한 뿌리를 콧구멍에 한참 넣고 있으면 머리가 좋아진다나요?"

"그래? 정말이오?"

중섭은 마사코를 바래다주고 돌아오는 길에 식료품 가게에서 파 두 뿌리를 샀다. 한 뿌리씩 두 콧구멍에 나누어 찌르고 한참을 그렇게 있었다. 눈물이 줄줄 흐르고 자꾸만 재채기가 났지만, 미련스러울 만큼 참고 참았다. 나중에는 머리가 아프고 콧구멍이 얼얼했다.

이튿날, 마사코를 만난 중섭은 그 이야기부터 들려주었다.

"아무래도 뭐가 잘못되었나 보오. 머리가 좋아지기는커녕 아프기만 하던걸."

마사코는 한 손으로 입을 가린 채 키득키득 웃었다.

"미안해요. 장난이었어요."

중섭은 그저 담담하게 미소를 지으며 말했다.

"에이! 진작 장난이라고 말하지 않고. 너무 매워서 아주 혼났단 말이오."

두 사람은 광석을 만나 맥줏집에서 다시 한 번 그 일을 이야기하며 모두 한바탕 웃었다.

내일을 모르는 격동적인 전시체제 속에서도 소년 소녀처럼 지고지순한 사랑을 나누는 두 사람이었지만, 마사코의 집에서나 중섭의 집에서나 혼인하겠다는 말을 할 형편이 아니었다.

마사코가 중섭을 집까지 데리고 가 부모에게 소개했을 때만 해도, 부모는 설마 조신한 자기 딸이 '조선인'과 결혼하려는 당돌한 희망을 품었으리라고는 꿈에도 생각지 못했다. 그저 분카학원 선배이며, 비록 조선인이긴 하지만 수재로 꼽혀 촉망받는 젊은 화가이기에 유달리 따르는 줄로만 알았다. 조선인인 중섭이 분카학원을 졸업하던 해인 1940년 자유미협전에 출품한 '소'로 협회장상을 받았다는 사실은 일본인들에게도 놀라운 일이었기 때문이다.

집안의 가장이나 다름없는 형의 반대와 일본의 침략전쟁은 프랑스로 날아가려던 중섭의 마음을 일본에 묶어놓았다. 잡혀버린 중섭의 마음을 더욱 옭아맨 것은 마사코였다. 그녀 또한 프랑스행을 단념하고 중섭의 곁에 머물렀다.

이러저러한 이유로 중섭은 도쿄 미술계에서 활동하게 되었다. 언제나 우수한 화가만을 뽑는 일본창작미술가협회는 이중섭과 더불어 조선인으로서 김환기와 유영국을 회원으로 받아들였다.

"동양인은 동양의 담장에 어린 흙냄새를 코로 맡고 그려야 해."

분카학원 시절 스승이자 소중한 마음의 벗이기도 했던 쓰다는 이 말을 남긴 채 중국 대륙으로 떠났다. 섬나라 작달막한 민족인 일본이 거대한 아시아 대륙을 정복하고자 군대를 보내 겁 없이 밀어붙이던 때였다. 남태평양에서는 미군과 싸우느라 불꽃이 튀었다.

중섭은 아파트 방문을 안에서 걸어 잠그고 '면회 사절'을 내붙였다. 전쟁, 도쿄 속의 조선인, 흙냄새를 담은 미술 등 그를 짓누르는 모든 것들이 사람을 피하게 만들었다. '면회 사절'에는 물론 마사코도 포함되었다. 언제 닥칠지 모르는 한 예술가의 변덕과 칩거는 그를 사랑하는 여인이라면 누구라도 감내해야 할 것이었다. 그러나 루오처럼 선이 굵고 생명력이 꿈틀거리던 그의 그림 창작은 의도된 고독 속에서 조금씩 조금씩 섬세함과 깊이를 더해 갔다.

1943년, 자유미협전이 이름을 바꾼 미술창작가협회전 제7회에서 중섭은 '망월'이란 작품으로 '태양상'을 받았다. 그러나 이것이 그가 도쿄에서 이뤄낸 마지막 활약이 될 줄은 꿈에도 생각지 못했다. 중섭도 마사코도.

그동안 마사코 집안에는 변화가 있었다. 학병으로 전장에 나갔던 마사코 언니의 남편이 전사하는 바람에 마사코 남편감에 대한 기대가 더욱 커진 것이다. 그런데 마사코는 조선인을 사랑하고 있었으니 그 집으로서는 여간 충격이 크지 않았다.

갈등과 고뇌 끝에 중섭은 좋은 상담자인 외종사촌형 광석을 찾아

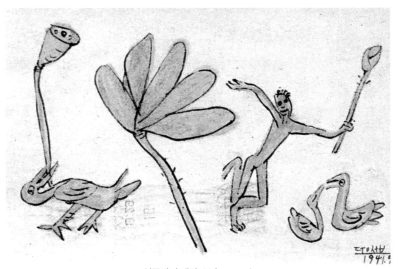

연꽃밭의 새와 소년   1941년

클로버와 아이

갔다.

"막상 결혼할 생각을 하니 앞이 캄캄해. 형, 일본여자와 결혼한다면 어떨 거 같아?"

광석은 언제나 그러했듯이 중섭의 마음을 헤아리며 대답했다.

"나 같으면 안 한다. 하지만 넌 남들과 다르잖니? 안 될 것도 없지, 진실로 하려거든 용감하고 과감하게 밀어붙이는 거야."

중섭은 자신이 현재 놓인 처지를 곰곰이 돌아보았다. 형이 부쳐주던 돈은 이미 오래전에 끊겼다. 또한 도쿄에서 조선의 향수를 그리는데에도 분명 한계가 있었다.

마사코의 부모가 딸과 이중섭의 관계를 탐탁히 여기지 않는 것은 너무나 마땅했다. 식민지 조선의 청년예술가를 사위로 삼다니, 그들의 사고방식으로는 천만부당한 일이었다. 중섭이 결혼 승낙을 받기 위해 석 달 동안 마사코의 집을 찾아갔지만, 그녀의 부모는 딸이 결혼 뒤에도 친정 가까이에서 살기를 바란다는 말로 단호하게 그의 청을 거절했다.

원산에 살고 있는 이중섭의 어머니와 형도 마사코의 부모와 크게 다르지 않았다. 어머니로서의 자상함과 한 가정의 부유한 자산을 관리해야 하는 냉철함을 지닌 이씨부인이 아들과 일본여자의 결혼을 흔쾌히 허락할 리가 없었다.

이중섭의 고민거리는 마사코와의 결혼문제만이 아니었다. 앞날에 대한 문제도 그에게는 절박한 고민이었다. 그는 프랑스 유학을 생각했지만, 그곳은 이미 독일에 점령당했고 유럽 전역이 전쟁터가 되어버렸다. 결혼도 유학도 모든 길이 막혀버린 것이다. 게다가 식민지 조선의 청년이라면 누구도 피해 갈 수 없는 상황까지 벌어졌다. 바로 일제의 징병이었다. 그들은 부족한 병력을 충원하기 위해 조선의 젊은 이들을 전쟁터로 마구 내몰았다. 도쿄에 머물던 조선 유학생들은 이미 하나둘씩 자의 반 타의 반 고향으로 돌아간 뒤었다.

　중섭이 꾸준하게 미술계 안에서 자기 입지를 굳혀가는 동안에도 전쟁은 끝날 줄을 모르고 점점 과격한 쪽으로만 치달았다. 날이 갈수록 강하게 밀어붙이는 미군의 비행기 폭격은 온 일본 열도를 쑥밭으로 만들면서 긴장시켰고, 애꿎은 조선 청년들과 젊은 여자들은 닥치는 대로 전쟁터나 위안부로 내몰리는 수난을 고스란히 겪어야 했다.

　그 소용돌이 속에서 중섭이라고 예외는 아니었다. 다만 프랑스로 유학 가기 위한 발판으로 선택했을 뿐인 분카에서 마사코를 만났고 떠오르는 샛별로 미술계에 입성할 수는 있었지만, 단 한 치 앞도 예측할 수 없는 사회적인 불안은 나날이 심각해져만 갔다.

　아직도 중섭은 프랑스 유학의 꿈을 접지 못했지만, 그 꿈을 실행하기 위해 현실을 외면해버리기에는 태평양전쟁이 너무도 치열했다. 마사코와 결혼하여 같이 떠나는 것만이 가장 최상의 길이지만 이미 독일군이 진군해 있는 전쟁의 한가운데 있는 프랑스로 떠나는 걸 허락할 부모는 아무도 없었다.

　중섭은 석 달 동안이나 그녀의 부모를 찾아가 애걸한 끝에 결혼은 하되 부모와 가까운 곳에서 살라는 허락을 겨우 받아냈다. 어머니와 형 또한 마사코와 결혼을 허락은 했지만 일본이 아닌 고향으로 들어와 살라고 못을 박았다.

　때마침 경성에서 열리는 제3회 조선미술가협회전 준비도 있고 해서 중섭은 먼저 도쿄를 떠나기로 마음먹었다.

　헤어질 시간이 가까워 올수록 두 사람은 말을 잃어버렸다. 무슨 말을 한다 해도 지금의 심정을 그대로 표현해낼 수는 없을 것 같았기 때문이다. 그저 말없이 둘이 잡고 있는 손에 서로 힘을 주기만 했다.

마사코는 자꾸만 차오르는 눈물을 애써 숨기며 마음을 다독거렸다. 그녀는 하느님께 감사했다. 만약 중섭이 조선으로 돌아가 다시는 못보게 된다 해도 자기는 하느님에게도 이중섭에게도 넘칠 만큼 사랑을 받았다고 마사코는 스스로를 달랬다.

모래알 같이 숱한 사람들 가운데 하늘이 정해준 인연이 없었다면 어떻게 중섭을 만날 수 있었을까.

그를 만난 뒤부터 사는 일 모두가 기쁨 자체였음을 기억해보며 마사코는 잡고 있던 그의 손을 가슴에 안았다.

"발가락군! 나 없다고 풀어놓은 망아지처럼 뛰어다니지 말아요. 그러다가 또 다치면 누가 치료해주고 누가 손잡고 다니겠어? 가네마츠 상도 도리질해버릴걸, 아마."

'정말 그런 일도 있었지.'

지난해 1월 1일, 새해 첫 참배를 하러 메이지 신사에 갔을 때였다. 기모노를 입고 나간 마사코를 보자마자 중섭은 탄성을 질렀다.

"나, 마사코한테 깊이 사과해야 될 것 같군!"

제법 심각해 보이는 중섭을 보면서 마사코는 잠시 어리둥절했다.

"그동안 단 한번도 마사코가 이렇게 예쁜 줄을 모르고 지냈으니 이런 실례가 어딨어!"

둘은 옆 사람도 아랑곳하지 않고 큰 소리로 웃었다. 마사코도 그가 이렇게 재치있는 말까지 할 줄 아는 남잔 줄은 채 몰랐었다.

사랑하는 사람에게 '예쁘다'는 칭찬을 들은 탓에 흥분이라도 했었던가. 마사코는 그날 발을 다쳤다. 조리 끄트머리가 잔디 뿌리에 걸리면서 가볍게 넘어진 것이 화근이었다. 넘어진 게 부끄러워서 쩔쩔 매느라 마사코는 미처 자기가 다친 걸 알아차리지 못했다. 삽시간에 하

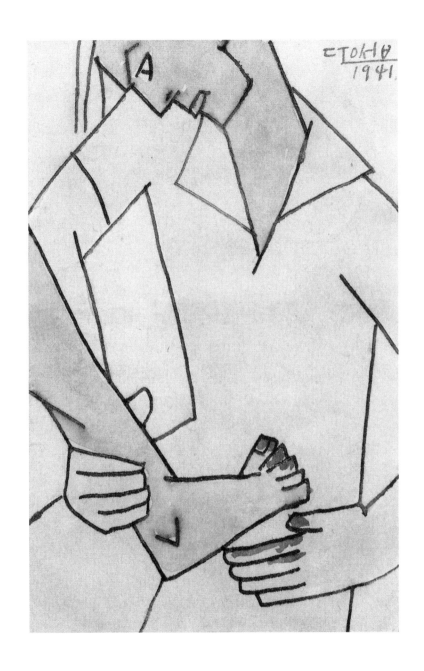

얀 다비(일본 전통 버선) 위로 해당화 꽃잎처럼 붉게 번지는 피를 처음 발견한 중섭은 당황해서 어쩔 줄을 몰랐다.

떨리는 손으로 마사코의 다비를 벗겼다. 다비 안은 더 엉망이었다. 피범벅이 된 발가락 끝에서 피가 솟아 나오는 게 똑똑히 보였다. 중섭이 피가 솟는 부위를 손가락으로 힘껏 눌렀다. 급한 대로 그렇게 지혈을 해놓은 다음 상처 부위를 자세히 살펴보았다.

다행히 상처는 대수롭지 않았다. 넘어지면서 발톱이 부러졌고 부러진 발톱 끝이 하필이면 부드러운 살을 파고 들면서 피가 났던 것이다. 다비는 말할 것도 없고 중섭의 손수건까지 온통 붉은 피로 물들었다.

피는 멈추었지만 걸을 때마다 힘이 들어가서 또다시 출혈이 있을 것에 대비해서 마사코의 손수건으로 발가락을 칭칭 동여맸다. 마사코는 꼼꼼한 중섭의 성격을 새롭게 경험한 사건이었다. 그 일이 있은 뒤부터 어쩌다 한 번씩 중섭은 마사코를 '발가락군'이라고 놀렸다.

그리고 이 사건을 이중섭은 화폭에 담았다. '발을 치료하는 남자'가 바로 이때 일을 그림으로 담아낸 것으로 그림의 거의 모든 요소들을 곧은 선으로 표현하고 있다. 그림을 바라보는 이의 눈은 남자 얼굴에서 여자의 발, 남자의 손, 남자의 다른 쪽 팔로 이어지면서 원형으로 돌아가도록 배치되었다. 이 엽서의 뒷면에는 속달이라는 소인도 찍혀 있다. 아마도 손에 피까지 묻혀 가면서 사랑하는 이를 돌본 그의 뜨거운 마음을 일분일초라도 더 빨리 그녀, 마사코에게 전해주고 싶었던 것은 아니었을까.

중섭이 어쩌다 한 번씩 놀리기 시작한 '발가락군'은 어느덧 마사코의 애칭이나 그녀 발가락의 애칭으로 자리잡아갔다. 체구에 비해 발이 유난히 큰 데다 못생겼다 하여 중섭은 마사코를 이 사건과도 연

관지어 '발가락군'이라는 애칭으로 불렸다. 또 그 발가락이 영락없이 아스파라거스를 닮았다고도 해 '아스파라거스군'으로도 불렸다. 이 애칭들은 함께 길을 걷다 발가락을 다친 그녀를 정성들여 돌보았던 추억이 있는 두 사람에게 특별한 의미가 담긴 것이었다. 그리고 뒷날 아내와 아이들을 일본으로 보내놓고 끝없이 가족을 그리워하며 편지를 쓴 이중섭은 '발가락군'이라는 표현을 자주 쓰게 된다. 편지에는 "내 가장 사랑하는 발가락군을 마음껏 사랑하게 해주시오." "나의 발가락군에게 몇 번이고 몇 번이고 다정한 뽀뽀를 보내오." 이런 표현들이 자주 나타났다.

'발을 치료하는 남자'에 나타난 남자와 똑같은 얼굴을 한 남자는 또 다른 엽서에 곧 등장한다. 엽서 '연꽃 봉우리를 든 남자'의 사나이가 바로 그 주인공이다. 그림 속 남자는 두 손에 연꽃 봉오리와 나뭇잎을 들고 있다. 오른쪽 팔 뒤로는 짐승 한 마리가 능선 가까이에 서 있고, 또 다른 한 남자가 이 사나이 쪽으로 걸어오고 있다. 화면을 가득 채운 남자는 여자의 발을 고쳐 준 그 남자와 무척이나 흡사하다. 잉크를 듬뿍 묻혀 자신감 넘치도록 표현한 선과 배경색은 매우 단순하고 명확하다. 어떤 형상을 모색하기 위한 연필 흔적이나 자국조차 없다. 화폭 가득 자신감이 넘쳐흘러 그림 보는 이의 마음까지 흔쾌하게 만든다. 아마도 마사코를 향한 사랑이 그토록 명쾌했기 때문이리라.

이중섭은 자신과 마사코를 위해 서둘러 결단을 내려야만 했다. 프랑스 유학, 마사코와의 결혼, 두 사람을 둘러싼 그 모든 상황이 절망적이었다. 중섭은 진심으로 그녀를 소유하고 싶었다. 그녀에게 어떤 희생을 강요해서라도 곁에 두고 싶었다. 중섭은 매일 밤 자기 안의 악마와 싸워야만 했다. 그러다 문득 사랑은 소유가 아님을, 누군가를 진실로 사랑한다는 것은 그 사람을 독점하는 게 아니라는 사실을 깨우쳤다. 그는 악마를 물리쳤으나 그 상처는 고스란히 남았다. 그러나 후회는 없었다. 그는 그녀를 사랑했다. 이중섭은 마사코에게 라이너 마리아 릴케의 시 〈사랑의 운명〉을 적어 보냈다.

그것은 나의 창/살며시 나는 눈을 뜨네./둥둥 떠다니고 싶은 마음/나의 삶은 어디까지일까,/그리고 밤은 어디에서 시작되는가?/주위의 이 모든 것이/과연 나 자신일까?/수정처럼 맑고/깊고 어둡고 고요한 이것//나는 내 안의 깊은 별들을/잡으리라/그렇게 내 가슴은 부풀고/그러다 다시 풀어버리네/아마도 사랑했을,/내 마음속 깊이 간직했을 사람아/한 번도 그린 적 없는 듯/나의 운명이 낯설게 바라보고 있네//아, 무한 속에 눌려 있는 나는/과연 누구인가?/초원의 향기를 풍기며/이리저리 흔들리는……//나의 부르짖음을/누군가 알아들을까봐 두려움에 떠는/어떤 사나이의 가슴속으로/몰락해 들어가는 운명을 지닌…….

이 한 편의 시에 이중섭은 자신의 온 마음을 담았다. 마사코는 그 시에 담긴 아프지만 단호한 이중섭의 마음을 읽어냈다. 그것을 마지막으로 중섭은 1941년부터 하루도 빠뜨리지 않고 그녀에게 보내던 엽서 쓰기를 그만두고 조선으로 떠났다. 어쩔 수 없는 선택이자 식민지 조선 청년의 한계였다. 미래가 없는 자신에게서 그녀를 자유롭게 놓아주는 것은 곧 가슴 아픈 이별을 전제하는 일이었다.

고국에 돌아와 보니 전쟁의 영향이 일본뿐 아니라 한반도에까지 퍼져 그 폐해란 이루 말할 수 없었다. 쌀을 공출한다, 재산을 징발한

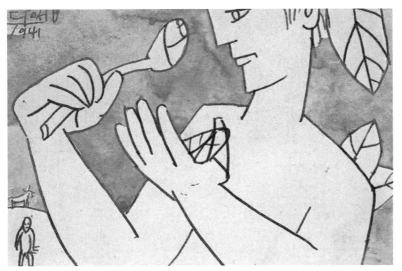

연꽃 봉오리를 든 남자 1941년

두 마리 사슴 1941년

다, 남자들을 징용한다…… 일본 군부는 전쟁과 직접적인 이해관계가 없는 조선에까지 그 책임과 의무를 강제로 떠맡기고 있었다.

이때, 중섭이 원산에 돌아왔다는 소식은 서울과 평양에까지 알려졌다. 원산 시내 시인과 화가, 음악가들이 그를 만나러 화실로 찾아들었다.

이중섭은 찾아오는 사람들과 어울리면서도 그림 그리기를 소홀히 하지 않았다.

등화관제를 하는 밤이면 두터운 커튼을 드리우고 불을 밝혔다. 밀폐된 사각의 공간은 그림에 몰두하기 좋은 장소였다.

원산은 그에게 긴장 대신 안정을 주었다. 형 중석이 그가 학도병으로 끌려가지 않을 수 있게 손을 써주었다.

그 무렵 중석은 원산의 유명인사이자 유지였다. 그가 평원군의 넓은 논밭을 정리하고 원산으로 이사하려 했을 때, 이사 자체가 큰 모험이었기에 집안 어른들의 반대가 무척 심했다. 그러나 모험은 보란 듯이 성공했고, 중석은 사업가적 재질을 인정받았다.

본디 '식산은행'에 근무했던 중석은 은행을 그만두고 무역과 '백두백화점' 경영에 손을 댔다. 이 사업으로 그는 집안 규모를 이성계가 무학대사에게 지어줬다던 '석왕사보다도 더 넓은 집'으로 끌어올렸다.

거의 모든 조선인이 쌀과 아주까리 열매에 잣까지 공출로 빼앗기고 배급으로 나오는 옥수수가루나 콩 따위로 끼니를 어렵사리 이어갈 무렵이었지만, 장사에 뛰어난 재질을 지닌 중석은 자기 집안에 그런 어려움이 얼씬거리지 못하게 했다.

처음 원산으로 이사 왔을 때, 중석은 시내를 벗어나 변두리에 터가 넓은 초가집을 여러 채 사들였다. 그곳에 전세를 놓기도 하고 중섭에게 화실로 내어주기도 했다. 그리고 나서야 시내 광석동에 백화점을 열고 그 안집에서 살기 시작했다.

30평짜리 광석동 창고는 중섭의 차지였다. 높이가 6미터나 되는 천장은 휑뎅그렁했고, 200촉짜리 전구알 아래에는 젊은 화가와 소주병이 캔버스를 마주하고 있었다. 전쟁 때라 모든 물자가 귀했지만, 중섭은 백화점을 경영하는 형 덕분에 캔버스며 목탄 따위를 어렵지 않게 구해 쓸 수 있었다.

화실이라면 미술에 관한 책과 화집이나 석고상 등 나름대로의 장식이 있을 법하건만, 중섭의 화실에는 그런 것들이 없었다. 그림 그리는 도구와 침대가 화실 안 살림살이의 전부였다. 그래서 가뜩이나 넓은 화실은 더욱 썰렁해 보였다. 드넓은 화실은 중섭을 문득 공허하게 만들곤 했다. 혼자서 30평의 넓은 공간을 견뎌낸다는 건 괴로운 일이었다. 그래서 그림이 잘 안 되면 마사코에게 엽서를 썼다. 그림을 그려넣은 엽서였다. 소도 그리고, 물고기도 그리고, 바다도 그렸다.

이러한 이중섭의 엽서화는 뒷날 미술사에서 보기 드문 사례로 손꼽히게 된다. 공개된 사랑의 편지야 수도 없이 많지만 이처럼 한결같이 엽서 위에 그림만으로 가득 채운 사랑의 그림은 그 예가 없다. '사랑의 기호학'이라 부를 만한 엽서화 연작은 이중섭의 은지화 연작과 더불어 우리 미술사의 축복이었다. 엽서화는 매우 다양했는데 소재별로 살펴보면 아래와 같다.

여성

1941년에 그려진 〈여인과 소와 오리〉는 한 여성이 오리와 소, 나무에 둘러싸여 행복해한다. 6월 2일자 〈짐승을 탄 여인〉은 뒷다리가 둘로 꼬리는 이어져 있으며, 몸과 머리는 셋인 상상 속 짐승을 탄 여성을 그렸다. 짐승의 머리는 말, 염소, 사자로 그 세 마리가 동시에 달리는데, 그 모습이 자연스럽고 따라서 여성 또한 매우 평온한 분위기다. 〈여인이 물고기를 아이에게〉는 물고기를 품에 안은 여성이 또 다른 물고기를 붙잡아 앞에 선 어린이에게 주는 장면이다. 〈낚시하는 여인〉은 여성이 낚시라는 노동 행위를 하는 모습과 바구니를 들고 있는 점에서 특이하다. 〈물 속에서〉는 세 명의 여성이 등장하는데 한 여성의 변화하는 움직임을 표현했다. 〈물고기를 낀 여인〉은 해변에서 거대한 물고기를 옆구리에 낀 여성을 그렸다.

남성

남성이 말과 소와 함께 유희를 즐기는 그림도 있다. 1941년 작품인 〈내가 그를 밀어냈다〉에는 말 위에 두 남성이 앉거나 서 있는데, 재미있게도 말 주인이 누구인가를 가름하는 장면이다. 말은 눈과 표정이 곱디고운 암말로 서 있는 남성은 소에게 치여 넘어지고 있고, 말에 올라앉은 남성은 말의 주인으로 소를 쓰다듬고 있다. 이는 곧 사랑과 행복을 방해하는 요소를 무찌르는 내용을 표현한 그림이다. 남성만 등장하는 그림은 포도나 사과를 따고 있거나, 사과를 들거나, 사다리를 타고 올라가는 모습을 묘사한다. 모두 무엇인가를 구하는 장면으로 사랑하는 사람을 위한 수고로운 노동을 뜻한다.

남녀

남성과 여성이 화폭에 함께 등장하는 그림도 있다. 1941년 엽서화인 〈사랑의 고백〉은 나무에 매달려 여성에게 애정을 호소하는 모습으로, 물고기 두 마리가 응원하는 표현이 매우 귀엽다. 〈사랑의 열매를 그대에게〉는 남성이 과일을 한아름 따다가 여성에게 바치는데 거친 녹색 질감이 독특하다. 〈원시부부의 사냥〉은 부부가 힘을 모아 먹

야수를 탄 여자 1941년

누워 있는 여자 1941년

이를 구하고 있다. 믿음을 주고자 하는 장엄한 남성상이 인상 깊다. 〈발 씻어주다〉는 여성이 내민 발을 잘 쓰다듬는 장면으로 남성의 손에 붉은 빛깔이 흘러내리는 것으로 보아 여성이 발가락을 다치자 이를 치료하는 모습을 그린 작품이다. 남성의 얼굴에 애틋한 사랑이 넘친다. 마사코가 발가락을 다친 일화를 그렸음이 분명하다. 〈하나가 되는〉은 남녀가 한 몸이 되기 직전이다. 화면을 가로지르는 푸른색 띠는 이들의 운명을 말한다. 오직 한 길만을 갈 것을.

가족

가족 소재 그림에는 남성과 여성, 아이들이 나온다. 그러나 엽서 그림이 거의 모두 가족 구성원을 소재로 삼고 있기에 가족 소재는 몇몇만으로 제한하기 어렵다. 〈말과 소와 가족〉은 세 마리 소와 네 명의 인물이 한껏 어울리는 모습인데, 그림 아랫부분의 두 남성은 한 사람이 취한 동작의 변화로서 눕거나 엎드린 한 남성을 그린 것이다. 〈물고기와 사슴과 가족〉은 아버지와 두 아들만 그린 것으로 보이지만, 떠오르는 태양이 어머니를 상징한다. 사람의 살결색으로 태양을 표현한 것이 바로 그 증거다. 〈놀이〉는 조금 색다르다. 바깥쪽으로 사람과 말, 소에 흰색을, 안쪽으로 세 사람과 오리, 말에는 붉은색을 칠해 큰 원형 구도를 이루는데 흰 말과 붉은 말이 싸우고 있음을 알 수 있다. 이 그림에도 윗부분에 줄무늬가 흐르는데, 이는 〈우리를 갈라놓는 방해자〉에서 등장하는 바람의 기운으로 싸움의 배경을 이룬다.

유희

여러 사람이 나오기도 한다. 〈줄타기 유희〉는 인물 여럿이 다양한 자세를 보인다. 아슬아슬한 모습이지만 위태롭다기보다는 여유로운 느낌을 준다. 말과 소, 사람이 하나가 되어 한껏 어울리는 세계를 그린 〈언덕 유희〉, 〈말 유희〉, 〈사슴 유희〉는 보기만해도 즐거워진다.

짐승

짐승만 등장하는 그림도 있다. 〈포도밭의 사슴〉은 사슴 두 마리가 산 위에서 포도 덩굴 사이로 사랑의 대화를 속삭인다. 〈뛰노는 어린 사슴들〉도 마찬가지다. 〈말과 거북이〉도 대화를 나누는 모습이다. 꽃 피는 앞산의 말과 바닷가의 거북이 만나 이야기를 나누는데 하늘에 뜬 조각배가 비를 뿌려 산을 적셔 주는 광경이다. 〈학〉은 바닷가 모래사장에 조개, 소라, 불가사리가 늘어졌고, 학 두 마리가 어울리는데 꽃과 나뭇잎이 하늘거리는 풍경화다. 오른쪽 구석에 우뚝 선 학의 표정은 '이 세상 모든 것들에게 평화를!' 하고 말하는 듯 보인다. 〈오리〉는 태양을 배경으로 두 마리 오리와 한 사람이 섞여 있는 장면이다. 오리의 목과 사람의 팔을 교차해 셋이 하나임을 알리는 결합의 의식도(儀式圖)로서, 세상 모든 짐승들은 서로에게 베풀고 나누는 사랑의 존재임을 말하고 있다.

식물

연꽃은 우주를 의미한다. 세상에 우주에 포함되지 않는 사물이 어디 있을까마는 연꽃은 유난스럽다. 불교 경전 《아미타경》에서 연꽃은 극락정토를, 《무량수경》에서 연꽃은 정토에서 생명을 탄생시키는 근원으로 본다. 진흙탕으로 더럽혀진 연못에서 피어오르는 맑고 아름다운 꽃이니 우주 생명의 근원이라 할 수 있다. 그 연꽃은 윤회의 환생을 상징하는 만다라(蔓茶羅)다. 넝쿨처럼 서로 이어졌고 끊임이 없다.

연꽃 잎사귀가 눈부시게 아름다운 그림으로 〈연잎과 오리〉는 색감이나 구도에서 최고의 걸작으로 꼽힌다. 재빨리 붓질을 하고 채 마르지 않았을 때 주름선과 점을 찍어 번지게 한 연잎과 줄기가 고상한 아름다움을 풍긴다. 잎사귀의 관심에 수줍은 듯 총총대는 오리는 물 위의 꽃잎과 함께 앙증맞고도 귀엽다. 〈연꽃〉은 활짝 핀 연꽃과 줄기 사이로 어린이가 개구리처럼 뛰노는 장면이다. 〈연꽃 여인〉은 여성이 연꽃 줄기가 되어 꽃을 피운다. 어린이나 여성은 연꽃 일부가 되어 있다. 〈연잎과 어린이〉도 마찬가지다. 이름을 알 수 없는 꽃나무가 마치 열매를 주렁주렁 매단 듯한 〈꽃나무〉와 사과 같기도 한 열매를 매단 〈과일나무〉는 환희로 가득한 식물화다. 〈꽃나무〉는 동심의 천연스러움을 표현했다. 〈과일나무〉는 에덴동산에서 남녀가 사과를 훔치는 순간 나누는 사랑의 속삭임 같기도 하다. 〈가지〉 또한 그 맑은 하늘빛 눈부심이 환상 속 열매를 연상케 한다.

오작교

견우와 직녀가 1년 만에 만나는 칠월칠석을 앞두고서 이중섭은 오작교(烏昔橋)를 놓았다. 까치가 하늘로 올라가 까마귀와 더불어 밤하늘에 만들어 놓은 오작교는 어떤 모습일까. 먼저 거미줄처럼 줄을 이리저리 교차시켜 이어두고, 곳곳에 사물의 본디 형태인 원과 삼각을 배치했다. 1941년 작품인 〈우주 01〉과 〈우주 02〉에는 줄이 여러 가닥으로 그려져 있다. 〈우주 03〉에서는 줄은 없고 삼각형만 공간을 가득 메운다. 아직은 생명이 없는 무기물 단계다. 그러나 다음 작품을 보면 생명의 기운이 가득한 유기물 단계로 나아갔다. 〈우주 04〉는 앞의 세 그림과 달리 둥그런 막대로, 생명의 원형질처럼 보인다. 완성된 오작교에서 만난 견우와 직녀, 연오랑과 세오녀가 탄생시킨 우주 최초의

き が は 便 郵

사슴 1950년

생명체이다.

희망

1941년 이중섭은 오직 희망이 이루어지기를 간절히 바랐다. 5월의 푸르른 계절에 〈잎사귀를 원하는 여인〉과 〈잎사귀를 딴 여인〉을 보면, 사슴을 탄 채 두 팔을 벌린 여성이 결국 잎사귀를 따버렸고, 멀리서 응원하던 두 아이가 환희에 찬 몸짓을 했다. 바닥에 엎드린 남성은 의기양양한 여성에게 그 잎사귀를 나눠 달라고 한다. 그러므로 잎사귀는 희망을 뜻한다. 그러나 쉬운 일은 아니다. 9월에는 〈햇빛 가리기〉를 해야 했고, 11월에는 〈어떻게 하지〉 하며 당황스러워했다. 그럼에도 희망을 잃지 않았다. 1942년 새해가 밝아오던 1월 1일에는 〈새해 인사〉를 드리고 싶었다. 두 남녀가 어깨동무를 하고서 한 팔을 번쩍 들어 올려 인사를 한다. 그들이 쏘아올린 두 개의 화살은 태양에 꽂혀 있다. 희망의 새해가 밝아온 셈이다.

분노

1941년에 그려진 〈우리를 갈라놓는 방해자〉는 화폭 분위기가 심상치 않다. 그림 가운데를 차지한 남성은 독재자 같은 표정과 몸짓이다. 앞의 남자를 칠 듯이 오른손을 치켜들고서 상대를 깔보는 듯 왼팔은 허리춤에 댔다. 우아한 장식을 단 옷차림은 귀족 관료를 뜻한다. 그런데 앞에 선 초라한 남성은 목을 길게 빼고 왼손으로 방어하면서도 오른손은 앞으로 내밀어 화해의 손짓으로 악수를 청하는 자세다. 얼굴은 절망으로 가득하다. 독재자의 뒤에 선 여성은 두 손을 다소곳이 모으고 그 독재자의 뒤통수를 바라보고 있다. 그리고 아래 쪽으로 사선의 줄무늬를 그려 세 사람 손을 연결했는데, '바람'처럼 어떤 기운이 흐르는 느낌을 뜻하는 상징적인 표현이다. 한쪽은 화해, 다른 한쪽은 거부하는 손길에서 뿜어나오는 어떤 기세와 같다. 바야흐로 패전을 앞둔 시대, 식민지 출신 청년 이중섭에게 이별의 두려움이 엄습해오기 시작했다. 12월 1일 일본은 영국·미국·네덜란드와 전쟁을 하기로 결정했고, 8일에는 미국 하와이 진주만을 기습공격하고 선전포고에 이어 16일에는 물자 통제령을 발포했다. 이러한 상황은 불안한 기운을 더했을 터인데 식민지 출신 조선인 이중섭에게 다가오는 불안은 한층 더 무거운 그 무엇이었으리라. 그 사랑의 방해자가 야마모토 마사코의 아버지라고 짐작하기 쉬울 테지만 그렇지 않다. 그 무렵 야마모토 마사코의 아버지는 두 사람 연애를 반대하기는커녕 결혼을 찬성했을 뿐만 아니라 하물며 후원까지 해주었다. 그러므로 방해자를 마사코의 아버지로 해석할 수는 없다. 이 그림의 방해자 형상을 보면 현역 군인으로 제복을 갖추어 입은 도조 히데키(東條英機) 총리대신 또는 일본 천황처럼 보인다.

"우리를 갈라놓는 자의 정체는 곧 천황이야." 황당한 마음을 이렇게라도 표현해야 할 만큼 이중섭의 사랑은 간절했을까. 〈어두운 남자〉는 저 방해자의 모습처럼 먹빛 가득한 어두움이 가득하다. 강아지와 곰, 바이올린 켜는 아이, 더군다나 'ㄷㅜㅇㅅㅓㅂ 1942'라는 서명까지도 먹으로 덧칠해버렸다. 가운데 커다란 얼굴이 방해자라고 한다면 왜 당신 주변의 사랑스러운 것들을 보지 못하는가, 눈을 크게 뜨고 보거나 귀를 쫑긋 세워 들어보라고 말한다.

절망

희망을 갈구하지만 구원은커녕 좌절의 늪에 빠질 때가 있다. 화면 한가운데에 정체를 알 수 없는 〈분노의 괴물〉이 으르렁거린다. 머리는 달을 보고, 한 발을 번쩍 치켜 앞에 호소하는 남자를 찍어 누르기 직전이다. 멀리 수평선엔 물에 빠진 남자가 도움을 청하지만 가망은 없어 보인다. 이 시절 이중섭이 그린 소는 절망스러운 표정을 짓지 않았다. 그러나 〈성난 소〉는 거칠고 또 거칠다. 털이 난 곳마다 듬성듬성 먹칠을 해 깎여나간 털과 알몸이 드러나는 고통을 표현하는가 하면, 마디마디 저려오는 아픔이 더욱 커 보인다. 소 바로 앞에 선 어린이도 찡그린 표정으로 소를 흘겨보고 있다. 〈가족과 짐승〉과 〈여인과 짐승〉 두 점은 한 달 간격을 두고 그린 연작으로 보인다. 짧은 선으로 바탕을 가득 채웠거나 휘날리는 점들이 심상치 않은 배경에 위협에 휩싸인 짐승과 몸뚱이를 비비꼬는 여성들. 이들에게 세상은 절망의 늪일 뿐이다.

이별

1943년 작품인 〈우리를 지켜보는 사람들〉에서 아래쪽에 옆으로 납작하게 눌린 사람은 이중섭 그 자신이고 위쪽 큰 얼굴은 마사코다. 그 옆에 조그만 두 얼굴 가운데 하나는 분노를, 또 하나는 웃음을 터뜨리고 있는데 주변 상황을 그렇게 나타낸 것이다. 〈이별〉은 두 남녀가 부르는 이별가로 남자는 팔을 굽혀 손바닥으로 여자를 밀어내고 있고, 여자는 눈감은 채 목을 빼고 다소곳이 멈춰 있다. 남자가 격자무늬 옷을 입고 있는 것이 눈에 띈다. 이는 좀처럼 보기 힘든 무늬로 절망에 갇혀버린 상황을 뜻한다. 더욱이 남자의 머리카락 위쪽에 삐죽하게 보이는 철망은, 사실 이 남자가 철망에 갇혀 있었지만 강한 힘으로 그 철망을 찢어버리고는 팔과 머리를 밖으로 내놓고 있음을 보여 준다.

흰소 1953년

흰소 1956년

한번 작품을 시작하면, 중섭은 방 안에 틀어박혀 그 안에서 먹고 자며 그림에만 매달렸다. 그러다가 작품이 하나 끝나면 새로운 소재를 찾아 그제야 밖으로 나갔다. 새벽 먼동이 틀 무렵의 하늘빛을 관찰하려고 조카 영진을 깨워 광석동 뒷산을 함께 오르기도 했다. 그는 추운 겨울에도 도쿄에서 지낼 때처럼 냉수마찰을 하루도 거르지 않았다.

　그러기를 몇 달, 중섭은 산에 올라 새벽 어스름을 빨아들이며 떠오르는 신비로운 태양을 눈여겨보았다. 태양빛은 일정하지 않았다. 새벽 공기를 꿰뚫고 찬란한 빛을 내뿜으며 천천히 떠오르는 형상은 날마다 변함이 없었으나 그 빛은 나날이 바뀌었다.

　태양은 세상 모든 것의 광명이며 우주의 눈이다. 만일 신의 머리에 눈이 있다면 태양광선은 그의 불타오르는 눈빛이리라. 그것은 모두에게 생명을 주고 우리 삶의 터전을 유지·보전하며 이 세상 모든 존재들의 행적을 내려다본다. 저 아름답고 위대한 태양은 그의 열과 빛으로 이 우주를 채우고 작열하는 불길로 그 밑의 모든 존재를 살아 숨쉬도록 한다. 한순간도 머무름 없이 둥글게 방랑하는 태양은 참으로 믿음직스럽다. 그의 확고함이 오늘도 변함없이 동녘 하늘을 발갛게 달구었다.

　이중섭은 모든 걸 태워버릴 듯 점점 사납게 뜨거워지는 태양을 뒤로하고 광석동 뒷산을 내려오며 이렇게 중얼거렸다.

　"그런데 저 빛은 왜 날마다 다르지? 변덕쟁이처럼."

　그는 또 생선을 스케치하러 저녁마다 부두로 나갔다. 그곳에서 중섭은 스케치북에 참치 대가리와 몸통과 꼬리 부분, 아니면 대구 한 마리를 통째로 그리거나 물고기들을 여러 마리 잔뜩 채워넣었다. 생선 눈알만 스케치할 때도 많았다.

어느 날은 시끌벅적한 어시장으로 쏟아져 들어오는 생선들만 멀거니 바라보다가 그냥 돌아오기도 했다. 그렇게 한 가지 사물에 빠져들 때에는 오히려 아무것도 그리지 못했다. 생선의 어떤 모습이 스케치조차 할 수 없을 만큼 강한 충격을 주기 때문이었다.

"그걸 그림으로 그리기엔 너무 어려워. 무서운 일이야."

중섭은 소를 관찰하러 송도원 들판으로 나가기도 했다. 오산중학교 시절부터 소를 관찰해 온 그의 의식에는 소에 대한 인상이 뚜렷이 자리잡혀 있었지만, 그것만으로는 아직 완전하지 않았다. 그는 자신을 끝없이 다그쳤다. 새로운 눈으로 소를 제대로 보아야 한다고 거듭 타일렀다.

송도원에 나가면 온종일 어느 소가 되든 한 마리만 관찰하는 일이 많았다. 조금도 지루해하거나 싫증내는 법 없이, 그는 자신과 사물을 하나의 끈으로 묶어 놓고 오로지 그것만 생각했다. 열심히, 하루 내내 하는 일도 없이 소만 관찰하는 통에 농부들이 그를 소도둑이나 미친 사람쯤으로 여겼을 정도였다.

그는 사물을 철저히 관찰하여 자기 인식 속에 집어넣고 완전히 이해하고자 애썼다.

원산으로 돌아오고 나서야 비로소 중섭은 다시 일본으로 건너갈 수 없음을 깨달았다. 더구나 우편물이 제대로 오가던 시대가 아니었기에 마사코와의 사이에 편지가 오고가는 것마저 어려웠다.

'어렵다'는 상황을 인식하면서, 중섭은 조금씩 조금씩 마사코와 만나는 일이 불가능해질 수 있다고 자신을 일깨웠다.

이중섭은 마사코가 그리울 때마다 원산항으로 달려가곤 했다. 항구에 서서 아득한 수평선을 바라보면 꽉 막혔던 가슴이 시원하게 뚫렸다. 바다는 중섭과 마사코를 이어주는 하나의 길이었다. 저 머나먼

바다를 건너가거나 건너와야만 그들은 만날 수 있었다. 그러므로 바다는 그들의 마음을 하나로 묶어주는 유일한 매개체였다.

중섭은 마사코에게 보내는 엽서에다 그녀가 빨리 와주기를 간곡히 부탁했다. 그러나 그녀는 현해탄을 마음대로 건너올 수 있는 형편이 아니었다. 부모가 그녀를 놓아주지 않았기 때문이다.

중섭은 이루 말할 수 없을 만큼 괴로웠다. 당장 그녀 곁으로 달려가고 싶었지만, 전쟁 상황은 하루 뒤를 예측할 수 없을 만큼 급박하게 돌아가는 터라 섣불리 움직일 수가 없었다.

마음이 흔들릴 때마다 그는 마사코를 차라리 잊는 편이 낫지 않을까 생각했다. 일부러 다른 여성에게 관심을 가지려고 노력한 적도 있었다. 그는 그즈음 유명한 무용가였던 최승희의 제자와 가깝게 지내기도 했다. 다야마 하루코라는 일본여성이었는데, 중섭의 화실로 자주 찾아오곤 했다. 미인이었으나 그의 마음을 사로잡을 만큼 열정적으로 끌리는 여자가 아니었다. 중섭은 그녀를 볼 때마다 일본에 두고 온 마사코 생각만 더욱 간절해졌다. 하루코의 일방적인 외기러기 사랑이었을 뿐, 그녀는 끝내 마사코의 빈 자리를 채우지 못했다.

이중섭은 피아니스트 서덕실과도 사귀었고, 그때 평양에 있던 김병기의 소개로 만난 김순환이라는 여성과도 가깝게 지냈다. 김병기는 소설가 김동인의 형인 김동원의 맏사위였는데, 자신의 처제를 중섭에게 소개했던 것이다.

하지만 그런 여성들과의 만남은 마사코에 대한 애틋함만을 더욱 키웠을 뿐 중섭의 마음을 채우지는 못했다. 그때마다 중섭은 현해탄 너머로 그리움이 듬뿍 담긴 사랑의 편지를 띄웠다.

아모르 마사코

    그는 마사코가 사무치게 그리울 때마다 스케치북에 프랑스 시인이 쓴 '이 사랑'이라는 시를 썼다가 지우고, 다시 썼다가 지우면서 눈물을 글썽이고는 했다. 그 시는 임용련 선생이 자크 프레베르라는 젊은 시인의 예쁜 시라며 편지 끝에 적어 보내 준 '이 사랑'이라는 시였다.

    이 사랑은/이토록 사납고/이토록 연약하고/이토록 부드럽고/이토록 절망한/이 사랑은/대낮같이 아름답고/날씨처럼 나쁜 사랑은,/날씨가 나쁠 때/이토록 진실한 이 사랑은/이토록 아름다운 이 사랑은/이토록 행복하고/이토록 즐겁고/또 이토록 덧없어/어둠 속 어린애처럼 두려움에 떨지만/한밤에도 태연한 어른처럼 자신 있는 이 사랑은/다른 이들을 겁나게 하던/그들의 입을 열게 하던/그들을 질리게 하던 이 사랑은/우리가 그네들을 못 지키고 있었기에/염탐당한 이 사랑은/우리가 그를 추격하고 해하고 짓밟고 죽이고/부정하고 잊어버렸기 때문에/쫓기고 상처받고 짓밟히고 살해되고/부정되고 잊힌 이 사랑은 아직 이토록 생생하고/이토록 볕에 쪼인/송두리째 이 사랑은/이것은 너의 것/이것은 나의 것/언제나 언제나 새로웠던 그것/한 번도 변함없던 사랑······

오랫동안 벌어진 중국과의 대륙침략 전쟁에 큰 성과를 올린 일본은 유럽이 제2차 세계대전에 휘말려 정신없는 틈을 타 동아시아에 있는 유럽 식민지를 강탈하기로 결심했다. 인도네시아와 프랑스령 인도차이나, 영국이 차지하고 있는 말레이 반도에는 일본의 산업 경제에 필요한 자원(주석·고무·석유)이 풍부했다. 일본이 이 지역들을 빼앗아 일본 제국에 병합할 수만 있다면 사실상 경제적 자립을 이룩하여, 태평양의 패권국가가 될 수 있었다.

　1940년까지 일본 전략가들은 새로운 전쟁이 일어나더라도 일본이 상대할 적은 어느 국가 하나쯤이리라 생각했다. 그러나 1941년이 되자 영국·네덜란드·미국 등이 태평양 지역에서 일본의 침략 행위를 용납하지 않으리라는 움직임이 일기 시작했다. 무엇보다 미국은 일본으로 가는 석유공급을 끊고 인도차이나 및 중국에서 물러갈 것을 요구했다. 이에 연합함대 사령관인 야마모토 이소로쿠(山本五十六)를 주축으로 한 일본 전략가들은 미국 하와이의 진주만 군사기지를 기습공격하여 태평양전쟁을 일으켰다. 전황은 날로 심각해지기 시작했다.

　마사코가 살고 있는 도쿄도 이미 안전한 곳은 아니었다. 태평양전쟁에서 승승장구하던 일본은 총공세를 펼치는 미국에 드디어 밀리기 시작했다. 절대로 그런 일은 없으리라 생각하던 일이 벌어진 것이다. 일본 하늘에 미군 B-29 폭격기가 떴다. 1944년 11월이었다.

　1945년 3월, 도쿄는 미공군의 공습으로 시가지가 초토화되었다. 공습은 오사카·나고야 등 주요 도시로 확대되었고 곳곳에 공습 사이렌이 울려퍼졌다. 일본 전역이 언제 어떻게 폭파될지 모른다는 공포와 불안감으로 휩싸여 들어갔다. 서울에까지 B-29 폭격기가 날아온다며 방공연습이 실시되었다.

　실시간으로 전해지는 일본의 소식은 이중섭을 더욱 초조하게 만들었다. 그곳에 있는 마사코 때문이었다. 이중섭은 어머니에게 솔직하게 속내를 털어놓았다.

"어머니 뜻을 거스르려는 건 아니지만, 마사코를 조선으로 불러 결혼하도록 허락해 주십시오. 일본여자를 며느리로 들이기 못마땅해하신다는 것 잘 알고 있습니다. 하지만 제가 미욱하여 그 여자를 잊을 수가 없습니다. 지금 도쿄는 끊임없는 공습으로 불바다가 되었답니다. 언제 다시 폭탄이 떨어질지 모르는 위험한 땅에 마사코를 그냥 내버려둘 수는 없습니다. 조선으로 돌아와서 시간이 지나면 없었던 일처럼 잊히겠지 생각했는데 그게 아니었습니다. 어머니, 저 위험한 땅에 마사코를 그냥 버려둘 수는 없습니다."

이중섭은 간절하게 애원했다.

이씨 부인은 요즘 들어 아들이 부쩍 넋 나간 사람처럼 바닷가에 나가 그저 멍하니 새들을 바라보거나 아무런 이유 없이 자기 자신을 학대하고 있음을 잘 알고 있었다. 어려서부터 유달리 감성이 예민하고 섬세한 아들이어서 자신을 억누르기가 쉽지 않으리라는 것을 누구보다 잘 알고 있기에 부인은 아들의 간절한 부탁을 더는 모른 체할 수가 없었다.

"그래, 마땅치는 않다만 이 세상에 자식 이기는 부모가 어디 있다더냐. 다만, 마사코가 조선땅에 발을 딛는 순간부터 그 아이는 조선인이 되는 것이다. 모든 걸 조선의 법도대로 조선식으로 따라야 한다. 이것만 약속한다면 불러들여도 좋다."

이씨 부인은 중섭의 절실한 부탁에 어쩔 수 없이 결혼은 허락했지만 단호하게 조건을 달았다.

"예, 어머니. 마사코도 이해할 겁니다. 이름도 바꾸고 결혼식도 우리 식으로 올리겠습니다."

"네 마음이 정녕 그렇다면 내 어찌 더 반대하겠느냐."

어머니의 허락이 떨어지자마자 이중섭은 마사코에게 연락을 했다. 2년 만이었다.

자신을 완전히 잊고 사는 줄 알았던 이중섭의 편지를 받자 마사코는 감격에 겨웠다. 조선에서 날아온 중섭의 기별은 지난 2년 동안 그녀가 사무치게 그리워했던 만큼 그도 그녀를 무척 사모하고 있었음을 말해 주고 있었다.

이중섭과의 결혼을 반대하던 마사코의 부모도 마침내 생각이 달라졌다. 미군이 언제 본토에 상륙할지 모르는 가운데 날마다 공습이 이어지는 불안한 도쿄를 벗어나 안전한 곳으로 옮기라는 소개령에 따라 그들은 북부 지방으로 떠날 준비를 하던 참이었다. 마사코의 부모는 일본보다는 조선땅이 더 안전할 것이라 생각했다. 무엇보다 이중섭이 원산의 부유한 집안 아들이란 점에 얼마간 마음을 놓은 면이 없지 않았다. 어렵사리 딸의 조선행을 허락했으나 막상 조선으로 보내려니 그 방법이 막막했다. 그녀의 아버지는 백방으로 수소문한 끝에 시모노세키행 기차표를 겨우 구해 딸을 태워 보낼 수 있었다.

마사코는 미군의 공습으로 가다 서다를 거듭하는 기차를 타고 며칠을 걸려 시모노세키에 닿았으나 뱃길이 끊겨 있었다. 관부연락선은 미군 폭격으로 이미 현해탄에서 침몰하고 난 뒤였던 것이다.

그녀는 포기하지 않고 하카타까지 가서 임시로 마련된 긴급비상 연락선에 가까스로 몸을 실었다. 바다는 사납게 울부짖었다. 배는 마구 흔들리며 위태로이 앞으로 나아갔다. 미군 폭격기들이 쉴 새 없이 하늘을 맴도는, 그야말로 죽음의 공포가 잔뜩 도사린 항해였다. 서로의 애타는 마음을 확인한 감동이 하나의 커다란 힘이 되어 그녀를 어리석을 만큼 용감하게 만든 것이다.

흰소 1952년

흰소

어느 날, 중섭은 편지 한 통을 받았다. 겉봉에는 '元山 場村洞 李仲燮 貴下'라 씌어 있고 발신인은 그냥 '京城[서울]'이라고만 되어 있었다.

'누구의 편지일까?'

겉봉을 뜯자 봉투가 하나 더 나왔다. 글씨체가 어딘가 낯이 익었다.

"아니!"

'山本方子' 야마모토 마사코. 그녀의 편지였다. 뜨거워지는 가슴을 억누르면서 중섭은 편지를 가슴에 꼭 그러안았다. 어느새 뜨거운 눈물이 두 뺨을 타고 흘렀다. 중섭은 서둘러 겉봉을 뜯었다.

그리운 당신.

하늘에 별이 떠도 뜰에 꽃이 피어도 그것은 곧 당신이 됩니다. 길을 걷다가도 문득 눈을 감으면 당신이 옵니다.

아, 벌써 당신이 떠난 지 두 해가 지났군요. 날이면 날마다 대문 밖만 내다보며 당신을 기다리지만 야속하게도 당신은 오시지를 않습니다. 그러나 당신이 오지 못하는 것이 어찌 당신 탓이겠습니까? 세월 탓이고 전쟁 탓이며 하늘 탓이겠지요.

건강은요? 그림은요? 당신의 사랑은요?

지금 일본은 절망에 빠져 있습니다. 모든 게 끝장났습니다. 벌을 받은 셈이지요. 당신의 나라를 못살게 한 죗값을 받는 거지요.

그러나 마사코는, 당신의 마사코는 희망을 바라봅니다. 당신이 있기에 저는 한 번도 절망하지 않았습니다.

저는 결심했습니다. 저는 이제 조선으로 갑니다. 당신이 있는 곳으로 마사코는 갑니다. 조선에서 아무리 수모를 당하고 박해를 받아도, 마사코는 당신 곁으로 갑니다. 조선사람들은 저를 보면 손가락질하며 욕을 하겠지요. 나라의 원수 일본년이라고요. 쪽발이라고 한다던가요.

그래도 마사코는 당신에게로 갑니다. 당신은 제 하늘이기에 저는 당신에게로 가야만 합니다.

그러나 당신이 허락해 주실는지요? 저 때문에 당신이 곤란해지기라도 한다면 그것은 매우 슬픈 일입니다.

용케 임시연락선의 자리를 구했습니다. 4월 20일에 부산에 도착할 수 있다고 합니다.

당신을 만날 수 있다고 생각하니 벌써부터 가슴이 떨립니다. 제 곁에 당신만 있으면 저는 너무 행복합니다. 당신의 그림을 다시 볼 수 있다고 생각하니 잠을 이룰 수가 없습니다.

이 편지가 당신에게 꼭 전달될 수 있기를 기원합니다. 그러나 만일 당신이 이 편지를 받지 못하시더라도 저는 당신에게로 가겠습니다.

당신을 빨리 뵙고 싶습니다. 당신을 보면 눈물이 나겠지요.

당신의 마사코 씀

마사코의 편지 위에 눈물이 방울방울 떨어졌다. 중섭은 으헝거리며 황소처럼 울었다. 가슴 밑바닥에서 뜨거운 것이 울컥 치밀어 올랐다.

'아, 사랑스러운 나의 마사코.'

이 얼마만의 편지란 말인가. 1년도 훨씬 넘었다. 가슴을 누가 바늘로 콕콕 찌르는 듯이 아팠다. 중섭은 가슴을 두 손으로 움켜쥐고 소리없이 울었다.

중섭은 눈물을 흘리며 마사코를 그리기 시작했다. 그에게 있어 기쁨과 슬픔, 감동과 절망은 언제나 구체적인 실체로 다가왔다. 그리고 그 실체를 그리지 않고서는 배겨낼 수 없는 표현욕구가 중섭의 내부에서 늘 용암처럼 끓어 솟구치고 있었다. 중섭은 마사코를 그리고 또 그렸다. 먹지도 자지도 않고 그렇게 밤새워 마사코를 그리는 것만이 그녀를 단념하려 했던 어리석음에 대한 보상이 되는 것처럼.

'열흘 뒤면 마사코가 도착할 것이다. 아무쪼록 무사해야 할 텐데.'

태평양전쟁이 일어난 뒤로 연합군은 육지에도 해상에도 무차별 공습을 퍼부었다. 해상에서 공습을 당한 연락선이 침몰한 사건도 있었다. 그 때문에 연락선이 끊긴 것이었다. 임시연락선이라 하더라도 결코 안심할 수만은 없었다.

중섭은 며칠 동안 마사코만 그리다가 겨우 붓을 놓고는 어머니에게 말했다.

"저 부산에 다녀오겠습니다."

"부산은 왜?"

"그 여자가 와요."

"그때 말한 그 일본애가 온다는 거냐?"

"예."

이씨 부인으로서는 예상도 못한 일이었다. 그녀는 한 여자로서 놀라고 감동했다.

"집으로 데리고 오너라. 오죽하면 이 난리통에 현해탄을 너머 낯선 땅까지 찾아오겠느냐."

"고맙습니다, 어머니."

중섭은 어머니에게 여비를 넉넉히 얻은 뒤 기차를 탔다. 형 중석에게는 어머니가 잘 설명하기로 했다.

부산에 닿은 중섭은 온종일 부둣가를 서성였지만 연락선은 나타나지 않았다. 중섭은 초조했다. 연락선을 기다리는 사람들은 중섭 말고

싸우는 소 1953~1954년

싸우는 소 1955년

도 많이 있었다. 일본사람들이 대부분이었지만 조선사람도 더러 있었다. 기다리다 못한 중섭이 부두 연락선 사무실에 물어보았지만 알 수 없다는 대답뿐이었다.

그렇게 이틀이 지났다. 사람들은 배가 미군 폭격기에 공습을 당했을 거라고 수군대기 시작했다. 그 불길한 풍문에 놀란 나머지 실신해 병원으로 실려가는 사람도 있었다. 겉으로는 아무렇지 않은 듯 평정심을 내보였으나 중섭의 마음 또한 그런 분위기에 휩쓸려 모래성처럼 허물어질 것만 같았다.

"너무 걱정들 마시오. 전시이기 때문에 위급한 일로 하루 이틀 늦어지기도 합니다. 우리 임시연락선은 한 번도 공습을 당한 적이 없습니다."

사무실 책임자로 보이는 사람이 마중나온 사람들을 위로했다. 사람들은 여기저기 모닥불을 피워놓고 아예 돌아갈 생각들을 하지 않았다.

다음 날, 점심 무렵이 되자 뱃고동소리가 길게 울려 퍼졌다.

"왔다! 연락선이다!"

누군가 소리치자 기다리던 사람들은 환호성을 질렀다. 저 멀리 수평선에서 배가 천천히 들어오기 시작했다. 부두로 들어오는 배의 앞머리에는 일장기가 돛대에는 다른 나라의 국기가 펄럭이고 있었다. 아마 오는 동안에는 다른 나라의 배로 위장했던 모양이었다.

배가 부두에 닿자 사람들이 내리기 시작했다. 중섭은 조금 떨어진 곳에서 배에서 내리는 사람들을 유심히 살펴보았다. 그러나 아무리 눈을 크게 뜨고 보아도 마사코는 보이지 않았다.

'이 배로 못 온 걸까?'

중섭이 뒤숭숭한 마음으로 담배에 불을 붙이려고 성냥을 그으려던 참이었다. 그런데 그때 마침 배에서 내려서는 마사코의 모습이 중섭의 눈에 쏙 들어왔다.

"마사코."

중섭은 작은 소리로 중얼거렸다. 그 소리가 너무 작아 마사코에게 들렸을 리 없었을 텐데 놀랍게도 마사코가 중섭을 쳐다보았다. 스무 걸음쯤 떨어진 거리였다.

"마사코."

중섭이 또 한 번 중얼거렸다. 아니, 입술만 움직였다는 표현이 더 맞으리라.

마사코가 가방을 질질 끌며 중섭에게로 다가오고 있었다. 중섭은 재빨리 그녀에게로 달려갔다. 초췌해진 마사코 눈에는 눈물이 그렁그렁했다. 중섭의 손에 들려 있던 담배와 성냥갑이 땅으로 툭 떨어졌다. 중섭은 마사코를 왈칵 끌어안았다.

"드디어 왔군, 마사코."

중섭은 다시 두 팔에 힘을 주어 마사코를 힘껏 끌어안았다.

"네, 당신에게 왔어요."

"아, 마사코. 나의 마사코!"

이중섭은 애정이 가득찬 눈길로 남루한 차림의 마사코를 바라보다가 다시 부둥켜안았다. 믿어지지 않는다는 듯, 놓치지 않겠다는 듯, 또는 와줘서 고맙다는 듯 잇따른 세 차례의 포옹은 저마다 다른 의미를 간직하고 있었다. 그녀는 3월에 도쿄를 떠난 뒤 4월이 되어서야 어렵게 현해탄을 건너 부산에 닿은 것이다. 그 과정에서 고생한 흔적이 그녀의 모습에 고스란히 배어 있었다.

마사코는 어깨를 들썩이며 울고 있었다. 사람들이 두 사람 곁을 힐끗거리며 지나갔다. 그들은 그렇게 서로를 껴안고 한참을 있었다. 마사코의 울음소리가 잦아들자 중섭은 마사코의 어깨에 감았던 팔을 풀었다.

"하하하."

마사코의 얼굴을 자세히 들여다보며 중섭은 소리내어 웃었다. 마사코도 눈물이 그렁그렁한 채로 생긋 미소를 지어 보였다.

"자, 갑시다."

마사코가 들고 온 가방은 제법 무거웠다. 중섭은 가방을 들고 성큼성큼 앞서 걷기 시작했고, 마사코는 그 뒤를 종종걸음으로 따라갔다.

이중섭은 미리 예약해 둔 여관의 객실로 지친 마사코를 데려갔다. 그러곤 한 광주리 가득 들고 온 사과를 깎아 마사코에게 건넸다.

"제철이 아니라서 사과 맛이 어떨지 모르겠어."

마사코는 이중섭이 건네는 사과를 오물오물 맛있게 먹었다.

"이렇게 맛있는 사과는 처음 먹어봐요."

이중섭은 사과를 벌써 세 개째 깎아 건넸다. 마사코는 날름 받아 한입 베어 물고는 갑자기 웃음을 터뜨렸다. 그녀의 얼굴에는 그동안 가슴 졸이며 불안에 떨었던 모습은 온데간데없었다.

두 사람은 헤어져 있던 시간만큼 서로를 향한 사랑이 더욱 깊어졌음을 비로소 깨달았다. 일본여인과 식민지 조선청년이라는 경계는 이미 없었다. 더불어 전쟁에 대한 두려움도, 헤어져 있으면서 가슴앓이 했던 쓰라린 기억도 모두 사라졌다.

마사코는 꿈에도 못 잊어 그리워하던 사람이 자기 앞에 있다는 기쁨과, 공포에서 벗어난 안도감과 평안함으로 충만했다. 사랑하는 사람과 누구의 방해도 받지 않고 단둘이 마주 앉은 이 순간을 그녀는 얼마나 그려왔던가.

"고생했어. 얼마나 고생했을지 상상이 가. 우리 가여운 마사코!"

중섭은 몇 번이고 마사코의 볼에 입을 맞추었다. 마사코는 연신 눈

소와 어린이

소와 새와 게 1954년

가를 훔쳤다.

마사코는 긴장이 풀리는지 깊은 잠에 빠져들었다. 잠든 얼굴에 방긋 미소가 번지는 것으로 보아 좋은 꿈을 꾸는 모양이었다.

중섭은 마사코 옆에 앉아 하염없이 마사코의 귀여운 얼굴을 들여다보았다. 한참 동안 마사코의 얼굴을 바라보던 중섭은 조심조심 주머니에서 수첩을 꺼내 평화롭게 잠든 마사코의 얼굴을 그렸다. 얼굴을 그리고, 쌔근쌔근 숨소리를 그리고, 그녀가 꾸는 꿈을 그리고, 그들만의 위대한 사랑을 그렸다.

마사코가 탄 임시연락선은 8·15 해방 때까지 마지막 연락선이 되었다. 마사코는 오로지 조선에 있는 이중섭을 만나기 위해 목숨을 걸고 배를 탄 셈이다. 이만한 지극함이 없었더라면, 아마도 두 사람은 맺어지지 못했으리라.

마사코는 원산 집으로 가는 열차 속에서 도쿄의 상황을 설명하며 눈시울을 붉혔다.

"지금 도쿄는 불바다예요. 전폭기들이 떴다 하면 이곳저곳에서 폭발음이 진동하고 불꽃이 튀어요. 우리 가족들도 멀리 피신해 있어요. 아버지는 떠나는 저에게 말했어요. 어려우면 언제든지 일본으로 돌아오라고요. 어머니는 멀리 보내는 딸이 걱정된다며 계속 눈물을 흘리셨어요. 제 어머니께 죄송스러워요. 지금도 아마 못난 딸을 걱정하며 울고 계실 거예요."

중섭은 손수건을 꺼내 마사코의 볼에 흐르는 눈물을 닦아주었다.

"그동안 고생했으니까 이제 조선에서 나와 함께 행복하게 사는 거야. 여기는 폭격기가 공격하지 않을 테니까."

한편, 원산에서는 중섭의 어머니가 초조한 표정으로 중석의 눈치를 살피며 조심스레 말을 꺼냈다.

"중섭이한테 일본여자가 찾아온다는구나."

"그래서 녀석이 부산에 갔군요."

중석은 뜻밖에도 담담했다.

"벌써 알고 있었니?"

'진짜로 사랑을 아는 여자로군.'

겉으로 내색하지는 않았으나 중석은 속으로 감탄했다.

마사코가 중섭과 함께 원산 집에 도착해 어머니와 형에게 인사를 올리자, 중석은 흔쾌히 두 남녀의 혼인을 승낙해 주었다. 줄곧 일본 사람을 미워했고, 무엇으로든 일본인의 기를 꺾어놓으려 했던 중석이 일본여자를 동생의 아내로 인정한 것은, 그만큼 마사코의 지고지순한 사랑에 감동하고 그 사랑을 진심으로 존중했기 때문이었다. 어머니의 마음도 형과 다름없었다.

명사십리 해당화야

　함경남도 원산시 동남쪽 약 4km 지점에 있는 갈마반도 끝에서 연두도리까지 8km에 걸쳐 끝없이 펼쳐지는 명사십리(明沙十里) 하얀 모래밭. 그 드넓은 모래톱 10여 리에 만발한 해당화 꽃밭과 그 뒤에 둘러져 있는 울창한 소나무 숲이 광활하게 물결치는 푸른 바다와 어울려 절경을 이룬다.

　　"명사십리 해당화야/꽃진다고 설워마라/잎진다고 설워마라/동삼(冬三) 석달 꼭죽었다/명춘삼월(明春三月) 다시오리."

　마사코가 원산 집으로 들어오자 중섭의 어머니는 뒤란의 깔끔한 방을 하나 비워 결혼할 때까지 혼자 쓰도록 배려했다. 그녀는 보면 볼수록 조신한 마사코에게 자기도 모르게 정이 갔다. 그녀는 우리 막내아들이 드디어 괜찮은 색시와 결혼할 수 있게 되었다며 기뻐했다.
　이중섭은 마사코를 남쪽에서 얻었다고 해서 '남득(南得), 남득' 하고 불렀는데, 그만 이름으로 굳어졌다. 성은 남편 이중섭을 따라 이남덕이었다. 조선인을 창씨개명시키려 눈에 불을 켜던 그때에, 조선인의 이름을 갖겠다고 나선 일본인은 아마 그녀뿐이었으리라. 시어머니와의 약속대로 몸과 마음 모두 조선여인이 되겠다는 의지의 표현이기도 했다.

아직 이곳이 낯선 남덕에게 손위 동서와 조카들 모두 친절하고 따듯이 대해 주었다. 어머니와 형은 두 사람 결혼준비로 부산하게 움직였다. 길일로 날을 잡고, 결혼하자마자 분가할 수 있도록 광석동 언덕배기에 방 3개짜리 주택을 구입해 놓는가 하면, 혼사음식을 준비하느라 바쁘게 장을 보러 다녔다.

어머니는 마을사람들을 마주칠 때마다 일본에서 복덩어리가 들어왔다며 한껏 자랑을 늘어놓았다. 그들 또한 처음엔 '하필 일본여자람' 못마땅한 눈초리를 보냈지만 마사코의 겸손하고 산뜻한 몸가짐에 어느덧 친절하고 다정하게 그녀를 대했다.

남덕은 동서의 부엌일을 돕기도 하고, 때로는 중섭과 함께 마을 뒷길을 걸으며 하루를 보냈다. 산책할 때마다 남덕은 중섭에게 하소연했다.

"낯선 곳에서 외롭다 보니까 모두들 친절하게 대해 주시는데도 괜히 피곤해요. 집에 있으나 밖으로 나오나 동물원 원숭이가 된 기분이 들 때가 있어요."

그럴 때마다 중섭은 남덕을 따뜻하게 안아주었다.

"조금만 참아. 결혼하면 우리 둘만 따로 나가서 살 테니까."

결혼 준비가 웬만큼 다 되었다 싶자, 중섭은 결혼 날짜를 친구들에게 알렸다. 일가친척에게도 모두 알렸다. 이제는 축복된 5월의 그날을 기다리기만 하면 되었다.

결혼을 일주일 남겨놓은 어느 날이었다. 한 떼의 친구들이 중섭의 집으로 느닷없이 들이닥쳤다. 중섭은 화실에서 그림을 손질하다가 붓을 내던지고 마당으로 뛰어나갔다. 김이석·오장환·최재덕·한묵·정규·황인호·홍하구, 그리고 조각가 조규봉, 외종사촌 이광석, 후배 김창복, 시인 양명문이 서울과 평양에서 찾아온 것이다. 미국과 일본의 전쟁이 막바지로 치닫던 그 혼란스런 시기에 그들은 먼 길을 마다않고 원산으로 모여들었다. 현해탄을 건너온 남덕과 이중섭의 결혼이 얼마나 힘든 결합이었는가를 모두들 잘 알고 있었다.

"중섭아, 너 결혼한다고 해서 축하해주러 이렇게 다들 왔다."

김이석이 앞으로 나서서 큰 소리로 말했다.

"그래, 반갑다. 잘 왔어."

중섭은 친구들과 일일이 악수를 나누었다.

"그런데 결혼식은 일주일이나 남았어."

중섭의 말에 친구들은 고개를 갸웃거리며 황당해했다.

"뭐라? 일주일이나 남았다고? 이거 그럼 낭패 아냐, 갔다가 다시 와야겠네."

최재덕이 짐짓 돌아서는 시늉을 했다.

"어디 이런 일이 있을 수 있나. 가도 어른께 인사는 하고 가야지."

외종사촌 이광석이 중섭의 어머니를 챙겼다.

"그래, 그건 맞는 이야기다. 다들 들어가자고."

너무 때 이른 손님이라 당혹스럽고 거북하련만, 중섭 어머니는 아들의 친구들을 반갑게 맞아 주었다. 그들은 한묵을 따라 우르르 안방으로 들어가 중섭 어머니께 큰절을 올렸다.

"어서들 와요. 모두 앉아요. 멀리서 왔을 텐데 그냥들 돌아가면 어떡해. 며칠 쉬었다가 결혼식을 보고 가야지. 잘 왔어요."

이씨 부인의 마음씀에 감사하다면서 김이석은 절을 한 번 더 올렸다. 친구들은 사랑방 하나를 차지한 채 여러 날을 먹고 자며 결혼식 날을 기다렸다.

1945년 5월, 이중섭과 남덕은 드디어 결혼식을 올렸다. 일가친척과 미리 와 있던 친구들 말고도 원산에 살고 있던 강홍은·구상·노량근·서창훈·이종민·정율·박경수 등 시인들도 참석했다. 마을사람들이 모두 모인 그야말로 성대한 잔칫날이었다.

이씨 부인은 잔치음식을 푸짐하고 넉넉하게 준비했다. 전쟁 끝 무렵이라 모든 게 부족하던 시절이지만 온갖 과일은 물론 떡과 술과 고기가 가득 차려진 원산 부잣집 아들 이중섭의 혼사가 가난한 예술가들에게는 축제날이기도 했다. 물자가 동이 나고, 술도 없고, 쌀도 없고, 담배도 배급을 받던 때이지만 중섭의 집은 그런 상황과는 거리가 멀었다. 밀로 담근 술이 있었고, 전매청에 부탁해서 담배도 미도리 몇 상자가 마련되어 있었다. 그리고 돼지를 큰 놈으로 한 마리 잡아 마을사람들에게까지 잔치음식을 베풀었다.

마당에는 차일을 치고 닭을 묶어놓았다. 중섭과 남덕은 전통 한복에 사모관대를 차리고 족두리를 쓴 채였다. 노랗게 밝힌 화촉 2개가 뜨겁게 타올랐다. 5월 훈훈한 봄바람에 마당의 차일이 이따금 펄럭거렸다.

그때에는 전통혼례에 서구식을 섞은 결혼식이 유행했으나, 중섭은 전통의상을 입고 완전한 조선식으로 결혼식을 올렸다.

시인 양명문이 축시를 낭송했다. 시를 낭송하는 동안에는 엄숙한 분위기가 흘렀지만 곧 화기애애해졌다. 친구들은 "야 웃어, 잔을 깨끗이 비워" 그러면서 농을 던지기도 했다.

신랑 중섭이 초례청의 동편에 들어섰다.

"무도부출(姆導婦出)."

신랑의 시자가 신부를 부축하여 초례상 앞으로 나왔다.

"동부서(東婦西)."

신랑은 동편에 신부는 서편에서 초례상을 가운데 두고 마주 섰다.

이윽고 두 사람이 손 씻을 물이 각각 남쪽과 북쪽에 놓였다.

"부종자옥지(婦從者沃之)."

신랑 신부가 그 물에 손을 씻고 수건으로 닦았다.

부선재배(婦先再拜), 답일배(答一拜), 부우재배(婦又再拜), 우답일배(又答一拜), 그렇게 교배례가 끝나고 합근례가 이어졌다.

신랑 신부가 표주박에 든 술을 잔에 따라 마시고 새로운 부부의 연으로 맺어졌음을 하객들 앞에 보여주었다. 거세게 물결치는 바다를 넘어, 전쟁과 죽음의 공포를 넘어, 식민지라는 아픈 역사를 넘어, 어쩔 수 없는 체념과 그 체념을 넘어서는 간절함으로 그들은 서로에게 지체없이 달려온 것이다. 그리하여 마침내 반쪽으로 떨어져 있던 두 사람이 이제 비로소 완전한 하나가 되었다.

결혼식 내내 밝게 웃으며 누구보다 가장 흐뭇해한 사람은 중섭의 어머니였다.

"이제 한시름 놓게 되었어요. 나이가 많아 걱정했는데 이제 우리 중섭이도 자식 낳고 살게 되었어요. 나는 내일 죽어도 걱정 없어요."

중섭 부부는 형과 어머니의 배려로 미리 마련해 놓은 광석동 고갯마루 집에서 신혼살림을 시작했다. 방이 3개 있었고, 마당이 넓어 그곳에서 닭을 길렀다. 낮에는 닭들이 마당에서 모이를 쪼곤 했다.

문득 남덕은 일본에 남아 있는 부모님과 가족들이 떠올랐다.

'사나운 미군의 폭격에 모두 무사하실까. 나 혼자 신혼의 단꿈에 젖어 행복해하는 게 친정식구들께 죄를 짓는 것만 같아…….'

남덕은 밤마다 잠을 제대로 이루지 못하고 눈물을 지었다.

"피신하셨으니까 괜찮을 거야. 염려 말아요."

아내 마음을 헤아린 중섭은 잠자리에서 남덕을 꼭 끌어안아주었다. 두 사람은 광석동 언덕배기 신혼방에서 뜨거운 사랑에 불을 붙

황소 1953~1954년

황소 1953년

였다. 두 사람이 만드는 5월 밤 열정의 불길이 맹렬하게 타오르고 있었다.

한때 프랑스행을 꿈꾸었던 여자, 부잣집 막내딸로 사랑만 받으며 자란 남덕은 어느새 조선인 이씨집안 며느리로서 그 집안 사람이 다 되어 있었다. 앞치마에 일바지 차림으로 우물가에 나가 빨래하는 일은 둘째 치고, 일본사람답지 않게 매운 반찬, 짠 반찬 가리지 않고 잘 먹어 집안 식구들을 깜짝 놀라게 했다. 이미 도쿄에서 중섭의 아파트를 드나들며 한국음식과 김치맛을 길들인 그녀로서는 새삼스러울 것도 없었다.

남덕은 일을 야무지게 잘할 뿐만 아니라 시어머니와 시아주버니를 지성으로 깍듯이 받들었다. 이러한 정성에 드디어 집안사람들도 '복덩이 며느리'가 들어왔다고 칭찬하기 시작했다.

불안한 시대상황과 상관없이 달콤한 신혼시절은 꿈결처럼 흘러갔다. 남덕은 어느새 중섭의 아이를 가졌고 그것만으로도 두 사람은 그보다 더 행복할 수 없었다. 무엇 하나 아쉬울 것 없는 윤택한 삶, 사랑하는 아내, 그 아내의 배 속에서 자라나는 두 사람의 결실.

이중섭은 외양간의 소와 집에서 기르는 닭들을 관찰하거나 완성하지 못한 그림들의 마무리 작업을 하며 하루하루를 보냈다. 아내와 함께 명사십리와 송도원에 나가 온종일 푸른 바다와 새들을 바라보며 스케치를 하기도 했다. 화실에는 닭 그림이 쌓여갔고, 어느덧 스케치북은 동이 났다.

"점심 준비 다 됐어요"

중섭은 대답 대신 손사래를 치며 가까이 오지 말라는 시늉을 했다. 요즘은 거의 온종일을 닭장 앞에서 살다시피하는 중섭을 멀찍이

서 지켜보며 남덕은 내심 탄복이 절로 나왔다. 한 가지 일에 저토록 몰두할 수 있는 그의 집념의 원천은 무엇일까?

처음에는 소일거리로 기르기 시작한 닭이 어느새 그림의 모델이 되었다. 소를 하도 들여다보고 또 보고 해서, 소와 입맞추었다는 소문이 동네에 파다하게 퍼졌다. 중섭의 행동으로 보아 닭하고도 그런 소문이 나지 않으리란 장담을 못할 정도였다.

"예쁜 남덕 여사! 오늘 점심은 뭘 준비하셨나?"

이젠 볼만큼 다 보았는가. 온통 흙과 닭털로 뒤범벅이 된 중섭이 팔을 벌리며 다가섰다.

무작정 안으려만 드는 중섭을 살짝 밀어낸 남덕은 그의 옷 여기저기에 붙은 닭털을 털어주었다. 그러고는 마당 펌프 쪽으로 그를 돌려세웠다.

"손 먼저 씻어요."

푸푸 소리를 내며 얼굴을 씻는 그의 등 뒤에서 남덕은 분카의 수돗가에서 처음 그를 만나 이야기를 나눴던 때를 문득 떠올렸다. 그날, 그림만 그리고 사는 나라를 꿈꾸는 영원히 늙지 않을 것 같은 남자를 처음 보았을 때, 늑골을 가로지르던 심상치 않았던 예감의 통증도 또렷이 기억났다.

"배고프다. 밥 먹읍시다!"

수건을 받아들고 앞장서 가던 중섭이 어깨를 으쓱거리기도 하고 몸을 비비꼬기도 했다.

"왜 그래요?"

"가려워서 그래. 이거 손이 안 닿네."

"여기 좀 서 보세요."

남덕은 중섭의 옷 속으로 손을 넣어 그가 가리키는 곳을 부드럽게 긁어주었다.

"이럴 때 보면 당신 꼭 커다란 아기 같아요."

"나, 영원한 당신 큰아들 할 테니까 이담에 아들놈 태어나도 날 괄시하지 말아요!"

중섭이 팔을 뒤로 돌려 아기 업듯 남덕을 꼬옥 끌어안았다. 남덕은 가만히 중섭의 등에 얼굴을 묻고 그의 냄새를 깊이 들이마셨다.

'아, 향기로운 땀 냄새.'

중섭의 아내라는 사실 하나만으로도 남덕은 말로 다 표현할 수 없을 만큼 감사하고 행복했다.

팔을 풀면서 중섭이 또 어깨를 으쓱거렸다.

"더 긁어줄까요?"

"거기만이 아니라 온몸이 다 가려운 것 같아. 머릿속까지 근질거려!"

가려움을 참느라고 그의 잘생긴 얼굴이 일그러졌다. 남덕이 다시 옷 속으로 손을 넣었다. 손바닥으로 등을 쓸어주려던 남덕이 놀라 소릴 쳤다.

"이거 예사 가려움증이 아닌 것 같아요."

방금 전까지도 몰랐던 두드러기가 등 여기저기로 툭툭 불거져 나왔다. 남덕은 그의 머리칼 밑으로도 손가락을 넣어보았다. 등보다 훨씬 촘촘히 돋아난 두드러기가 손끝에 느껴졌다.

"우리가 아침에 뭘 먹었더라?"

중섭의 물음에 아침 밥상 위에 올랐던 반찬을 하나하나 짚어 나가던 남덕이 갑자기 손뼉을 딱 쳤다.

"찾았어?"

"원인을 알 것 같아요."

"어떤 반찬 같아?"

"저 녀석들이에요!"

남덕은 주저하지 않고 닭장 쪽으로 손가락질을 했다.

"아침에 우리가 닭고길 먹었었다고?"

"그게 아니구요, 잠깐 이리 좀 와보세요."

무슨 일인지 영문을 알 수 없는 중섭은 연신 긁적거리면서 남덕 앞에 섰다.

"머리 좀 제 앞으로 숙여보세요."

중섭은 남덕이 하라는 대로 했다. 남덕은 중섭의 머리칼을 밑에서 부터 차근차근히 뒤져나갔다. 멀리까지 올라가기도 전에 남덕의 탄성이 튀어나왔다.

"찾았어요! 이게 원인이에요."

남덕은 중섭의 손바닥 위에 시커먼 이 한 마리를 올려 놓았다.

"이게 내 머리 속에서 나왔다구?"

중섭이 질색을 하며 펄쩍 뛰었다.

"아까는 닭이 문제라더니."

"내 생각인데 이 이가 닭한테서 옮겨온 게 아닌가 싶어요."

남덕의 생각은 딱 맞아떨어졌다. 중섭은 너무 신기해서 몇 번이나 물었는지 모른다.

"당신, 어떻게 닭에 이가 있다는 걸 알았지?"

"언젠가 외갓집 갔을 때 할머니 곁에서 시중들던 애가 닭한테 이가 옮아서 몹시 고생하는 걸 본 기억이 나서요."

"아하! 참말 남덕 여사는 다르구나!"

중섭은 도시에서만 자란 남덕에게 그런 시골 정서가 있다는 사실이 너무도 신기했다.

아주 가볍게 생각했던 이를 퇴치하는 일은 그리 간단하지 않았다. 더군다나 이를 발견한 뒤로도 중섭은 틈만 나면 닭장 주변을 얼쩡거렸기 때문에 꽤 오랫동안 남덕에게 가까이 가는 걸 스스로 삼갔고 가려움의 고통을 참아야 했다.

이토록 닭을 열심히 관찰한 이중섭은 닭과 관련한 그림 또한 많이 남겼다. 그 가운데 유명한 작품이 '닭과 가족'이다. 이 그림은 많은 이중섭 연구자들이 닭과 아이들이 노는 것으로 잘못 파악하기도 했는데 실제로는 화면 아래 왼쪽 부분에 암탉을 안은 듯한 인물은 아내 남덕이며, 오른쪽은 남편, 곧 이중섭 자신을 표현한 것이다. 오른쪽 남자는 닭을 교미시키려고 발정하도록 항문에 숨을 세차게 불어넣고 있다. 이러한 표현은 수많은 관찰을 거쳐야만 가능한 것으로 신혼 시절 이중섭이 소일거리로 닭을 키우며 닭에게 이가 옮는 줄도 모를 정도로 닭을 관찰한 결과물이라고 볼 수 있다. 중섭은 가족을 일본으로 떠나보낸 뒤, 아내 남덕에게 보낸 그림에도 종종 닭을 그렸다. 신혼 무렵의 행복했던 시절을 추억했음이리라.

바로 그 무렵에 중섭의 엽서 그림이 탄생했다.

그러나 두 사람의 사랑을 시기하듯 하루가 다르게 바뀌는 세계정세는 온갖 역경을 딛고 사랑의 보금자리를 꾸민 젊은 예술가 이중섭을 험난한 세파 속으로 몰아넣었다.

그해 여름, 일본에는 히로시마와 나가사키 두 도시에 원자폭탄이 떨어졌다. 입에서 입으로 건너온 소식을 듣고 남덕은 잿더미가 된 일본땅과 헤아릴 수 없을 만큼 많은 사람들의 죽음을 떠올렸다. 남덕은 부모가 그 무서운 참변을 당했을지도 모른다고 생각하고는 입술을 꼭 깨물고 울음을 삼키며 조용히 고개를 떨구었다.

적당한 때가 오기만을 호시탐탐 노려오던 소련이 1945년 8월 9일, 제2차 세계대전 막바지에 일본에 선전포고하고는 전격적으로 만주에 주둔하고 있는 일본군을 공격해왔다. 관동군은 이미 많은 수의 병력을 남부전선으로 빼돌려 허울만 남아 있었다. 중·소 국경을 돌파해 파죽지세로 중국 동북지방을 점령하기 시작한 소련군은 단숨에 8월 10일 조선 북쪽 끝인 웅기와 나진을 점령하기에 이르렀다. 예기치 못한 소련의 참전으로 전쟁에 바로 휘말리게 된 사람들은 갑자기 벌어진 상황에 어쩔 줄을 모르고 우왕좌왕했다.

신접살림은 공습과 더불어 시작되었다. 원산으로 소련 폭격기가 날아들자 이씨집안은 안변으로 피란을 떠났다. 어수선한 짐더미 속에서 중섭은 씁쓸하게 웃었다.

"당신은 바다 건너 예까지 와서 또 피란을 떠나는구려."

"저는 당신 곁에만 있으면 돼요. 당신의 그림 곁에요. 그걸로 충분해요."

"당신은 프랑스와 너무 멀어졌군."

프랑스뿐이 아니었다. 안변으로 떠남은 앞으로 두 사람이 모든 것으로부터 멀어질 운명의 서곡이었다. 의식주, 고향, 가족, 그림까지도…… 다만, 앞으로 닥쳐올 사나운 운명을 예감하지 못했을 뿐이었다. 그러나 그들이 앞으로 겪게 될 불행과 고통을 미리 알았다 해도 결코 피해갈 수는 없었으리라. 운명이란 그런 것이기에.

1945년 8월 15일, 원산시내 곳곳에는 흥분의 물결이 일렁거렸다. 누가 시킨 것도 아닌데 어느새 태극기가 여기저기서 펄럭였다.

중섭은 시내에서 친구들을 만나 고주망태가 되도록 술을 마시고 집으로 돌아와 아내에게 말을 툭 던지고는 방바닥에 쓰러졌다.

"남덕이, 당신네 나라가 졌소."

해방과 함께 식민지 체제가 무너지기 무섭게 새로운 사회질서와 문화체계가 만들어지기 시작했다. 미국과 소련의 이원화된 군정체제에서 정치는 정치대로 사회경제는 그것대로 새로운 체계가 만들어졌듯이, 문화예술계 또한 마찬가지였다. 조선총독부 아래에서 운영되어온 모든 단체는 해산되었고, 시인 임화가 주도하는 조선문화건설중앙협의회 아래에서 정현웅과 길진섭 등이 주축이 되어 조선미술건설본부가 만들어졌다.

그러나 경향적인 문학 및 예술가들은 이 단체의 성격과 지향점이 두루뭉술하다며 가입을 거부하고, 따로 조선프롤레타리아예술동맹(KAPF)을 결성했다. 그러자 이들과 맞서 고희동을 중심으로 조선미술협회가 조직됐다. 그들은 저마다 회원을 늘려가며 세력을 키워나갔다. 그 틈을 타서 친일 미술가들이 단체에 끼어들어 그 속에서도 또다시 분란이 일기 시작했다.

미군정의 남쪽이 이 같은 혼란에 휩싸여 있는 동안 소련군 군정체제의 북한에서는 1945년 9월 평양예술문화협회가, 그 이듬해에 북조선문학예술총동맹이 결성됐다.

해방 첫해는 그렇게 혼란 속에서 지나갔다. 상해임시정부의 김구 주석이 돌아오고 미국과 유럽에서 활동하던 이승만도 귀국했다. 북에는 소련군이 앞세운 김일성이 나타나 북한의 체계를 공산화해 나가기 시작했다. 친일파들은 기세등등했던 이전까지의 삶을 숨기고 어딘가로 잠적해 버렸다. 일본인들은 서둘러 자기 나라로 돌아가기 위해 허둥댔다. 그러는 사이 대수롭지 않게 생각했던 38선이 완강하게 빗장을 지르기 시작했다. 군정체제 아래 정국은 좌우의 이념으로 대립해 나아가고 있었으며, 사람들은 저마다 자신이 신봉하는 이념체

닭과 가족

계로 서서히 갈라지기 시작했다.

해방의 감격으로 나부끼던 태극기는 어느덧 원산 시내에서 하나둘 사라져갔다. 그 자리를 채운 것은 '김일성'에 대한 신화와 소련군 주둔 소식이었다. 시내에 나가보면 건물 외벽, 그리고 전봇대와 전봇대 사이에 빨간 현수막이 펄럭였다. 붉은 글씨로 쓰인, 우리의 영도자 김일성 장군 만세! 스탈린 원수 만세! 현수막과 포스터가 곳곳에서 눈에 띄었다. 여기저기에 걸린 현수막들이 물결처럼 출렁였다.

중섭은 그림이 아닌 다른 일에는 무감각한 편이었다. 더구나 모든 것이 불확실한 시대였으므로, 정치적으로 어떤 변화가 일어날지 전혀 관심도 두지 않았다.

그해 10월, 서울에서 해방기념미술전람회가 열렸다. 소식을 들은 중섭이 그림을 가지고 서울로 갔을 때에는 이미 전람회가 한창이었다. 전람회 출품 기회를 놓친 대신 중섭은 미도파백화점 지하의 벽화 제작일을 부탁받았다. 그는 그 자리에서 시원스레 승낙했다.

어린 시절을 옛 고구려의 수도였던 평양에서 보낸 중섭은 남다르게 고분 벽화와 만날 기회가 많았다. 중섭은 이들 벽화와 맞닥뜨릴 때마다 가슴이 떨려옴을 느꼈고, 아무도 모르게 제 안에서 여물어가는 꿈이 있음을 확인하곤 했다.

열심히 자료를 수집해서 정리해 두었다가 때가 되면 꺼내어 싱싱하게 살아서 꿈틀거리는 생생한 아이디어들을 기초로 벽화를 그려보리라!

중섭의 벽화에 대한 관심은 늘 가깝게 지내는 문학수의 지향과도 무관하지는 않다.

조선의 미술은 찬연한 발자취뿐이고 지속되어 내려오는 강건한 전통의 힘은 약한 것이니, 스스로 반성하여 두 번 다시 선인들의 체념을 거듭하지 말고 정통적인 회화를 발견하여 세계의 눈앞에 내놓고, 조선 미술의 특징으로서는 평양 대성신을 중심으로 한 서강, 용강의 고분 속에 있는 수다한 상금까지 생명의 불길이 사라지지 않은 비운 신선의 그림과 청룡 백호가 움직이는 것을 지심에 용출시키는 데 있다 생각합니다.

　이 같은 문학수의 생각에 전적으로 동의하지는 않았지만 깊은 감명을 받은 것만은 사실이었다.
　확실히 미도파백화점 지하 벽화 작업을 통해 중섭의 의욕은 재충전되었다. 그림을 그리고 있을 때만이 살아 있음을 실감하는 그에게 평소 동경하던 벽화 작업이야말로 신명을 내서 해볼 만한 작업이었다.
　밑그림은 주로 중섭이 맡았고, 채색 쪽은 최재덕과 공동으로 해나갔다.

　중섭은 함께 일하게 된 최재덕에게 처음에 그리려던 밑그림을 지우고 새롭게 구상해 보자고 제의했다.
　"이봐 재덕이, 이 기회에 조선민족 해방의 기쁨을 그림으로 그려보면 어떻겠나?"
　중섭의 제의에 재덕은 흔쾌히 동의했다. 최재덕은 1916년 경남 산청에서 부유한 지주의 아들로 태어났다. 경성 보성고등보통학교를 거쳐 도쿄 다이헤이요 미술학교를 졸업했으며, 잠시 분카학원에 다니기도 했는데, 그때 중섭과 친분을 쌓아 지금까지 이어오고 있었다.

"좋은 생각이야. 그런데 어떤 그림을 그리려 하나?"

"복숭아나무에 매달린 아이들을 그려보자고. 도연명의 무릉도원처럼 우리나라가 무릉도원이 되어 잘 사는 조선이어라, 그런 뜻이지. 거기다 청자에 나오는 포도덩굴을 얽어보는 거야. 고려땅의 무릉도원…… 어떤가? 거기에 매달려 놀며 천진난만하게 웃는 아이들. 이게 우리가 해방된 조국에 주는 첫 선물이 되는 셈이지."

재덕은 중섭이 내민 스케치를 찬찬히 살펴보았다. 마치 전래동화에 나오는 도깨비나무처럼 꿈틀거리며 움직일 듯한 포도덩굴에 아이들이 매달려 환하게 웃고 있었는데, 그 꾸밈없고 순박한 웃음소리가 금방이라도 까르르 와르르 터져나올 것만 같았다.

중섭의 스케치북에는 지난 몇 년간 곰삭혀온 예술정신이 고스란히 스며들어 아이들로 다시 태어나 있었다. 재덕은 중섭의 의견을 기꺼이 받아들여 그림을 그려나가기 시작했다. 붓끝에 신명이 붙었는지, 두 사람의 공동작업은 의견충돌 한 번 없이 일사천리로 진행되어 마침내 깔끔하게 끝이 났다.

미도파백화점 지하 벽에 나뭇가지마다 동자가 매달린 천도복숭아나무가 그려졌다. 어찌 보면 도교적인 분위기를 풍기기도 했다. 중섭은 페인트로 그렸다는 사실이 두고두고 꺼림칙했으나, 고구려 벽화 형태로 한국의 정서를 구체화한 경험에는 아주 만족했다.

남덕은 혼란스러운 북한의 상황이 불안했다. 얼마 전까지만 해도 일본인이었기에 누릴 수 있었던 모든 권리와 특혜는 이제 바랄 수도 없었다. 조선인의 아내이기에 비록 다른 일본인들처럼 험한 꼴은 겪지 않았다 해도, 한 치 앞을 예측할 수 없는 자신의 앞날이 걱정스러웠다. 더구나 지금은 중섭이 미도파백화점 지하 벽화를 그리러 서울에 간 터라 원산에 혼자 남은 그녀의 불안은 더욱 깊었다.

남덕은 시아주버니가 운영하는, 루씨고등여학교 근처 백두상회로 찾아갔다.

"걱정이 돼서 오셨나요?"

이중석은 나이 어린 제수에게 깍듯하게 존대를 했다. 남덕은 말없이 고개만 끄덕였다.

"중섭이한테 빨리 오라고 제가 연락해 보지요. 제수씨는 이제 어엿한 우리 집안 사람인데 누가 뭐라 하겠습니까. 아무 걱정 마세요."

이중석은 불안해하는 남덕을 따듯하게 달랬다.

"일본에는 원자폭탄이 떨어졌다는데……."

"도쿄는 걱정 없을 겁니다. 혹시 공습이 있을지 몰라 센다이로 대피하셨다고 했지요? 제가 일본에 계신 어르신들 안부도 확인해 드리겠습니다."

형 이중석은 중섭보다 열두 살 위였다. 어려서 아버지를 여읜 중섭에게 형은 아버지 역할까지 대신 해주는 집안의 기둥이었다. 일찍 장가를 갔기 때문에 형수는 갓 시집왔을 때부터 어머니 대신 나이 어린 중섭을 업어 키웠다. 이중석은 동양척식대학을 나온 인텔리였으며 남덕에게는 시아버지처럼 푸근한 존재였다. 이중석도 지성을 갖춘 일본여성이 조선으로 결혼하러 온다는 게 얼마나 힘든 결정이었는지 잘 알고 있었던 터라 물심양면으로 남덕을 보살펴주었다. 남덕은 이중석의 따뜻한 위로에 한결 마음이 놓였다.

벽화작업을 즐겁게 마친 중섭은 원산 본가에 전화를 넣어 형 이중석과 통화를 했다. 그간의 집안 사정이 무척 궁금했던 것이다.

"새댁을 혼자 놔두고 무얼 하는 게야? 제수씨가 몹시 불안해하고 있어. 지금 일본인들이 귀국을 합네 어쩌네 저 난린데, 너 하나 보고 현해탄을 건너온 여자를 홀로 두고 한가하게 서울에서 뭉그적거려? 게다가 홀몸도 아닌데 말이야. 잔말 말고 당장 돌아와."

전화선을 타고 들려오는 형의 꾸짖는 목소리에 중섭은 아차 싶었다. 작업에 너무 열심히 전념하다 보니 잠시 남덕을 잊었던 것이다. 형으로부터 막상 집안 소식을 듣고 나니 마음은 어느덧 원산으로 달려가고 있었다.

중섭은 벽화를 그려주고 받은 돈으로 불상·연적·도자기·촛대·목공예품을 한아름 사들였다. 여기에는 그만한 이유가 있었다. 해방이라는 어수선하고 느슨한 틈을 타 서울시내 곳곳에는 골동품을 파는 임시가게들이 줄지어 섰다. 어쩔 수 없이 조선을 떠나야 하는 일본인들이 서둘러 내놓은 골동품들이었다.

고객은 주로 미군 장교들이었다. 조상의 넋이 어린 불상이며 도자기들이 헐값에 외국인 손으로 넘어가는 것을 직접 눈으로 본 중섭은 몹시 충격을 받았다. 그래서 작은 힘이나마 한국 민예품들의 국외 반출을 자기 능력껏 막아보려고 한 것이다. 향합이나 연적처럼 작지만 품격 있는 것들과 문양이 선명한 분청사기들, 그리고 작은 불상과 등잔도 구입했다.

조선 램프는 남덕이 좋아하는 폴 발레리 시를 읽을 때 불을 밝혀주고 싶어서 산 것이다. 패전국민이 된 일본인들이 자기 나라로 돌아가기 위해 동분서주하는 불안한 상황에서 남덕을 안심시키기 위한 배려였다.

이중섭은 미술전람회에 끝내 출품하지 못한 그림과 사들인 골동품을 싸 짊어지고 원산으로 되돌아갔다.

그 뒤에 중섭은 가끔 평양에 가서도 골동품 가게를 돌아다니며 백자며 필통 따위를 사들였다. 중섭은 백자들을 품에 안고 다녔다. 그는 양명문과 함께 운여 김광업 선생을 찾아가 자신이 수집한 골동품에 대한 설명을 들으며 감식력을 키워갔다. 중섭은 그것들을 하나하나 만져보며 이야기를 듣곤 했다. 개성에 가서 우현 고유섭에게 이미 우리 문화유산에 대한 식견을 전수받은 그였다. 고유섭이 세상을 떠나자 서예가 김광업을 찾아간 것이었다.

중섭은 무엇인가 새로운 것을 찾고 있었다. 우리 것을 바탕으로 자기만의 세계를 만들어가려는 고민이 시작된 것이다. 왜 무질서하고 제멋대로인 과정을 군이 체계화하려고 하는가? 애써 객관화하려 하지 말고 우리 안에 들끓는 소란을 즐기면서 내면의 흐름에 자신을 내맡기는 것이 더 풍요롭지 않을까? 서로 다른 많은 경험들이 뒤섞여 녹아들면, 밀물과 같은 아니면 절정의 음악 같은 풍부한 정신적 떨림을 줄 것이다. 자만심과는 다르게, 나를 충만하게 느끼는 것, 내면의 무한대와 극도의 긴장을 이겨내는 것, 그것은 죽을 만큼 열정적으로 산다고 느낄 정도로 강렬하게 사는 것을 뜻한다고 중섭은 생각했다.

아직은 38선에 대해 크게 신경쓰지 않던 무렵이었다. 지도에는 붉은 줄로 선을 그을 수 있었을지 몰라도 사람들의 머릿속에까지 그을 수는 없었다. 어제까지 통하던 길이 오늘부터 막힐 수도 있다는 사실을 사람들은 믿으려 들지 않았다. 아니, 인정하려고 하지도 않았다. 남쪽의 고무신과 북쪽의 명태가 물물교환되었고, 정 못 가게 막으면 산을 타고 넘어가며 남북을 들락거렸다. 경원선 기차도 아직 그대로 운행되고 있었다.

중섭은 원산여자사범학교의 미술교사가 되었다. 오산학교시절 영어선생이었던 박희병이 교장으로 부임하며 중섭을 초빙한 것이다. 미술교사가 된 중섭은 자신이 그림에 눈이 열리도록 이끌어준 임용련 선생을 자연스레 떠올리게 되었다.

그러나 중섭은 임용련과는 체질적으로 달랐다. 그는 출근 사흘 만에 학교를 그만두고 말았다. 조직의 생리에 맞지 않은 그는 그곳에서 숨조차 쉴 수 없었다. 학교를 그만둔 중섭은 스스로 고아원을 찾아가 어린아이들을 관찰하며 그들의 선생이 되어주었다.

1946년 봄, 중섭과 남덕의 맏아들이 태어났다. 그는 아들을 끔찍이도 사랑했다. 그리고 아들을 사랑하는 만큼 고아들도 사랑했다. 고아들을 보면서 중섭의 예술적 주제는 아이들이 되었다. 아이들은 중섭에 의해 신선이 되어 천도복숭아를 따 먹으며 어리석은 인간세계를 내려다보았다. 그는 어린아이들이 티 없는 천진스런 동심을 보일 때면 황홀감에 사로잡혔다.

그의 넘치는 박애정신은 공산주의자들의 눈에 달갑지 않게 비쳤다. 그렇잖아도 그의 형 중석이 악질 부르주아로 찍힌 터였다. 중섭도 '부르주아 미술가'란 이름을 얻었다.

해가 바뀌자 중섭에게 견디기 어려운 일들이 잇달아 밀어닥쳤다. 그 가운데 그를 가장 참담하게 만든 것은 지금까지 해방정국의 혼란과 빈곤 같은 문제들과 관계없이 물질적 풍요를 누리며 자유롭게 예술에 몰입할 수 있게 해주었던 경제적 기반이 하루아침에 사라져버린 것이었다.

1946년 3월 초, 북조선임시인민위원회는 토지개혁법을 발표했다. 일본인과 민족반역자, 그리고 5정보가 넘는 토지를 소유한 대지주의 땅을 조선공산당이 몰수하여 토지가 없거나 부족한 농민에게 가족 숫자에 비례하여 빌려주는 방법이었다. 그날부터 지주들의 토지는 무산계급의 소작터로 재분배되었다. 이 과정에서 중섭네도 애지중지하던 많은 토지를 잃고 살점이 뜯기는 고통을 당했다. 지금까지 중섭네

싸우는 소

흰소

집안의 풍요를 보장해 주던 자산이 모두 날아가버린 것이다.

비극은 그것으로 끝나지 않았다. 어느 날, 중석의 집에 제복을 입고 소총을 멘 내무서원들이 불쑥 찾아왔다.

"같이 좀 가주셔야 하겠습니다."

그들은 이중석에게 동행할 것을 정중하게 요구했다. 중석이 발끈해 쏘아붙였다.

"내가 너희 빨갱이 새끼들을 왜 따라가!"

그러자 그때까지 정중하던 내무서원들이 소총 개머리판으로 중석의 등짝을 마구 찍어버렸다.

"부르주아 반동놈의 새끼가."

그렇게 끌려간 중석은 모진 내무서원들에게 매를 잔뜩 얻어맞고 혹독한 고문을 당한 끝에 초주검이 되어 실려나왔다. 그 일로 시름시름 앓던 중석은 결국 어느 날 갑자기 그대로 허망하게 세상을 떠나고 말았다. 중석의 나이 마흔둘이었다. 중섭의 식구들은 하늘이 무너지는 듯했다. 중석이 그런 끝을 맞으리라는 것을 그 누구도 생각지 못했다. 중석의 죽음은, 그가 너무도 큰 존재이기에, 도미노의 앞장처럼 가족 모두를 차례차례 무너뜨릴 듯 그렇게 불길했다.

"이제 우린 어떻게 사니? 하늘도 무심하지."

어머니는 거의 실성하다시피 했다. 중석의 아내 또한 마찬가지였다. 시댁 본가가 그런 날벼락 같은 불행으로 송두리째 흔들리게 되자, 남덕은 젖먹이를 업고 큰집으로 내려와 시어머니와 동서를 위로했다. 남덕은 묵묵히 밥을 짓고 빨래를 하며 집안일을 도맡아 했다.

하루아침에 가장을 잃은 중석네는 어둠의 그림자가 짙게 드리워져 늘 침울한 기운이 감돌았다. 중섭의 어머니, 형수, 조카들 모두 삶의 의욕을 잃고 먼 하늘만 우두커니 바라보기 일쑤였다. 중섭은 몹시 괴로웠다. 식구들의 절망을 지켜보는 일도 괴로웠고, 스스로의 무력함과 때늦은 후회도 괴로웠다. 형은 아버지였다. 자신과는 너무 달라 어렵기도, 때로는 서먹서먹하기도 했으나 세상에 둘도 없는, 온전한 내 편이었다. 그는 깊은 상실과 절망을 견디다 못해 어느 날 미술 단체 모임에 간다는 핑계를 대며 서울로 훌쩍 떠났다.

서울에서 이중섭은 여러 사람과 어울려 진탕 술을 마시며 예술 이야기만 하다가 원산으로 돌아왔다.

"작은아버지."

영진이 역까지 나와 울먹이고 있었다.

"왜? 또 무슨 일 있니?"

"빨리 집으로 가요."

그 말만 하고 영진은 혼자서 집으로 냉큼 뛰어가버렸다. 중섭은 불길한 낌새를 알아차리고 조카 뒤를 따라 냅다 뛰었다. 급한 마음에 발걸음이 허둥거렸다.

'과수원 우리집이 바로 코앞에 보이는데 오늘따라 길이 왜 이리 머누.'

중섭의 이마에 땀이 방울져 흘러내렸다. 날이 어두워졌는데도 집 안에는 불이 켜져 있지 않았다. 중섭은 대문을 벌컥 열고 안으로 들어갔다. 어머니는 닭들이 모두 홰에 올라앉은 닭집 언저리를 서성거리고 있었다.

"집사람은요?"

어머니는 중섭을 보자 대뜸 눈물을 찍어내며 방을 가리켰다. 중섭이 방으로 들어갔다. 방에는 무겁고 싸늘한 기운이 흐르고 있었다. 남덕은 한쪽에 넋 나간 멍한 표정으로 앉아 있다가 중섭을 보자 그대로 픽 쓰러져버렸다.

"남덕아!"

중섭이 기절한 남덕을 흔들었다. 순간 무언가에 이끌린 중섭은 옆으로 고개를 돌렸다. 하얀 광목으로 덮여 있는 어떤 물체를 발견했다. 광목을 들쳐보니 아들이었다. 중섭은 믿을 수 없다는 듯 눈을 여러 번 꿈벅였다. 주검이었다. 세상을 채 알기도 전에 아들은 디프테리아라는 몹쓸 병에 걸려 죽음의 문턱을 넘나들다 끝내 눈을 감아버렸다. 산달이 된 남덕을 혼자 두고 서울로 갈 수 없어 어머니를 집에 오시게 했는데 이런 일이 생기고 말았다.

중섭은 무너지듯 그대로 방바닥에 주저앉았다.

"어머니!"

중섭이 악을 쓰듯 어머니를 불러 댔다. 어머니는 어느새 방으로 들어와 기절한 남덕의 얼굴을 찬 수건으로 적셔주며 팔다리를 정성스레 주물러주고 있었다.

아이 옆에는 또 다른 아이가 있었다. 남덕이 그린 아이였다. 남편이 없는 집에서 아들이 죽자 남덕은 밤새 오열하다가 아들을 그림으로 남겼던 것이다. 어둠 속에서 눈을 시퍼렇게 뜨고, 죽은 아들을 이리저리 살피며 하나라도 놓칠세라 섬세하게 그렸다. 그녀의 행동은 중섭을 사랑하고 그의 그림을 사랑한 남덕이 그녀의 방식으로 외롭게 떠나가는 가엾은 아들에게 보여 준 절절한 애도였다.

"아이고 무슨 놈의 팔자가 이리도 험한고. 아가, 일어나거라. 이러면 못쓴다. 아가, 아가."

어머니는 흐느끼듯 며느리를 소리쳐 불러댔다. 남덕은 한참만에 깨어나 다시 중섭을 보더니 무릎을 꿇고 머리를 조아렸다. 그 모습을 보고 있으려니 중섭은 숨이 탁 막혔다.

"아가, 이러지 마라. 네 잘못이 아니다. 아이구, 내 팔자야."

남덕은 창백한 얼굴로 얼어붙은 듯 그렇게 머리를 조아리고 있을 뿐이었다. 어머니는 앙상하게 마른 거친 손으로 며느리의 등을 연신 쓰다듬었다. 중섭은 병적으로 주위를 두리번거렸다. 눈으로 확인했음에도 무슨 일이 벌어진 건지 오히려 아득하기만 했다. 그러다 순간 가슴이 쥐어뜯기는 것 같은 극렬한 통증을 느꼈다. 그는 가슴을 움켜잡았다. 남덕이 그렇듯 절로 고개가 조아려졌다. 아무런 이유도 없이 숨이 가빠왔다. 온몸에 소름이 돋고 무언가 섬뜩한 것이 등줄기를 세차게 훑어 내렸다. 중섭은 터져나오는 신음을 삼키고 또 삼켰다.

한참 시간이 흐른 뒤에야 정신을 차린 중섭은 자리에서 일어났다.

"남덕이, 고생했어. 얼마나 상심이 크오. 이 부족한 남편을 용서해주오. 당신을 생각하면 가슴이 아프오. 아기를 잃은 이 아비 마음도 천 갈래 만 갈래요. 모두 당신 곁에 없었던 내 탓이오. 세상에 태어나자마자 차가운 시체가 되어버린 우리 아가야, 아가야, 아가야……!"

어느새 중섭의 눈가에 눈물이 서렸다.

"하늘에는 맛있는 복숭아가 많이 있단다."

뚝뚝 떨어지는 눈물을 닦으며 죽은 아들을 물끄러미 바라보던 중섭은 아기신선을 떠올렸다.

"남덕아. 말 좀 해봐."

그러나 남덕은 아무 말 없이 가만히 앉아 있었다. 갑자기 벙어리가 된 듯했다.

대주인 중석이 죽고 또 중섭의 갓난 아들이 죽자, 집안에는 웃음이 완전히 사라졌다. 집안에 가라앉은 거대한 슬픔은 아무리 세월이 흘러도 가시지 않을 것만 같았다. 깊이 데인 흔적처럼 가슴에 남아 잊힐 만하면 눈앞에 나타났다가는 사라지고, 또 나타나고 할 것이었다.

중섭은 밖으로 나가 구상을 불러내 술을 퍼마셨다.

"중섭아, 부인 몸은 괜찮으시니?"

"차츰 회복이 되겠지. 안방에 누워서 몸조리하고 있어."

"애는 어쩌다 그렇게 되었누?"

"디프테리아래. 그 몹쓸 병이 애를 잡아간 거야."

"그럼 도리가 없지. 참 안되었네."

구상은 안타깝다며 혀를 찼다.

"자식은 죽으면 부모 가슴에 묻힌다고들 하지. 자네가 많이 힘들겠구먼."

"어떻게 말로 다 하겠는가. 애가 너무 불쌍해. 겪어보지 못한 사람은 모를 거야."

"짐작이 가고도 남네. 그렇지만 어쩌겠는가. 이미 일어난 일인 것을. 마음을 크게 먹게. 자식이 또 태어나면 그래도 좀 괜찮아질 걸세."

"생각은 그렇게 하는데 마음이 쉽사리 정리되질 않네그려."

구상은 중섭보다 느릿느릿 술잔을 기울였다. 그는 중섭이 잔을 비우면 얼른 술을 가득 따라주었다.

"천천히 마시게나."

"오늘은 속이 타서 마구 마시고 싶어."

중섭은 잔을 단숨에 비워버렸다.

"이봐, 상. 자네의 하느님이 우리 아들을 잘 보살펴주실까?"

구상은 아무 대답 없이 중섭의 술잔을 채워주었다.

"자네가 잘 좀 이야기해 주게. 그 불쌍한 것."

구상은 묵묵히 잔을 비우고 술을 따를 뿐이다. 이 상황에서 대체 무슨 말이 위로가 되겠는가. 술에 취한 중섭과 구상은 기생이 술을 따르는 요정으로 자리를 옮겨 계속 술을 마셨다. 중섭은 가까스로 아들 생각에서 벗어난 듯했다.

"히히, 저 여자가 맛있겠군."

"그래, 맛있겠는걸."

"그래도 우리 남덕이보다는 맛이 없을 거야."

"흐흐흐."

언어의 마술사라고 할 수 있는 구상도 중섭에게 위로가 될 괜찮은 말을 찾지 못해 얼굴만 그저 찌푸리고 있었다. 오히려 중섭이 그런 구상의 찌푸린 낯을 풀어주었다.

"이봐, 상. 우리집에 가자고."

"그러세. 자네 집에 가세."

두 사람은 비틀거리는 걸음을 서로 부축하며 중섭의 집으로 걸었다. 구상은 마당에 서 있는 중섭 어머니에게 공손하게 인사를 건넸다.

"마음이 얼마나 아프십니까. 참으로 뭐라고 드릴 말씀이 없습니다."

"그러게 말입니다. 이렇게 찾아주셔서 고마워요."

"어머니, 말씀 낮추세요. 중섭이 친구입니다."

"그래도 어디 그럴 수 있나요."

구상은 조화 꽃바구니를 마루 위에 올려놓고는 중섭을 따라 방 안으로 들어섰다.

"우리 아들놈 재롱이 얼마나 예쁜지 몰라."

중섭은 남덕이 그린 아들의 그림을 보여주었다.

"어때, 우리 아들 예쁘지?"

"그래, 예쁘구면."

"히히."

남덕은 아들 이야기가 나오자 또 눈물을 흘렸다. 그러나 중섭의 얼굴에는 슬픈 빛이 전혀 없었다.

"이봐, 중섭. 나는 이제 그만 돌아가야겠네."

"아니야, 여기서 자고 가게. 우리 마누라 예쁜 것도 보고."

그러더니 중섭은 남덕에게 엉뚱한 말을 했다.

"남덕아, 옷을 벗어. 응? 옷을 벗으라구."

"이봐, 중섭. 자네 지금 뭐하는 거야."

구상은 너무 놀랍고 황당스러워 중섭을 말렸지만, 그는 그냥 웃을 뿐이었다.

"히히. 괜찮아. 남덕아, 어서 옷을 벗으라니까."

'이 사람, 아무리 슬픔을 감추기 위해서라 하더라도…… 어찌 보면 이거 진짜 미친 사람 같기도 하고…….'

구상은 어이가 없어 몸둘 바를 몰랐다.

그러나 더욱 놀라운 것은 남덕의 행동이었다. 그녀는 남편의 말에 따라 거침없이 옷을 벗기 시작한 것이다.

일본에서 만난 지 얼마 안 되었을 때에도 중섭은 남덕에게 옷을 벗으라고 한 적이 있었다. 그때는 남덕을 그리겠다고 했었다. 그런데 지금 남덕이 옷을 벗어야 하는 의미는 무엇인가. 그것은 중섭의 천진하고 어린애 같은 장난일 뿐이었다. 슬픈 상황을 반대로 회화해 보려는 시도라 할지라도 이것은 도무지 말도 안 되는 파격이었다.

"그래, 홀랑 벗어버려. 히히."

독실한 천주교 신자인 구상은 어찌할 줄 몰라 아예 눈을 질끈 감아버렸다. 옷 벗으라는 말에 깜짝 놀라 술은 이미 확 깨버린 구상이었다.

"자, 이제 자자."

실오라기 하나 걸치지 않은 남덕이 가운데 눕고 중섭과 구상이 양옆에 누웠다. 중섭은 코를 골며 이내 곯아떨어졌지만, 구상은 잠이 올 리 없었다. 그저 눈을 감고 숨을 억눌러 죽이고 있을 뿐이었다.

황소

봄의 아이들 1952~1953년

남덕은 중섭이 잠든 것을 확인했는지, 살며시 일어나 어둠 속에서 주섬주섬 옷을 찾아 입었다. 아주 품위 있는 고요한 동작이었다. 구상은 여전히 잠들 수가 없었다. 그렇다고 깨어 있는 기척을 낼 수도 없었다. 온몸에 식은땀이 줄줄 흘렀지만 어쨌든 이 순간을 버텨내야만 했다.

그러나 중섭은 잠든 게 아니었다. 눈을 감은 채 죽은 아들을 생각하고 있었다.

'순수한 영혼은 저 파도의 포말처럼 부서져 어디로 갔을까. 그 아이가 올라간 하늘나라에도 동무가 되어줄 다른 아이들이 있을 거야. 만일 그렇지 않다면 엄마 아빠를 한 번도 불러보지 못한 채 이승을 떠나간 아이가 친한 동무도 없이 얼마나 외로울까.'

중섭은 불현듯 벌떡 일어섰다.

'그래, 해맑게 웃으며 깔깔대고 놀아줄 동무들을 그려주자.'

그렇게 일어나 스케치북을 펴든 그는 도화지 가득 아이들을 그리기 시작했다. 천도복숭아를 따 들고 나뭇가지에 거꾸로 매달린 아이, 팽이를 치는 아이, 숨바꼭질하는 아이, 술래가 되어 두리번거리며 동무들을 찾아다니는 아이, 달음질치다가 무릎을 다쳐 우는 아이……

도화지 한가득 아이들을 그린 그는 찬찬히 채색을 했다. 물감이 마르기를 기다리며 다음 장에 또다시 그림을 그리기 시작했다.

내내 잠 못 이루던 구상은 중섭이 싱글벙글하며 그림을 그리기 시작하자 어이가 없었다.

"이봐, 중섭이! 자네 그게 무슨 짓인가? 정신 차리라구. 대체 뭐가 좋아 실실대는 거야?"

구상이 잔뜩 화가 난 목소리로 따지듯 묻자, 중섭은 바보처럼 웃으며 대답했다.

"우리 아들 친구들을 그리고 있네."

"친구라니?"

"저승길이 아득히 멀다는데 아들 혼자 가려면 너무 무섭지 않겠나. 또 하늘나라에 가면 혼자서 얼마나 심심하겠어? 그래서 함께 마음껏 뛰어놀라고 동무해 줄 아이들을 그리는 것이지."

구상은 문득 중섭이 그리고 있는 그림에 눈길을 주었다. 그림은 여러 장이었다. 그는 그 그림들 가운데 하나를 집어들고 손가락으로 가리키며 물었다.

"그럼, 이건 뭔가?"

"응, 그거? 천도복숭아야. 하늘나라에 가서 우리 아들 따 먹으라고 그린 거지, 헤헤."

중섭의 말에 구상은 가슴이 찡했다. 그러나 아무리 독한 사람이라도 아들이 죽었으면 눈물 한 방울쯤은 흘려야 정상인데, 그러지 않는 친구에게 그는 마냥 고운 눈길을 보낼 수는 없었다.

남덕도 어느새 일어나 중섭의 작업을 바라보고 있었다. 중섭의 표정은 매우 진지했다. 남덕과 구상도 꼼짝 않고 앉아서 중섭이 그리는 그림을 지켜보았다.

그는 밤새 즐겁게 노는 아이들로 가득 찬 그림을 그렸다. 그리고 또 그리고, 다음 날 아침 광석동 산기슭 그의 집에 눈부신 햇살이 찾아들 때까지 그렇게 그림을 그렸다.

점심때가 가까워질 무렵 중섭의 그림이 완성되었다. 그제서야 중섭은 송판으로 짠 관에 아들을 고이 누인 뒤 광석동 뒷산으로 짊어지고 올라갔다. 구상도 장례 치르는 걸 도와주기 위해 함께 뒤를 따랐다.

중섭은 흙구덩이를 파고 아들을 묻을 때 집에서 가지고 온 작은 불상과 동자상이 그려진 도자기들, 그리고 자신이 한밤에 일어나 밤새도록 그린 그림들을 함께 넣어주었다.

"잘 자거라, 우리 아가야!"

이중섭은 흙을 관 위에 뿌리며 마지막으로 그렇게 말했다. 그러나 그는 끝내 눈물 한 방울 떨구지 않았다.

'사람은 누구나 죽는다. 그럼에도 사람들은, 언젠가는 자신도 죽을 테지만 지금 당장은 아니라며 스스로를 위로하고 있을 뿐이리라. 그렇게 죽음은 늘 내가 아닌, 다른 이들이 겪는 비극이라 여겨버린다. 사실은 태어나는 순간부터 죽어가는 존재가 인간이고, 인생의 끝은 죽음으로 이어져 있는 가장 의심할 수 없는 이 세상의 진리인 것을…… 우리는 너나없이 죽음을 외면하고 삶과는 동떨어진 것으로 생각하지. 그래 봤자 무슨 소용이랴. 아무리 죽음으로부터 끊임없이 도피해도, 인간의 삶에 살갗처럼 달라붙은 죽음을 어떠한 노력으로도 벗겨낼 수 없으리라. 인간은 마침내 모두 죽고 만다. 인간이란 너무도 쉽게, 언제 어디서나 아무렇지도 않게 죽음을 맞게 되는 보잘것없는 생명체인 것을. 그래, 그런 것을……'

이렇게 아들의 죽음을 정리하면서도 중섭의 가슴에는 슬픔이 그칠 줄 모르고 가득 차올랐다.

아들을 땅속에 묻고 집으로 돌아온 중섭은 그제야 아내가 그린 아들 그림을 부둥켜안은 채 엉엉 소리내어 울었다. 참고 참았던 울음이 뒤늦게 북받쳐오른 것이었다. 그걸 본 구상도 함께 울었고, 울다 지쳐 눈물조차 말라버린 남덕도 다시 울었다.

한참을 소리 내어 울고 난 중섭은 문득 서럽게 울고 있는 아내를 쳐다보았다.

"헤헤, 그만 울어요."

이중섭의 얼굴엔 금세 장난기가 어렸다. 그는 살금살금 다가가 울고 있는 아내의 옆구리를 마구 간질였다. 그러고는 깔깔대고 웃는 중섭의 입언저리에 자라난 노란 수염이 바르르 떨리고 있었다. 우는 아내를 달래보려고 그는 짐짓 그런 이상야릇한 행동을 한 것이다.

이와 같은 기괴한 행태는 중섭의 삶 속에서 몇 번이고 되풀이되었다. 심한 우울증에 시달리다 일찍 세상을 떠난 그의 아버지로부터 유전된 것이라 생각해도 괜찮으리라. 그러나 예술가로서의 이중섭을 생각한다면, 이런 행동들은 슬픔을 '정화' 또는 '여과'하는 행위라 할 수 있겠다.

아들을 잃고부터 중섭의 가슴속 깊은 곳에는 아이에 대한 그리움과 안타까움과 죄책감이 헝클어진 실타래처럼 자리를 차지하고 앉았다.

그렇게 허망하게 첫 아이를 잃어버린 뒤 중섭은 얼마 동안 쉬지 않고 고아원을 찾아다녔다. 어른들의 삶이 불안정한 탓인지 버려진 아이도 유난스레 많았고, 이런저런 사고로 부모를 송두리째 잃어버린 고아들도 상당했다.

해방과 더불어 해외에서 돌아오는 동포들의 행렬은 끊일 날이 없었다. 일본으로부터 돌아온 동포가 많은 남한과 달리 북한은 만주 등지에서 귀환한 동포가 다른 지역보다 훨씬 많았다.

그들 대부분은 빈손일 뿐만 아니라 나그네로 떠돌아다니다가 병까지 얻은 행려병자와 다를 바 없는 행색이었다. 그러나 나라가 제 구실을 못하고 있는 형편이어서 그들을 수용해줄 사회복지시설 같은 것을 바랄 수 있는 형편도 못 되었다.

혼란한 사회상으로 인하여 결손 가정은 나날이 늘어갔다. 일본 여자와 결혼했던 많은 조선 남자들이 해방이 되면서 아내와 자식까지나 몰라라 팽개쳐버리는 패륜의 행각이 여기저기에서 수시로 일어났고, 그 소용돌이 속에서 죄 없는 아이들이 부모 잃은 설움과 배고픈 고통 속에서 살아야 했다.

"염치없게도 내가 애들을 돌보는 게 아니라 걔네들의 티 없는 동심 속에서 지내다 보면 오히려 내가 위로를 받고 있어."

이런 말을 할 수 있는 중섭의 심중이야말로 순수의 극치가 아니었을까. 나이가 들어도 그의 영혼이 늘 상처투성인 것을 남덕만은 이해할 수 있었다.

중섭은 길을 가다가도 아이들이 놀고 있으면 꼭 자신의 아이처럼 느껴졌다. 그러면 중섭은 가던 길을 멈추고 그 아이들에게 그림도 그려주고 함께 놀아주기도 했다. 생글생글 웃는 아이들을 보며 중섭은 생각했다. 때묻지 않은 아이들은 이 땅 위에 사는 천사들이다. 이 세상에서 아이만큼 감동적인 존재는 없다.

중섭은 어른들에게서는 절망을 보았고, 아이들에게서는 희망을 보았다. 어른들에게서는 허무를 느꼈고, 아이들에게서는 소중한 생명을 느꼈다.

이때부터 중섭의 그림에는 아이들이 많이 등장하기 시작했다. 중섭이 그린 군동화(群童畫)에는 순수와 역동적인 생명의 신비가 넘쳐 꿈틀거렸다.

어린아이는 우리나라 문화유산에 종종 등장하는 전통적인 소재이기도 했다. 이중섭은 '연꽃 밭에서 새와 노는 소년' '봄의 어린이' 등 아이들이 등장하는 그림을 수없이 그렸다. 소재뿐만 아니라 표현 방식에서도 어린이 그림에 대한 관심과 원시주의적인 태도를 보여줬다.

한 번은 초등 과정 고학년이었던 조카딸의 그림을 연구하겠다며 가져갔다가 되돌려주기도 했다. 이러한 사실에서도 그의 어린아이 그림에 대한 관심과 태도를 짐작할 수 있다. 우리에게 잘 알려진 황소뿐만 아니라 어린아이들의 행복하고도 순수한 세계를 그린 그림처럼 이중섭은 평생 전통적인 소재를 조형적으로 활용하려는 노력을 기울였다.

어디로

    북한의 공산주의자들은 보다 더 사상에 투철한 그림을 그리라고 요구했다. 그들은 중섭의 그림 속에는 짙은 농민적 정서가 담겨 있다고 자기들 나름대로 해석했다. 그의 그림에서 자주 보이는 굵은 선과 속도감 있는 힘찬 화풍이야말로 자신들이 원하는 주체화를 그리기에 알맞아 보인 것이다.

    그러나 형 이중석이 끌려가 고문으로 목숨을 잃은 사건을 겪은 뒤로 중섭은 공산주의자들을 증오했다.

    첫아이를 잃은 상실감에 줄곧 우울한 나날을 보내고 있던 중섭에게 기쁜 소식 하나가 전해졌다. 아내 남덕이 둘째를 가진 것이다. 이중섭은 뛸 듯이 기뻐했다. 어떻게 해서든 이번만큼은 절대로 아이를 잃어서는 안 된다 마음먹고 각별하게 남덕을 보살폈다. 남덕 또한 첫아이 죽음으로 마음의 상처가 깊은 남편을 위해 늘 조심했다. 배 속에서 아이가 자라는 동안 중섭의 마음에 드리워졌던 상심의 그늘도 조금씩 지워지고 있었다. 살림 규모는 줄었지만 백두상회는 여전히 운영할 수 있어서 먹고사는 데는 그다지 큰 문제가 없었다. 다만, 그 전과 같은 물질적 풍요는 더 이상 누릴 수 없었다.

    한 해가 저물 무렵, 중섭은 서울에 있는 오장환으로부터 연락을 받았다. 그는 시집을 내고 싶다며 중섭이 표지그림을 그려줄 수 있겠느냐고 물었다. 그즈음 오장환은 '시의 황제'라 불릴 만큼 문단에서 확고한 위치를 차지하고 있었다. 중섭은 흔쾌히 그의 부탁을 받아들였다.

무엇을 그릴까 이것저것 궁리하던 차에 구상이 중섭의 화실을 찾아왔다.

"자네 뭐하고 있나? 아이가 또 들어섰다며? 축하하네."

구상은 깊은 우울에서 벗어난 친구에게 축하인사부터 건넸다.

"첫아이가 하늘나라에 가서 삼신할미에게 특별히 부탁을 한 모양이야."

중섭은 히죽 웃으며 기쁨을 감추지 않았다.

"그래서 내가 술 한잔 하자고 왔지."

구상이 화실에 들렀으니 마땅히 술잔을 기울여야 한다고 생각한 중섭은 주섬주섬 화구를 정리했다.

구상은 원산의 시인들과 동인지를 낼까 하여 장정과 그림을 그에게 맡기려던 차였다. 그때 원산문학가동맹의 주요 인물들이 북한에서는 처음으로 동인시집을 만들기로 하고 본격적인 작업에 들어갔다. 원산문학예술총연맹 위원장 박경수가 발의하고 강홍운·구상·노량근·서창훈·종민·정율 등이 참가했다.

"이야기를 듣고 보니 원산에서 글깨나 쓴다는 사람은 다 모였네그려. 그렇다면 시인은 아니지만 나를 빼놓으면 섭섭하지."

중섭은 동인지에 참여하는 사람들을 잘 알고 있었다.

"고맙네. 내 그럴 줄 알았어. 시집 제목은 향기가 모였다는 뜻으로 '응향(凝香)'이라 하기로 했다네."

"응향이라…… 멋지군. 자네들이 책을 낸다면 북조선 최초의 동인시집이 나오는 걸세."

중섭은 고개를 끄덕여 구상의 제의를 받아들였다.

"오늘 청을 넣은 것은 나니까 내가 따르는 술 한잔 받게나. 자네 시를 쓰는 김광림 알지? 이참에 그 사람도 부르세. 그 친구 평양의 김일성대학인가에 들어갔다가 때려치우고 지금 원산에 와 있다네."

구상의 말처럼 그때 김광림은 평양에 새로 선 김일성종합대학에 입학했다가 공산주의 이념뿐인 수업에 실망하여 고향 원산에 도로 내려와 있었다. 구상과는 고등학교 시절부터 교류해 온 문학청년이었다.

"그거 좋지. 그 친구 아주 명민하더군. 우리 조카 영진이하고도 친하게 지낸다지. 젊은 문학청년의 기개를 안주 삼아 여학교 선생님 주머니 좀 털어보세. 난 언제쯤 자네처럼 월급 받아 인심 한번 써보나."

중섭은 너스레를 떨며 구상과 함께 화실을 나섰다. 술이 몇 잔 오가자 화제는 자연스럽게 북한을 장악한 김일성에 대한 이야기로 넘어갔다. 구상이 최근 평양에서 돌아온 김광림에게 그곳 사정을 물었다.

"북한에선 이제 김일성이 일인자가 된 게 확실해요. 다른 공산주의자들이 모두 그 밑으로 들어가게 되었으니까요."

김광림은 평양에서 본 그대로를 말했다.

"이제 예술이든 문학이든 정치적 신념에 따라 남과 북 가운데 어느 한 곳을 선택해야 하는 문제가 남을 듯하네."

구상은 앞으로 벌어질 일들을 그렇게 예측했다. 벌써 일제강점기 카프(조선 프롤레타리아 예술가동맹)에서 활동하던 문학가나 미술가들이 38선을 넘어 평양으로, 해주로 하나둘 모여들고 있었다.

그해가 가기 전 원산에서는 중섭이 책 전체를 한지로 고풍스럽게 장정하고, 노는 아이들을 간결한 필치로 그린 북한 최초의 동인지

다섯 어린이

〈응향〉이 발간되었다.

1947년 새해가 밝았다. 사람들은 날로 강화되어 가는 공산주의 체제에 조금씩 길들여지기 시작했다. 그러나 쉽사리 체제에 적응하지 못한 사람들은 남쪽으로 이주해야만 했다. 그사이 38선의 경비는 한층 더 삼엄해져 중섭도 더 이상 재미삼아 서울의 친구들을 보러 가겠다는 말을 꺼낼 수 없었다. 남쪽은 남쪽대로 공산당 활동이 불법화되어 단속과 규제를 받게 되면서 월북하는 예술가들이 늘어갔다. 구상의 말처럼, 자신이 믿고 떠받드는 이념과 출신성분에 따라 남과 북으로 거취를 결정해야 하는 상황에 이른 것이다.

이념의 대립과 갈등이 문학과 예술에서 처음 불거져 나온 사건이 일어났다. 원산에서 발간된 동인시집 〈응향〉에 대해 1947년 정초에 공산주의 이론으로 무장한 비평가들이 거세게 비난한 것이다. 그에 앞장선 이가 바로 백인준이었다.

소설 쓰는 최명익 등과 함께 이른바 '재북파'로 나뉘는 평론가 겸 시인 백인준은 놀라운 처세술을 지닌 인물이란 평을 듣고 있었다. 한낱 학도병 출신에 지나지 않으면서 북한 문화예술계의 실력자로 불쑥 떠올랐기 때문이다. 그는 3·1운동이 일어난 1919년 평안북도 운산에서 태어났다. 1938년 평양고보를 졸업한 뒤 서울에서 약 2년간 연희전문학교에 다니다가 일본으로 건너가 릿쿄(立敎)대학에 입학했다. 그곳에서 연희전문 동급생으로 막역하게 지냈던 윤동주도 만나지만 도중에 학도병으로 징집되었다.

백인준이 평양으로 돌아온 것은 해방 이듬해인 1946년 4월의 일이다. 그는 귀국하면서 때마침 평양에서 발족한 문예총에 스스로 가입, 작가동맹의 시전문분과위원회와 평론전문분과위원회의 일원이 되었다. 그리고 바로 그해 8월 〈조소(朝蘇)문화〉 창간호에 '씨를 뿌린다'를 발표하며 꾸준히 사회주의 리얼리즘의 경향을 띤 시들을 써내게 된다. 1947년에 쓰인 그의 시 '니콜라이 붉은 군대에게 드리는 노래' 1절만 보아도 그의 좌파 사상적 견해가 얼마나 외곬으로 확고했는지 느낄 수 있다.

흙 속에 묻힌 어린 날의 작난감은 달라도/너와 나는 같은 창공을 우러러보느니/아 휘날리는/세계 인민 해방의 깃발아/이렇듯 너와 가즈런히 강가에 앉아/하로종일 말이 없어도/나는 행복하구나

조선민주주의인민공화국 문학사 속에서 그의 존재는 가히 최고라 할 수 있는데, 그의 문단적 존재가 크게 두드러진 것은 사실 그의 창작 활동이 아니라 바로 '응향 사건' 때문이었다.

백인준은 '문학은 인민에게 복무하여야 할 것이다─원산문학가동맹 편집 시집 〈응향〉을 평함'이라는 글을 발표했다. 그의 비판글로 인해 결국 북조선문학예술총동맹 중앙상임위원회에서 시집 〈응향〉에 관한 결정서를 발표하면서 이 필화사건은 일파만파로 커져 갔다.

백인준을 비롯한 공산주의 문인들과 비평가들은, 시집 〈응향〉 속에 표현된 문학적 경향은 일본제국주의의 타락적·세기말적·퇴폐적 잔재의 표현이며 반동적 예술세력과 그 관념의 허위를 드러낸 것이라고 매도했다. 그들은 〈응향〉 동인 문학가들의 책을 판매금지하고 작가들에게 자아비판을 강요했다. 한마디로 그것은 북한에서 진행되기 시작한 문학예술에 대한 사상적 통제의 상징적인 사건이라 할 수 있다.

사실 이는 바로 전 해 소련에서 많은 예술가들의 창작활동을 검열하고 제한했던 '즈다노프 독트린'을 답습한 것이다. 거기서 즈다노프

가 맡았던 역할을 '응향 사건'에서는 백인준이 맡은 셈이었다. 백인준은 문학예술의 절대적 존재의미를 '인민에 대한 봉사와 복무'라고 역설했으며, 이것으로 말미암아 명성이 높아져서 '조선의 마야코프스키'라 불리기도 했다.

그들은 구상의 시 '길'과 '여명도'의 사상성이 의심된다며 신랄하게 비판했다. 백인준의 논리는 "사회주의 문학예술은 공산주의를 완성하는 데 이해관계를 가진 인민 대중의 이익을 반영하고 인민에게 복무해야 한다"는 예술의 인민주의에 바탕을 두고 있었다.

이름 모를 귀양길 위에/운명의 청춘이/눈물 겨웁다/보행(步行)의 산술도/통곡에도……/피곤하고/역우(役牛)의/줄기찬 고행만이/슬프게/좋다/찬연한 계절이/유혹한다손/이제사/역행(逆行)의 역마(驛馬)를/삯 낼 용기는 없다/지혜의 열매로/간선(揀選)받은 입설에/식기(食器)를 권함은/예양(禮讓)이 아니고/노정(路程)이/변방에 이르면/안개를 생식(生食)하는/짐승이 된다/뭇 사람이 돈을 따르듯/불운과 고뇌에 홀리워/표석(標石)도 없는/운명의 청춘을/가쁘게 가다

구상의 시 '길'을 아무리 되풀이하여 읽어 보아도 중섭은 백인준이 꼬집은 그 사상성이란 것을 도무지 느낄 수 없었다. 이로 인해 중섭은 새로운 고민에 빠졌다. 이 사건이 예술의 본질이란 무엇인가에 대해 심각하게 생각하는 계기가 된 것이다. 그는 가장 사적인 것, 즉 자신의 내면이 곧 예술의 본질이라고 어렴풋이 생각해왔다. 그의 내면에는 자신이 받아들여온 사회와 사상, 민족혼과 온갖 감정이 하나의 결정체를 이루고 있기 때문이었다. 그런데 그들은 내면을 부정하고 대의를 강요한다. 하늘이 내려준 고마운 재능을 오직 '사상의 실현과

실천'을 이끌어내는 도구로 이용해야 한다고 주장한다. 중섭은 자신이 그리는 소와 닭, 그리고 어린아이들이 그들의 예술관에서 어떤 평가를 받을 것인가 심각하게 생각하지 않을 수 없었다.

1947년 정월 끝무렵, 평양에서 검열원들이 원산에 파견되었다. 김사량과 김이석을 포함해 송영, 최명익 네 명이었다. 구상이 중섭의 화실에 들른 것은 평양에서 검열관이 내려온 날 저녁이었다.

"반갑잖은 인간들이 평양에서 왔다며?"

중섭이 심상치 않은 사태에 앞으로 어떤 일이 벌어질까 마음에 걸려 구상에게 물었다.

"그래. 내일 아침 관련자들을 원산극장으로 나오라고 소집했네. 그간의 경위를 조사하겠다고 말이야."

구상은 소집이라는 말과 경위 조사라는 말을 강조하며 매우 불쾌해했다.

"그 시집에 실린 사람들은 정통 공산당원도 있고 소련군 장교도 있는데 대체 뭘 조사해?"

중섭이 걱정할 것 없다는 듯 말하자, 구상은 고개를 저었다.

"문제는 나일 테지, 다른 이들이 아니라. '응향'이라는 제목을 내놓은 것도 나고. 그들의 문예이론대로라면…… 자네는 문제될 게 없네."

구상은 중섭의 그림에는 문제의 소지가 없을 거라고 했다.

"백인준은 내 그림이 인민의 정서와 동떨어진 데다 인민 대중을 무시했다고 하던데……"

이중섭은 백인준의 평가에 대해 떨떠름해했다.

"이건 문학에 대한 비판이야. 시집의 장정이나 삽화는 문제의 본질이 아니지. 그러니 자네한테까지 화가 미치지는 않을 걸세. 어쨌든 가서 무슨 이야기를 하나 들어봐야지. 그리고 나서 다시 생각을 정리해 봐야겠네."

구상은 그렇게 말하고는 휑하니 화실을 나갔다.

다음 날, 평양에서 내려온 검열단은 작가동맹 관련자들을 원산극장으로 소집하여 한 사람씩 조사하기 시작했다. 구상의 말대로 중섭은 소환되지 않았다.

구상은 조사가 끝나자 그길로 원산을 떠나 홀홀히 남으로 내려갔다.

"중섭이, 난 남쪽으로 가려네. 우리 같이 가세."

구상이 이렇게 말했지만, 중섭은 선뜻 따라나서지 못했다. 형이 없으므로 중섭은 집안의 가장 노릇을 해야만 했다. 어머니와 아내, 형수와 조카들을 두고 혼자 떠날 수는 없었다.

"나는 가족들 때문에 여기에 남을 수밖에 없네."

여러 사건들이 잇따랐음에도 중섭은 원산을 떠나지 않았다. 그의 그림은 여전히 천진스러움이 완벽을 이루고 있었다. 어린이들을 소재로 한 그림이 하루에 몇십 장씩이나 그려졌다. 큰 고기는 그물에 걸리고 작은 고기는 빠져나가는 그림도 그렸다. 너무나 문학적이어서 현실감이 없다는 혹평을 들어도, 중섭은 전혀 흔들리지 않고 냉수마찰과 그림 그리기를 계속했다.

광석동 집에서는 여전히 닭을 길렀다. 가끔 닭싸움이 일어나기도 했는데, 중섭은 수탉끼리의 싸움을 매우 재미있어 했다. 이때 '투계도'가 몇 점 그려졌다.

비판의 화살이 중섭에게 직접적으로 날아와 꽂힌 것은 그해 여름 원산에서 열린 소련현역작가전에서였다. 소련현역작가전에는 모스크바에서 온 화가와 평론가 세 명이 참가했다. 그들은 따로 전시된 원산화가들의 작품을 둘러보았다. 여기에는 중섭의 작품도 전시되어

사다리를 타는 남자 1941년

새해 인사 1942년

얼굴 1942년

두 사람 1943년

있었다. 중섭은 소와 닭과 까마귀를 그린 작품들을 선보였다. 그런데 소련평론가 알렉세이가 중섭의 작품을 신랄하게 비난했다.

"중섭은 유럽의 많은 화가들처럼 천재에 속한다. 그런데 그게 문제이다. 천재는 위험한 존재이다. 천재는 노력으로 이루어진 것이 아니기 때문이다. 화가는 인민의 봉사자이며 인민의 선도자로서 의무를 다해야 한다. 하지만 중섭의 작품은 그렇지가 못하다. 중섭의 작품은 인민에게 공포감을 준다. 소재를 정직하게 그리지 않고 주관에 의해 변형시켜 그려 전체적으로 과장되어 있다. 이러한 것은 인민을 기만하는 행위이다."

알렉세이의 비평은 그 무렵 소련에 충만해 있던 사회주의 리얼리즘을 대변하는 견해였다. 이러한 평가에 대해 중섭은 공감할 수 없었다. 몹시 불쾌했다.

'여러 사조가 있을 수 있고 여러 견해가 있을 수 있는 것이지, 어떻게 천편일률적으로 같아야 한단 말인가. 뭔가 사회가 뒤틀려 있어. 여기는 내가 걸어갈 땅이 아니야. 예술은 홀로 존재하지는 않지만, 그렇다고 인민을 위해서 봉사하는 도구도 아닌 거야. 인민과 예술은 동질성 이론에 구속되지 않는 다양한 관계로 거리를 두고 있어야 해. 그 당연한 걸 저들은 몰라.'

중섭은 기분을 달래기 위해 술집을 찾아가 혼자 자리를 잡고 앉았다. 담뱃대를 물고 세게 빨아들였다가 거칠게 불어날렸다. 술이 나오자 말없이 잔만 기울였다.

'천재인데 인민의 적이라구? 그러면 언젠가 내 목에 칼을 들이밀 수도 있겠군. 소름 끼치는 일이야. 뛰어난 상상력을 죄악시하다니. 결코 동의할 수 없어.'

중섭은 잔에 술을 따라 단숨에 비워버렸다.

'왜 한반도에는 외세가 끊임없이 밀고 들어오는 걸까. 이제 겨우 일제가 물러갔구나 싶었는데 이렇게 또 금세 소련과 미국이 한반도를 장악해 주물럭대고 있으니 말이다.'

그 뒤, 이중섭은 더욱 혼란스러운 일을 겪었다. 평양에서 8·15기념 미술전이 열렸을 때였다. 중섭은 원산미술가동맹 회원으로서 '하얀 별을 안고 하늘을 나는 어린이'를 들고 평양으로 갔다. 그가 들고 간 그림은 중섭이 죽은 아들을 생각하며 그린 그림들 가운데 하나였다.

한 해 전과 달리 평양시내의 모습은 몰라보게 많이 달라져 있었다. 도시의 주요 건물에 김일성과 스탈린·마르크스·레닌의 초상이 걸려 있었고, 혁명구호가 적힌 아치 모양의 기념물과 붉은 깃발이 나부끼고 있었다.

중섭은 작품을 들고 북조선미술가동맹을 찾아갔다. 출품작을 막 내려는데 누군가 반갑게 그를 맞았다. 오랜 친구인 문학수였다. 그는 해방이 되자마자 평양예술문화협회의 미술부장을 맡았으며 선전미술대 일에 앞장서는 미술가동맹의 핵심이 되어 있었다.

"제수씨는 잘 계신가? 빈틈없는 시어머니 밑에서 어려움이 많을 거야. 첫아이를 잃었다는 소식은 이미 들었어. 상심이 컸겠네."

학수는 자신에게도 후배가 되는 남덕의 안부를 물었다.

"첫아이가 하늘나라에 가서 빨리 둘째를 보내주라고 졸랐나봐."

중섭은 둘째가 태어났다는 소식을 전하며 히죽히죽 웃었다.

"잘됐군 그래. 그런데 이게 이번 출품작인가?"

학수는 중섭이 들고 온 그림의 포장을 뜯었다.

"하얀 별을 안고 하늘을 나는 어린이. 자네 그림엔 언제나 시정이 넘치는군."

학수는 중섭의 그림을 찬찬히 뜯어보았다. 그림에는 하늘나라로 떠나보낸 첫아이의 영혼이 스며 있는 듯했다. 그는 한동안 그림을 바라 보더니 고개를 갸웃거렸다.

"요즘도 소를 열심히 그리나?"

학수의 질문은 뜻밖이었다. 그 또한 소와 말을 그리는 데 온 힘을 쏟았던 화가였다. 중섭이 소에 관심을 가지게 된 것도 학수의 영향이 적지 않았다.

"관찰하고 스케치하고…… 소는 순해. 그 눈이 아름답지."

중섭은 자신이 집착하고 있는 소에 대해서 덤덤하게 말했다.

"이봐 중섭이, 문제는 우리가 그런 감상에 젖어 있을 때가 아니라 는 거야."

학수는 최근 정관철이 김일성의 항일투쟁을 그린 보천보전투 역사 화와 월북 화가 김주경의 '김일성 장군 전적지', 자신이 그린 '조선인 민군 열병식' 같은 그림들을 열을 내며 설명했다.

"난 사회주의적 리얼리즘을 잘 몰라. 다시 공부해야 할까봐."

중섭은 친한 친구이기에 솔직하게 마음을 털어놓았다.

"뭐라고 한마디로 정의할 수는 없지만 사회주의적 리얼리즘은 가장 선진적이고 혁명적이며 과학적인 창작방법이지. 과학성과 혁명성으로 일관되어 있으며 거대한 형상적 위력과 무궁무진한 인민의 생활력을 가지고 있네."

학수는 이미 사회주의적인 이념으로 가득찬 사람으로 철저하게 변 해 있었다. 그는 오산중학교 시절부터 대학까지, 그리고 자유전과 조 선신미술가협회에서도 중섭에게는 선의의 경쟁자이자 동료였다. 그러 므로 그의 입에서 나온 이 말은 중섭을 매우 혼란스럽게 했다.

그런데 뜻밖에도 소련의 화가와 미술평론가들이 중섭의 그림을 보 며 감탄사를 연발했다. 사실 그들은 혁명의 큰 꿈을 상징하는 별을 안고 가는 어린이를 그린 작품이라고 자신들의 이념으로 그림을 해석했던 것이다.

소련평론가 나이코프는 중섭의 작품에 대해 이렇게 평했다.

"'하얀 별을 안고 하늘을 나는 어린이'는 놀라운 보물이다. 세잔·브라크·마티스·피카소의 수준을 뛰어넘는 그림이어서 보는 사람을 황홀하게 한다. 색감과 구도와 기교가 뛰어난 하늘의 별이다. 훌륭한 예술가의 솜씨를 느낄 수 있는 매우 특별한 작품이다. 황량한 벌판에서 황금을 주운 기분으로 전시장을 나왔다."

중섭은 어느 장단에 맞춰야 할지 몰라 다시금 머리가 어지러웠다.

"내 그림이 러시아말을 알아들었을까?"

이렇게 말하며 그저 쓸쓸하게 웃을 뿐이었다.

집으로 돌아온 중섭이 남덕에게 그 이야기를 하자 그녀는 남편의 속마음도 모른 채 깡충깡충 뛰며 좋아했다.

"배 속에 있는 우리 아기도 기뻐할 거예요. 아고리 멋쟁이!"

남덕은 중섭의 볼에 입을 맞추었다.

"당신이 좋아하니까 나도 기분이 좋군. 하지만 아직은 부족해. 더 노력해야지. 모두 남덕이가 도와주어서 가능한 거야. 고마워. 그리고 여보, 사랑해."

"조선생활이 힘들지만 아고리의 사랑 하나만 보며 살고 있어요."

"나를 믿고 따라오면 틀림없이 좋은 날이 올 거야. 열심히 잘 살아보자고."

이중섭은 아프다는 남덕의 다리와 어깨를 부드럽게 주물러주었다.

평양에 다녀온 뒤로 중섭은 사회주의적인 이념으로 가득한 주변환경 변화에 적응하든가, 아니면 침묵을 지키는 수밖에 없음을 깊이 깨달았다. 이 땅에서 살아남기 위해 공산주의자들의 예술창작론을 받아들일 것인가, 아니면 꿋꿋하게 자신의 뜻대로 그림을 그릴 것인가. 끝없이 갈등하던 그는 마침내 침묵과 칩거를 택했다.

훤칠한 키에 파리하고 갸름한 얼굴, 뒤로 쓸어넘긴 머리와 짧은 콧수염, 벙거지에 야릇한 조끼 차림의 중섭은 더는 그를 자유롭게 놓아두려 하지 않는 북한의 현실에 조금씩 민감해지고 있었다. 비록 최고의 예술로서 평가받는다 해도, 혁명적이며 선동적인 사실주의를 요구하는 공산주의자들에게 중섭의 작품은 눈엣가시에 지나지 않았다.

털 뽑힌 닭, 수염 없는 스탈린 그림은 격렬한 비판대에 올랐다. 중섭의 예술성과는 전혀 상관없는 이유에서였다. 그는 해방 바로 뒤의 원산시절에 뒷날 그의 예술사에서 빛날 가장 뛰어난 작품들을 그려 냈으나, 어두운 현실은 천재의 위대한 예술혼을 갉아먹어 들어가고 있었다.

'세상 사람 모두가 제정신이 아니구나. 죄다 이데올로기에 미쳐버렸어. 이 땅에 귀머거리, 장님, 정신병자가 득시글한데, 어떻게 내가 이상을 품을 수 있겠는가? 어떻게 내가 다른 누군가가 볼 수 없는 빛을 즐길 수 있으며, 어떻게 다른 누군가가 듣지 못하는 소리를 누릴 수 있겠는가?'

중섭은 시대의 어둠에 책임을 느끼며, 빛을 훔친 도둑이 된 것 같아 죄스러웠다. 그림을 그린답시고, 예술을 한답시고 세상일에 너무 무심하지 않았나 괜스레 미안해졌다. 자기 혼자만 세상 모든 빛과 소리와 향기에 묻혀 지내느라 사람들이 병들어 가는지도 몰랐다는 묘한 죄책감까지 들었다. 그럴 때마다 중섭은 용기와 의욕을 잃곤 했다. 모두가 쓸데없고 헛된 것처럼 느껴졌다.

이중섭은 그래도 아직은 원산에서 그림을 그릴 수 있다고 생각했다. 더구나 원산은 제2의 고향으로, 일흔 살이 넘은 어머니와 남편 잃

동그라미 1941년

은 형수, 그리고 아버지 잃은 조카들이 있는 곳이었다. 그가 새로운 곳을 찾아간다는 것은 단순한 '떠남'이 아니라 '가족을 버리는 일'이었다. 이런 사정들은 그가 남쪽으로 넘어가는 것을 가로막았다.

그 대신 술과 담배가 늘었다. 몸에는 손가락 길이만 한 삼국시대의 석가여래 입상을 호신불처럼 지니게 되었다.

1946년 10월, 궁핍한 생활 때문에 중섭은 미술개인지도라도 해야겠다고 생각했다. 그는 광고지를 만들어 시내 곳곳에 붙였다.

원산미술연구소를 엽니다.
책임지도 이중섭.
장소는 원산극장 건너편 1층.

원산극장 건너편 8평짜리 미술연구소를 맨 처음 찾아온 사람은 보안서원 두 명이었다. 그들은 대뜸 손에 든 종이를 중섭의 코밑에 바싹 들이밀고 마구 흔들어댔다.

"도대체 허가도 받지 않고 간판부터 달면 어쩌겠다는 거요?"

"어제 서장께서 허락했습니다."

"그건 서장 혼자만의 생각이오. 이런 일은 반드시 사회단체회의의 승인을 얻어야 하오."

중섭은 입을 다물었다. 본디 말이 없는 사람이기도 했지만, 이런 상황에서는 말을 하려야 할 수도 없었다.

"당장 광고지를 떼시오. 지금 당장!"

이중섭은 보안서원들이 돌아가자마자 미술연구소 안에 갖추었던 나무걸상과 석고상·이젤·화집·목탄·데생용 종이들을 한데 꾸리기 시작했다. 바로 그때, 두 번째 방문객이 나타났다. 새파란 청년이었다.

"김영환이라고 합니다. 광고지를 보고 왔습니다만……."

그는 짐을 꾸리는 중섭을 보더니 말끝을 흐렸다.

"아, 그래요? 이제 막 광고지를 떼려던 참인데 어쩌나? 연구소를 그만두어야 할 형편이거든요."

김영환은 설명을 제대로 듣지도 않은 채 중섭을 도와 짐을 꾸린 뒤 옮기기까지 했다.

원산고등학교 3학년인 김영환은 석고 데생 시간에 들은 미술선생의 말을 잊을 수가 없었다.

"화가 이중섭이야말로 우리나라 데생의 스승이다."

그 말을 들었을 때부터 김영환의 머릿속에는 오로지 한 가지 생각만이 맴돌았다.

'어떤 사람이기에 그토록 데생 능력이 뛰어난 걸까? 찾아가 배울 수 있으면 좋으련만…….'

10월 들어 한창 콜레라 예방이 실시되어 모든 도시와 농촌마다 학생들로 방역대가 조직되자, 김영환도 여기에 동원되었다. 방역대가 하는 일이란, 길목마다 막아서서 오가는 사람들을 낱낱이 조사하고 예방접종 증명서가 없는 사람은 통행시키지 않는 것이었다.

원산 송도원 쪽에 배치된 김영환은 우연히 맞은편 건물 벽에 붙은 광고지를 보았다. 이중섭의 미술연구소 안내문이었다. 그렇지 않아도 어떻게 하면 이중섭을 만날 수 있을까 궁리하던 김영환은 무척 기뻤다. 그래서 살그머니 방역대를 빠져나와 연구소까지 찾아온 것이다.

철수 당일 운 좋게 이중섭을 만난 김영환은 집까지 쫓아가 넓은 집 한쪽에 자리 잡은 이중섭의 작업실까지 들어갈 수 있었다. 방으로 들어선 김영환은 천천히 화실을 둘러보았다.

방 한쪽 벽에는 외젠 다비(Eugene Dabit, 1897~1936)의 《북호텔(北

Hotel)》을 비롯한 문학 서적과 미술 서적이 책꽂이도 없이 마치 빌딩처럼 올라가 있었다. 그리고 또다른 벽면에는 이중섭의 작품들이 우중충하게 제멋대로 걸려 있었다. 그 벽면 바로 아래에는 보일락 말락 한 짧은 다리가 달린 탁자가 있는데, 그 위에는 이조 백자를 비롯한 고려청자가 즐비하게 늘어서 있었다.

그날부터 김영환은 이중섭의 제자가 되었다. 그리고 그로부터 4년 동안 사흘이 멀다 하고 찾아가 소묘와 수채화를 배웠다.

그리고 이 무렵 이중섭은 김광림과도 만났다. 뒷날 시인이 된 김광림은 그때 열여덟 살이었고 그가 처음 본 이중섭의 작업실은 대단한 호기심을 불러일으켰다.

김광림은 조심스럽고도 꼼꼼하게 작업실을 훑어보았다.

비좁은 아틀리에에는 엿장수나 고물상에서 뒤져낸 듯한 골동품과 한창 제작 중인 그림 몇 점이 널려 있었다. 그가 책꽂이로 눈을 돌리자 화집과 시집이 눈길을 끌었다. 그것들을 눈으로 더듬어가던 그가 갑자기 성큼 책꽂이 앞으로 다가갔다. 말로만 듣던 일역판 프랑스 사화집(詞華集)《빈랑수(檳挪樹)》를 여기에서 처음 본 그는 놀랍고 기뻐서 가볍게 몸을 떨었다.

열여덟 소년 김광림의 눈에 비친 서른 살의 화가 이중섭은 말수가 적고 단정적인 이야기를 하지 않는 내성적 성격의 소유자였으며 훤칠한 키에 얼굴은 갸름하고 창백한 편이었다. 콧수염을 약간 기르고 긴 머리는 모두 뒤로 빗어넘겼는데, 가끔씩 흘러내리는 머리카락을 아무렇게나 손으로 끌어모아 뒤로 넘기곤 했다. 사물에 집착하는 눈은 늘 빛났다. 작업모 같은 벙거지를 쓰고 이상한 조끼를 걸치고 다녔고 손에는 늘 큼직한 파이프를 들고 있었다. 그가 지닌 물건들은 모두 손수 지어 만든 것들이었다.

그의 초상 사진 〈이중섭 초상 38세상〉을 보아도 다르지 않다. 콧수염을 약간 기르고 작업모자 같은 벙거지를 쓴 모습인데 저고리는 꾸깃꾸깃해도 단정한 양복 차림이다. 이 사진은 훨씬 뒷날인 1953년 초봄 어느 날 대구에서 찍은 것으로 알려져 있는데, 보이는 느낌 그대로 어린 김광림의 눈에 비친 이중섭의 생활은 옹색했다. 일정한 수입도 없었고 그림도 팔리지 않았으므로 곧잘 미나리를 사들고 다녔을 게다.

인연은 이렇게 시작된다. 우연인 듯, 그러나 여러 사정이 맞물려 필연처럼. 김영환은 이날 뒤로 이중섭을 살뜰하게 받들었다. 그 뒤 그들 모두에게 불어닥친 격동 속에서 어쩔 수 없이 인연이 끊어지게 되었을 때에도 김영환은 평생 그를 그리워했다. 중섭의 재능과 인품이 자석처럼 사람들을 끌어당겨 생각지도 못한 곳곳에 온갖 인연들이 숨어 있는 것이다.

1947년 여름은 무더웠다. 찌는 듯한 더위가 열흘 가까이 기승을 부리더니 마침내 아침저녁으로 선선한 바람이 불면서 무더위가 한풀 꺾여갔다. 산달이 된 남덕이 무더위를 피해 아이를 낳을 수 있게 되었다는 게 중섭은 다행스러웠다.

중섭은 남덕이 걱정되어 어머니를 모셔왔다. 남덕은 불룩 나온 배를 앞으로 내밀고 뒤뚱뒤뚱 걸으며 힘들어했다. 조리와 설거지는 어머니가 전적으로 맡아서 했다.

"작은애야, 가만히 누워 있어라. 행여라도 잘못되면 안 되잖니. 이 시어미가 다 해줄 테니 걱정 마라."

"아직은 괜찮습니다, 어머니."

"그래도 조심해야 해."

중섭은 외출도 자제하고 남덕이 출산하기만을 손꼽아 기다렸다. 첫아이 때 말도 없이 서울에 갔다가 낭패를 보았기 때문이다. 남덕은 아기 기저귀와 포대기 등 출산 준비물을 미리 챙겨놓았다. 미역도 넉넉하게 사다놓았다. 쌀은 어머니가 일꾼을 시켜 집에서 가져왔다.

화실에서 그림을 그리다가 중섭은 어머니의 다급한 부름을 받았다. 중섭은 들고 있던 붓을 내팽개치고 총알같이 뛰어나갔다.

"작은애가 진통을 시작했다. 얼른 솥에 물을 붓고 끓여라."

어머니의 굳은 표정이 사태의 긴박함을 말해 주고 있었다.

"네, 알았어요. 어머니."

"정성으로 해야 한다. 그리고 대문에 금줄을 쳐야 하니까 새끼줄도 준비해 놓고."

"네."

어머니는 남덕이 누워 있는 안방으로 바삐 들어갔다.

중섭은 마당에 돌을 쌓아 놓고 올린 솥에 물을 가득 붓고 불을 때기 시작했다. 여름철이라 부엌 아궁이에는 불을 지필 수가 없었다. 드디어 장작에 불이 붙었다. 물끄러미 장작불을 바라보던 중섭은 갑자기 불이 붙지 않은 지푸라기를 한 줌 빼내더니 손을 바삐 놀려 새끼를 꼬기 시작했다.

"그래, 어서 힘을 쓰거라. 조금만 더!"

격려하는 어머니의 목소리가 마당까지 들려왔다. 중섭의 신경은 안방 쪽으로 낚싯대처럼 드리워져 안방에서 작은 소리만 들려도 민감하게 반응했다. 가슴이 두근거리고 손끝이 가늘게 떨렸다. 중섭은 자신이 꼭 아이를 낳는 것처럼 아랫배가 욱신거리며 아팠다. 남덕의 신음이 크게 들리자 중섭은 새끼를 꼬다가 벌떡 일어나 발을 동동거렸다.

아이들과 끈

아이들과 끈

진통을 한 지 세 시간쯤 지났을 때였다. 안방에서 아기 울음소리가 들렸다. 그 순간, 중섭은 막혔던 속이 뻥 뚫린 것처럼 시원해졌다. 중섭은 빙긋 웃으며 마루로 다가가 안방에 귀를 기울였다.

"고생했다. 고추여 고추!"

어머니의 목소리가 또렷이 들렸다. 중섭은 두 주먹을 그러쥐고는 활짝 웃었다. 아버지가 되었다는 기쁨으로 기분이 황홀했다. 안방 문이 열리더니 어머니가 나왔다.

"애, 고추 달린 사내야 사내! 너두 이제 아비가 되었어. 얼른 대야에 따뜻한 물을 좀 떠오너라. 아기를 씻겨야 되겠다."

아기도 궁금하지만 중섭은 아내의 건강이 걱정되었다.

"어머니, 순산인가요? 남덕이는 어떻습니까?"

"순산이다. 작은애는 건강하니까 그리 알고 있거라. 어서 대야에 물이나 떠오렴."

"알았어요, 어머니."

미리 준비된 대야에 더운물을 가득 담아서 중섭이 어머니에게 가져왔다. 어머니의 노심초사 긴장하던 표정은 모두 사라지고 마냥 싱글싱글한 밝은 얼굴로 여유가 넘쳤다. 어머니는 대야를 들고 안방으로 들어갔다.

이중섭은 꼬아놓은 새끼줄에 숯과 고추를 꿰어 대문을 가로질러 금줄을 쳤다.

"부정한 사람은 들어오면 안 됩니다. 우리 아기를 위해서."

금줄에 꿰어논 고추를 바라보며 중섭은 혼자 중얼거렸다.

중섭은 이때 태어난 둘째아이의 이름을 태현이라고 지었다. 따지고 보면 첫째를 잃었으므로 태현이 장남인 셈이었다. 첫째와 달리 둘째는 건강하게 잘 자라주었다.

디프테리아로 첫 아이를 잃었던 탓에 중섭은 외출했다 들어오면 늘 손을 깨끗이 씻고 아기를 안아주는 세심한 정성을 기울였다. 더는 불행한 일이 일어나지 않도록 그는 애를 썼다.

"그래 아버지야! 아버지! 잘 놀았지? 까꿍, 깍 까꿍!"

중섭은 자주 태현과 재미있게 놀아주었다. 그럴 때마다 남덕은 빙 긋 웃으며 두 사람을 흐뭇하게 바라보았다. 중섭은 아기를 키우며 남 덕과 단란하게 살아가는 생활이 더할 나위 없이 행복했다.

38선을 넘어서

중섭이 까마귀를 그리기 시작했다. 소·생선·고목·닭·어린아이·천도 복숭아에 이은 이번 소재는 좀 어두웠다.

그에게 이미 원산의 바다는 마음에 없었다. 공산당 역사를 익혀야 했으며, 싫어도 러시아어를 배워야 했다. 북한의 사회질서는 예술가들이 견디기 어려울 만큼 자유를 억압했다. 중섭은 이를 예술로 이겨내려 했으나, 그의 독특한 소재와 순수예술성은 집단예술로 나아가는 공산주의자들의 비위를 거슬리게 할 뿐이었다.

중섭은 울적한 기분도 달랠 겸, 일부러 용건을 만들어 평양에 가보기로 했다. 천재화가 이중섭이 나타났다는 소식을 듣고, 남한에서 월북한 작가들 몇몇이 그를 찾아왔다.

"중섭, 평양으로 오게. 이곳에서 예술활동을 해야만 하네. 인민의 예술만이 진정한 예술일세."

평양시내 곳곳, 심지어는 대동공원까지 나무와 나무 사이에 스탈린 원수와 김일성 장군을 찬양하는 정치구호가 쓰인 선동적인 붉은 현수막들이 펄럭였다. 정말 두 눈 뜨고 볼 수 없는, 정나미 떨어지는 광경이었다. 그는 그곳을 떠나며 마음속으로 평양과 영원히 작별했다. 우울한 여행이었다.

원산으로 돌아온 중섭은 되도록 사람들을 만나지 않으려 애썼다.

그러는 동안에 조카 영진의 방에 묵고 있던 친구도 월남을 했다.

"씩씩한 노동자, 민중의 모습을 그려라."

"영웅적인 김일성 동지의 초상화를 그려라."

중섭에게 가해지는 압박은 숨막힐 정도였다. 수탉끼리 싸우는 모습을 그린 '투계도'를 저희 멋대로 공산주의적 투쟁 이념이라 해석하는가 하면, 쓸데없는 일을 물고 늘어지기 일쑤였다.

그들은 중섭의 그림에서 소 엉덩이에 올라탄 두 어린아이를 트집 잡았다.

"이 그림을 한번 설명해 보시오."

중섭은 수치스러움에 온몸을 부르르 떨었다. 이제까지 어떤 그림이라도 그런 말은 전혀 들어본 적이 없었다.

"어떻게…… 그림을 말로 설명할 수 있단 말이오?"

"그건 동무의 부르주아적인 생각일 뿐이오. 어서 인민동무가 이해할 수 있도록 그림을 설명해 보시오."

이중섭은 마음속에서 북받쳐오르는 화를 가까스로 억누르며 아주 낮은 소리로 대꾸했다.

"이 소는 우리를 일본으로부터 벗어나게 해준 소요. 그리고 이 아이들은 우리나라의 미래를 뜻하오."

"그렇다면 어느 것이 북조선이고 어느 것이 남조선이오?"

어이없는 물음에 중섭은 말문이 턱 막혔다.

그 어떤 모욕적인 말보다도 불쾌했다. 차라리 당신 예술은 쓰레기라며 조롱하는 편이 더 나을 듯했다.

중섭에게는 무엇이 남조선이건 북조선이건 그런 것은 중요하지 않았다. 그는 남북의 아이들이 해방을 맞은 조국에서 마음껏 구김살 없이 밝게 뛰어놀며 평화롭게 살 수 있기를 바랐을 뿐이었다.

미술을 마치 공산주의 체제를 위한 기능적인 도구로 해석하며, 그에 들어맞지 못할 경우 막무가내로 지탄을 받아야 하는 현실이었다. 그런 고통스러운 삶에서 중섭에게 유일한 낙이 있다면 새로 태어난 아들 태현의 재롱을 보는 것이었다.

화가들과의 교류를 끊고 나서 가끔씩 외로울 때면 중섭은 예전처럼 바닷가에 나가 온종일 밀려오는 파도와 끼룩거리는 갈매기를 바라보거나, 부두에 나가 어부들이 잡아온 싱싱한 물고기들을 구경하며 지냈다.

이따금 중섭의 머릿속에 학수가 말한 사회주의적 리얼리즘이란 단어가 맴돌았다. 그럴 때면 그는 부두노동자들이 배에서 짐을 싣고 내리는 모습과 여인들이 생선을 받아 대야에 이고 가는 모습을 스케치해 보며 자신의 생존 방향을 이리저리 모색했다.

그것이 그가 할 수 있는 최선이었다. 섣불리 새로운 사조와 영합할 수도, 내면에 끓어오르는 표현의 욕망을 억누를 수도 없는 암울한 상황에서 중섭의 한 해는 그렇게 저물고 있었다.

중섭이 서른네 살 되던 1949년 봄, 셋째아들 태성이 태어났다. 이때도 그는 어머니에게 많은 도움을 받았다. 중섭은 잇따라 아들을 낳아준 아내가 너무나 고마웠다. 장남 태현의 재롱과 차남 태성이 건강하게 자라는 모습을 지켜보며 중섭은 행복감으로 가득 차 있었다.

그러나 더는 원산시내에 버티고 있을 수가 없었다. 사람들은 중섭이 일본여자와 함께 산다고 해서 친일파라 비난하기도 했다. 그럴 때마다 중섭은 술에 잔뜩 취한 채 돌아와 "남덕아! 남덕아!" 아내 이름을 부르며 울곤 했다.

중섭 부부에게는 오로지 금쪽같은 두 아들만이 이 세상 삶의 희

꽃과 노란 어린이 1955년

망이었다. 중섭은 송도원에 방을 얻어 아내와 태현·태성이를 데리고 이사했다. 그곳에서 그림 그리는 일로만 온전히 하루를 보낼 수 있게 되자 그와 아내는 비로소 안정을 되찾았다.

도쿄시절 깊은 밤 신주쿠의 찻집에서 베토벤 교향곡 운명을 듣던 예술가의 모습이 송도원에서 고스란히 되살아났다. 어떤 때는 네 식구가 어른이고 아이고 할 것 없이 발가숭이가 되어 이불 위에서 뒹굴며 지내기도 했다. 중섭은 두 아들을 웃기려고 발가벗은 채로 소 흉내를 내며 엉금엉금 방바닥을 기어다녔다. 그 모습을 본 아이들은 깔깔거리며 웃어댔다.

북한미술계는 이중섭에 대한 최소한의 배려마저 거두어 갔다. 이중섭은 중앙미술심사위원직마저 빼앗겼다. 재능은 있으나 정치선동에 이용할 수 없는 예술가는 그들에게 골치 아픈 부르주아에 지나지 않았다.

어쩌다가 남의 눈을 피해 10년 후배인 김인호가 찾아오면 중섭은 그를 붙잡고 그림 이야기를 했다.

"그림을 그리는 것만이 구원이야. 그것 말고는…… 구원이 없어."

송도원 시절도 1950년 여름으로 막을 내렸다.

1950년 6월 25일, 김일성은 1945년 소련군을 등에 업고 평양에 입성할 때부터 준비해 온 막강한 탱크와 대포 전투기를 이끌고 남으로 쳐내려갔다. 한반도에 전쟁이 일어난 것이다. 인민군은 거침없이 진격했고 탱크 하나 없는 국군은 물러나며 맹렬히 저항했다. 국군이 계속 후퇴하자 남한 정부는 서울을 포기하고 6월 27일 대전으로 옮겨갔으며, 그러고도 계속 밀려나 7월 16일에는 대구로 옮겼다. 거의 남쪽 끝까지 밀고 내려간 인민군은 사기가 충천해 있었다.

국군은 8월 3일 낙동강까지 물러나 그곳에 마지막 방어진지를 구축하고 결사항전으로 버티었다. 무기력한 정부는 8월 18일 눈물을 머금고 부산으로 후퇴했다. 낙동강 방어선에서 남한 정부는 침몰 위기에 처해 있었다. 낙동강 방어선이 뚫린다면 인민군은 물밀듯 밀고 내려와 그들이 말하는 적화통일을 달성할 것이었다.

최후 종말의 위기에서 돌파구를 열어준 것은 유엔의 신속한 개입이었다. 국군과 워커 장군이 지휘하는 미군이 낙동강 전선에서 사력을 다해 인민군을 막아내는 사이, 유엔은 북한의 남침을 불법으로 선언하고 유엔군을 한반도에 투입했다. 9월 15일, 유엔군은 한반도의 허리인 인천에서 상륙작전을 개시했다. 9월 28일에는 서울이 수복되는 등 전세가 역전되었다. 서울 광화문에 태극기가 내걸리자 사람들이 거리로 몰려나와 태극기를 흔들며 유엔군을 환영했다. 남쪽 끝에서 낙동강 방어선을 뚫기 위해 혼신의 힘을 다하던 인민군은 자다가 갑자기 뒤통수를 얻어맞은 격이었다. 유엔군이 서울을 장악하고 북진을 거듭하자 인민군은 보급로가 차단되어 힘을 쓰지 못하고 빠르게 북으로 퇴각하기에 급급했다. 국군과 유엔군은 달아나는 인민군을 밀어붙이며 북으로 북으로 진격했다. 국군과 유엔군은 사기가 하늘을 찌를 듯했다. 남한 정부는 다시 서울로 환도하여 이번 기회에 북진을 계속해 통일을 이뤄낼 수 있다는 벅찬 기대와 설렘으로 가득했다.

북한은 전세가 뒤집혀 위기에 처하자 긴급 결정을 내렸다. 45세까지 병력으로 동원해 전투현장에 투입하기로 의결한 것이다. 중년 사내들마저 전쟁터로 끌려가야 하는 절박한 상황이었다. 북한주민들은 여기에 촉각을 곤두세우고 민감하게 반응했다. 아들을 둔 부모들과 남편을 둔 아내들은 불안에 떨었다.

큰아들을 잃은 슬픔에 빠져 있던 어머니가 이 소식을 듣고 머리에

흰띠를 두른 채 중섭을 찾아왔다. 어머니는 눈에 띄게 핼쑥해진 얼굴이었다.

"중섭아, 얼른 산으로 피신해라. 전쟁터로 끌려가면 죽는다. 너까지 잘못되면 이 어미는 미쳐 죽을 거야. 시간이 없어."

"어머니 말씀을 들으세요. 어물거리다가는 큰일 나요."

파랗게 질린 남덕도 그에게 애원했다. 태평양전쟁으로 고역을 치렀는데 또 한국에서 전란을 맞이했으니, 연약한 여자의 몸으로 겁도 나고 불안할 것은 뻔한 일이었다.

"그럼 한번 생각해 보겠습니다. 염려 마세요."

중섭은 무엇보다 먼저 어머니와 남덕을 안심시켜야 한다고 생각했다. 그래도 어머니는 마음이 놓이지 않는지 대문을 나서지 않고 마당에서 불안스레 서성거렸다. 그러고는 몇 번이고 뒤돌아서던 어머니는 중섭과 눈이 마주치자 근심이 가득한 표정을 하고는 원산 집으로 터덜터덜 발걸음을 돌이켰다. 태현과 남덕이 떠나가는 어머니에게 손을 흔들어 작별했다. 그러자 어머니도 손을 흔들며 뒤돌아서 마을 고샅으로 자취를 감추었다.

중섭은 담뱃대를 물고 마루에 걸터앉아 피신해야 할지 말아야 할지를 생각했다. 사회주의 리얼리즘과 프롤레타리아 계급을 내세우는 획일적인 공산주의에 신물이 나는 것이 사실이었다. 형을 죽음으로 몰아갔기에 더욱 그러했다. 그러나 남쪽으로 내려간다고 해서 진정으로 자유로운 창작 활동을 할 수 있는지, 그렇다고 또한 동족끼리 피를 흘리는 전쟁에 뛰어드는 것이 정말 잘하는 일인지 판단이 서지 않았다. 그러나 동족끼리의 싸움에는 끼어들지 않는 편이 좋을 거라는 생각이 들었다.

"형님, 저희 왔습니다. 뭐 합니까. 이렇게 한시가 급한 때에. 얼른 몸을 숨겨야 합니다. 언제 인민군들이 우리를 잡으러 올지 모릅니다. 끌려가면 끝장이라구요."

화가지망생 김영호가 헐레벌떡 집으로 뛰어들어오며 말했다. 김영호 뒤에는 마찬가지로 화가지망생인 장근식이 서 있었다. 둘 다 서둘러 왔는지 헐떡거리고 있었다.

"진정하고 앉아봐. 숨넘어가니까 천천히 말해."

중섭은 속으로는 다급한 긴장감을 느끼고 있었지만 겉으로는 아무렇지도 않은 듯이 덤덤한 표정을 지었다.

"형님, 남조선 군인들과 유엔군이 원산 가까이까지 밀고 올라왔답니다. 인민군과 언제 교전을 벌일지 모릅니다. 그럼 독이 오른 인민군이 우리를 언제 끌고 갈지 모른다 이 말입니다. 얼른 피신합시다. 학이리에 금을 캐다 만 폐광굴이 있어요. 그리 가서 숨어 지내자구요."

장근식은 중섭의 손을 잡고 일으켜 세웠다. 그때 안방에서 남덕이 태현을 안고 나왔다. 태성은 방에서 잔다고 했다.

"안녕하셨습니까? 김영호입니다."

"저는 장근식입니다."

두 사람은 남덕에게 인사를 했다.

"오셨어요?"

남덕도 꾸벅 고개를 숙여 인사했다.

"형수님, 형님이 걱정되어 왔습니다."

김영호가 남덕 앞으로 다가서며 말했다.

"방에서 들었어요. 태현 아빠, 이분들 말씀대로 하세요. 그래야 살아요. 당신도 아주버님처럼 죽을 수 있다니까요. 우리 걱정은 말고 빨리 피하세요."

"자기를 여기 두고 어디로 피하누?"

"저는 걱정 마세요. 큰집으로 가 있을 테니까요."

"동족상잔의 싸움에 끼어들면 안 됩니다. 전쟁에 참여해야 할 아무런 명분이 없어요. 얼른 피합시다. 급합니다. 이 길만이 살길입니다. 45세까지 마구 끌어간다고 했어요. 큰일났다구요."

김영호는 중섭의 집을 자주 들락거려 식구들과 서로 허물이 없는 사이였다. 그의 재촉에 중섭이 담뱃불을 끄고 숨을 한 번 크게 내쉬더니 마음을 굳힌 듯 말했다.

"가보자고. 그림을 계속 그리려면 먼저 살아야 하니까."

김영호와 장근식과 남덕은 중섭의 이같은 결정에 안도의 한숨을 내쉬며 반겼다.

"그럼 어서 준비합시다."

중섭과 남덕은 피신하기 위해 짐을 꾸리기 시작했다. 김영호와 장근식이 곁에서 도와주었다.

"당신은 태현과 태성을 데리고 어머니 집으로 가서 그곳 식구들과 함께 누나 집으로 피신해. 어서 서둘러."

"알았어요."

중섭은 학이리 폐광굴 앞에서 오후 6시에 김영호와 장근식을 만나기로 약속했다. 그들도 짐을 꾸려야 한다며 서둘러 떠나갔다. 산 너머에서 이따금씩 작게 총성이 들렸다. 마을을 들락거리는 내무서원은 마음에 안 들면 누구에게나 무조건 악을 써대며 눈을 부라렸다.

"이 간나 반동새끼!"

걸핏하면 구둣발로 정강이를 걷어찼다. 늘 이런 식이었다. 송도원 일대는 살벌한 전운이 감돌았다.

중섭은 간단히 짐을 꾸려 두 아들과 아내를 데리고 큰집으로 갔다.

"어머니, 어서 짐 챙기십쇼. 이 사람이랑 어머니와 형네 식구들 모

나뭇잎을 따려는 여자   1941년

나뭇잎을 따주는 남자   1941년

두 지금 누나 집으로 가세요. 한적해서 그곳이 안전합니다. 누나가 오라고 했어요."

"집을 비워두고 어딜 가니? 난 이 집을 지켜야 해."

이 집은 죽은 중석이 청춘을 바쳐 일군 곳이었다. 모조리 빼앗기고 마지막 남은 아들의 흔적이었다. 어머니는 완강하게 고개를 저었다.

"지금 집이 문제입니까? 폭탄이 날아들면 우리 모두 그냥 죽습니다. 목숨이 먼저입니다. 어서 일어나세요."

어머니는 중섭의 비장한 표정에 한풀 꺾였다. 고집을 부릴 상황이 아니라는 것쯤은 어머니도 알고 있었다.

"그렇다면 할 수 없구나. 그래, 가보자. 설마하니 누가 집을 들고 가기야 하겠나."

어머니는 식구들과 함께 딸네 집으로 피신하기 위해 서둘렀다.

어머니와 형수·조카들·남덕·태현·태성을 누나네 집에 데리고 가 피신시켜 놓고, 중섭은 오후 6시까지 김영호·장근식과 약속한 장소에 가까스로 다다랐다.

석왕사 뒤 학이리 폐광굴 앞에서 만난 세 사람은 보자마자 굳게 악수부터 나누었다. 웃는 얼굴로 반갑게 악수를 나누었지만, 누가 뒤를 밟아 피신 장소가 들통이라도 난다면 내무서나 인민군에 끌려가 쥐도 새도 모르게 죽게 될 터였다. 그들의 웃는 얼굴 한구석에는 바싹 긴장한 공포의 잿빛 그림자가 어른거렸다. 세 사람은 간단한 화구와 옷과 식량이 든 보따리를 하나씩 들고 폐광굴 속으로 몸을 숨겼다.

국군과 유엔군이 북으로 치고 올라와 원산에 입성하여 치안을 장악했다. 그들이 조금씩 사회질서를 잡아가자 시내가 술렁거리기 시작했다. 프롤레타리아 계급이 몸을 사리고 부르주아 계급이 고개를 들면서 계파 간 갈등이 겉으로 드러난 것이다. 빨갱이들은 산으로 숨어버리고, 그동안 숨을 죽이고 있던 지주들이 팔을 휘젓고 다니며 자신들의 땅을 찾아야 한다고 소리를 높였다. 또한 시내 곳곳에서는 국군을 환영하는 행사가 매우 크게 열렸다.

이때 폐광굴에서 내려온 이중섭·김영호·장근식은 가족들과 재회의 기쁨을 나누었다. 세 사람은 직접 그린 태극기를 흔들며 국군 환영 행사에 참가하기도 했다.

중섭의 형네 집을 작전본부로 쓰던 군부대도 국군과 유엔군이 북진을 거듭함에 따라 북쪽으로 이동해 갔다.

"이제 살았다. 군인들도 떠나가고 돌쇠·봉팔이·개똥이 녀석들도 보이지 않은 걸 보면 아마 좋은 세상이 오기는 할 모양이야."

그동안 수심 가득했던 어머니의 얼굴이 오랜만에 밝아졌다. 중섭은 형네 집에 들렀다가 어머니의 밝아진 표정을 보고 참 다행이라고 생각했다.

원산시내는 8·15해방 때와도 같은 흥분에 휩싸였다. 시공관에서는 '원산시민 위안의 밤'이 열리고, 종군 예술가들이 잇따라 모습을 나타냈다. 중섭은 그들 가운데 남쪽으로 내려간 구상이 끼어 있지 않을까 싶어 열심히 찾았으나, 그의 모습이 보이기는커녕 안부조차 알 수 없었다.

몇몇 화가들이 중섭을 찾아왔다. 사회주의 리얼리즘을 따르기 꺼려했던 그들은 중섭과 많은 이야기를 나누고 싶어했다.

"이 선생님, 드디어 새로운 시대가 열렸습니다. 이런 때, 화가가 짊어져야 할 과제가 무엇인지 말씀해 주십시오."

"우리가 무슨 정치라도 한단 말입니까? 지난 5년 동안, 사회주의 리얼리즘이 뭔지도 모르면서 이러쿵저러쿵 떠벌리는 사람들을 많이도 보아왔습니다. 나는 그들에게서 도무지 따뜻한 인간미를 느끼지 못했습니다. 화가가 짊어져야 할 과제라면, 그것을 거울삼아 인간미를 잃지 않도록 애쓰는 것뿐이겠지요."

그러나 그들은 그 대답만으로 만족하지 않고 우익 미술단체를 만들자고 졸랐다. 물론 중섭이 대표 자리에 앉아주었으면 한다는 뜻을 밝혔다. 그때마다 중섭은 한결같이 고개를 가로저었다.

"농사꾼이 열심히 농사를 짓듯이, 우리는 그저 열심히 그림만 그리면 됩니다. 우리에게 진정한 자유란, 아틀리에에서 그림을 그리는 일입니다."

그러나 우익 화가들의 강력한 뜻을 끝까지 거절하지 못한 중섭은 그해 11월 끝 무렵 미술단체를 조직했다. 그렇게 해서 탄생한 단체가 원산신미술가협회였다. 중섭은 회장으로 추대되었지만, 조직이라고 해봐야 특별히 자금이 있는 것도 아니고 전람회를 위한 기금이 마련된 것도 아니어서 조직 운영에 많은 어려움을 겪었다.

원산신미술가협회는 송도원 근처 대성관(식당) 건너편 2층 건물에 사무실을 두고 그곳을 우익 화가들의 연락장소로 썼다. 회원들은 사무실에 모여 국내외 정세에 대한 의견을 나누고 함께 걸어갈 길을 찾기 위해 노력했다. 단파 라디오로 유엔군방송이나 서울방송을 들으며 전세의 추이를 파악하기도 했다.

북진을 거듭하던 국군과 유엔군은 북쪽 끝 전선에서 남북통일 달성을 목전에 두고 마지막 사력을 다하였다. 그러나 쓰나미 같은 거대한 반격공세에 부딪쳤다. 바로 중공군의 대대적인 개입이었다. 중공군은 11월 27일을 기점으로 신의주·초산·혜산 국경선을 넘어 유격전술로 기습공세를 폈다. 국군과 유엔군은 중공군의 유격전술 앞에서 힘을 쓰지 못하고 퇴각하기 시작했다. 각 군 부대에 '후퇴하라'는 다급한 명령이 떨어졌다.

인민군과 중공군은 파죽지세로 남진해 평양을 재탈환하는 데 성공했다. 국군과 유엔군이 계속 밀리며 후퇴를 거듭하자 당황한 유엔군 사령관 맥아더 원수는 12월 초 중공에 원자탄을 투하하겠다고 위협했다. 그리고 이를 증명이라도 하듯 북한 땅에 무차별 폭격을 퍼부었다. 미 10군단이 장악하고 있던 흥남이 불바다로 변했고, 흥남과 가까운 원산에서는 주둔부대에 퇴각명령이 떨어진 가운데 주민들은 공포의 시간을 보내며 가슴을 졸였다. 원산에도 언제 느닷없이 폭탄이 날아들어 시내 전역이 불바다로 바뀔지 모르는 상황이었다.

북한 곳곳에서 남으로 피란하는 주민들의 행렬을 볼 수 있었다. 아기를 안고, 등에 짐을 메고, 보따리를 머리에 이거나 손에 들고, 소 등에도 보따리를 싣고 보금자리를 떠나는 주민들은 눈물을 머금고 자유를 찾아 걷고 또 걸었다.

이중섭네 집에서도 긴박한 상황이 펼쳐졌다. 어머니는 중섭을 다그쳤다. 남자들이 모조리 죽어 이씨집안 씨가 마르는 상황이 올지도 모르니 중섭네 식구와 조카 영진은 무조건 남으로 내려가라고 했다. 중섭으로서는 큰 고민이었다. 이토록 위험한 곳에 어머니와 형수, 조카 딸들을 두고 중섭네 식구와 조카 영진만이 살겠다고 남으로 내려가기란 쉽지 않았다.

'어떻게 해야 하나?'

중섭은 해답 없는 질문을 자꾸만 자신에게 던졌다. 닥쳐오는 상황을 의연하고 지혜롭게 대처해 풀어갈 능력이 없었기 때문이다.

"이곳을 떠나거라."

중섭의 어머니는 나직하나 단호한 목소리로 아들에게 말했다. 맏아들 중석이 죽고 난 뒤, 중섭은 이제 하나밖에 남지 않은 아들이지만 그녀는 떠나 보내야만 했다.

"어머니……."

중섭은 더는 말을 잇지 못했다.

"내 다시는 자식을 나보다 앞세울 수 없다. 그러니 어미 걱정일랑 말고 어서 이곳을 떠나거라. 일흔 살을 넘겼으면 이제 살만큼 산 셈이다."

단호한 말 속에 담긴 어머니의 진심을 느낀 중섭은 비로소 결심을 굳혔다. 그래서 아내와 태현, 태성, 조카 영진을 데리고 피란 가기로 했다. 형수와 어머니, 다른 조카들은 남게 되었다.

이중섭 일행은 김인호, 한상돈네 가족과 함께 움직이기로 했다. 짐이라고는 그림 도구들과 둘둘 만 그림, 보리미싯가루 한 포대뿐이었다.

"어서 가거라."

"어머니……."

중섭은 문득 짐을 끌러 둘둘 만 그림에서 1점을 꺼냈다.

"어머니의 아들이 그린 그림입니다. 어머니께서 맡아주십시오."

그것이 평생 그리움으로 사무칠 어머니의 마지막 모습이 될 줄 몰랐다. 진작 알았더라면 조금이라도 더 오래도록 찬찬히 봐두었을 것을. 아무리 세월이 흘러도 희미해지지 않도록 뼈에 새길 것을. 중섭은 그저 한차례 눈물로 어머니와 작별했다.

중섭 일행은 무거운 발걸음을 옮겼다. 피란민들의 아우성 속에 서로를 놓치지 않으려 손에 손을 잡고 눈보라가 휘몰아치는 매서운 추위 속을 걸었다.

목적지는 원산 부두였다. 그곳에서 배를 타면 동해를 지나 부산까지 갈 수 있으리라 생각했다.

소와 남자 1942년

1950년 12월 6일, 저녁 무렵의 원산 부두는 뼛속까지 파고드는 강추위로 모든 게 그대로 꽁꽁 얼어붙을 것만 같았다. 파도가 아우성칠 때마다 허공을 떠돌던 모든 외침은 몽땅 물 속으로 잠겨버렸다.

부두에는 피란민까지 태울 만큼 선박이 넉넉하지 않았다. 후퇴하는 해병대와 육군들이 타기에도 배가 턱없이 모자랐다. 미군이 제공한 상륙작전용 수송함인 엘 에스 티(LST) 몇 척도 이미 떠난 뒤였다.

"우리 좀 태워줘요!"

"살려줘!"

피란민들이 수없이 몰려들어 저마다 살겠다고 아우성치는 부두는 생지옥이나 다름없었다.

배에 타려면 거지처럼 구걸해야만 했다. 중섭 일행도 배를 타기 위해 사정해 보았지만 그때마다 번번이 거절당했다. 그런 피란민이 한둘이 아니었기 때문이다.

이중섭은 잇따른 거절에도 그저 씩 웃으며 무작정 원산 제1부두에서 제4부두까지 왔다 갔다를 되풀이했다.

어둠이 내리고 추위가 더욱 기승을 부리자, 배에 오르지 못한 채 기다리던 피란민들은 차츰 줄어들기 시작했다. 중섭 일행도 이미 지칠대로 지쳐 있었다.

마침 한상돈이 유엔군 통행증명서를 가지고 있어 1000톤급 해군 후생선을 타기 위해 달려갔으나, 해군 헌병이 손을 내저었다.

휘몰아쳐오던 북녘 바람이 잠깐 멎었을 때였다. 임시로 쳐놓은 제4부두 철조망 너머에서 한 병사가 중섭 일행을 찬찬히 살펴보았다. 그러다가 아무래도 단순한 피란민 일행 같지 않았는지, 그들에게로 다가왔다.

"당신들, 혹시 예술가입니까?"

"예, 그림을 그리고 있습니다."

"틀림없습니까?"

"그렇다니까요."

병사는 거듭 확인한 뒤 망설이듯 말했다.

"그렇다면…… 잠깐 기다리시오."

병사는 배의 트랩을 오르더니 한 해군 문관을 데리고 왔다. 그는 본디 원산 사람인데 해방되고 바로 뒤 남으로 내려가 해군 문관으로 있다가 이렇게 원산으로 올라오게 되었노라 설명했다.

그는 중섭을 보자 깜짝 놀라는 눈치였다.

"이중섭 선생님 아니십니까?"

"예, 제가 이중섭입니다."

"일행이 몇 명입니까?"

"모두 아홉 명입니다."

문관은 눈썹을 꿈틀거리며 난처한 얼굴로 잠시 머뭇거렸다. 그러다 곧 자신이 책임지겠으니 배에 오르라 말했다.

"실은 예전부터 선생님을 존경해 왔습니다. 이렇게 훌륭하신 선생님을 뵙게 되어 너무 꿈만 같습니다."

"무슨 말씀을……."

중섭은 도리어 몸둘 바를 몰라했다.

덕분에 아홉 명 모두 배에 오를 수 있었다. 그 배는 해군 급식용 과일을 나르는 화물선이었다. 과일 궤짝과 다름없는 신세가 되었지만, 짐짝으로라도 배에 오르지 못한 사람들이 허다했으니 어쨌든 무척 다행스런 일이었다. 중섭 일행은 그제야 겨우 굳은 표정을 풀 수 있었다. 보석 같은 그의 예술이 또 한 번 그와, 그가 사랑하는 사람들을 위기에서 구해낸 순간이었다.

12월 6일 밤 9시, 중섭을 태운 배는 어둠에 잠긴 원산을 떠났다.

밤 11시가 넘어서야 그들은 선창 안에서 주먹밥 1개로 끼니를 때웠다. 막상 원산을 떠난다고 생각하니 피란민들 마음은 한없이 착잡했다.

'언제 또다시 고향을 볼 수 있을까……?'

가까스로 배를 탔다는 안도의 기쁨도 어느덧 침울한 분위기에 눌려 사그라졌다. 중섭은 슬퍼서 훌쩍거리는 옆사람을 달랬다.

"다시 고향에 돌아올 수 있을 겁니다. 안심하십시오. 너무 슬퍼하지 마십시오".

얼마쯤 지나자 기관실에서 들려오는 통통거리는 기계 소리에도, 뱃전에 무섭게 달려들었다가 산산이 부서지는 파도소리에도, 배 안을 가득 채웠다가 잠잠해지는 아이들 울음소리에도 피란민들은 어지간히 익숙해지기 시작했다.

중섭은 두고 온 어머니와 형수, 조카들, 남아 있는 친구들과 함께 배를 타지 못해 원산 제4부두에서 발을 동동 구르고 있을 피란민들을 생각했다. 아내와 두 아이가 무사히 곁에 있는데도 그저 착잡하고 울적하기만 했다.

이중섭의 선배이자 화가인 한상돈이 불쑥 말했다.

"남쪽에 가서 그림이나 실컷 그리세".

"그림요?"

중섭은 시무룩이 되물었다.

'과연 그럴 수 있을까? 그렇다면야 얼마나 좋을까…….'

그는 희미한 불빛 아래 잠든 피란민들의 지친 얼굴을 천천히 훑어보았다. 낯선 곳으로 떠나는 데 대한 기대와 불안이 뒤섞인 심각한 표정들이었다.

차디찬 겨울바다를 가로지르는 배는 심하게 흔들렸다. 사람들은 뱃멀미에 시달렸다. 중섭의 아내 또한 심한 멀미 끝에 축 늘어져버렸다.

쉴 새 없이 기우뚱거리는 배, 사람들이 토해 낸 오물들, 전쟁⋯⋯ 중섭은 그 밤 내내 예술이 현실에서 무슨 의미가 있느냐고, 무엇을 할 수 있느냐고 자신에게 묻고 또 물었다.

긴 밤을 뜬눈으로 새운 그는 새벽녘 갑판에 올랐을 때, 저도 모르게 큰 소리로 외쳤다.

"아아, 저 빛이다. 저 청색과 주황!"

얼어붙은 갑판 저 너머 동해바다에서 해돋이가 시작되고 있었다. 어둡고 음산했던 밤을 말끔히 지우며 황홀한 빛의 향연을 연출하고 있었다. 예전에 원산 광석동 뒷산에서 본 것과는 비할 바가 아니었다.

태양은 가장 어두운 때 비로소 고개를 내민다. 중섭도 어두운 마음속 깊은 곳에 웅크리고 있을 조그만 희망이라도 움켜잡아 보자고 마음먹었다.

피란민들은 거친 동해바다 위에 나흘 동안 머물렀다. 배는 마치 제자리를 맴도는 듯 너무나 느리게 천천히 움직였다. 흥남에서 철수한 배 몇 척이 앞질러 사라졌다. 설상가상 기관고장까지 일으킨 배는 가다 서다를 거듭하며 겨우겨우 남쪽으로 흘러내려갔다.

피란민들은 더는 토할 것이 없을 만큼 먹은 것을 다 게워냈다. 그러고 나서야 가까스로 바다에 적응이 되었다. 중섭 일행은 남한 미술계의 움직임에 대해 이야기를 나눌만큼 여유도 생겼다.

"남한은 이북과는 딴판으로 추상이 유행이라 하대요."

"그렇다면 우리는 시대에 한 발 뒤떨어진 거로군."

연료가 바닥난 배는 주문진에 잠시 머물렀다. 그곳에서도 피란 행렬이 줄을 이었다. 중공군이 벌써 원산을 점령했다는 소식이 전해졌다. 어머니와 형수, 조카들이 당할 수난을 생각하니 중섭은 마음이 천근만근 무거웠다.

연료를 채운 배는 서둘러 주문진을 떠나 남으로 남으로 내려갔다. 주문진에서 화물을 많이 내린 덕에 선창 안이 조금은 넓어졌다. 섬을 여러 개 지나쳤다. 피란민들의 기분도 한결 나아졌다.

12월 9일, 중섭 일행은 군함과 화물선, 군수물자 수송선과 피란민을 태운 배들이 잔뜩 머물러 있는 부산 제3부두에 닿았다.

이중섭 일행이 탄 해군 후생선은 상륙 순서를 기다려야 했으므로 피란민들을 곧바로 내려줄 수가 없었다.

배 안에서 내다보이는 부산 제3부두는 피란민들이 득시글거려 어수선하고 혼란스러웠다. 미군과 국군이 피란민들과 배의 수속을 관리하는 항만 구역에는 높다란 철조망이 빙 둘러쳐져 있었다.

"아니, 중섭 형!"

"어!"

중섭은 배로 올라온 두 사람을 보고 말을 잇지 못했다. 원산에서 함께 활동하다가 월남해 온 최영림과 장이석이었다. 그들은 벌써 해군정훈부 소속 화가가 되어 있었다.

최영림과 장이석은 부산의 형편을 중섭에게 들려주는가 하면, 먹을 것을 구해다주기도 하고 불안한 모습으로 배 안을 서성거리는 피란민들에게 용기를 북돋아주기도 했다. 이들을 물끄러미 바라보던 중섭의 조카 영진이 불쑥 나섰다.

"아저씨, 제가 할 만한 일이 어디 없을까요?"

"네가?"

피란민과 첫눈 1954년

어린이와 새와 물고기 1954년

최영림과 장이석은 놀란 눈으로 영진을 보았다.

　반동 부르주아로 몰려 비명에 죽은 중석의 맏아들로서 집안의 장손인 이영진. 스무 살이 채 되지 않은 이 소년은 며칠이나 이어진 피란길 동안 훌쩍 자라서 어른이 된 듯 의젓한 모습이었다. 비록 속마음은 아직도 낯선 것에 대한 불안으로 가득 차 있을지라도.

　"이제는 저도 다 컸습니다. 그러니 작은아버지께 짐만 될 수는 없습니다."

　최영림과 장이석은 영진의 말에 고개를 끄덕였다. 그들은 이리저리 뛰어다녀 마침내 원산기지사령부 정훈국 문관 자리를 구해 영진이 일할 수 있도록 도와주었다. 그러나 원산기지사령부가 제주도로 옮겨가게 계획되어 있었으므로 영진은 부산 땅을 밟아보지도 못한 채 그대로 배를 갈아타고 일터로 떠나야 했다.

　"작은아버지, 다시 찾아뵐게요."

　"그래. 내가 자리를 잡으면 너를 부르마. 몸조심하거라."

　"영진, 꼭 돌아와요."

　계속되는 헤어짐에 이제는 무던해질 때도 되었건만 중섭의 아내 남덕은 기어이 울음을 터뜨렸다. 시퍼렇게 언 뺨을 타고 흐르는 눈물이 피란민의 설움을 더해 주었다.

　그들은 이틀 동안 배에서 지내다가 항만사령부의 허가를 받고서야 부두에 내렸다.

　비록 며칠이지만 잡동사니 화물이나 다름없는 취급을 받으며 배에서 지낸 사람들은 겉모습에서부터 피란민 티가 줄줄 흘렀다. 어딘지 모르게 쭈뼛거리는 태도 또한 그러했다. 그들은 앞선 사람들이 가는 길을 따라 부산의 길고 비좁은 거리를 지나갔다.

　이윽고 창고가 모여 있는 범일동 낡은 건물 앞에 다다랐다. 피란민 수용소였다. 차갑고 딱딱한 시멘트 맨바닥에 앉아 여기저기 구멍 뚫린 천장을 본 피란민들은 왈칵 쏟아지는 설움을 말없이 눈물을 삼켰다. 녹슨 함석벽 또한 낡은 옷을 꿰매 입은 듯 군데군데 땜질투성이었다.

그곳에는 벌써 서울을 비롯한 곳곳에서 내려온 피란민들이 가득 수용되어 있었다. 사람들은 서늘한 시멘트 바닥에 눕거나 기대앉아 있었다. 그들 얼굴에는 기쁨도, 슬픔도, 노여움도 없었다. 그저 잿빛의 흐릿한 테두리만이 부옇게 떠올라 보였다.

부산 범일동 창고에 수용된 지 일주일이 지나자 피란민들을 내보내기 위한 사전조치로서 신상조사가 시작되었다. 피란민들이 너무 많아 더는 사람들을 받아들일 수가 없기 때문이었다.

원산에서부터 중섭과 함께했던 화가 한상돈의 가족은 쉽게 신상조사가 끝나 수용소에서 벗어날 수 있었다. 남한에 먼저 자리를 잡은 친척들이 여럿 살고 있었기에 수용 대상자로 분류되지 않은 덕이었다.

그러나 중섭 가족의 신상조사는 좀 까다로웠다. 무엇보다 그가 원산미술동맹 위원장을 지냈다는 사실이 문제가 되었다. 원산에 거주할 때 그는 인민군 창설 2주년 기념식장 장식 경쟁에서 1등을 하여 총감독을 맡았는데, 그때 원산미술동맹 위원장을 겸하게 되었던 것이다. 그리고 아내 이남덕이 일본인이라는 사실, 더욱이 조카 영진이 부산에서 신상조사도 받지 않은 채 곧바로 제주도로 가버린 일 등이 걸림돌로 작용했다.

그러자 먼저 자유의 몸이 된 화가 한상돈이 중섭을 변호하고 나섰다. 국군이 원산에 들어올 때 중섭이 앞장서서 신미술가협회를 결성해 회장직을 맡은 바 있다고 자세한 설명을 곁들였다.

우여곡절 끝에 중섭도 가까스로 피란증명서를 발급받았다. 적어도 그 증명서를 가지고 있으면 난민수용소 밖으로 나가 부산거리를 마음대로 활보할 수 있었다. 하지만 남한에 도움을 줄 만한 이렇다 할 친척이 없는 중섭 가족은 한상돈의 가족처럼 홀가분하게 수용소를 떠날 수도 없었다.

한상돈은 자신보다 먼저 남으로 내려온 동생들을 찾아갔다. 김인호는 부두노동을 하다 미군부대에 취직했다. 그러나 당장 오갈 데 없는 중섭은 가족들을 수용소에 그냥 남겨놓기로 했다. 아무런 대책도 없이 나갔다가는 모두 굶어죽을 것만 같았다. 그나마 수용소에 남아 있으면 급식으로 목숨을 이어갈 수 있었다.

"일단 여기서 기다려봐. 내가 나가서 먹고살 길을 찾아볼 테니까."

중섭이 가진 것이라고는 평소 품속에 넣고 다니던 작은 불상뿐이었다. 피란을 하는 어수선한 틈에도 잊지 않고 챙겨왔던 것이다.

쓸쓸했다. 한없이 허전하고 슬펐다. 이 꼴이 되려고 어머니를 두고 내려왔나, 그런 생각마저 들었다. 원산에 어머니를 두고 왔다는 사실이 두고두고 그를 더욱 참담하게 했다.

중섭은 수용소를 관리하는 경찰관으로부터 광복동이나 남포동에 가면 작가와 화가들을 만날 수 있다는 정보를 들었다. 중섭은 범일동 수용소를 나와 길게 뻗은 낯선 거리를 걷고 또 걸어 광복동까지 다다랐다. 찻집 '밀다원'과 '금강'에는 예술가인 듯한 사람들이 모여 앉아 이야기를 나누고 있었다. 하지만 그들 앞에 불쑥 나서고 싶은 마음이 일지 않았다. 고향을 잃어서인지 모두 다 잃은 것만 같아 절로 가슴이 쪼그라들었다. 피란민이 된 자신의 처지를 생각할수록 숨고만 싶었다.

광복 뒤로 6·25전쟁 기간 동안 남쪽으로 넘어왔던 문화예술인들의 이동시기와 양상은 세 시기로 나누어 볼 수 있었다. 첫 번째는 일제 강점기 때로, 그때 이미 서울로 이주했던 사람들과 북한에 적을 두고 서울을 중심으로 활동하던 작가들이고 두 번째는 6·25전쟁이 시작된 즈음으로, 주로 광복 뒤 북한에 김일성 괴뢰정권이 들어서면서 재산몰수를 피하려는 재산가들이나 지식인들이 남쪽으로 넘어왔다.

또한 문인이나 예술가들 가운데에는 공산주의 체제 내에서 창작의 자유를 억압당했거나 정치탄압 때문에 남쪽으로 넘어온 이들이 있었다. 마지막 시기는 1951년 1·4후퇴 때로, 그 무렵 남쪽으로 넘어온 화가들이다.

전쟁은 끝날 기미를 보이지 않았고 평범한 시민들을 비롯한 문화예술인들은 1·4후퇴를 기해 내려온 피난지 부산에서 자연스럽게 생활터전을 만들어나가기 시작했다. 박고석의 회고에 따르면 부산 피난살이에서 미술인들은 오히려 더 진지하고 용기에 찬 활동을 보여줬다고 한다. 가난하고 남루한 피난살이에서도 부산을 비롯한 대구 등지에서 문화예술인들의 크고 작은 활동이 이어졌던 것을 보면 그때의 분위기를 짐작해볼 수 있으리라.

정규(鄭圭)와 이중섭, 최영림, 장리석, 박고석, 한묵 등 월남 미술인들로 구성된 '월남미술인회'가 1951년 2월 부산에서 발족했다. 이들이 참가한 〈월남미술인전〉이 먼저 대구 미국공보관에서 열린 다음 부산에서도 열렸다. 두 전시 모두 부산에 있던 박고석과 최영림, 한묵, 이중섭, 정규, 장리석을 비롯하여 대구의 윤중식, 황유엽, 문선호(文善鎬), 김형구가 참여하였다.

월남미술인들은 1952년 11월 15일부터 21일까지 '전국문화단체 총연합 북한지부'주최로 부산 국제구락부에서 〈월남미술인작품전〉을 열었다. 이 전시는 문교부와 '반공통일연맹', '국민사상연구원', '미국공보원'(U.S Information Agency), 그리고 저마다 언론사가 후원했던 대규모 전시로 공모 요강은 회화, 조각, 공예, 응용미술 분야를 망라하였고 50호 이하, 3점 이내로 출품작을 규정했다. 시상에는 국무총리상, 문교부 장관상, 문총 위원장상, 미공보원장상을 두었으며, 심사위원은 이중섭과 윤중식, 김병기, 한묵, 그리고 미국대사관 문정관이 맡았다. 최영림, 유석준(兪錫濬), 이중섭, 김형구, 윤중식, 조동훈(趙東薰), 남창녕(南昌寧), 황염수, 정규, 한묵, 한상돈, 황유엽, 신석필, 문선호, 강용린(姜龍麟)이 출품하였으며, 문교부장관상은 강용린에게 돌아갔다.

최순우에 따르면 1951년 부산에서 활동하던 작가로는 도상봉, 이종우, 김인승, 이마동, 박영선, 손응성, 박상옥, 이봉상, 이중섭, 김환기, 장욱진, 박고석, 구본웅, 문신(文信), 권옥연, 김영주, 남관, 정규, 이세득, 고희동, 김은호, 변관식(卞寬植), 배렴, 이유태, 노수현(盧壽鉉), 조각가 윤효중, 김경승, 김종영, 공예가 강창원(姜菖園), 이순석, 유강렬(劉康烈), 김재석(金在奭) 등이 있었으며, 대구에는 박득순, 류경채, 김흥수, 이상범 등이 있었다고 한다. 뿐만 아니라 그즈음 부산에 자연스럽게 형성된 '화단'분위기는 '어느 때보다 신선하고 의욕적인 분위기가 충만했다' 말한다. 그러나 이들이 부산을 중심으로 활발하게 활동했다 하더라도 보기에 따라서는 작가들의 거처와 활동지를 구분한다는 것은 불필요한 일인지도 모른다. 화가들 대부분이 전쟁기간 동안 사는 곳이 분명하지 않았으며, 친구나 지인의 집에 얹혀서 몇 달이고 지내거나 지방을 떠도는 일도 많았기 때문이다.

큰 말과 작은 사람들

아이들

그 무렵 부산은, 갑자기 임시정부가 들어서고 피란민들이 계속 밀려 내려오자 주거생활 여건이 크게 어려워졌다. 그 때문에 피란민들은 용두산 가파른 비탈까지 판잣집을 세웠다.

그러나 중섭에게는 그러한 판잣집 구석방조차 주어지지 않았다.

1950년 12월 부산에 닿은 중섭은 이듬해 4월까지 줄곧 시내를 떠돌아다녔다. 아내와 두 아이는 여전히 수용소에 남겨둔 채였다. 중섭은 가끔씩만 수용소에 들렀다. 날마다 가면 좋겠지만, 가보았자 아내 몫의 배급을 빼앗아 먹는 꼴밖에 안 되었기 때문이다.

대청동 쪽에서였다. 누군가가 와락 중섭을 끌어안았다. 중섭이 놀라서 보니 외종사촌형 이옥석이었다.

이 우연한 만남 덕에 중섭은 도쿄시절 친구인 김환기와 유영국을 만나 광복동 찻집 '밀다원' '금강' '피가로'에 드나들게 되었다. 그도 이제는 피란민이 아니라 남한의 예술가로서 자리잡아가는 듯했다.

"미안! 미안!"

가까스로 마담으로부터 놓여난 김병기가 땀까지 흘리며 중섭 옆으로 앉았다.

"마담에게 단단히 코를 꿰셨나 보군!"

갑자기 옆자리에서 날아든 굵직한 목소리에 중섭은 깜짝 놀랐다.

"야하, 난 또 누구시라구! 오늘도 어김없이 출근하셨군요. 역시 여기 나와야 사람다운 사람 구경을 합니다, 그려! 아참, 두 분 아직 인사 없으시죠? 이쪽은 제 코흘리개 친구 이중섭이구요, 저분은 시 쓰시는 김광섭 선생이시네."

"아! 〈조국〉을 쓰신 그 김광섭 선생이십니까?"

중섭이 반색을 하며 두 손을 내밀어 악수를 청했다.

"우직한 소만 즐겨 그리시기에 막연하게 뚱뚱한 아저씨려니 여겼던 제 짐작과 달리 너무 핸섬하십니다."

"이 난국에 뺀질뺀질한 얼굴을 들고 다닌다는 건 소갈머리 없는 얌체라는 소리로밖에는 들리지 않는데요."

"아, 아닙니다. 천만에요! 제가 그냥 하는 소리가 아니라 진심인 것을 아마 김 선생은 잘 아실 겁니다."

두 사람의 수인사는 김병기에게 전화가 왔다는 마담의 전갈로 그럭저럭 끝이 났다. 거처가 확실하지 않은 예술가들은 자기 생활의 기점을 단골 다방으로 삼고 있기가 일쑤인 시절이었다. 김병기만 해도 아마 이 광복동에 자리한 금강다방이 사무실이요, 모든 연락처인 모양이다.

좁고 긴 항구도시 부산, 자칫 발에 걸려 넘어지기라도 할 것 같이 넘쳐흐르는 피난민들 속에 섞여서 꿀꿀이죽으로 연명을 하며 살아도 그나마 아직 살아 있음은 분명 축복이었다. 그들은 현실이 한 치 앞을 내다볼 수 없는 상황일수록 문학이, 음악이, 미술이, 절실하게 고팠다. 이 채워지지 않는 허기는 저절로 술을 마시게 했다. 김병기가 돌아오기 전에 주문한 커피가 먼저 나왔다.

자기 몫의 커피는 이미 다 마시고 맹물만 홀짝거리고 있던 김광섭에게 특별 서비스라면서 마담이 또 한잔의 커피를 손수 가져다주었다. 그는 커피잔을 두 손으로 감싸고 모락모락 올라오는 커피향을 들이마시며 행복한 얼굴을 했다. 그 너무나 천진한 표정에 중섭은 그가 오랜 친구 같은 친밀감이 들었다.

중섭이 제 커피 잔을 들어 축배의 노래라도 부르듯 김광섭의 〈조국〉을 읊기 시작했다. 그의 좋은 목소리가 낭독하는 〈조국〉을 김광섭은 새삼스럽게 열중해서 들었다.

지상에 내가 사는 한 마을이 있으니
이는 내가 사랑하는 한 나라이러라.

세계의 무수한 나라가 큰 별처럼 빛날지라도
내가 살고 내가 사랑하는 나라는 오직 하나뿐.

반만년의 역사가 바다가 되고 혹은 시내가 되되
모진 바위에 부닥쳐 지하로 숨어 들어갈지라도.

이는 나의 가슴에서 피가 되고 동맥(動脈)이 되는 생명일지니
나는 어디로 가나 이 끊임없는 생명에서 큰 영광을 찾아,

남북으로 양단(兩斷)되고 사상으로 분렬된 나라일 망정
나는 종처럼 이 무거운 나라를 끌고 신성한 곳으로 가리니,

오래 닫혀진 침묵의 문이 열리는 날
상징하는 한떨기 꽃은 찬연히 피리라.

이는 또한 내가 사랑하는 나라.

"이런 장엄한 시를 쓰시는 분은 어떤 분일까 하고 늘 만나뵙고 싶
었습니다."
"꿈으로 남겨두었더라면 한결 아름다울 걸 그랬군요."
"이거 두 사람이 연인들 사이에서나 주고받을 말들을 나누고들 있

나비와 비둘기

부부

네, 그려. 나가세. 박주라도 앞에 놓구 건배를 해야 맛이 나지! 생경하게 커피를 들고 시를 낭송하다니!"

김병기가 두 사람을 부추기는데 뒤에서 이브 몽땅의 우수 어린 〈고엽〉이 목소리를 높일수록 쓸쓸해지기만 하는 그들의 마음을 쓸어내려주었다.

이중섭은 김광섭이 관장하는 문총구국대 경상남도지부 회원으로 가입했다. 그러면 국방부 정훈국에서 배급이 나오고 일거리도 주어지기 때문이었다. 하지만 쥐꼬리만한 배급으로는 아내 남덕과 두 아들 태현·태성을 수용소에서 데려와 먹여 살릴 수가 없었다. 중섭은 다른 살길을 궁리하기 시작했다.

인간은 이 전장과 같은 세상에 내던져져, 자연에서는 찾아볼 수 없는 생존 방식을 터득하도록 선고받은 불행한 동물이라는 사실을 중섭은 차츰 더 확실하게 깨달아갔다.

'자유를 원하기에 인간은 그 어떤 생명체보다 더 고통스러워질 수밖에 없으리라. 그래서 사람들은 때로 한곳에 서서 계절 따라 모습을 바꾸는 묵묵한 나무들과 화창한 봄에 색색으로 피어났다가 서늘한 가을 담담히 그 빛을 다하는 꽃들에게 질투 어린 시선을 던지곤 하는 거겠지. 이리저리 떠도는 인간의 조건에 절망해 그들도 자신이 난 자리에 뿌리박고 살고 싶은 것이리라. 그러나 하늘이 내리는 눈비에만 만족할 수 없기에 또다시 길을 나서는 게 또한 인간이다. 심장이 뛰는 한 꿈과 이상을 포기 못하는 존재, 스스로 역사를 만들어나가는 존재, 자신의 이름과 업적을 남기고 싶어하는 존재가 바로 인간이니까…… 분명 위대하지만 틀림없이 비극적인 이 숙명 속에 내가 희망할 수 있는 건 무엇일까? 내 앞에도 아직 자유와 사랑과 그림이 남아 있을까?'

중섭은 도무지 풀릴 길 없는 현실 앞에서 자신의 무능을 탓하며
고뇌에 빠져들었다.

게와 아이가 있는 삼다도 풍경

1951년 4월 끝 무렵, 중섭은 피란민 분산 조치에 따라 가족과 함께 해군 경비정을 타고 제주도로 갔다. 번잡한 도시를 꺼리는 그는 제주도가 섬이라는 사실, 그리고 바람·여자·돌이 많아 삼다도라 불린다는 것이 마음에 들었다. 이곳에서는 왠지 그림을 그릴 수 있으리란 예감이 들었다.

유채꽃이 샛노랗게 흐드러진 들판, 검은 돌과 바람과 해녀가 숨쉬는 바다, 전설을 숨기고 유혹하는 한라산. 그러나 피란민은 그곳까지도 잔뜩 떠밀려 있었다.

중섭은 이곳에서 그림을 죽도록 실컷 그리자고, 제주도에 발을 디딘 순간 자신과 약속했다.

중섭의 제주도 시대는 곧 고흐의 아를 시대와 마찬가지였다. 아를에서 '별이 빛나는 밤' '까마귀가 있는 별밤' 등 반 고흐의 명작들이 탄생했듯, 고흐 스스로 그곳의 노란 집을 이상향이라 표현했듯 이중섭에게 제주도는 그런 의미였다. 다만 전쟁 중이라는 사실, 고흐처럼 생계비를 대주는 동생이 없다는 것만이 다를 뿐이었다.

제주 산지항에 내린 중섭의 가족은 건입동 가까이 있는 창고에서 하룻밤을 보냈다. 그 창고에도 피란민이 있었다. 어딜 가나 지긋지긋할 정도로 피란민들과 부딪쳤고, 중섭은 그런 이들에게서 자신의 비참한 현실을 적나라하게 보았다.

한 노인이 그에게 서귀포로 갈 것을 권했다.

"서귀포가 더 좋다우. 그곳에 가보시오."

중섭은 부두 하역장에서 서귀포로 가는 트럭 운전사에게 간청하여 가족과 함께 그 차에 올라탔다.

어린 시절 평양과 원산 풍경만을 보아왔던 중섭에게는 제주의 얽어맨 지붕과 나무울타리, 검은 돌담과 납작한 오름, 짙은 파랑의 바다, 그 밖의 모든 것들이 놀랍고 또한 신비로웠다.

만약 증명서를 지녀야만 하는 피란민으로서 제주도를 찾은 게 아니었다면, 독특하고 아름다운 섬 제주가 보여주는 그 많은 예술적 영감을 고스란히 캔버스에 담을 수 있었을지도 모른다.

무엇보다도 그는 육군 제1훈련소가 있는 모슬포 쪽 산방산에 매력을 느꼈다. 산방산은 한라산 백록담의 일부분이 그대로 날아와 떨어졌다는 순박한 전설을 간직하고 있었다.

"나중에라도 꼭 이 산방산을 그리겠어."

짐짝 위에 쭈그리고 앉아 덜컹덜컹 흔들리며 가는 아내와 아이들을 돌아보며 중섭은 오랜만에 환한 웃음을 지었다.

트럭은 산방산을 멀리하고 푸른 바다를 끼고 계속 달렸다.

해질 무렵에야 서귀포에 닿았다. 저녁놀이 깔리는 바다는 숨막힐 정도로 아름다웠다. 그 찬란한 아름다움에 중섭과 남덕은 그만 자신들이 피란민이라는 사실조차 깜박 잊어버렸다. 살갗에 덕지덕지 묻어 있던 피로가 어느새 조금씩 벗겨져 내렸다.

"아, 좋다!"

"정말, 아주 좋아요."

넋 나간 사람처럼 두 사람은 붉게 물드는 바다를 보고 있다가 퍼뜩 정신을 차렸다.

"이럴 게 아니라 밤이슬 피할 곳을 찾아야지."

그들은 서귀포 서귀리에 있는 한 농가를 찾아들었다.

"원산에서 피란 온 사람입니다…… 댁에서 은혜를 좀 입었으면 합니다. 헛간에라도……."

수염이 희끗희끗하고 선량해 보이는 농부는 중섭을 가만히 쳐다보며 담배를 뻐끔뻐끔 피우더니 시원스레 대답했다.

"그러우다."

이렇게 해서 중섭의 가족은 서귀리 농부의 집 별채 헛간에 들게 되었다. 그곳에는 부엌으로 쓸 수 있는 아궁이까지 딸려 있었다.

중섭의 가족은 주인 아낙네로부터 얻은 삶은 고구마와 보리밥 한 그릇으로 끼니를 때우고, 호롱불 밑에서 바다의 울음을 자장가 삼아 밤을 보냈다.

중섭은 이튿날로 곧 읍사무소에 가서 피란민증명서를 제시하고 식량 배급을 신청했다.

주인 아낙네가 헌 냄비며 수저, 그릇 따위를 주었다. 그런대로 덮을 만한 이불도 한 채 얻었다.

피란민들은 거의가 금붙이나 패물 등 값나가는 것들을 지니고 와 그럭저럭 피란살이를 치렀으나, 그림 그릴 자유 하나 때문에 피란 온 중섭은 아무런 대책이 없었다. 다행히 제주는 옛 인심이 아직 사라지지 않은 곳이라 쉽게 몸을 부칠 수 있었다.

그곳에서 중섭은 일곱 달 남짓, 1951년 12월까지 지냈다.

"이곳이 부산보다는 나은 것 같소. 부산은 어쩐지 무서워. 하긴 평양도 무서웠지."

고요와 아름다움을 좇는 예술가로서 이런 생각은 어쩌면 마땅한

두 어린이와 사슴

여섯 마리의 닭

것이었다.

중섭은 그렇게 서귀포에 익숙해져 갔다.

이중섭 가족은 잠자리는 가까스로 마련했지만 당장 먹을거리를 구해야 하는 딱한 처지였다. 배급으로 나오는 양곡은 네 식구가 먹기에는 너무 모자랐다. 남덕은 봄의 들판에 나가 이름조차 낯선 나물을 캐거나, 채소 따위를 얻기 위해 품을 팔았다. 중섭은 아이들과 함께 바닷가로 나가서 해초를 뜯거나 게를 잡았다.

그렇게 하루를 보내고 나면 저녁에는 봄나물과 게, 묽은 죽뿐인 초라한 밥상이 차려졌다. 그런 것들로 겨우 허기를 채우면서도 네 식구는 봄소풍을 다녀온 아이들처럼 즐거워했다.

"오늘은 아빠랑 바닷가에 나가서 무얼 했어요?"

남덕은 맏아들 태현에게 물었다.

"게를 잡았어요. 옆으로 기어가는 게. 온종일 깡통으로 하나 가득 잡았어요."

"나도 게."

태성이도 형의 말을 받아 옆으로 기어가는 게를 흉내내었다.

"아이들이 재미있어 해. 남덕, 당신도 내일은 우리랑 같이 바닷가에 나가 톳도 뜯고 게도 잡고 그러자고."

"정말 그럴까요?"

남덕은 바닷가에 함께 나가자는 남편의 말에 아이처럼 좋아했다. 그렇게 한 달이 지나갔다. 처음에는 서먹서먹하던 풍광도 눈에 익고, 동네사람들과도 만나면 눈인사를 하고 지낼 정도가 되었다. 아쉬운 것은 많았지만 조금씩 서귀포에 적응해 가고 있는 듯했다.

제주에서의 행복한 한 때를 화폭에 담은 것으로 '그리운 제주도 풍경'이 있다. 해변에 둘러친 휘장 안으로 몰려드는 게들의 자유로운 행렬, 마주 잡은 끈으로 게 한 마리를 잡아당기는 태현과 태성, 그리고 이러한 모습을 흐뭇하게 바라보는 중섭과 남덕 부부가 화면에 보인다. 이중섭은 아이들 옆에 저마다 이름을 써놓았고 자신과 아내 그림 옆에도 '엄마' '아빠'라고 적었다. 이 그림은 드물게 화폭에 '제주도 풍경'이라고 쓴 제목까지 보인다.

이 그림을 보고 이중섭 연구자 조정자는 '먹을 것이 없어 자신들이 잡아먹은 게나 조개의 넋을 달래기 위해 그린 이 그림은 넋을 달래는 주술사의 행위였다. 게가 발가벗은 어린아이의 고추를 물고 있는 것은 성기와 손—생산과 유희의 욕망이 합일되는 순간으로, 이중섭은 주술사로서 무당이나 사제와도 같은 태도를 취한 것'이라고 해석하기도 했다.

이중섭이 아내와 아들에게 쓴 편지에 동봉했던 다른 그림들은 편지와 같은 재질에 크기까지 같았는데, 이 그림만큼은 크기도 유달리 크고, 재질 또한 달랐다. 가족이 함께 보낸 행복한 시간을 두 아이가 오래도록 기억하기를 바라는 이중섭의 특별한 마음이 담겼기 때문이다.

그즈음 조카 영진은 고향 친구로부터 중섭이 서귀포에 있더란 말을 전해 들었다. 영진은 중섭의 가족보다 먼저 제주도에 와 해군 군속으로 있었으나, 중섭은 하루하루 살아나가기에 바빠 조카를 찾아볼 생각을 미처 하지 못했다.

영진은 작은아버지를 만나러 가기 전, 먼저 남제주 정훈분실로 전임시켜달라는 상신을 올렸다. 그곳 분실은 아무도 지원하는 사람이 없었으므로 영진의 청은 곧 받아들여졌다.

"계십니까?"

큰조카 이영진이었다. 부산에 도착한 뒤 곧바로 장이석을 따라 제주로 먼저 떠난 조카 영진이 찾아온 것이다.

"이게 누구야, 영진이 아니냐?"

이중섭은 깜짝 놀랐다.

"예, 작은아버지. 저예요. 그동안 작은어머니께서도 고생이 많으셨지요?"

이영진은 방으로 들어서자마자 큰절을 올렸다. 장이석의 소개로 군부대 문관으로 자리를 잡은 그는 이중섭 일가가 서귀포에 있다는 소식을 듣고는 그 일대 피란민 수용 가옥을 뒤져 작은아버지를 찾아냈다. 이영진을 보자 태현과 태성도 반가워 어쩔 줄을 몰라 했다. 이영진은 가져온 C레이션 상자를 풀었다.

"이게 뭐냐?"

"C레이션이라고, 미군들이 먹는 전투식량이에요."

이영진은 또 다른 작은 상자 하나를 풀었다. 휴지·럭키스트라이크 담배·성냥·커피·후춧가루·소금·비스킷·초콜릿·칠면조고기·땅콩버터 등이 들어 있었다. 아이들은 환호성을 질렀다.

"야, 이건 잘 따서 그릇으로 써도 되겠다. 물감을 담아둬도 좋겠고."

이중섭은 물감 이야기를 하다 말고 조카의 얼굴을 쳐다보았다.

"작은아버지가 무슨 생각을 하시는지 알 것 같아요."

이영진은 이중섭의 마음을 금세 읽었다.

"유화물감이나 수채화물감이 조금만 있어도……."

"유화물감은 모르겠고, 부대에서 쓰는 페인트라면 구할 수 있을 것 같네요."

이영진은 전쟁의 소용돌이 속에서도 그림에 집착하는 작은아버지를 보며 빙긋이 웃었다.

"그래, 너만 믿는다. 연필이며 스케치북이며 아무것도 없으니……."

그리운 제주도 풍경

"제가 한번 구해 볼게요. 이제 자주 들를 텐데요. 걱정 마세요."

이중섭은 아직 어린 줄만 알았던 조카의 믿음직한 모습을 보니 마치 형이 살아 돌아온 듯하여 마음이 한량없이 뿌듯했다.

"작은아버지, 피란민들을 대하는 제주도 사람들의 민심이 그리 좋지 않아요. 늘 조심하셔야 해요."

이영진은 목소리를 낮추어 말했다.

"그게 무슨 소리냐?"

"1948년에 여기서 남한만의 단독선거에 반대해 항쟁이 일어났었는데, 그 진압 과정에서 엉뚱하게 양민들이 피해를 많이 봤어요. 그때 군인과 경찰뿐 아니라 서북청년단 사람들이 내려와 무차별 진압을 했다는군요. 그래서 평안도 사람들을 보는 눈이 곱지 않아요. 각별히 조심하시라고 말씀드리는 거예요."

이중섭은 처음 듣는 이야기였다. 그 무렵 그는 원산에 있었기 때문에 제주도에서 무슨 일이 벌어졌는지 전혀 알지 못했다. 그제서야 자신의 말투에 묻어 있는 투박한 평양 말씨를 들을 때마다 사람들의 표정이 싸늘하게 바뀐 이유를 알 것 같았다.

"그런 일이 있었구나. 우리집엔 일본 여자와 평안도 남자가 있으니 더 조심해야겠네."

"작은아버지는 화가시니 그럴 리는 없겠지만, 이곳 민심이 그렇다는 말이지요."

이영진은 대부분 제주도 사람들이 가슴에 말 못할 한을 품고 있다며 설명해 주었다. 남덕도 곁에서 그 이야기를 들으며 고개를 끄덕였다. 이웃 사람들에게서 그런 느낌을 받았다는 의미였다.

"오늘 조카님 덕분에 생일잔치를 하는 것 같네요."

남덕은 땅콩버터를 바른 비스킷 조각을 아까운 듯 조금씩 베어먹고 있는 아이들을 보며 환하게 웃었다.

한 주가 지난 뒤 이영진은 어렵게 구한 유화물감과 4B연필 몇 자루, 도료용 페인트를 들고 다시 찾아왔다.

"몇 가지 구하긴 했는데, 작은아버지가 평소 쓰시던 물감은 구할 수 없었어요."

이중섭은 이영진이 가져온 물감을 받고서 어린아이처럼 즐거워했다.

"이것만 있어도 몇 장은 그리겠다. 고맙구나. 큰 수고를 했어."

"서귀포에만 계시지 말고 읍에도 나가보세요. 작은아버지 친구분들이 많이 와 계시던데."

이영진은 모슬포에는 장이석, 제주읍의 해군문화부에는 최영림·이대원·홍종명·최덕휴·김창렬·구대일·옥파일 등 미술가들과 박목월·계용묵·장수철·김상일·문덕수·함동선·계정식·변훈·김성삼 등 문학가와 음악가들이 와 있다고 말했다.

"만나봤자 뭘해. 그들도 나처럼 여염집 방을 빌려 살거나 공공시설 아니면 수용소에서 집단생활을 할 텐데. 서로 궁색한 처지에……."

이중섭은 고개를 저었다. 서로 어려운 처지에 만나 무엇을 하겠냐는 뜻이었다.

"네가 지금 있는 데는 힘들지 않니?"

"군인으로 복무하는 것도 아닌데 뭐 힘들 게 있겠어요. 입에 풀칠은 하니까 제 걱정일랑 마세요. 그나저나 동생들과 작은어머니가 걱정이에요. 배급식량도 넉넉지 않을 텐데……."

그동안 생계 걱정이며 세상 물정 모르고 그림에만 빠져 살았던 작은아버지 이중섭이 처음 겪는 가난을 어찌 버텨 나갈지, 이영진은 안쓰럽기만 했다.

"먹을 것 때문에 걱정이긴 하구나. 작은어머니가 품을 팔아서 채소니 된장이니 얻어오기도 하고, 나는 가끔씩 바다에 나가서 게도 잡아오고 하는데…… 그래도 어디 산 입에 거미줄 치겠느냐. 우리만 그런 것도 아니니 염려 말고 너나 조심하여라."

중섭은 말은 그렇게 했지만 궁핍한 현실이 자신의 두 어깨를 무겁게 짓누르고 있음을 부정할 수 없었다.

"여긴 참 평온한 곳이야. 이곳에 처음 왔을 때는 많이 낯설더니 이제 자리가 잡히니까 참 마음에 든다. 바다도 가깝고 따듯하고, 네가 화구도 챙겨다주었으니 지금부터는 무엇을 그릴까 찬찬히 생각하며 지낼까 한다. 이게 다 네 덕이다."

이중섭은 자신의 미술세계를 되돌아보았다. 루오의 영향을 받았던 학창시절, 자기 나름의 화법을 구축하기 위해 얼마나 많은 관찰과 실험을 거쳤던가. 그리고 해방 뒤 암울한 시기에는 우리 고유의 전통을 만나 자신의 그림이 나아갈 방향을 어렴풋이 발견하지 않았는가.

이제는 그만의 확고한 그 무엇을 완성하기 위해 자기 안으로 침잠할 시간이었다. 이념에 대한 갈등도 사라졌으니, 서양화의 세계에 우리 전통을 녹여내는 방법을 찾아야 했다.

이중섭은 눈앞에 펼쳐진 아름다운 서귀포의 풍경을 눈과 가슴으로 느끼며 스스로를 차분하게 성찰했다.

영진은 그로부터 몇 달을 삼촌네 가족과 함께 살다시피 했다. 정훈 분실 주방에 부탁해서 그날치로 쓰고 남은 김을 얻어다주기도 하고, 그의 몫으로 주어진 C레이션을 한 상자 갖다주기도 했다. 그가 삼촌네 가족을 도운 일은 거의 모두가 식량 조달이었다. 그만큼 중섭의 가족은 굶주림에 시달리고 있었다.

이중섭은 읍내에 나가지 않고 동네사람들과도 별 교류 없이 지냈

소

황소

다. 집 앞 골목 건너편에서 시계 수리점을 하고 있던 손아래 강두신과 가끔 만나 담배를 얻어 피우며 이야기를 나누다 돌아오는 것이 고작이었다.

그날도 이중섭은 바닷가에서 스케치를 하고 돌아오던 길에 담배 생각이 나서 강두신에게 들렀다. 강두신은 작은 의자를 내주며 엽차 한 잔을 내놓았다.

"저기 저 집 소가 참 예쁘게 생겼더군요."

이중섭은 골목 건너편 가게 아랫집을 손가락으로 가리키며 말했다.

"아, 그 집이요. 거긴 이장님의 친척집입니다. 왜, 어린아이들 많은 집 있잖아요."

"맞아요. 그런데 그 집에 웬 아이들이 그렇게 많습니까?"

"셋은 그 집 아이들이고, 사내아이 둘은 토산리에서 왔다는데 외가 쪽 먼 친척이라고 합디다. 지난번 사태 때 부모가 죽어서 졸지에 고아가 되어 얹혀사는가 봐요."

강두신의 말을 듣고 보니 일전에 조카 영진이 했던 말이 언뜻 떠올랐다. 공연히 길게 이야기하다가 이곳 사람들의 아픈 상처를 건드릴까 싶어 이중섭은 얼른 화제를 돌렸다.

"그 집 소가 아주 순해 보여요. 예전에 부산에서 원산으로 가는 기차에서 문득 들판에 서 있는 소를 보았는데, 그 소 눈빛이 참 고왔습니다. 전쟁이 터지고 세상이 어지러워지니 지금은 소들도 눈빛이 어두워진 것 같아요. 그런데 그 집 소는 예전에 보았던 소처럼 차분하고 눈빛도 순하더군요."

"그 집 소는 이쁜이라고 한답니다. 언젠가 송씨가 제게 와서, 누가 소를 훔쳐가려는 건지 날마다 와서 소를 들여다본다고 하더니, 그 사람이 바로 화가 선생님이셨군요. 제가 내일부터는 마음놓고 소를 볼 수 있게 해드리지요."

강두신이 껄껄 웃으며 말했다.

"강 형 이야기를 들으니 제가 소도둑이 될 뻔했구려."

이중섭도 그런 오해를 받은 게 한두 번이 아니라 한바탕 같이 웃었다.

"그런데 화가 선생님, 제가 부탁 하나 드려도 되겠습니까?"

강두신은 진지한 얼굴로 이중섭에게 청을 넣었다.

"초상화 몇 장 좀 그려주실 수 있을까 해서……."

이중섭은 그의 말을 듣고 멈칫했다. 원산에서 어머니가 당신의 초상을 그려달라고 여러 번 요청했을 때도 늘 나중으로 미루었던 그였다.

"정 어려우시면 제 말을 안 들은 걸로 하셔도 됩니다. 사실은 이장님이 부탁하신 건데…… 화가 선생께서 일본 유학까지 다녀온 유명한 분이라 아무리 집주인이라 해도 부탁하기가 좀 겸연쩍다고 하시기에……."

마을 이장의 부탁을 대신 전하는 거라 하니 딱 잘라 거절할 수가 없어 중섭이 물었다.

"어떤 분들의 초상화를 그려달라는 거죠?"

"그럼 해주시는 겁니까? 고맙습니다. 정말 고맙습니다. 선생님 덕에 그 친구들 이제는 마음놓고 제삿밥이라도 얻어먹게 됐습니다."

다음 날, 이장이 이중섭에게 건넨 것은 신분증에 붙이는 작은 증명사진 몇 장이었다. 그 가운데 하나는 4·3사태로 비명에 간 젊은이의 것이었고, 나머지 두 장은 군인으로 징집되었다가 전사한 청년들의 것이었다.

어둡고 좁은 방에서는 아무래도 그림을 그리기가 어려워 이중섭은 나무의자를 가지고 나와 장작더미 위에 작은 사진을 올려놓고 그림을 그렸다.

이런 광경을 처음 보는 동네아이들의 눈에는 그저 신기하게만 보였다. 아이들이 하나둘 모여들었다. 아이들을 좋아하는 이중섭은 마당 가득 모여든 그들을 빙긋이 웃으며 맞았다.

이중섭이 연필로 쓱쓱 선을 그어나가면 증명사진 속 주인공의 얼굴이 차츰 확대되며 또렷이 나타났다. 섬마을 아이들에게 그 과정은 놀라움 그 자체였다. 그것을 신기하게 바라보던 아이들 가운데 하나가 고영철이었다. 소년 고영철은 이중섭의 손끝에서 되살아나는 아버지의 얼굴을 말없이 바라보았다.

마을사람들은 이중섭이 초상화를 그리는 동안 쌀 몇 되, 고구마 한 소쿠리, 팔다 남은 생선 몇 마리, 텃밭에서 키운 채소 두어 웅큼 등을 들고 찾아와 남덕에게 전해 주고 갔다.

여름과 가을을 지내며 이중섭은 몇 장의 그림을 그렸다. 그 가운데 하나가 집 앞의 마을과 섶섬이 보이는 아름답고 평화로운 풍경을 그린 그림이었다. 그 그림 안에는 가끔씩 들러 담배를 얻어 피우곤 하는 시계포 강두신의 집이 있고, 남덕이 채소를 캐 오던 밭이 있으며, 순한 눈을 가진 황소 이쁜이가 살고 있는 이장의 친척집도 있었다. 지붕도 땅도 나무도 황토색을 은은하게 풀어놓아 따뜻하고 부드러운 바람이 불어오듯 마냥 푸근하고 정겨웠다. 풋풋한 흙냄새가 그림 밖으로 풍겨나올 것만 같은 안온하고 평화로운 마을, 전쟁의 총성도 들리지 않는 참으로 조용한 마을 하나가 그의 그림 속에 들어와 있었다.

이중섭에게 서귀포는 그런 곳이었다. 궁핍한 삶이 힘들긴 했지만 그 전과는 또 다른 세계가 그의 앞에 열려 있었다. 풍물과 풍속과 생

투계 1955년

환희 1955년

활양식이 뭍과 다른 서귀포는 중섭에게 묘한 힘을 주었다. 부산 광복동에서 다른 화가들과 '밀다원' '금강'을 휘젓고 다니던 때보다도 오히려 이곳에서 중섭은 더욱 사물의 중심을 꿰뚫어볼 수 있었다. 사물과 그의 눈 사이에는 어떠한 것도 끼지 않았다. 그렇기에 사물은 아주 순수하게 그에게로 다가왔다. 햇빛, 바다, 굴, 어린아이, 소와 말, 풀밭, 나무, 살아 숨쉬는 물고기 등이 중섭의 내부로 빨려들었다가 다시 솟아나와 그의 그림 속에서 더욱 팔딱거리는 모습으로 나타났다.

그는 제주도에 머무는 동안 30여 점의 작품을 그려냈다. 특히 게의 발견은 그의 예술세계에 매우 중요한 핵심이 되었다. 원산 앞바다에서도 게를 보았지만, 이곳의 게는 그에게 또 다른 눈을 뜨게 해주었다. 그래서 서귀포를 떠나고 나서도 그의 그림에서 게는 일상의 소재가 되었다. 마치 도쿄 시절의 황소, 비둘기, 닭이나 원산 시절의 물고기에 눈뜬 이래 그 소재들이 화폭의 일상으로 자리잡은 것처럼 말이다.

제주도에 온 뒤로 한 달 동안은 이곳 지리를 익히느라 아내와 아이들을 데리고 서귀포 언저리를 돌아다녔다. 한라산에도 오르고 싶었으나, 공비가 아직 남아 있어 위험하다며 주민들이 말렸다.

그러는 틈틈이 밭에 버려진 채소 나부랭이를 줍고 밭일 품도 팔아 먹을 것을 얻었다.

보리 수확기가 지났다. 중섭의 얼굴은 수염을 깎지 않아 염소 같았다. 그는 그럼에도 아랑곳하지 않고 천연덕스레 웃으며 태현을 업고, 곡식을 거두고 난 보리밭으로 떨어진 이삭을 주으러 갔다. 아버지가 구럭 가득 보리이삭을 줍는 사이, 태현은 아버지 등에 얼굴을 묻고 세상모른 채 새근거리며 잠들곤 했다.

"어머나, 어머나! 당신 부자 되셨군요."

남덕은 중섭이 가져오는 보리이삭 구럭을 받아들면서 어린아이처럼 기뻐했다. 그러고는 주인 아낙네가 가르쳐준 대로 보리이삭을 말렸다가 절구에 넣고 찧어 까끄라기를 걷어냈다. 그것을 삶으면 먹음직한 보리밥이 되었다.

남덕과 중섭은 누가 봐도 거지라고 생각할 만큼 옷차림이 말이 아니었다. 남덕은 일본에서 현해탄을 건너올 때 입었던 감색 블라우스와 감색 바지 그대로였고, 중섭도 원산에서 입던 양복 그대로였다. 소맷부리가 닳아 빤질빤질한 건 둘째치고 옷이 해어져 실밥이 너덜너덜했다.

그러나 마음만은 피란 나온 뒤 처음으로 풍요로웠다. 가족을 부산 범일동 수용소에 둔 채 홀로 부산시내를 떠돌던 때의 고난에 비하면 서귀포 생활은 그야말로 '행복'이었다. 사랑하는 아내와 자식들이 바로 곁에 있다는 사실만으로도 그는 행복에 겨웠다.

그는 그곳에서 예술을 이해하고 함께 이야기를 나눌 수 있는 사람들과 사귀기 시작했다.

그 가운데 중문국민학교 교장 문성선과 육군중령 이상호는 누구보다 중섭을 깊이 이해하고 예술을 존중하는 사람들이었다.

어느 날, 배급이 떨어져 아침 점심을 꼬박 굶은 중섭은 태현에게 등을 돌려대고 업히라 했다.

"태현아, 게 잡으러 가자."

중섭은 태현을 띠로 둘러업고 한 손에는 그림 도구를, 또 한 손에는 단지를 하나 들었다. 그러고는 정방폭포 쪽으로 나갔다.

정방폭포는 폭포수가 바다로 곧장 떨어지는 해안폭포이다. 그 밑 바위너설에는 사나운 파도가 끊임없이 부딪혀 산산이 부서지곤 했다.

썰물에 잠깐 드러나는 뻘밭에 숨어 있던 게들이 보였다. 중섭은 그동안 익힌 손놀림으로 날쌔게 게를 잡아 단지에 넣었다.

바람이 휙 불자 가지고 온 도화지가 그만 날아갔다. 그것을 주으러 달려가니, 어떤 군인이 벌써 주워 들고 서 있었다.

"화가이신가 보군요?"

"예, 그림을 조금……."

"여기 분이 아니신 것 같은데요."

"피란민입니다."

그는 제1훈련소 기간장교 이상호 중령이었다. 본디 화가를 꿈꾸었으나 그의 아버지가 그림을 갈가리 찢고 그림 도구를 부수며 반대했다. 그래서 법과대학에 들어갔는데, 전쟁이 일어나는 바람에 군에 입대했다. 그 뒤 전쟁터에서 부상당해 후방에 배치되었다.

그는 아직도 그림에 대한 미련을 버리지 못하고 있었다. 휴일이면 제주시내로 나가 술을 마시는 대신 꼭 서귀포를 찾는다고도 말했다.

"이곳 서귀포를 꼭 그리고 싶습니다."

중섭은 그의 말에 공감하며 고개를 끄덕였다.

"저도 이곳에서 큰 그림을 남기고 싶습니다."

이상호는 화가 이중섭에 대해서는 잘 알지 못했으나, 그의 인상만으로도 상당한 경지의 예술가임을 단박에 느낄 수 있었다. 이상호는 중섭을 식당으로 안내해 대접한 뒤 그의 집이 어디 있는지까지 알아 두고는 돌아갔다.

변변한 스케치북도 캔버스도 물감도 없었지만, 중섭은 베니어판이나 두꺼운 종이를 얻어다 그림을 그렸다. 서귀포 앞바다와 게를 잡는 어린아이, 게에 물린 어린아이를 그렸다.

두 아이와 물고기와 게

어떤 때에는 그림을 보리쌀 한 됫박, 술 한 잔과 맞바꾸기도 했다. 중섭의 예술가적 자부심으로는 도저히 용납할 수 없는 일이었지만, 고달픈 피란생활은 그를 그렇게 만들고야 말았다.

어느 날, 이상호 중령이 중섭에게 찾아와 즐거운 술자리를 베풀며 이런 말을 했다.

"어려운 부탁입니다만, 저 그림을 보름 동안만 빌려갈 수 없을까요?"

"빌려주기보다 아주 드리고 싶지만, 아직 완성된 게 아니라……."

"제게 주신다 해도 군인이라 보관할 곳이 없습니다. 그냥 잠시 빌려주신다면 보름 동안 제 막사에 걸어두고 싶어서 그럽니다."

보름 뒤, 중섭이 게를 잡으러 바닷가에 나갔다 돌아와 보니 방 구석에 쌀 한 가마니가 떡하니 버티고 있었다.

"여보, 이게 뭐요?"

"쌀이에요."

"쌀이라니? 웬 쌀이 우리 집에……?"

"이 중령님이 가지고 오셨어요. 그림을 돌려주시면서 아주 잘 본 값이라 하시더군요."

이런 뜻밖의 횡재에 호사스레 배를 두드릴 때도 있긴 했지만, 대체로 먹는 날보다 굶는 날이 더 많은 살림이었다. 중섭은 턱이 뾰족해졌고 아름답던 남덕의 다리는 중섭의 얇은 팔뚝보다도 가늘게 말라 비틀어졌다. 태현과 태성 또한 매우 말라서 볼록 튀어나온 이마와 퀭한 두 눈이 유난히 두드러져 보였다. 서귀포의 풍광과 정취도 그런 빈사 상태에서는 더 이상 아무런 의미가 없었다.

중섭은 방 벽에 손수 지은 시 '소의 말'을 써 붙였다.

맑고 참된 숨결 나려 나려/이제 여기에 고웁게 나려/두북두북
쌓이고/철철 넘치소서/삶은 외롭고 서글픈 것/아름답도다/두 눈
맑게 뜨고 가슴 환히 헤치자

　　중섭은 제주도 피난 시절 돈을 벌기 위해 취직한 적은 없다. 그에게
는 작품 창작이 직업이었으며 그 작품을 판매하면 그것이 곧 수입이
었다. 집주인 김순복에 따르면 이중섭은 아침에 나갔다가 귀가하면
집과 담 사이 한 팔을 벌릴 만한 여유 공간에서 그림을 그렸다고 한
다. 창작 말고 노동을 한 일은 가족과 함께 해초나 게를 채취하는 게
전부였다.

　　이처럼 서귀포 시절, 억척스러운 제주 돼지처럼 어려운 피란생활을
버티는 가운데 중섭은 작품 창작에도 소홀하지 않았다. 이 시기 중
섭의 작품 경향은 크게 '동자상(童子像)을 회화적(戲畵的)으로 그린
인물화'와 '환상적(幻想的)인 풍경화'로 나뉜다.
　　중섭은 물밑에서 놀고 있는 동자상을 회화적으로 그려내며 인물화
를 완성했다.
　　그는 물고기와 아이들, 해초와 과일, 새와 게 등을 주제로 삼아 그
림을 그렸다. 그림 속에는 물고기가 아이보다 큰 것도 있고, 여러 마
리의 새들이 커다란 물고기에 달라붙어 부리로 물고 함께 떼를 지어
날아가는 모습을 그린 것도 있다. 그리고 이중섭의 그림에는 마음껏
온갖 장난질을 치는 동자상들을 그린 그림이 많은데, 이런 것들은 그
가 아직도 북에 두고 온 가족을 만날 수 있으리라는 절실한 믿음을
환상적으로 표현한 밝고 즐거운 풍경들이다. 그래서 보는 이로 하여

금 몽환적인 세계를 맛볼 수 있도록 이끌어가고 있다.

풍경화 가운데 갈매기를 탄 아이를 포함해 여덟 명의 아이들이 감 귤을 따 광주리에 담아 옮기는 〈서귀포 풍경 1 실향(失鄕)의 바다 송 (頌)〉은 20세기 미술사에서 지울 수 없는 걸작이다. 초현실 및 표현파 화풍을 혼합해 낙원 풍경을 연출한 작품으로 몽환의 세계라고 하지 만 어딘지 무척 익숙한 풍경이다. 과수원과 앞바다를 섞어놓은 풍경 이라 그런 느낌을 주는데 갈매기를 타고 바다 위를 나는 어린아이의 모습만 없었다면 그저 평범한 바닷가 과수원 풍경이었을 것이다. 그 러나 새를 타고 나는 어린아이와 과일을 물고 내려오는 새가 있어 환 상적인 초현실풍 그림으로 바뀌었다. 사실풍의 풍경을 그리면서도 지 난날 청년 시절에 구사한 초현실 표현파 화풍을 되살리고 싶었던 것 이다.

어느 날, 중섭은 부산에서 '월남미술작가전'이 열린다는 소식을 들 었다. 그는 그림 3점을 챙긴 뒤 서귀포에서 화물선을 얻어 타고 부산 으로 향했다.

오랜만에 본 부산은 여전히 시끌벅적하고 혼란스러웠다. 그 속에서 이중섭은 예전과 다름없이 초라하고 고독한 존재였다.

전시회가 끝나 다시 서귀포로 돌아오자 중섭은 전보다 더 그림에 열중하게 되었다. 부산 광복동에서 예술가들을 만나고 자극을 받았 기 때문이었다.

그는 자신을 공짜로 배에 태워준 선장에게 여섯 폭으로 된 병풍을 선물하기 위해 서귀포 풍경을 그리기 시작했다. 또, 이상호 중령이 빌 려갔다 가져온 그림도 거듭 손댔다. 부산에서 구해 온 아주 귀한 페 인트가 그의 열정에 불을 댕겼다.

아이들과 물고기와 게

고구마에 차조밥·보리밥으로 끼니를 잇고, 호박을 얻어다 그린 뒤에 그 호박을 삶아 먹기도 한 이중섭은 제주도 산간지방의 갈까마귀를 여러 점 그리기도 했다.

그의 그림은 사람들의 상식을 뛰어넘었다.

그에게 있어 바다는 사람이 빠지면 죽는 위험한 곳이 아니었다. 티끌 하나 묻지 않은 동심의 세계였다. 어린아이들이 마음껏 뛰놀 수 있는 환상의 놀이터였다. 물고기가 하늘을 날아가고, 아이들은 자기 몸집보다 더 큰 물고기를 말처럼 타고 논다. 그의 그림에는 땅과 바다, 그리고 하늘 사이에 어떤 경계도 없었다. 모든 것이 평면 위에 펼쳐졌다.

가을이 다가오면서 중섭의 마음은 흔들리기 시작했다. 시멘트 푸대를 깐 방에서 조카 영진을 앉혀놓고 도쿄 이야기를 자주 했다. 부산에도 좋은 물감이 없으니 일본으로 건너가 마음껏 그림을 그렸으면 좋겠다, 그러면 아이들도 고생시키지 않을 수 있다고 되까렸다. 그때 일본은 우리나라 6·25전쟁의 병참기지 역할을 한 덕분에 호경기를 누리고 있었다.

중섭은 마침내 제주도를 떠나기로 했다. 1951년 9월이었다. 제주도에 와서 아름다움의 본질을 체험했으므로 귀중한 일차적 성과는 거둔 셈이었다. 그는 더 큰 제주도를 가지고 떠날 참이었다.

그에게서 병풍을 선물받은 화물선 선장은 언제라도 필요할 때 선편을 이용하라고 했다. 그 배는 서귀포와 부산을 오가는 화물선으로, 한 달에 4번씩 운항하고 있었다.

"귤이 열리는 것도 못 보고 가게 생겼네."

중문국민학교의 문성선 교장은 중섭을 위해 조촐한 송별회를 마련했다. 중섭은 그 자리에서 돼지고기와 술을 푸짐하게 먹었다. 긴장이 풀리자 술기운이 잔뜩 오른 중섭은 비틀거리며 집으로 돌아오다가 어느 무덤가에 쓰러져 코를 골았다. 차가운 새벽이슬에 얼굴이 젖어 술기운이 달아나면서 잠에서 깼는데, 목덜미가 떨어져나가는 듯 아팠다. 손으로 만져보니 퉁퉁 부어오른 데다 열까지 났다. 아마도 잠든 사이, 지네가 목덜미를 물어 독이 퍼졌음에 틀림없었다.

일어서려 했으나 머리가 핑 돌고 눈앞이 캄캄해졌다. 중섭은 후들거리는 두 다리에 애써 힘을 주어 걸음을 옮기며 겨우겨우 집으로 돌아왔다. 남덕은 남편의 부어오른 목덜미를 보고 어쩔 줄을 몰랐다. 약도 없어 며칠을 앓기만 하는데, 주인 아낙네가 민간요법으로 약을 만들어주었다. 중섭은 그 약을 먹고 신통하게도 단번에 나았다.

중섭은 다 나은 목을 마른손으로 쓸며 담담하게 말했다.

"아마 나더러 아직 떠나지 말라는 뜻인가 보오."

남편의 말에 남덕은 싸놓았던 보따리를 다시 끌렀다.

그들은 귤이 열리는 것도 못 보고 가겠다던 말과는 달리 귤이 한창인 12월까지 제주에 눌러앉았다.

그동안 아이들은 퍽 많이 자랐다. 아버지가 먹는 해조류며 게, 조밥도 먹을 정도였다. 반대로, 남덕은 위장이 나빠지고 몸에 붙은 살이 점점 빠지기 시작했다. 어떤 날은 중섭이 대신 밥을 지어야만 할 만큼 기력이 쇠잔했다.

중섭은 그림을 계속 그렸으나, 마음에 들지 않을 때면 서명도 하지 않은 채 아무데나 처박아 두었다. 불쏘시개가 된 작품도 여러 점이었다. 그럴 때에는 멍하니 바다를 바라보느라 아이들이 부르는 소리도 못 듣기 일쑤였다. 그러다가 퍼뜩 정신이 들면 아이를 마구 끌어안고는 "우리 태현이!" "우리 태성이!" 하며 아이들 이름을 수도 없이 되풀이했다.

12월의 제주를 상징하는 것은 귤이라고 해도 과언이 아니었다. 과수원 귤나무마다 탐스러운 열매가 주렁주렁했고, 사람들은 귤을 따느라 정신이 없었다.

중섭은 새로 사귄 귤 과수원 주인을 찾아갔다. 넓은 귤밭에서 비바리들이 주렁주렁 열린 귤을 따고 있었다. 중섭은 바람에 까칠해진 비바리들의 살갗이며 귤을 유심히 살펴보았다. 그가 과수원을 나오려는데, 주인이 귤 한 상자를 주면서 선물이라고 했다. 중섭은 설레설레 고개를 저으며 끝내 사양했다.

"이렇게 나누어주시면 안 됩니다. 1년 내내 공들여 맺게 한 열매인데 제가 공짜로 먹을 수는 없습니다."

그래도 주인은 가져가야 한다고 했다.

"정 그러하시다면, 4개만 주십시오."

중섭은 귤 4개를 받아 주머니에 넣고는 집으로 왔다. 아내 하나, 태현이 하나, 태성이 하나, 그리고 자기도 하나 들고 까먹으며, 제 것이 아닌 듯한 호사를 잠깐 누렸다.

12월로 접어들면서 중부전선의 싸움이 주춤해지고, 휴전이 논의되기 시작했다.

어느 날, 밤늦게 돌아온 중섭은 자고 있는 아내를 깨워 손에 든 돈을 보여주었다.

"내일 떠납시다!"

"웬 돈이어요?"

"그림을 한 점 주었더니 돈을 주던걸. 그래서 받았소."

남덕은 돈을 받아들기는 했지만, 어디에 보관해야 할지 몰라 남편을 멍하니 쳐다보았다.

"우리도 영진이 따라서 부산으로 가자고."

해와 아이들

해변의 아이들   1952~1953년

중섭은 부산으로 갈 경비를 마련하기 위해 '섶섬이 보이는 풍경'이라는 풍경화를 그린 것이었다. 그는 제주도를 사랑했으나 한 곳에 발을 묶어 둘 수 없는 사람이었다. 그는 끊임없이 더 높은 무언가를 원했다. 처자식을 먹여살려야 하는 아버지로서의 책임감도 중섭을 움직이게 했지만 재능과 함께 방랑 기질을 타고난 것도 한몫했다.

중섭네는 제주도의 마지막 밤을 뜬눈으로 지새우고 또다시 부산으로 떠났다. 중섭의 가족을 배웅하러 나온 사람은 주인집 아낙네뿐이었다. 주인은 밭에서 일하다 공비에게 호되게 얻어맞아 병원에 누워 있었고, 중문국민학교 문 교장은 북제주로 발령 나서 떠난 지 오래되었으며, 조카 영진은 먼저 부산에 가 있었다.

피란민 수용소에서

　다음 날, 남쪽 세찬 겨울 바다의 파도를 가르며 배가 떠났다.

　이중섭은 화물선 저쪽으로 멀어져가는 제주도를 하염없이 바라보았다. 남덕은 고생스럽긴 했어도 네 식구가 오손도손 살며 정든 곳을 떠나는 슬픔에 눈물을 글썽였다.

　제주도를 떠나며 중섭은 그 흔한 돌멩이 하나 가져오지 않았다. 거대한 벽화를 구상하면서 재료로 모아두었던 여러 모양 조개껍질들도 그대로 두고 왔다. 손에 든 곰방대 하나만이 제주도의 선물이었다. 이 곰방대는 위험을 무릅쓰고 공비가 출몰하는 토평리 숲까지 가서 베어온 대추나무로 만든 것이었다. 그것을 쉬지 않고 며칠 내리 조각해서 아이들이 여럿 새겨진 곰방대로 만들었다.

　꼬박 이틀 걸려 닿은 부산 부두는, 중섭에게는 너무나 어지럽고 소란스럽게 다가왔다. 지난 일곱 달 동안의 서귀포 생활과 여러모로 비교되는 풍경이었다. 그런 기분은 아이들에게까지 옮겨갔다. 전차에 앉아 부산거리를 내다보던 아이들은 겁을 먹은 듯 그 눈빛에 불안이 가득 서려 있었다.

　"아빠, 아빠."

　"괜찮아. 이제부터는 여기서 사는 거란다."

　겁나기는 아이들보다도 중섭이 더했다. 바로 내일이 두려운 판이었다.

중섭은 가족을 데리고 오산중학교 동창인 김종영을 찾아갔다. 범천동 산비탈에 지어진 그의 엉성한 판잣집은 중섭네 임시 거처가 되었다. 터무니없을 만큼 사람 좋은 종영이 큰소리쳤다.

"내가 나갈까? 나는 이런 판잣집 정도는 잠깐이면 거뜬히 짓거든."

"그러지 마. 내 가슴이 아프다."

중섭이 말리면 종영은 수심에 가득 찬 얼굴로 돌아갔다.

"아무래도 김 선생님께 너무 폐를 끼치고 있나봐요."

남덕이 걱정하자, 중섭은 그림이 팔리기를 기다려보자고 했다. 예전에 월남작가전에 냈던 그의 제주도 그림을 공보처 차관 이헌구가 80만 환에 산 일이 있었다. 중섭은 그 같은 행운을 또 기다렸다. 그때의 80만 환은 조카 영진의 대학 등록금으로 50만 환을 떼어주고 나머지는 친구들에게 술을 대접하는 바람에 단번에 없어졌다.

중섭의 가족은 한동안 종영의 집과 수용소를 오갔다.

"곧 집을 구하겠소. 다시 들어가오."

중섭은 가슴을 도려내는 듯 되풀이되는 슬픔을 겪으며 가족을 수용소에 보냈다 데려왔다 했다. 그는 부두노동을 시작했다. 커다란 기름통을 굴려 화차에 싣는가 하면, 선박에 페인트나 콜타르를 칠하며 날품을 팔았다. 어느 날은 배에 페인트칠을 하다가 저도 모르게 배 옆면에 그림을 그려 웬 장난이냐는 핀잔을 듣기도 했다.

저녁이면 그날 일한 하루치 전표를 타가지고 광복동으로 나가 동료들을 만났다. 피란 온 문화인들은 모두 광복동을 본거지로 삼았다. 그나마 광복동의 전쟁유랑민 낭만이 없었더라면 그들은 미쳐버렸을지도 모를 일이었다.

남덕을 수용소에 보낸 뒤에도 여전히 막노동을 하던 중섭은 날이

물고기와 아이들

갈수록 초췌해져 갔다. 깎지 않은 노란 수염까지도 영양실조에 걸린 듯 꼬불꼬불하게 말라붙었다. 그는 꺼칠한 턱수염을 어루만지면서 노래를 흥얼거렸다.

중섭이 어릴적부터 흥얼거리던 〈낙화암만경창파〉였다. 그는 즐거울 때는 제 흥에 겨워 흥얼거렸고, 슬플 때는 또 그 슬픔을 주체할 길이 없어 가슴을 치받고 올라오는 감정을 억누르며 목청을 돋우었다.

"낙화암, 낙화암 왜 말이 없느냐……."

몹시 처량하게 노래를 부르며 중섭은 울었다. 마침 겨울비가 추적추적 내리고 있었다. 거리는 진흙탕이 되어 질척거렸다.

그런 어느 날이었다. 여느 때처럼 일을 끝내고 전표를 주머니에 구겨넣은 채 후줄근한 모습으로 다방에 들어서던 중섭은 깜짝 놀라 소리쳤다.

"상!"

구상이었다. 의젓한 군복 차림의 구상이 다방에서 중섭을 기다리고 있었다.

"소식은 듣고 있었네, 중섭이."

"살아 있으니 이렇게 만나는군."

구상은 중섭의 얼굴을 쓰다듬으며 목이 메었다. 원산에서 헤어진 뒤 처음 만난 것이었다.

"너 군인이 됐구나?"

"군인은 무슨? 종군작가를 지원했지. 지금 대구 근처 칠곡에 주둔해 있어. 부산엔 종군작가단 일 때문에 내려온 거야."

구상의 눈에서 물기가 반짝였다. 너무 반가운 나머지 그만 눈물이 찔끔 솟은 것이었다.

"헤헤, 군복이 잘 어울린다야."

중섭의 눈에서도 눈물이 솟았다.

눈으로는 울면서도, 두 사람은 서로 손을 잡은 채 유쾌하게 웃었다.

"고생이 많은 모양이군."

"뭐, 다 그렇지."

"부인은 안녕하신가? 애들도?"

"그럼 다 잘 있지. 잘 있고말고."

그 말에 옆에 있던 김인호가 얼굴을 돌리며 눈을 껌벅거렸다. 가족들이 다 잘 있다는 중섭의 대답에 눈시울이 뜨거워진 것이다. 김인호는 최근에 중섭을 다시 만났다. 중섭을 찾아온 구상을 여기까지 데리고 온 것도 김인호였다.

구상은 이미 김인호로부터 중섭의 처절한 생활고를 낱낱이 들어 알고 있었다. 가족들을 먹여 살릴 수가 없어서 수용소에 보내고 있다는 슬픈 현실까지도.

"나가세. 나가서 술 한잔 해야지."

"그래야지. 암, 그래야 하고말고."

중섭과 구상은 어깨동무를 하듯 서로를 껴안고 밖으로 나왔다. 두 사람의 해후를 방해하지 않기 위해서인지 김인호는 슬며시 빠졌다. 구상은 중섭을 데리고 제법 그럴듯한 술집으로 갔다.

구상은 빈대떡을 잔뜩 시키고는 자꾸만 중섭에게 권했다.

"상, 자네가 와서 내가 호강하는군."

"별소릴…… 나는 중섭을 만났으니 이제 여한이 없어. 자, 한잔 받게."

남포동 술집에서 파도소리를 들으며, 두 사람은 술잔을 주거니 받거니 했다. 잔뜩 취한 중섭이 여전한 목소리로 〈오, 소나무〉를 부르자 구상은 서러움에 자기도 모르게 눈시울을 적셨다.

"부인은 아직 못 만났던가?"

"아니, 왔어. 애들을 데리고 서울로 왔었지. 지금은 칠곡에서 살고 있네."

"오! 그거 잘된 일이네. 드디어 넘어오셨구먼."

"그래, 자네는 얼마나 고생이 많은가? 제주도에도 갔었다면서?"

"응, 그림을 그려보려구 갔었지. 좀 그리기는 했는데 배가 고파서 안 되겠더군. 그래서 다시 일루 왔네만 여기라고 딱히 다르겠나."

구상은 그 말을 듣고 또 코가 시큰해졌다.

"여기서는 그림도 못 그리고 있다면서?"

"물감을 구하기가 힘들어서. 그래서 이런 걸 그리고 있네."

중섭은 주머니에서 뭔가를 꺼내 구상에게 내밀었다.

"아니, 이건 담뱃갑에서 나온 은박지가 아닌가?"

"그래, 은박지 그림이지. 요즘 나는 이런 장난을 하는 재미로 산다네."

중섭이 내민 은박지 그림을 받아든 구상은 묘한 감동에 사로잡혀 한동안 말을 할 수가 없었다. 그저 입만 벌린 채 은박지 그림을 뚫어지게 들여다보고 있었다. 중섭의 삶 자체가 그림이라는 사실을 그 은박지 그림을 통해 확인했기 때문이었다. 그 그림은 불알을 내놓은 발가벗은 아이들이 바닷게와 장난을 하는 모습이었다.

"중섭!"

구상은 중섭의 손을 덥석 잡았다.

"그림이 참 재미있지?"

중섭이 만족스러운 듯 헤벌쭉 웃었다.

"시인이 사는 술은 맛이 더 좋아. 사심이 없으니까 술이 살로 갈 수

가족에 둘러싸여 그림을 그리는 화가

새와 물고기가 있는 가족

밖에. 그러나 화가들이 사는 술은 좀 찜찜한 데가 있단 말씀이야."

그렇게 농담을 하면서 중섭은 히히 웃었다.

"우리 남덕이 보고 싶지?"

"응, 보고 싶네. 애들도."

"그럼 보러 가세. 아마 많이 좋아할 거야."

"그래 가자구. 나도 보면 반가울 걸세."

술이 거나해진 두 사람은 어깨동무를 하고 노래를 흥얼거리며 수용소로 갔다. 가는 길에 구상은 떡과 과자를 잔뜩 사서 두 손에 나누어 들었다.

"남덕아, 상이 왔다. 상이 네가 보고 싶어서 왔다."

애들은 구상이 사 가지고 온 과자를 보고 환호성을 질렀다. 남덕도 구상을 보자 반가워서 눈시울이 뜨거워졌다.

"고생이 많으시지요?"

남덕은 말없이 고개를 숙인 채 하염없이 흐르는 눈물을 소매 끝으로 닦았다. 구상도 돌아서서 손등으로 눈가를 훔쳤다.

"히히, 반가우면 다 눈물이 나는구나. 히히."

"전쟁은 곧 끝날 겁니다. 조금만 더 고생하세요."

구상은 과자를 먹고 있는 아이들의 머리를 쓰다듬어 주었다. 그러나 애들은 누가 제 머리를 만지든 상관하지 않고 먹는 데에만 열중했다. 중섭과 남덕은 그런 애들을 금방이라도 울 듯한 표정으로 바라보고 있었다.

이튿날, 구상은 '경향신문' 문화부장 김광주를 찾아갔다. 김광주는 신문 연재소설 〈나는 너를 싫어한다〉로 주목받고 있는 소설가였다. 구상은 그에게 중섭의 이야기를 했다.

"중섭이라고 화가 친구가 있는데, 멋진 사람이오. 지금 부두에서 품

팔이를 하니 딱하지 않소? 신문 삽화라도 그리게 해주시오.”

“그렇다면 내일부터라도 하도록 하지요.”

김광주가 단번에 응낙하자 구상은 무척 기뻤다. 신문 삽화를 그려 고정수입이 생기면 중섭이 가족과 함께 살 수 있으리라 생각했다.

그렇지만 구상의 계획은 초장부터 어긋났다.

“중섭, 자네 그림을 팔 수 있게 되었어.”

“그래? 별일이군. 이런 판국에 내 그림을 사겠다는 사람이 있다니.”

“사실은 경향신문 연재소설 삽화 일거리일세. 그것만 맡으면 자네 형편이 좀 풀릴 걸세.”

중섭은 신문 연재소설 삽화라는 말에 시무룩한 표정이 되었다. 참다 못해 구상이 재우쳤다.

“왜 그러나?”

“나는 못 하겠어.”

중섭은 고개를 저으며 거절했다.

“아니, 왜?”

구상은 아무리 생각해도 이해할 수가 없었다.

“삽화는 남의 글을 보고 그리는 거니까 내 생각대로 할 수가 없지 않나. 그건 내 그림이 아니거든.”

“내 그림?”

당장 입에 풀칠할 길이 막막한 마당에 내 그림 네 그림을 따질 처지냐, 구상은 그렇게 따지고 싶었다. 제발 부인과 애들을 생각해라, 다그칠 판이었다. 그런데 중섭의 다음 말이 구상을 얼어붙게 만들었다.

“그림을 그리려면 내 생각으로 그려야지. 그래야 그림이 그려지지. 차라리 안 그리면 몰라도…… 안 그리고 굶어 죽더라도…….”

얼굴도 들지 않은 채 중섭은 읊조리듯 말했다. 중섭도 구상에게 그런 말을 하기가 미안했기 때문이었다. 자신을 위해 사정사정해서 겨우 따온 일감인데 안 하겠다고 하려니 차마 고개를 들 수가 없었던 것이다.

"미안해, 상."

중섭은 애처로운 표정으로 구상을 쳐다보며 말했다.

'못해'라는 중섭의 말에 화를 내려던 구상은 뒤통수를 호되게 얻어맞은 사람처럼 멈칫했다. 자신이 중섭에게 모욕을 주었다는 생각이 들었다.

'중섭에게 신문 연재소설 삽화나 그리라고 하다니……'

그는 부끄러움을 애써 감추고 중섭에게 말했다.

"아니야, 내가 잘못했네. 내가 중섭을 잘 알면서도 그런 천박한 생각을 했군. 내가 중섭을 망칠 뻔했네."

그것은 구상의 진심이었다. 타협 없는 완고함은 이중섭에게 있어서 '파르마콘'과 다름없었다. 생활에는 독이 되나 예술에는 약이었다. 그를 그로서 있게 해주는 본질에 잠시나마 침을 뱉은 것만 같아 구상은 눈앞이 아찔했다. 그렇다고 중섭의 어려운 처지를 그냥 두고 볼 수도 없었다.

"기다리게. 내 어디 좀 잠시 다녀오겠네."

구상은 중섭을 혼자 앉혀두고 어디론가 가더니 한참 만에 돌아왔다.

"부인과 애들을 데려다 함께 있게나. 당분간은 그럴 수 있을 거야."

구상이 중섭에게 내놓은 것은 돈이었다.

"상."

중섭은 구상의 우정에 감동할 수밖에 없었다. 중섭이 삽화 일감을

아버지와 두 아들

가족과 비둘기 1956년

못하겠다고 하니 구상은 어디서 급전을 꾸어온 것이었다.

부산 부두에 미 제21항만사령부가 옮겨오면서, 넓은 지역을 2겹 철조망으로 둘러치고 제1부두에서 제5부두까지 나누었다. 그곳에서 군수물자가 부려지기도 하고, 외항선이 머물기도 했다. 일정한 간격으로 헌병들이 보초를 서 경비가 철통같았다.

그런데도 석탄 운반선이 들어오면 어린아이나 아낙네들이 위험을 무릅쓰고 철조망을 넘어들어와 석탄 부스러기를 주워가곤 했다. 들키는 날이면 기껏 모은 석탄을 빼앗기는 것은 물론이거니와 무슨 험한 일을 당할지 몰랐다. 실제로 헌병이 쏜 총에 맞아 죽은 피란민 아낙네도 있었다.

이중섭은 그토록 경비가 삼엄한 항만사령부 안에서 '노랑 수염'이라 불리며 날품을 팔았다. 점심이랍시고 나오는 비위생적인 양품 밥은 먹으나마나였다. 30분만에 꺼져버려 다시 배에서 꼬르륵 소리가 났다.

그곳에는 나이 대접이 없었다. 열다섯 살짜리 소년에서부터 수염이 허연 노인까지 누구라도 자칫 실수하면 다짜고짜 욕부터 먹었다. 중섭은 좀처럼 얼굴을 찌푸리는 일이 없었지만 정말 화가 나면 "그 사람, 참 독특하군" 퉁명스럽게 내뱉었다. 그것이 그 나름의 욕이었다. 그런 팍팍한 나날을 보내면서도 중섭은 앓아누운 아버지 대신 날품을 팔러 나온 소년에게 하루 일한 삯의 전표를 쥐어주기도 했다.

하루는 일을 마치고 부두를 나오다가 한 소년이 헌병에게 얻어맞는 것을 보았다. 중섭은 얼른 그리로 달려갔다. 소년은 껌팔이인데 널빤지를 훔치려 했다는 거였다.

"여보시오, 당신은 미군도 아니고 이 아이와 같은 한국사람 아니오? 그렇게 모질게 때릴 것까지야 없지 않소?"

그러자 흘끗 중섭을 돌아본 헌병은 소년 대신 그에게로 덤벼들었다. 아무리 몸이 쇠약해졌다지만, 오산중학교 시절부터 권투를 했던 중섭이다. 헌병은 곧 중섭의 주먹에 몰리게 되었다.

바로 그때, 부두 순찰차가 지나가다 섰다. 한꺼번에 헌병 여러 명이 그에게 달려들었다. 중섭은 피를 흘리며 쓰러지고 말았다. 덜컥 겁이 난 헌병들은 정신을 잃은 그를 부두 밖 병원에 실어다놓고는 뺑소니쳤다. 그 때문에 중섭은 한동안 머리에 붕대를 감고 다녔다.

이중섭은 경제관념이 없었다. 그는 돈을 보면 무조건 썼다. 쓰지 않고는 못 배겨서 썼다. 쓰지 못할 때의 그 참담함! 그와는 너무도 다른, 쓸 때의 그 쾌감! 허영일 수도 있는 그 기분은 돈이 있을 때만 맛볼 수 있는 특권이기도 했다. 그는 밀린 찻값을 몇십 배로 갚거나 그동안 팔아주지 못했다며 마시지도 않은 술값을 듬뿍 쥐여주었다. 다른 사람은 이 같은 특권을 행사하지 못해도 중섭은 마음껏 누렸다.

이런 중섭을 보다못해 황염수와 김이석이 드디어 머리를 맞대고 의논을 했다. 그들은 남덕을 다방으로 불러냈다. 중섭이 들고 오는 돈을 그 자리에서 바로 남덕에게 넘기려는 속셈이었다. 돈 몇 푼 생긴 남편이 함부로 써대는 것을 막으려고 아내가 다방에 나와서 기다리곤 하는 모습이 그리 드물지 않은 시절이었다. 그들도 그 방법을 쓰기로 한 것이다. 그런데 어처구니 없게도 중섭은 다방까지 오는 동안 돈을 몽땅 써버렸다. 다방에 온 그는 이미 빈털터리였다. 중섭은 아내를 보고는 걸음을 떼지 못하다가 그냥 나가버리고 말았다.

김이석은 착잡한 심정으로 빈손으로 일어서는 남덕을 보내려고 다방에서 함께 나왔다가, 문득 가까이에 우동을 맛나게 잘하는 집이 떠올랐다. 이석은 본디 미식가로 그가 가끔씩 들르는 곳이었다. 남덕을 데리고 그리로 들어가 우동 한 그릇씩을 앞에 놓았다. 그는 중섭을 대신해서 남덕에게 사과했다.

"어쩌겠습니까. 사람이 그렇게 생겨 먹었습니다……."

마치 자기가 잘못을 저지른 듯이 더듬거리며 미안해하자, 남덕이 나지막한 소리로 말했다.

"아니에요. 김 선생님, 우리가 도쿄에서 그림을 공부할 때, 남편은 모든 상을 휩쓸었습니다. 그때 저는 그의 잔이 되고 싶었지요."

'잔?'

김이석은 고개를 갸웃했다.

"모딜리아니가 서른여섯쯤 죽었는데, 죽기 1년 전인가 2년 전인가, 그때 결혼한 열아홉 살, 예술학도의 이름이 잔 에뷔테른이었습니다."

'아, 벌거벗은 여자를 길쭉하게 잘 그리는 그 망측한 화가! 아니 뭐 나도 망측한 짓을 가끔 하니까. 하여간에 알코올 중독에, 마약 중독에, 주머니에 돈은 있어본 일이 없고, 게다가 귀부인들 앞에서 바지를 훌렁훌렁 벗어대는 노출증에, 남의 애인 뺏기가 취미라는 모딜리아니 말이로군.'

모딜리아니처럼 누드를 많이 그린 화가도 드물 것이다. 여인의 몸을 끊임없이 탐하면서 자기 예술세계를 보여주는 방법의 하나로 누드를 택했기 때문이다. 모딜리아니가 육체의 욕망을 그림으로 솔직하게 풀어낼 수 있었음은 그림의 모델들과 관능적인 생활을 함께 나누었기에 가능한 일이었다.

남덕은 조금은 떨리는 목소리로 말을 이어나갔다.

"모딜리아니는 어떤 미술사조에도 구속받지 않고 자신의 예술세계를 펼쳐나가기 위해 처절히 자기와의 싸움을 이어나갔습니다. 그런 가운데 모딜리아니의 그 눈동자 없는 여인누드가 탄생했다고 저는 생각해요. 김 선생님, 잔은 그의 임종을 지켜보고는 다음 날 스스로 목숨을 끊었습니다. 잔은 모딜리아니와 나란히 묻혀 있다는데 '목숨이 다하는 그 순간까지 몸을 바쳐 최상의 반려로 그에게 헌신했노라' 이런 묘비명이 그녀의 무덤에 세워졌다 합니다."

저는 제가 잔 에뷔테른이라면 더 바랄 게 없겠어요, 남덕의 호수처럼 맑은 눈이 그렇게 말하고 있었다. 그녀는 이중섭에게 돈이 없는 현실, 벌이가 시원치 않은 현실, 있는 돈도 제대로 쓰지 못하는 것, 이런 경제적인 결핍 속에서 그의 그림이 탄생한다고 믿는 듯했다. 그녀는 자신이 그의 뮤즈이자 예술적 영감의 원천이기를 간절히 소원했다. 남편의 천부(天賦), 그것이 바로 그녀의 구원이기도 했기에……

그 무렵, 중섭과 자주 어울린 화가들은 김병기·박고석·한묵·송혜수 들이었다. 모두 피란살이에다 본디 생활력이 부족한 화가들인지라 푼돈이라도 굴러들어오면 함께 술을 마시는 데 쪼개어 썼다.

공비 대토벌작전이 계속되는 뒤숭숭한 분위기 가운데 한겨울 추위까지 겹쳐 피난시절은 참으로 혹독하기만 했다. 이런 형편 속에서도 예술에 대한 미술인들의 열정은 뜨겁게 넘쳐 흘렀다. 마치 전쟁으로 말미암은 삶의 고통과 인간의 죽음 앞에 무기력한 자신을 학대하듯이 그림에 몰두했다고 해도 지나치지 않았다. 전쟁으로 화구를 마련할 길이 없었던 화가들은 폐품을 활용해 작품을 그리거나 이미 그렸던 그림 뒷면에 다시 그림을 그리는 등 어려움 속에서도 끊임없이 작품을 탄생시키고 발표했다. 그 무렵의 이런 사회상에 대해 박고석은 《신미술 1호》(1956년)에 발표한 '화단 10년의 공죄'에서 이렇게 말했다.

"부산 피난살이에서 미술인들은 오히려 진지하고 용기에 찬 활동을 보여준 것은 특기할 만하며 김환기, 남관, 박영선, 이준, 문신, 황염수, 천경자(千鏡子), 권옥연 등 제씨의 개인전과 기조전, 후반기전, 토벽전, 신사실파전, 대한미협전 등 분기(奮起)하는 미술활동은 이 나라 미술사에 크게 남는 다행한 일이라 하겠다.”

그러나 피란지에서의 삶은 변함없이 너무나도 힘겨웠으며, 피란민이라는 현실에는 달라진 게 조금도 없었다. 청전 이상범은 그 시절에 대해 또 이렇게 이야기하기도 했다.

“부산은 피난민 인파에 밀려 거리마다 사람이 득실거리고 먹을 것, 잘 곳이 없어 귀족티를 내던 사람이나 지게를 지던 사람이나 모두 같은 신세가 되어 이리 몰리고 저리 몰려다녔다. 우리는 이리 끌려 다니고 저리 끌려 다니면서 저녁이면 막걸리 몇 잔으로 때우고 사람들 눈치만 살폈다. 그 누가 잠자리를 마련했나 하고……”

서양화가 장욱진의 말에서도 그 시절 고단한 삶의 단면을 엿볼 수 있다.

“소주 한 되를 옆구리에 차고 부산 용두산을 오르내리는 일이 일과였고 폐차장 폐차 안에서 잠자기 일쑤였다. 종군 화가단에 들어 중동부 전선에 있던 8사단으로 가서 보름 동안 그림을 그렸다. 종군 중에 제작한 오십 점쯤이 부산에서 열린 종군화가단 전람회에 전시됐다. 9월에 고향으로 갔다. 그나마 고향에서는 마음의 평화를 되찾아 그림을 그렸다. 캔버스를 구하지 못해 피난길에도 늘 품에 안고 있던 〈소녀〉(1939) 뒤쪽에 〈나룻배〉를 그렸다.”

1951년 12월 제주도 서귀포를 떠나 부산으로 다시 돌아온 이중섭은 범일동 판잣집에 살림을 마련했다. 중섭은 한묵이 맡았던 가극 〈콩지 팥지〉 소도구 만드는 일을 돕기도 했다. 그는 예술에 대한 열망이 끓어오를 때면 은박지에 연필과 못으로 그림을 그리곤 했다.

또한 이중섭은 틈나는 대로 부두노동과 미군부대 배에 기름치기를

사계

바다와 아이들

하며 생계를 이어갔는데, 그즈음 그가 아는 다른 화가들의 삶도 크게 다르지 않았다. 손응성과 이봉상은 미군 초상화를 그려주는 일로 생활을 이어갔고 정규는 깡통을 두드려 쓰레기통 등을 만들어 팔아 먹을거리를 마련했다. 김병기는 역 앞에서 우유와 빵을 구워 팔아 가족을 거두었다.

피란지인 부산에서의 삶은 화가들에게 살아 있다는 사실 자체가 중요하며 행복한 일이었으나, 그들이 처한 현실은 힘들고 팍팍하여 비참하기까지 했다.

"피난길 열차에 섞이어 무턱대고 부산으로 내려오기는 하였으나 의지가 없는 나는 도착하는 날부터 밤이면 40계단 밑에 있는 과일 도매시장 공지에서 북데기를 뒤집어쓰고 아무렇게나 쓰러져 자고, 낮이면 힘없는 다리를 끌며 거리를 쏘다니지 않으면, 마담의 눈치를 살펴가며 다방 한구석에 쪼그리고 앉아 있지 않으면 안 되는 신세였다. 그때 나에게 '직업적 걸인'들과 구별되는 점이 있었다면 오직 깡통을 차지 않았다는 것과 나의 얼굴이 사치하도록 창백했다는 사실뿐일 것이다. 빵 한 조각 살 돈이 없는 내게 화구가 있을 리 없었다. 그러나 나는 그렸다. 쉬지 않고 그렸다. 상상 속에 캔버스를 펴놓고 어지러운 현실의 모습을 무수히 데생하였다. 나에게 아직도 이 세상에 남아 있도록 하는 그 무엇이 있다면 그것은 오직 제작 의욕뿐이다."

화가 김훈(金熏)이 말했듯이 가난과 절망이 가득한 힘겨운 삶 속에서도 화가들은 살아 있음을 확인하고자 무턱대고 그리고 또 그렸다. 역설적이지만 그토록 불안한 시국임에도 불구하고 1·4후퇴 뒤 피란지 부산에서는 동인전이나 단체전 등 많은 전시가 열렸다.

"만나서 반갑소. 도쿄시절 동방의 루오를 내가 모를 리 있겠소. 소문은 많이 들었는데, 직접 만나는 건 이번이 처음이군. 이렇게 만나

다니 영광이오."

중섭을 처음 만난 박고석은 그의 두 손을 꼭 잡은 채 한동안 놓지 못했다.

중섭이 그들에게 서귀포에서 그린 은지화를 보여주었다. 물고기와 게, 아이들이 뒤섞여 춤추는 듯했다. 어린아이가 옆집 아이에게 새로 산 장난감을 보여주는 듯한 중섭의 천진무구한 태도를 보자 그들 가슴속에 담아두었던 오만과 짜증, 들끓어오르던 이기심이 한꺼번에 사르르 녹아내렸다.

"어때?"

김병기가 박고석에게 은지화에 대한 감상평을 재촉했다.

중섭은 그저 바보처럼 입을 벌린 채 멋쩍은 표정으로 웃고 있었다.

"담배 은박지 위에 그림을 그린다? 무엇으로 그린 거지?"

고석은 혼잣말처럼 중얼거렸다.

"송곳이나 못, 나무 끄트러기 같은 것으로 그린 거지."

중섭 대신 김병기가 대답해 주었다.

"기발한 착상이야."

박고석은 무릎을 탁 쳤다. 그는 중섭의 낙서화를 보고 문득 깨달은 게 있었다.

피란시절 그 어려운 상황에서 그림을 제대로 그릴 수 있는 여건을 갖춘 화가는 거의 없었다. 박고석 또한 마찬가지였다. 그런데 중섭은 별로 쓸모없다고 생각되는 담배를 쌌던 은지를 그림 도구로 활용함으로써 어려운 여건에 전혀 구애를 받지 않고 자신의 예술을 꿋꿋이 펼쳐나갈 수 있음을 몸소 보여준 셈이다.

'은종이(담뱃갑)에 송곳으로 선을 북북 그은 뒤에 갈색을 대충 칠한 뒤 헝겊이라도 좋고, 휴지 뭉치라도 좋아라. 적당하게 종이를 닦아내면 송곳 자국의 선은 색깔이 남고 여백은 광휘로운 금속성 은색 위에 이끼 긴 듯 은은한 세피아 조가 아롱지는 중섭 형의 그 유명한 담배 그림 딱지 그림' 뒷날 박고석은 이중섭의 은지화에 대해 이렇게 표현하기도 했다.

손바닥만 한 은박지 위에 송곳으로 그려나간 선들은 거미줄처럼 얽혀 있는 듯하면서도 나름대로 완벽한 구도를 이루고 있었다. 그 선들이 모두 꿈틀거리며 살아 움직이고 있었다. 샘솟는 상상력들이 그 선을 통해 짜릿한 전율을 느끼게 했다. 선은 옆으로 기어가는 바닷게가 되었고, 까르르 웃는 발가벗은 어린아이들이 되기도 했으며, 눈알을 껌벅거리는 물고기로도 나타났다.

"야, 이 물고기 좀 보게. 농악대의 농무일세."

"허허, 요거! 요거!"

"중섭의 그림을 봤으니 내 주머니가 몽땅 털려 빈털터리가 되겠군. 가세!"

그림에 취한 박고석은 중섭을 이끌고 광복동 대폿집으로 걸어갔다. 마침 그에게는 연합신문 문화면에 그림을 그려주고 받은 돈이 있었다. 김병기와 다른 화가들도 따라나섰다.

화가는 어느 수준에 이르고부터는 절대로 다른 사람에게 습작이나 낙서, 소묘를 내보이지 않는 법이다. 외국 유명 화가들의 경우를 보면, 소묘와 에스키스는 그들이 세상을 떠나고 난 뒤에야 화집으로 세상에 보여지게 된다. 왜냐하면 그런 것들을 보이면 화가로서의 위상에 금이 가거나 자기만의 기법이 탄로난다고 여겼기 때문이다.

그러나 중섭은 그런 데에 구속받지 않았다. 그림뿐만 아니라 삶 자체가 동심처럼 해맑은 그에게는 감추거나 재는 일 자체가 어울리지 않았다.

"나는 어쩌면 이 그림들에게 빚을 지고 사는 건지도 모릅니다. 우리 아이들이 그렇고, 아내가 그렇고, 또 바닷가의 게가 그렇지요. 서귀포에 살 때 배가 고파서 바닷게를 잡아먹곤 했는데, 지금 생각하면 내가 몹쓸 짓을 한 것 같아요. 그래서 게의 영혼을 달래주기 위해 그린 것이지요."

중섭은 자신의 그림에 대해 이렇게 설명했다. 그의 그림은 하나하나 따지고 보면 모두 사연이 깃들어 있었다. 또한 체험을 토대로 한다. 어찌 보면 그림으로 표현한 일기라고도 할 수 있다. 그만큼 이야기가 많았고, 문학적 향기가 가득 배어 있는 그림들이었다. 더구나 그 그림에는 다음과 같은 글들이 더러 씌어 있었다.

'삶은 슬프고도 아름다워.' '삶은 여러 번이 아니라 한 번이야.' '물고기야 물고기야.' '우리 아이 고추를 문 게는 예쁘다.' 따위의 낙서였다. 그래서 은지에 그린 그림들을 스스로 낙서화라고 불렀는지도 모른다.

6·25전쟁 때문에 부산으로 몰려든 예술가들 덕분에 마치 진흙 구덩이 연못에서 연꽃이 피어나듯 문화의 꽃이 부산에 피어났다. 그리고 이런 문화의 중심이 되는 지역은 광복동 거리였다. 부산 도심인 광복동은 해방 전후 서울 소공동과 명동을 대신해서 피난 내려온 문화예술인들의 사랑방으로 자리 잡았다.

전쟁이 한창이었지만, 광복동은 최대의 소비문화와 문화예술, 환락이 공존하는 이색 공간이었으며, 다방을 떠올리게 하는 예술의 대명사였다. 그 무렵 광복동 거리 양쪽으로는 한집 건너 한집 모양새로 다방들이 줄지어 있었다. 보통은 소매점 2층에 다방이 있었지만, 지하를 비롯해 심지어는 건물 1, 2층이 모두 다방인 곳도 여럿 있었다. 이 다방들은 전쟁으로 인한 위협적인 삶 속에 자리잡은 유일한 문화

공간으로서 때로는 격렬한 미학이 맞부딪히는 토론장이 되었다가도, 곤궁한 생활에서 틈틈이 그려낸 삶의 절규가 배인 작품들의 전시장이 되기도 했다. 또한 갈 곳 잃은 예술인들의 음악감상실이나 사랑방이 되기도 했다. 이렇듯 광복동 다방들은 전쟁의 폐허 속에서도 문화예술이라는 삶의 꽃을 피워내는 그윽하고 화려한 연못이었다.

광복동에 있던 다방들을 하나하나 꼽자면 끝도 없다. 대청동다방, 대도회다방, 뉴―서울다방, 다이아몬드다방, 루네쌍스다방, 봉선화다방, 늘봄다방, 휘가로다방, 에덴다방이 있었다. 창선동에는 실로암다방, 국제시장 안에 위치한 태양다방, 동광동의 설야다방, 귀원다방, 정원다방, 일번지다방, 상록수다방, 향촌다방, 망향다방과 춘추다방, 녹원다방, 청구다방이 있었다. 이곳들은 모두 마땅히 거처할 곳이 없는 화가나 문인, 음악가들의 사무실 겸 작업장과 연락처 노릇을 톡톡히 했다.

게다가 광복동에는 미술전람회가 열렸던 전문 전시장도 있었다. 국제구락부, 동양상회, 창선동의 미국공보원, 외교구락부, 문화회관, 미화당 백화점 화랑, 향상의 집, 그리고 피난 내려온 국립 박물관까지. 이런 여건은 모두 한마음으로 광복동을 문화예술인들의 집결지로 만들어 주었다.

삶의 절망과 허무, 그것이 삶의 조건이라는 참담함에 빠진 예술가의 실존주의적 정신의 자취를 남기는 일은 주로 밀다원에서 이루어졌다. 김동리(金東里)의 소설 《밀다원 시대》로 널리 알려진 이곳은 전국문화단체 총연합회 사무실 2층에 있었으며 피란기간 동안 미술전람회가 가장 많이 열린 곳이었다. 위치 때문인지 밀다원에는 문총에 소속되어 있었던 많은 문인들이 드나들었는데 김동리, 황순원(黃順元), 조연현(趙連鉉), 김팔봉(金八峰), 유동준(兪東濬)을 비롯한 부산의 김말봉, 오영수가 이른바 '밀다원파'였다.

밀다원 말고도 문인들은 금강다방에도 자주 모였는데 문총 사무국 차장이자 《문예지》를 운영하던 조연현(趙演鉉)이 이곳을 사무실처럼 사용했다. 또한 박인환(朴寅煥), 김경린(金璟麟), 이봉래(李奉來), 김규동(金奎東)이 모인 '후반기동인'들이 금강다방으로 모여들면서 이들은 '금강파'로 불렸다.

김환기와 특별히 친했던 금강다방 주인은 일본에서 연극을 했던 이로, 그가 주방에서 커피를 끓이고 그의 딸이 카운터를 지켰다. 딸의 미모가 매우 빼어나서 그 무렵 금강다방을 드나드는 모든 이들의 가슴을 설레게 했다. 때때로 태양다방의 음악인들이 떼를 지어 찾아오기도 했으며 '신사실파' 화가들이 3회전을 열기 위해 뜻을 모으고 이중섭이 생계를 위해 삽화를 연습하고 은지화를 그리던 곳이기도 했다.

창선파출소 옆 골목에 자리 잡은 망향다방과 부근 선술집 곰보집도 김경, 임호, 김종식, 한묵, 이시우, 이중섭을 비롯한 예술인들과 화가 지망생들이 단골로 자주 드나들었던 곳이다. 그러나 한편으로는 안타까운 일도 있었는데 이처럼 예술가들의 모임이 잦아질수록 서울과 외지에서 피난 온 예술인들의 우월감과 자부심이 부산, 경남 지역 토박이 예술인들의 자존심을 자극하기도 하고 어깨를 움츠러들게도 했다.

이렇게 다방은 그때 삶을 부지하고자 몰려들었던 미술인들은 물론이거니와 문인과 음악가, 무용가들의 집결지였으며, 삶의 절망을 허무주의적이고 퇴폐적인 '기인 같은 삶'들로 몰아가는 절망의 공간이면서도 그 속에서 자신을 찾고자 하는 실존의 공간이기도 했다.

한편 대구에 피난한 문화예술인들의 생활도 부산 예술인들의 삶과 크게 다르지 않았는데 대구에는 무엇보다 시인이나 소설가와 같은 문인들이 많았다. 부산 광복동 거리처럼 대구에서는 '향촌동'이 문인들의 낙원으로 떠올랐는데 일제강점기 대구 유흥의 중심이었던 이곳은 역설적이게도 6·25전쟁으로 다시금 전성기를 맞았다. 소설가 최태응(崔泰應)과 화가 이중섭이 묵었던 경복여관 등은 향촌동을 문화의 거리로 만드는 장소였다. 이중섭이 담배 은박지에 그림을 그렸던 백록다방도 빼놓을 수 없다.

클래식 음악 감상실 '르네상스'는 문화 살롱으로 전쟁의 소용돌이 속에서도 '폐허에서 바흐의 음악이 들린다'며 외신기자들이 놀라워했던 곳이다. 르네상스가 문을 열 수 있었던 데에는 뒷이야기가 있는데, 클래식 음악에 조예가 깊었던 호남 갑부의 아들 박용찬이 6·25전쟁이 시작되자 오로지 LP판만이 실린 트럭 한 대를 타고 대구로 피난을 왔고, 그 덕분에 르네상스가 존재할 수 있었다.

동성로 아담다방은 '육군종군작가단'의 산실이었으며, 대구에도 머물렀던 이중섭이 담뱃갑 은박지에 그림을 그리던 백록다방 주인은 경북여고 동기인 정복향과 안윤주라는 지식인 여성들로 그녀들의 아름답고 지적인 용모 때문에 한때 '음악은 르네상스에서, 차와 대화는 백록에서'라는 말이 유행했다고 한다.

부산 광복동 '할머니집'은 1950년대 첫 무렵 피란민 예술가들의 잔칫집이었다. 현실을 떠나 잠시라도 즐거움과 예술을 한꺼번에 누리고 싶어했던 그들은 가까이 지내는 사람에게 돈이 생기면 어김없이 그를 이끌고 '할머니집'으로 몰려갔다.

이중섭은 그들 틈에 끼어앉아 막소주를 아주 조금씩 아껴 마시곤 했다. 말수가 적은 그는 주로 친구들의 이야기에 귀 기울이며 해맑게

바닷가의 아이들 1951년

웃었다. 그러다 보면 잠시나마 자신의 처지를 잊어버릴 수 있었다.

그러나 '할머니집'을 나와 전차를 타고 느릿느릿 범일동까지 가노라면 조금 전까지 누렸던 잠깐의 즐거움은 바람에 날아가듯 어느새 어디론가 사라져버렸다.

'태현이, 태성이는 자겠지. 뭘 좀 먹었을까? 남덕이…… 자신은 굶으면서도 아이들에게만은 먹을 것을 주었겠지. 이 못난 아버지, 이 못난 남편.'

가슴에 차츰 서러움이 차오르면 중섭은 그 슬픔을 쓸어버리기라도 하듯 헝클어진 긴 머리카락을 느릿느릿 손으로 쓸어 넘겼다.

박고석의 아내는 개천 위에 기둥 받친 가게를 내어 학생들을 상대로 카레라이스를 팔았다. 중섭은 박고석의 손에 이끌려 그곳에서 끼니를 때운 적이 많았다. 어떤 날은 박고석의 아내가 채소랑 밥을 싸주기도 했다. 그러면 중섭은 고마워 어쩔 줄 모르며 두 손으로 소중히 들고는 아내에게 달려갔다.

동료 화가들 가운데 술을 가장 많이 산 것이 박고석이었다. 아내가 장사를 하는 데다 신문에 삽화를 그리고 있었으므로 그의 주머니가 누구보다 두둑했다. 찻집 '금강'에 화가들이 하릴없이 앉아 있으면 고석이 나갔다가 이내 돌아와 고갯짓을 했다. 한잔하러 가자는 신호였다. 중섭은 어느 틈에 술값을 구해 오는 고석에게 진심으로 존경의 눈빛을 보내곤 했다.

어쩌다 돈이 생기는 날이면 저도 모르게 어깨가 펴진 중섭은 '금강'에서 고석을 기다렸다. 가장 술을 많이 산 그에게 고마움을 표시하기 위해서였다. 고석이 나타나지 않으면 다른 친구들과 어울려 한차례 술을 마신 뒤 고석의 판잣집을 찾아갔다. 그곳에서 남겨둔 돈을 쪼개어 함께 술을 마시고는 마지막 남은 쥐꼬리만큼도 안 되는 돈을 아내에게 가져다주었다.

중섭은 참으로 도타운 정이 넘치는 화가였다. 언젠가 그를 도와준 적이 있는 화가 박정수를 만났을 때였다. 도란도란 옛 이야기를 나누며 길을 걷고 있는데, 느닷없이 중섭이 눈물을 뚝뚝 흘리는 게 아닌가. 박정수는 그가 어려웠던 날들을 추억하느라 그런 줄로만 알고 달래줄 양으로 말했다.

"자네, 왜 우나? 옛일은 이제 잊게."

"아니, 그게 아닐세. 저 소를 좀 보게."

박정수는 중섭이 가리키는 쪽을 보았다. 황소 한 마리가 짐을 가득 실은 수레를 힘겹게 끌며 비탈을 오르고 있었다. 너무 가엾어 보였다.

"순하디순한 소가 저토록 무거운 짐을 싣고 힘겹게 가고 있잖나. 소가 불쌍해서 그래."

뜻밖의 말이기는 했으나, 정수는 사람이고 짐승이고 차등을 두지 않고 순수하게 마음을 쏟는 중섭의 한없는 박애정신을 새삼 확인한 듯하여 가슴이 뭉클했다. 그가 그림의 대상을 그토록 사랑하는 까닭에 동심 어린 작품들을 내놓을 수 있음도 알았다.

그림의 소재가 어머니, 아내, 아이들, 소나 게, 닭, 그 무엇이든 간에 그는 그리기에 앞서 대상에 애정을 품었다. 이처럼 중섭에게 예술이란 순진무구한 사랑의 표현이었다.

1952년 가을 손응성, 한묵, 박고석, 이중섭, 이봉상이 모여 '기조동인'을 결성했다. 12월 22일부터 28일까지 〈기조전(其潮展)〉을 부산 르네상스 다방에서 열면서 다음 같은 서문으로 자신들의 예술적 의지를 밝혔다.

"회화 행동에의 길은 지극히 준엄한 것이며, 무한히 요원한 길이라는 것을 잘 안다. 만일 아직도 우리들의 생존이 조그만치라도 의의가 있다면 그것은 우리들의 일에 대한 자각성이어야 할 것이다. 진지하고도 유효한 훈련과 동시에 우리들은 먼저 한 장이라도 더 그릴 수있는 환경을 만드는 데 유의하고 싶다.”

이봉상·손응성·한묵·박고석·이중섭, 다섯이 저마다 자신들만의 분위기로 저무는 그해의 마지막을 성공적으로 장식했다.

그 가운데 이중섭이 기조전에 출품한 그림 2점은 모두의 눈을 끌었다. 도상봉과 이헌구는 날마다 들러 그의 그림을 보았다. 이헌구는 월남미술작가전 때 중섭의 그림을 80만 환에 사준 일도 있었다.

한 그림은 ‘완월동 풍경’으로, 몽타주식 구도법을 쓴 독특한 작품이었다. 전봇대와 외등이 클로즈업된 아래로 비탈진 완월동 풍경이 펼쳐진 그림은 붓놀림이 강하고 색깔도 짙었다. 또 하나는 어린아이들이 둥글게 누운 가운데에서 한 아이가 자유롭게 춤추는 그림이다. 잿빛 어린 바탕 위에 엷은 갈색 아이가 빚어내는 조화는 보는 이의 가슴을 그윽이 사로잡았다.

도상봉이 중섭에게 감탄 어린 인사를 보냈다.

“중섭 씨, 그림이 아주 좋습니다.”

중섭은 도상봉에게 거짓 없는 겸손을 보였다.

“죄송합니다. 이다음에는 제대로 잘 그려서 보여드리겠습니다.”

중섭의 겸손과 진실됨이 너무나 순수하고 투명했던 탓에 때로는 사람들에게 오히려 불투명한 인상을 심어주기도 했다. 그래서 그를 아끼고 기억하는 사람들은 중섭이 모든 것을 제대로 드러내지 못한 말보다는 그의 모든 것을 완벽하게 드러낸 몸짓 표현을 ‘이중섭’으로 여겼다. 그는 말 한마디를 입 밖에 내놓기 위해서 마치 의식과도 같은 몸짓을 거쳐야만 했다. 어떻게 보면 참으로 신비스럽기까지 했다.

수화 김환기가 찻집 '밀다원'에서 개인전을 연 마지막 날, 기념회를 통해 개인전에 대한 평을 모으게 되었다. 그 자리에는 이헌구·김동리·모윤숙·오상순·김광균·김말봉·손소희·한묵·도상봉·박고석·손응성·김병기·이봉상·유영국·송혜수를 비롯해 많은 시인과 소설가와 화가들이 모였다.

오영진이 사회를 맡았다. 몇 사람의 감상을 들은 다음, 중섭에게 한 마디 해달라고 부탁했다. 북한 미술계에 대한 설명도 들을 겸해서였다.

이중섭이 큰 키를 우뚝 세웠다. 분위기가 낯설었는지 간절한 몸짓 표현이 시작되었다.

"감동받았습니다. 수화 화백의 그림은 옛날 도쿄에서 유학하던 시절부터 보아왔지만 이번 전람회에서는 정말, 감동…… 받았습니다…… 다만…… 달이 더 크게 그려졌으면 했습니다."

1952년 2월, 문총구국대 경남지부 회원이 된 중섭은 국방부 정훈국 직속 종군화가 단원이 되었다.

그 무렵, 중섭은 원산에서 개인 미술연구소를 차렸다가 그날로 문을 닫으면서 알게 된 김영환을 부산에서 다시 만났다.

연구소 문을 닫던 날, 중섭은 자신을 도와 그림 도구들을 송도원 집까지 날라다준 김영환과 함께 거실 겸 아틀리에로 쓰는 방에서 저녁을 먹었다. 그리고 그곳에 놓인 고려청자와 조선백자의 아름다움에 대해 이야기를 나누었다.

그날, 중섭은 동양의 그림이야말로 글과 그림이 한데 어우러져 작품이 되는, 그야말로 종합예술의 형식을 갖추고 있노라고 했다.

"나는 고려청자의 문양을 무척 좋아한다네. 소재의 형태며 균형이 슬기롭고, 넘치는 생동감과 눈에 보이지 않는 완성의 재치는 정말 독특하거든.”

또한 이중섭은 자신을 갈등 속으로 몰아넣은 사회주의 리얼리즘에 대해서도 털어놓았다.

“나는 아직도 사회주의 리얼리즘이 뭔지 모르겠어. 내가 느끼지 못하는 것들을 마치 느낀 것처럼 그려내라고 명령하니 답답한 일이지 뭐야. 예술은 진실에 바탕을 두지 않는 한 싹트지 않는 법인데.”

김영환은 그 일을 계기로 4년 동안, 사흘이 멀다 하고 중섭을 찾아와 데생에서 유화까지 많은 가르침을 받았다.

그런데 6·25전쟁이 나고부터 피란지 부산에서 다시 만날 때까지, 두 사람의 만남은 끊어지고 말았다. 김영환은 중섭이 피란했다는 소식을 들었으나, 그 뒤의 일은 통 알 수 없어 그의 안부를 걱정해 왔다.

중공군의 개입으로 전세가 바뀌면서 북한 주민들이 줄지어 남쪽으로 피란하기 시작한 1951년 1·4후퇴 때, 김영환은 전쟁이 나던 해 가을 학질에 걸렸는데 늑막염까지 겹쳐 앓았다. 몸이 약했던 그는 그때 얻은 병으로 두어 달을 고생하다가 가까스로 건강을 되찾은 참이었다.

병이 낫자마자 그는 주위 사람들의 만류에도 아랑곳없이 안변에서 원산으로 떠났다. 스승 이중섭을 만나기 위해서였다. 그때는 아직 중섭의 피란 사실을 알지 못했다. 그러나 원산시내에 들어가기도 전에 통행금지에 걸리고 말았다.

원산은 불타고 있었다. 불길과 연기에 휩싸여 하늘은 제 빛을 잃었다. 영환은 우두커니 서서 멀리 보이는 원산 쪽을 하염없이 바라보았다.

달과 까마귀 1954년

물고기와 노는 세 아이 1953년

'선생님은 어떻게 되셨을까? 무사히 저 속을 빠져나오셨을까?'

하는 수 없이 발길을 돌린 그는 이중섭 선생이 무사히 빠져나와 남하하는 사람들 대열에 끼어 있기만을 간절히 빌었다.

서둘러 집으로 돌아온 김영환은 어머니를 남겨둔 채 형과 함께 피란길에 올랐다. 어머니는 그것이 두 아들과 다시는 만날 수 없는 이별임을 예감하지 못한 채 미숫가루며 먹을 것을 챙겨주기에 바빴다. 형제 또한 그것이 어머니와의 마지막이 될 줄은 꿈에서조차 생각 못했다. 모두들 기껏해야 두서너 달 뒤면 국군이 중공군을 몰아내고 다시 북한에 자유를 주려니 했다.

영환은 형과 함께 피란민을 따라 고조까지 내려간 뒤, 고갯마루에서 잠깐 쉬기로 했다. 그곳에서 뜻밖에도 김인호의 누이를 만났다. 그녀는 중섭의 어머니를 송도원 고갯길에서 만났다며, 중섭이 배편으로 남하했다는 소식을 전해 주었다.

그 이야기를 들은 영환은 꽤 안심했다. 그리고, 언젠가는 다시 만나게 되리라 믿고 남행길을 재촉했다.

그렇게 해서 부산까지 내려와 있던 영환은 선배 신홍철을 만나 중섭의 소식을 들었다. 그는 선배가 그려준 약도를 들고 범일동 산기슭에 옹기종기 모인 판잣집으로 중섭을 만나러 헐레벌떡 달려갔다. 마침내 두 사람은 서로 얼싸안고 반가운 재회의 시간을 가졌다. 만날 사람은 결국 만나게 된다. 영환은 흔히 하는 그 말 속에 담긴 진리를 몸소 느낄 수 있었다.

그때, 김영환은 미군부대에서 일하고 있었다. 함께 온 형 김영섭은 육군 군악대 일을 보고 있다가 부대에 비상이 걸리던 날, 그만 지프차에 허리를 다치고 말았다. 그런데 허리부상이 늑막염으로 번지는 바람에 병원에 입원 중이었다.

영환은 형의 치료비를 마련하기 위해 미군부대 일이 끝나기가 무섭게 미군들 초상화를 그렸다. 그렇게 1년이 넘도록 형의 입원비를 대고 있었다.

중섭은 평양음악대학을 나온 김영섭과도 원산에 있을 때 친하게 지냈다. 그는 병석에 오랫동안 누워 지내 삶에 대한 의욕을 잃어버린 영섭을 찾아가 위로하고, 담당 의사와 두 간호원에게 6호 크기의 그림 1점과 은박지 데생 2점을 선물하기도 했다.

영섭에게는, 병이 빨리 낫기를 바란다며 자신의 그림을 병실 창가에 걸어주었다. '고향의 봄'을 떠올리게 하는 배경에 천진스러운 아이들 앞에서 피아노를 치는 음악가의 기쁨이 서려 있는 그림이었다.

그러나 여러 병이 겹친 영섭은 두 사람의 극진한 보살핌에도 불구하고 병원에 입원한 지 1년 6개월이 되는 이듬해 11월 초순에 세상을 뜨고 말았다. 그날은 밤새도록 눈발이 흩날렸다. 재능 있는 한 음악도가 그 재능을 미처 펴보지도 못한 채 죽고 말아 하늘도 애석해하는 듯했다.

형과 중섭만을 믿고 의지하던 영환의 슬픔은 이루 말할 수 없었다. 그런 그의 모습을 바라보며 애처로워하던 중섭이 조용히 말했다.

"한 살이라도 더 먹은 내가 제대로 도와주지 못해 세상을 떠난 거야."

사람의 힘으로 어쩌지 못하는 일이 생길 때에도 중섭은 늘 자신을 탓했다. 그러나 진심의 힘은 위대하여 중섭의 안타까움을 표현한 그의 말에 사람들은 위로를 얻었다.

중섭은 그 뒤 영환이 홍익대학 미술학부 서양학과에 들어갈 수 있도록 애써주었다. 그는 김영환의 학부형이자 보증인이 되어주었고, 특별히 은박지 데생 3점을 들고 교무처장을 찾아가 영환을 잘 돌보아달라고 부탁했다.

부산에서의 수용소 생활, 서귀포에서의 가난, 다시 부산에서의 중노동은 중섭에게 남아 있던 건강을 야금야금 갉아먹었다.

어느덧 범일동 판자촌에도 봄은 찾아왔다. 새의 지저귐이 들려오고 꽃들이 언 땅을 비집고 나와 피어나는 풍경을 볼 때면, 중섭은 문득 지나간 시절이 그리워졌다. 하지만 그런 낭만적인 순간도 잠깐일 뿐, 먹을 게 모자라 보채는 두 아이가 중섭의 여린 가슴을 울렸다.

피란살이에서는 끼니 하나를 때우면 다음 끼니가 걱정이었고, 오늘이 지나면 또 내일이 문제였다.

남덕은 다른 아낙네들을 따라다니며 먹을 만한 풀을 뜯어다 즙을 내거나 밀가루 섞은 죽을 쑤어 아이들에게 먹였다. 굶다시피 하던 아이들은 조금 넉넉하게 먹었다 싶으면 어김없이 배탈이 났다.

부산에서 남덕은 수소문 끝에 일본의 친정어머니와 가까스로 연락이 닿았다. 곧 일본에서 그녀에게 적은 액수의 돈이 송금되었다. 도쿄에 있는 한국인 목사를 통해 보내온 것이었다. 그러나 얼마 있다가 일본에서 불행한 소식이 날아들었다. 남덕의 아버지가 세상을 떠났다는 것이다.

보고 싶은 내 딸 마사코에게

너의 편지 잘 받아보았다. 몸이 아프다는데 어느 정도인지 걱정이 되는구나. 건강이 첫째라는 것을 명심해라. 엄마는 그동안 네가 보고 싶어 수없이 울었단다. 전쟁 통에 무사하긴 한 건지 염려를 많이 했단다. 지금은 무엇보다도 몸이 낫기만을 신경 써라.

다른 나라에서 살다 보면 고생이 많을 것이다. 이 어미는 어느 정도 짐작이 간다. 그렇지만 어떤 어려운 경우라도 슬기롭게 극복하는 내 딸이 되기를 바란다.

사랑하는 내 딸아, 몸이 다 낫지도 않았는데 마음까지 아프게 할 일이 생겼구나. 네 아버지가 오랫동안 앓다가 얼마 전 세상을 떠나셨단다. 너를 몹시도 그리워하시던 불쌍한 네 아버지를 떠올리면 자꾸만 눈물이 나는구나. 다른 식구들은 무사히 잘 있다. 형편이 된다면 빠른 시일 내에 친정에 한번 들르려무나. 어미는 늘 널 그리워하며 기다리고 있단다. 너희 가족은 잘 지낸다 하니 그나마 다행이다.

어미가 돈을 조금 보낸다. 아버지가 안 계시니 여유 있게 돈을 부칠 수가 없구나. 그 점 이해해 주기 바란다. 살다 보면 많은 일들이 있는 법이니라.

그럼 늘 몸조심하고 건강하게 지내라.

편지를 먼저 받아본 사람은 중섭이었다. 그는 편지를 숨겼다. 아내의 건강이 좋지 않은 데다, 곧바로 일본에 갈 수도 없는 형편이기 때문이었다. 그도 괴로웠지만 참았다. 어쩔 도리가 없었다.

다시 일본에서 편지가 날아들었다. 이번에는 남덕이 직접 편지를 받았다. 아버지의 유언에 따라 네 딸들에게 얼마간 재산이 상속되었다는 내용이었다. 셋째딸인 그녀에게도 재산이 주어졌으며, 본인이 스스로 법적 수속을 밟아야 한다는 것이었다.

"아버지가 돌아가신 걸 왜 진작 말해 주지 않았어요?"

슬픔을 삭이고 난 남덕이 남편에게 넌지시 물었다.

"미안해. 남덕이 건강도 썩 좋지 않은데, 그 소식을 알렸다가는 기절할까봐 그랬지."

중섭은 몹시 우울한 표정으로 대답했다. 남덕은 심한 영양결핍으로 인해 폐결핵에 걸려 가끔씩 피를 토했다.

어느 날 밤, 중섭은 칭얼거리다 겨우 잠든 두 아들의 얼굴을 물끄러미 내려다보고 있었다. 그때 아내가 조심조심 말을 꺼냈다.

"여보……"

"응?"

중섭은 여전히 아이들의 얼굴에서 눈을 떼지 못한 채 대꾸했다.

"지금까지 당신은 한 번도 화내신 일이 없지요?"

"무슨 뚱딴지같은 소리요?"

그제서야 중섭은 아내 얼굴을 보았다. 도쿄 분카학원의 미술학도, 프랑스어를 잘하던 부잣집 딸의 모습은 어디에도 찾아볼 수 없는 몰골이었다.

남덕이 파리한 얼굴로 남편에게 말했다.

"당신은 여태껏 어떤 힘든 상황에서도 화를 낸 적이 없었어요. 지금 제가 이야기하는 걸 듣고도 절대 화를 내서는 안 돼요. 아셨지요?"

"그래, 나 화 안 낼게."

중섭은 그러면서도 불안한 눈으로 아내를 바라보았다. 무언가 결심한, 어쩐지 서글픈 얼굴이었다.

야무지게 다물렸던 남덕의 입술이 드디어 열렸다.

"이곳 부산에 일본인 수용소가 있다는 것, 알고 계시죠?"

"그래."

"저 이제부터 그곳에 가 있겠어요. 그곳에선 아마 아이들도 받아줄 거예요."

남덕은 그때까지 호적이 제대로 정리되어 있지 않았었다. 그래서 이미 오래전에 중섭과 결혼해서 살고 있지만, 국적은 그대로 일본으로 되어 있었다. 한국인과 결혼한 일본여자라 하더라도, 그 무렵 일본인 수용소에서는 그 자녀들까지 받아주었던 것이다.

"거긴 일본으로 귀국하려는 사람들이 잠시 머무르는 곳인데……?"

중섭의 눈썹이 가늘게 떨렸다. 불안할 때 나타나는 버릇이었다.

"여기 재산 상속 통지서가 왔어요. 제가 직접 가야 법적 절차를 밟을 수 있다고 하네요. 먼저 아이들과 함께 제가 일본으로 떠나고, 나중에 당신이 오면 되잖아요. 일본은 6·25전쟁 덕분에 경제가 발전했대요. 그곳에서라면 굶지 않고 그림을 그릴 수 있을 거예요."

중섭은 말없이 턱을 치켜들고 천장을 향해 담배 연기를 내뿜었다. 뿌연 연기가 근심으로 가득 찬 중섭의 얼굴을 흐릿하게 지우며 덮어버렸다. 순간 눈물에 젖은 그의 눈동자가 반짝 빛났다. 그러나 담배 연기에 가려 남덕에게는 중섭의 얼굴이 보이지 않았다.

부산 초량동 창고에는 8·15해방 뒤 미처 귀국하지 못한 일본인들이 수용되어 있었다. 가족 단위도 많았지만, 한국인 남자로부터 버림받은 일본여자들 또한 많이 있었다. 해방되면서 친일파라는 누명을 벗고자 일본여자를 버린 경우도 흔히 있었고, 어떻게 해서든 일본에 건너가고자 여자를 억지로 수용소에 집어넣은 경우도 있었다. 그곳 수용소로 들어간 일본 여자들 모두가 한국에 대해 공통적으로 가지고 있는 생각은 '지긋지긋한 조선 땅'이었다.

중섭은 가족들을 남겨둔 채 임시연락선으로 현해탄을 건너온 남덕, 억척스레 조선인 아내로서의 몫을 다한 남덕, 첫아이를 잃고 아이의 초상을 그리며 슬픔을 삭히던 남덕 등 지난 날들을 떠올렸다.

그 모습들이 하나하나 새삼스럽게 그려지니 가슴속에 만감이 교차했다. 이윽고 그의 무거운 입이 떨어졌다.

"그 편이 좋겠다면…… 그렇게 하시오."

중섭은 아내의 마음을 헤아려 자기는 가난 속에서도 가족과 함께 있음으로써 행복했노란 말을 결코 입밖에 내지 않았다. 아내와 아이들을 그만큼 사랑한 중섭은 아내의 말에 따르기로 결심했다. 중섭은 내키지 않는 말을 할 때일수록 고개를 더 세차게 주억거렸다. 아내 남덕도 남편의 그런 버릇을 잘 알고 있었다.

"날품 팔아 돈을 모아서 곧 뒤따라 가겠소."

중섭은 스스로에게 다짐하듯 말했으나, 가슴 저 밑바닥에서는 깊은 슬픔과 불안이 소용돌이쳤다.

며칠 뒤, 남덕은 두 아들과 함께 부산시 초량동 미곡창고에 마련된 일본인 수용소로 들어갔다. 중섭도 함께 수용소에 들어가면 좋았겠지만, 그는 한국인이기 때문에 자격이 없었다.

어느 날, 그나마 형편이 나은 박고석이 아내와 아이들에게 먹이라며 쌀과 야채, 된장 따위를 한 보따리 싸서 건네주었다.

"고맙네, 정말 고마워."

중섭은 밥이 든 보따리를 들고 휘청걸음으로 일본인 수용소가 있는 초량동으로 향했다. 철길을 건너다가 그는 발을 헛디뎌 넘어지기도 했다. 그러나 그는 무릎이 아픈 줄도 모르고 아내와 자식을 만날 수 있다는 기쁨에 다시 일어나 수용소로 달려갔다.

"여기 밥이 있다. 야채도 있고, 찍어 먹을 된장도 있어."

중섭은 가족들을 만나자 자랑스럽게 보따리를 풀어놓았다. 그러면서 아내의 종아리에다 입을 맞추었다.

그런 중섭을 측은한 눈길로 바라보던 남덕은 주르르 두 볼에 흐르는 눈물을 감추지 못했다.

"당신도 드세요."

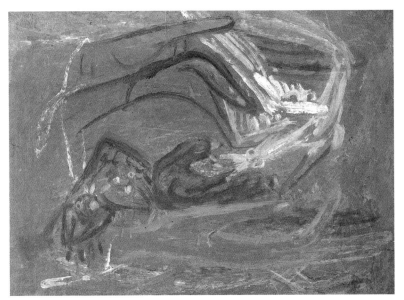

손과 새 가족

두 아이와 게

"아, 난 먹었어. 배불리 먹었어. 남덕이 종아리는 참 이쁘단 말야. 이렇게 뽀뽀해 주고 싶어서 막 달려왔지."

중섭은 계속해서 아내의 종아리에다 입을 맞추었다.

"이제 일본으로 떠나야 돼요. 곧 일본에서 송환선이 도착한대요."

안쓰러운 표정으로 나지막히 혼자 중얼거리는 아내의 말에 중섭은 멈칫했다. 그것은 말 그대로 심장이 멎는 듯한 충격이었다. 송환선이 도착한다는 것은 곧 가족과 이별해야 한다는 뜻이었다.

며칠이 지나자 일본에서 보낸 제3차 송환선이 부산항에 들어왔다.

야마모토 마사코란 일본인 이름으로 돌아간 남덕과 태현·태성 두 아들은 그 배를 타고 일본으로 가게 되어 있었다.

중섭은 원산에서 피란 올 때 함께 내려온 후배 화가 김인호와 송환선이 머물러 있는 부두로 나갔다. 양명문과 김영환도 함께했다.

"애들아! 태현아, 태성아! 잘 가거라. 남덕이도 몸조심하고"

송환선에 오르는 가족들의 손을 하나하나 힘주어 잡으며, 중섭은 목이 멘 소리로 거듭거듭 그들의 이름을 애절하게 불러댔다.

"일본으로 빨리 오세요. 가자마자 편지할게요. 당신을 꼭 부를게요."

아내 남덕도 울먹이며 말했다.

아무리 겪어도 이별은 익숙해지지가 않는다. 기약 없는 이별은 더욱 그렇다. 보내기로 결심하고도 막상 보내려니 후회가 밀물처럼 밀려들어 중섭은 어쩔 줄 몰라했다. 그러나 되돌릴 수 없는 상황에 중섭은 애써 의연한 척 가족들을 배에 태웠다.

이중섭은 멀어져가는 배를 바라보며 가족들을 향해 오래도록 손을 흔들었다. 어쩌면 이제 다시는 가족들을 볼 수 없을지도 모른다는 뒤늦은 생각이 그의 가슴을 아프게 파고들었다.

배가 영도 섬에 가려져 시야에서 완전히 사라지자, 그는 거의 넋이

나가버렸다. 김인호는 언제까지나 부두를 서성이는 중섭을 억지로 끌다시피 해서 술집으로 데려갔다.

그날, 몹시 취한 중섭은 김인호를 붙들고 뚝뚝 눈물을 흘리며 통곡했다.

"나는 죄인이야. 남덕이를 버렸어. 그렇게 착하고 예쁜 남덕이를 보내다니. 그림을 그린답시고 아내와 아이들을 굶주림에 허덕이게 하고…… 그리고, 그리고 결국 먹여 살릴 방법이 없어서 일본으로 떠나보낸 칠푼이야, 바보 칠푼이. 난, 나는…… 천벌을 받을 죄인이야. 아니, 천벌을 받아도 싸지. 나는 가족을 속이고, 세상을 속였어. 그림이라는, 말도 되지 않는 걸 가지고 다 속인 거야. 예술이 뭐야? 식구들 굶겨 죽이는 게 예술인가? 이 세상 누구도 나를 용서하지 않을 거야."

이중섭은 밤마다 남덕이 꿈을 꾸었다. 그녀와 그가 벌거숭이로 하나되는 꿈이었다. 그러다 그게 꿈인 걸 알고서 퍼뜩 잠에서 깨어났다. 중섭은 허탈감에 빠져 뒤죽박죽 어긋난 생각의 조각들을 꿰어맞추려 질식할 듯 많은 질문들을 스스로에게 마구 던져댔다.

'남덕과 내가 진정 하나가 될 수 없다면 차라리 나는 죽음을 택하여 산산히 부서져 우주를 날아다니리라. 그런데 왜 폭발하지 않고 있는가? 내 안에는 우주를 전율시킬 만큼 충분한 에너지와 그 어떤 빛이라도 꺼트릴 만큼 충분한 광기가 있지 않은가? 나의 유일한 기쁨은 혼돈이고, 나를 쓰러뜨릴 충동은 쾌락이 아닌가? 나의 상승은 곧 추락이고, 나의 폭발은 곧 정열이 아닌가? 나는 나 스스로를 파괴하지 않고는 사랑할 수 없는가? 나는 순수한 상태 속에 철저하게 갇혀 있는가? 나의 사랑은 그렇게나 많은 독을 품고 있는가? 이제까지 충분히 죽음과 씨름했으니 갖가지 상황에 나를 고스란히 맡긴 채로 여러 생각 않고 그 상황들을 무절제하게 살아보아야 하지 않는가? 그런데 기어이 관능마저 적으로 삼아야 하는가? 내 안에서 사랑이 다시 생겨날 때면 나는 왜 그렇게 겁을 집어먹는가? 도대체 왜 세상을 삼켜서라도 사랑이 자라는 것을 멈추게 하고 싶은가? 고통스러워할 이유를 찾기 위해서 사랑에 기만당하고 싶은 것인가? 아니면 사랑을 통해 나 자신이 얼마나 타락했는지 보여주고 싶은가? 사랑 때문에 죽을 수 있는가?'

이튿날로 중섭은 그들이 묵고 있던 범일동 판잣집을 나왔다. 부두 노동도 그만두고 찻집 '르네상스' 아니면 '금강'에 죽치고 앉아 종군화가단 증명서 속에 끼워둔 가족사진을 꺼내 보았다. 가뜩이나 없는 말이 더욱 드물어졌다. 그저 누가 가서 술을 마시자면 따라가 홀짝홀짝 술만 마실 따름이었다.

가족이 일본으로 떠난 뒤 거처할 집이 없는 중섭은 줄곧 이곳저곳을 떠돌았다. 하루하루가 동가식서가숙하는 처량한 신세였다. 그가 하루라도 묵으며 신세지지 않은 친구 집이 없을 정도였다.

박고석의 친구로 성악을 하는 서종일의 집은 중섭에게 도서관이나 다름없었다. 그 집에 가면 니체의 책을 읽을 수 있었고, 베토벤의 음악을 마음껏 들을 수 있었다.

그 대신 중섭은 서종일에게 그림을 그려주었다. 박고석과 그 아들을 낙서처럼 그려주었다. 또 참새가 먹을 것을 날라오는 그림, 손응성이 현해탄에서 소주병을 들고 서 있는 그림도 그려주었다.

중섭은 송혜수를 만나면 어린아이처럼 웃으며 말했다.

"우리 남덕이랑 태현이, 태성이 데리고 나왔을 때 혜수 형이 설렁탕 사주었지. 우리 남덕이, 이제 설렁탕 맛도 못 보겠네."

부산 보수동 한묵의 판잣집, 토성동 고아원의 이인범 발레단, 영도

다리 건너의 대한도기, 완월동, 송도를 헤매며 중섭은 줄곧 "나도 곧 간다"고 중얼거렸다.

아직 실험 중인 도기를 만드는 대한도기에서는 월급도 없이 변관식·김은호·서세옥·장운상·황염수가 일하고 있었다. 그곳에는 2층 마루방이 있는데 한겨울에는 가마니를 깔고 자야 했지만, 중섭이 잠을 잘 수도 있고 그림을 그릴 수도 있었다. 중섭은 때때로 한밤중에 그리로 쳐들어가 수위와 실랑이를 벌이기도 했다.

어쩌다 신문 문화란에 삽화를 그리고 화료를 받으면 대뜸 남포동 골동품 가게로 달려갔다. 그곳에는 전쟁 통에 쏟아져나온 진귀한 미술품들이 많았다.

"요거 얼마입니까?"

중섭이 마음에 쏙 드는 것을 물으면 주인은 그가 가진 돈으로는 어림도 없는 가격을 불렀다.

"요거 팔지 말고 그대로 두어주십시오. 제가 다음에 와서 꼭 살 테니까요."

그렇게 말한 적이 한두 번이 아니었지만 중섭은 끝내 하나도 사지 못했다. 그러던 참에 구상이 부산에 나타났다.

구상은 한때 폐결핵이 깊어져 피를 많이 토하고 쓰러졌다. 의사인 그의 아내는 그를 대구에서 조금 떨어진 시골로 데려가 정성을 다해 열심히 보살폈다. 아내의 지극한 병구완으로 몸이 조금 나아진 구상은 대구 영남일보 주필을 맡게 되었고, 그의 아내는 작은 병원을 내어 그곳에 눌러앉았다.

이러한 사정이 있었기에 구상은 오랫동안 중섭을 만날 수 없었다.

부산에 온 구상은 중섭의 방랑생활이 그의 위대한 예술을 좀먹고 있음을 알아차렸다. 그래서 환경을 바꾸어주려고 마음먹었다.

"중섭, 나와 함께 대구로 가세."

"부산에 정이 들었는걸. 대구에 가면 무얼 하나? 남덕이와 더 멀리 떨어져 있게 되는데."

"아니야. 비행기만 타면 대구에서나 부산에서나 도쿄에 가기는 마찬가지라네."

"그래? 그럼 한번 다녀올까?"

중섭은 구상과 함께 대구로 갔다.

"부인과 아이들이 떠나서 적적하시겠지만 조금 더 견디면 곧 다시 만나실 거예요."

구상의 아내가 부드럽게 위안의 말을 건넸다. 중섭으로서는 고맙기만 한 배려였다.

그곳에는 최태응·마해송·박기준·조지훈 등이 있었다. 화가가 보이지 않아서 중섭은 실망했으나, 이내 마음을 가다듬고 천진스럽게 그림을 그리기 시작했다. 천도복숭아와 어린아이들이 그려진 무릉도원 같은 그림이었다.

"상, 이 천도복숭아를 따 먹고 빨리 나으라고 그린 걸세. 이걸 따 먹고 꼭 낫게. 꼭 나으라구."

중섭이 환하게 웃는 앞에서 구상은 마주 웃다가 그만 눈물을 찔끔찔끔 떨구었다.

'하느님, 하필이면 이 땅에 저 사람을 보내셨나이까?'

이 시기 중섭의 그림은 주제도, 표현 방법도 모두 거칠고 사나웠다. 이제까지의 그림에서는 새가 자유롭게 날아다녔는데 이때의 작품들은 그렇지 못했다. 잔인하리 만큼 큰 날개를 펼치고 죽어 있는 새들이라던가, 죽어가는 새들을 그렸다. 소 또한 그림 속에서 불안한

부부　1953년

상태에 놓여 매를 맞고 있다던가 물고기도 칼 앞에서는 죽음을 두려워하는 그런 그림들뿐이었다. 중섭의 작품에 칼이나 망치 등이 나타나던 때이다.

그러나 이때의 모든 작품이 그런 것은 아니었다. 밝고 명랑한 분위기의 작품이 있는가 하면 우습기조차 한 희극화도 있었다. 〈달과 비둘기〉에 등장하는 새와 유사한 〈새 네 마리〉는 무척이나 명랑하다. 자유로운 배치와 활력 넘치는 동작으로 상황에 따라 변화를 줌으로써 '거칠고 사나운' 장면과는 사뭇 다른 '밝고 명랑한' 장면으로 바꾸기도 했던 것이다. 이와 같은 빛과 어두움, 비극과 희극의 공존은 뒷날 이중섭 예술의 특징 가운데 하나가 된다.

현해탄 저 너머

　구상은 단순한 술친구나 그저 예술을 이야기하는 동료가 아니라 중섭의 예술을 진정으로 아끼는 벗이었다. 일찍이 원산에서 보였던 중섭의 빼어난 재능을 피란살이에 치여 잃게 될까 겁이 난 구상은 조심스레 말을 꺼냈다.

　"중섭, 그동안 그림은 어떻게 그렸나?"

　"그걸 뭘 그렇게…… 구태여 묻고 그러나. 요새는 담배 은박지에 그리고 있어. 한묵이 양담배를 몇 갑 주길래 다 피우고 나서 은박지에 그림을 새겨보았지. 아주 재미있던걸."

　"그렇지만, 유화를 그려야 남지."

　이중섭은 더부룩한 수염 사이로 하얗게 이를 드러내고 웃으며 쓸쓸하게 대답했다.

　"유화야 다른 사람들이 많이 그리고 있는걸 뭐."

　"자네의 유화 말일세. 자네의 유화를 남겨야지."

　"글쎄……"

　중섭은 유화물감이 없어 못 그린다는 말을 끝내 하지 않았다.

　도쿄시절에 이미 시험삼아 은박지에 그림을 그렸던 일은, 유화를 그릴 때 쓰는 캔버스나 물감을 구할 수 없는 피란살이에 이르러 숙명적인 일이 되어 버렸다.

누군가가 양담배를 주면 다 피우고 나서 그 은박지에 그림을 그리고, 다른 사람들에게 은박지를 모아달라 부탁도 했다.

은박지를 얻으면 유화물감에서 호박빛이나 검정을 골라 바르고 걸레로 문지른다. 그다음 못 또는 송곳 끝으로 그어 자국을 낸다.

중섭의 은지화는 이렇게 만들어졌다.

은지화는 새로운 형식의 작품이었고, 미술사상 처음이자 마지막으로서 새로운 재료의 발견이기도 했다. 담배를 쌌던 종이인 은지(銀紙)를 사용하는 발상은 그것이 지니고 있는 예술성과 더불어 중섭의 창의성을 나타내는 실로 매혹적인 착상이었다.

그런데 뒷날 이 은지화를 둘러싸고 논란이 벌어진다. 그 논란은 크게 둘로 나뉜다. 언제 어디서 처음 그리기 시작했는가 하는 기원 문제와 수련을 위한 밑그림에 지나지 않는 소묘인가, 완결 구조를 갖춘 회화인가 하는 본격적인 작품 논쟁이었다. 기원 문제는 영원한 미궁이다. 일본, 제주, 부산 그 어느 곳일 수도 있으나 일본설이 가장 근거 없고 부산설이 가장 유력하지만 제주설 또한 빼놓을 만한 아무런 까닭이 없다.

본격회화냐 아니냐 하는 논쟁은 회화의 종류와 기능에 대한 전제를 무시한, 어리석은 주장 때문에 발생한다. 이중섭이 아내 남덕에게 한 말, 곧 "이것은 어디까지나 에스키스에 불과한 것이며, 이것을 토대로 해서 형편이 피면 그때 대작으로 완성시키겠다고 했었죠. 그러니까 절대로 남에게 보여주면 안 된다면서 저에게 맡겼던 것입니다" 그 말을 근거 삼아 본격회화가 아니라는 주장도 있지만 에스키스라고 해서 본격작품이 아니라고 할 수만은 없다. 재료와 관계없이 작가가 수련 용도로 설정하여 제작하는 것이라면 그것이 소묘이며 같은 재료를 사용하더라도 완결 구조를 갖춰 제작하는 것이라면 그것

부부 1953년

은 본격작품이라 할 수 있을 것이다. 게다가 수련용 소묘라고 해도 결과에 있어서 최상의 예술성을 갖추었다면 본격작품이 아닌가. 완결성을 지향한 본격회화라고 해도 결과가 예술성을 갖추지 못했다면 수련 과정의 산물에 지나지 않는다.

그러므로 은지화는 1951년 제주 시절부터 1952년 부산 시절에 이르는 기간 동안 수련용의 숙성 과정을 거치면서 이룬 예술 작품으로, 재료 및 형식 모든 면에서 최초의 발견을 이룩한 위대한 업적이라 할 수 있지 않을까. 때문에 은지화란 기법으로는 소묘, 방법으로는 회화이고 결과에 있어서 관객에게는 완전한 본격회화인 셈이다.

중섭은 이러한 은지화를 몇 점이나 제작했을까. 또 지금까지 남아 있는 은지화는 몇 점이나 될까. 아무도 모를 수밖에 없는 이 숫자에 최초로 관심을 갖고 밝혀내기 시작한 사람은 구상이었다. 구상은 이중섭이 그린 은지화가 어림잡아 300점은 될 것이라고 했다. 그 뒤 1986년 호암갤러리 주최 '30주기 특별기획 이중섭 전'에 즈음해 이를 취재한 기자 안규철은 출품작 70점과 그 밖에 50여 점까지 모두 120여 점이 있다고 밝혔다. 때문에 이중섭의 은지화는 최소 120점에서 최대 300점 정도로 볼 수 있다. 은지화 가운데 대표 작품을 두고 여러 주장이 있겠지만 〈도원(桃園)〉 연작이야말로 빼놓을 수 없는 걸작으로 꼽힌다.

그리고 드물게도 현실을 그린 두 점의 작품이 있는데, 그것은 〈바이올린 연주〉와 뉴욕 MoMA 소장품인 〈신문 읽기〉다. 중섭의 거의 모든 은지화에 등장하는 인물은 발가벗고 있지만 이 두 그림만큼은 옷을 걸치고 있다는 점과 함께 바이올린 또는 신문과 같은 인공의 사물들이 나온다는 사실이 특별하다. 이처럼 현실 사회의 풍속을 소재로 삼은 작품을 창작한 것은 그가 자신이 발 딛고 있는 세계를 명확히 인식하고 있었음을 보여주는 드문 사례다.

1956년, 미국 뉴욕근대미술관에서는 만장일치로 이중섭의 은박지 작품 소장을 결의했다. 다름 아닌 독특한 재료 개발 때문이었다.

그저 편편한 은박지가 아닌, 담배 포장으로 구겨진 자국이 이중섭의 의도를 잘 표현해 주었다. 중섭에게는 '그림'이 그가 살아 있는 이유이자 살아가는 방법이었다. 그는 화가 말고는 아무것도 아니었다.

나쁜 조건 속에서도 그는 그릴 뿐이었다. 표현할 공간만 있으면 어디에든 그렸다. 배가 고파서 그렸고, 아내와 아이들이 그리워서, 갈곳이 없어서, 춥고 외로워서 그렸다.

중섭은 '인간의 순박한 마음을 떠난 그림은 있을 수 없다' 말한 그대로, 거짓이나 꾸밈이 없는 동심의 세계를 그렸다. 또한 때로는 온갖 감정을 바탕으로 생명과 진실, 기억의 그림을 그렸다.

무엇을 이야기하기 위해서라든가, 무엇을 강조하기 위해서라든가, 아니면 특수한 시도를 하기 위해서 초조해할 필요는 없었다. 오로지 현실에서 벗어난 자신의 마음과 고독을 어린아이 같은 천진한 마음으로 거짓없이 참되게 그리면 그만이었다.

그래서 그의 그림에는 현실에서 얻을 수 없는 슬픔과 그리움과 사랑의 감정이 깃들어 있었다. 욕심 없는 인간의 마음이 그가 긋는 선과 색채 속에 고스란히 들어 있었다.

나이로는 어른임에도 그는 순수, 그 자체에 머물렀다. 그럼으로써 어린아이들이 믿는 동화의 세계를 바로 눈앞에 펼쳐지는 현실 세계인 것처럼 그려낼 수 있었다.

이제는 돌아갈 수 없는 낙원, 꿈, 어머니의 나라, 행복과 사랑, 끝없는 봉사정신, 고독, 바닷가의 게나 물고기와 어울려 노는 해맑은 아이들. 그의 마음은 언제나 이런 낙원의 세계에 머물고 있었다.

중섭의 예술은 감히 누구도 섣불리 이뤄낼 수 없는 것이었다. 그는 아름다움을 발견하는 곤충의 더듬이를 가진 천재였다.

화가들 거의가 자신이 선택한 소재가 아닌 일상은 그냥 지나쳐버리기 일쑤인데, 중섭은 자신이 선택하지 않은 것에서도 놀라운 관찰력으로 아직 발굴되지 않은 아름다움을 찾아냈다.

형체, 그만이 표현할 수 있는 독특한 색감의 세계, 기발한 구상이나 구성의 훌륭함은 타고난 자질이 아니고서는 아무나 발을 들일 수 없는 영역이었다. 중섭의 그림은 누가 보아도 한눈에 그의 것임을 알 수 있었다.

중섭의 작품은 한마디로 고구려 벽화처럼 원숙하고 막힘이 없었다. 끊어질 듯한 선의 높낮이와 물결이 어우러져 하나의 형태를 이루는 용맹스러운 기마민족의 표현 방법이 그의 작품과 구성에서 속속들이 느껴졌다.

생명력 있는 구성으로 펼쳐진 그의 선은 붓을 한번 들었다 하면 멈추는 일 없이 시작에서 끝을 향해 단숨에 치달렸다. 그 붓이 마지막으로 닿는 곳이 바로 작품의 완성이었다. 한 번 생각하고 그때마다 붓을 드는 게 아니라, 실타래처럼 줄곧 이어지는 생각들이 유기적으로 선을 이루는 그런 방식이었다.

그것이 이중섭의 선이고, 형태였다. 그만큼 마음먹은 대로 그릴 수 있었고, 조형의 형태를 그의 착상 속에 새겨 넣을 수 있었다.

원산시절, 김충선은 뚜렷하고 힘찬 중섭의 선을 그대로 배우려 온 힘을 다해 선을 그린 적이 있다. 그러나 되풀이해 그려보아도 그 같은 선은 나오지 않았다. 김충선은 답답함에 그만 연필을 분질러버렸다.

또한 이중섭에게는 공손한 겸허가 있었다. 동료 화가들이 그의 작품을 칭찬할라치면 이렇게 대꾸하곤 했다.

"자네가 대(가르쳐)주고선 뭘 그래."

'가장 민족적인 것이 가장 세계적'이라고 괴테는 말했다. 그 말대로 이중섭의 민족적 특성은 온 세계 누구나 공감할 수 있는 국제적인 것이었다. 또한 향토적이며 야수파적인 요소도 지녔다.

야수파적 요소는 근대에서 현대로 접어드는 1930년대 우리나라 예술가들 누구나가 지닌 예술세계이기도 하다.

20세기 초인 1905년을 즈음해 프랑스에서 일어난 야수파(포비즘)는 굵은 선으로 소재를 대담하게 단순화한 혁신적 화풍을 통해 강렬한 순수 색채를 사용하여 색채의 해방을 부르짖으며 세계로 번져나갔다. 이러한 흐름은 자연히 1930년대 일본에서 유학하던 우리나라 화가들에게도 큰 영향을 미쳤다.

회화에 있어서 이중섭의 예술적 위치와 특성을 알기 위해서는 먼저 야수파를 이해해야 한다. 그다음 야수파가 무엇인지 알고나면 어떤 재료를 써서 어떻게 시각적으로 표현하는지 조각·회화·건축 등과 같은 조형의 변천 과정을 살펴보아야 한다.

회화는 어느 시대에 어떻게 변했는가? 14세기 끝무렵 이탈리아에서 시작되어 온 유럽을 휩쓴 예술과 문화의 혁명 '르네상스' 이래, 그림은 오랫동안 성서를 소재로 삼아 신의 권위를 상징적으로 표현해 왔다.

'최후의 만찬'을 그린 레오나르도 다 빈치, 시스티나 성당 천장화 '천지 창조'와 '성모자' 그리고 '피에타' 상을 제작한 미켈란젤로, '작은 의자의 성모'를 그린 라파엘로가 그에 속한다.

그때의 그림은 소재와 주제에 뚜렷한 구별이 없었다. 소재가 곧 주제가 되었다. 그러나 상인계급의 등장으로 근대 시민사회가 이루어짐으로써 그림의 소재가 바뀌고 인간적인 면을 주제로 삼게 되었다. 상인계급은 인본주의의 발전을 물질적으로 뒷받침해 주었다.

이로써 그림의 소재는 마리아 상이나 예수보다는 인간생활과 그 언저리의 것들로 초점이 옮겨갔다. 우아한 귀족 부인이나 아름다운 왕녀의 초상화 또는 정물화가 그 빈자리를 채웠다.

레오나르도 다 빈치가 완성시킨 원근법과 명암법을 통해 소재를 정밀하게 묘사함으로써 실물과 같은 착각을 일으키게 하는 이른바 '트롱프뢰유' 시대가 왔다. 다시 말해 성서의 줄거리를 그림으로 그려 보여주었던 회화가 교회의 영향권에서 벗어나 자유시민이 원하는 바에 따라 새로운 화면의 균형과 조화, 고요와 평화로움을 원근법에 투영시킨 '고전주의' 시대가 온 것이다.

그런데 고전주의는 그림이 교회의 영향권을 벗어나게는 해주었으나 도시의 상인계급과 손잡은 귀족들의 취미를 따르는 데 급급해 예술의 자주성을 잃고 말았다.

이때, 들라크루아와 같은 화가들은 인간의 감정이나 현실 밖의 것을 표현해야 한다고 생각했다. 그들은 고전주의의 예속성을 벗어던졌다. 그것이 곧 '낭만주의'였다.

낭만주의 화가들은 예술의 자유를 마음껏 누렸다. 그러나 현실에 실재하는 것들에 대해서는 아는 바가 거의 없었다. 이에 반발한 일부 화가들이 흰 종이 위에 있는 그대로의 사실을 그림으로써 현실을 알고 자신의 위치를 정리해 보는 '리얼리즘', 사실주의가 일어났다.

이제 소재나 표현을 찾아 굳이 멀리 나갈 필요가 없었다. 자연과 인생을 객관적인 눈으로 관찰하여 있는 그대로 충실히 그려내면 되었다.

사실주의 화가들은 하류계급의 생활을 캔버스에 고스란히 옮겨

닭

가족과 어머니 1953~1954년

담아야 한다고 생각했다. 그들은 하층민에게서 그림의 소재를 찾기 시작했다. 그러나 그들이 그린 캔버스 속 현실은 너무나도 어두웠다. 사실주의에 가까이 다가갈수록 그림은 자아와 현실의 거리가 멀어져 화가들은 당황했다.

이리하여 '전기 인상파'의 막이 올랐다.

"캔버스가 어두워지기만 해서 어쩌겠다는 말인가? 화가는 화가일 뿐, 사회를 개혁시키는 다이너마이트는 아니다."

어두움을 견디다 못한 몇몇 화가들은 이러한 주장을 내세우며 강렬한 빛을 찾았다.

모든 소재와 조형은 밝은 햇빛이 비치는 바깥으로 끌어내어졌다. 전기 인상파 화가들은 그리고자 하는 대상에 빛을 뿌려댔다. 하지만 그 빛이 지나치게 밝아지면서, 색채나 색조의 순간적인 효과를 이용하여 눈에 보이는 세계를 정확하고 객관적이게 표현하려 했던 전기 인상파의 의미가 변색되고 말았다. 거기에 미처 반성할 틈도 없이 '후기 인상파'와 '신인상파'가 등장했다.

후기 인상파 및 신인상파 화가들은 색조를 분할하는 기법을 개발했다. 이른바 '점묘법'이다. 원색의 점을 마치 모자이크처럼 수없이 캔버스에 펼침으로써 빛의 인상적 효과를 표현하는 것이다.

이윽고 그리고자 하는 대상을 자아의 바깥에서 찾는 대신 다시 자아 속에서 찾게 되었다. 특히 마티스에 의해 2차원의 화면, 다시 말해 평면이 구성의 바탕을 이루게 되었다.

'야수파'는 '색채로 뒤덮인 평면의 시대'를 몰고 왔다. 원근과 명암은 파기되었다. 풍경이나 물체가 어떻든지, 마음속에 떠오른 영감이 지시하는 대로 그린다는 표현주의에 고갱의 화려한 장식성이 한데 어우러진 세계였다.

그 다음은 '다다이즘'과 '쉬르레알리즘(초현실주의)'이었다.

'다다'는 프랑스말로 '아무것도 없다'는 뜻이다. 다다이즘은 곧 모든 제약과 질서를 거부하고 파괴하는 운동이었다.

일본 유학으로 야수파의 영향을 받은 이중섭은 형태의 단순화, 원색, 대담한 붓놀림으로 개성을 창조했다. 생동감 있으면서 막힘 없는 붓놀림이라든가 단순한 형태에 더한 단순한 색채감은 바로 마티스의 색 배합과 비슷했다.

이렇듯 야수파의 영향을 받았으면서도 그의 예술은 서양에서 들어온 화풍이라는 낯선 느낌이 전혀 없었고 보는 이로 하여금 자연스럽게 공감하게 했다. 야수파 양식을 완전히 자기만의 것으로 소화했기 때문이다.

이 같은 사실은 그의 예술을 평가함에 있어 빼놓을 수 없는, 가장 중요한 핵심이다. 그 무렵 우리나라 미술의 선구자들이 도쿄의 미술계나 미술학교를 통해 고전주의부터 사실주의, 인상파를 두루 공부하고 와서 그 가운데 한 유파의 양식에 따라 일생 동안 작품 활동을 했음을 돌이켜본다면 말이다.

다른 사람의 표현 양식을 똑같이 되풀이하지 않고, 그 양식을 자신의 개성에 맞게 발전시켜 우리나라 고유의 소재들로 자신의 예술적 언어를 표현한 이중섭의 참된 미술 창조는 그 순수한 성품이 바탕이 되어 더욱 드밝게 빛날 수 있었다. 몇몇 일화에도 중섭 특유의 천진함이 묻어난다.

1952년 4월, 국방부 정훈국 직속 종군화가단에 들어갈 때였다. 종군화가에 대해서는 국방부가 책임져야 하므로 스무 명 남짓한 종군화가들은 모두 철저한 신원조사를 받았다. 조사가 끝나면 곧바로 야간 통행증이 주어졌다. 자정만 되면 온 거리에 통행금지가 내려져 어느 누구를 막론하고 통행증 없이는 다니지 못하던 시절이었다.

국방부 정보국의 신원조사반이 조사서류를 들고 왔다. 온갖 사항들을 메우도록 지시된 빈칸과, 지문을 찍는 칸, 본인이 직접 자신의 신상에 대해 쓰는 칸도 있었다.

조사원이 그에게 차례로 묻기 시작했다. 중섭은 다른 사람이라면 밝히기 꺼렸을, 북조선미술동맹에 가입했던 사실까지 밝혔다.

조사반이 물었다.

"가장 숭배하는 사람은 누구입니까?"

"없습니다."

"숭배하는 사람이 하나도 없습니까?"

"없습니다."

"그렇다면, 이승만 대통령이나 이중섭 선생의 아버지라도……."

"없습니다."

이중섭은 고집스럽게 대답했다. 조사반은 조금 어처구니없어 하며 말했다.

"친구라도 됩니다."

중섭은 이마에 식은땀이 송글송글 맺히도록 시간을 끌었다. 다른 사람들에게는 대수롭지 않게 넘어갈 사항이었으나 그는 그렇지 못했다.

"오늘 밤 집에 가서 생각해 보면 안 될까요?"

조사반은 하는 수 없다는 듯이 웃었다.

"그럼, 그렇게 하십시오."

가장 숭배하는 사람에 대한 질문란은 끝내 빈 칸으로 남았다. 아무도 숭배하지 않는데, 서류에 쓰기 위해 거짓으로 써넣을 수는 없었기 때문이다.

이중섭의 결벽과 정직성은 여느 때에도 마찬가지였다. 어쩌다 그림을 팔아 돈이 생기는 날이면 사정을 잘 아는 친구들이 쓰지 말고 곧장 집으로 가져가라고 중섭의 등을 밀었다. 그러면 중섭은 다른 친구들을 가리키며 이렇게 말했다.

"저렇게 모여서 내가 오기만 기다리는데, 어떻게 그림값을 그대로 집으로 가져갈 수 있단 말인가? 안 되겠네."

신세진 동료들에게 보답한답시고 술집으로 끌고 가 한턱 쓰고 나면 마침내 그의 주머니는 텅 비고 말았다.

그러면 작가 김이석은 호되게 중섭을 나무랐고, 그런 이석 앞에서 중섭은 매우 난처한 표정으로 멋쩍은 웃음을 짓고는 했다.

광복동 '대도회'에서 제1회 국방부종군화가전이 열렸을 때였다. 중섭은 종군화가에게 요구되는 '씩씩한 군인' 대신, 원산 부두에서 고등어를 이어 나르는 아낙네를 그려서 출품했다. 마음이 여리고 약한 중섭이 아낙네의 모습을 보고 고등어 한 광주리를 몽땅 사버린 사연이 얽혀 있는 그림이었다.

미국공보원 문화과장 브루노가 그의 그림을 2점 샀다. 단번에 60만 환이 손에 쥐어졌다. 김이석과 황염수는 중섭의 평소 행동으로 보아 그 돈이 남지 않으리라 예감하고 조마조마 마음을 졸이며 걱정했다. 아니나 다를까, 중섭에게서 돈 냄새를 맡은 시인과 화가들이 달라붙어 술을 얻어먹고 그것도 모자라 강제로 돈을 몇만 환씩이나 우려냈다.

중섭이 김이석에게 물었다.

"너, 밥 안 먹었지?"

"안 먹었으면 어쩔 테냐?"

"나가자. 나, 돈 많다. 술도 사 주고 밥도 사 주마."

"싫다. 그 돈, 네 아내에게 갖다 주어라. 네 아이들은 그렇게 굶길 작정이냐?"

"신세를 갚아야지, 무슨 소리야?"

실랑이 끝에 돈이 다 털리고 나면 중섭은 그만 풀이 죽었다. 김이석은 냉정하게 야단을 쳤다.

"네 아내가 일본여자라는 것을 좀 생각해라. 한국사내를 뭘로 보겠니? 부끄럽지도 않아?"

그러나 그의 양심으로서는 그간 얻어먹은 술빚을 갚지 않고 손에 돈을 쥔 채 집으로 돌아가는 일 자체가 허락되지 않았다.

때문에 이중섭에게는 그의 약한 마음을 이용하려는 사람들이 늘 날파리처럼 꾀어들었다. 물론 누구나 굶주리는 시대였던 만큼 악의로 접근하는 사람은 거의 없었을 것이다. 문제는, 중섭 스스로가 돈 관리에 소홀한 자신의 태도를 즐기듯 한다는 데에 있었다.

이중섭이 제주도에서 그린 그림을 더해 모은 30점으로 문화극장 앞 찻집 '금잔디'에서 개인전을 열었을 때였다. 유난히 많은 게 그림에 미술 관계자들이 관심을 가졌고, 소설가 한무숙도 그의 그림을 샀다. 그때로서는 유명한 동양화가를 빼놓고 이중섭만큼 그림이 잘 팔리는 화가는 아무도 없었다.

그러나 정작 그의 주머니에 굴러들어온 것은 푼돈밖에 안 되었다. 몇몇이 그의 그림값을 가로챘기 때문이다. 어떤 사람은 그의 그림을 팔아주겠노라 들고 가서는 그대로 사라지기도 했다. 그래도 중섭은 그를 미워하거나 욕지거리를 내뱉지 않았다.

부산 '르네상스'에서 기조전을 가졌을 때의 일만 해도 그렇다. 전시된 그림들은 거의 다 팔렸다. 드디어 손응성의 그림에도 딱지가 붙었다. 손응성은 거의 기대도 하지 않았기에 뜻밖이라고 생각했다.

새와 아이들 1953~1954년

전시회가 끝나고 나서 중섭이 그림값을 받아오겠다며 손응성의 그림을 들고 나갔다. 얼마 뒤 돌아온 중섭은 그에게 돈을 내밀며 말했다.

"조금밖에 못 받았어. 이거라도 우선 받아두게."

그러나 사실은 팔리지도 않은 그의 그림에 몰래 딱지를 붙여 중섭이 자기 그림을 판 돈으로 그림값을 마련해 준 것이었다. 나중에 정말로 손응성의 그림이 팔리는 바람에 손응성은 그림값을 이중으로 받은 셈이 되었다.

이중섭, 그는 시대를 잘못 타고 태어난 불우한 천재 화가였음에는 틀림없다. 어른이면서도 어른의 악이나 욕망에 물들지 않은 어린아이였다. 그의 아름다움은 곧 선함이자 진실됨이었다. 그는 모든 욕망과 허위로부터 자유로웠다.

대구에서 중섭은 최태응·마해송·박기준·조지훈 같은 작가들을 사귀었고, 뒷날 통영에서도 유치환·이영도·김상옥과 사귀었다. 어떤 면에서 중섭은 화가보다 시인이나 소설가와 더욱 잘 어울렸다. 그는 말을 썩 잘하지는 못했으나 그만의 독특한 표현법을 가지고 있었으며, 그런 그의 문학적인 면이 자연스레 그림에도 묻어났다.

중섭은 이따금 구상이 있는 대구에 갔다. 그곳에서 부산을 떠돌아다니던 시인이나 화가들을 만날 때도 있었다. 그러면 서로 안부를 묻기도 하고 그들이 중섭에게 원고 청탁이나 삽화 일을 맡기기도 했다.

중섭은 그곳에서 이기련 육군 대령과 사귀었다. 군인다운 그는 꾸밈없고 직설적이며 투박한 말투를 썼기에 '포대령'이라는 별명으로 불렸다. 소문으로는 중부전선에서 미군장교에게 결투를 청하면서까지 국군 작전계획을 고집했다 한다. 포대령은 중섭을 꽤나 좋아했다.

그런데 어느 날, 포대령이 갑자기 짓궂게 중섭을 물고 늘어졌다.

"자네는 왜 구상처럼 8·15 때 월남하지 않았나? 빨갱이지?"

술김에 퍼부은 말이었으나, 중섭의 여린 가슴은 갈가리 찢겨져 너덜거렸다. 그 빨갱이들의 등쌀에 억울한 죽음을 맞은 형이 떠올라 더욱 괴로웠다. 그저 무심히 웃고 넘길 만큼 강인하지 못한 탓이리라 중섭은 또 자책했다.

다음 날, 중섭은 대구경찰서 사찰계로 가서 사찰계장을 붙들고 물었다.

"내가 빨갱이입니까?"

"빨갱이냐고요? 당신 누구요? 무엇 때문에 여기 왔소?"

사찰계장은 아닌 밤에 홍두깨 같은 사나이를 만나 그저 어리둥절했다.

"내가 빨갱이가 아니라는 사실을 밝혀주십시오."

"도대체 당신은 누구요?"

"원산에서 피란 온 이중섭이란 사람입니다."

"직업은 뭐요?"

"그림을 좀 그리고 있습니다."

"신분증 좀 봅시다."

이중섭은 국방부 발행의 종군화가단 증명서에 야간통행증까지 내보였다. 그제야 의혹이 가신 사찰계장은 몇 가지 더 물었다.

"대구에 친구가 있소?"

"몇 있습니다."

"한 사람만 대보시오."

"구상이라는 시인이 있습니다."

사찰계장은 대구시내를 주름잡고 다니는 시인 구상을 잘 알고 있었다. 그 사람이 친구라면야, 하는 생각에 일단 구상이 일하는 '승리

일보'사로 전화를 걸었다.

조금 뒤 구상이 헐레벌떡 달려왔다. 구상은 중섭에게 어머니처럼 자애로운 보호자였다.

"중섭, 이게 웬일인가?"

"포대령이 나더러 자꾸 빨갱이라고 해서 사실이 아니란 걸 밝히려고 왔어……."

"그렇다고 이런 데에 오면 어떡하나, 이 사람아."

구상은 어이가 없었다. 그는 사찰계장을 돌아보며 말했다.

"계장, 오해 마시오. 이 사람은 위대한 화가요."

"아, 그렇습니까? 하하……."

계장이 웃었다. 이중섭은 계장이 환하게 웃는 모습을 보며 자신이 빨갱이가 아님이 밝혀졌다고 생각했다.

"자, 가서 빨갱이가 안 되는 술 한잔 하세."

구상은 중섭을 데리고 경찰서를 나와 가까운 술집으로 갔다. 그러고는 그 자리에 포대령도 불러 다시는 그런 말을 하지 말라며 나무라듯 당부했다.

또 이런 일도 있었다.

중섭과 포대령, 중위이면서 그림을 그리는 친구, 이렇게 셋이서 술기운이 돈 상태로 포대령의 지프차를 타고 갈 때였다. 대구 수성천 밤길에 이르러 갑자기 포대령이 차를 세웠다. 그러더니 중위더러 내리라고 고함을 지르는 것이다. 중위가 의아해하며 차에서 내리자 포대령은 다짜고짜 뺨을 철썩 때린 다음 그대로 차를 몰고 가버렸다.

이튿날, 화가 잔뜩 난 중위를 만난 포대령은 사과하느라 쩔쩔맸다.

"아, 글쎄, 술김에 자네가 중섭을 괴롭히는 녀석인 줄 착각했지 뭔가. 진짜 미안하네."

중섭은 건축가 김중업과도 잘 알고 지내는 사이였다.

김중업은 이중섭이 일본에 있는 아내와 두 아들을 몹시 그리워하는 걸 보다 못해, 마침 전화국에 근무하던 후배에게 부탁해 국제전화를 걸 수 있도록 해주었다. 중섭은 김중업과 함께 밤늦게 전화국에 들어가 일본으로 전화를 걸었다. 어렵사리 남덕과 연결이 되었다.

"모시모시, 모시모시!"

중섭은 전화기를 통해 아내 남덕의 목소리가 들리자, 너무도 반가워서 '여보세요'의 일본말인 '모시모시'만 외쳐댔다. 아내의 그리운 목소리가 계속 들려오는 걸 알면서도, 다음 말을 잇지 못한 채 '모시모시'만 거듭했다. 너무 기쁜 나머지, 그다음 할 말을 잊어버렸던 것이다.

전화를 하고 있는 중섭보다 더 애가 탄 사람은 옆에서 그 통화 내용을 듣고 있던 김중업이었다.

끝내 중섭은 '모시모시'만 되풀이하다가 그 귀중한 3분의 통화 시간을 몽땅 써버리고 말았다. 그가 아쉬운 얼굴로 전화기를 내려놓자, 화가 난 김중업이 주먹으로 그의 등을 때렸다.

"이런 답답한 사람아! 무슨 말이라도 해야지. 그놈의 모시모시는 대체 무언가?"

어쩌면 아내와 아이들에 대한 참을 수 없는 그리움 때문에 중섭이 더욱더 이런저런 친구들과 관계를 맺었는지도 모른다.

1953년 새해를 맞이했다. 100만이 넘는 인구의 부산 거리는 싸늘한 겨울 찬바람만이 감돌고 새해 기분이란 찾아볼 데가 없었다. 일반 관공서와 그에 따르는 기관들은 문을 닫았지만 많은 상가들이 문을 열고 장사를 했다. 그러나 상인들은 손님이 없는 탓에 진열대에 잔뜩 쌓인 상품만 바라보며 덧없이 시간을 보내야만 했다. 하지만 양력설과 달리 그때는 누구나 음력설을 지냈으므로 오는 2월 14일이 거의 모든 사람들이 지내는 제대로 된 설날이었다. 이날이 다가옴에 따라 모든 물가가 하늘 높은 줄 모르고 치솟아 설날대목임을 실감케 했다.

중섭도 이런 날엔 평소에 알고 지내는 누군가의 집으로 가서 떡국과 송편을 함께 나누어 먹었다. 중섭은 두 달 전부터 박고석의 집에 머물고 있었기에 박고석과 그 이웃의 여러 벗들이 함께했다. 그리고 피난 생활에서도 꽤나 여유 있던 김광업과 윤상의 초대를 빼놓을 수 없었다. 무엇보다 이때는 신사실파에 새로 가입한 김중업이 프랑스행 준비로 들떠 있었기 때문에 김중업의 친형인 김광업의 집에 김환기, 백영수가 이중섭과 함께 합류해 신사실파 시대를 열자며 새해 분위기를 한껏 돋우고 있었다.

한자리에 모이고 보니 1953년은 계사년(癸巳年) 뱀띠 해였다. 중섭은 새해를 기념하는 그림을 그렸다. 그 작품은 〈해와 뱀〉이다. 해는 희망의 상징이고, 뱀은 풍요를 뜻한다. 태양은 남성을 의미하기도 하는데 중섭의 해에는 다섯 개의 황금빛 줄이 주렁주렁하고 온화한 웃음을 머금은 표정을 짓고 있다. 뱀도 입을 벌린 채 태양의 얼굴을 향해 말을 걸고 있다. 태양은 그림 윗부분 하늘색 영역의 주인이고, 뱀은 아랫부분 황토색 영역을 차지한다. 해와 뱀의 하나 됨은 곧 희망과 풍요의 조화를 기원하는 주술 행위라는 점에서 새해의 휘호로는 최고의 작품이었다.

1953년 5월 26일부터 6월 4일까지 국립박물관 화랑에서 제3회 신사실파 전이 열렸다. 중섭은 이때 〈굴뚝 1〉, 〈굴뚝 2〉 두 점을 출품했다. 신사실파는 1948년 12월 김환기를 중심으로 유영국, 이규상이 참

애정 1955년

여해 제1회전을 열었고, 다음해 1949년 11월에 장욱진이 함께하여 제2회전을 열었는데 한국전쟁으로 중단하고 있다가 그제야 제3회전을 열었다. 이때 중섭과 함께 장욱진, 백영수가 같이했으나 이규상은 출품하지 않았다.

함께 출품한 백영수는 뒷날 이중섭은 6호 정도 크기의 도화지에 수채화로 그린 〈굴뚝 1〉, 〈굴뚝 2〉두 점을 출품했다면서 이렇게 말했다.

"왜 굴뚝을 그렸느냐고요? 그때 분위기가 그랬었어요. 부산 피난 때 분위기가 그렇게 좋은 형편이 아니어서 뭔가 생활이 안정되어 있지 않았는데 굴뚝이 자기를 잘 표현하는 거 같다고. 그런 분위기를. 그런 그림은 세상에 둘도 없는 그림이었어요. 빛깔도 그냥─빛깔도 없이. 그림 한가운데 가득 채워진 굴뚝이 다였어요. 아무것도 없이."

그런데 이때 긴장감이 감도는 일이 일어났다. 정보기관 요원이 유영국, 장욱진과 이중섭을 도서관으로 데려가 심문하는 사건이 벌어진 것이다. 백영수는 1983년 《신사실파와 굴뚝》이란 글에서 이때 사정을 이렇게 돌아보았다.

'기관에서 나왔다며 불만스런 눈으로 전시장을 휘둘러보았다. 그러면서 유영국의 그림 앞에 서서는 "이것이 무엇이요? 그림 절반이 갈라져 아래는 푸른색, 위에는 흰색인데 그 가운데 이어진 이 선은 북쪽을 의미하는 게 아니요?" 어처구니없는 질문을 해대었다. 또 장욱진은 연행되어가서 "왜 땅도 소도 빨갛습니까?" "사상적으로 좀 이상하지 않소?" 억지 질문을 받았다고 하였다. 그 무렵 이미 서울에서부터 붉은색을 많이 쓰면 사상적으로 빨갱이니 뭐니 하는 소문이 돌았고, 또 빨간색을 많이 쓰면 기관에서 조사를 받는다는 이야기들을 하곤 하였다. 우리의 미술이 기를 펴지 못한 시기였다.'

또 2007년 백영수는 기관원들이 이중섭 작품은 자유 색채가 있다며 엉뚱한 트집을 잡기도 했다고 증언했다. 그 즈음 피난지 부산의 어떤 정보기관이 실제로 행한 일이라면 국가기관의 민간 검열 행위로서 법률을 뛰어넘은 예술 검열이며, 사상 검열이었다. 정보기관 요원은 반공이념을 기준으로 삼아 그림의 형태를 해석함으로써 작가 의도와는 무관한, 전혀 뜻밖의 의미를 발견하고 이를 바탕으로 질문하는 것이다. 따라서 그 타당성을 따지는 일은 가치가 없다. 도리어 문제는 숱하게 열리던 종군화가 작품전이나 월남화가 작품전은 그렇다고 해도, 바로 전해에 열린 기조전 때에도 일어나지 않았던 사건이 왜 국립박물관의 신사실파전 때 일어났느냐 하는 것이다. 지금으로서는 알 수 없지만 '사실'이란 낱말을 그때 사회주의 진영에서 사용하는 '사실주의'라는 낱말과 같은 뜻으로 파악해 검열에 나선 것으로 추측된다. 그런데 싱겁게도 도서관에서의 심문 뒤로는 더 이상 관련된 조치가 없었으므로 그때 신사실파 회원들은 결국 이 유치한 질문과 행동은 그동안 그들을 시기하던 이들의 장난일 것이라 결론지으며 씁쓸한 미소를 지어야만 했다.

정보기관의 터무니없고 유치한 해석과 달리 전람회에 대해 정규는 《화단외론》에서 신사실파가 중견 작가 모임으로 "신망을 받아온 단체"이지만 "초라한 분묘(墳墓)"이자 "허물어지는 신사실파"로서 "신사실파는 없어지고 김환기 씨만 남았다"고 비판했다. 그러나 이봉상은 《내용의 참된 개조를》이란 글에서 정규와 달리 "새로운 것에 대한 관심이 큰 전람회로서 큰 충격을 받았다"고 감탄해 마지않았다.

무엇보다 부산미국문화원에서 다섯 점의 작품을 구입했으며, 또 이 무렵 미국문화원 문정관 브루노의 노력으로 예산을 세워 물감, 종이, 캔버스와 같은 화구를 일본에서 수입해서 신사실파 동인 말고도 많은 화가들에게 배급해주었다. 이렇게 보면 정보기관의 검열 행위는 잘못된 기록인지도 모른다.

5월 20일자 편지 《나의 소중한 남덕 군》에서 중섭은 "3인전은 5월 22일부터 개최하도록 지시가 있어서 회장에 진열해놓고, 지금 기다리고 있는 중이오. 오늘이 5월 20일이니까 모레부터 드디어 개최하게 되오"라며 신사실파 전람회를 '3인전'으로 표현하고 있다.

그런데 중섭이 참가하는 3인전도, 또 5월 22일에 개막한 전람회도 없었다. 전시 일정이야 국립박물관 사정으로 바뀔 수 있었지만 왜 신사실파전을 3인전이라고 표현했는지는 그 까닭을 알 수 없다. 아무튼 이중섭은 이 시절 더욱 제작욕이 왕성해져서 매일 그림에 전념하였다. 또한 3인전이 끝나면 5월 그믐께 서울에 갈 생각이라고 밝혔으므로 신사실파 전람회는 그에게 커다란 활력이 된 셈이다.

신사실파전에 중섭을 불러들인 사람은 김환기였다. 김환기는 이미 자유미술가협회전 창립전 때 조선인으로서는 유일하게 회우 자격으로 출품하고 있었는데, 그 뒤로 이중섭이 참여하고서 몇 해가 지나자 그를 "우리 화단에 가장 빛나는 존재"라는 찬사를 퍼부었던 적이 있는 사이다.

이처럼 좋은 관계로 시작된 인연이며, 게다가 그 시절 전위미술의 최전선에 나란히 선 그들이었으므로, 또다시 만나는 일은 필연이었다.

1948년 새로운 사실화를 그리기 위해 김환기와 유영국, 이규상에 의해 결성된 신사실파(新寫實派)는 1953년 부산에서 재건되었는데, 이는 화단의 정상화를 뜻하는 상징적인 사건이었다. 신사실파의 재건 덕분에 화단에는 새로운 미술에 대한 관심이 갈수록 높아졌고 더

불어 우리의 전통회화인 수묵채색화의 나아갈 방향도 고민하기 시작
했다.

신사실파의 예술지상주의적인 성향의 감상적이며 서정적인 화풍
과 이규상, 유영국의 기하학적이고 구성주의적인 화풍은 새로운 감각
으로 한창 전시(戰時)에 있는 우리나라 화단에 새로운 바람을 불러일
으키기에 충분했지만, 시대적 미숙함은 아직 이들의 미학을 받아들
이는 것을 버거워했다.

일정한 거처도 없이 늘 이리저리 옮겨다니는 것은 중섭에게 견디기
힘든 일이었다. 그림에 대한 목마름과 가족에 대한 그리움은 그를 초
조하게 만들었다. 그러나 일본으로 건너갈 형편이 못 되니 더욱 안타
까울 수밖에 없었다.

중섭이 한국에서 어렵게 지내는 것을 보다 못한 남덕은 오산학교
후배라는 마영일과 함께 장사를 벌였다. 남덕이 일본 책들을 도매상
에서 구입한 다음 배편으로 한국에 보내면, 마영일이 그걸 팔아 그
돈으로 중섭을 돕기로 한 것이다. 전쟁의 포연이 아직 가시지 않은
한국에서 책이 제대로 출판될 리 없었다. 게다가 식민지 시절을 겪은
뒤라서 지식인들은 일본어로 쓰인 책을 읽고 있었다. 일본 책은 한국
에서 꽤 비싼 값에 팔렸다.

남덕은 일본에 닿은 지 얼마 안 되어 과학과 예술에 대한 일본 책
을 한 번에 50권씩, 세 번에 걸쳐 모두 150권을 중섭에게로 보냈다.
그것을 팔면 원금을 일본으로 부쳐 책값을 갚고도 일본까지의 배삯
이 충분히 남을 정도였다.

그러나 이 중요한 일을 맡은 마영일은 그다지 양심적인 사람이 아
니었다. 두 사람의 동업은 처음 한 번만 제대로 성사되었지만 두 번

째 거래부터 곧 문제가 생겼다. 남덕이 빚을 내어 장만한 돈으로 산 일본 책 27만 엔어치를 한국으로 가져간 마영일은 장사로 번 돈을 몽땅 떼어먹은 것이다. 남덕에게 원금을 돌려주지 않은 것은 물론이고, 중섭에게 전하기로 한 돈도 동전 한 닢 주지 않았다.

믿었던 후배에게 보기 좋게 배신을 당한 중섭은 그런 일이 있었다는 것조차 몰랐다. 나중에야 아내로부터 그 일을 전해 들은 중섭은 장모와 아내에게 부끄럽고 죄스러워 해명하는 편지 한 장 쓰지 못했다.

더구나 그 책들은 아내가 일본에서 빌린 돈으로 산 것이었다. 뜻하지 않게 큰 빚을 지고 만 남덕은 삯바느질로 무려 20년이나 걸려 그 빚을 갚아야만 했다.

어느 날 중섭에게 대구의 구상이 반가운 소식을 보내왔다. 대한해운공사 소속 선원증을 발급받을 수 있을지도 모르겠다는 소식이었다.

'그렇다면 일본에 갈 수도 있다! 선원증이므로 아예 그곳에 머물러 살 수는 없겠지만, 뒷일이야 어쨌든, 사랑하는 남덕과 태현·태성이를 만날 수 있는 거다!'

중섭은 그를 눈 빠지게 기다리고 있을 아내와 아이들 앞으로 편지를 썼다. 현해탄을 오가는 편지는 부산에 큰 지물상사를 차리고 일본을 오가는 시인 김광균이나 구상을 통해 전달되고 있었다.

중섭이 가족에게 보낸 편지에는 남편으로서, 아버지로서 가족과 떨어져 살고 있다는 데 대한 뼈아픔과 애틋함이 생생했다. 그리고 화가로서 결코 떨쳐버릴 수 없는, 예술을 향한 열망과 욕구가 뚜렷하게 나타나 있었다.

이른 봄 3월에 중섭이 아내에게 보낸 편지글을 보면 그 마음이 잘

바닷가 아이들

물고기와 노는 세 아이들

드러났다.

　나의 사랑스럽고 소중한 당신, 당신의 편지 무척 기다리고 있다가 3월 3일자 편지 겨우 받았소.
　당신의 불안한 처지, 매일 밤 나쁜 꿈에 시달리며 식은땀에 흠뻑 젖은 당신을 생각하고 대향은 남덕 당신에게, 그리고 어머님에게 정말 미안하고 면목이 없소.
　3월 4일에 낸 내 편지에 부탁한……(새로운 서류 각각 1통씩) 그걸 받으면 당신에게 전화하고 열흘 이내에 부산을 떠나겠소. 더 빠를런지도 모르겠소. 얼마 안 있어 만나게 되오, 마 씨의 돈은 내가 직접 받아 가지고 갈 테니 걱정 마시오.
　이제부터는 사랑하는 당신과 태현·태성이를 위해 안전하게 생활할 수 있는 길이 여러 가지 있으니까 염려하지 말고 나쁜 꿈과 식은땀에 시달리지 않게끔 충분히 식사하도록 하오.
　지금까지 나는 온갖 고생을 해왔소. 우동과 간장으로 하루에 한 끼도 겨우 먹었고, 운이 좋으면 두 끼를 먹는 날도 있었소. 늘 배고픔에 시달리는 생활이었다오. 열흘 전부터는 심한 기침으로 목이 쉬고 몸도 상당히 피곤한 상태요. 지난겨울에는 하루도 옷을 벗고 잘 수가 없었소. 최상복 형이 갖다준 개털 외투를 입은 채 매일 새우잠을 잤소. 불을 땔 수 없는 사방 아홉 자의 냉골은 혼자 자는 사람에게 더 차갑게 느껴질 뿐 따뜻한 밤은 하루도 없었소. 거기다가 산꼭대기에 지은 하꼬방이기 때문에 거센 바람은 말할 나위가 없소. 춥고 배고픈, 그런 괴로운 때는…… 죽을 고비를 넘어 분명히 아직도 대향은 살아남아 있으니까 이제 조금만 더 참으면 사랑하는 아내와 자식을 만난다는 희망과, 생생하고 새로운 생명을 담은 '믿을 수 있는 새로운 방향'을 지시하고 행동하는 그림을 그릴 수 있다는 희망으로 참고 견디어 왔던 것이오.

앞으로는 진지하게 당신과 아이들의 안정된 생활과 나의 예술의 완성을 위해서 오직 최선을 다할 것이니, 대향을 굳게 믿고 마음 편하게 밝고 힘찬 장차의 일만을 생각하면서 매일매일을 행복하게 지내 주시오.

마 씨에 관한 일은 안심하고 기다려주오. 그럼 몸 성히 잘 있어요.

3일에 한 통씩 꼭 편지를 보내주시오.

중섭 대향

'대향'은 이중섭의 아호로, 일본에서 돌아와 원산에 머물던 시절에 지은 것이다. 본디는 '문향'이라고도 하고 '석향'이라고도 했으나, 어머니가 '이왕이면 큰 대자를 붙여라' 그래서 '대향'이라 하게 되었다.

문향은 문장의 고향이고, 석향은 저녁노을의 고향인데 낭만파 시인의 취향을 반영하는 듯 멋있지만 아무래도 어머니가 보기엔 부족했던 모양이다. 크게 성공하라는 어머니의 뜻을 담았던 것이다. 또 '이를지(之), 갈지(之)'를 써서 지향(之鄕)으로 하려고 했다고도 한다.

대향이란 호는 1941년 7월 6일자 엽서 그림에 처음으로 등장하지만 자주 쓴 건 아니다. 1940년부터 아내에게 보낸 대부분의 엽서 그림에는 서명을 'ㅈㅜㅇㅅㅓㅂ'이라고 했는데 간혹 'ㄷㅐㅎㅑㅇ'이라 쓴 것도 있다. 그리고 1942년에 들어서 소묘를 할 때엔 'ㄷㅐㅎㅑㅇ'이라고 썼다. 그제야 익숙해졌던 모양이다. 나아가 1943년 1월 13일자 엽서에서 자신의 이름을 이대향(李大鄕)으로 표기했으며, 3월에 열린 제7회 미술창작가협회전에서도 이대향이란 이름으로 출품을 했고 회원 주소록에도 이대향이란 이름으로 표기를 요청해 그렇게 쓰기 시작했다.

大鄕. 큰 대(大), 마을 향(鄕)으로 향은 마을이란 뜻 말고도 고향이란 뜻도 있고 또 소리란 뜻으로 음향이나 명성을 뜻하는 '향'(響)과 같이 쓰이는 한자다. 그러니까 대향이란 큰 마을, 큰 고향, 큰 소리, 큰 명예 그 어느 것으로도 쓰이는 낱말이다.

그리고 이중섭은 '소탑(素塔)'이라는 아호도 지었다. 1941년 11월 20일자 엽서에는 소탑(素塔)이라 썼다. 흰빛 소(素), 탑 탑(塔)으로 흰 탑이란 뜻이다. 그런데 흰빛 소(素)는 본바탕이나 본디라는 뜻으로도 쓰이므로 본디의 탑, 처음 세웠던 원형 그대로의 탑이란 뜻이기도 하다. 7월에 쓴 엽서 그림에서 대향이란 호를 사용하고, 그 뒤 11월에는 소탑이란 호를 사용한 것을 보면, 대향만큼이나 소탑도 꽤나 마음에 들었던 모양이다.

이중섭은 주로 초창기에 ㄷㅜㅇㅅㅓㅂ, 중반기 이후에는 ㅈㅜㅇㅅㅓㅂ으로 서명했다. 이중섭이 활동했던 그 무렵 시대 상황과 그의 활동무대, 개인사 등을 놓고 보았을 때 자신의 그림에 꾸준히 한글로만 서명한 것은 그리 쉬운 일만은 아니었다. 그럼에도 이를 굳건히 실천한 것은 그의 올곧은 민족애를 느낄 수 있는 지점이라 할 수 있다.

아호를 짓는다는 것은 스스로를 다시 다듬는다는 뜻이다. 지금까지 살아오면서 자신이 저지른 크고 작은 잘잘못이며, 부족했던 점, 넘쳤던 것들을 돌아보고 새 사람으로 거듭나서 새로운 세상을 만들어나가려는 뜻으로 새 이름을 마련하는 행위는 변화를 추구하는 일처럼 설레는 것이다. 중섭이 대향이란 아호를 사용하기 시작할 무렵, 몇 가지 의미 있는 일들이 있었다. 1940년이 끝나가던 때, 김환기가 한 언론에 이중섭을 가리켜 "우리 화단에 가장 빛나는 존재"라는 찬사를 던져주었고, 12월 25일에는 중섭이 아내에게 최초로 엽서 그림을 그려 보냈으며, 1941년에는 새로운 단체인 조선신미술가협회를 조직하는가 하면 미술창작가협회전에서 중섭이 회우 자격을 획득했다.

이러한 변화들은 삶을 다시 새롭게 시작해 보자는 생각을 하게 했다. 그래서 만들어낸 것이 바로 아호였다. 별명 아고리도 익숙해져 있었지만 무언가 분위기를 바꿔줄 필요도 있고 또 재미에만 치중하는 별명이 아니라 깊은 뜻을 담은 아호를 가져보자는 것이었다. 그래서 큰 마을, 큰 고향, 큰 소리, 큰 명예를 향해 그는 유쾌한 결단을 내렸다.

이 무렵, 중섭은 어느 때보다도 넓은 마음의 여유를 가질 수 있었다.

편지글 속에도 가족과 헤어짐으로 인한 이제까지의 고통은 씻은 듯 사라지고 오로지 새로운 의욕만이 싱싱하게 살아나 있다. 원산에서부터 부산과 제주도까지 전전하면서 온갖 죽을 고비를 넘긴 태현과 태성의 얼굴에 살이 올랐다는 아내의 편지를 받고는 두 아이를 떠올리며 가슴 설레기도 했다.

중섭은 날마다 가족을 만날 날을 손꼽아 세기 시작했다.

그는 세상을 더욱더 넓고 깊게 그리고 유유히 바라보며 자신의 예술을 창작하고 완성해야겠노라 다짐했다. 그는 이제 가난쯤은 두렵지 않았다. 사랑하는 가족과 함께 지낼 수만 있다면, 얼마든지 힘을 내어 인생의 한복판을 당당하게 나아갈 수 있을 것 같았다.

'우리 남덕이만큼 참을성 많고 진실한 아내가 또 있을까? 나처럼 대책 없이 순진하기만 한 사람에게는 더없이 고마운 사람……'

중섭은 아내에게 편지를 보낼 때마다, 어떠한 가난에도 끄덕하지 말고 열심히 노력해서 눈부시게 훌륭한 그림을 많이 그려 역사에 길이 남을 금자탑을 쌓자고 스스로에게 거듭 힘주어 다짐했다.

또한 중섭은 아내에게 엽서 그림으로 구애하던 시절에도 가족과 헤어져 수많은 편지를 보내던 시절에도 주소 면까지 혼신을 다해 구성했다. 편지 겉봉투에 쓰는 주소와 이름 표기까지도 남다르게 집착한다고 할 정도로 마치 하나의 작품처럼 거듭 고심하면서 썼다. 펜을 붓처럼 쥐고 구사한 듯한 주소와 이름의 필치다. 편지 봉투 주소와 이름에서도 예술적 감각이 살아있다. 이는 중섭이 어린 시절부터 형에게 배운 수준 높은 서예 실력과 무관하지 않다. 형 이중석은 대학을 졸업하고도 한동안 집에 돌아오지 않고 유명 서예가를 찾아가 배울 만큼 글씨 예술을 추구하기도 했다. 이중섭 그림 전반에 흐르는 서예적이며 문인화적 요소가 엽서 그림이나 편지 봉투에도 고스란히 드러나 있는 것은 어떤 면에서는 그의 형 영향으로도 볼 수 있다.

1953년 5월 23일, 중섭은 꿈에도 그리는 아내에게 편지를 보냈다.

나의 소중한 당신

5월 20일자 편지, 놀랄만큼 빨리 받았소. 바로 어제(22일) 당신의 편지를 받고 너무 기쁜 마음에 단숨에 읽었소. 여러 가지 일로 염려하고 있는 모양인데…… 대향·남덕·태현·태성이 건재하니 이보다 더한 즐거움이 또 어디 있겠소.

가난 따위는 생각지 말아주오. 그저 하루빨리 만나는 일만이 눈앞에 닥친 중요한 문제요. 많은 것을 바라기 때문에 마음이 괴로워지는 것 아니겠소. 소중하고 필요한 것 꼭 하나만을 희망하고 노력해서 지키도록 합시다. 가장 먼저 해야 할 일은 우리가 마음을 함께 하는 일이오.

이중섭이 아내에게 보낸 편지 중에서

요전에 마 씨에 관한 일이 '경향신문'에 났기에 신문을 보냈는데
받았소? 받았는지 안 받았는지 알려주시오.
그럼 잘 있어요.

대향

추신 : 대향은 배편을 기다리고 있소. 또 편지하리다.

중섭은 일본에 갈 마음의 준비를 모두 끝냈다. 배편이 나오기만을
기다리면 되었다. 경상남도 통영 지역구에서 당선된 국회의원 지삼만
의 도움으로 대한해운공사 소속 선원증을 얻게 되지 않았는가. 중섭
은 매우 떨리고 뿌듯한 마음으로 곰방대를 입에 물었다.

'남덕…… 태현…… 태성……'

조용히 가족의 이름을 불러보았다. 그러자 그의 마음속에 베토벤
'전원 교향곡'의 아름다운 선율이 가득 울려 흘러넘쳤다.

'지금처럼 이렇게 행복하면 얼마든지 좋은 작품을 수없이 그릴 수
있을 것만 같다. 생활도 말끔하게 꾸미고, 사랑하는 우리 가족과 함
께 산다면 새로운 작품이 끊임없이 쏟아져 나올 거야. 나는 내 안에
서 솟아오르는 예술적 감성을 부지런히 표현하기만 하면 되지. 그렇
게 할 자신이 있어.'

아내는 자전거를 사달라는 태현이에게 아버지가 오시면 사주실 거
라 말했다는 편지를 보내왔다. 중섭은 그 편지를 울먹이며 읽고 나서
'사주겠다'는 약속의 말이 여러 번 쓰인 답장을 보냈다. 편지를 어떻
게 써야 태현과 태성이 기뻐할까만을 생각하는 것 같았다.

중섭은 편지에 꼭꼭 그림을 그려넣었다.

태현과 태성이 바닷가에서 노는 그림, 물고기와 게, 온 가족이 함

께 웃는 그림, 자신이 두 아들을 꼭 껴안은 그림, 아내가 두 아들과 글공부하는 그림.

그림 속 얼굴들은 한결같이 즐겁고 행복해 보였으며, 티끌 하나 묻지 않은 해맑음을 간직하고 있었다.

편지 내용에 따라서 태현과 태성이 자전거를 타는 그림 그리고 배나 비행기 그림도 그려넣었다. 그림 안의 모든 것이 살아 움직였다.

배편을 기다리는 동안 중섭은 두 아들 앞으로 자주 편지를 띄웠다. 그는 편지를 씀으로써 하루빨리 아이들을 만나고 싶은 그리움과 조바심을 가라앉히고, 아버지로서 곁에서 자상하게 돌보아주지 못하는 미안함을 대신했다.

이중섭이 아들 태현에게 보낸 편지에는 먼 길을 함께 떠나는 가족 그림도 있다. '길 떠나는 가족'으로 편지의 그림 아래에는 "엄마, 태성, 태현을 소달구지에 태우고 아빠가 앞에서 황소를 끌고 따뜻한 남쪽 나라로 함께 가는 그림을 그렸다. 황소 위에는 구름이다" 이런 설명도 덧붙였다. 황소 달구지 위에 탄 여자와 두 아이는 꽃을 들고 있거나 비둘기를 떠받들고 있는데, 즐거운 나들이에 나선 표정이 뚜렷하다. 마치 따뜻한 남쪽 나라로 여행을 떠나는 듯한 모습이다. 이 편지 그림은 가족의 완전한 만남을 위해 그가 준비한 전시가 성공할 것을 확신하고 아들에게 그려 보낸 그림이기도 했다.

내 사랑하는 태현이에게

태현아, 그동안 건강했니? 아빠도 건강하게 그림을 그리고 있단다. 아빠가 보낸 그림을 보고 '아버지에게 부지런히 편지를 써야겠다'고 했다면서? 아빠가 보내준 그림을 보고 그토록 기뻐해 주었다니…… 아빠는 정말 정말 기쁘다. 다음 편지에는…… 학교에서 재미

있었다고 생각한 일들을 적어 보내다오. 아빠도 부지런히 그림과 편지를 보내주마.

제일 좋아하는 친구의 이름도 써 보내다오. 아빠는 너희들이 보고 싶어 못 견디겠다. 아빠의 그림은 용감한 우리 태현이와 태성이를 그린 것이란다.

아무 걱정 말고 마음껏 즐겁게 공부해 다오. 안녕!

아빠 중섭

나의 사랑하는, 날마다 보고 싶은 태성아, 잘 있었니? 아빠가 있는 서울은 서늘해서 그림 그리기에 아주 알맞고 좋단다. 모두와 사이좋게, 그리고 튼튼하고 용감하게 하고 싶은 것을 열심히 해주기 바란다.

이제 얼마 안 있으면 아빠가 너희들이 있는 신주쿠로 갈 테니…… 태현이 형하고 사이좋게 기다려다오.

아빠는 태현이와 태성이가 게와 물고기와 함께 놀고 있는 그림을 또 그렸단다.

아빠 중섭

머잖아 가족을 만날 수 있다는 희망은 중섭의 창작 의욕을 꾸준하게 북돋아주었다. 그는 대작을 준비하기 위해 여러 추억들을 소재로 한 소품을 잔뜩 그리기도 했다.

마침내 부산을 떠나는 전날, 구상이 중섭의 손을 붙잡고 슬그머니 뭔가를 쥐어주었다. 돈이었다.

"상……"

"아무 말 말게. 가거든 그림이나 실컷 그리고, 남덕 씨를 사랑해 주

길 떠나는 가족   1954년

길 떠나는 가족

게나. 너무 자유롭지는 말구 말이야."

"응, 이번에는 정말 돈을 버는 대로 다 남덕에게 바칠 테야."

1953년 7월 끝 무렵, 중섭은 선원증 하나만 들고 일본으로 가는 화물선을 탔다. 부산 부두를 떠날 때 구상을 비롯해 박고석, 손응성 등 친구들이 나와 그를 배웅했다.

선원증만 가졌을 뿐, 그는 항해사나 기관사 옷차림을 하지 않았다. 언제나 군복을 염색해서 입고 다니던 차림새 그대로였다.

중섭이 탄 배는 전쟁 동안에 버려진 고철 탱크의 캐터필러며 탄피, 부서진 자동차 따위를 싣고 있었다. 그것들을 일본 제철소에 가져다주고, 돌아올 때에는 석탄을 실어온다고 했다. 아마도 이러한 것들이 패전 뒤의 일본을 일으킨 직접적인 이유였으리라.

이틀 뒤, 배는 일본 고베 항에 닿았다.

고베에서 오사카를 거쳐 도쿄까지 가는 동안, 중섭은 8년 전에 비하면 너무도 달라진 일본을 보고 놀라워했다. 비록 전쟁의 상처가 아직 군데군데 남아 있기는 했으나, 전쟁 때처럼 참담하고 지친 모습은 찾아볼 수 없었다. 곳곳마다 새로운 활력이 솟아 넘쳤다.

지난날, 일본에서 유명한 회사 사장님댁이었던 남덕의 친정집은 이제는 으리으리하게 꾸며진 문이 아닌 임시로 만든 판자문을 달고 있었다. 언뜻 보기에도 기울어진 집안 형편을 쉽게 짐작할 수 있어 중섭은 가슴이 아팠다.

"남덕이, 여보."

소리를 듣고 먼저 뛰어나온 사람은 장모였다. 누구인지 몰라 의아해하는 눈빛이었다. 뒤따라 남덕이 달려나왔다.

"아아, 오셨군요! 오셨군요!"

그제야 눈앞의 남루한 사나이가 이중섭임을 알아본 장모는 싸늘한 얼굴로 말했다.

"자네, 또 내 딸을 고생시키려고 왔나? 대체 꼴이 그게 뭔가?"

남덕의 어머니, 그러니까 중섭의 장모는 미군 작업복을 걸친 그의 초라한 모습을 보고 크게 실망했다. 남덕은 중섭을 문전박대하는 어머니에게 사정을 했다.

"한국에서 여기까지 찾아온 사람이에요. 제 남편이에요. 아이들 아버지라고요."

"안 돼. 나는 저 사람을 절대로 받아들이지 못하겠다. 자네, 그 마씨라는 작자가 떼먹은 돈은 어찌 할 텐가? 대체 그 돈이 어떤 돈인 줄 아나? 우리가 빚을 내어 만든 돈이라고."

"마 씨든 누구든 받아서 썼으면 그만이지요. 제가 이렇게 왔으면 됐지, 뭐가 더 필요하겠습니까?"

"뭐라고? 어떻게 그런 말을……."

장모는 펄펄 뛰다 못해 곧 쓰러질 듯했다.

"어머니, 그만하세요. 이 사람은 지금 아내인 저와 자식들을 보기 위해 이렇게 멀리 현해탄을 건너서 달려온 거라고요."

남덕은 울면서 애걸하며 어머니에게 매달렸다. 그러나 소용없는 일임을 깨달은 그녀는 두 아들과 함께 집을 나와 중섭을 이끌고 일단 어디론가 가야만 했다.

중섭은 아내를 따라 어느 식당으로 갔다. 참으로 오랜만에 한가족이 모여 식사를 했다.

"이해하세요. 어머니는 전쟁으로 집이 불타버리고 난 뒤부터 신경이 몹시 날카로워지고 많이 억척스러워지셨어요."

"아니오. 내가 미안하오."

중섭은 그래도 제법 건강해진 아내의 손을 꼭 붙잡았다. 태현이와 태성이를 안아 더부룩하게 수염 난 얼굴에 문지르기도 했다.

"참, 제이(J)라는 사람 아서요?"

"음, 알긴 아오만, 당신이 그 사람을 어떻게 아오?"

"어쩌면 그럴 수가…… 그 사람도 마영일 씨와 같군요."

남덕은 뜻밖의 이야기를 들려주었다.

하루는 도쿄 도청에서 남덕에게 연락이 왔다. 제이라는 사람이 일본에 밀항해 왔다가 해상경찰에 붙잡혀 수용소에 있는데 이중섭의 친구라고 한다. 수용소에서 재판을 받은 뒤 한국으로 송환되면 재판 결과에 따라 처벌을 받게 된다. 그러나 일본에 보증인만 있으면 아무 일 없었던 것처럼 풀려나고 한국에 돌아가도 처벌을 받지 않는다. 제이는 일본인 보증인으로서 이중섭의 아내를 내세웠다. 그래서 도청에서 주소를 알아내어 연락한 것이다…… 이런 내용이었다.

남덕은 제이란 사람의 사정이 매우 딱하기도 했지만 무엇보다도 남편 친구라는 말에 망설이지 않고 보증인란에 도장을 찍었다. 남편에 대한 그리움을 남편의 나라 사람을 돕는 것으로나마 위안을 얻고자 함이었다.

제이는 수용소에서 풀려났으나 갈 곳이 없었다. 또다시 남덕이 도움을 베풀었다. 그는 며칠을 남덕의 친정에서 묵은 뒤, 여비로 남덕에게 큰돈을 꾸었다. 이 은혜는 정말 잊지 않겠노라고까지 제이는 말했다. 그러고는 비행기편으로 부산으로 돌아온 제이는 길에서 중섭을 만나고도 고맙다는 말 한마디 안 한 것이다.

중섭은 한국인으로서 심한 수치심을 느꼈다. 마영일이 떼먹은 돈의 이자를 무는 일만도 힘에 버거운 데다 제이라는 작자에게까지 큰돈을 떼였으니, 장모가 사위를 그토록 탓하는 것도 무리가 아니었다.

식당 위층의 다다미방을 빌린 중섭 가족은 오랜만에 단란한 며칠 밤을 보냈다.

밤이 깊도록 마주 앉아 이야기를 나누는 아빠와 엄마 옆에서 아이들은 떠날 줄을 몰랐다. 아빠의 손을 제 가슴에 안아도 보고 길게 자라서 꼬불꼬불해진 턱수염을 잡아당겨보기도 했다.

중섭은 미안해서 아이들을 볼 낯이 없었다. 사실 중섭은 늘 아내만 생각할 뿐 아이들은 그 다음이었다. 그런데 그런 자신을 아버지라고 좋아서 어쩔 줄 몰라 하는 해맑은 아이들을 보니 그 사랑 앞에 절로 머리가 숙여졌다. 다음날은 아이들을 데리고 이노카시라 공원으로 나갔다.

"아빠가 학교 다닐 땐 자주 이 연못까지 와서 냉수마찰을 했단다."

"어떻게 여기까지 왔어요?"

"아빠가 살았던 하숙집이 이 근처였거든."

햇빛을 받은 잉어들은 색색의 빛을 내뿜으며 이리저리 활기차게 돌아다녔다.

"오늘처럼 잉어가 예뻐 보인 적이 없어요."

"쟤네들도 한참만에 아빠를 만나서 좋은가 봐요."

꾸밈없는 아이들의 말에서 그동안의 그리움과 사랑이 느껴져서 중섭은 가슴이 찡했다. 보트를 타겠다고 조르는 큰아이를 달래서 막내가 원하는 동물원 쪽으로 슬슬 걸어갔다.

곰이랑 원숭이, 사자 등 동물들이 신기한지 태성인 잠시도 가만히 있지 못하고 이쪽 우리로 갔다 저쪽 우리로 갔다 바쁘게 뛰어다녔다. 어느새 태성이의 이마에는 땀이 송골송골 맺혔다.

"태성이 오늘 밤 오줌 싸겠다."

중섭의 귓속말에 남덕이 크게 웃었다.

다음날은 아내와 둘이서만 분카를 찾아갔다. 중섭은 새삼스럽게 10년이란 세월의 무게를 느꼈다. 남덕은 중섭의 팔을 끼고 운동장으로 갔다.

"세상에 이 운동장이 이렇게 좁았었나?"

"당신, 나 만나서 세상풍파 겪느라고 시야가 넓어져서 그래!"

"세상 사람들이 다 겪는 풍파였잖아요. 글쎄, 어쩌면 당신이 너무 우뚝해서 남들보다 조금은 더 바람을 타는지도 모르죠."

"우뚝해서가 아니라 슬기롭고 재빠르질 못해서 그런 거야."

"당신의 그 모든 약점까지도 모두 사랑하고 있는 여자 앞에서 스스로를 깎아내리지 말아요."

중섭은 제 팔에 매달린 아내의 팔을 토닥여주었다. 누가 먼저랄 것도 없이 둘은 처음 이야기를 주고받았던 수돗가 앞에 섰다.

갑자기 중섭의 가슴 안에서 하얀 작은 새가 큰소리로 노래하기 시작했다. 중섭은 자기도 모르게 가슴을 끌어안았다.

"왜 그래요?"

놀라서 사색이 된 남덕에게 중섭은 손가락을 세워 입술 위에 얹었다.

"새의 노래를 듣느라구."

어느 정도 진정이 되자 중섭이 대답했다.

"무슨 얘긴지 못 알아듣겠어요."

"내가 이 안에 남덕이란 작은 하얀 새를 키우고 있거든."

중섭이 제 가슴을 손바닥으로 툭툭 쳤다.

"더 모르겠네요."

"오래 전에 바로 이 자리에서 작은 하얀 새 한 마리가 내 마음 안으로 날아들었다는 얘기야.

"점점 더 모르겠어요."

"몰라두 돼. 당신이 더 자라면 알게 될 거야."

"당신 많이 허해진 것 같아요."

"왜? 내가 헛소리하는 것 같아? 정말 새가 이 안에 있어요."

답답하다는 듯이 제 가슴을 또 두드리는 중섭의 손을 끌고 남덕은 〈돌의 정원〉으로 갔다. 마담이 좀 나이 들어 보이는 것 말고는 모든 게 그대로였다. 전쟁이 여기만 비켜간 것이 너무 신기했다.

"여긴 이렇게 말짱한데 신주쿠의 그 집은 폭격으로 없어졌어요."

남덕이 중섭의 귀에다 낮게 속삭였다.

"신주쿠 어디?"

"우리가 사람들 눈 피해서 다녔던 낭만다방요."

"추억의 장이 하나 사라졌구먼."

중섭이 어두운 표정으로 쓸쓸히 말했다. 정치하는 사람들은 대체 누구를 위한 전쟁을 끊임없이 일으키는 것일까. 그네들의 뇌구조를 해부해보고 싶었다.

중섭은 옛날처럼 얼그레이를 두 잔 주문했다. 주문한 차를 기다리는 동안 그들은 손을 잡고 음악을 들었다. 너무나도 낯익은 곡이 흘러나왔다. 중섭이 눈을 크게 뜨고 남덕을 쳐다보자 남덕은 빙긋 미소만 짓는다. 마담이 직접 차를 가져와 탁자에 놓고 중섭을 바라보며 웃는다.

"가끔씩 부인만 혼자 와서 이 얼그레이를 마시며 스메타나를 듣다가 가시곤 했지요. 오늘은 두 분이 함께 오셔서 얼마나 기쁜지 몰라요."

"당신이?"

남덕이 보일 듯 말듯 고개를 끄덕였다.

"아고리가 슬퍼할까 봐서 편지에는 그런 말 안 썼어요."

중섭은 잡고 있던 남덕의 손을 으스러지도록 꼭 쥐었다. 치밀어 오르는 감격을 그렇게라도 표현하지 않고선 달리 억제할 수가 없었다.

'어떤 부부가 서로 사랑한다고 해도, 어떤 젊은이들이 서로 사랑한다고 해도 내가 당신을 사랑하고 소중하게 여기는 뜨거운 마음에는 비할 수 없을 거요.'

그 둘은 서로의 마음 안에 흐르는 강물 같은 사랑의 말을 굳이 소리내어 말하지 않아도 이미 듣고 있었다.

꿈같은 여섯 밤을 보내고 난 다음날 아침, 중섭은 아내에게 말했다.

"장모님께는 내가 드릴 말씀이 없소. 남덕, 정말 미안하오. 한국에 돌아가 전람회를 열고 그림을 팔아 그 돈을 갚겠소."

"이곳에서 그림을 그리세요. 당신더러 한국을 버리라는 뜻이 아니에요. 그곳은 여전히 전쟁이 한창이니 당신이 예술에만 전념할 수 없잖아요. 그보다는 평화로운 이곳에서 그리시는 편이 훨씬 나을 거예요. 무엇보다도 저와 아이들이 여기 있잖아요?"

남덕은 슬픈 얼굴로 남편을 바라보았다. 어느새 그녀의 눈에는 눈물이 그렁그렁 맺혀 있었다.

"알아요, 당신의 마음은. 하지만 내 성미에 장모님께 죄송한데다 빚까지 지고는 못 사는 것, 잘 알지 않소? 내, 전람회를 열어 돈을 벌어 오겠소. 그때 가서 장모님께 무릎 꿇고 엎드려 사죄드리고 떳떳하게 빚을 갚아드려야지."

남덕도 남편을 더 이상 붙잡을 수가 없었다. 중섭이 불법체류자가 되어 쫓겨 다닐까봐 두렵기도 했다. 그러다가 들통이라도 나면 감옥에 가야만 했다.

두 어린이와 복숭아

도원 1953년

"하지만······ 다시 오실 수 있겠어요?"

이번에 돌아가면 어쩐지 다신 만날 수 없을 것만 같은 불길한 예감이 남덕을 사로잡았다. 전쟁, 피란, 굶주림 속에서 긴 이별을 겪은 남덕은 매우 예민해지고 날카로워져 있었다. 왈칵 쏟아지려는 울음을 꾹꾹 눌러 참았다.

"선원증이 있으니까 어떻게든 다시 올 수 있을 테지. 그땐 우리 아들 세발자전거도 사 가지고 올게."

중섭은 말없이 흐느끼기만 하는 아내의 등을 토닥거리며 두 아들과의 이별을 안타까워하며 말했다.

헤어진 지 1년 만에 만났는데 고작 여섯 밤을 함께 보냈을 뿐이라고 생각하니, 도저히 발길이 떨어지지 않았다. 사실 그는 일본에 그냥 눌러살 생각이었다. 한국을 떠날 때 친구들에게도 그렇게 말했다. 그러나 일본땅은 돈 한 푼 없는 그를 결코 환영해 주지 않았다. 장모의 박대도 그랬지만, 무엇보다 일본에서 돈을 벌며 식구들을 먹여 살릴 자신이 없었던 것이다.

게다가 중섭은 '나 때문에'가 늘 걸렸다. 나 때문에 누군가가 아프고 나 때문에 누군가가 힘들어 한다고 생각하면 견딜 수가 없었다. 그래서 기껏 손에 들어온 그림값도 그동안 신세진 친구들에게 대접하는 술값으로 모조리 써버리곤 하는 것이다. 그런 중섭인 만큼, 아내와 장모가 자신 때문에 진 빚을 깨끗이 갚아주고 떳떳하게 일본으로 돌아오고 싶었다.

거의 뜬눈으로 밤을 지새며 고심해서 내린 결론이었다. 남덕 또한 남편의 앞날을 걱정하던 터라 더는 붙잡을 생각을 못하고 떠나보내야만 했다.

그날 저녁 무렵 중섭은 도쿄 역에서 기차를 탔다. 그는 한국에서 가져온 은박지 그림들을 아내에게 맡겼다.

"이 그림들은 언젠가 내가 벽화를 그릴 때 쓰려고 모아둔 밑그림이야. 당신이 잘 간직해요."

"네, 꼭 잘 간직할게요. 그리고 당신을 기다리겠어요. 언제까지나."

남덕은 중섭이 건네준 은박지 그림 뭉치를 손에 꼭 움켜쥔 채 말했다. 중섭은 기차 좌석에 앉아 창밖으로 보이는 아내와 두 아들을 바라보며 힘없이 손을 흔들었다. 그러면서 한없이 고개를 끄덕였다. 그것은 기다린다는 아내의 말에 그가 최소한으로 표현할 수 있는 기약 없는 가냘픈 대답이었다.

기차가 기적을 울리며 움직이기 시작했다. 중섭은 고개를 돌려 아내와 두 아들의 모습이 보이지 않을 때까지 바라보았다. 마침내 손을 흔들던 세 사람의 모습이 눈에서 아스라이 멀어져 갔다. 중섭은 얼굴에 웃음을 짓고 있었지만 그의 눈에는 굵은 눈물방울이 달려 있었다.

이제 이중섭에게는 척박하고 외로운 고난의 길만이 남아 있다. 그것은 중섭 자신의 내적 갈등을 극단까지 치닫게 만들 것이고, 외적 비극을 극한까지 몰고 갈 것이다. 중섭은 몹시도 불안했다. 견딜 수 없을 만큼 두려웠다. 그럼에도 불구하고 그는 도망칠 수 없었다.

'힘을 내야 해. 강해져야 해. 내 안의 몹쓸 망상들 따위는 모두 불살라버려야 한다고! 나에게는 남덕이 있고, 태현이와 태성이가 있어. 그들이 있는 한 너그럽지 못한 세상도, 예술도 그저 무한한 기쁨이며 행복이니까…… 절대 놓지 않을 거야. 내 가족, 내 희망을 꼭 지켜낼 거야.'

이중섭은 올 때 타고 왔던 화물선을 찾아갔다. 그 배는 짐을 부리고 수리하느라 아직 고베 항에 머물고 있었다.

"왜 돌아왔습니까?"

선장이 물었다. 중섭이 지닌 선원증은 정식 여권이 아니므로 일본에 거주할 수는 없지만, 조금 돈을 쓰면 영주권을 얻을 수도 있었다. 그런 사람이 한둘이 아니었던 만큼 선장에게는 중섭이 이상하게 비쳤다.

"귀국했다가 다시 오렵니다."

그의 말에 선장은 고개를 가로저었다.

"앞으로는 이런 식으로 오기 힘들 겁니다. 일본의 출입국 관리가 더욱 까다로워질 테니까요."

일본 도쿄 거리에 있어야 할 중섭이 1주일 만에 다시 부산 광복동 찻집 '금강'에 나타나자 모두들 놀랐고, 그 며칠 사이에 중섭의 얼굴이 반쪽으로 여윈 걸 보고 두 번 놀랐다.

"중섭!"

중섭은 친구들이 외칠 때마다 빙그레 웃으며 대꾸했다.

"왔네. 와버렸네."

그는 술에 취해서 말했다. "우리나라를 그려야겠어." 그러다가 마구 울먹이며 하소연했다. "장모한테 쫓겨났어."

부산은 텅 비어 있었다. 휴전협정이 맺어지고 휴전선이 그어지면서 정부는 서울로 되돌아갔다. 그 뒤를 이어 예술가들도 거의 다 떠났다.

마음이 어수선해진 중섭은 대구로 구상을 찾아갔다.

"자네가 어렵게 보내주었는데, 이렇게 되었다네. 그래도 괜찮지?"

구상은 그를 이해해 주듯 은은하게 미소지으며 물었다.

"그래, 일본에 다녀와 보니 어떤가?"

"우리나라 산천이 더 좋아. 일본은 나무가 너무 빽빽해서 답답하고 멋없이 곧기만 해서 푸근한 맛이 없어. 우리나라 산처럼 더러는 벌거벗고 구부정한 나무들이 있어야 목욕탕에서 만난 사람들처럼 친근감이 들지."

중섭은 곧 아내에게 편지를 썼다.

나의 살뜰한 당신, 그 뒤 어떻게 지냈소?

어머니를 비롯해서 여러분들께 안부 전해 주시오. 덕분에 무사히 부산으로 돌아왔소. 이번에 도쿄에서 당신과 함께 보낸 엿새가 너무나 빨리 지나버려 정말 꿈을 꾸고 온 것만 같소.

당신과 나누고 싶었던 이야기를 하나도 못하고 돌아온 것만 같아 한이 되오. 당신은 참으로 둘도 없는 귀중한 나의 보배요. 당신은 내게 꼭 맞는 훌륭하고 아름답고 진실한 천사요.

당신의 모든 좋은 점이 나의 모든 부족함을 덮어 내가 살아가는데 얼마나 강한 보람을 느끼게 해주는지 모르오.

하루빨리 알뜰한 당신과 다시 살면서 좋은 작품을 그리고 싶은 소망만으로 가슴 가득하오. 힘을 내어 기다려주시오.

다음부터는 꼭 재미있는 그림을 넣어 태현, 태성이에게 보내겠소.

태현, 태성아, 할머니 말씀, 엄마 말씀, 잘 듣고…… 건강하게 아빠를 기다리고 있으렴. 아빠는 곧 너희들에게 다시 돌아갈 테니까. 현아, 성아…….

전장과 시장

피란 내려왔던 예술가 문화인들은 휴전이 된 뒤 부산에 굳이 머물러 있을 필요가 없게 되자 재빨리 부산을 떠났다. 부산에 피란 와 있던 학교나 직장이 서울로 돌아가기 때문에 따라간 사람들도 있었으나, 서울에만 가면 무슨 수나 생길 것처럼 무작정 서울로 떠나는 이들도 많았다.

"모두들 떠난 부산도 그렇게 나쁘지는 않네."

중섭은 부산의 진면목을 확인하려는 듯 여기저기 돌아다녔다.

부산 제3부두의 길고 좁은 길은 이제 피란민 거리가 아니었다. 범일동 산비탈에 판잣집을 짓고 살던 피란민들도 떠났다. 대신 그곳에는 부산 토박이나 고향을 잃은 이북 피란민들이 자리를 잡고 들어앉았다.

찻집과 술집에 웅크리고 앉은 예술가들의 수는 날로 줄어들었다. 날마다 부산을 떠나는 사람들뿐이었다. 한때는 진정으로 사랑했으나 이제는 정이 식은 연인처럼 매정하게 뒷모습을 보이며 떠나갔다.

"자네도 가는군."

서울로 가는 동료 화가를 배웅하고 돌아설 때마다 중섭의 머릿속은 아뜩해졌다. 자신은 어디에 머물러야 할지 아직 결정을 내리지 못했으며 아무런 계획도 없었다.

이중섭이 도쿄에 갔다가 부산으로 돌아온 지 한 달이 지났을 무렵, 남덕은 다시 책 100권을 보내왔다. 그러나 지난번 마영일 사건도 있고 해서 해군기관에 근무하는 홍하구 화백이 책의 접수를 맡아주었다. 덕분에 책값은 고스란히 중섭의 손에 쥐어졌다.

그런데 이번에는 뜻하지 않게 성악을 하는 ㅅ에게 걸려들고 말았다.

범일동 산비탈 판잣집에 자주 드나들던 성악가 ㅅ은 중섭이 일본 책을 팔아 돈 500만 환을 가지고 있다는 사실을 알았다. 마침 중섭의 판잣집에서 함께 지내던 김영환이 부대일로 열흘 동안 포항에 출장 가 있을 때였다.

ㅅ이 초췌한 얼굴로 들어왔다. 중섭이 물었다.

"자네 얼굴빛이 안 좋아 보이는군. 무슨 일인가?"

"형님, 인생은 게임입니다. 죽느냐, 사느냐의……."

"죽는 거야, 날마다. 죽는 대신으로 살아가고 있는 거고…… 또 언젠가는 영원히 죽을 게 아닌가?"

"어쨌든 인생은 게임입니다."

"자넨 성악가니까 성악에 인생을 걸지 않았나?"

"아닙니다. 장사를 해야겠습니다. 국제시장에 나가서……."

"쓸데없는 소리…… 장사는 예술과 거리가 멀어."

ㅅ은 500만 환만 있으면 이익을 몇 곱절 남길 만한 일이 있다며 중섭을 졸랐다.

"형님, 돈 500만 환만 꿔주십시오. 딱 네 시간이면 됩니다. 거저 달라는 게 아닙니다. 이자도 톡톡히 붙여드리겠습니다."

"이 사람, 그 이야기는 못 들은 걸로 하겠네."

중섭은 잠자리에 누웠다. 잠이 쉬 오지 않았다. 마음이 여린 그는 후배의 부탁을 거절하고 나서 너무 야박한 게 아닌가 싶었다. 그렇다고 부탁을 들어주자니, 지난번처럼 잘못되기라도 한다면 아내와 장모를 어떻게 보나 싶었다. 엎치락뒤치락하며 중섭은 고민을 거듭했다.

새벽에 ㅅ이 일어나 나가려는 소리가 들렸다. 중섭은 ㅅ을 불렀다. 그러고는 안주머니에서 250만 환씩 갈라놓은 돈 두 뭉치를 꺼내ㅅ앞에 내놓았다.

"이 돈, 갖다 쓰고 오늘 안으로 돌려주게."

그러나 네 시간이면 된다던 ㅅ은 네 시간은커녕 돈을 들고 나간지 한 달이 넘도록 모습을 나타내지 않았다.

중섭은 어이가 없었다.

'그럼 제작비며 생활비는 둘째 치고 남덕에게 뭐라 말해야 할 것인가!'

도저히 이야기할 수 없다고 생각했다. 중섭은 다른 친구들에게조차 그 이야기를 꺼내지 않았다.

그런데 도쿄의 아내로부터 느닷없이 속달 편지가 왔다.

ㅅ이라는 성악가가 오무라 수용소에 갇혀 있는데 당신의 친구라고 하는군요. 그러면서 보증인이 되어달래요. 어떻게 하면 좋을까요? 보증을 서도 괜찮다면 보증인이 되어주겠지만. 그렇지 않다면 그만두겠어요. 빠른 대답 기다립니다.

한 달 하고도 1주일이 지난 지금, 자신의 돈을 가지고 자취를 감추었던 ㅅ이 일본에 가 있다는 것이다.

'ㅅ을 모르는 척 내버려두어 벌을 받게 해야 할까? 아니면 그를 보증 서주어야 하나?'

가족 1953~1954년

한참을 그렇게 갈등하다가 그는 아내에게 편지를 썼다.

ㅅ은 이따금 범일동의 내게로 와 함께 자기도 하는 그런 사이오. 내 나라 사람 내 친구가 그런 입장에 처해 있는데 어떡하오. 우리가 도와야 하지 않겠소. 하지만 먼젓번 제이(J)처럼 차비를 달라고 하지는 않을 거요. 아마 충분한 돈이 있을 게요. 그러니 보증 서는 일 말고는 애쓸 것은 없소.
아이들을 돌보고 있는 당신에게 친구들 일로 번거롭게 하니 정말 면목이 없구려……

얼마 지나지 않아 ㅅ이 부산에 돌아왔다. 그의 주머니는 이미 텅 빈 지 오래였다.

이렇게 해서 남덕의 꿈은 또다시 허공에 붕 뜨고 말았다.

중섭이 일본에 다녀온 지도 어느덧 1년이 지났다. 중섭은 새로 마련한 판잣집 방구석에 옹크리고 앉아 가족과 작품 제작을 생각했다. 땔감을 마련할 돈만 생겨도 곧 그림을 그릴 작정이었다.

그는 가족 소식을 좀 더 자주 듣기를 바랐다. 소식이 여느 때보다 늦을라치면 몹시 걱정했고, 도쿄에 사는 외종사촌형 광석을 통해서도 안부를 전했다.

끼니때가 되면 다정한 몇몇 친구들이 번갈아 가며 중섭을 집으로 데려가 함께 식사하곤 했다. 그게 몹시 미안한 나머지 중섭은 석유풍로를 하나 구해 손수 밥을 해 먹었다. 15분 정도면 밥이 되었다. 처음에는 서툴러 밥을 많이 태웠지만, 차츰 익숙해졌다.

혼자 밥그릇을 대하고 앉아 있으면 제주도 서귀포의 생활이 절로 떠올라 한없이 쓸쓸하기만 했다. 남에게 신세 지지 않아 마음도 편하고, 밖에 나가지 않아도 되고, 온종일 그림을 그릴 수 있어 좋았지만, 아내와 두 아들이 없는 생활은 그의 가슴을 텅 비게 만들었다.

아내와 아이들이 그리울수록 자꾸만 지난번 도쿄에 갔을 때가 생각났다. 갑작스런 걸음이라 가족을 위해 선물을 하나도 준비 못해 아이들에게 부끄러웠던 게 몹시 마음에 걸렸다. 더욱이 남덕이 두 아이를 돌보는 틈틈이 가냘픈 손으로 삯바느질하는 모습을 떠올릴 때면 가슴이 무너져내렸다.

이제 작품 제작은 그에게 있어 가족의 앞날을 위한 일이 되었다. 가족을 생각하기만 해도 그의 가슴속에서는 솟아오르는 샘처럼, 뿜어나오는 화산처럼, 파도가 굽이치는 바다처럼 걷잡을 수 없는 제작욕과 표현욕이 솟구쳤다. 생생한 감각이었다.

낮이면 이웃 풍경과 오렌지빛 호박꽃과 커다란 잎을 그렸다. 그리고 잠들기 전에는 네 사람이 한데 모여 사는 기쁨을 그렸다.

중섭은 아내가 돈 걱정에 너무 속을 끓이다가 해맑던 마음이 흐려지지나 않을까 염려했다.

'돈이란 편리한 것이긴 하지만 그것이 반드시 사람을 행복하게 해주지는 않는다. 중요한 것은 인간성이다. 비록 가난하더라도 흔들리지 않는 사랑만 있다면, 행복은 우리 것이다.'

중섭은 이렇게 믿어 의심치 않았다.

그는 태현과 태성 앞으로 편지를 쓰며 그리움을 달랬다.

내가 제일 좋아하는, 언제나 보고 싶은 내 아들 태현아, 잘 있었니?

오늘 엄마한테서 온 편지를 보니 요즘 태현이가 운동회 연습으로 새카맣게 타가지고 온다고? ……태현이의 건강한 모습을 그려

보며 아빠는 기쁜 마음으로 꽉 차 있다. 지든지 이기든지 상관없으니 용감하게 싸워라.

아빠는 오늘도 태현이와 태성이가 물고기와 게하고 놀고 있는 그림을 그렸단다.

아빠 중섭

그 무렵, 중섭은 유강렬을 만났다. 유강렬은 중섭이 도쿄 유학을 마치고 원산에 와 있을 무렵 가깝게 지냈던 공예가였다. 지금은 그도 피란을 내려와 통영도립공예학원 주임으로 있었다. 이 학원은 나전칠기를 개발하고자 경상남도 도지사가 김봉룡을 원장으로 삼아 세운 것이다.

"통영으로 갑시다."

어느 날, 부산에 잠깐 들른 유강렬은 중섭이 사는 꼴을 보고 나서 이렇게 말했다.

"바닷물이 맑지요. '조선의 나폴리'라는 별명이 붙을 정도니까. 그곳에도 예술가들이 있습니다. 시인도 있고. 그림을 그려야 하지 않겠소?"

곁에 있던 박고석과 송혜수가 그렇게 하라며 부추기고, 진주 출신의 화가 박생광은 경치 자랑으로 한몫 거들었다.

"따라가겠네."

중섭은 유강렬을 따라 배로 통영에 도착했다. 10월이었다. 전쟁이 끝난 뒤의 통영 앞바다는 맑은 가을 하늘이 뚝뚝 떨어져 번진 듯 눈시린 푸른빛이었다.

통영은 여러모로 부산과 달랐다. 부산처럼 각박하지 않았고, 전쟁 냄새도 나지 않았으며, 군복이 눈에 많이 띄지도 않았다. 황토빛 밭이랑이 있었고, 주름살이 굵게 팬 농부의 평화가 있었다.

학원은 충무시청에서 바다 쪽으로 곧게 뻗은 여관 거리 틈에 끼어 있었다. 2층 건물의 공예학원에서는 유강렬과 강사 몇 명이 실기를 가르치고 실력에 따라 수료증을 주었다. 수료증만 받게 되면 그때부터는 나전칠기 전문가로 대접받았다.

나전칠기는 목공예·죽공예 등과 더불어 '통영 12공방'의 하나였다. 이 12공방은 일찍이 충무공 이순신이 실마리를 얻어 통영을 군사용품 제작공방으로 만든 데에서 비롯되었다. 통영의 칠기는 온 나라에 이름이 나서 임진왜란이나 정유재란 같은 난리통에도 새색시의 혼수로 반드시 마련되었을 정도였다.

유강렬은 중섭을 자신의 숙소이자 작업실 옆 다다미방으로 데려갔다. 그 방에는 김경승·남관·박생광·전혁림이 있었다.

"어차피 고생하기는 매한가지라면 부산보다 이곳이 나을 거요."

학원에서는 나전칠기 공예뿐만 아니라 기본적으로 알아야 할 미술 이론이라든가 데생과 크로키, 교양강좌를 필수로 가르치고 있었다. 중섭은 이따금 학생들의 데생을 봐주기도 하고 그들과 이야기를 나누기도 했다. 물론 정식 강사는 아니었으나 학원에 폐를 끼치고 있다는 자격지심 때문에 뭐라도 해야겠다 싶었던 것이다.

중섭은 통영에서 규칙적인 생활을 했다. 오전 9시면 학원이 수업을 시작하므로, 아무리 예술가라 하더라도 늦잠은 삼가야 했다. 밤늦게 술먹고 새벽에 그림을 그린 뒤 해가 중천에 뜰 때까지 자던 중섭으로서는 적응하기 힘든 일이었으나, 정상적이고 규칙적인 통영 생활은 그림을 그리는 데 만큼은 큰 힘이 되어주었다.

게다가 투박하면서도 심성 고운 벗들이 있었다. 질투하고 비난하고 배신하는 사람들 대신 인간성 좋은 유강렬·박생광 같은 동료들이 그를 따뜻하게 감쌌다.

그들은 중섭 못지않게 말이 적었다. 조용한 성품은 어쩌면 통영의 잔잔하고 맑은 바다를 닮았는지도 모른다.

유강렬은 학원 주임이라 늘 바빠 중섭과 자주 어울릴 수 없었지만, 때때로 중섭이 그림 그리는 것을 들여다보고는 흐뭇해했다. 가끔 학원 일로 부산에 가면, 일본에서 몰래 들여온 좋은 유화물감과 붓을 사다주기도 했다.

"나한테는 안 맞네. 자네 가지게."

유강렬은 짐짓 뻔한 소리를 했다. 그 갸륵한 마음을 모를 중섭이 아니었다.

또한 불상 같은 분위기로 중섭을 사로잡는 박생광이 있었다. 박생광은 그보다 나이가 10여 년 위였으나 중섭의 예술정신을 깊이 이해해 주는 성품 좋은 인물로, 둘은 친구처럼 어울렸다.

중섭이 그의 이름을 알게 된 것은 일본 신미술인협회전에 중섭의 그림과 박생광의 동양화가 함께 전시되었을 때부터였다. 그러다가 부산 피란시절, 미 공보관에서 박생광의 소품전이 열렸는데, 그제야 비로소 두 사람은 얼굴을 마주 대할 수 있었다.

염색한 낡은 군복 차림으로 전시회에 나타난 중섭은 대뜸 박생광을 찾았다.

"제가 이중섭입니다."

"아, 이중섭 씨!"

한쪽은 전통적 서양화가, 다른 한쪽은 근대적 동양화가였으나 극과 극은 통한다는 말이 있듯이 둘은 얼굴을 맞댄 그날부터 십년지기처럼 마음이 맞았다.

박생광은 중섭에게 특별히 찬사를 보내지도, 날카로운 비판을 던

꽃과 어린이

새장 속에 갇힌 파랑새

지지도 않았다. 늘 부드러운 미소로 그의 마음을 푸근하게 해주었다. 중섭은 옛 선비와도 같은 그의 분위기가 더없이 좋았다.

"중섭, 거룻배 타고 바다나 한 바퀴 도세. 바다에 해 떨어지는 풍경을 보러 가세나."

"좋지요, 갑시다. 가서 일몰 풍경을 베껴 옵시다."

박생광과 중섭은 그렇게 소주 1병·도화지·고추장·낚싯대를 들고 바다로 나가는 일이 잦았다.

박생광이 고향인 진주로 돌아가기라도 하면 중섭은 혼자가 되어 스케치에 빠져들었다.

중섭의 스케치는 그림의 첫 단계가 아니라 그 본질이었다. 단순히 그림을 위한 밑바탕도 아니거니와 풍경화의 기본도 아니었다. 이 스케치야말로 이중섭 예술의 비밀이 모두 들어 있다.

중섭은 이른 아침 통영 앞바다와 한산도와 다도해를 바라보는 일로 하루를 시작했다. 줄지어 늘어선 배의 돛대들과 섬의 빛깔을 보고 그 형태와 색감, 음영과 여백 그리고 그 사이사이에서 살아 숨쉬는 생명의 의미에 대해 스스로에게 물었다. 그러다 보면 원산 시절에서와 같은 열정이 되살아났다.

담요 한 장 덜렁 있는 학원 침실에서 두 달 동안 스케치만 한 뒤, 본격적인 그림 제작에 들어갔다. 황소가 다시 나타났고, 어린아이의 존재가 뚜렷해졌다.

그러나 문제가 있었다. 그림도구를 구하기 힘들어 재사용 도화지와 베니어판, 장판지를 벗어날 수가 없었다. 물감도 마찬가지였다. 심지어는 에나멜을 쓰기도 했다.

"중섭, 종이에다 그리면 오래 못 가. 캔버스를 쓰게."

유강렬이 캔버스를 손수 이젤 위에 얹어주어도 중섭은 마다했다.

"싫으이. 이렇게 그리는 법도 있는걸."

통영에서 유강렬은 유지로서 대우를 받고 있었으므로 그를 찾아오는 화가들도 특별한 대접을 받았다. 그래서 유강렬을 찾아오는 화가이거나 문인이거나 하는 사람들은 통영에 오자마자 지역 유지들의 초대를 받아 술자리를 갖곤 했다.

그때, 통영의 제일가는 부자가 중섭을 찾아왔다. 제법 풍류를 아는 사람이었는데, 중섭을 위해 자신의 집에 화실을 꾸며놓았다는 것이었다.

"나를 어떻게 알고?"

중섭이 영문을 모르겠다는 듯 어리둥절한 표정으로 유강렬을 쳐다보았지만, 그 또한 고개를 저었다. 물론 유강렬이 만나는 사람마다 붙잡고 중섭이 천재 화가라 떠들고 다니긴 했어도 누군가가 이렇게 화실까지 꾸며놓고 청할 줄은 생각하지 못했다.

"아무튼 고마운 일이긴 하네. 그렇다면 거처를 옮기도록 하지. 여러 가지로 그렇게 하는 편이 낫지 않겠나."

"미안해서……."

"미안할 게 뭐 있나. 그 양반이야 자네에게 그런 도움을 줌으로써 자신이 할 수 없는 일에 대해 대리만족을 얻는 거고, 자네는 좋은 여건에서 그림을 그릴 수 있으니 서로 좋은 일이 아니겠는가."

유강렬은 중섭에게 호의를 받아들이도록 권했다. 중섭은 마지못해 그 집으로 옮겼다. 호인풍의 집 주인은 중섭을 아주 반갑게 맞아주었다.

"선생님 같은 대화가께서 그렇게 고생을 하셔서 되겠습니까? 아무 부담 갖지 마시고 편한 마음으로 예술을 하십시오."

주인은 팔을 벌리고 마중을 나오며 껄껄 웃었다.

"고맙습니다. 제가 좋은 그림을 하나 그려드리겠습니다."

중섭의 사례인사였다.

화실은 거의 독채에 가까운 기와집이었는데, 제법 널찍하게 꾸며져 있었다. 캔버스라든가 그림 재료들이 많이 준비되어 있었다. 화실 옆에는 깨끗하고 아담한 방도 붙어 있었다. 중섭이 머물도록 만든 방이었다. 새로 지은 건물은 아니었으나, 구석구석에서 다시 손을 본 흔적이 보였다.

전쟁의 피해를 전혀 입지 않은 고장의 부호답게 넉넉하고 여유 있는 집주인은 시조를 읊을 줄 알며 풍류를 즐기고, 지역의 문화인들을 청해다가 잔치를 벌이기도 하는 멋쟁이였다. 그는 통영지방 예술인들의 경제적인 후원자 노릇을 톡톡히 하고 있었다.

중섭은 거처를 옮긴 뒤부터 거의 술도 입에 안 대고 그림에만 몰두했다. 그는 조금씩 원산과 제주도에서의 열정을 되찾아가기 시작했다. 어쩌다 박생광이 찾아오면 막걸리를 마실 따름이었다.

주인에게는 일본에서 미술학교를 다니다가 도중에 포기하고 귀국한 난희(蘭姬)라는 이름의 딸이 있었다. 부모가 결혼을 하라고 성화를 부려서 하는 수 없이 돌아온 것이다.

"사실 저는 그림에 별로 재주가 없었어요. 미술학교에 다니는 동안 열심히 노력해 보았지만 전혀 주목받지 못했죠. 오빠가 있었는데, 그림에 뛰어난 재능을 보였어요. 학교에서도 꽤 인정을 받았고요. 그런데 도쿄에서 끝내 자살을 했어요. 예술적 충동을 이기지 못해서 그랬을 거라고 추측만 할 뿐이지요. 저도 나름 열심히 애써보았지만, 예술이 어디 노력만 가지고 되는 건가요. 그래서 자포자기하는 심정으로 귀국을 했답니다. 그림을 꼭 그리겠다는 생각이 확고했다면 결혼 때문에 귀국을 했겠어요?"

나이가 서른쯤 되어 보이는, 얼굴에 우수가 가득한 미녀였다. 그녀는 중섭이 그림을 그리고 있으면 문에 기대어 서서 물끄러미 중섭의 모습을 지켜보았다. 또한 별다른 감정을 드러내지 않으면서 중섭에게 이것저것 챙겨주었다.

　중섭은 난희의 말을 들으며 주인이 왜 예술가들에게 각별한 관심을 갖게 되었는지 이해할 수 있었다.

　"막상 고국에 돌아와 보니, 제가 언제 그림을 그렸었던가 생각이 들더군요. 남의 일같이 아득하게 느껴졌어요. 결혼을 하라고 하시길래, 그림도 못 그릴 바에는 결혼이나 하자, 그러고는 결혼을 했지요."

　이중섭은 귀로는 난희의 이야기를 듣고 있었지만 생각은 자꾸만 다른 곳으로 빠져들고 있었다. 그는 요즈음 원산을 떠난 뒤로 가장 호강하며 지내고 있었다. 날마다 진수성찬이 날라져왔다. 주인은 식사를 같이하자고 했지만, 중섭은 따로 먹겠다고 했다. 맛난 음식을 보면 중섭은 남덕과 아이들이 불쑥 떠오르고 울컥 눈물이 나게 그리워서 견딜 수가 없었다.

　깊은 생각에 빠진 중섭을 바라보며 난희는 계속 말을 이어갔다.

　"사랑 같은 건 없었어요. 아무 생각없이 한 결혼이었죠. 서울에서 살았는데 남편은 학생이었어요. 남편은 전쟁이 일어나자 옛날 의병장처럼 결의에 찬 목소리로 나라를 지켜야 한다고 열변을 토하더군요. 학도병으로 전쟁에 나간 남편은 바로 다음 날 죽었어요. 훈련을 받으러 다른 학도병들과 트럭을 타고 가다가 폭격을 당했대요. 결혼한 지 한 달만이었어요."

　중섭은 아내 남덕의 얼굴을 떠올리며 물끄러미 난희의 입을 바라보았다. 작고 얇은 입술이 끊임없이 벌어졌다 오므라들었다 하며 실타래 같은 말들을 풀어내었다. 중섭은 그 조그만 입이 아들 태현의 것만큼이나 귀엽다고 생각했다. 음식을 오물거리며 먹던 태현이 모습이 눈앞에 아른거렸다. 중섭은 아들에게 보내려고 그림을 그리고 있었다. 어린아이들이나 게, 물고기 등을 그리면서 풍경화도 그렸다. 물론 예전부터 그려오던 소도 그렸다. 어서 좋은 그림을 많이 그려서 빚도 갚고 가족과 함께 살아야겠다고 생각했다.

"이 선생님 그림은 신비한 데가 있어요. 어떤 그림을 보면 온몸에 전기가 오르는 것 같아요. 또 어떤 것은 너무나 천진스럽구요."

어느 날이었다. 중섭이 이 집에 들어온 지 한 달쯤 되었을까. 유강렬이 중섭을 찾아와서 그를 술집으로 데리고 갔다.

"이런 말 해도 될지 모르겠군."

유강렬은 막걸리를 벌컥벌컥 들이켠 뒤 중섭을 빤히 처다보았다.

"무슨 말인데?"

"자네 그 집에 있으니까 좋은가?"

"히히."

"일본엔 언제 갈 텐가?"

"곧 가야지."

"자네, 난희 씨를 어떻게 생각하는가?"

"좋은 여자야. 고마운 여자지. 그렇더라도 우리 남덕이만은 못해. 히히."

유강렬은 중섭을 물끄러미 바라보다가 다시 막걸리를 한 사발 들이켜고는 무겁게 입을 열었다.

"빨리 그 집에서 나오게."

중섭의 눈이 휘둥그레졌다.

"왜? 자네가 그 집에 가서 그림을 그리라고 했잖아?"

"글쎄, 나오라면 나오게. 지금 가서 당장 짐을 싸들고 나오게. 내 학

여인 1942년

생을 두엇 보내겠네."

그러더니 유강렬은 휘적휘적 술집을 나가버렸다. 중섭은 멍한 표정으로 유강렬의 꽁무니를 바라보다가 일어났다. 화실로 돌아오자 공예학원 학생 둘이 찾아왔다.

"유 선생님이 짐 옮기는 걸 도와드리라고 해서 왔습니다."

중섭은 자기가 그린 그림과 가지고 온 물건들만 챙겨서 나왔다. 별로 짐이라고 할 것도 없었다. 마침 그 집에는 아무도 없어서 중섭이 떠나는 것을 알지 못했다.

공예학원으로 돌아온 중섭은 유강렬을 찾았지만 그는 학원에 없었다. 왜 그 집에서 나와야 했는지 도무지 영문을 알 수가 없었다. 중섭은 학원에 그냥 있기도 무료해 바닷가를 어슬렁거리다가 늦게야 학원으로 돌아왔다.

"허허허. 중섭이 왜 그 집에서 뛰쳐나왔나?"

박생광이었다.

"그게 무슨 말입니까?"

"허허허. 이 사람은 모르는 일이던가?"

박생광이 유강렬을 쳐다보았다.

"예, 중섭이에게는 말을 안 했어요."

"무슨 말을 안 해?"

중섭이 자못 궁금해져서 유강렬을 쳐다보았다.

"별일 아냐."

"별일이 아니기는…… 중요한 일이지. 혹시 알아? 본인 생각은 다를지."

중섭은 무슨 소리들을 하고 있는지 통 알 수가 없었다.

"무슨 소리들을 하는 거야? 얘기 좀 해봐."

"아니죠. 중섭이 생각이 다를 수가 없어요. 그건 제가 장담합니다."

두 사람은 중섭을 사이에 두고 뜻 모를 소리들만 계속하고 있었다.

"내기할까? 중섭이 생각이 다를 수도 있다는 데 내가 막걸리 한 말을 걸지."

"좋습니다. 저는 그 반대에 두 말을 걸겠습니다."

두 사람은 중섭을 쳐다보며 낄낄 웃었다. 중섭의 얼굴은 이제 거의 울상이 되었다. 헛기침을 하며 뜸을 들이던 유강렬이 입을 열었다. 박생광은 싱글벙글 웃고 있었다.

"난희 씨 아버님이 자네를 사위 삼겠다고 하셨다네."

"예, 뭐라고?"

중섭의 큰 눈이 더욱 커졌다.

"그 집에서 자네를 사위 삼겠다고 했다니까."

그러자 박생광이 나섰다.

"조건들도 얘기해야지."

유강렬이 고개를 끄덕이며 말을 이었다.

"자네가 사위가 되어주면 통영에 집을 한 채 구해 주고 제작활동 일체를 도와주겠다고 했네. 서울에도 집을 한 채 사주고 말이야. 원한다면 프랑스에도 보내주겠다고 하더군."

심각한 표정으로 유강렬의 말을 듣고 있던 중섭이 피식 웃음을 흘렸다.

"그거 좋군."

그 말에 유강렬도 박생광도 깜짝 놀랐다.

"자네…… 정말인가, 좋다는 말이?"

"그럼 좋지 않고. 물감 사주고 집도 사준다는데 환쟁이한테 그보다 더 좋은 일이 어디 있겠나. 더구나 프랑스까지…… 춤이라도 춰야 하겠군."

유강렬과 박생광은 중섭의 대답에 눈만 멀뚱거렸다.

"그럼 내가 잘못했군. 괜히 자네보고 그 집에서 나오라고 했어."

유강렬이 신음을 내뱉듯이 말했다.

"아니야. 잘못한 건 아니지. 내가 다시 장가를 들려면 우리 남덕이한테 허락을 받아야 하거든. 그럼 일본에 먼저 가야지. 안 그런가? 히히히."

박생광은 멀뚱한 표정을 짓고 있다가 이내 웃음을 터뜨렸고, 유강렬도 중섭의 등을 치며 호탕하게 웃어댔다.

"자, 그럼 내가 졌으니 가세."

"암, 가야지요. 아무튼 중섭이 덕분에 술은 실컷 먹게 생겼네. 하하하."

어느덧 1953년도 저물고 1954년이 밝았다. 올해도 홀로 새해를 맞는 중섭의 마음은 한없이 외롭고 허전했다. 그는 몸이 아파 조리하고 있다는 아내에게 답장을 보냈다. 이번 편지글에도 가족과 함께 지낼 수만 있다면 어떠한 어려움도 이겨낼 각오가 되어 있다고 썼다.

남덕이 그리웠다. 되도록 빨리 가족 곁으로 가고 싶었다. 이 사정 저 사정 일일이 생각하다가는 가족과의 만남이 자꾸만 늦어질 것 같았다. 좁은 방 한 칸에 두어 달 식비만 있으면 무조건 가서 그의 힘으로 하루 한 끼나 두 끼 먹으며 지낼 작정이었다. 어떤 노동이라도 마다치 않고.

다른 것은 아무것도 생각지 않소. 당신과 태현·태성과 함께라면 하루 종일 노동하고 밤에 한두 시간만 그림을 그릴 수 있어도 충분하오. 나도 사나이요. 아무리 힘든 노동이라도 사양 않고 열심히 일할 것이오.

그림 말고는 잘할 수 있는 것이 없으니 페인트 집 심부름꾼이라도 괜찮소. 예술과 우리의 아름다운 생활을 위해서라면 무엇이든 할 작정이오.

자리가 잡힐 때까지 반년 동안은 하루 한 끼 먹어도 좋으니 나 혼자 어디다 방 한 칸 빌려 일하고, 먹고, 그림을 그릴 생각이오. 일주일에 한 번쯤 당신과 태현·태성이를 만나면 그것으로 족하오.

무엇보다 마음이 정해지면 망설이지 말고 용감하게 행동에 옮기는 것이 세상을 잘 살아가는 유일한 태도요.

어서어서 건강을 되찾아 우리 네 가족의 행복한 생활을 위해서 최선을 다해 주기 바라오. 조금 힘들더라도 들소처럼 억세게 전진, 전진, 또 전진합시다.

폴 발레리의 '바람이 분다. 살아야 한다' 시 한 구절처럼 '지금이야말로 굳세게 강하게 살아가지 않으면 안 될 때'요.

중섭

그는 도쿄에 가면 열심히 제작하려고 쉬지 않고 그림을 그렸다. 소품이 78점, 8호와 6호 크기 그림이 35점 완성되었다.

새해부터는 하루에 꼭 소품 1점과 8호 1점씩 그릴 계획을 세워놓고 이제 막 36점째를 손대고 있었다. 친구들은 중섭의 쉴 틈 없이 몰아치는 제작 태도에 놀라워했다.

어느 날, 중섭은 통영의 동료 화가들과 함께 거제도 장승포에 갔다. 그곳 포로수용소는 이미 포로들이 다 풀려난 뒤라 조용하기만 했다.

그는 그곳에서 며칠을 묵으며 스케치도 하고 낯선 바닷가 풍경을 바라보기도 했다. 때로는 물이 밀려나간 뻘밭에 온종일 주저앉아 썰물이 들어오기를 기다렸다.

파도가 흰 거품을 일으키며 힘차게 밀려들어왔다 물러날 때면 게들이 구멍에서 한꺼번에 기어나와 뻘밭은 눈깜짝할 새 게들의 운동장이 되다시피 했다.

중섭은 밀려왔다 머물 사이도 없이 끌어당겨지듯 바다로 물러나는 물살을 바라보며 서귀포에서 지내던 때를 떠올렸다.

'서귀포에서는…… 태성이를 업고 게를 잡곤 했지…….'

제주도 시절이라면 중섭은 이맘때쯤 게를 쫓아다니며 잡느라 땀을 뻘뻘 흘리고 있었다. 등에 업힌 아이는 따가운 햇살을 견디다 못해 칭얼댔고. 그러나 아내와 태현, 태성과 함께 보내던 그 찬란한 시절은 지나가버리고, 그는 이제 화가로서 게의 움직임을 쓸쓸하게 지켜보고 있었다.

중섭은 자유롭게 이곳저곳을 끊임없이 기어다니는 게들을 바라보며 바다가 내는 우렁찬 파도소리를 들었다. 바닷바람에 끈끈해진 얼굴은 금세 햇볕에 그을렸다.

그렇게 며칠을 파도와 바람과 햇살에 마냥 몸과 마음을 내맡기고 있을 때, 문득 어머니의 모습이 떠올랐다.

중섭은 나지막한 목소리로 오랫동안 불러보지 못한 이름을 입 밖에 냈다.

"어머니……."

어머니는 원산에서 벌써 세상을 뜨셨으리라 생각되었다. 그러자 어머니의 죽음이 사실인 것처럼 가슴에 와 닿았다. 이상한 일이었다. 거제도 바다를 바라보며 그는 어머니의 죽음을 상상한 것이다.

마음속에 늘 살아 있던 어머니에 대한 인상이 그 순간 죽음으로

새와 나무

나무와 달과 하얀 새 1956년

단정지어졌다. 원산에서 배를 타고 부산으로 내려와 수용소에 있을 때도, 서귀포에서 굶주림에 시달릴 때도, 다시 부산에서 가족과 이별할 때까지도 꼭 쥐고 있었던 어머니의 옷자락을 어느 틈엔가 놓쳐 버린 것만 같았다. 중섭은 섬뜩하고 아득해 넋이 나간 모습으로 오랫동안 바다를 보며 서 있었다.

중섭은 확신하듯 말했다.

"어머닌 돌아가셨을 거야…… 어머니는 돌아가셨어."

그는 먼 수평선을 바라보았다. 그의 눈가에 고였던 눈물이 소리없이 뺨을 타고 흘렀다. 온갖 어려움 속에서도 그에게 버틸 힘을 주었던 어머니의 모습은 이제 사라지고 말았다.

중섭은 해질녘까지 뻘밭에 앉아 있다 일어났다. 다리가 휘청거렸다. 누군가에게 슬픔을 토해 내고 싶었다. 숙소로 돌아온 그는 친구를 보자마자 북받쳐 오르는 눈물을 왈칵 쏟아냈다.

4월이 왔다.

연초록 어린 잎사귀들이 짙은 빛을 품으며 튼튼하게 자라났다. 중섭은 아침 일찍 일어나 세수를 하고 나서 작품 앞에 앉았다. 뜰에서 푸른 잎들이 아침 햇살을 받아 아름답게 반짝이는 모습을 야금야금 눈으로 맛보았다. 그럴 때면 싱그러운 아침이, 부드러운 햇빛이, 4월의 푸르름이, 그리고 작품이 한아름 가득히 중섭의 가슴을 채웠다.

도쿄의 태현이는 학교에 들어가면서 아버지에게 직접 편지를 쓰기 시작했다. 아들이 아버지를 생각하며 고사리손으로 쓴 편지는, 그에게는 기쁨보다 더한 가슴이 터질 듯한 감동이었다.

　　내 아들 착한 아들 태현아, 잘 있었니?

보내준 편지 잘 받아보았다.

아빠는 태현이가 보낸 편지를 하루에도 몇 번씩, 몇 번씩 다시 읽고 다시 읽고, 엄마가 보내준 사진을 보고 또 보고 한단다. 그리고 태현이 편지 참 잘 썼더구나. 아빠는 얼마나 기쁜지 모르겠다. 공부 많이많이 해서 훌륭한 사람이 되어다오.

이노가시라 문화원에 소풍 가서 재미있었지? 할머니와 같이 갔었니? 아빠가 가면 그때 재미있었던 이야기와 학교 이야기 모두 들려주려무나.

아빠는 몸 성히 날마다 열심히 그림을 그리고 있단다. 태현이랑 엄마, 태성이 모두들 보고 싶어서 하루빨리 일을 마치고 너희들 곁으로 곧 돌아갈 생각이다.

아빠가 그린 그림하고 선물도 많이 가져갈게. 지즈코와 태성이, 학교 친구들, 모두 사이좋게 잘 놀며 기다려다오. 엄마가 몸이 아파 누워 있으니 태성이와 장난을 치거나 싸우면 안 돼요. 학교에서 공부가 끝나거든 늦도록 장난치지 말고 곧 돌아와야 한다.

그럼, 내 착한 아들, 씩씩하게 기다려다오.

아빠

태현아, 할머니·이모·엄마·지즈코·태성이 모두에게 두루 안부 전해 다오.

태성이를 잘 데리고 놀아라. 지금은 바쁘구나. 모레 예쁜 그림 그려서 보내주마. 기다려라.

1954년 5월 22일, 중섭은 유강렬·장욱진과 함께 통영에서 '3인전'을 열었다. 장욱진과 이중섭은 그림을, 유강렬은 공예 작품을 전시했다.

남관·박생광·송혜수 등은 중섭의 작품이 '완숙한 경지'에 이르렀음을 알았다.

통영은 그에게 크나큰 우애의 자리를 베풀어주었다. 유강렬과 석수정·전혁림이 중섭이 통영에서 그린 뛰어난 그림을 전시하도록 해준 것이다. 항남동 찻집 '성림' 2층 홀은 중섭의 그림들로 가득 찼다.

그 무렵, 중섭의 그림을 본 시인 유치환은 그에게 농담 삼아 이렇게 물은 적이 있었다.

"중섭 형! 형은 쇠불알을 그리고 싶어 소를 그리는 거지요?"

"그걸 어찌 알았지요? 쇠불알, 그거 얼마나 좋아요? 쇠불알 덕분에 소를 그리지요. 쇠불알은 우주예요. 그 안에 소도 들어 있고, 사람도 들어 있고, 삼라만상이 다 들어 있지요. 고 말랑말랑하고 통통한 것 안에 말이외다."

중섭의 이 말은 의미심장한 데가 있었다. 이른바 '쇠불알 철학'이다. 그는 쇠불알이 곧 우주라고 역설했다. 그냥 우스갯소리로 한 말이 아니다. 중섭의 인생 화두는 바로 황소이고, 그 출발은 쇠불알이었다. 쇠불알 안에 있는 정자에 의해 새로운 생명이 탄생하고, 그 생명이 자라서 다시 새로운 생명을 탄생시키며, 그렇게 해서 우주의 삼라만상이 돌고 도는 것이다.

통영에 있을 때 중섭은 자신의 인생 화두인 황소를 다시 만났다. 원산의 황소와는 달리 제주도나 통영의 황소 그림에서는 수컷의 상징이라 할 수 있는 불알이 강조되었다.

중섭은 암소는 절대로 그리지 않는 결벽성을 가지고 있었다. 반드시 힘차게 율동하는 굵은 선이 강조된 황소 그림을 그렸는데, 심지어는 그의 가족이 수레에 올라타고 피란 가는 그림에서조차 그것을 끄는 황소의 불알을 유난히 크게 그려놓았다.

1953년 11월 중순부터 1954년 5월까지 통영 시절은 중섭에게 가장 행복한 나날이었다. 그는 이 시절 "술도 안 마신다오"라거나 "제주도 돼지군처럼 아고리는 억척으로 버티고 있소" 하면서 "괴로운 가운데서도 제작욕이 왕창 솟아 작품이 산더미처럼 쌓이고 자신이 넘치고 넘치는 아고리"라고 스스로를 묘사했다. 그 무렵 이중섭의 거처는 문화동 세병관(洗兵館) 앞 경남나전칠기기술원 양성소와 중앙동 우체국 부근에 있는 동원여관이었다. 통영에 도착해 한 달쯤 지난 12월 말 개인전을 열었음에도 또다시 온 힘을 기울여 작품 제작에 몰입했는데 이때 사용한 재료의 어려움에 대해 1954년 1월 7일자 편지 '새해 복 많이 받았소?'에서 "화이트(white(흰색)가 얼마 전에 떨어져서 대신 페인트로 (제주도 시절처럼) 자꾸 자꾸 그리고 있소" 이렇게 밝히기도 했다.

통영 시절 중섭은 "나에게 가장 중요한 일은 당신 곁에서 일사불란하게 제작하는 그 일뿐이오" 쓰고서 작업량을 이렇게 말했다.

"소품이 78점, 8호, 6호가 35점이 완성되었고. 새해부터는 꼭 하루에 소품 한 점과 8호 한 점씩을 그릴 계획으로 지금 36점째를 손대고 있소. 빨리 동경으로 가서 당신의 곁에서 대작(大作)을 그리고 싶어 못 견디겠소. 지금은 기운이 넘쳐 자신만만하오. 친구들도 요즘 내 제작에 놀라 눈을 둥그렇게 하고들 있소. 밤에도 10시가 지나도록 그리고 있소."

놀라운 열정이었다. "동경에 가면 열심히 제작을 하려고 지금 쉬지 않고 그림을 그리고 있다오"라고 한 중섭의 통영 시절은 "지금은 4월 28일 아침이오. 일찍 일어나서 세수를 하고 작품을 앞에 놓고 뜰에 우거진 신록의 잎사귀들이 아침 햇살을 받고 반짝이는 아름다운 자연을 바라보면서 당신의 아름다운 모든 것을 생각하고 있소." 이런 편지를 쓸 만큼 눈부신 것이었다.

그렇게 전쟁의 기억이 흐릿해져가던 때인 1954년 봄, 이중섭에게 통영은 아름다운 남쪽 물나라였다. 그리고 이곳에서 그는 자신만의 양식을 완성했다. 이른바 대향양식의 성취라는 위업을 이룬 것이다.

통영 시절 6개월은 중섭이 눈부시게 정열적으로 작품활동을 한 시절이었다. 창작에 집중하면서도 12월 개인전에 이어 통영 동료들과의 3인전이며 4인전, 이웃 마산에서 6인전을 잇따라 열어서만은 아니었다. 중섭은 유강렬이 마련해준 거처에 머무르며 그 어느 때보다도 왕성하게 창작에 전념했다.

떨어진 가족에게 향하는 마음과 스미는 고독감, 막연하기 그지없는 생활고 등 막바지에 부딪히는 듯한 불안을 안고 중섭은 오로지 제작에만 몰입한 것이다. 유강렬 형의 뒷바라지는 극진했고, 중섭은 무아무중(無我無中) 복받쳐오르는 일체의 한흔(恨痕)을 전심전력 작품에 퍼부었다.

그 무렵 통영 사람들에게 비친 중섭은 가족을 그리워하는 부평초(浮萍草)와도 같은 신세였다. 통영 태평동 276번지 주민 황복자(黃福子)는 중섭이 자나 깨나 부인 이야기만 했다고 말하기도 했다.

중섭에게 통영 바다는 일본으로 열린 남쪽 바다였다. 손을 뻗으면 닿을 것만 같은 수평선 너머에 있을 아내의 모습이 아른거려 견딜 수 없었다. 중섭은 가족사진을 늘 가슴에 품고 매일같이 편지를 썼다. 그리고 그것을 남에게 부탁하지 않고 자기가 직접 보냈다.

중섭은 한 번 마음으로 받아들인 대상이면 그 소재가 무엇이건 친해졌고 그러고나면 버리는 법이 없었다. 모두 자기와 하나가 되었기 때문이다. 이를테면 서귀포에서 게를 발견하고는 게와 하나가 된 뒤

파란 게와 어린이

끝까지 포기하지 않고 그리고 또 그렸다. 그러나 통영에서 보낸 6개월 동안 얻은 성취에 비하면 그것은 소박한 것이었다. 통영 시대 중섭의 작품 여덟 점은 대체로 다양한 주제를 다룬다. 야경, 복숭아와 동자상, 벚꽃, 새, 두 여인, 소, 풍경 등의 작품으로 시적(詩的)이면서 소나 나뭇가지 등의 대담한 붓놀림은 중섭의 외유내강(外柔內剛)적인 요소를 지녔다.

중섭에게 통영은 놀라우리만큼 눈부신 천국이었다. 즐거운 놀이를 기조로 삼고 있음에도 비극의 아픔이 문득문득 스쳐 지나가던 서귀포, 그리고 서적 무역 실패 사건처럼 피곤함으로 가득한 부산을 떠나온 이중섭에게 통영은 환상 속의 이상향 그 자체였다. 그는 먼저 서적 무역 사건으로부터 벗어나고자 했다. 이 사건에 더는 말려들 뜻이 없음을 1954년 1월 7일자 편지 '새해복많이 받았소?'에서 밝혔다.

"불가불 피차에 헤어질 수밖에 없다고 각오하시오"라며 끝없이 이 문제를 해결해달라고 요구하는 아내에게 이렇게 계속 괴롭힌다면 헤어지겠노라 단호하게 나가기도 했다. 그리고 기운이 넘쳐 자신만만하다며, 함께 예술하는 친구들도 중섭의 제작에는 모두들 놀라 눈을 둥그렇게 뜬다고 말했다. 그는 또한 밤에도 10시가 넘도록 술도 안 마시며 그림을 그린다고 자랑하듯 말했다. 그는 그렇게 새로이 맞이한 통영 시절을 잘 꾸려나갔다.

혼신을 다해 예술의 경지에 이른 중섭은 드디어 통영에서 자신의 독자적인 양식을 찾았다. 이 시절 이룩한 중섭의 화풍은 크게 두 갈래로 나뉘는데 하나는 선과 면이 뚜렷이 나뉘는 구성계열(構成系列)이고, 또 하나는 선과 면이 뭉개지며 뒤섞이는 표현계열(表現系列)이다. 구성계열은 소묘와 삽화, 은지화에서 끝없이 반복하는 섬세정교한 선묘(線描)를 바탕으로 하는 것이고, 표현계열은 묽은 물감을 요란하고 풍부하게 쏟아내 거칠면서도 자유로운 색묘(色描)를 바탕으로 삼는 것이다.

표현계열을 대표하는 작품 〈통영 들소〉는 여러 들소 그림 가운데 빼어난 작품이다. 아무렇게나 그어 댄 듯한 거친 선과 빠른 붓놀림에도 불구하고 완벽한 소의 형태를 나타낼 뿐만 아니라 세상 모든 기운을 응집시킨 듯이 강력한 힘을 표현하는 데 부족함이 없다. 무엇보다 살아 움직이는 생물의 겉모습은 물론 뼈와 살의 구조까지 완전히 파악하고 있으며 이를 바탕으로 내면의 강인한 투지를 드러내는 놀라움은 예술적인 역량 없이는 불가능함을 그림으로 보여주고 있다. 이는 〈통영 들소〉에서도 마찬가지다. 들소라는 소재의 거칠고 드센 힘을 지지하는 조형 요소는 선인데, 이처럼 표현계열의 회화임에도 구성계열이 지닌 선묘의 필세를 한층 강력하게 나타냄으로써 더욱 훌륭한 효과를 거두고 있다.

이처럼 이중섭은 제주와 부산을 거쳐 통영에서 비로소 자신감 넘치는 필세의 형식을 완성했다. 이 형식은 그 누구도 이루지 못한 그만의 세계였다. 선묘와 색묘를 변주해가면서 자유자재로 활용하는 이중섭만의 특별한 양식이었다.

그렇다면 통영 시절 이중섭에게 소는 무엇이었을까. 지난날 도쿄에서 미술창작가협회전에 출품하던 시절 그렸던 "환각적인 신화"이자 "소박한 환희"로서 "아름다운 애린(愛隣)" 또는 "민족의 특성을 훌륭히 발휘하고" 있는 소는 아니었다. 통영 시절인 1954년 1월 7일자 편지에서 이중섭은 들소 이야기를 "우리들의 새로운 생활을 위해서 들소(野牛)처럼 억세게 전진, 전진 또 전진합시다" 이렇게 썼다.

이처럼 중섭이 그린 소는 '황소'가 아니라 '들소'였다. 그리고 그 통영 들소는 이중섭이 인용한 폴 발레리의 시 구절처럼 "지금이야말로 굳세게 강하게 살아가지 않으면 안 될 때요"라고 말해주는 '희망의 상징이었다. 그리고 들소는 곧 이중섭 그 자신이었다.

이제껏 소를 소재로 한 이중섭의 소 그림들에 대해서는 거의 '황소'라고 이름을 붙이는 게 보통이었다. 거칠고 너무도 강렬한 힘이 넘치는 까닭에 '남성성'으로 해석한 셈이다. 그런데 황소는 큰 소 또는 남성 소를 지칭하는 낱말로 수소와 같은데, 수소의 반대말인 암소를 배척하는 한계가 있으므로 굳이 성별을 가리려는 뜻이 아니라면 통영 시절 쓴 편지에 등장하는 '들소'라는 낱말을 사용해야 한다. 물론 들소란 광활한 대지에서 야생하는 소란 뜻으로 조선에서는 찾아볼 수 없는 품종이다. 그러므로 이중섭의 소 그림은 품종으로서 들소가 아니라 야생의 소처럼 '전진'하는 소이며, '부르짖는' 소로서 들소일 뿐이다. 쟁기나 수레, 달구지를 끄는 농우(農牛)가 아닌 것이다.

바람에 나뭇잎새 흩날리듯

통영에서 일곱 달을 그렇게 보내고, 이중섭은 박생광을 따라 진주로 떠났다. 그날, 통영 시외버스 터미널에 배웅 나온 많은 예술가들을 보며 중섭은 혼잣말처럼 중얼거렸다.

"나는 바람에 흩날려 떠도는 낙엽이런가. 이제 이 아름다운 통영도 마지막이겠지."

곁에 섰던 박생광이 듣고는 물었다.

"왜 그런 처량한 말을……."

"왠지 길 떠나는 나그네 느낌이 듭니다. 이렇게 많이들 나를 배웅해 준 적이 없었거든요."

얼마 뒤 버스에서 내린 중섭은 거리를 둘러보았다. 진주도 전쟁의 상처가 미처 아물지 못한 듯했다. 도시계획으로 넓혀진 길가에는 판잣집과 임시로 지은 집들이 처마를 잇대고 있었다.

진주에서 박생광은 변두리 옥봉에 있는 영남의 명문 정씨 재실을 빌려 화실로 쓰고 있었다. 재실이란, 제사를 지내기 위해 무덤 옆에 세운 집이다. 재실 안은 매우 조용했다. 때로는 무섭기조차 할 정도였다. 중섭은 침묵이 가득찬 그곳이 무척 마음에 들었다.

어린아이처럼 좋아한 중섭은 기쁜 마음에 오히려 박생광에게 투정하며 흘겨보기까지 했다.

"이렇게 근사할 줄은 몰랐는데, 이 재실 아틀리에는 정말 기가 막히네. 진작 날 데리고 오실 일이지."

박생광이 희미하게 웃음을 흘렸다.

"여기에서 소를 그리게. 내가 있어서 방해된다면 며칠 동안 나가 있어 주겠네."

"소를 그리지요. 그대신 나가지는 마세요."

진주의 부잣집 아들 정명수가 중섭과 곧 친해졌다. 옥봉의 재실에서 그린 소 그림을 비싼 값에 사기도 했다. 정명수의 아우는 중섭의 그림에 홀딱 반한 나머지 이런 말도 했다.

"이중섭 선생님, 평생 생활비를 대드리겠습니다. 선생님은 그림만 그리십시오."

그러나 중섭은 그 말에 솔깃하지 않고 그저 호의 어린 고마운 덕담으로만 받아들였다.

그의 방랑은 팔자에 끼어드는 역마살과는 조금 달랐다. 어쩔 수 없으면서도 때로는 꼭 필요한 것이었기 때문이다. 예술적 영감이 모두 사라질 때쯤, 권태에 빠질 때쯤, 그리고 무언가가 그리워질 때쯤에 그는 떠났다. 이중섭은 곧 진주를 떠날 결심을 하였다.

"곧 돌아오시오."

"언제든지 오시오, 함께 살게."

진주사람들은 따뜻한 인사말로 그를 배웅했다.

중섭의 진주 시절은 그리 길지 않았다. 그러나 오직 한 점 들소의 초상화만으로도 중섭의 진주 시절은 지극히 강렬하고 또 그에게는 진주가 아름다운 곳으로 여겨졌다.

이중섭은 〈진주 붉은 소〉를 박생광에게 그려주었다. 그때만 해도 우정의 표시일 뿐이었다. 하지만 세월이 흐르면서 들소의 눈빛은 점차 빛을 뿌려 휘황해져만 갔고 뒷날 〈진주 붉은 소〉는 20세기 가장 빼어난 걸작이 되었다. 그 빼어남은 비슷한 그림과 비교해보면 더욱 두드러진다. 통영 시절의 작품 〈통영 붉은 소 1〉에 비해 붓질이 훨씬 유연하다. 빠른 속도감이 느껴지는 것이다.

〈진주 붉은 소〉에서 가장 빼어난 것은 눈동자의 흰자위에 찍힌 태점이다. 이 태점은 눈동자를 푸른빛으로 물들이고 있는데 그 빛은 애수의 광채가 되어 감성을 자극한다. 형언할 수 없는 이 슬픔은 전쟁으로 상처 입은 이들의 것이지만 어디 그뿐이었을까. 직접적인 피해자가 아니더라도 저 불타버린 촉석루처럼 온 땅을 물들인 전쟁의 비참함이며 죽어간 이들을 지켜보아야 했던 모든 사람들의 이야기였다. 붉은빛으로 타오르는 들소의 눈빛에 어린 푸른 슬픔은 중섭이 부르는 진혼의 노래인지도 모를 일이었다. 때문에 이 작품은 들소의 초상이자 중섭의 초상이며 또한 전쟁을 겪어야 했던 모든 이들의 초상, 바로 그것이었다.

진주에게 중섭은 잠시 스쳐간 손님에 지나지 않았지만 그 손님이 그저 흐르는 바람이 아니었던 까닭은 오직 〈진주 붉은 소〉때문이고, 이 작품이 20세기 미술사상 가장 특별한 작품으로 꼽히고 있기 때문이다.

중섭은 쓸쓸한 부산 광복동을 한 바퀴 둘러보고 대구로 갔다. 그곳에는 아직 구상과 포대령과 김영환이 있었다. 포대령은 중섭이 나타났다는 소리만 들으면 지프를 몰고 와 다짜고짜 술을 먹이기 때문에 좀 부담스러웠지만, 김영환과는 범일동시절 이야기를 나눌 수 있어 좋았다.

"영환, 눈이 부었네. 술을 많이 마셨나부지?"

"아닙니다. 조금 마셨습니다."

"범일동 생각 나나? 술취한 이튿날 눈이 부으면 뒷산 계곡에 가서 물벌레를 잡아왔지. 그걸 유리병에 물과 함께 담그고 차가운 병으로 눈두덩을 마사지하면 부은 게 내렸잖나."

"예, 그랬었지요."

"그것 참, 잘 듣는 명약이었어."

"명약이긴요. 그 물벌레는 고작 선생님께서 날마다 관찰하시는 데만 필요하지 않았습니까?"

이야기가 거기에까지 이르자 중섭은 몹시 멋쩍어했다. 순진한 동심을 가진 그는 소나 물고기, 물벌레를 마치 거울 속 자신의 모습을 살피듯이 뚫어져라 관찰하고 나서야 그림을 그렸다. 그러나 누군가가 그 사실을 일깨워주면 부끄러워했다.

밤이 이슥해지면 중섭은 구상이 전해 준 아내의 편지를 펴들고 뜬 눈으로 지새우기 일쑤였다.

식사도 고르지 않으실 텐데 건강은 어떠하신지요. 태현이가 '아빠 언제 오지?' 물을 때마다 가슴을 얻어맞은 듯 아파옵니다. 요즈음 태성이는 배탈이 나서 병원에 다니고 있습니다.

당신이 돌아오시기만을 기다리고 있습니다. 너무너무 기다려서, 어쩐지 당신은 영영 돌아오시지 않을 것처럼 여겨질 때도 있어요.

집을 새로 지었습니다. 오셨을 때 본 것보다는 좀 나은 것 같습니다.

물고기와 노는 두 어린이

남덕의 편지글을 읽고 있노라면 단아한 그녀의 예쁜 몸가짐이 떠올라 중섭은 견딜 수 없었다.

"상! 상! 자나?"

기어코 새벽부터 구상을 깨웠다.

"잠이 안 오는 모양이군."

"응. 나, 일본에 가야겠네. 남덕이 보고 싶어 죽겠어."

"내일이라도 가게. 내, 여비를 만들어볼 테니."

그러자 중섭은 정신이 번쩍 났다.

"아니지, 아니야. 서울에서 전람회를 한 다음 돈을 많이 가지고 가야지. 장모님께 엎드려 사죄도 하고."

구상은 중섭의 마음을 헤아리고는 가만가만 등을 쓸어주었다.

"그만 자게나. 내일 생각하기로 하세."

"미안해, 잠을 깨워서……."

중섭은 잠을 자는 대신 은박지에 그림을 그리기 시작했다. 태현과 태성이 중섭의 허리를 타고 엉덩이를 굴려댔고, 중섭과 남덕과 두 아이가 함께 과일을 따 먹고 있었다.

그는 그림을 그린 뒤, 그림과 이야기를 나누었다. 혼잣말이 아니었다. 그림에는 실제로 생명이 불어넣어져 아내와 두 아이가 살아 움직였다.

"아가, 이제 그만 자거라."

자상한 아버지 목소리로 타이르기도 하고

"아빠, 싫어. 왜 잠도 안 오는데 자라는 거야."

아이의 말을 흉내 내서 어리광을 부리기도 했다.

구상이 잠을 깨어 놀란 눈으로 바라보았으나, 중섭은 그림과의 이야기에 정신이 쏠려 깨닫지 못했다.

"중섭."

그제야 중섭은 친구의 눈길을 느끼고는 부끄러워 고개를 돌렸다.

"내일이라도 일본에 가게. 그러다가 미치고 말겠네."

하지만 그림의 세계를 떠난 현실의 중섭은 초라한 화가일 뿐이었다. 장모를 볼 면목이 없어 아내와 떨어져 사는 남편일 뿐이었다. 그걸 잘 아는 중섭은 얼른 베개에 얼굴을 묻었다. 남덕의 조용히 웃음짓는 얼굴이 그리웠다. 그녀의 따스한 체온과 숨결이 그리웠다. 그녀를 간절히 품고 싶었다.

사랑이란 감정은 친밀한 상호교감의 한 형태라 할 수 있다. 개별성의 모든 벽이 무너지는, 자기 자신과 타인이 용해되는 현상이다. 이렇듯 사랑은 개인성과 보편성을 동시에 포괄하는 역설적인 총체인 것이다. 그러므로 사랑에 빠진 사람은 하나가 되는 절정을 위해 자신을 내던지고 상대에게 몰입한다. 이는 성욕과는 다른, 하나가 되는 순결한 행위이다.

사랑이라는 이 신비한 현상은 의식의 중심부에서 성을 쫓아낸다. 성욕 없는 사랑은 상상할 수 없는 것인데도 우리 내면에서 사랑의 대상은 정화되고 집요해진다. 나와 상대의 경계를 없애고자 하는 궁극의 합일에서 성욕은 부차적인 것이 되는 것이다.

진정한 사랑 안에서 성욕은 두 사람이 하나가 되는 일이고, 그것은 정신적이라는 환상을 주는 물리적 현상으로서만 존재한다. 자신이 녹아버리는 감정, 즉 온몸의 살이 떨리며 더 이상 저항도 장애도 되지 못하는, 속에서 불타오르며 스스로 사라지는 황홀경. 바로 그것이다.

이처럼 자기모순적이고 자기소모적일 수밖에 없는 사랑의 본질. 그 사랑의 본질 가장 가까이에 이르러 있는 중섭. 홀로 남겨진 그에게 현실은 그만큼 비참하고 처절한 것이었다.

나의 귀여운 태현아.

언제나 보고픈 내 아들, 아빠와 엄마의 태현이, 몸 성히 잘 있겠지? 공부 잘하고 친구들과도 신나게 놀고…… 아빠는 태현이가 보고 싶어서 빨리 그곳으로 가려고 열심히 그림을 그리고 있단다. 아빠는 아픈 데 없이 건강하니까 너도 건강하게 아빠를 기다려다오.

나의 사랑하는 태성에게

그동안 잘 있었니?

아빠가 보낸 그림을 보고 '우리 아빠, 최고다'라고 엄마에게 이야기했다지. 아빠는 얼마나 기쁜지 모르겠다.

더 재미있는 그림을 자꾸자꾸 그려서 보내주마.

태현 형이 공부할 때에는 방해되지 않도록 밖에 나가 놀도록 하렴. 안녕.

아빠가 사다놓은 종이가 떨어져 한 장밖에 없어서 그림을 한 장만 그려 보낸다. 엄마와 태성이, 태현이 셋이 사이좋게 봐다오.

중섭은 미친 사람처럼 헛소리를 했다.

"그림을 그려 올게. 일본 가면 큰 캔버스에다 물감을 마음껏 칠하고 문질러 그림다운 그림을 그려 올게."

그러면서도 정작 일본에 가지 못하는 것은 중섭의 마음 밑바닥에서 회오리치는 갈등 때문이었다. 6·25전쟁으로 만신창이가 된 조국을 버리고 한창 경제 부흥과 안정을 누리는 일본으로 간다는 사실이 그의 양심을 괴롭혔다.

갈등을 못 이겨 혼자가 된 중섭은 칠곡군의 최태응을 찾아갔다. 아편에 중독되어 죽을 뻔한 최태응은 구상의 도움으로 아편을 끊고 그곳에서 살고 있었다.

"왜 대구시내에 나오지 않나?"

"여기 봄기운이 더 좋다네. 우리 중섭이, 잘 왔네, 잘 왔어."

중섭은 얼마 동안 그곳에서 머물며 복숭아나무를 그렸다. 그는 온종일 그린 그림을, 소주를 들이켜며 한 장 한 장 꺼내 보고는 아무런 미련없이 발기발기 찢어버리기도 했다.

"이 사람아, 아까운 그림을 왜 찢나?"

"못써, 이런 걸 사람들에게 보이면 죄를 짓는 거야."

최태응이 말릴 때만 잠깐 멈추었다가 그가 가만 있으면 중섭은 다시 그림을 찢었다.

어떤 날은 그림을 그리겠다고 아침 일찍 나가 저녁 늦게 돌아오면서도 빈 스케치북만 들고 돌아왔다.

"다 찢어버렸구먼."

최태응이 지레짐작으로 말하자 중섭은 가만히 고개를 저었다.

"그럼?"

"너무 좋아서 못 그렸다네. 실컷 쳐다보고만 왔어."

칠곡군에 잠깐 있다가 대구로 돌아온 중섭은 구상에게 선언했다.

"나 먼저 서울로 가겠네."

구상은 고개를 끄덕이고 차비를 마련해 주었다. 친구도 없이 떠도는 것보다는 서울로 가서 피란시절의 친구들과 어울리는 편이 나으리라 생각했다.

6월 중순이었다. 서울에는 이중섭이 나타났다는 소문이 번졌다. 아직 전쟁의 음울함이 가시지 않은 명동에서 술이나 퍼마시던 예술가들의 눈에 생기가 돌았다. 서로 다른 모양으로 베레모를 멋들어지게 쓴 사람들이 하나둘 그의 곁으로 모여들었다.

외종사촌형 광석, 할머니의 조카뻘 되는 위상학, 친구 한묵과 선배 김환기를 만났다. 부산 광복동을 그대로 옮겨놓은 듯한 명동의 어느 통술집에 앉아 그들은 막걸리를 마셨다.

"오랜만일세. 한 잔 받게."

"이게 꿈인가 생신가. 내 잔도 받게."

중섭은 자꾸만 건네오는 술잔들에 몸 둘 바를 몰라 통술집을 도망치듯 빠져나왔다. 전쟁이 남기고 간 흔적인가. 파릇하게 무성한 잡초 사이로 길이 나 있고, 아직도 허물어진 건물이 그대로 남아 있었다. 그런 틈바구니에서 사람들은 베니어판이나 상자를 벽으로 삼아 만든 집에서 온 가족이 등을 맞대고 서로 부대끼며 하루하루를 겨우 이어가듯 살았다.

그곳의 거친 풍경은 내의도 없이 염색한 낡은 군복만 걸치고 밑창이 벌어진 구두를 신은 중섭의 모습과도 어울렸는데, 그는 자신이 겪은 삶의 한 부분을 예술로 승화해 '전쟁, 그 뒤'라는 그림을 빚어냈다.

전쟁은 평화로운 시절의 모든 것을 저버리게 만들었다. 일찍부터 소를 바라보며 소를 사랑했던 중섭의 눈에 비친 소는 이미 옛날의 소가 아니었다.

"소 눈이 예전 같지 않아. 투명하지 않고 흐릿해."

소의 탁해진 눈망울은 전쟁이 얼마나 참혹했었는가를 말해 주었다. 전쟁은 사람만 치른 것이 아니다. 산도, 생물도 자연도, 세상 모든 것들이 고리처럼 하나가 되어 인간의 이기심을 위해 싸운 것이다.

"오늘 우리집에 가자."

해초와 아이들

춤추는 가족

위상학의 말에 중섭이 눈을 번쩍 떴다.

"집이 생겼어?"

그날, 중섭과 장이석·최영림·황율엽·차근호는 술이 조금 취한 상태에서 위상학의 집에 갔다. 가회동의 2층집으로, 뜰이 넓고 나무도 많은 고급 주택이었다.

"야! 집이 크기도 하다."

"크긴 뭘……."

중섭이 맑은 눈으로 위상학을 돌아다보았다. 할머니의 조카뻘이면 마땅히 존댓말을 써야 하지만, 같은 또래라고 서로 말을 놓고 지내는 사이였다.

"이런 집 팔아서 그림이나 실컷 그리지 그래. 왜 쓸데없이 이런 집을 차지하고 있어."

위상학은 얼굴에 고통스러운 빛을 떠올렸다. 그러고는 상처 입은 조개처럼 입을 꾹 다물었다.

사실 위상학에게는 남들에게 알리고 싶지 않은 비밀이 있었다. 운천에서 미군부대 전속으로 초상화를 맡아 그렸던 일이다. 비록 그 덕에 이렇게 큰 집을 사긴 했지만 화가로서는 수치스러운 일이었다.

위상학의 침묵에 당황한 중섭은 술을 달라고 했다. 술상이 마련되고 다시금 떠들썩한 분위기가 되었다. 이 일이 있고 한참 뒤에 위상학은 예술과 세속적인 욕심 사이에서 고민하다가 끝내 그 갈등을 견디지 못해 스스로 목숨을 끊고 말았다.

서울에서 중섭은 손응성에게도 신세를 졌다. 보문동 손응성의 집에 가면 그의 어머니가 중섭더러 '아들'이라고 했다. 어쩌면 그 소리가 듣기 좋아 보문동을 찾곤 했는지도 모른다.

"응성, 나는 오래오래 살아서 그림도 오래오래 그리고 싶네. 자네는?"

"자네나 오래 살게, 중섭. 나는 어머니만 아니면 그냥 죽고 싶어."

"그런 소리 말게. 누가 뭐래도 이 세상이 제일인걸."

손응성은 남산 밑 예장동에 화실이 있었다. 중섭이 서울에 나타났을 때, 그는 '낙엽 여래'란 그림을 그리고 있었다. 배경으로 철창이 그어지고 낙엽이 쌓여 있는 가운데 석가여래가 크게 부각된 그림이다.

중섭이 그림을 보고 말했다.

"재미있군. 그런데, 가슴에 금이 너무 칠해져 있어. 여래상이라면 가슴이 너르게 벌어지고 금빛도 적당히 배어야지. 천 년을 버텨왔는데 뭐가 남아 있겠나, 오래된 것에 말일세."

"그렇잖아도 이 불상이 마음에 안 들어 내팽개쳐버리고 싶던 참이라네."

중섭은 특별히 무엇을 강조하지 않았으나 그의 통찰력은 사람 마음을 뒤흔들어놓았다. 손응성은 친구의 말에 감화되어 기꺼이 금빛을 덜어냈다. 그러자 여래상의 가슴에서 금빛이 제대로 살아났다.

"자네 말이 맞군. 이걸 반드시 완성해 봐야겠네."

"우리 응성이, 힘이 났군."

중섭은 전쟁이 남긴 폐허 속에서 공허한 행복을 누렸다. 사랑하는 가족과 함께 지내지 못하는 아픔, 조카 영진을 돌보아주지 못하는 죄책감, 어머니의 죽음에 대한 단정적인 생각들과 아울러 불완전한 예술을 완전하게 이루고자 하는 집념은 황폐한 명동에서 눈덩이처럼 불어났다.

어느 날, 이중섭이 명동 동방살롱으로 들어가려는데 양명문이 거기서 나왔다.

"어?"

중섭은 꼬리가 없는 말로 반가운 마음을 나타냈다.

"이제 오냐?"

명문은 어깨를 쩍 편 채 한 손을 번쩍 들어 보이더니 그대로 휙 가버렸다.

'아니, 저 친구가…….'

안으로 들어서자 황염수가 손을 들어 중섭을 불렀다. 이중섭이 앉자, 황염수가 못마땅한 듯이 물었다.

"명문이 봤니?"

"응, 들어오다가."

"웃기는 일도 다 있지. 그 자식이 오늘 시 고룐가 뭔가가 좀 생긴 모양인데, 그걸 쓰기가 아까운지 마누라랑 자식새끼가 기다린다며 그냥 가버리고 말더라. 미친놈!"

그 시절, 동방살롱에는 공짜 술 한잔 얻어먹으려는 가난한 예술가들이 모여들었다. 양명문도 그들 가운데 하나로 늘 얻어먹는 편이었다. 그러나 가끔은 궁색한 그들에게도 때때로 돈이 생기는 수가 있어서 그런 날에는 모두들 어깨를 펴며 기꺼이 한잔 샀다. 그간의 쌓인 빚을 갚는 셈이다.

"마누라하고 자식새끼? 야, 사람이 그런 망발을 하면 곧 죽을 때가 된 거 아니니?"

황염수가 벌컥 화를 내면서 명문을 마구 헐뜯었다. 황염수는 명문의 입에서 나온 '마누라와 자식새끼' 소리에 속이 뒤틀렸던 모양이다. 양명문이 어떤 인물인가. 일찍이 도쿄에서 첫 시집을 일본말로 내면서 '이 시집을 성경같이 읽어라' 첫 페이지에 그렇게 써넣은 별종이 아니었던가.

양명문은 평양에 처자식이 있었으나 도쿄에서는 당당하게 총각 행세를 했다. 그는 서울 출신의 의대생과 연애해서 딸 둘을 낳기까지 했다. 그러다가 해방이 돼서 평양으로 돌아갔는데, 그 의대생 처자가 평양까지 양명문을 찾아왔다가 그만 모든 사실을 알아버렸다. 그녀는 곧 서울로 돌아갔고, 명문은 또 다른 연애를 시작했다.

이번에는 애인한테 독일어 시를 바쳤다. 독일어도 잘 모르면서 독일어로 시를 쓴 것이다. 새 애인 또한 독일어를 모르니 괴테나 하이네 보듯 그를 우러러봤다. 그러나 그 재미도 오래 가지는 못했다.

6·25가 터지고 홀로 남으로 내려온 양명문은 갈 데가 없었다. 그는 마침내 자신의 두 딸을 낳은 의대생—그때는 의사가 된 그녀를 찾아갔다. 그러나 그녀는 이미 딸들을 데리고 시집 가버린 뒤였다. 양명문의 장모가 될 뻔한 그녀 어머니가 한마디 내뱉으며 그를 돌려보냈다.

"자네가 너무 늦게 왔네."

여기서 풀이 죽을 양명문이 아니었다. 그는 금세 또 부산에서도 새 장가를 들었다. 신기하게도 그가 아니면 죽겠다는 아가씨가 나타나서 가정을 꾸린 것이다. 신혼부부는 아무데나 가서 신세를 지고는 했다. 그즈음 피란살이 방식이기도 했다.

그런 그가 마누라와 자식이 기다린다는 집으로 간다니 그와 먹고 마시던 자칭 예술가들은 어안이 벙벙할 수밖에 없었다.

"명문이 그 자식이 태어나서 지금껏 여자를 책임진 일이 있었나? 없지. 절대로 없지!"

황염수가 계속 명문을 씹어댔다. 그는 예전부터 경우 없는 놈이라며 명문을 좋아하지 않았다. 그것을 잘 아는 중섭은 꼭 해야 할 말이 있었음에도 할 수 없었다. 여기에다 그 소리까지 보태면 분위기가 한층 격해질 것만 같아서였다.

'오늘은 참자, 그래 참아야 해.'

어젯밤 중섭이 종묘 골목에서 막 벗어나려는 때였다. 그 길 어귀쯤 전봇대 옆에 웬 여자 하나가 등을 보이고 서 있었다.

그는 이런 곳에 들어갈 때는 아무렇지도 않다가 어쩐지 나올 때면 꼭 한숨이 나오고 자신이 싫어졌다. 그러면서도 어제 또 그곳을 찾았고, 그래서 다시 한 번 "내 꼴이……" 푸념하며 나오는 순간, "어?" 주춤했다. 낯익은 얼굴을 본 것 같았다. 양명문의 아내인 극작가 김자림이었다.

보통남자들이라면 왠지 찔리는 게 있어서 이런 경우 못 본 척 그냥 가버렸겠지만 중섭은 좀 달랐다. 이런 외설스럽고 께름칙한 곳에서 아는 여자를 만났으니 모른 척하면 좋았을 텐데, 천진한 건지 신경이 좀 무딘 건지 그는 궁금증을 못 참고 굳이 아는 체를 했다.

"저, 김 여사 아니십니까."

등을 보이고 섰던 여자가 돌아섰다.

"아니, 이중섭 선생님!"

김자림은 화들짝 놀라며 얼굴을 붉혔다. 양명문·김자림 부부는 늘 붙어 다녀서 중섭은 부산 피란시절부터 그녀를 잘 알았다.

"누굴 기다립니까?"

'사창가 근처에서 기다리긴 누굴 기다린다는 말인가.'

자림은 중섭의 뜬금없는 질문에 무어라 대답을 못하고 어쩔 줄 몰라 하며 눈길만 이리저리 돌렸다. 무슨 핑계를 대려 했으나 잘 떠오르지 않았다.

중섭은 곧 자신이 김자림을 곤란하게 만들고 있음을 알았다.

바로 그때 양명문이 나타났다. 이중섭이 지금 나온 곳에서 그도 걸어 나온 것이다. 양명문은 자기가 왜 그곳에서 나왔고 또 마누라가 왜 거기에 있는지 거리낌 없이 술술 털어놓았다. 그러니까 요즘 부부

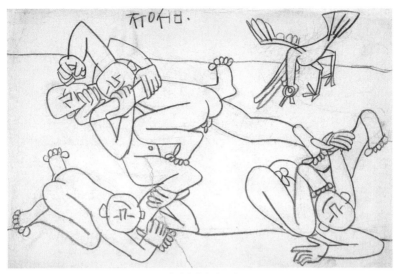

네 어린이와 비둘기

사이에 무슨 사정이 있는 모양인데, 양명문은 생리적으로 더는 도저히 견딜 수가 없었다. 부부는 결국 의논 끝에 여기까지 오게 됐고, 김자림은 남편이 나오는 시간을 거기 서서 재고 있었던 것이다. 아내가 허락해 준 시간만은 꼭 지켜야 했었나 보다.

중섭이 듣고 보니 잘못된 일은 없었다. 그렇지만 착하고 우아한 남정인을 아내로 둔 모범남편 황염수가 이런 소리를 듣는다면 어떤 반응을 보일까. 그래서 중섭은 아무 말 않기로 했다.

어쨌든 그들은 김이석을 기다리고 있었다. 사람들은 다방으로 모였다가는 이내 흩어져갔다. 슬슬 술집으로 자리를 옮겨 갈 시간이 된 것이다.

황염수도 그만 자리를 털고 일어섰다. 아내가 퇴근해서 돌아올 시간이 된 모양이었다.

"이석이가 오면 내 방에 들르든지."

그러면서 염수는 자기 화실로 가버렸다.

아무리 기다려도 김이석은 오지 않고, 이중섭은 누군가 이끄는 대로 술집 '번지 없는 주막'으로 자리를 옮겼다.

배가 부르면 위가 어디 있는지 모르는데 거기가 비면 위가 배 속에 있음을 싫어도 알게 된다. 중섭은 오늘 아무것도 먹지 않았다. 온종일 줄담배를 피우며 붓질만 해댔다. 배가 고팠다. 배가 고프니 사람이 까부라지는데, 그런 빈속에 독한 술이 들어갔다. 술은 빠르게 그의 몸속으로 퍼져나갔다.

그날, 김이석은 발길 닿는 대로 을지로를 터벅터벅 걸었다. 오늘도 이 세상은 마땅찮다는 생각을 하면서. 그러다가 을지로가 끝나는 데서 명동으로 꺾어들다가 술집 '은성'으로 들어갔다. 거기서 그는 홀로 술잔을 기울였다. 술기운이 돌자 〈희망가〉 노래를 중얼중얼 읊조리듯 불렀다.

"이 풍진 세상을 만났으니 너의 희망이 무엇이냐. 부귀와 영화를 누렸으면 희망이 족할까……."

그러다 갑자기 노래를 뚝 끊고 술잔을 기울이고 또 기울였다. 중얼중얼. 그렇게 홀로 세상탓도 하며 마시고 있었다.

그때, 유리문이 열리며 김동리·손소희 부부가 어쩐 일인지 굳은 얼굴로 들어섰다. 그즈음 문단에서 그들 부부는 대단한 실세였다.

"어라? 김 형, 여기 있었소?"

동리가 아는 체를 하자, 손 여사도 한마디 던지며 이석 바로 뒷자리에 와 앉았다.

"웬일로 혼자 오셨어요?"

그런데 이들 부부는 무슨 일인지 술을 시켜놓기 바쁘게 다투기 시작했다. 꽤 열이 오른 말투로 보아서 지금까지 계속 다퉈온 것 같았다.

이석은 그들이 싸우는 소리를 듣기 싫어도 고스란히 들어야만 했다. 손 여사는 강짜를 부리고 동리는 화를 냈다. 술이 그들 입에 들어가면서 목소리는 더더욱 커졌다. 누가 듣거나 말거나 상관없었다. 연놈소리만 안 했지 서로 차마 듣기 거북한 욕설들이 마구 오갔다. 이야기를 들어보니 아마도 등단 추천을 받으러 오는 젊은 여자애들이 문제인 듯 싶었다.

다른 날이었다면 모를까, 세상 온갖 아니꼬운 것들만 눈에 띄던 이날의 이석은 도저히 참을 수가 없었다. 그는 몸을 틀어서 침을 튀기며 말했다.

"부부싸움은 집에서나 하시오!"

김동리와 손소희는 느닷없는 일갈이 날아오자 깜짝 놀라 말문이 턱 막혔다. 이석은 한마디 더 얹었다.

"그런 싸움은 집에서 해야 하는 거 아니오?"

　졸지에 면박을 당한 두 사람은 이 사람 미쳤나, 하고 잠시 어안이 벙벙했지만 뭐라 대꾸할 말을 찾지 못해 그저 얼굴만 일그러뜨렸다. 여기서 끝냈으면 이석의 판정승이었을 게다. 그런데 그는 술 몇 잔을 더 털어넣더니 다시 몸을 틀고 머리를 들었다. 알코올에 흠뻑 젖어 때를 잘못 찾아온 배짱도 함께 고개를 빳빳이 세웠다.

"김동리 선생, 그거 말이지요, 추천 받겠다고 따라다니는 애들, 그 애들 말입니다, 그것들 건드리는 거 아니지요. 미당도 그래요, 동리는 예쁜 꽃만 보면 꼭 꺾어야 직성이 풀린다고. 여자랑 잘 생각이 있으면 김 선생, 돈을 내고, 서로 그렇게 자는 게 옳지 않습네까."

　혀는 꼬부라지고 발음이 똑똑치 못했지만 김이석은 분명히 그렇게 말했다. 평소 그가 하고 싶었던 뼈 있는 말이었다.

　마침내 손소희가 김동리를 잡아끌었다. 술 처먹은 개라고, 피하는 게 상책이라 판단한 모양이었다. 그러나 술의 힘은 위대했다. 몸집 작고 이제껏 폭력이라고는 써본 일도 없는 동리가, "이 새끼가!" 발끈하더니 날렵하게 주먹을 날렸다.

　술에 취한 주먹은 목표물을 벗어나 허공을 갈랐다. 어찌나 날렵했던지 펀치가 슬로모션으로 날아갔다. 이석은 그 주먹을 피하려 잽싸게 몸을 숙인다는 게 그만 자기 코를 의자 등받이 모서리에 제대로 갖다 찍고 말았다. 코피가 터졌다. 술집에서 코피 터지는 일이 아주 없는 건 아니었다.

　동리 부부는 이석의 코에서 피를 보고는, 그것도 제가 찍어서 낸 피를 보고는 마치 손대지 않고 코를 푼 듯했다. 그들은 가슴을 툭툭 털며 이내 '은성'을 빠져나갔다. 술집 여종업원이 보기에도 안쓰러웠던지 찬 물수건을 이석에게 갖다주었다.

그날 밤, 김이석은 을지로 입구 가로수 하나를 껴안고는 빙글빙글 돌았다. 사람들은 그 주정뱅이를 피해서 지나갔다.

이중섭은 '번지 없는 주막' 문이 열릴 때마다 문쪽으로 시선을 보냈다. 그러고는 습관적으로 문 안으로 들어서는 사람들의 얼굴을 쳐다보았다. 불쑥 박연희의 모습이 중섭의 눈에 들어왔다. 그는 중섭을 보자 손을 흔들더니 밖으로 불러냈다. 그 뒷골목 '봄봄'에 경제신문 주필인 석영학과 그를 따라다니는 방 여사 자매, 시인 한무학 등이 모여 있었다.

석영학 주필은 명동에 나타나면 늘 김이석과 중섭에게도 술을 사는데, 그는 보통은 김이석을 찾아서 명동에 오는 사람이었다. 그런데 이날 밤에는 이석이 모습을 보이지 않아 든든한 물주인 석 주필이 있음에도 술자리가 금세 끝나 버렸다.

방 여사 자매는 이중섭만 보면 반색하며 술을 따라주고 안주를 입에 넣어주기 바빴다. 그림을 좋아하는 것도 아니면서 중섭의 그림이 좋다 좋다 하니까 어떻게든 그걸 공짜로 얻어보려는 속셈이었다. 그런 치들이 중섭 주변에는 수두룩했다. 그림은 화가의 재산이고 돈이며 이 나라 화가들은 모두 가난했다. 그런데 그걸 공짜로 얻으려 하는 것이다.

석 주필이 방 여사 자매와 사라지자 세 사람만 남았다. 곧 한무학도 아내가 기다리는 집으로 가버렸다. 이제 연희와 중섭 둘뿐이었다. 박연희도 북쪽 출신이지만 그는 6·25와는 상관없이 서울에서 살았기에 정릉에 집이 있는 데다 단란하고 화목하게 아내와 자식도 거느리고 있었다.

그런데 그는 늘 자리를 빨리 뜨지 못했다. 이석이니 중섭처럼 집 없는 떠돌이들과 가까운 사이인 탓에 술자리에 그들이 남으면 그도 남았다. 나 먼저 간다는 소리를 차마 쉽게 내뱉지를 못했다. 때문에 집에 들어가지 못하는 날도 더러 있었다.

연희가 중섭에게 "너도 빨리 가라" 했다. 그러자 중섭이 "양명문이 한테 가자. 명문이 돈 있어" 그러고는 앞장서 택시부터 잡았다.

박연희도 일찌감치 명문의 시 고료 이야기를 이미 들은 터였다. 명동 바닥은 여자들 입보다 더 수다스러웠다. 그깟 시 고료가 몇 푼이라고. 그러나 그 주인공이 다른 사람도 아닌 명문이기 때문에 말이 더 요란 스러워진 듯했다.

"양명문이? 그 자식?"

"가자 가, 명문네 집으로 쳐들어가서 한잔 사게 하자고"

"좋아, 그래 가자! 가서 그 자식 혼 좀 내주자!"

그러나 아닌 밤중에 날벼락 맞은 이는 양명문이 아니라 그의 아내 김자림이었다. 장충동 집에서 이제 막 잠자리에 들었던 그녀는 대문 두드리는 소리에 깜짝 놀라 잠에서 깼다.

"미안하오. 밤이 깊어 출출허이, 김 여사가 말아주는 국수 생각이 나서 이렇게 불쑥 찾아왔수다."

이중섭이 능글능글 웃으며 안으로 들어섰다. 자림은 먼저 택시값부터 물어야만 했다. 부글부글 끓는 속을 애써 삭이며 "곧 통금이에요" 그들을 쫓아내려 했는데, 정작 양명문은 한밤의 불청객들이 싫지는 않은 듯, 크게 소리쳤다.

"이미 통금이다!"

그게 바로 명문의 특기였다. 그가 가슴을 쩍 펴고 이렇게 한마디

개구리와 어린이

를 하면 무슨 까닭인지 여자들은 다소곳해졌다. 명문은 그걸로 여자들한데 한몫 단단히 보곤 했는데, 김자림 또한 체념한 듯 곧 잠잠해졌다.

덕분에 이중섭과 박연희는 쫓겨나지 않고 술상을 차리도록 하는 데 성공했다. 집에 꼬불쳐둔 소주는 고작 한 병뿐이었다. 술은 금세 바닥이 났다. 다짜고짜로 술병을 든 명문이 벌컥벌컥 소주를 들이켰다. 그렇게 마셔야 하는 이유라도 있는지.

"김자림 여사, 여기 술!"

양명문이 호기 있게 소리쳤다.

"술이 어디 있어요?"

김자림이 문틈에 대고 뾰로통하게 대꾸했다.

"당신도 여기 와서 앉아!"

명문이 아내 손목을 잡아 술상 앞에 앉히려 들자, 김자림은 애써 웃으며 남편에게 눈을 흘겼다. 그러자 명문이,

"이 시도 낭만도 모르는 여자야!"

경멸해 마지않는 듯, 시 낭송하듯 음률을 넣어 근엄하게 말했다.

시도 낭만도 모른다는 말은 최고의 모욕이었다. 사실 김자림은 시와 낭만을 너무도 잘 알기에 시인 양명문과 결혼했다.

"가서 술 사와! 문 닫았으면 탕탕 두드려!"

그가 다그치자 자림은 더는 말없이 밖으로 나갔다. 이미 통금이었다. 가게 문이 닫혀 있어 그녀는 명문의 말대로 주인을 억지로 깨워 술을 사 와야 했다. 단골이었으니 가능한 일이었다.

술이 새로 오고 흥이 오르자, 명문이 느닷없이 소리를 질렀다.

"자, 모두들 금세기 최고의 명곡 〈명태〉를 들어보라고!"

그러고는 한껏 소리 높여 불러댔다. 〈명태〉는 전쟁으로 온 세상이

혼란스럽던 1952년, 양명문이 쓴 시에 작곡가 변훈이 곡을 붙인 노래였다. 선율이 담대하고 막힘없을 뿐 아니라 리듬과 속도의 변화로 양명문 시 특유의 해학적인 맛이 꽤 잘 살아 있었다.

감푸른 바다 바닷 밑에서
줄지어 떼지어 찬물을 호흡하고
길이나 대구리가 클대로 컸을 때
내 사랑하는 짝들과 노상
꼬리치고 춤추며 밀려 다니다가
어떤 어진 어부의 그물에 걸리어
살기 좋다는 원산 구경이나 한 후
에지프트의 왕처럼 미이라가 됐을 때
어떤 외롭고 가난한 시인이
밤늦게 시를 쓰다가 소주를 마실 때 카!
그의 시가 되어도 좋다
그의 안주가 되어도 좋다
짝 짝 찢어지어 내 몸은 없어질지라도
내 이름만 남아 있으리라
명태 명태라고 하하하 쯔쯔쯔
이 세상에 남아 있으리라

양명문은 술에 취해 흥거워지면 언제나 이 노래를 불러젖혔기 때문에 그의 친구들은 귀에 못이 박일 지경이었다.
"아, 저놈의 노래 듣기 싫어 죽겠네. 그만 입다물지 못해!"
중섭과 연희의 아우성에도 아랑곳없이 그는 더욱더 목청을 돋우었다. 그렇게 시끌벅적한 밤은 깊어갔다.

얼마나 시간이 지났을까. 문득 이중섭은 잠결에 닭 울음소리를 들은 듯했다. 눈을 뜨고 귀를 기울였다. 밖에서 닭들이 꼬꼬댁거리는 소리가 들려왔다. 지난 밤의 기억이 돌아왔다. 그는 무거운 몸을 일으켜 닭소리 나는 쪽으로 살그머니 나가보았다.

꽤 넓은 뒤뜰이었다. 여기 국유지를 양명문이 사들여 오막살이를 짓고 사는데, 아마도 김자림이 발품깨나 팔고 돈을 끌어모아 마련했을 게다. 텃밭이 있고 한구석에 닭장도 보였다.

자림이 닭장 안에 밀어넣었던 머리를 꺼내더니 소리쳤다.

"병찬이 아버지이! 병찬이 아버지이!"

어느덧 양명문이 와서 김자림 옆에 앉았다.

"따뜻할 때 어서 드세요."

명문은 아내가 내미는 달걀을 받아 앞니에 탁 쳐서 구멍을 내더니 입으로 쪽쪽 빨아 흘러나온 물컹한 덩어리를 꿀꺽꿀꺽 삼켰다. 그 모습을 지켜보는 자림의 얼굴에 더없이 만족스러운 웃음이 번졌다. 좀 전에 꼬꼬댁거리던 닭이 알을 낳은 모양이었다. 중섭은 두 사람의 정겨운 모습을 멀거니 바라보았다.

이중섭의 눈에 암수 두 마리 닭이 부리를 맞댄 모습이 들어왔다. 순간, 그는 그 두 마리 닭이 자신과 자기 아내, 그리고 양명문과 김자림, 황염수와 그의 선한 아내 남정인, 그리고 김이석과 북에 두고 온 그의 아내…… 그들 모두를 에덴동산으로 불러모으는 듯한 강렬한 느낌을 받았다.

양명문이 입술을 쓱쓱 닦고 방에 들어와 보니 방 안에는 이불만 널브러져 있고, 이중섭과 박연희는 어느새 가고 없었다.

의자에 얼굴을 부딪고 코피를 쏟은 김이석은 머리가 지끈거리며 쑤셔와 의자에 엉덩이를 붙이고 앉았다. 술 때문이겠지, 하고 넘기려다가 김이석은 사태를 곧 알아차렸다. 단순한 코피가 아니었다. 콧등 중간쯤이 내려앉았다. 그래서 얼굴이 바람 든 풍선처럼 팽팽하게 부어올랐다.

'이걸 어쩐다? 어서 중섭한테 남덕 편지를 전해 줘야 하는데……'

이런 상황에서도 이석은 중섭에게 전할 편지부터 걱정했다. 그는 거울을 들여다봤다. 코언저리가 잔뜩 부어올라서 그게 눈까지 뒤덮었다. 가느다란 실눈이 감았는지 떴는지 도무지 분간할 수가 없었다.

'이래 가지고야 어딜 돌아 다니겠나.'

그는 코뼈가 부러진 건 아닐까 하는 걱정보다 그 볼썽사나운 얼굴 때문에 더 기가 막혔다. 그는 어젯밤 일을 기억해내려 애썼다. 그래, 그 부부가 들어와서 법석을 떠는 통에 비위가 거슬렸지. 주먹이 날아오는 장면이 떠올랐다. 피했던가? 물론 피했을 것이다. 아무리 취했다 한들 그런 주먹에 누가 맞겠는가. 주먹이 날아오기 전에 자신이 무슨 말을 했던 것도 같은데 까맣게 생각이 나지 않았다. 그러나 왠지 모르게 후련하고 기분이 상쾌했다.

일본에서 남덕은 중섭의 주소가 일정치 않아서 소공동에 있는 김광균 시인, 아니, 김 사장 건설회사로 편지를 부쳐왔다.

이중섭은 김광균의 '내 홀로 밤 깊어 뜰에 나리면 머언 곳에 여인의 옷 벗는 소리' 이 시구를 좋아했다. 광균은 '와사등' '설야'를 비롯한 빼어난 시를 썼는데, 그의 형이 세상을 떠나자 어쩔 수 없이 형의 건설회사를 이어받아 운영하고 있었다. 예술가들에 대한 동료의식이 살아 있던 그는 일찍부터 이중섭의 천재성을 알아보고 여러모로 지원을 아끼지 않았으며 중섭의 그림도 많이 팔아주었다.

김광균에게 온 남덕의 편지는 보통은 이석이 찾아다가 중섭에게 전했다. 광균과 모르는 사이도 아니면서 중섭은 자신이 가지 않고 왠일인지 늘 이석이 갖다주기를 바랐다. 이석 또한 그런 중섭의 등을 떠밀며 직접 갔다 오라 투덜대지 않았다.

　'가난한 예술가들하고는 형편이 달라서 돈이 많고 미군에도 연줄이 닿는 김광균에게 중섭은 왜 가지 않으려 할까.'

　문득문득 궁금증이 일었으나, 중섭이 아내 편지를 학수고대할 게 뻔해서 이석은 군말없이 늘 대신 찾아다주었다.

　여하튼 이석과 중섭은 그런 관계였다.

　1954년 6월 25일부터 경복궁에서 '대한미협전'이 열렸다. 협회로서는 미협전을 열 만한 예산이 없었으나 국방부에는 엄청난 국방비가 있었다. 마침 국방부 정훈국장은 시인 김종문이기도 했다. 도상봉과 윤효중이 힘쓴 끝에 미협전은 국방부 정훈국과 대한미술협회가 공동으로 주최하게 되었다.

　여기에 중섭은 '달과 까마귀'를 출품했다. 시인 김종문은 무조건 맨 첫날 그 그림에 빨강 딱지를 붙여버렸다.

　전람회를 보러 왔던 미국 대사관 공보원장 겸 문정관 슈바커는 '달과 까마귀' 앞에서 떠날 줄을 몰랐다. 그러나 그림 아래에는 빨강 딱지가 붙어 있었다. 벌써 판매 예약이 되어 있다는 표시였다. 슈바커는 대한미술협회 간부에게 물었다.

　"이 그림을 예약한 사람이 누구입니까?"

　"국방부 정훈국장 김종문 대령입니다. 시인이기도 하지요."

　슈바커는 곧장 김종문을 만나 다짜고짜 이야기를 꺼냈다.

　"당신이 빨강 딱지를 붙인 그림, 내게 양보할 수 없소?"

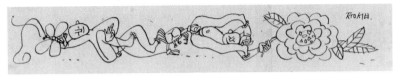

두 어린이

동녀와 게

"그 그림은 내가 먼저 예약했으니 안 되오."

"그러지 말고 흥정합시다. 최고 100달러 내겠소."

"싫소."

김종문이 딱 잘라 뿌리치자 슈바커는 몸이 달았다.

"200달러는 어떻소?"

"싫소."

"아무래도 당신, 내게 유감 있는 모양이군. 좋소, 500달러 내겠소!"

김종문은 그 자리에서 도망쳐버렸다. 슈바커의 끈질긴 흥정에 자칫하면 넘어가 버릴 것만 같았다. 그는 나름대로 생각한 바가 있어 '달과 까마귀'를 예약한 것이기 때문에 절대로 양보할 수 없었다.

그 뒤로 슈바커와 김종문의 사이가 나빠졌음은 말할 필요도 없다. 슈바커는 하는 수 없이 중섭의 다른 그림을 샀다. 김종문은 '달과 까마귀'를 미국 샌프란시스코 아시아재단 본부 상설 화랑에 전시토록 기증했다. 온 세계 사람들에게 이중섭의 그림을 보여주기 위해서였다.

'아름다운 것은 소유하는 게 아니라 더 많은 사람이 보고 즐겨야 하는 것'이라는 생각에서였다.

그즈음, 중섭은 도쿄의 아내에게 편지를 보냈다.

나의 가장 소중한 남덕, 그동안 건강하오? 덕분에 일주일 전쯤 무사히 서울에 도착했소.

6월 25일부터 열리는 대한미술협회와 국방부 주최 전시회에 작품 3점(10호 크기의)을 출품했소. 모두 100호, 50호 크기의 큰 작품들인데, 내 작품 3점이 제법 평판이 좋은 것 같소. 전시 첫날 내 작품을 사겠다는 사람이 있어, 그림 하나는 이미 예약이 되었다오.

미국사람(미국 예일대학교 교수)이 내 작품을 칭찬하면서 자기가 모든 비용을 대줄 테니 뉴욕으로 작품을 가지고 와 개인전을 열라고 권합디다. 이번에 내 작품이 좋은 평가를 받았으니 앞으로 할 소품전도 반드시 성공할 것이라고, 친구들이 자기 일인 양 기뻐하며 하루빨리 소품전 제작을 시작하라고 권하오.

일주일 뒤에는 친구가 방을 하나 빌려준다고 하였소. 쌀값도 대주겠다고 하오.

세상에 둘도 없는 나의 남덕, 태현이, 태성이를 위해서, 대제작(표현)을 위해서 힘껏 버티겠소.

기어코 이겨낼 테니까 기대하고, 그때까지 몸조심하고 하루빨리 기운을 내어주시오.

태현, 태성, 당신의 그 어여쁜 발가락들에게 뽀뽀를 전해 주시오.

중섭

남덕에게 보내는 중섭의 편지를 보면, 편지에 의지하는 정도가 어느 정도인지를 알 수 있다. 중섭은 편지를 보낼 때마다 거듭 답장을 요구했고 편지만큼이나 사진에 대해서도 집중했다. 1953년의 편지에서도 사진에 대한 관심을 보이고 있었지만 1954년 6월 25일 편지 〈나의 가장 사랑하는〉에서 "통영에서 출발하기 전에 미전회장에서의 사진 받았는지요"라고 물었고, 7월 13일자 〈최애의 사람 남덕군〉에서 "원산에 살던 미야사진관의 박준섭 형에게 부탁을 해서 카메라 사진을 찍어 보내겠소" 이렇게 썼다.

사진에 대한 이러한 관심은 남덕이 이중섭의 사진을 받고 보인 반응과도 관련이 있다. 남덕은 1954년 4월 27일자로 이중섭에게 보낸 편지 '나의 사랑하는 소중한 아고리'에서 "그리운 사진 정말 정말 고맙습니다. 몇 달 만에 뵙는 사랑하는 아고리의 얼굴, 기뻐서 정신없이 입 맞추었습니다. 내가 좋아하는 멋있는 입술, 그러나 눈에 힘이 없어 보이고 두 뺨도 여위어 보이네요" 하면서 "당신의 편지와 사진이 제게 더욱더 기운을 불어넣어주었습니다. 사진을 안고 함께 자겠습니다"라고 썼다.

중섭은 1954년 8월 끝무렵 편지 〈나의 귀여운 남덕군〉에서 "당신의 예쁜 발 사진을 빨리 보내주시오" 했고, 9월 중순 편지 〈세상에서 제일로 상냥하고〉에서 "사진 서둘러 보내주시오" 하며 말했다. 또 10월 초순 편지 〈멀리 떨어져 있어도〉에서는 "빨리 사진을 보내주시오. 당신의 얼굴과 발가락군의 얼굴을 큼직하게(발가락을 찍을 때 아고리군이 작품 제작에 필요하다고 커다랗게 두세 가지 포즈(pose)로 찍어 보내도록—지급(至急)"이라며 작품 제작에 필요하다는 이유를 덧붙이기도 했다.

사진이 늦어지자 곧바로 보낸 편지 〈한없이 상냥하고〉에서는 "빨리 사진 보내주시오" 이렇게 독촉했고, 10월 중순의 편지 〈나의 기쁨의 샘〉에서도 "당신의 귀여운 발을 부디 소중히 카메라로 빨리 찍어 보내주시오" 했다. 그러면서 "세 사람이 찍은 것과 친구와의 사진 넉 장 받고 기뻐, 기뻐, (……) 사진에 있는 남덕, 태현, 태성이의 귀여운 모습은 그대로 통째로 마시고 싶을 만큼 귀여운 얼굴이오" 이렇게 사진 받는 기쁨을 표현했다.

10월 28일자 편지 〈가슴 가득한〉에서는 무척 섬세하게 그 동작까지 정해서 사진을 보내달라고도 했다.

"될 수 있는 대로 빠른 시일 안에 당신의 얼굴만의 사진과 아이들과 함께 있는 사진과 아스파라가스(나만의)군의 사진 세 포즈쯤 지급(至急)으로 보내주시오" 이렇게 말이다.

신수동 시절에도 중섭은 사진에 대한 흥미와 관심을 이어갔다. 11

달밤

월 말 편지 〈언제나 내 가슴 한가운데서〉에서 "김인호 형의 카메라로 찍어간 내 사진(뒤 바위산에 가서 찍은 것)도 보내리다', "그리고 개인 전을 마친 바로 뒤인 1955년 2월 중순 〈내 최애(最愛)의 귀여운〉에서 도 "이광석 형의 카메라로 찍은 사진이 됐기에 보내오" 적은 것을 보면 이중섭에게 사진이 편지와 함께 새로운 소통 수단으로 자리잡았음을 알 수 있다. 이를 보여주듯 11월 21일자 〈나의 오직 하나뿐인〉에서 "그리운 아이들과 당신의 사진을 기다리고 있소" 했으며, 11월 말 편지 〈언제나 내 가슴 한가운데서〉에서는 "사진도 빨리 보내주시오. 작품을 만든다는 이유로 발가락군의 포우즈 서넛쯤 보내주구려" 하며 작품을 만든다는 핑계라고 고백하기도 했다.

그러나 이러한 끊임없는 사진에 대한 요구는 남덕에게 부담으로 다가왔다. 남덕이 쓴 편지는 없으나 중섭이 12월 초순에 보낸 편지 〈상냥한 사람이여〉에서 "사진에 대한 건 잘 알았으니 너무 신경을 쓰지 마오. 여러 번 보내준 당신과 아이들의 사진을 많이 가지고 있어서 매일 보고 있으니까 그걸로도 충분하오" 이렇게 쓴 것으로 그와 같은 분위기를 느낄 수 있다.

아마도 남덕이 촬영, 인화 과정의 번거로움은 물론 비용에 대한 부담스러운 마음을 표현하며 사진을 더는 보내기 어렵다고 했으리라.

인간적인 너무나 인간적인

인간은 혼자서 죽을 수밖에 없는 근원적으로 고독한 존재이다. 그리고 죽음을 향해 가는 삶의 과정 또한 인간에게는 혼자 있는 고독, 혼자 사는 고독이다. 그것은 타인과 함께 있으면서 느끼는 고독이다. 거대한 인간의 물결 속에서 도리어 혼자만 떨어져 있다는 고독감을 느낀다.

이중섭이 현해탄 너머 남덕과 아이들을 그리워하는 마음이 차오를 때마다 읽고 또 읽은 백석의 시 '남신의주 유동 박시봉방(南新義州柳洞朴時逢方)'이 그러했으리라.

어느 사이에 나는 아내도 없고, 또,/아내와 같이 살던 집도 없어지고,/그리고 살뜰한 부모며 동생들과도 멀리 떨어져서,/그 어느 바람 세인 쓸쓸한 거리 끝에 헤매이었다./바로 날도 저물어서,/바람은 더욱 세게 불고, 추위는 점점 더해 오는데,/나는 어느 목수네 집 헌 삿을 깐,/한 방에 들어서 쉬을 붙이었다./이리하여 나는 이 습내 나는 춥고, 누긋한(눅눅한) 방에서,/낮이나 밤이나 나는 나 혼자도 너무 많은 것같이 생각하며,/딜옹배기에 북덕불이라도 담겨 오면,/이것을 안고 손을 쬐며 재 위에 뜻 없이 글자를 쓰기도 하며,/또 문 밖에 나가지두 않구 자리에 누워서,/머리에 손깍지베개를 하고 굴기도 하면서,/나는 내 슬픔이며 어리석음이며 를 소처럼 연하여 쌔김질하는 것이었다./내 가슴이 꽉 메어 올 적 이며,/내 눈에 뜨거운 것이 핑 괴일 적이며,/또 내 스스로 화끈 낯이 붉도록 부끄러울 적이며,/나는 내 슬픔과 어리석음에 눌리어 죽을 수밖에 없는 것을 느끼는 것이었다./그러나 잠시 뒤에 나는 고개를 들어,/허연 문창을 바라보든가 또 눈을 떠서 높은 천정을 쳐다보는 것인데,/이때 나는 내 뜻이며 힘으로, 나를 이끌어 가는 것이 힘든 일인 것을 생각하고,/이것들보다 더 크고, 높은 것이 있어서, 나를 마음대로 굴려 가는 것을 생각하는 것인데,/이렇게 하여 여러 날이 지나는 동안에,/내 어지러운 마음에는 슬픔이며, 한탄이며, 가라앉을 것은 차츰 앙금이 되어 가라앉고,/외로운 생각만이 드는 때쯤 해서는,/더러 나줏손(저녁 무렵)에 쌀랑쌀랑 싸락눈이 와서 문창을 치기도 하는 때도 있는데,/나는 이런 저녁에는 화로를 더욱 다가 끼며, 무릎을 꿇어 보며,/어느 먼 산 뒷옆에 바우섶에 따로 외로이 서서,/어두워 오는데 하이야니 눈을 맞을, 그 마른 잎새에는,/쌀랑쌀랑 소리도 나며 눈을 맞을,/그 드물다는 굳고 정한(깨끗한) 갈매나무라는 나무를 생각하는 것이었다.

이중섭도 빈궁한 시인 백석처럼 처지가 그러했다. 아내와 두 아들을 일본으로 보내고 홀로 남은 이중섭은 손깍지 베개를 한 채 가슴이 꽉 메어오는 여러 생각에 갇혀 있었다. 그런 감정으로 '판잣집 화실'을 그렸다. '판잣집 화실'을 들여다보면 아이들과 함께 놀았던 제주도의 작은 게 한 마리가 보인다. 그리고 방 한쪽에는 꼽둥이가 더듬이를 움직이며 다니고 멀리 바닥에는 술병들이 늘어서 있다. 벌거벗은 채로 담요 한 장 겨우 덮고 곰방대를 빨아대는 중섭은 거나하게 취한 듯한 모습이다.

허전하고 쓸쓸하고 좌절하면 이중섭은 그림을 그렸다. 가족을 다시 만나고자 하는 그리움과 애절함으로…… 비록 판자로 만든 화실이지만 이중섭은 그곳에서 아름다운 그림을 그렸다. 그림으로 외로움을 이겨내려 했다. 그의 그림에서 애절함이 느껴지는 건 자기 자신의 삶을 있는 그대로 '순수하게' 투영했기 때문이다.

이중섭에게 있어서 그림은 일기와 같았다. 그리고 그의 꿈 한 편을 보여주는 미래와도 같았다. 벽에 빼곡히 그려진 중섭의 아내와 아이들을 보는 사람들은 누구나 그의 꿈이 꼭 이뤄지기를 바라는 마음이 간절해졌다.

폴 발레리의 시 '해변의 묘지'에서 '바람이 분다. 살아야겠다'는 이중섭이 가장 좋아하는 시구였다. 실패와 절망의 순간마다 그는 이 시를 나지막이 읊곤 했다.

과일이 향락으로 용해되듯이,/과일의 형태가 사라지는 입 안에서/과일의 부재가 더없는 맛으로 바뀌듯이,/나는 여기 내 미래의 향연을 들이마시고,/천공은 노래한다, 소진한 영혼에게/웅성거림 높아가는 기슭의 변모를.//아름다운 하늘, 참다운 하늘이여, 보라 변해 가는 나를!/그토록 큰 교만 뒤에, 그토록 기이한,/그러나 힘에 넘치는 무위의 나태 뒤에,/나는 이 빛나는 공간에 몸을 내맡기니,/죽은 자들의 집 위로 내 그림자가 지나간다(……)//바람이 인다!……살려고 애써야 한다!/세찬 마파람은 내 책을 펼치고 또한 닫으며,/물결은 분말로 부서져 바위로부터 굳세게 뛰쳐나온다./날아가거라, 온통 눈부신 책장들이여!/부숴라, 파도여! 뛰노는 물살로 부쉬 버려라/돛배가 먹이를 쪼고 있던 이 조용한 지붕을!

허공에 이는 바람과 살아야겠다는 원초의 푸르른 본능 사이에는 단절과 비약이 있다. 신생을 불러오는 이 바람이란 무엇인가. 바람은 무다. 바람이란 그냥 없음이 아니라 텅 빈 상태로 충만된 것이 아닌가. 이 무의 근원은 무무(無無)다. 바람은 디오니소스가 추는 무의 춤이다.

이 명랑한 투명함이 흔들어 깨우는 것은 삶에의 본능이 아니라 행복과 도취의 감각들이며, 예지로 가득 찬 현존들이다. 물빛과 하늘빛이 더불어 푸를 때 한 줄기 바람이 일어 천지의 푸름을 뒤흔들면 '아아, 나는 정말 살고 싶었다. 아주 태고에서 이어진 삶에 잇대어 잘 살고 싶었다.'

이중섭이 은지화로 노래하는 생명의 찬가, 삶의 희열, 절정의 에로스. 그 에로스는 포로스(poros ; 부유)와 페니아(penia ; 빈곤)의 아들이다. 에로스의 아버지 포로스는 충족·부유·풍만의 신이다. 에로스의 어머니 페니아는 빈곤·결핍·가난의 신으로, 모든 것이 모자라는 신이다. 부유의 아버지와 빈곤의 어머니 사이에서 태어난 에로스는 어머니의 성품을 닮아 늘 부족과 결핍을 느끼는 동시에, 아버지의 성질도 닮아 언제나 풍족과 부유를 그리워하며 갈구한다.

이것이 에로스의 본질이다. 에로스는 자기의 빈곤과 부족 그리고 결핍을 깨닫고 부유와 충족과 풍만의 세계를 희구한다. 사랑은 완전을 지향하는 끊임없이 목마른 욕구이다.

은지화의 수작 '애정'은 부부가 벌거벗은 채 성행위를 하는 장면을 묘사한 것으로서 2차원으로 구상화되어 있다. 이 그림에서 여자 위

소 스케치 1951년

사나이와 두 아이

에 남자가 올라탄 상황을 머리 쪽에서 포착한 것이 주(主)차원이라면, 아래쪽에는 엉덩이와 성기가 부(副)차원에서 포착되고 있다. 이처럼 부부의 두 얼굴만을 클로즈업하여 성행위를 묘사한 작품이 몇 점 전해져 오는데, 이는 적절한 방식으로 이해된다. 그것은 부끄러움과 외설성을 숨기면서 성을 암시적으로 다루기 때문이다. 그리하여 관람객들은 '애정'에서 저급한 성적 충동이나 부끄러움을 느끼기보다는 여자란 무엇인가? 남자란 무엇인가? 그 본질적 의미를 생각하게 된다.

이중섭은 아내에 대한 지독한 사랑을 은지화에 각인하기로 작정했다. 그것은 암각화보다 단단하며 풍화작용에도 절대로 부식되지 않고 오히려 사랑의 깊이와 강도를 더욱 열정적이며 감동적으로 빛낼 것이라 확신했다. 벽화적 양식을 무엇보다 좋아하는 중섭은 이제 색채보다 청자의 상감기법을 떠오르게 하는 날카로운 선묘로써 자신들의 사랑을 영원히 살아 숨쉬게 하기 위해 그저 맹목적으로 매달렸다.

은지에 새긴 강인한 선은 이내 면으로 확대되어 그들의 본능적 사랑을 인류의 원형으로 창출한다. 그녀의 오른쪽 젖가슴이 그의 왼쪽 어깨를 향했다. 그를 애무하며 그의 상처를 모성으로 어루만져 달래고 치유한다. 그는 그녀의 몸속으로 들어가 완벽한 하나가 되었다. 너와 나는 이미 사라지고 이제 하나일 뿐이다. 그렇게 성적 합일 뒤에 피어난 것은 불멸의 사랑이었다.

다양한 시점은 한 화면에 함께 재현될 수 없지만, 그는 입체적인 구성을 통해 묘한 일체감을 이루어 합일의 주제를 인상적으로 전달했다. 장난스럽게 성기를 잡은 상단부의 손가락, 자신의 성기와 아내의 둔부를 묘사한 하단부는 사실적인 묘사의 경우 화면에 함께 재현될 수 없다. 그러나 중섭은 마땅한 듯 저마다의 장면을 맥박치는 열정에 찬 생명력과 함께 하나의 화면에 아름답게 표현해 냈다.

더욱 절묘한 것은 시점의 다양성만이 아니라 시간의 순차성이다. 성기를 잡은 손가락(위), 뜨거운 포옹(가운데), 행위의 구체적 묘사 (아래)는, 결국 성기를 세우고 포옹하고 결합하는 성적 행위를 시간 적 흐름으로 잇따라 구성한 것이다. 이 은지화의 주제 전달력은 다 양한 시점으로 화면을 구성함으로써 역동성을 이끌어내고, 과거로 부터 현재와 미래로 무한히 연속되는 시간의 계기성을 보여주면서 성적인 합일과 환희와 열락을 강인한 선묘로 각인해 내는 데 있다.

이중섭은 결혼하고 나서 어쩔 수 없이 아내와 두 아들을 일본으로 떠나보낸 뒤 때로는 천진스럽고 때로는 처절하게 고독한 성적 표현을 즐겨 그렸다. 예를 들어 그는 "이건 내 그거야!"라며 시인 김광림에게 자신의 페니스를 그려서 주기도 했다. 실제로 그의 그림에는 남자의 성기가 그대로 그려져 있다. 은지화 '애정'의 위쪽 네모칸 안에는 분 명 남자의 성기와 손가락이 나타나 있다.

그런가 하면 "이건 너고, 이건 니 애인이다. 형아!" 하면서 소설가 최태응에게 남녀의 성행위를 묘사한 그림을 그려주기도 했다. 그 그 림을 최태응의 어린 딸에게 들켜버린 적이 있었다.

"중섭이 아저씨는 그렇게 안 보았는데 이런 것도 다 그리네."

이중섭의 엽서그림에는 무엇인지 알 수 없는 동물이 나온다. '큰 말 과 작은 사람들'이라는 그림을 보면 말이라고는 하나 괴물 같기도 하 고 상상의 동물 같기도 하다. 이 그림의 두드러진 특징은 특유한 동 작과 자세다. 이중섭은 소 얼굴 그림인 '황소'와 군동화에 등장하는 아이들의 행복한 얼굴에서 알 수 있듯이 표정 묘사를 즐겼다.

그러나 '큰 말과 작은 사람들'에서는 표정은 모두 사라진 채, 〈백설 공주〉에 나오는 일곱 난쟁이가 떠오르는 열한 명 꼬마 인간들의 다양한 자세와 동작만이 두드러지게 나타난다. 꼬마 인간들은 매우 작아서 표정을 읽을 수 없고, 저마다 서로 다른 동작을 보여주고 있다. 누구는 말 등에 올라앉아 있고, 누구는 이제 갓 말 위로 기어오르고 있다. 그런가 하면 말 앞다리를 밀기도 하고, 말 아래턱에 매달리기도 하며, 뒷다리를 의자 삼아 걸터앉는 등 인간이 할 수 있는 여러 동작들이 이 그림에 나온다.

이 난쟁이들의 여러 자세들과 동작들은 연애에 대한 미묘한 감정을 나타낸다. 여기에 나오는 사람들이 난쟁이처럼 작은 까닭은, 사랑에 빠진 사람이 처음 대상을 탐색하려 할 때, 마음이 콩알처럼 작아지기 때문이다. 백설공주를 처음 본 일곱 난쟁이들, 걸리버를 처음 본 소인국 사람들, 눈에 번쩍 띄는 아름다운 아가씨를 사랑하게 된 남자의 마음도 이처럼 작아지는 게 아닐까?

처음으로 대상을 탐색하려는 이들은 쿡쿡 찔러보고 건드려보기도 하며 냄새를 맡아보다가 조금씩 자신감이 생기면 만지고 쓰다듬고 싶어한다. 사랑도 마찬가지다. 사랑은 온갖 궁금증으로 가득 차 있기 때문이다. 그러나 아무리 건드려보고 찔러보아도 알 수 없는 것 또한 사랑이다. 아마 이중섭의 사랑도 그런 것이었으리라.

거듭되는 건드림과 끊임없는 관심에도 이처럼 알 수 없다는 사실이야말로 관능적 아름다움이 포착되는 첫 번째 계기가 된다. 수없는 탐색과 탐색할수록 알 수 없어지는 사랑의 감정은 '교차하는 직선과 작은 사람들'에서도 그대로 나타난다. 그저 이 그림에서는 화면을 가로지르는 여러 개의 직선이 '큰 말과 작은 사람들'에 드러난 상상의 동물을 대신한다. 난쟁이들은 그 직선의 끝이나 교차 지점, 그리고

세 사람

구상네 가족 1955년

그 중간중간에서 앞의 그림과 같은 동작과 자세를 취한다.

그러나 그 가운데에는 탐색보다는 사색에 가까운 동작들을 보여주는 때도 있다. 이중섭의 연애가 좀 더 깊은 차원으로 들어서는 시기에 이른 때문인지도 모른다. '큰 말과 작은 사람들'에서는 가운데 있는 동물이 붉은빛을 띠어 불안과 탐색의 의미가 강조되었다면, '교차하는 직선과 작은 사람들'에서는 푸른빛이 쓰여 차분한 사색의 느낌을 준다. 이렇게 보면 두 그림은 조금의 차이는 있지만 같은 내용을 담고 있으며, '교차하는 직선과 작은 사람들'은 '큰 말과 작은 사람들'이 발전한 형태라고 볼 수 있다.

한편으로는 두 그림에 나타났던 내용은 '사랑에 관한 추상'처럼 추상화가 되기도 한다. 이런 추상화는 몇 점 더 있다. 이런 뜻에서, '큰 말과 작은 사람들'은 사랑과 여성에 대한 탐색과 아무리 탐색해도 알 수 없는 모호함의 표현이며, 그 나름의 발전 과정을 담고 있다. 그리고 그 그림들의 모호함과 탐색은 '새 사냥'과 '두 사슴'에 등장했던 엇갈린 시선의 또 다른 표현이라 할 수 있다.

엽서그림의 억제된 에로티시즘은 몇 가지 방향성으로 펼쳐졌다. 결혼 뒤 이중섭의 에로티시즘은 엽서그림의 목마름과 굶주림 및 그 모든 상징이 사라지고, 성 그 자체가 질박하게 표현된다. '엽서' 등에서 이런 모습들이 드러났다. 이들 그림에는 풀밭 위의 수줍은 만남, 연못과 풀잎 사이를 노니는 물새, 나무 뒤에 숨고 싶은 부끄러운 마음 같은 여성적 연애 감정이 잘 나타난다.

그 다음은 농염한 에로티시즘으로 이는 '새 사냥'과 엽서그림들에서 그대로 보여진다. 이 그림들에서는 성숙한 여인이 가냘픈 어깨를 드러낸 채, 해변을 배경으로 옷을 벗고, 눈을 감고, 흐느적거리는 자태로, 물고기처럼 미끄러지듯 헤엄을 친다. 이 관능적인 에로티시즘은 엽서그림 가운데에서도 가장 예술성이 뛰어난 에로티시즘이다.

이 같은 에로티시즘에 공통적으로 표현되는 것은 마찬가지로 엇갈린 시선과 방황, 모호함과 탐색, 그리고 알 수 없음이다. 이것이 바로 이중섭이 느낀 연애의 에로티시즘이며, 또한 완벽하고 영원한 만남을 기다리는 에로티시즘이다. 그런 뜻에서 '새 사냥'과 '두 사슴'은 엽서그림 전체를 대표하는 그림이라고 할 수 있으리라.

한편으로는 이런 이야기도 전해져온다.

"소리 없이 대문 안으로 들어가 장지 틈으로 방 안을 들여다보았더니, 이중섭 가족 네 식구 모두 홀딱 벗은 나체가 되어 이불 위에서 뒹굴고 있지 않겠는가. 엄마 아빠의 이불을 아이들이 마구 잡아당길라치면 아빠는 '요놈' 하면서 소처럼 엉금엉금 기어 좁은 방 안을 돌고 돌더군. 아이들은 깔깔대며 웃었고, 중섭의 불알이 덜렁덜렁하는 걸 볼 수 있었지. 우리는 터져나오는 웃음을 킥킥거리며 참다가 도저히 더는 참을 수 없어 후다닥 도망쳐나왔다."

화가 한묵이 원산시절, 이른 아침 그의 집에 들렀다가 우연히 본 장면이다. 이중섭, 그의 아내, 어린 두 아들, 이렇게 네 식구가 모두 벌거벗고 방 안을 기어다니며 말타기 놀이를 하고 있었던 것이다.

이중섭의 삶에는 이처럼 성에 관련된 이야기나 여성을 둘러싼 이야기들이 수두룩하다.

1955년에 열린 '미도파 전시회'는 외설시비로 얼룩지기도 했다. 경찰들이 들이닥쳐 50여 점의 그림을 철거하는 소동까지 벌어졌다. 그만큼 이중섭의 그림은 그때로서는 세상이 받아들이기 어려운 성적 상징을 거침없이 담고 있었다.

이는 '가족'에 잘 나타난다. 뒤쪽에 있는 콧수염을 단 사람이 이 그림 속의 아버지로 이중섭 자신이다. 그는 두 팔을 벌려 나머지 세 사람을 껴안고 있다. 아버지의 팔이 끈처럼 길게 늘어진 것도 색다르다.

아래쪽에는 긴 머리를 풀어 늘어뜨린 채 고개를 젖힌 아내가 나타난다. 아내의 몸은 2차원으로 표현된다. 즉 왼쪽 몸이 무릎을 꿇은 등 쪽 자세를 포착한 것이라면, 오른쪽 몸은 무릎을 세운 채 풍만한 엉덩이를 바닥에 붙이고 앉는 자세를 취한다. 그리고 아내의 유방은 옆쪽에서 보여진다. 여자의 이런 자세는 성행위를 드러내 보인다.

그런데 두 남녀 사이에서 큰아이는 아버지의 왼쪽 어깨 위, 작은아이는 어머니의 왼쪽 어깨 위에서 장난을 치고 있다. 이중섭 가족이 벌거벗은 채 말타기 놀이를 즐겼다. 그런데 이 그림에 나오는 아이들은 단순히 장난만 치는 것이 아니라 이른바 성행위와 비슷한 행동도 하는 것만 같다. 작은아이가 큰아이의 사타구니 밑으로 발가락을 뻗쳐 긁고 있으며, 어머니의 어깨 위에 양다리를 벌리고 앉은 작은아이의 자세도 예사로 보이지 않는다. 두 아이의 성감대도 적극적으로 자극되고 있는 셈이다. 네 사람은 아주 밀착되어 있으며, 거기에 더더욱 밀착하기 위해 아버지와 어머니의 팔이 끈처럼 길어져 있는 모습도 무척이나 흥미롭다.

그보다 아래쪽 장면도 관심을 끈다. 언뜻 보면 무슨 그림인지 알기 어렵지만, 자세히 살피면 어머니가 아이를 뒤쪽에서 안고 양다리를 벌려 쉬를 누이고 있는 중이다. 그런데 바로 그 앞에는 게가 집게다리를 뻗치며 다가오고 있다. 지금은 이런 모습을 보기 힘들지만 2, 30년 전까지만 해도 이 같은 자세로 아이들 쉬를 보게 하는 일이 꽤 많았다.

같은 상황을 은박지에 그린 가족도에서도 그대로 드러난다. 달리 말하면 이중섭에게 성은 저급한 감정이나 쾌락을 위한 것이 아니다.

소묘 1941년

노란 달과 가족 1955년

그의 성은 가족 안의 성이란 점에서 오히려 성(聖)스럽기조차 하다.

또한 이중섭의 성은 생명 그 자체이기도 하다. 성의 이 같은 의미는 6·25전쟁 바로 뒤 친구인 시인 구상이 왜관에서 병석에 누워 있을 때,

"이 천도복숭아를 따 먹고 빨리 나으라고 그린 거야."

싱긋 웃으며 내놓은 '천도복숭아'에도 잘 나타난다. 구상에게 주었다는 '천도복숭아' 그림은 묘하게도 성적인 상징을 느끼게 한다.

복숭아의 꼭지를 보라. 복숭아 꼭지는 어느덧 작대기 또는 나무말뚝과 같은 형상을 하고 있다. 즉 복숭아가 여자의 성기라면, 작대기는 남자의 성기인 것이다. 이 그림에 나타난 이중섭의 성은 생명을 지닌 성이요, 사람의 쾌유와 건강을 비는 성스러운 성이다. 그리고 이것이 바로 에로티시즘의 바탕에 깔려 있는 성의 의미라 할 수 있다.

이중섭은 주위 사람들의 쾌유를 비는 의미에서 천도복숭아를 자주 그려주었는데, 일본에 있는 아이가 감기에 걸렸다는 소식을 들었을 때에도 천도복숭아를 그려 보냈다. 시인 구상에게는 복숭아를 한 개 그려주었지만, 아들에게는 두 개를 그려주었다. 첫 아이를 잃은 아픈 경험이 있는 중섭에게는 무엇보다 아이의 건강이 절실했으리라. 그때 아들에게 어떤 그림을 보내주었는지는 분명치 않으나 '두 개의 복숭아'처럼 성적 요소를 덧붙였을 것으로 추측된다. 왜냐하면 이 그림에는 아이가 나오기 때문이다.

이중섭은 '두 개의 복숭아'에 재미있는 성적 상상력을 붙여 주었다. 그림을 보면, 커다란 복숭아 열매가 두 개 그려져 있다. 복숭아 껍질에는 마치 무늬가 새겨진 듯이 나무 잎사귀, 꽃봉오리, 어린아이의 상체와 꿀, 그리고 조그만 개구리가 함께 그려져 있다.

이 그림을 자세히 살펴보면 어린애의 두 손이 여자의 성기처럼 생

긴 부분에 접근해 있다. 오른쪽 손은 음순에 해당하는 부분을 살짝 젖히고 왼쪽 손은 그 부분을 긁고 있는 것만 같다. 그런가 하면 벌이 그곳으로 다가오고 있다. 아마도 벌이 복숭아꽃 향기를 맡은 모양이다. 그는 이런 그림을 어린 아들에게 보내주었던 것이다. 이것을 과연 어떻게 해석해야 할까?

먼저, 아들의 나이가 어렸기에 보낼 수 있었으리라 아이들은 그림에 담긴 동작들의 의미를 모를 것이기 때문이다. 아들의 나이가 열다섯쯤만 되었다 해도 이런 그림은 보내기 어려웠을 것이다.

문제는 복숭아다. 전통적으로 동양에서는 복숭아가 여성 또는 여자의 성기를 뜻하기도 하지만, 천도복숭아는 장수를 상징하는 생명 수복의 과일이기도 하다.

무릉도원은 천도복숭아나무가 우거진 숲인데, 그 복숭아 한 개를 따 먹으면 3천 년을 더 살 수 있다고 알려져 있다. 두 개를 따 먹으면 6천 년을 사는 것이다. 다시 말해 여기서도 복숭아는 에로티시즘이며 쾌유와 장수의 의미를 지닌 것이다.

오늘날에는 천도복숭아에 얽힌 이런 관념이 마치 옛날이야기처럼 까마득하게 느껴질 수도 있겠지만, 이중섭은 그런 관념에 매우 익숙했음에 틀림없다. 때문에 나이 어린 아들의 쾌유를 간절히 바라며 복숭아 그림을 그렸으리라.

또한 '두 개의 복숭아'의 참된 재미는 3차원성에 있다. 그림은 전체적으로 언뜻 보면 두 개의 복숭아 그림이다. 이중섭의 아이들은 여기까지만 보고 손뼉을 치며 좋아했으리라.

"야, 아빠가 복숭아 그림을 그려서 보내주셨다."

그러나 복숭아를 하나씩 들여다보면, 여자의 성기와 같은 모양을 하고 있다. 그런데 더욱 세밀하게 살펴보면, 앞서 말했듯 여자의 성기를 만지는 모습이 보인다.

요컨대 이중섭은 복숭아를 핑계삼아 성적 표현을 교묘하게 내재화하지 않았을까. 그러나 이때의 성은 생명이 곧 성, 또는 생명과 성이 융합된 도교적 태도를 반영한 것이리라.

그의 에로티시즘은 고대 인도의 에로티시즘처럼 에로티시즘 그 자체를 조명하기 위함이 아니라, 어디까지나 존재 일반의 타성(otherness), 정확히 말해 인간 존재의 다른 점을 시각적 의식으로부터 해방함으로써 거부감 없이 자연스럽게 드러내 보이기 위한 방법이었다.

따라서 그의 예술에 있어서 인간·동물·식물·무기물 등이 같은 차원에서 자신의 성감대를 열어보임으로써 가려져 숨어있는 타성을 돋보이고자 하는 것이다. 곧 이중섭의 에로티시즘에는 인간·동식물·무기물까지 차별 없이 함께 어울려 즐기고 있다는 뜻으로 볼 수 있으리라. 이중섭의 성은 다분히 성(聖)스러운 의미이며, 결코 성행위라는 좁은 의미의 성이 아니다. 그런 점에서 엽서그림의 에로티시즘도 단순한 연애 이야기로만 보아서는 안 될 것이다. 이중섭의 성은 인간과 인간, 자연과 자연, 인간과 자연이 관계를 맺고 접촉하는 방식이다. 어쩌면 이중섭은 기존의 인간관계를 너무나도 맹숭맹숭하고 이기적인 것이라 보고, 그 같은 세태를 뒤집거나 풍자하기 위해 성적 표현으로 파고들었는지도 모를 일이었다.

그 무렵 중섭의 그림을 춘화라고 비판하는 목소리에 구상은 이렇게 말하기도 했다.

"산천초목과 금수어개(禽獸魚介)와 인간까지, 아니 모든 생물이 혼음교접하는 광경이었지. 범심론적 만유(萬有)나 창조주의 절대 사랑 같은 인식의 세계가 아니라, 그 자신이 만물을 사랑의 교향악으로 보

나무 위의 노란 새 1956년

는 사상의 실제였지."

누구보다 중섭을 잘 아는 구상의 이러한 지적은 많은 지식인들에게 큰 공감을 불러일으켰다.

그의 작품세계에 그처럼 에로티시즘이 한결같이 나타나는 것은 이중섭이 성을 우리 인생의 가장 중요하고 의미심장한 수단으로 보았던 까닭이리라.

베르길리우스는 말했다.

"부리의 교희(咬戱)로 언제나 입맞추며 좋아하는 어떠한 흰 비둘기도, 보다 더 음란한 어떠한 날짐승도, 정욕에 몸을 맡기는 한 여인만큼 정염의 열락을 맛보지는 못하리라. 땅 위의 모든 종족, 사람이건 짐승이건, 큰 바다의 고기이건, 집짐승이건 다색채로 타오르는 불길 속으로 달려가리라."

이 풍진 세상에

서울에서 처량한 떠돌이 신세가 되어, 이리저리 옮겨 다니며 잠자리와 끼니를 이어가던 중섭은 뜻밖의 호의를 얻게 되었다.

원산의 선배 정치열은 부산에서 사업을 하며 서울 누상동에 일본식 이층집을 가지고 있었다. 그는 부산 피란시절부터 서울에 자기 집이 있으니 가서 지내라고 말한 적이 있었는데, 이중섭은 그때는 그저 귓전으로 흘려 보내기만 했다. 그런데 사정이 이렇게 되고 보니 중섭은 정치열의 호의가 퍽 아쉬웠다. 그래서 그에게 연락을 해 얼마 동안 집을 빌려 쓰기로 했다. 누상동 집 아래층은 임시로 집 지켜주는 이가 들어와 있었기에 중섭은 2층 다다미방에서 마음껏 작업할 수 있었다.

7월 11일, 누상동으로 들어가던 날에도 중섭은 아내에게 소식을 전했다.

나의 소중한 당신, 그 뒤 건강 상태는 어떻소? 며칠 전(7월 4일)에 보낸 편지 받았으리라 생각하오.

대한미협전에 출품한 세 작품이 가장 좋은 평판을 받고 있소. 한국일보·동아일보·조선일보 세 신문에 내 작품이 최고 수준이란 호평이 실렸소.

오늘 2시쯤 소품전 작품 제작을 위해 친구 집 2층으로 이사를 하오. 이번에 이사를 하고 나면 꼬박꼬박 편지를 보내리다. 아무 걱정 말고 몸조리에만 힘을 쓰면서 기다려주구려.

방을 얻느라 날마다 복잡한 시내를 헤매고 다녔더니 머리가 멍하니 안정이 안 되는구려. 당신의 건강 상태를 자세히 알려주시오.
우리 태현이, 태성이, 다 잘 있소? 현, 성, 덕, 어머님과 여러분께 안부 전해 주고, 발가락들에게 뽀뽀를 전하오.
먼저도 말했듯이 정원진 씨가 도쿄에 도착했을 거요. 그에게서 연락이 오면 곧 서류를 작성해 주시오. 이번에 일이 이루어지면 소품전이 끝나는 대로 곧 출발하겠소.

누상동 집 2층은 깨진 유리창 틈으로 비바람이 새어들었으나, 서울에서 마음 놓고 작품을 그릴 수 있는 화실을 마련한 것이 중섭에게는 크나큰 행운이었다. 게다가 가까이에 인왕산 골짜기 맑은 물이 흘렀고, 동네에는 초가삼간도 더러 끼어 있었다. 박덩굴이 기어오른 초가지붕은 중섭의 마음을 평온하게 해주었다.
중섭은 그에게 좋은 처소를 마련해 준 정치열에게 편지를 썼다.

치열 형, 편지 반갑게 받았습니다.
무엇보다 무사히 가신 것 기쁜 일입니다. 어머님, 아주머님, 애기들, 치호 형 다들 몸 건강하실 줄 믿습니다. 형은 행복하십니다. 좋은 어머님을 모시고 아주머님과 함께 애기들을 데리고…… 맘껏 삶을 즐겨주십시오. 북에 계신 제 어머님은 목이 쉬셔서 힘든 목청으로 제 조카들 이름을 부르고 계신 건 아닌지 마음이 묵직해집니다요.

치열 형, 제가 할 수 있는 거라곤, 멀리 계신 어머님 앞에 드릴 수 있는 정성은 그림 그리는 것뿐입니다. 이미 절반은 살아온 우리들…… 나머지 절반, 사람답게 살고 싶습니다. 친형님처럼 지도해 주시고 돌보아주시는 형에게 늘 감사드립니다. 며칠 전부터 조금씩 그리고 있습니다. 그새 서울 와서 줄곧 놀았더니 아직 마음이 완전히 가라앉지가 않습니다.

삼사 일 전에 도쿄의 남덕한테서 편지가 왔습니다. 잘 있다 하니 치열 형께서도 기뻐해 주십시오. 아주머님하고 치열 형은 얼마나 행복하십니까.

원산의 최상복 형도 생각납니다. 죽지 않고 살아 있어준다면 머리가 하얘서라도 만나 같이 살 수 있겠지요. 이창옥 형은 아직 깽깽이를 켜는지요. 술 마시면 형과 나를 생각할까요. 그 착한 창옥 형의 늙으신 모친께서도…….

수일 전에 집 대문에 편지 받는 함을 만들었습니다. 형이 와서 보시면 웃으실 겁니다. '166의 10, 이중섭에게 오는 편지는 이 함에 넣어주시오'라고 써붙였더니 편지가 잘 옵니다. 늘 편지 주십시오.

삼사 일 전부터 뒷산에 올라 숲 속 개울을 찾아 혼자 목욕을 합니다. 선선해지기 전에 어서 오셔서 같이 목욕 안 하시렵니까.

형하고 아주머님하고 찍은 사진이나 한 장 보내주시구려. 보고 싶지 않을지 모르나…… 히히…… 주인 부처를 벽에다 모시고 아침마다 '감사합니다, 주인님' 인사를 드려야지요. 저도 사진을 부치겠습니다. 집 잘 지키나 웃고 보시라고요.

내내 몸 건강하시고 편지 주십시오. 어머님, 아주머님, 치호 형, 문안 인사 전해 주십시오. 오늘 사무실에 나가보겠습니다. 안심하십시오, 이 대통령이 미국 가실 때 제 작품을 사 가지고 가셨습니다.

동생 중섭 올림

중섭이 머무는 누상동 2층 방은 어느덧 서울의 월남 예술가들의 잠자리가 되었다. 그들에게는 일정한 거처가 없었다. 천도교회관 숙직실이나 중고등학교 숙직실을 찾아다니며 양해를 얻어 며칠씩 등짝을 붙이곤 했다. 그런 판에 중섭의 다다미방이란 호사스러운 잠자리가 아닐 수 없었다.

그러나 이런 어울림은 그림 제작에 방해가 될 수밖에 없었다. 어쩌다 그림이 팔리면 오직 하루 동안 부자가 되어 그들을 이끌고 명동 통술집으로 가 돈을 다 써버리고 빈주머니를 털며 돌아왔다.

"이번만은 돈을 조금이라도 남겨서 그림 도구도 사고 물감도 사셔야지요."

누가 간절하게 충고하면 "그러지요" 시원스럽게 대답하지만, 사람이란 쉽게 변하지 않는 법이다.

그러던 중섭이 홍익대학 미술학부 교수로 있는 김환기와 박고석을 찾아갔다.

"할 말이 있어요."

중섭은 머뭇거리며 웃었다.

"아무래도 그림을 좀 그려야…… 먹을 것만 조금 있으면…… 그림에만 몰두하고…… 몰두할 수 있는데."

김환기와 박고석은 기꺼이 월급을 가불해서 중섭의 부탁을 들어주었다. 처음이자 마지막 부탁이었다. 아무리 돈이 궁해도 구상과 최태응 아닌 다른 사람들에게는 절대로 손을 내민 적이 없는 중섭이었다.

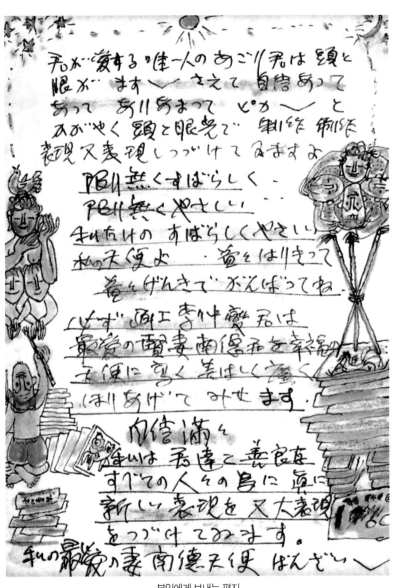

부인에게 보내는 편지

중섭은 모처럼 풍족한 그림도구와 물감을 가지고 여름 무더위 속에 누상동에 처박혔다. 처음 며칠은 그토록 즐겨 마시던 술도 입에 대지 않았다. 한 번에 두 끼를 먹어치우고 온종일 꼼짝 않을 때도 있었다. 은박지 그림, 에스키스, 에나멜그림이 하나씩 둘씩 방바닥을 뒤덮어갔다.

붓놀림을 따라가는 중섭의 눈은 한없이 맑고 부드러웠다. 한 가지 아쉬운 점이 있다면, 고급 유화물감이 아닌 미장용 페인트로 그려야 한다는 것이었다. 잠은 겨우 서너 시간. 도쿄시절의 습관인 냉수마찰이 인왕산 골짜기에서 다시금 시작되었다.

어느 날, 김이석은 남덕의 편지를 전하러 중섭을 찾아갔다. 이중섭은 인기척에 흠칫했다가, 나타난 사람이 이석인 것을 알자 "어, 자네로군" 한마디 툭 내뱉고는 그냥 하던 짓을 계속하려고 했다.

중섭의 행동을 멍하니 바라보던 이석은 너무 놀라 소릴 버럭 질렀다.

"너, 무 무슨 짓이가!"

목소리가 컸다. 관리를 제대로 하지 못한 빈집 창틀들은 유리가 많이 빠져 있었다. 늦가을 햇볕이 사그라들어 그렇지 않아도 썰렁한데, 이곳저곳 유리까지 비어 있어서 어쩐지 흉물스럽다 싶은 그런 창틀 하나에 중섭은 불알을 올려놓고 있었다.

"소금을 뿌리고 있었어, 상할까봐."

중섭이 이렇게 말했다. 그의 한손에는 소금이 묻어 있었다.

"오래 쓰지 않아서."

그렇게 덧붙였다.

그는 진짜로 불알을 절이고 있었다. 틀린 말도 아니었다. 오래 쓰지 않아서 상할까봐. 이석은 허리를 짚고 서 있다가, 기가 차서 물었다.

"인마, 그게 조개젓이가?"

중섭은 피식 싱겁게 웃고는 소금이 허옇게 묻어 있는 불알을 털었다.

그사이, 조카 영진은 동국대학에서 서울사범대학으로 편입했는데, 피란지 부산에서 서울로 교정이 옮겨오면서 문리대 미학과로 학과를 옮겼다. 중섭이 일정한 거처 없이 떠돌아다니는 동안, 영진은 남산 숲 속이나 동방살롱 2층 사무실을 잠자리 삼아 돌아다녔다.

등록금만큼은 뒤늦게 월남한 누나 남화가 어떻게든 마련해 주었기에 영진은 학교공부를 계속할 수 있었다. 그러나 날품도 팔고 찻집 장식 일도 하는 등 나름대로 고생이 심했다.

영진은 중섭이 누상동에 자리잡고부터 그를 자주 찾아왔다. 어느 날인가는 미군용 침낭을 들고 오기도 했다.

"작은아버지, 이거 쓰십시오. 곧 서늘해지는데 딱히 덮을 것도 없으시지 않습니까?"

"좋은 거 생겼구나. 겨울에는 아주 쓸모 있겠다. 너나 쓰지 않고."

"저는 괜찮습니다."

아직은 맨몸으로 있어도 땀이 나는 철이었지만, 중섭은 조카의 마음씨가 갸륵해서 침낭 안에 몸을 집어넣어보았다. 제주도 시절, 먹을 것을 가져다가 작은아버지네 가족을 기쁘게 해주었던 기특한 영진이다.

'내 죄가 많아. 나는 작은아버지될 자격도 없어.'

부모도 없이 고군분투하는 조카에게 자꾸 받기만 하는 것 같아 중섭은 영진이 대견하면서도 미안한 마음을 감출 수 없었다.

방학 동안이지만 생활비를 벌기 위해 종로 5가 전찻길 포장인부로 일하는 등 쉴 짬이 없는 영진은 그날 밤과 이튿날을 중섭과 함께 지내기로 했다. 오랜만에 작은아버지와 조카가 한 밤을 보내게 되었다.

미학을 공부하고 있는 영진은 소주를 마시는 작은아버지 앞에 무릎을 꿇고 앉아 그림 이야기를 꺼냈다.

"작은아버지, 저는 '요즘 그림'을 통 모르겠습니다."

1950년대의 추상화를 가리켜 하는 말임을 알면서도 중섭은 훈계하듯 말했다.

"네가 그림을 열심히 안 봐서 그래."

영진이 잠자코 있자, 중섭은 술을 한 모금 들이켠 다음 취한 소리로 중얼거렸다.

"아니다. 네 말대로야. 아마 사람들 거의 다 모를 게다. 정말 좋은 그림이라면 산골 농부도 알 수 있어야 할 텐데…… 그림 싫어하는 사람이 어디 있겠니?"

달빛이 두 사람의 얼굴을 비출 무렵, 그들은 함께 누웠다.

"작은아버지, 이러고 누우니 고향의 빈대장 생각이 나요."

원산 일대에서는 여름에 빈대가 들어오지 못하도록 방 전체를 헝겊으로 둘러막는다. 그걸 '빈대장'이라고 했다.

"작은어머니랑 같이 빈대장에서 잘 때가 참 좋았어요. 왜, 작은아버지께서 해방 뒤 서울 다니러 가셨을 때 말이어요."

"그랬구나……."

잠깐 잊었던 아내의 보얀 얼굴이 달빛을 가렸다. 그렇게 달밤을 뜬 눈으로 보냈다. 가슴을 저미는 그리움은 홍역처럼 갑자기 중섭을 덮치더니 온몸에 빨갛게 열꽃처럼 피어오르다가 스르르 사그라졌다.

이튿날, 중섭은 조카를 데리고 인왕산 숲으로 들어가 미역도 감고 참외도 사 먹으며 이런저런 이야기를 해질녘까지 오래도록 나누다가 돌아왔다. 하룻밤 더 자고 다음날 영진이 떠날 때, 중섭은 조카의 손에 돈을 조금 쥐어주었다. 그에게 남은 몇 푼 안 되는 돈이었다.

"열심히 살아라."

영진이 떠난 뒤 중섭은 열심히 그림을 그렸다. 황소의 힘찬 생명력이 그의 붓끝에서 되살아났다. 어떤 때에는 콧노래를 부르며 그리기도 했다.

누상동시절은 7월부터 11월까지 이어졌다. 숱한 작품을 그렸으나, 그를 만족시킬 만한 그림은 몇 점 안 되었다. 동료 화가들이 와서 물어보면 그는 우울한 표정으로 이렇게 대답했다.

"제대로 된 물감을 쓰지 않고 페인트로 그림을 그리다니, 이건 죄악이야. 너무 빨리 그려지는 게 영 마음에 걸리는군."

그러면서도 미국 공보원에 접촉해서 물감을 얻어내려고는 하지 않았다. 그는 조국을 사랑했고, 스스로 그 마음에 부끄럽지 않으려 애썼다.

그는 아내에게 자신의 심정을 담아 편지를 보냈다.

어디까지나 나는 한국인으로서 한국의 모든 것을 세계 속에 올바르게, 당당하게 표현하지 않으면 안 되오. 나는 한국이 낳은 정직한 화공을 자처하오. 여러 가지 어려운 처지에 있는 조국을 떠나는 것은…… 내 나라 사람들이 즐기고 기뻐해 줄 훌륭한 작품을 만들어 다른 나라의 어떤 화공에게도 뒤지지 않는 올바르고 아름답고 참으로 거듭난 새로운 표현방식으로 그림을 그릴 거요.

세계사람들은 한국사람들이 최악의 조건 속에서 생활해 온 표현, 올바른 방향의 외침을 보고 싶어하며 듣고 싶어하오. 나는 그것을 표현하고 싶소.

사흘에 한 번씩 가족에게 편지를 띄우는 중섭은 답장이 늦어지면 안절부절못하며 사진을 자주 꺼내보곤 했다. 그럴 때에는 잘 나아가던 붓도 멈추었다.

그런 중섭을 위해 여러 사람들이 힘써 일본에 갈 수 있도록 도와주기로 했다. 구상은 물론이고, 재일교포 정원진은 정식으로 일본 외무부를 통해 현대미술협회의 초청장을 받을 수 있게 하려고 손쓰기 시작했다.

아내와 아이들을 곧 만날 수 있다는 기대가 차츰 뚜렷해져갔다. 중섭은 전람회를 목표로 더욱 열심히 붓을 놀렸다. 아내의 편지를 받는 날이면 한결 더 잘 그려졌다. 그런 날은 서둘러서 답장을 썼다.

1954년 이 무렵, 중섭은 소의 어깨와 엉덩이뼈 등을 흰 유채물감을 사용해 굵고 거친 선으로 처리한 '흰 소'를 그렸다.

성난 황소의 머리와 꼬리에서 보이는 역동성은 소의 근육질 몸매와 어울려 화면을 뚫고 달려나올 것만 같았다. 검은 선 위에서 더욱 돋보이는 흰 선들은 사냥에 나선 인디언들처럼 얼굴과 어깨에서 폭발할 듯 위엄을 보이다가 엉덩이를 지나 생식기로 내려가며 뒷다리로 갈라진다.

이 그림을 본 사람들은 누구나 마음속 깊은 곳에서 그즈음 우리 민족의 처절한 현실을 고스란히 느꼈다. 소는 맑은 눈빛을 머금고 있었으나 무서운 힘으로 저항하며 켜켜이 박힌 한으로 절규했다. 소의 뒷발은 금방이라도 힘차게 움직이며 우직한 발굽으로 땅의 흙을 파헤칠 듯한 긴박감을 주었다. 예술성을 넘어선 역사적, 정신적 배경과 다름없었던 것이다.

가족을 만날 수 있다는 희망에 부풀어 있을 때 그의 역작이 탄생했으니, 그의 예술이 소재와 상관없이 가족으로부터 얼마나 큰 영향을 받았는지 짐작할 만하다.

아들에게 보내는 편지에 동봉한 그림

인왕산 자락 누상동은 10월인데도 쌀쌀한 바람이 불어 벌써 추웠다. 중섭은 아침저녁으로는 영진이 준 침낭 속에 틀어박혀 있었다. 그럴 즈음, 통영의 공예가들이 대한민국미술전람회에 작품을 출품하려고 서울로 올라왔다. 통영이라면 맑고 포근한 인상만 가득 남은 곳이다. 그곳에서 지내던 평화로운 시절을 떠올리며, 중섭은 통영의 공예가들을 진심으로 반겼다.

그들은 또 한 번 아름다운 정을 보여주었다. 겨울을 따뜻하게 보내라며 양피 점퍼를 선물로 가져다준 것이다. 그렇잖아도 다가올 추위를 걱정하던 중섭은 더없이 고마워했다.

중섭은 어떻게 해서든지 겨울 추위가 닥치기 전에 빨리 전람회를 열고, 정원진이 힘쓰고 있는 초청장이 오는 대로 일본으로 떠날 생각이었다. 너무나도 오랜 세월을 허비한 것만 같아 더 이상 늦어진다면 조바심이 나서 못 견딜 것 같았다.

아내의 편지에는 태현과 태성이 교회 크리스마스 행사에서 노래하고 춤추게 되었다는 것, 태현이 산수 시험을 잘 봐서 선생님께 칭찬 받았다는 소식이 적혀 있었다. 또, 뜨개질하는 남덕의 어깨를 태성이 두드려주었다는 이야기며 개구쟁이 짓에 대해서도 적혀 있었다.

중섭은 태성의 개구쟁이 짓에 대해, 아무 걱정 마라, 내가 일본에 가면 의젓하고 늠름한 아이로 만들어 보이겠다며 답장을 썼다. 그로서는 아이들이 밝고 건강하게 자라주는 게 그저 고마울 따름이었다. 그는 아이들에게 '먼 곳에 계시는 아빠'였다. 아주 어린시절, 아버지 나라의 불행을 직접 몸으로 치렀던 아이들은 이제는 일본아이가 다 되어 있었다.

태현아

언제나 보고 싶고 사랑하는 우리 태현이, 몸 성히 잘 있니? 아빠는 감기도 안 들고 건강하게 전람회 준비를 하고 있단다.

우리 태현이가 모형 비행기 조립을 혼자서 열심히 잘하는 모양인데 지금쯤은 전부 완성했겠지? 이번에 아빠가 가면 한번 보여다오.

친구하고 낙엽으로 만드는 공작 숙제도 참 잘했겠지? 아빠는 하루라도 빨리 도쿄에 가서 엄마·태성이·태현이·아빠, 이렇게 넷이 즐겁게 지내면서 일요일에는 영화도 보러 가고 유원지에도 놀러 가고, 교회에도 가고…… 그러고 싶어서 못 견디겠단다.

이번에 아빠가 가면 자전거를 꼭 태현이에게 한 대, 태성이에게 한 대씩 사줄 참이란다. 건강하게, 싸우지 말고 기다리고 있어라. 그리고 엄마가 아빠에게 편지 쓰실 때 태현이도 함께 편지를 써 보내주기 바란다. 기다리고 있을게.

그럼, 몸 성히 잘 있어라.

자전거 탈 수 있게 연습 많이 했니? 빨리 태현이가 자전거 타는 걸 보고 싶구나.

내 훌륭한 일등 아들 태현아, 종이가 모자라 한 장에다만 쓴다. 다음엔 길게길게 써 보내마.

아빠 중섭

그나마 좋은 보금자리가 되어주었던 누상동 집이 정치열의 사정으로 남에게 넘어갔다. 이른 겨울, 중섭은 침낭과 그림 도구와 그동안 그린 것들을 말아 쥐고 신촌으로 갔다. 이화여자대학교 뒤쪽 숲의 영단 주택에는 외종사촌형 광석이 살고 있었다.

"형, 요새 추우니까 여기에서 그림 좀 그려야겠어."

"그러려무나."

광석은 자기가 쓰던 방을 내주고 부인과 한방을 쓰기로 했다. 광석은 서울고등법원 판사이고 부인은 숙명여자고등학교 교사로 맞벌이 부부였지만 무척 가난했다. 천장에 난 구멍조차 수리할 비용이 없을 정도였다. 광석은 워낙 청렴한 법관이어서 부산 피란시절 법원에 재직하는 신분이면서도 토굴에서 살았다.

신촌으로 옮기면서부터 중섭의 옷차림이 깔끔해졌다. 여전히 낡고 허름하긴 마찬가지였으나, 자주 옷을 빨아 입어 제법 깨끗해진 모습이었다. 모두 부지런하고 인정 많은 외종형수 덕분이었다.

11월 한 달은 그곳에서 그림을 그렸다. 김이석은 이따금 그곳에 들렀는데, 그때마다 불어나는 중섭의 그림을 보고 놀라며 매우 기뻐했다.

"훼방 놓으려고 왔네. 많이 그렸구면."

그런 말을 들으면 중섭은 조금 쑥스러워하며 붓을 놓았다.

"마침 잘 왔네. 오늘쯤은 밖에 나가볼까 했지."

그들이 가는 곳이래야 고작 명동이었다. 그들만큼이나 별수 없는 사람들이 죽지도 않고 끈질기게 하루살이 삶을 이어나가는 곳이었다.

찻집 '청동'에는 시인 공초 오상순이 늘 나와 있었다. 변영로·마해송·구상의 얼굴도 이따금 볼 수 있었고, 양명문·김종삼·김수영·김진수 등과 술자리를 함께하기도 했다. 중섭은 여전히 문학가들과 어울렸다.

겨울 한파에 맞부딪치면서, 중섭은 혹시라도 감기에 걸릴까봐 조심에 조심을 거듭했다. 한번 감기 걸렸다 하면 닷새를 꼬박 앓아눕기 때문이었다. 태현과 태성에게 건강에 대해 자꾸만 강조하는 것도 모두 그런 까닭에서였다.

태현에게

나의 귀여운 태현이, 그동안 잘 있었니?

학교에 갈 때에는 좀 춥지? 먼젓번에는 엄마와 태성이와 태현이, 셋이서 이노가시라 공원에 놀러 갔었다며. 연못 속에는 커다란 잉어가 많이 놀고 있었겠지? 아빠가 학교에 다닐 때에는 이노가시라 공원 가까이에 살았기에 날마다 공원 못 둘레를 산책하면서 커다란 잉어가 헤엄치고 다니는 것을 보며 즐거워했단다.

이번에 아빠가 빨리 가서 보트를 태워주마. 아빠는 감기로 닷새 동안 누워 있었지만 이제는 다 나아 또 열심히 그림을 그리고 있단다. 어서어서 전람회를 열어서 그림을 많이 팔아 돈과 선물을 잔뜩 가지고…… 갖고 갈 테니……

몸 성히 기다리고 있어다오.

아빠 중섭

중섭이 편지를 보내면, 아직 학교에도 안 들어간 태성이 서툰 글씨로 삐뚤삐뚤 쓴 편지가 왔다. '아빠, 어서 빨리 오셔요.' '아빠가 보고 싶어요.' 이런 글을 읽을 때마다 중섭의 가슴은 뭉클해졌다.

김이석과 이중섭이 평양보통학교를 함께 다녔다면, 황염수와 이중섭은 청년시절부터 그림을 함께 그려온 동인이었다.

이석과 염수는 전람회에서 팔린 중섭의 그림 가운데 아직 들어오지 않은 미수금을 걷고 있었다. 주위에서 중섭을 일본으로 보내자는 말은 늘 있었지만 언제나 돈이 문제였다.

중섭이 할 수 있는 일이란 오로지 그림 그리는 일뿐인데, 일정한 거처가 없으니 중섭은 그림도 제대로 그리지 못했다. 게다가 그 그림이 예사 그림이 아니건만, 스스로를 돌보지 못하는 그는 있으면 한 끼에 두 사발 먹고, 없으면 뭘 마련할 궁리는 못하고 쫄쫄 굶었다.

　사람은 살아가면서 자기도 모르게 달라진다. 이리저리 부대끼다 보면 변할 수밖에 없다. 김이석 또한 그렇다. 평양시내에 미카도라는 커다란 빌딩을 가지고 있을 만큼 그의 집은 부유했다. 그러나 이석은 난리를 겪으면서 사람이 먹을 수 있는 것이면 못 먹을 게 없다는 사실을 알게 됐다. 예전의 그는 싫어하는 것과 못 먹는, 아니 먹지 않는 음식이 많았다. 하지만 지금의 그는 못 먹는 것이라고는 없다. 그저 없어서 못 먹을 뿐이다.

　이중섭의 어머니는 큰살림을 쥐락펴락하는 여장부였다. 게다가 큰아들이 이재에 뛰어나게 밝았다. 그런데 작은아들은 형과는 영 딴판으로 그림 말고는 관심을 두는 일이 없었다. 그래서 작은놈이 영특한 큰놈한테 치이는 게 어머니가 보기에는 안쓰러웠다. 어머니는 작은아들을 끼고돌았다. 이 아이 심성이 너무 고와서, 저래 가지고 어찌 세상을 살까 싶어 무슨 일이든 결국 두둔하게 되었다. 어머니는 중섭을 끔찍이도 사랑했다.

　하지만 형은 도무지 시원치 않은 동생이 마음에 들지 않았다. 동생을 인정하는 데 꽤나 인색했다. 중섭이 그림공부하러 도쿄에 가겠다고 했을 때도 온갖 말로 반대했다. 그러나 마침내 형은 동생을 이해하게 되었고 도쿄 유학을 허락하고 더불어 비용도 넉넉히 대주었다. 중섭이 결혼해서 따로 살았을 때도 생계는 모두 형이 돌봐주었다.

　동생을 한심하게 여기면서도 그의 모든 것을 있는 그대로 받아들였던 재력가 형과, 그에게 온 사랑을 쏟았고 그의 삶의 원천이기도 했던 어머니가 지금도 곁에 있다면 아마 중섭은 그림 그리는 일에만 파묻혀 살 수 있었으리라. 하지만 이제 그들은 없다. 대신 진정한 화

두 아이

과수원의 가족과 아이들

가, 천재화가란 세상의 평판이 중섭을 살아가게 북돋아주고 있었다. 현실에서 그가 비참해지면 질수록 사람들은 그의 재능을 안타까워하며 그가 다시는 그리는 일에 혼을 불태우기를 바랐다.

예수는 자기 말고 다른 신을 섬기지 말랬다지만, 중섭은 누구도 숭배하지 않았고 인정하지도 않았다. 일찍이 오산중학교 미술교사 임용련이 싹을 틔우고 도쿄 유학에서 훌쩍 자란 그는 이제는 기댈 언덕 하나 없이 빛을 잃어만 갔다. 깊은 고독과 우울은 그의 재능을 고갈시킬 수도 있었다.

그에게 천부적 재능이 있다면 이석은 그것을 지켜주고 싶었다. 천재가 천재를 잃어가는 것은 지키려고 노력하지 않기 때문임을 이석은 알고 있었다.

'어서 일본으로 보내야지. 전쟁으로 폭삭 내려앉은 여기보다야 도쿄가 백 배 났지.'

부지런히 돈을 걷었다. 염수와 이석은 걷힌 돈을 중섭에게 주었다.

"이번에는 옷부터 제대로 잘 차려입고 가."

그들이 단단히 일렀다.

"저번처럼 거지꼴로 가면 또 쫓겨난다."

"빤쯔부터 갈아입고."

중섭의 팬티는 너덜너덜 구멍 나고 냄새까지 고약할 게 보지 않아도 훤했다.

"정릉골짜기에 가서 목욕도 하고. 좀 추운가?"

"무슨 정릉골짜기?"

"아차! 이사갔나?"

이런 말을 주고받으면서 그들은 즐거워 낄낄거렸다.

"중섭아, 장모님 좋아하시게 김도 몇 톳 사야겠다."

"그렇지. 간 쓸개 다 빼버리고 어떻게든 살아남는 거다."

"애들이 있잖니. 애들이 있으면, 그러면 됐지."

"제수씨는?"

중섭은 게도 많이 그렸다. 화폭 가득히 꼬무락꼬무락 게들이 빼곡히 차 있다. 자빠진 놈, 옆으로 가는 놈, 포개진 놈, 발을 쳐든 놈, 멍청히 서 있는 놈—그런 놈들이 슬슬 기어 다니다가 누가 보면 멈칫 서버렸다. 그러다가 보는 사람이 없으면 다시 꼬물꼬물 돌아다녔다. 화폭에서 숨바꼭질을 하고 있었다. 그놈들은 바다 냄새 닮은 아버지와의 먼 기억을 그리워하며 그렇게 기어 다녔다.

그 시절, 보통사람들이 일본으로 가는 정식 통로는 꽉 막혀 있다고 해도 지나친 말이 아니었지만, 밀항선은 언제나, 어느 항구에서나 떠났다. 어선이나 소형 화물선으로 가장한 선박들은 돈만 주면 사람 머릿수가 차는 대로 떠났다. 밀항은 성공하기도 하고 때로는 들통나기도 했는데, 한국 측에서는 별로 감시를 하지 않았다. 운이 나쁘게 일본에서 잡히면 오무라 수용소에 갇혔다가 제 나라로 추방되었다.

한국인만 일본에 가는 게 아니었다. 그즈음 아시아에서 일본은 기회의 땅이었다. 잡히면 죽는 것도 아니었으니 너도나도 기회를 보았다. 때문에 밀항선이 끊임없이 오갔다. 문제는 뱃삯이었다. 그 목돈이 문제였다.

이중섭이 일본에 간다는 소문이 쫙악 돌았다. 가야지, 모두들 그렇게 고개를 끄덕였다.

중섭은 염수의 화실에서 나오며 가슴에 손을 얹었다. 그것은 틀림없는 자기 돈이었다, 그림을 판 돈이었다. 그러나 염수하고 이석이 팔을 걷어붙이고 여기저기로 뛰어 마련한 돈이기도 했다. 절대로 자기 돈이 아니었다. 친구들이 애쓴 돈이었다. 중섭은 그것을 잘 알고 있었다.

'아직 다 차지는 못했지만 염수하고 이석이 뛰고 있으니까. 그래, 가기는 가는구나!'

중섭은 가슴이 설렜다.

염수와 이석은 어쩐지 홀가분했다. 이석이 염수에게 말했다.

"염수야, 이거 새 거구나?"

전에 본 적이 없던, 새로 걸어놓은 나무그림을 보고 하는 소리였다.

"응."

염수는 이제 그의 입에서 나올 말을 듣지 않아도 이미 알고 있는지라 짧게 대답했다.

"야, 장미는 햇살이 흐르는데 나무는 왜 이렇게 심통이냐?"

네 성질머리처럼, 그 이야기였다.

황염수는 아내 남정인이 쉬는 날이면 함께 정릉골짜기로 들어가서 나무를 그리며 온 하루를 보냈다. 그런데 이석은 그 나무만 보면 자기야말로 심통을 부렸다. 염수는 그 이유를 너무도 잘 알았다.

염수도 한때는 고등학교 미술선생이었다. 그것도 자기 힘으로 얻은 직장이 아니라 많은 사람들이 연줄을 대어 어렵사리 밀어넣은 직장이었다. 6·25가 끝나고 전쟁을 겪어낸 사람들은 심성이 고왔다. 없는 힘도 함께 모아서 서로 도왔다. 모두들 박봉이었지만 1원을 받더라도 그것이 고정 수입이었기에 사람들은 너나없이 직장을 무척이나 끔찍하게 여겼다.

그런 직장에 들어가서 1년이나 지났을까. 입학시험 면접에서 장애가 있는 한 아이가 떨어졌다. 모른 체했으면 좋았을 텐데, 염수는 그런 결정을 내린 교장선생에게 따져 묻고 말았다.

"우리 문교부 장관님도 얼굴이 많이 얽었습니다. 그런데 이 학생은 왜 입학이 안 됩니까?"

신체장애가 상급학교 진학의 결격사유에 포함되던 시절이었다. 그때 문교부 장관은 사실 곰보였다. 그것도 심한 곰보였다. 교장은 노발대발 소리쳤고 염수는 그날로 쫓겨났다. 그리하여 생계가 몽땅 아내 남 선생의 어깨로 넘어갔다. 남정인의 됨됨이를 좋아하는 이석은 염수의 그 입 때문에 그의 아내만 번번이 고생하는 듯해 좀 밉살스러울 때가 있었다. 그러나 한편으로는 교장에게 대든 염수의 행동이 꽤 통쾌하기도 했다.

그들은 '은성'으로 갔다. 술기운이 돌기 시작하자 염수가 반격에 나섰다.

"김 형은 코가 그래서는 연애가 될 리가 없지."

이석의 짜부라진 코를 보고 하는 소리였다. 그는 쓰윽 콧등을 만졌다.

'이 코로는 정말 연애가 안 될까.'

그때 손소희가 술집에 들어섰다. 그녀는 두루 안을 살피다가 무슨 생각인지 그들에게로 다가왔다. 이석의 얼굴이 대번에 뚱해졌다. 부끄러운 일일수록 시간이 흐르면서 더욱 선명해지는 법이라, 지난날의 실랑이가 쌍방과실이었음을 알게 되었으나 어쨌든 코가 짜부라진 쪽은 김동리가 아닌 김이석이었다. 선선히 그녀를 반길 이유가 없었다.

"합석해도 돼요?"

손소희가 물었다. 이석이 계속 뚱한 표정이어서 염수는 애매하게 그녀를 바라봤다.

"김 선생님도 계시고. 오늘은 제가 살게요."

손소희가 그렇게 말하며 의자를 끌어다가 앉았다. 그러고는 이석의 얼굴이 뚱하거나 말거나 잔을 내밀었다.

"한 잔 주세요."

이석은 딴 데를 보며 못 들은 척했다. 하는 수 없이 염수가 따랐다. 손소희는 그 술을 쭈욱 들이켜고 나서는 이렇게 말했다.

"김 선생님, 저번에는 우리가 잘못했어요. 선생님 말대로 그런 곳에서 싸우는 게 아니었어요. 제가 사과할게요."

'이게 무슨 소리람?'

이석은 뜻밖이었다. 물론 지난번 코피사건을 말하는 모양이었다. 그에게는 모든 일이 언짢았던 날이지만 어찌 보면 후배가 선배에게 버르장머리 없게 군 것이라 할 수 있었다. 그런데 사과를 한다니 그의 얼굴이 저절로 풀어졌다. 손소희는 몇 잔을 더 들이켠 뒤 말을 이었다.

"문단의 폐단, 그것도 김 선생님 말이 맞아요. 저도 동감이에요. 정말 나빠요. 선생입네 선뱁네 하면서 철없는 계집애들 희롱이나 하고"

자기 남편을 공격한 일인데 손소희는 김이석과 완전히 같은 생각인 모양이었다. 이석은 더는 뚱해 있을 이유가 없었다.

'사과하고 동감이라고까지 하는데!'

술이 술술 넘어갔다. 손소희가 이석의 얼굴을 들여다보며 슬쩍 물었다.

"코는 괜찮아요?"

"코요? 이 코요? 문제없습네다. 아무 문제없습네다. 내 보통학교 동창이요, 여자동창이 종로에서 이비인후과 하거든요, 아무 염려 말랍디다. 미남 만들어준다고, 쉽대요."

"나한텐 그런 소리 없었잖아?"

염수가 그렇게 말하자 손소희가 물었다.

"그 의사, 여자친구인가 봐요?"

돌아오지 않는 강

"여자친구는 무슨! 에잇, 할머니예요, 할머니."

나이 이야기에 예민해진 손소희가 그만 발끈했다.

"보통학교 동창이라며? 그럼 김 선생은 할아버지다!"

염수도 한마디 거들었다.

"저 코가 문제는 문제예요. 저번에 이름을 대면 손 선생도 알 만한 여자분이, 이석 형이라면 결혼해도 좋다, 그런 말도 있었어요."

"알 만하다면 어디 이름을 대봐요."

"요리연구원 원장님인데 돈도 있어요."

"좋네!"

"그런데 김 형이 퇴짜를 놨어요."

"왜요?"

"무섭다고."

"돈이?"

"이제껏 결혼을 안 한 게 무섭답니다, 올드미스라서."

염수가 이렇게 덧붙였다.

"코 때문이에요, 코 때문에 김 형이 바짝 쫀 거지요."

"그렇다면 안 되겠네. 김 선생님, 종로 이비인후과로 얼른 가세요!"

그들은 마침내 〈희망가〉를 노래했다. "푸른 하늘 밝은 달 아래" 손소희의 노랫소리가 드높았다.

모두들 기분이 풍선처럼 두둥실 떠 있듯이, 안주머니에 돈이 들어 있는 중섭의 마음도 바빴다.

'머리 깎고 수염도 밀고…… 그림은? 그건 가져가야지. 은지화만 가져가야지.'

그는 전람회에서 팔다 남은 그림들을, 자기 그림인데도 푸대접했다. 좋은 그림은 누가 봐도 좋은 법이라, 그림이 수준 이하였기에 팔리지 않았다고 생각하는 것이다.

'그리고 뭘 또 가져간다? ……없구나.'

그는 소매치기를 두려워하는 옛날 아줌마처럼 돈이 든 가슴께를 또 눌러봤다. 불룩하니 잘 만져졌다. 그러나 그에게는 명동 즈음에서 부터 이미 소매치기 버금가는 협잡꾼들이 따라붙었다.

"중섭아, 너 일본 간다며? 축배다 축배!"

"그렇지. 마땅히 축배는 들어야지!"

"오늘 가는 것도 아닌데, 내일 가는 것도 아닌데! 술 한잔 하자고!"

이중섭처럼 쉬운 상대를 털어먹지 못하면 밤잠까지 설치는 이들이었다. 알코올 중독으로 봐야 했다.

"한 잔이야 한 잔, 딱 한 잔만 하자."

그렇게 중섭을 끌어들이기만 하면 되었다. 다음은 마신다.

"동해집에 새 애기가 왔어, 야."

그러나 이번에 중섭은 붙들리지 않았다. 그들이 너절하면, 너절해서 사주지 않을 수 없는 중섭인데도 끝내 붙들리지 않았다. 그들은 북창동까지 따라왔지만 결국 포기하고 말았다. 북창동에는 가화다방을 중심으로 한 술꾼들이 깔려 있는데, 그쪽으로 방향을 틀 생각인 모양이었다.

하지만 아직 한 사람이 남아 있었다. 양명문이었다. 그런데 이상하게도 그는 술을 먹자는 말도 밥을 먹자는 말도 없었다. 그저 따라오기만 했다. 그러니까 더 불안해졌다.

시청 앞으로 나가면 효자동으로 가는 전차가 오는데, 누상동에 사는 중섭은 타지 않았다. 걸었다. 국제극장까지 왔는데도 명문은 계속 그대로 따라왔다.

사직동과 효자동으로 갈라지는 모퉁이에 이르렀을 무렵, 중섭은 갑자기 출출해졌다. '평양냉면'이라는 간판이 보였기 때문이다. 그는 가슴의 돈을 한번 눌러본 뒤 냉면집으로 들어갔다. 물론 양명문도 따라 들어왔다.

그들은 마주 보고 앉아 아무 말도 하지 않고 냉면을 맛있게 먹었다. 명문의 입이 꽉 닫혀 있어 어쩐지 부담스럽긴 했지만 중섭은 무시했다. 아예 무시하기로 굳게 마음 먹고 있었다. 그런데 냉면을 먹고 육수까지 말끔히 비우고 나자 드디어 명문의 입이 열렸다.

"중섭아, 그 돈 딱 사흘만 빌리자. 아니, 낼, 내일이면 될 수도 있다."

오늘 받기로 한 돈이 어쩌면 내일 생길지도 모른다는 그런 이야기였다. 중섭은 대꾸 없이 밖으로 나왔다.

"오늘 막아야 하는 마누라 곗돈이 틀어졌어. 출판사에서 내게 맡긴 번역 고료가 오늘 나오기로 돼 있었거든. 가톨릭 계통 출판사라 약속을 어기는 그런 일이라고는 없는 곳인데 왠일인지 그게 틀어졌지 뭐야. 하루 이틀, 그렇게만 참아달라고……"

그는 계속해서 그 곗돈이라는 게 얼마나 무서운지를 구구절절 늘어놓았다.

"곗돈이 하나 틀어지면 그게 어떻게 파급이 되냐 하면, 서울 장안의 모든 계가 줄줄이 틀어지게 돼. 계라는 게, 그게 연결, 모조리 연결이 되어 있어서 한 군데가 막히면, 그렇게 되면 돈의 흐름이, 그게 당장 뚝 끊겨버리고 말거든. 여자들 곗돈이 지금 우리나라 경제를 좌지우지한다 해도 틀린 말이 아니야. 어디고 여자들 곗돈을 끌어다 쓰는 판이니까. 그런데 그게 막히면 어떻게 되겠냐. 여자들이 죽기 살기로 곗돈 막는 이유가 다 그 때문이다."

양명문은 지금 마누라가 집 안에 있지도 못하고 길바닥 어딘가에서 발을 동동 구르며 새파랗게 질려 있을 거라고 했다. 그는 돈을 사흘 안에 반드시 갚을 수 있는 근거를 들었다.

"내가 번역한 책이 루 포올(르 포르)의 《사랑은 아낌없이》 그 독일
어 원선데, 그걸 내가 이번에 우리말로 옮겼거든. 원서 번역이 매우
좋다는구나."

양명문이 루 포올을 진짜로 번역했다면 보나마나 중역일 텐데도
그는 어디까지나 원서 번역을 했다고 우겼다. 하기야 제 시집을 성경
처럼 읽으라던 양명문다웠다.

칠궁을 지났다. 그들은 계속 그대로 걸었다. 중섭은 왜 자신이 이곳
을 걸어가고 있는지 도무지 알 수 없었다.

"넉넉잡고 사흘이다. 딱 사흘만 빌려주라. 내 마누라 좀 살리자, 중
섭아. 제발 우리 사정 좀 봐다오!"

숨이 차올랐다. 청운동도 지나고 오르막길이었다. 공기가 모조리
사라진 것만 같았다. 물속에 빠져 허우적대는 듯 중섭은 숨이 쉬어지
지 않았다.

'하아, 하아, 조금만, 조금만 더 가면 세검정으로 넘어가는 고갯마
룬데 고개만 넘으면, 그러면 숨이 쉬어질 텐데, 가슴이 터질 것 같다!'

"중섭아!"

쩍 벌어진 명문의 아가리가 보였다. 중섭은 그 아가리에다 돈을 처
넣었다.

다들 그렇게 살던 시절이었다. 나빠서가 아니라 오히려 순박해서
신세지고 등쳐 먹어도, 지키지 못할 약속을 허구한 날 해대고 식구
도 아닌 게 군식구로 달라붙어도 끝내 허허 웃으며 넘길 수 있는 때
였다. 다들 그렇게 허허 웃고 넘길 그 때가 중섭에게는 마지막 기회와
도 같았음을 시간이 한참 지나서야 알 수 있었다. 나중에 중섭은 이
석에게 이렇게 말했다.

"고개에만 올라서면, 다섯 걸음이면 고개였는데……."

그 고개에만 올라섰다면 돈이 무사했을 거라는 소리처럼 들렸다. 이석은 차마 뭐라 대꾸를 못했다.

'떠날 날이 코앞이라, 그래서 그 돈을 중섭이에게 주었는데…… 그 밤에 너도나도 이 풍진 세상 〈희망가〉를 불렀었는데…….'

명문이 약속한 사흘은 물론 영원으로 묻혔다. 양명문의 시 고료사 건이 사람들 입방아에 오르내려도 김이석의 생각은 조금 달랐다. 명문이도 바탕은 괜찮은 구석이 있었구나, 그래도 이제는 제 식구를 챙기는구나, 마음속으로 은근히 감명받을 만큼 명문을 대견스러워했다.

어느날 이석이 중섭을 찾아가 방문을 여니, 그는 신문광고를 잘라 벽에 붙여놓고 보란 듯이 씩 웃고 있었다. 순간, 술 냄새가 풍겼다. 그것은 그때 단성사에서 상영 중인 '돌아오지 않는 강'이라는 제목의 영화 광고지였다. 제목을 강조하려고 굵은 선으로 테두리를 그려놓았는데, 바로 밑에는 아내에게서 온 편지들이 오밀조밀 붙어 있었다.

'마릴린 먼로가 주연한 〈돌아오지 않는 강〉의 영화 제목을 자신과 아내 남덕을 가로막는 운명의 그것으로 받아들인 모양이군. 영화가 소개된 신문광고 아래에 아내에게서 온 편지를 저리도 잔뜩 붙여놓은 걸 보니 말이야. 아내와의 관계가 영영 돌아오지 않는 강이 되어버렸음을 뼈저리게 느낀 것이야.'

그러나 중섭이 그린 '돌아오지 않는 강'에서는 저 멀리서 집으로 돌아오고 있는 여인이 보였다. 머잖아 그녀는 집으로 돌아오리라. 그렇게 되면 오랜 기다림도 끝날 것이다. 두 남녀의 해후가 예상되는 그림임에도 굳이 돌아오지 않는 강이라고 이름을 붙인 까닭은, 그녀가 돌아올 것에 대한 기대감에 비해 현실의 아득함이 너무도 멀고

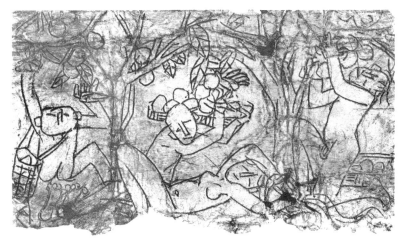

복숭아 밭에서 노는 가족

가족

서러웠기 때문이리라. 이중섭은 영화 〈돌아오지 않는 강〉을 보고 난 뒤 제목이 좋다면서 여러 번 그 제목을 되뇌었다. 그러고는 결국 영화 제목을 소재 삼아 그림 여러 점을 남겼다. 이중섭의 절필작이라고 알려진 '돌아오지 않는 강'이 바로 그 그림으로 창밖을 보는 인물 앞에 새를 놓기도 하고, 인물을 어린아이가 아닌 성인으로 설정하기도 했다.

그러던 어느 날, 중섭이 그림을 공짜로 뿌리고 다닌다는 소문이 들려왔다. 방 여사 자매도 얻었고, 최 아무개 여사도 얻었단다.

"이중섭이 미친 거 아니야?"

그림을 뿌리고 다닌다니까 그렇게 말하는 이들도 있었다. 그런 소문이 퍼지자 그림을 얻으려고 쫓아다니는 치들이 더욱더 늘어났다.

'그림을 뿌리고 다녀?'

김이석이 그의 거처로 찾아갔다. 뒤뜰에서 가느다란 연기가 피어올랐다. 중섭이 그림을 태우는 중이었다.

황염수는 가끔 이렇게 말했다.

"나는 내 자식한테 유산 많이 남기고 간다."

자기 그림이 바로 돈이라는 이야기였다. 지금은 비록 잘 팔리지 않아도 자식 대에 가서는 돈이 될 거라는 뜻이었다. 뒷날 남을 그림을 그리고 있다는 의미였다.

"중섭아……."

이석은 슬픈 목소리로 그를 조용히 불렀다.

"너도 나도 왜 이렇게 사냐. 너는 가족을 일본에, 나는 북에. 그리고도 우리가 살아가는 까닭은 너는 그림을 그리고 나는 소설을 쓰기 때문이겠지. 그래야 우리가 사니까."

"김 형, 이거 가짜야."

중섭은 이석을 쳐다보며 용서를 비는 듯한 얼굴로 중얼거렸다. 이석이 그 옆에 앉았다.

이석도 소설을 쓰다가 북북 찢어버리곤 했다. 진짜 자기 목소리가 나와주지 않았기 때문이다. 그러했기에 그는 중섭의 마음을 헤아릴 수 있었다.

'그림도 가짜다 싶으면 태워야지. 그게 미쳐서 태운다 해도, 아니 미쳐서까지도 마음에 걸리면 태워야지.'

그림을 태우는 희끔한 연기가 시원치 않게 피어올라 흔들리다가는 이내 엷게 사라져갔다.

"그걸 왜 말리지 않고?"

그림을 타도록 내버려뒀다고 하니 아까워하는 사람들이 있었다. 또 그대로 보고만 있었겠느냐, 아마 몇 점은 건졌을 거라는 이들도 있었다.

세상을 하얗게 덮을 기세로 함박눈이 펑펑 퍼붓던 어느 날이었다. 이석이 중섭과 함께 자다 한밤중에 기척이 들려 깨어보니, 중섭이 실오라기 하나 걸치지 않은 알몸으로 명상하는 부처님처럼 도사리고 앉아 있었다. 보는 눈이 아플 만큼 뼈가 앙상히 드러난 제 몸을 들여다보며 벽을 향해 마치 누군가에게 용서를 빌듯 무어라 중얼중얼거리고 있었다.

"국수 한 그릇 뜨끈뜨끈하니 훅훅 불면서 숲 속으로 엉금엉금 기어가 훌쩍훌쩍 먹자꾸나."

이석은 귀에 흘러들어오는 그 말이 무슨 뜻인지 알 듯 말 듯했으나 굳이 캐물을 필요도 없다는 생각이 들었다. 차라리 뭐라 대꾸해 주고 싶어 이렇게 받아넘겼다.

"콧물이 줄줄 긴 가닥은 네가 먹고 짧은 가닥은 내가 먹자꾸나. 나도 한몫 끼자꾸나."

　그러자 중섭은 너무너무 좋아 죽겠다는 듯 온 얼굴에 기쁜 빛이
가득하여 구들장이 쿵쿵 울리도록 껑충껑충 뛴다. 벌거숭이 갈비씨
가 소처럼 무섭게, 아니 때까치처럼 날렵하게 뛰었다. 그 모습을 보던
이석은 순간, 콧등이 찡하고 눈시울이 뜨거워졌다.

상실의 시대

1954년 12월 어느 깊은 밤이었다. 서울 모나리자 다방에 등산모를 쓴 이중섭이 술에 취해 비틀거리며 문을 걷어차듯 열고 들어왔다. 그는 구석자리로 가 자리에 털썩 앉더니 탁자에 얼굴을 파묻고는 코를 골며 자기 시작했다. 이렇게 얼마쯤 지났을까. 술꾼 서넛이 우르르 몰려와 자고 있는 이중섭을 둘러싸고 앉았다.

눈을 뜬 이중섭은 갑자기 탁자를 어깨 위로 들어올렸다가 마룻바닥에 그대로 내동댕이쳐버렸다. 하마터면 들어올려진 탁자의 네 발에 천장까지 부서질 뻔했다. 분노가 솟구쳐 서슬이 시퍼래진 중섭의 얼굴은 더는 참을 수 없는 인내의 한계를 넘은 것처럼 보였다.

"왜 알지도 못하는 놈들이 여기까지 따라와 나를 괴롭히는 거야! 자, 이제 남은 것은 이뿐이니 몽땅 가져 가라!"

그는 소리를 지르며 한 옹큼의 지폐 뭉치를 마룻바닥에 내던졌다. 돈이 곳곳으로 흩어졌다. 모두들 혼비백산하여 달아나고 말았다. 그때는 상대 주머니에서 돈 냄새만 맡으면, 낯선 사람일지라도 쫓아다니며 술을 빼앗아 마시는 자칭 예술가 패거리들이 무척이나 많았다.

이즈음 중섭은 건강이 좋지 않아 신경질이 부쩍 늘었다. 전시 준비를 위해 애쓰느라 몸은 지칠 대로 지쳐 있었고, 선배 정치열로부터 편의를 제공받았던 누상동 집이 팔려 더 이상 거기 머물 수도 없었다. 딱히 거처를 마련하지 못해 전전긍긍하던 이중섭은 마음마저도 편치 않은 때였다. 그런데 이런 일까지 벌어진 것이다.

게다가 보통 때와는 아주 다른 중섭의 행동을 본 그곳에 있었던 사람들은 매우 놀라 수군거렸다. 이 사건은 차츰 "이중섭이 미쳤다"는 소문으로 번져갔다.

일본으로 갈 수 있으리라는 기대는 갈수록 흐려져갔다. 해를 넘기지 않으려 했건만, 올 크리스마스에도 가족과 만날 수 있는 가망이 사라졌다. 더군다나 12월 끝무렵에는 꼭 열 작정이었던 개인전까지 미루어야 했다.

그림은 벌써 완성되어 전시될 날만 기다리고 있었다. 중섭은 그동안 그린 그림의 구도를 새로 잡기도 하고 조금 손대기도 했다. 그럼에도 전시회를 열 가능성이 희박해지자, 중섭은 맥이 쭉 빠졌다.

이런 사정을 눈치챈 오산중학교 후배 김창복이 물었다.

"올해 안으로 전람회를 갖기는 어려우시겠군요."

"그래. 어려워졌네."

사실 문제는 날짜가 아니라 전람회 장소를 빌리는 경비였다.

"제가 모교에 가서 부탁해 보겠습니다."

평안북도 정주에 있던 오산중학교는 1·4후퇴 때 남으로 이전해 지금은 서울 남산 기슭에 있었다. 설립자 이승훈의 사위인 주기용이 아직 교장으로 있었고, 김창복은 미술선생으로 있었다.

김창복은 주기용 교장을 만나 이야기했다.

"교장선생님, 오산 출신 화가 이중섭 씨를 기억하십니까?"

"기억하다마다. 그 사람을 잊을 리 있소?"

"실은 그 일로 의논을 드릴까 합니다."

김창복은 이중섭의 형편과 개인전 경비 문제를 탁 털어놓았다. 평

가족에 둘러싸여 아이들을 그리는 화가

아이를 돌보는 부부

생을 교육자로 살아온 주기용은 그 자리에서 큰돈을 내놓았다. 개인
전을 열 수 있을 만한 금액이었다.

중섭에게는 돈을 관리하고 쓸 곳에만 잘 쓰는 능력이 없었다. 이런
점을 너무나도 잘 아는 김창복이었지만 개인전과 관련된 돈인 만큼
중섭에게 맡겼다.

중섭은 창복으로부터 돈을 소중히 써야 한다는 당부를 거듭 받고
는 마음을 모질게 먹었다. 그림 액자를 맞추러 '명동화방'에 나가 예
약금을 치르기까지는 무사히 마칠 수 있었다. 그런데 화방 문앞에서
손응성과 딱 마주쳤다.

"어, 응성. 마침 잘 만났네. 내가 오늘은 자네에게 한잔 살 수 있
거든."

"이 사람, 어디서 또 그림값이 생겼나 보군. 그걸 가지고 물감이나
사게."

"날 어떻게 보구 그러나. 딱 한 잔만 하는 거야."

그렇게 시작해서 끝내 돈을 몽땅 털고 말았다. 미도파백화점 화랑
계약금으로 쓰려던 돈은 이렇게 거덜나버리고, 전람회는 또다시 뒤로
미루어졌다.

이번에는 구상이 개인전을 밀기로 했다. 발이 넓은 그는 군대의 고
급장교들이며 사회 유명인사들을 많이 알고 있었다. 그런 연줄을 통
해 중섭의 그림을 사게 한다면 거뜬히 팔 수 있을 듯했다.

"상, 이번에는 꼭 전람회를 성공시켜 남덕이한테 건너가겠네."

"암, 그래야지. 그렇게만 된다면 오죽 좋겠나. 너무 걱정 말게, 내가
알아볼 테니."

이중섭이 서울에서 처음이자 마지막으로 개인전을 가진 것은 1954
년을 넘긴 1955년 1월이었다.

마침내 1955년 1월 18일부터 열흘 동안, 의회보사(醫會報社) 주최, 문학예술사 후원의 이중섭 개인전이 미도파백화점 화랑에서 열리게 되었다.

개막 이전에는 어떤 언론도 이중섭 작품전 소식을 알리는 기사를 싣지 않았다. 그러나 전시가 시작되고 《조선일보》, 《평화신문》에 이어 《동아일보》도 1월 22일자 〈문화집합〉란에 기사를 내보냈다. '서양화가 이중섭 씨의 작품전이 지난 18일부터 27일까지 미도파 화랑에서 열리고 있는데 전시 작품은 〈가족과 첫눈〉을 비롯한 32점의 역작들이다' 이런 내용이었다.

전람회를 열고 보니 좋은 작품전이라는 평판이 나고 그 소문이 퍼져나가자 《평화신문》에서 가장 먼저 비평문을 실었다. 이어서 《조선일보》, 《경향신문》, 《동아일보》가 잇따라 비평을 신문에 올리며 관심을 보였다.

중섭의 작품전 안내장은 김환기가 맡아서 제작했는데 종이 한 장을 접어 4쪽짜리로 이루어졌다. 윗부분에 활자체 인쇄 제목으로 '李仲燮 作品展'이라고 쓰고 아랫부분에 두 줄로 다음처럼 썼다.

장소 미도파화랑, 일시 1월 18일~1월 27일
주최 의회보사(議德社), 후원 문학예술사

표지를 넘기면 작품 목록이 나오고, 4쪽에는 김광균, 김환기의 축사가 위아래로 실렸다. 유강렬이 도안을 맡은 벽보에는 중섭이 손수 커다란 한자로 '李仲燮 作品展'이라고 쓰고 중앙에 물고기를 안은 아이를 삽화로 넣은 다음 아래에는 장소, 일시, 주최, 후원단체를 넣었다. 이 벽보에서 눈길을 끄는 것은 무엇보다도 윗부분에 적힌 다음과 같은 영문인데 타자기 활자체가 무척 인상 깊었다.

We cordially Invite you to the
Fine Arts Exhibition by Mr. Lee Choong Sup
at the Mitopa Gallery.
Term : from 18th Jan.
to 27th Jan.
"The Literature & Arts"co.

안내장과 목차 그리고 벽보의 편집과 도안은 김환기, 유강렬이 맡
았으므로 이 두 사람의 기획이었지만 영문을 넣은 것은 중섭의 뜻이
었다. 그림 판매를 염두에 두고 외국인 관객과 구매자도 유치하고자
했던 것이다. 아내에게 보낸 1955년 1월 10일자 편지 〈새해가 밝았구
려〉에 "포스터는 유강렬 형이 맡아주어 오늘 인쇄에 들어가오. 목차
와 안내장은 김환기 형이 맡아서 진행시키고 있구요" 이렇게 쓴 글을
통해 유강렬, 김환기에게 역할을 맡겼음을 확인할 수 있다.

김광균과 김환기의 축사가 실린 까닭은 알 수 없지만 그 무렵 주최
단체인 의회보사나 후원단체인 문학예술사 쪽 인물의 축사가 아니라
는 점을 생각할 때 두 사람과의 인연이 특별했음을 짐작할 수 있다.
김광균은 시인이지만 형의 죽음 이후 건설회사를 이어받아 경영하기
시작한 이래 유력한 실업가로 성장해가고 있었으며, 김환기는 일찍이
도쿄 유학 시절 이래 그즈음 미술계에서 뛰어난 활동력을 보이고 있
었으므로 두 사람 모두 중섭에겐 후원 이상의 특별한 힘이 될 만한
이들이었다. 물론 중섭의 의견도 있었겠지만 김환기의 의지가 엿보이
는 선택이었다.

추운 1월임에도 사람들은 오로지 이중섭의 그림을 보고자 몰려들었다. 미술계와 문학계는 중섭이 그림을 통해 말하고자 하는 것들에 큰 자극을 받았다. 작품전의 이런 성공에도 중섭 자신은 그림을 미장용 페인트로 빨리 그려버렸다는 죄의식을 떨칠 수 없어 못내 괴로워했다.

나의 가장 사랑하는 사람, 새해가 밝았구려. 좋은 일 많기 바라오.

누상동에서 나온 데다 작품전 때문에 이것저것 바빠 편지를 못 보내 미안했소.

이 달(1월) 18일부터 미도파백화점 4층 화랑에서 27일까지 '이중섭 작품전'을 열기로 했소.

미도파 화랑 사용료도 벌써 지불했고, 1주일 뒤에는 드디어 작품전이 열릴 것이오. 광고지는 유강렬 형이 맡아 진행시키고 있소. 모든 일이 잘되어가고 있소. 그저 기쁜 마음으로 기다려주기 바라오.

태현과 태성이에게는 그동안 아빠가 바빠서 편지를 못했다고 잘 타일러주구려.

이번 소품전이 끝나면 태현과 태성에게 충분히 자전거를 사줄 수 있을 테니까 착하게 기다리라고 전해 주시오.

어머님과 당신 언니에게도 안부 전해 주오. 책방의 돈도 물론 갚을 수 있게 될 테니 마음 놓고 기다려주시오. 작품전이 끝나면 곧바로 수금을 마치고 대구로 갈 작정이라오.

그럼, 바빠서 이만 나가봐야겠소. 모든 게 이렇게 잘되어가는 것은 오로지 당신의 진심 덕분이라고 믿고 있소. 답장 기다리겠소.

한 달 이상 이광석 판사 형 댁에 신세를 지고 있소. 답장을 할 때에는 한국 서울시 서울고등법원 이광석 판사 내 이중섭으로 하고, 광석 형의 부인(나의 형수) 이름은 영자요.

형과 형수는 나에게 방을 하나 따로 내어주고, 따뜻하게 아궁이에 불도 지펴준다오. 춥지 않게 두꺼운 이불도 챙겨주고 세 끼마다 맛있는 음식을 만들어 주어서 불편 없이 제작에 열중하고 있소.

꼭 이광석 형과 형수에게 감사하다는 편지를 보내도록 하시오.

중섭

중섭의 작품전 안내 목록 뒤표지에는 '이중섭에 대해 말한다'는 평이 2편 실렸다. 하나는 시인 김광균이, 또 하나는 화가 김환기가 썼다. 먼저 김광균의 평이다.

중섭의 예술이 어디다 뿌리를 박고 있는지는 아무도 모른다. 우리 눈을 가로막는 것은 헐벗고 굶주린 한 그루 나뭇가지에 서린 그의 슬픔과 생장하는 자태뿐인데, 이 메마른 나무를 중심으로 그가 타고난 것을 잃지 않고 소중히 길러 온 40년을 모두어 개인전을 가지는 것은 그로 보나 우리로 보나 즐겁고 뜻깊은 일이다.

앞으로 그의 예술의 생장과 방향은 그 자신의 일이나, 모진 전란 속에서 죽지 않고 어떻게 용히 살아 이런 일을 했나 하고 등이라도 한 번 두드려주고 싶다.

다음은 수주 김환기의 글이다.

중섭 형의 그림을 보면 예술이라는 것은 타고난 것이 없이는 하

낙원의 가족

즐거운 가족

기 힘들다는 것이 절실히 느껴진다. 중섭 형은 참 용한 것을 가지고 있다. 어떻게 그러한 것을 생각해 내고 또 그렇게 용한 표현을 하는지, 그런 것이 정말 개성이요, 민족예술인 것 같다. 중섭 형은 내가 가장 존경하는 미술가의 한 사람이다.

전시된 작품은 유화 41점, 연필화 1점, 은박지 그림을 포함한 소묘가 10여 점이었다.

작품 제목에는 '무제'니 '실제'니 하는 철학적인 것도 있지만 거의가 평범했다. 닭, 가족과 호박, 고기잡이, 바닷가, 소, 소·비둘기·개, 달, 도희, 새들, 우울, 해향, 달밤, 욕지도 풍경, 동, 피란민과 첫눈, 새벽, 반발의 이야기, 도화, 애정, 황소, 그림 조각, 가족, 흰 소, 옛이야기, 동심, 두 마리 소, 고기, 봄, 씨름하는 소, 제주도에서, 길 떠나는 가족.

개인전 그림들을 살펴보면 소·닭·어린아이처럼 전부터 그가 다루었던 소재도 있지만, 1950년대의 피란살이와 전쟁에 시달리는 불우한 가족을 소재로 한 것들이 많았다.

'산을 넘는 생명들'은 전운에 휩싸인 산골짜기 전선을 빈털터리가 되어 무거운 다리를 이끌고 남하하는 모습인데, 그럼에도 한 손에는 꽃송이를 들고 다른 한 팔로는 비둘기를 안고 있다. 피란길에서도 평화라는 희망을 놓지 않은 것이다. '손과 비둘기'에서는 포화로 상처입고 방황하는 비둘기를 손으로 보호하고 있다. 피로 얼룩진 비둘기의 옆모습을 보는 이들은 모두 측은함을 느끼게 된다. 그것은 한국적 평화, 한반도 이 땅의 수난받는 평화를 상징하고 있었기에 그 아픔이 더더욱 강하게 다가온다.

이중섭은 하늘을 나는 새, 평화의 상징 비둘기로 희망을 알리고 싶었다. 비록 지금은 상처받고 피 흘리며 날지 못하지만 이제 곧 치유

되고 하늘 높이 날아오르게 될 새. 그 새는 이중섭 자기 자신이었고 자신의 예술이었으며, 더 나아가 우리 민족과 이 땅의 미래였다. 얼핏 전쟁의 수난을 긍정하는 그림으로 보일 수 있었으나 그 이면에는 전쟁 다음에 오는 평화로운 나라에 대한 절절한 기원이 존재하고 있었으리라.

또한 그는 다른 서양화가들처럼 알파벳으로 서명하지 않고 순 한글을 풀어 'ㅈㅜㅇㅅㅓㅂ'이라 썼다.

1955년 1월, 조선일보에 화가 정규가 쓴 '이중섭 개인전' 평이 실렸다.

......화포 한 점 한 점이 마치 피란생활 일기 그대로이다. 슬프다 못하여 웃음을 자아내고야 마는 이중섭 씨의 그림이 의젓하게 보여지는 것이 오히려 괴로울 지경이었다……. 소위 그림의 맛을 아는 화가란 그렇게 흔하지 않다는 것을 새삼스러이 느끼었다.

떠돌이 생활 속에서도 늘 대형 벽화 제작을 꿈꾸었던 이중섭으로서는 100호 미만의 작품에 만족할 수 없었으나, 전시작 수만큼은 개인전으로서 적지 않았다.

그의 그림에 나타난 소와 닭과 어린아이를 견주어본 사람들은 그 대조적인 표현에 가슴이 뜨거워졌다. 그것은 동물의 진실과 사람이 가진 어느 한 진실이었다. 소는 한없이 강한 생명력을 지니고 나타나며, 때로는 피란민 가족을 수레에 싣고 끌고 가기도 한다. 그러나 어린아이는 순수한 놀이를 즐기고, 어른은 현실을 있는 그대로 받아들이고 힘을 포기한 상태이다.

미술평론가 이경성은 경향신문에 다음과 같은 평을 썼다.

　이중섭 씨는 오래전부터 우리 화단의 귀재로 자타가 공인하는
존재이고 무릇 인류와 모방 속에 방황하는 우리 화단에서 가장 자
기라는 위치를 갖고 있는 화가의 한 사람으로, 그의 예술은 현재
우리가 가지고 있는 불모의 상식으로 미루어볼 때 확실히 과거의
미의 규구(직경이나 선의 길이를 재는 기구)를 벗어난 또 다른 위치
에 있다.
　……우리는 그의 예술 속에서 가장 존귀한 독특한 자연 관조와
자연 해석과 확실한 데생을 토대로 한 탁월한 조형 감각, 그리고
유니크한 독자적인 색채의 가치를 높이 평가하나 무엇인지 우울한
것, 잔인한 것, 불안한 것 등 생생한 생명의 심연을 보는 것 같은
느낌을 강력하게 받는데, 이것은 좋은 의미로나 나쁜 의미로나 현
대에 살고 있는 인간 이중섭 씨의 적나라한 표정일 것이다.
　……그러므로 그의 예술의 본질은 어디까지나 허무의 서자로서
그것은 현대의 불안의식과 저항의식이 침전된 맨 아래층에 누적되
어 있는 침전물인 것이다.

　이 비평의 '무엇인지 우울한 것, 잔인한 것, 불안한 것'은 이중섭의
정신상태를 날카롭게 지적한 말이기도 했다.
　전시된 중섭의 그림들을 보면 예전과 다름없이 뚜렷하고 굵은 선
의 기법이 쓰였음에도 어딘지 모르게 좌절이 느껴졌다. 소만 보더라
도 그랬다. 그는 지금껏 소 그림을 통해 '힘'을 주로 표현해 왔는데, 이
번 개인전에서는 소가 전과 달리 이가 빠지거나 무릎 꿇은 상태, 초
점 없는 눈, 엉성한 털이 그려졌다. 그러면서도 소뿔 위에 새가 앉도

록 했다. 중섭에게 있어 새는 '희망'이었다. 커다란 힘을 지녔다가 좌절한 소에게 새라는 작은 희망을 준 셈이다.

한 신문기자는 중섭의 개인전을 보고 나서 '지성에 대한 항의'라는 기사를 쓰기도 했다.

그에 따르면, 온갖 계략과 속임수에 젖어 진실이라고는 가져본 적이 없는 예술가들에 대한 항의가 중섭의 그림 속에 숨겨져 있다고 했다.

이중섭과 함께 피란 내려왔던 김인호가 개인전이 열리는 화랑에 나타났다. 그도 이곳저곳 떠돌아다니다 서울 영등포 철골회사에 몸담은 참이었다. 중섭의 조카 영진과는 자주 만나 밥도 같이 먹고 잠자리도 함께한다고 했다. 그러나 중섭과는 정말 오랜만의 만남이었다. 중섭은 다른 사람들을 맞이하던 모습과는 달리 김인호만은 특별히 손수 안내했다. 그들은 해가 물속으로 떨어지는 은박지 그림 앞으로 다가갔다.

"이거 괜찮지?"

"예, 좋습니다."

"이게 바로 나야."

중섭은 조용하고 쓸쓸한 투로 말했다. 가장 화려하게 빛나야 할 전시회 주인공인 그는 왠지 모르게 착 가라앉아 보였다. 어려운 시절을 함께 지냈던 김인호는 그 무겁고 우울한 마음을 알 듯도 싶었다.

다음 그림은 하늘에는 꽃구름이 떠 있고 지상에는 사람이 죽어 장례를 치르고 있는데, 그 망자의 아내인 듯한 여자와 유족들이 죽 둘러서 있었다.

"이 그림은 말이야, 오장환, 그 사람이야."

오장환은 원산에서 중섭과 가깝게 지내던 시인이었다. 중섭이 부산에 있을 때, 북에 남아 있던 그가 죽었다는 소식을 들었다. 그래서 그 슬픔을 그림으로 나타낸 것이다.

"장환이 좋은 데 가서 살라고, 내가 꽃구름을 그려주었어."

다음 그림은 '새들'이었다. 새 한 마리는 위에서 거꾸로 내려오고, 한 마리는 밑에서 위로 솟아올라 허공을 가로지른 선에 이르러 입을 맞추는 그림이었다.

"이 선이 바로 38선이다. 우리나라를 그린 거야."

중섭은 김인호에게 자기 가족을 그린 그림을 자세히 설명해 주기도 했다. 그의 설명 속에서 아내와 두 아이를 향한 사랑이 진하게 묻어났다.

중섭의 개인전은 대성공이었다. 김환기와 김종문과 구상이 데려온 사람들은 거의 다 계약을 마쳤다. 빨강 딱지가 붙은 그림이 자꾸만 늘어났다. 친구들은 중섭이 부자가 되어 일본으로 가서 가족을 만날 수 있겠다며 자기 일처럼 기뻐했다.

그러나 중섭은 소년처럼 낮을 붉히며 그림을 계약한 사람들에게 말했다.

"이거 아직 공부가 덜 된 작품입니다. 앞으로 정말 좋은 작품을 만들어 지금 계약하신 그림과 바꿔드리겠습니다."

그런 다음, 친구들에게는 "또 하나 업어넘겼다"고 말했다. '또 한 사람에게 속여 팔았다'는 뜻이었다. 늘 오래 관찰하여 그리던 것과는 달리 너무 서둘러 그렸다는 점과, 제대로 된 물감이 아닌 미장용 페인트를 썼다는 사실에 죄책감을 느낀 중섭은 그런 말로써 자신을 위로했다.

예약된 그림은 모두 26점이었다. 아직 화약 냄새가 가시지 않은 서

신문을 보는 사람들

아내와 두 아이를 그리는 화가

울에서 개인전 그림이 그처럼 많이 예약되었다는 사실은 놀라운 일이었다.

중섭은 빨강 딱지를 헤아려보고 꿈같은 즐거움에 빠져 혼잣말처럼 중얼거렸다.

"남덕이 나 때문에 진 빚을 갚아야지. 빚을 진다는 것은 아무래도 죄악이야. 장모님께 못할 짓만 했어. 빚만 갚으면…… 그렇지! 나는 대형 벽화를 그릴 수 있어."

하지만 현실은 이토록 즐거운 꿈과는 거리가 멀었다. 예약은 믿을 게 못되었고, 그림값을 관리할 중섭의 능력 또한 턱없이 부족했기 때문이다.

열흘 동안의 전람회가 끝났다. 예약된 그림을 예약한 사람들에게 보내고 중섭은 화가들을 이끌었다.

"이제는 부자가 되었네. 내가 한잔 사야 되지 않겠나?"

그는 빨강 딱지만 믿고 쓸데없는 배짱을 부리기 시작했다. 모두를 바로 술집으로 데려가 외상으로 양주를 거나하게 취할 만큼 대접했다. 그날 하루만은 유쾌했다.

그러나 다음에 돌아온 것은 싸늘한 따돌림이었다. 그림값 수금 책임자 김이석·구상·김환기가 나서서 돌아다녀 보니, 모두들 자리를 비우거나 출장 중이어서 다시 오라고들 했다. 중섭은 조금씩 현실을 깨닫고 우울해졌다. 돈에 대한 수치심이 되살아났다.

"괜찮아, 중섭. 그림값이 잘 안 거두어지면 다른 방법을 쓰겠네."

사람 좋은 구상은 여전히 중섭의 따뜻한 보호자였다.

하루는 중섭이 김이석과 함께 창덕여자고등학교로 그림값을 받으러 갔다. 교장은 중섭에게 정중하게 인사했다.

"좋은 그림을 그려주셔서 감사합니다."

"아, 아닙니다. 좋은 그림이라뇨……."

중섭은 순진한 소년처럼 땀을 뻘뻘 흘리며 둘러댔다.

서무과 창구에서 영수증에 그림값을 써넣을 때였다. 중섭은 30000원을 300원이라고 적었다. 당연히 300원이 나왔다. 그대로 나오려는데 아무래도 이상하다 싶었던 김이석이 중섭을 붙잡아 세웠다.

"자네, 지금 얼마 받았나?"

"300원……."

김이석은 얼른 영수증을 다시 써서 30000원을 받아냈다. 중섭은 우울한 얼굴로 곁에 서서 주머니에 손을 찌른 채 지켜보았다. 그 표정에는 돈을 받는다는, 더구나 자기의 그림으로 돈을 받는다는 데 대한 수치심이 또렷이 떠올라 있었다.

교문 밖에 나와서야 중섭의 얼굴이 밝아졌다. 조금 전 수치감은 온데간데없이 사라지고, 주머니에 든 돈의 무게가 느껴져 술 생각부터 났다.

"우리는 수금원이구나, 히히……."

전람회가 끝난 뒤로 중섭은 다시 떠돌이 생활을 시작했다. 얼음마저 갈라 터지는 추위에 몸담을 곳이 없다는 사실은 중섭을 더욱 비참하게 만들었다. 가난한 광석 형네 집에 다시 갈 수도 없고, 그렇다고 일본으로 갈 형편은 더더욱 아니었다. 예약된 그림값을 받아야 할 텐데 도무지 가망이 없어 보였다.

"인천에서 한 번 더 전람회를 열면 어떨까? 서울과 가까우니까 그곳에서 전시하는 동안 서울에서 예약된 그림값을 거두러 다니면 되지 않겠어?"

여러 동료 화가들이 의견을 내놓았다. 그 제안을 구상이 한마디로 눌러버렸다.

"대구로 가세. 있던 곳이니 아는 얼굴들도 많고."

서울에서의 그림값 수금은 김이석과 김환기에게 맡기고, 중섭은 구상을 따라 대구로 떠났다.

나의 살뜰하고 소중한 사람 내 사랑 남덕! 그 뒤 잘 있는지?

수금 때문에 오늘까지(20일) 뛰어다녔소. 거의 수금이 되었소. 나머지 그림값은 대구에 가서 작품전을 열어가지고…… 거기에서 작품전이 끝나면 곧 상경해서 다시 수금을 할 생각이오.

오늘은 오래간만에 이광석 형댁으로 돌아왔소. 이삼 일 안에 소의 머리를 한 장 그려서 친구에게 주고 곧 출발할 생각이오.

대구에 가면 하숙을 정한 뒤 구상 형과 이기련 대령과 셋이서 작품전을 준비해 하루라도 빨리 전람회를 열 작정이오. 나의 아내, 끝없이 소중한 남덕, 몸 건강히 힘을 내어 크게 기대해 주시오.

당신의 편지가 고등법원에 와 있는 것을 광석 형이 깜빡 잊고 가지고 오지 않았다고 하오. 내일 광석 형이 고등법원에서 돌아올 때에 갖다준다고 하오. 내일(21일) 월요일 저녁때에 당신의 반가운 소식을 받게 될 게요.

전시장을 찍은 사진이 60매 더 되는데―미야 사진관 주인에게 부탁해 놓았는데―사진이 아직 되지 않았다고 하오.

24일쯤 대구로 떠날 때 사진을 가지고 가서 대구에서 부치겠소. 당신은 아무 걱정 말고 건강하게 태현·태성이와 함께 기다려주오.

나는 자신만만하게 버티고 있소. 영진이 그곳으로 보낸 신문평 말고 작품평이 실린 신문이 몇 가지 들어왔으니 대구에 가서 보내겠소. '현대문학'이라는 문학 잡지에도 평이 실려 있소. 기뻐해 주오.

이제 조금만 더 참으면 되오. 우리 서로 더욱더욱 힘을 냅시다.

태현이와 태성이에게는 아빠가 꼭 자전거 한 대씩 사주겠다고 잊지 말고 일러주오. 그리고 대구에 갈 준비와 그림값 때문에 바빠서 편지를 다시 쓸 수가 없으니 4, 5일 뒤 대구에 가서 태현이, 태성이에게 편지 쓰겠다고 전해 주시오.

그럼, 몸 성히 힘을 내어 기다려주오.

중섭

소야소야 울어라

잔디밭 위에 누운 소는 그린 듯이 있다. 고개를 들고 어딘지 모르게 바라보고 있다. 나고 자란 고향을 생각함인가, 수없이 논을 갈고 밭을 헤친 기억을 더듬음인가. 코를 꿰이고 고삐에 패운 지도 이미 오래였으니, 고삐 기럭지 밖에 나갈 생각도 잊은 지 오래다. 당당한 황소이면서 암소 곁에 한 번도 못 가 보고 햇뿔이 길길이 자라도록 묵은 여물과 콩깍지를 먹고 목이 터지도록 멍에를 메어야 한다. 주인 없는 물가 풀판에서 마음 놓고 먹고 놀고 하던 것은 그의 수백대조 할아버지 적 일이다. 그의 집안에는 역사를 적는 이가 없으니 글로 읽어서 조상 적 일을 알 수는 없으되 어미에서 새끼에 끝없이 전하는 그의 마음이 개벽 적부터의 그 집안 풍속을 그의 몸맵시와 함께 전하여 주는 것이다. 머리로 받는 버릇은 뿔과 함께, 새김질하는 법은 천엽과 함께, 무슨 풀은 먹고 어떤 것은 안 먹는 재주는 그와 코와 함께 받은 것이다. 풀이 있으니 받아도 보고 싶고, 몸이 있으니 손자도 보고 싶으련마는 이것저것 다 마음대로 못 하게스리 코를 꿰운 그는 사바 세계의 참는 도를 닦는 수밖에 없이 된 것이다.

소는 말의 못 믿음성도 없고 여우의 간교함, 사자의 교만함, 호랑이의 엉큼스러움, 곰의 직하기는 하지만 무던한 것, 코끼리의 추

하고 능글능글함, 기린의 오입장이 같음, 하마의 못생기고 제 몸
잘못 거둠, 이런 것이 다 없고, 어디로 보더라도 덕성스럽고 본성
스럽다. ……풀밭에, 나무 그늘에 등을 꾸부리고 누워서 한가히 낮
잠을 자는 양은, 천하를 다스리기에 피곤한 대인의 쉬는 것 같아
서 좋고, 그가 사람을 위하여 무거운 멍에를 메고 밭을 갈아 넘기
는 것이나, 짐을 지고 가는 양이 거룩한 애국자나 종교가가 창생을
위하여 자기 몸을 바치는 것과 같아서 눈물이 나도록 고마운 것은
물론 이어니와, 세상을 위하여 일하기에 등이 벗어지고 기운이 지
칠 때 마침내 푸줏간으로 끌려 들어가 피를 쏟고 목숨을 버리어,
사랑하던 자에게 내 살과 피를 먹이는 것은 더욱 성인의 극치인
듯하여 기쁘다.

〈이광수/牛德頌〉

춘원 이광수가 조선의 소를 칭송하는 글이다. 이중섭은 이 수필을
읽고서 크게 감동하여, 춘원의 시 〈낙화암만경창파〉와 함께 늘 마음
에 품고 있었다. 그는 이 글을 읽음으로써 비로소 마음속 깊이 진정
으로 소를 사랑하게 되었다고 할 수 있다.

대구로 내려간 중섭은 그림 두루마리를 담은 상자와 짐을 영남일
보사 가까운 여관에 두고 최태응을 찾아나섰다.

최태응은 대구역 앞 경복여관 2층 9호에 묵고 있었다. 그는 서울에
가 있는 시인 이한직을 통해 원고를 보내고는 그 원고료로 생활했다.

"중섭! 맨몸으로 놀러온 건가?"

이중섭을 본 최태응은 반가워 소리 질렀다.

"아닐세. 저쪽 여관에 짐을 두었네."

"왜 이리로 오지 않나?"

"놀러온 게 아닌걸. 개인전이나 해볼까 하고……."

그러고는 밑도 끝도 없이 씩 웃었다. 어쩌면 여관에 툭 던져놓은 그림 두루마리를 생각했는지도 모른다.

"그럼, 잔말 말고 이리로 오게. 나와 함께 지내세."

구상도 찬성했으므로, 중섭은 최태응과 함께 묵게 되었다.

"개인전을 하려면 그림을 그려야지."

그러나 중섭은 미도파백화점 화랑에서 전시하고 남은 그림을 가지고 왔을 뿐, 그림물감도 붓도 없었다.

최태응은 그런 중섭을 가만히 보고만 있을 사람이 아니었다. 중섭에게 그림물감을 마련해 주는 일을 자신의 사명처럼 여긴 그는 대구 영웅출판사 사장 한병용을 찾아갔다. 한병용은 6·25전쟁 속에서 《헤르만 헤세 전집》《앙드레 지드 전집》을 출판하며 대구에 피란 내려온 작가들을 도와주고자 힘썼던 젊은 출판인이었다.

"한 사장, 화가 이중섭이 우리 대구에 내려왔소. 그는 가난하오. 내가 꼭 갚을 테니 그림 도구 살 돈만 어떻게 돌려주구려."

한병용은 서슴지 않고 그 자리에서 필요로 하는 돈을 내놓았다. 그 돈으로 물감이랑 도구를 갖추어준 뒤, 최태응은 중섭에게 말했다.

"경복여관 9호실을 자네 예술의 본거지로 삼게. 여기에서 한번 멋지게 그려보는 거야."

최태응의 말에 용기를 얻은 중섭은 여관에 틀어박혀 열심히 그림을 그리기로 했다.

이처럼 대구에 내려와 개인전 준비에 분주하던 3월, 또 하나의 소식이 날아들었다. 백철이 편찬한 《세계문예사전》에 중섭이 등재된 것이다. 그 내용은 이러했다.

새로운 부처님

추모

이중섭(李仲燮, 1916~) 서양화가. 평남 평원군 출생. 도쿄 문화학원 미술과를 졸업하였으며, 일본 자유미술가협회 회우다. 작풍은 강렬한 로칼 칼라(local color)가 특색이다. 주요 작품으로 〈망월(望月)〉, 〈지일(遲日)〉, 〈소와 아이들〉 등이 있다.

그 무렵 민중서관에서 나온 이 사전은 전후 최신판으로 상당한 권위를 지닌 것이었다. 미술 분야 집필자는 김병기와 최순우였는데 서양편은 김병기, 동양편은 최순우였으므로 이중섭 항목 집필자는 최순우였다. 한국인 생존 미술가로는 고희동, 김기창, 김은호, 김인승, 김환기, 남관, 노수현, 박승무, 박영선, 손재형, 오일영, 이상범, 이종우, 이중섭, 허백련으로 겨우 열다섯 명인데다 유채화가는 다섯 명에 지나지 않았다. 평판에 민감했던 이중섭으로서는 용기를 불러일으키는 일이었다.

경복여관에 자리를 잡은 이중섭은 희망과 용기를 북돋우고서 저토록 간절하게 그리고 아름다운 형상화에 전념했다. 실로 대구에서의 연작이라 칭할 만큼 눈부신 걸작을 토해내기 시작했다.

〈대구, 눈과 새와 여인〉은 곱고 화려한 색채가 아름다운 작품이다. 1972년 현대화랑 작품전 때 김각 소장품으로 제작 연대 없이 발표되었다. 저마다 다른 빛깔의 새 네 마리와 주홍빛 살결을 가진 세 사람에 한 어린이, 그리고 화폭 한가운데에 빛을 띤 여인이 다리를 벌린 채 앉아 있다. 또한 무엇보다도 화면을 온통 채워버린 함박눈이 화폭에 생기를 불어넣음으로써 꿈결 같은 세계를 연출해 보인다. 희망을 품고 대구에 내려온 1955년 2월 24일 겨울도 끝나가던 시절, 운명을 건 작품전을 앞두고서 그 휘황한 미래를 연출한 그림이 바로 이 작품이었다.

〈대구, 새와 여인〉은 〈대구, 눈과 새와 여인〉에 이은 후속 작품이다. 눈이 갠 다음 강한 햇살이 비쳐들면서 새 두 마리가 사라지고 여인들의 자세가 바뀌었다. 그 가운데 두 명은 엉덩이를 들고 머리를 처박고 있는 모습이 눈에 띄지만 거의 보이지 않는 검은색 여인이 한 명 있다. 화폭 한복판에 쓰러질 듯한 자세의 검은색 여인이 아주 흐리게 소멸되어가고 있다. 〈대구, 눈과 새와 여인〉에서는 다리를 쩍 벌린 채 화폭 가운데에 당당하게 앉아 있던 여인이 왜 저렇게 사라지는 것일까.

〈대구 물고기와 가족〉은 〈대구 춤추는 가족〉과 더불어 흐드러진 필치로 대상을 강렬하게 뭉개버리는 추상 단계의 작품이며, 표현력이 무르익은 절정의 작품이다. 〈대구 춤추는 가족〉은 중섭과 남덕, 태현, 태성 네 식구가 손에 손을 맞잡고 둥글게 원을 그리며 춤추는 그림으로 눈부시게 아름다운 작품이다. 푸르른 바다 아니면 하늘과도 같은 배경을 무대로 아련히 스러져가는 형상들은 마치 천국 저편에 마련된 환상 세계의 축제처럼 보인다.

중섭은 희망을 자연의 사계절에 담았다. 〈사계(四季) 2〉는 화면을 네 개의 격자로 나누어 저마다 방 안에 여러 요소들을 넣었다. 오른쪽 위의 방에는 커다란 나비가 바다 위를 나는 풍경은 봄이고, 비가 내리는데 연꽃을 들고 선 아이가 있는 칸은 여름, 둥근 달과 담장·나무 그리고 감처럼 보이는 과일 풍경은 가을, 눈 덮인 언덕 위에 선 나목이 바람에 흔들리는 칸은 겨울이다. 이 작품은 1972년 현대화랑 작품전에 이구열 소장품으로, 제작 연도는 '대구 시절'이라고 밝혀두었다.

최태응의 아낌없는 배려에도 불구하고 대구는 이중섭이 조용히 그림을 그릴 여유를 주지 않았다.

그가 대구에 내려왔다는 소문이 예술계에 퍼지자 모두들 생기를 찾았다. 피란시절, 대구를 화려하게 주름잡던 시인·소설가·화가들이 모두 서울로 떠난 뒤 외로움에 축 처져 있던 대구사람들이었다. 그런 참에 서울에서 대구로 내려온 이중섭은 반가운 존재가 아닐 수 없었다.

맨 처음 얼굴을 내민 사람은 포대령이었다.

"중섭이, 죽지 않고 나타났군. 장하네, 장해, 하하하…… 가자, 가자. 여관방 구석에서 썩을 텐가?"

그립고 좋은 벗이긴 하지만 중섭의 예술을 위해서는 고통스러운 벗이었다. 어느덧 그는 그림붓을 쥘 사이도 없이 포대령을 비롯한 '사람들'에게 끌려다니며 술로 지새는 날들이 이어졌다.

밤에 잠이 들면 중섭은 "남덕아, 남덕아" 연신 잠꼬대를 했다. 어두운 방 안에서 애절한 잠꼬대가 울리면 최태응은 가슴 저리는 아픔으로 밤을 하얗게 지샜다.

일본으로 갈 희망은 더욱더 멀어지고 있었다. 대구에 내려올 때만 해도, 구상은 첩보대 중령에게 부탁해 첩보선을 타고 일본에 건너가도록 해보자고 했다. 그러나 가망 없는 일이었다.

"일본으로 갈 테야. 가서 남덕이랑 아이들이랑 함께 살아야지."

아내와 아이가 떠난 뒤로 일본에 가겠다는 말을 달고 산 중섭이었다. 어떤 말을 시도 때도 없이 하는 이유는 반드시 둘 중 하나이다. 그것이 꼭 이루어지기를 바라는 마음 또는 이루어지지 않으리라는 걸 알고 있기에 말로만 되풀이하는 위안과 한탄인 셈이다. 중섭도 처음에는 그 소망이 꼭 이루어지기를 바라는 마음에서 '일본으로 갈 테야'를 그토록 부르짖었다. 그런데 그것이 이루어지지 않으리란 마음으로 바뀐 것은 언제부터일까. 절망으로 인한 체념이 중섭의 가슴 속에 응어리진 채 곪아가고 있었다.

중섭은 우울했다. 저 밑바닥에 숨어 있던 우울증이 스멀스멀 기어올라와 그를 짓눌렀다. 그 우울함을 견디다 못해 중섭은 훌쩍훌쩍 소리내어 울기도 했다.

"남덕이가 보고 싶어."

중섭은 종이에 아내를 그리며 울었다. 그리고 아들을 그리며 그 얼굴에 몇 번이고 뽀뽀를 했다.

"내 새끼 태현이."

그림 속에서 태현이는 자전거를 타고 있었다. 자전거를 사달라고 조른다는 태현이었다. 중섭은 그 자전거를 밀어주며 웃고 있었다. 그림을 그리고 있는 중섭도 희미하게 웃었다.

중섭은 그렇게 그림을 그리며 밤을 지새는 일이 많아졌다. 처음에는 술을 마시고 돌아온 날만 그러더니 술을 안 마셔도 잠을 못 이루고 훌쩍거리는 일이 잦아졌다.

함께 있는 최태응이 오히려 미칠 지경이었다. 최태응은 중섭의 증세를 의심했다. 틀림없이 정신에 무슨 이상이 생긴 것이라 단정했다.

중섭은 온종일 소리를 죽여가며 우는 날도 있었다. 의지는 모두 무너져내리고, 이제 남은 것은 오르락내리락 출렁이는 감정뿐이었다.

"내 그림은 가짜야, 가짜."

"남덕이는 나를 미워할 거야."

최태응이 들어가도 알아보지 못하는 경우도 가끔 있었다.

고민에 빠져 있던 최태응은 어느 날, 중섭에게 여자를 넣어주었다. 그는 경복여관의 종업원 아가씨와 비공식적인 애인관계였다. 그래서 그 종업원을 통해 인내심이 강한 아가씨를 골라 중섭에게 애인이 되어주도록 했다. 여자는 창녀였지만, 화대를 지불하는 조건은 아니었다. 최태응의 기지와, 그의 애인인 여관 종업원의 수완이 통한 것이다.

중섭은 여자에게 지나칠 만큼 탐닉했다. 방에서 나올 생각을 하지 않았다. 여자도 중섭에게 만족하는 듯했다. 섬세하고 부드러운 남자, 그가 이중섭이었다.

"너는 남덕이다."

"남덕이가 누군데요?"

"내 마누라."

"좋아요. 제가 선생님 마누라예요. 이리 오세요."

눈치가 빠른 여자였다. 중섭을 잘 다독거릴 줄 알았다.

"태현이는 잘 있니?"

"태현이가 누구예요?"

"내 새끼."

"아, 태현이는 잘 있어요. 아빠가 보고 싶대요."

"그래, 아빠가 곧 가겠다고 얘기해라."

"알았어요. 자, 이렇게 하세요."

"응. 이런 건 어디서 배웠니?"

"당신이 가르쳐주셨잖아요."

"아, 그랬었지. 자, 여길 이렇게 해봐."

"아……."

"남덕아, 남덕아."

"여보……."

최태응이 어쩌다 세수라도 하러 나온 여자에게 중섭이 눈치채지 못하도록 그의 증세를 물어볼라치면, 중섭은 여자 앞에서는 거의 정상이 되어 있었다.

초가 있는 풍경

"자, 아 하세요."

"아."

그러면 여자는 중섭에게 밥을 떠 넣어주었다.

"중섭이, 밥이 맛있어? 나도 아 해야겠군."

최태응이 익살스럽게 말하면 중섭은 부끄러운 미소를 흘리고는 제가 밥을 퍼먹었다. 아주 맛있게 먹었다.

여자는 중섭에게 남덕이 되어 있었다. 여자가 가버리면 중섭은 다시 훌쩍거렸고, 최태응의 애인은 다른 여자를 찾으러 나가야 했다. 여자가 없으면 중섭은 밥도 먹지 않았다. 그저 훌쩍거릴 뿐이었다.

"아주머니도 보고 싶고 아이들도 보고 싶구려. 칠곡 갑시다, 칠곡."

술기운을 건디다 못한 중섭이 최태응을 졸랐다. 그래서 이번에는 칠곡 최태응네 집으로 옮겼다.

매천국민학교 선생으로 있는 최태응의 아내가 활짝 웃으며 그를 반겼다.

"어머나, 이 선생님!"

그 소릴 듣는 순간 중섭의 우울증이 마른 비늘처럼 떨어져나갔다. 게다가 최태응의 아내가 음식을 만들어 정성스레 대접해 주었고 집 근처 풍경은 아름답고 한적했다.

그런 안락함 속에서 중섭은 정신을 차리고 그림을 그리기 시작했다. 최태응과 함께 밖으로 나간 날, 온종일 큰 연못을 열심히 그린 중섭은 저녁때 그 그림을 쭉 찢어버렸다.

"중섭, 왜 그러나? 기껏 그려서……."

"오늘은 그냥 가세. 연못이 나에게 잘 다가오지 않네. 내일 다시 한번 오면 좋은 그림이 나올 것 같은데."

그래서 다음 날 또 갔다. 또 찢었다. 최태응은 중섭이 그림을 찢으려는 걸 기를 쓰고 말리며 야단쳤다.

"이 사람아, 이러다가는 죽도록 하나도 못 그리게 되네!"

중섭은 온전히 낮을 보냈다가도 밤이 되면 다시 훌쩍거렸다.

"남덕아, 남덕아."

최태응의 부인에게는 어머니 역할이 주어졌다.

"아이구, 내 새끼. 어서 자거라."

최태응의 부인이 중섭의 옆에 누워서 등을 다독여주면 그제서야 중섭은 편안하게 잠이 들었다.

최태응은 능란한 연출가였다. 중섭의 주위에 있는 사람들은 최태응에 의해서 모두 배우가 되어갔다. 모두들 일류배우였다.

그나마 훌쩍거리는 것은 나은 편이었다. 어떤 때는 멍청하게 앉아 초점 없는 눈으로 그저 문고리만 바라보았다. 누가 옆에 가도 알아보지 못했다. 그렇게 앉아 세상을 하염없이 천장만 쳐다보다 죽어간 중섭의 아버지 모습이 그러했으리라.

구상은 1974년 8월 〈이중섭의 발병 전후〉라는 글에서 안식처의 하나였던 왜관 시절에 대해 글을 썼다. 구상은 1953년 원산의 분도수도원이 왜관으로 옮겨옴에 따라 왜관에 시골집을 마련했는데, 의사이자 구상의 아내 서영옥이 그곳에 순심의원(純心醫院)을 설립했으므로 구상은 주말마다 내려가곤 했다. 그 어느 주말, 구상은 중섭과 함께 왜관으로 갔다.

중섭은 날마다 도시락을 싸 달래 들고는 마을 강변 들 산을 두루 다니며 스케치에 열중했다. 이때 남긴 작품이 〈낙동강 풍경〉, 〈우리집(구상) 가족 풍경〉두 점, 〈자기네(이중 섭) 가족 풍경〉과 〈성당부근〉 등 다섯 점이다.

〈왜관성당 부근〉은 구상의 시골집 왜관을 방문했을 때에 그린 풍경화다. 마을 강변, 산내들을 산책하면서 풍경들을 그렸던 것인데 구상의 기억에 따르면 다섯 점을 그렸다.

통영 시절 이후 1년 만에 그린 풍경화였다. 그런데 통영의 맑고 밝은 봄날 경치와는 달리 중섭의 그림에는 먼동이 트기 직전 또는 해 넘이의 고즈넉한 기운이 가득하다. 가라앉아 고요한 골목길 풍정 속을 걷는 몇몇 사람들의 표정은 시간이 멈춘 듯 정지된 느낌이다. 더욱이 오른쪽 끝에 바짝 붙어 선 나무에도 잎사귀 하나 없어 생동감이 없다. 보랏빛이 화폭을 지배하는 데다 붓질의 흐름이 수직으로 되풀이를 거듭함에 따라 화면은 눈물이 배어나는 슬픔으로 가득하다. 이토록 쓸쓸한 풍경화를 그릴 수 있었던 것은 단순히 천재의 기량 문제가 아니라 몸과 마음 바로 그 영혼의 무게에서 비롯한 것이었으리라.

이 작품의 창작 의도를 또렷이 알 수는 없지만 시간의 정지와 슬픔의 충만, 그 고요한 적막을 읽을 수 있다. 그때가 바로 1955년 4월에서 7월 사이 입원 바로 전이며, 그 장소는 옛 친구 구상의 집이 있는 곳, 어머니와 함께 살던 원산의 천주교 성당이 내려 온 왜관이라는 사실, 또한 십자가가 하늘을 찌르는 성당을 피안의 언덕에 우뚝 세워 두었다는 사실을 생각하면 왜 이렇게 그렸는지 짐작할 수 있다. 그리고 이 작품은 중섭이 사실풍으로 그린 마지막 풍경화가 되었다. 뒷날 미술사에서 하나의 걸작으로 탄생된다.

〈시인 구상의 가족〉은 왜관에서 그린 또 하나의 특별한 작품이다. 구상은 〈내가 아는 이중섭 5〉란 글에서 이 작품에 대해 아래가 말하고 있다.

'왜관 낙동강변에다 자그마한 집을 장만하고 피난 시절 남의 곁 방살이를 면하면서 아이들에게 세발자전거 하나를 사다주던 날, 그가 그것을 스케치한 것이다. 〈가족사진〉이라며 준 이 그림은 단란한 내 가족을 바라보는 중섭의 멀뚱한 표정이, 그의 축복이랄까, 부러움이랄까, 그날의 그의 표정이 바로 오늘날에도 나를 향해 생생하게 살아 있는 것처럼 여겨져 스스로 놀라곤 한다.'

구상 부부가 자식에게 세발자전거를 사주자 저토록 좋아하는 모습을 그려서 그 그림을 구상에게 선물로 주었다. 그림에는 구상의 가족이 따뜻하고 부드러운 표정으로 등장하지만, 사실은 오른쪽에 앉아 그 모습을 바라보는 이중섭 자신이 주인공이다. 두 다리를 잘 모은 채 다소곳이 앉아서 오른손을 조금 내밀어 자전거를 탄 아이의 손가락에 마주 닿게 그렸다. 따뜻한 감정이 통하는 교감의 순간 특히 중섭의 표정은 사랑과 애정이 넘치는 눈길을 보내고 있다. 훤한 이마며 코 그리고 가볍게 다물고 있는 입술까지 그 표정이 한없이 자애롭다.

중섭은 일찍이 도쿄에 있는 두 아들 태현, 태성에게 자전거 선물을 약속했었다. 한 번이 아니라 여러 번 한 약속인데 편지 모음집인 《그릴 수 없는 사랑의 빛깔까지도》에 실려 있는 두 아들에게 보낸 편지 스무 통만 살펴 보아도 7번, 10번, 12번, 13번, 15번, 16번째 편지에 자전거 이야기를 담았으니 모두 여섯 차례나 약속한 셈이다. 한번은 편지 7번에서 "한 달 뒤에 아빠가 동경 가서 자전거 사주마" 했다가 12번에서는 자전거 타는 연습을 해두라고 했다가, 13번에서는 다음처럼 썼다. "이번에 아빠가 가면 틀림없이 근사한 자전거를 태성이와 태현이 형에게 하나 씩 사줄 작정이다. 튼튼하게 엄마 말 잘 듣고, 태현이 형하고 사이좋게 기다려다오."

그러나 일본으로 가는 일이 거의 불가능해졌고, 그래서 16번 다음 편지부터는 자전거 이야기 대신 17번에서처럼 "그림을 팔아 돈과 선물을 잔뜩 사가지고"로 바꿔버렸다. 여기에 수록된 편지는 발신일을 적지 않아 자전거 선물 약속을 언제 한 것인지 알 수 없지만, 아내 남덕에게 보내는 편지에 덧붙인 것들임을 생각하면 거의 1955년 2월 대구로 내려가기 전인 1954년 끝무렵일 것이다. 그렇다면 구상이 아들에게 자전거를 사준 일에 자극받아서 중섭도 아들에게 자전거를 사주겠노라 약속을 한 게 아니다. 그 전에 벌써 약속했으나 지키지 못했을 뿐이다. 서울과 대구에서 작품전이 끝났음에도 정작 자전거를 사주기는커녕 일본에 가지도 못하고 있었던 것이다. 그런 까닭에 중섭은 이 그림에 자신을 등장시켰고, 자전거 탄 아이의 손이 맞닿게 하여 중섭과 아이의 마음이 서로 통하고 있음을 그림으로 표현한 것이다. 그러므로 이 작품은 아이와 자전거를 매개로 삼아 구상과 중섭이라는 두 아버지의 사랑이 하나임을 보여주는 아주 특별한 공감을 드러낸 그림으로 볼 수 있다.

이처럼 그리움에 잔뜩 짓눌린 중섭을 최태응은 어떻게든 그 고통에서 벗어나도록 하고자 나름대로 애썼다. 그의 정신병적인 증세가 가벼운 것이 아님을 눈치챘기 때문이다. 그는 중섭의 작품 가운데 황소 그림을 들고 대구 미국공보원장 맥타가드를 찾았다.

"이중섭이라는 화가가 그린 작품이오. 지금 대구에 내려와 있는데, 재능이 있는 대신 돈이 없소. 그러니 미국공보원에서 개인전을 열도록 도와주시오."

한국말을 물 흐르듯 유창하게 구사하는 맥타가드는 미술비평가이기도 했다. 그는 황소 그림을 보자마자 의자에서 벌떡 일어나더니 최

성당 부근 1955년

태웅의 팔을 붙잡았다.

"최 선생, 이분을 꼭 만나게 해주시오. 부탁이오."

최태웅은 맥타가드의 열렬한 반응에 일이 잘되어가고 있음을 느꼈다. 그래서 이중섭을 만나게 해 주기로 약속하고, 개인전이 끝난 뒤 소품 두세 점을 기증한다는 조건으로 4만 원을 빌렸다.

이튿날, 중섭과 맥타가드는 찻집 '백마'에서 만났다.

"이 선생의 그림은 정말 훌륭합니다. 잘 보았습니다."

중섭은 좋다 싫다 말도 없이 덤덤하게 앉아 있기만 했다.

"당신의 황소는 마치 에스파냐의 투우처럼 사나워보여 무섭습니다."

그 말에 여태껏 조용하게 앉아있던 중섭이 자리에서 벌떡 일어났다. 그러더니 그가 더듬거리며 쏘아붙였다.

"뭐라고요? 투우? 내가 그린 소는 싸우는 소가 아니라 착하고 고생하는 소, 게다가 우리 한국의 소란 말이오."

그길로 곧장 찻집을 뛰쳐나온 중섭은 단숨에 여관으로 달려가 엉엉 소리내어 울었다.

"내 소를, 내가 이제껏 보고 또 보고 그린 소를 에스파냐의 투우와 비교하다니…… 내 그림이 그렇게 보이면 다 틀린 거야."

최태웅이 밤새 달랬으나 중섭은 울부짖을 따름이었다.

"제 속마음이 비뚤어졌으니 그렇게 보이는 게지. 그리고 싸움소라면 마땅히 눈에 힘이 들어 있어야 하잖아. 안 그런가? 그런데 내가 그린 소는 싸움소가 아니야. '한국소'지. 본디 조선소들이 얼마나 순하고 착한 녀석들인가. 시커먼 눈망울을 끔벅끔벅하며 얼마나 말을 잘 듣느냐 말이야. 그런데 그 따위 말을 하다니. 내가 우리 착한 백성을 닮은 우리 소를 얼마나 사랑하는데!"

태응은 그저 중섭의 힘없이 수그린 등을 토닥여줄 수밖에 없었다. 중섭이 소 그림을 고집하는 까닭을 누구보다 잘 알고 있기 때문이었다.

　소는 배달민족을 상징하는 동물이다. 우직하고 충직하며 성실한 성질이 한국인과 빼닮았다. 평생 주인을 위해 힘든 일을 마다하지 않으며, 늙고 병들어 힘이 없어지면 주인에게 가죽과 고기를 남기고 세상을 떠난다. 그런 소를 자아의 분신이라 여겼던 중섭은 굵은 선과 강한 색상, 힘찬 터치로 소를 그렸는데, 코뚜레·쟁기·달구지와 같은 한국소와 관련된 소도구들은 거의 다루지 않았다. 한마디로 그는 소 그 자체에만 관심을 두었다.

　해질녘에 연분홍으로 타오르는 하늘을 화판으로 삼아 소를 떠올려보라. 고된 하루의 노동을 끝내고 돌아가지만 자신이 받는 고통이 이것으로 끝나지 않는 영원한 멍에라는 사실을 소는 과연 알고 있는 게 아닐까. 그 모습을 바라보던 중섭은 그것이 소의 숙명이자 자신의 숙명임을 깨달았는지도 모른다.

　일제강점기까지만 하더라도 중섭이 그린 소는 목가적이었다. 그러나 6·25전쟁과 피란, 그 격변의 소용돌이를 거치며 그가 그린 소의 모습도 차츰 달라졌다. 나라가 두 동강이 난 뒤의 소는 서로 대가리를 맞대고 으르렁거리는 싸움소였다. 1·4후퇴 때 가족과 헤어져 38선 남쪽으로 흘러내려온 뒤의 소는 절망적 갈등 속에서 몸부림치는 분노의 소이기도 했다.

　중섭의 울부짖음이 좀처럼 수그러들지 않자, 최태응은 하는 수 없이 중섭을 데리고 한적한 왜관에 있는 자신의 집으로 함께 내려갔다. 그곳에 잠시 머물러 살면서 마음을 가라앉힌 중섭은 낙동강 언덕바지의 복숭아나무며 분도회 성당을 그렸다.

1955년 5월, 대구 미국공보원에서 이중섭 개인전이 열렸다. 지방도 시라 서울에서만큼 화려하지는 않았다. 그러나 공보원장 아더 맥타가드는 대구매일신문에 매우 호의적인 평을 썼다.

미술관을 떠오르게 하는 냉정하고 엄숙한 작품의 구성은 보는 사람으로 하여금 이러한 여러 단편적인 작품을 오래전에 잃어버린 전설과 제의의 장려한 내용을 지닌 화적인 양 재구성시킬 만하다.
이중섭의 작품을 주제로 보아 두 가지로 나누어도 좋을 것이다. 즉 하나는 동양화가 갖는 형식적이고 꿈에 잠긴 듯한 특질을 추구하는 것이며, 또 하나는 서구가 가진 색채와 형태의 난폭성을 노리는 것이다.
그러나 이렇게 작가의 태도를 구별할 수 있지만 형태의 구성에 있어서 이중섭의 수법은 완전무결하다. 뿐만 아니라 그는 형태와 색채의 차이를 의식하고 있는 만큼(이것은 우리가 후반에 진열되어 있는 소품인 소화와 화폭이 큰 작품을 보면 알 수 있다), 또 한 예를 들면 형태와의 대응을 회피하는 후기 입체파와 같은 색채의 사용으로써 그가 화면 구성에 통일성을 주려는 만큼, 이중섭의 작품이 다만 채색한 모화가 아니라는 사실을 우리는 뚜렷이 알 수 있다.
작품 20번과 작품 8번처럼 이중섭 씨의 신낭만파적인 작품에 있어서도 주제는 여하간에 극동아시아의 예술을 연상시키는, 정적이며 아담하게 조소한 물고기의 일면으로 에워싼 작품 34번은 그 환상과 정확성이 모두 몽상적인 동양미술의 완전한 예이다.
대담한 강조와 윤곽으로써 성공한 이중섭의 황소를 그린 작품은 '계약제'의 표지를 보아서 인기가 좋은데 이것은 마땅하고, 여기서 정서적인 내용을 위한 그의 색채 사용법은 유화의 조소적인 특징과 결합하여 가장 효과를 잘 나타내고 있다.

맥타가드는 이처럼 구체적인 미학적 평가를 들어 중섭의 그림을 높이 샀지만, 중섭은 그가 자기 그림을 사지 못하게 했다. 그의 황소를 가리켜 에스파냐의 투우와 같다고 한 맥타가드의 말을 절대 용서할 수 없었기 때문이었다. 맥타가드는 하는 수 없이 최태웅을 통해 중섭의 그림을 몰래 샀다.

최태웅은 중섭이 전람회장에 나타나지 못하게 했다. 그즈음 중섭의 정신병적 증세가 분열현상을 일으키고 있었기 때문이다. "내 그림은 가짜야!" "내 소는 에스파냐의 투우야!" 그렇게 외치는 중섭이 전람회장에 나타났다가는 기껏 그린 그림을 죄다 찢어발길지도 모를 일이었다.

이때 맥타가드가 사간 중섭의 그림 가운데 은박지 그림들은 뒷날 뉴욕 근대미술관에 소장되었다. 언젠가 극작가 오영진으로부터 맥타가드가 중섭의 그림을 샀다는 말을 전해 들은 중섭은 빙그레 웃으며 멋쩍게 말했다.

"내 그림이 비행기 탔겠군."

이중섭은 세상에 지쳐 있었다. 인간은 피로할 때 세상과 모든 사물로부터 멀어진다. 생체 리듬이 느려지고, 몸과 정신에서 긴장이 사라진다. 피로감은 깨달음의 첫 번째 신체 반응이다. 피로해지면 인간은 세상을 등진 채로 오롯이 자기 자신 속으로 침잠해 들어가기 때문이다. 평상시에는 굳게 닫아두었다가 자신을 위협하는 일에 부딪히면 서둘러 자신의 가슴을 열고 뛰어들어 되짚어 보는 것이다. 그러므로 삶이 흔들리고 문제가 생기면 원망과 자책 그리고 후회라는 고개를 넘으며 자신이 쌓아 만든 '삶'이라는 이름의 산을 넘게 된다. 그러므로 인간은 누구나 이 고비에서 우울과 무력감에 빠지기 쉽다. 그러나 인간은 그 과정을 겪으며 가슴으로 많은 것을 깨닫게 되지만, 삶에 대한 의욕은 약해진다. 이 또한 삶의 한 풍경일 것이다.

남덕과 아이들을 하나로 묶은 끈을 가까스로 부여잡은 중섭의 손에 힘이 빠지고 있었다. 중섭은 그것을 느끼며 불안해했다. 대구에 머무는 동안 중섭의 정신병 증세가 점점 심해지기 시작했다.

여관방에 누워 있다가 지나가는 자동차소리를 듣고 벌떡 일어나 긴장하는가 하면, 사람들이 두런거리는 소리만 들려도 무서워했다. 최태응과 함께 찻집에서 차를 마시다가 갑자기 달아나는 일도 있었다. 찾다찾다 지친 최태응이 여관으로 돌아와 기다리니 한참 뒤에야 파랗게 질린 얼굴로 중섭이 들어왔다.

"어디 갔다 온 건가?"

"찻집에 나를 노리는 사람들이 있었네. 그래서 도망쳤지. 골목에 숨어서 자네가 나오는 것을 보았네. 나를 노리는 패거리와 한통속이 아닌가 했는데, 혼자 여관으로 들어가길래 안심하고 왔네."

중섭은 걸핏하면 "포대령이 나를 죽이러 온다!" 소리 지르며 경찰서로 뛰어들어가기도 했다. 말릴 사람은 최태응밖에 없었다. 포대령과 중섭이 서로 치고받으면 최태응은 울면서 두 사람을 떼어놓았다.

어느 날부터인가 중섭에게 '거식증'이 시작되었다. 밥을 통 먹지 않았다. 이 거식증은 부산 피란시절 위장병 때문에 비롯된 것이다. 건강하던 그가 위장병을 앓게 된 뒤로는 먹는 것을 두려워했다.

"구역질이 나면 먹지 말라는 신호야."

그러면서 그는 맛있게 먹던 밥숟가락도 내려놓곤 했다.

그러나 대구에서의 거식증은 그때와는 달랐다.

사계

"밥 먹을 자격도 없어. 나는 쓰레기야."

그는 전람회 때 팔리지 않은 그림, 전시하지 않은 그림, 전람회 뒤에 그린 자기 그림을 증오하기 시작했다.

밤에 곤히 자던 최태응은 뭔가 타는 냄새에 잠을 깼다.

냄새를 따라 좇아가보니 중섭이 여관 부엌 아궁이 앞에 쭈그리고 앉아 뭔가를 태우고 있었다. 그림이었다.

"잘 타라! 타올라라! 가짜 그림아!"

여관에서 일하는 여자들까지 달려나왔다. 최태응은 중섭을 말리고, 여자들은 아궁이로 들어간 그림을 꺼내 타버린 귀퉁이를 다리미로 펴서 최태응에게 주었다.

중섭은 대구 개인전 때 최태응과 더불어 일을 거들어준 시인 김광림에게 미완성 작품과 은박지 그림, 소품들을 뭉텅이로 주기도 했다.

"이걸 불태워주게."

김광림은 알았다고 대답한 뒤 집으로 들고 갔다가 다음날 최태응에게 고스란히 돌려주었다.

중섭은 김광림에게 이런 부탁을 한 일도 있었다.

"내가 서울 누상동에서 살 때, 집 가까이에 조그만 구멍가게가 있었는데. 그 가게에 외상을 좀 달고 먹었지. 그런데, 그걸 안 갚고 그냥 대구로 내려오고 말았네. 자네, 서울 가는 길에 들러서 대신 좀 갚아주지 않겠나?"

김광림은 서울에 볼일을 보러 갔을 때, 일부러 누상동을 찾았다. 외상값은 채 500원도 안 되었고, 주인도 까맣게 잊어버린 듯했다.

"대구에서 서울 오는 길에 부탁받고 외상값을 갚으러 들렀습니다."

가게 주인은 고개를 갸우뚱거리며 누렇게 바랜 외상장부를 뒤적이다가 이제야 생각났다는 듯 "아!" 감탄사를 내뱉었다.

"여기 있습니다. 요 앞 2층에 혼자 사시던 분 말씀이시죠? 그런데 얼마 되지도 않는 외상값 때문에 여기까지 찾아오셨다는 겁니까? 1년도 더 지났는데……."

주인은 어이없다는 얼굴이더니, 김광림이 외상값을 내밀자 오히려 송구스러워했다.

대구로 돌아온 김광림에게서 그 이야기를 전해 들은 중섭이 어린 아이처럼 기뻐했다.

다시 최태응과 중섭은 칠곡으로 갔다. 도시를 떠나자 중섭의 정신병 증세는 조금 누그러들었다. 하지만 밭에서 일하던 농부들이 자기 아이를 부르는 소리에 놀라 달아나는 일이 가끔 있었다.

시골아이들은 발가숭이로 뛰어놀았다. 중섭은 물끄러미 아이들을 보다가 그 속에 뛰어들어 함께 놀기도 하고, 개울로 데려가 아이들 몸뚱이를 깨끗하게 씻어주기도 했다.

최태응은 그런 때의 중섭이 좋아서 한마디했다.

"세례자 요한 같네."

"응, 사람 노릇 좀 하고 싶어서."

그러다가도 칠곡에서 대구로 돌아오면 자기 그림을 미워하는 감정이 불길처럼 되살아났다. 여관 우물 속에 처넣은 그림을 두레박으로 건져 말린 다음 최태응이 보관한 것도 여러 점이었다.

더욱 심한 증세는 아내 남덕의 편지를 뜯어보지도 않고 답장도 하지 않는 것이었다. 사흘이 멀다 하고 쓰던 편지를 뚝 끊고, 중섭은 자꾸만 헛소리를 했다.

"남덕이 편지가 울고 있네. 저봐, 울음소리가 들려."

그러나 정신 발작을 한차례 치르고 난 뒤에는 놀랄 만큼 평온해졌다.

중섭의 여관방에 놀러오는 사람들 가운데 몇몇은 그의 그림을 훔쳐다 팔아먹기도 하고 자기가 소장하기도 했다. 신문기자 하나는 신문 삽화로 쓴다며 200점도 넘는 그림을 가져가기까지 했다.

정신이 제자리로 돌아오면 중섭은 최태응의 귀에 대고 가만히 속삭였다.

"저 사람이 바로 내 그림값을 떼어먹은 도둑놈일세."

경복여관 주인여자는 성격이 시원스러워, 최태응과 이중섭이 보통 예술가가 아님을 알고 식사를 무료로 제공했다. 그러자 중섭은 새벽마다 여관 아래층 복도를 청소했다. 대충 해치우는 것도 아니고, 국민학교 아이들이 청소하듯 엎드려 걸레를 밀었다. 주인여자는 까맣게 몰랐다. 그저 일하는 여자가 했으려니 했다.

한번은 여관 현관과 안뜰 디딤돌 위에 놓여 있던 고무신이 모조리 없어지는 사건이 있었다. 여관 앞에서 한바탕 소란이 일었다. 도둑이 훔쳐간 게 틀림없다고들 난리 법석을 피우다 옥상에 올라가보니, 없어졌던 고무신이 모두 그곳에 있었다. 중섭이 깨끗하게 빨아 말리는 중이었다.

최태응이 답답해서 한마디 던졌다.

"왜 자꾸 이러나, 바보같이."

"공밥 먹기 싫어서 그래. 나는 화가라면서 세상을 속였다네. 세상을 속이는 일보다는 이런 일이 훨씬 좋은걸."

이중섭에게 있어서 그림은 그의 한 부분이 아니라 삶 자체였다. 가족들을 먹여살리고 성취감으로 예술을 좇는 게 아니라 예술을 했기에 삶의 다른 모든 것들이 가능했던 것이다. 스스로 판단하기에 예술가로서 '진짜'를 만들어내지 못하고 있다는 자괴감이 그의 영혼마저 잠식하여 망치게 된 일은 어찌 보면 '반드시 그렇게 될 수밖에 없는 것'이었다.

겨울에서 봄으로 넘어가는 고비는 노인이나 질병을 가진 환자에게는 위태롭기 짝이 없는 시기이다. 대구에서 봄을 맞은 중섭은 불안정한 정신을 부여안고 어찌할 바를 몰랐다.

중섭이 하루는 느닷없이 최태응의 초상화를 그려주겠다고 덤볐다. 최태응은 아무렇지도 않게 받아넘겼다.

"자네 자신부터 그리게. 그러고 나서 나를 그려줘."

"아니야, 자네부터 그리겠어!"

최태응의 고집이 더 세어 마침내 중섭은 가장 꺼리던 자화상을 그렸다. 그것도 세 번째로 그린 것 하나만 남기고 두 장은 찢어버렸다.

"자네를 그릴 차례일세."

"내 건 내가 그리겠네."

최태응은 중섭에게서 종이와 연필을 확 빼앗아서는 끄적끄적 사람 모양을 그려냈다. 그 그림을 보고 중섭이 좋아라 손뼉쳤다.

"나보다도 잘 그리는걸. 됐어, 됐어."

중섭은 흥이 나서 이번에는 가족을 그리려 했다. 아내와 두 아들은 그의 오랜 그림 소재였다.

"왜 이럴까?"

그림을 그리던 중섭은 부르르 떨며 연필을 내던졌다. 엉뚱하게도 가족들이 아닌 꽃이며 사슴이 그려지는 게 아닌가.

연필을 다시 쥐었지만 마찬가지였다. 이런 황당한 일은 한 번으로 멈추지 않았다. 그림의 소재에 부여하고 있던 어떤 질서가 무너지고만 것이다. 소·닭·게·어린아이들을 그리려 하면 저도 모르게 자꾸만 다른 것이 그려졌다. 한 번 뒤얽히기 시작한 질서는 좀처럼 제자리로 돌아갈 줄을 몰랐다.

중섭 스스로도 자기 증세가 어떠한지 알아차렸다.

"자네라면 금방 죽은 사람의 해골을 쉽게 구하지 않을까?"

이게 무슨 소린가 싶어 최태응이 놀라 물었다.

"왜? 무엇하려고?"

"그걸 삶아 먹으면 정신이상에 아주 그만이라던걸."

최태응은 등골이 오싹했지만 애써 태연한 척했다.

"그래? 그럼 내가 구해 보지."

며칠 뒤, 중섭은 똑같은 말을 되풀이했다. 최태응은 다시 천연스럽게 대꾸했다.

"기다리게. 내, 구해 올 테니까."

"거짓말을 하는군."

중섭은 최태응의 눈을 똑바로 들여다보며 말했다. 최태응은 왠지 섬뜩해 눈길을 피했다.

중섭은 뭔가 종이에 끼적거려서는 한참을 들여다보았다. 최태응이 어깨너머로 슬쩍 넘겨다보니 해골 그림이었다.

도쿄의 남덕은 일주일에 두 번씩이나 구상에게 연락해 물었다.

'어떻게 된 일인지요. 그토록 편지에 열심이던 남편이 편지를 뚝 끊어버렸습니다. 예삿일이 아닌 듯하니 그 사람에게 무슨 일이 생겼는지 알아봐주십시오.'

구상은 도저히 답장을 쓸 수 없었다. '기가 막힌 눈'이라고 모두들 찬탄했던 맑은 눈에는 갈래갈래 금이 그어지고, 조금이라도 큰 소리가 나면 불안해하며 달아나려 드는 중섭을 있는 그대로 전하는 일은 남덕의 가슴을 번뜩이는 칼날로 후벼파는 것만큼이나 잔인한 일이기 때문이었다.

이중섭의 정신은 황폐해지고 있었다. 그의 예술이 망가지고 있었

과수원의 가족과 아이들

동촌 유원지

다. 조금씩 부서지던 삶의 조각들이 한꺼번에 툭툭 떨어져나가면서 일상이 일그러지고 말았다. 의식과 무의식, 일상과 공상의 경계가 지워지고 있었던 것이다.

중섭의 열광은 광기로 변했고, 긍정적인 충동은 부정적인 체념으로 뒤바뀌었다. 그로 말미암아 균형감각과 조절능력이 꼬여버려, 중섭은 언제 폭발할지 모르는 시한폭탄 같았다. 충만했던 그의 존재가 텅 빈 모습으로 변해 지나가던 사람이 슬쩍 스치듯 보아도 느낄 수 있을 만큼 중섭의 존재는 커다란 공허 그 자체였다.

아, 불꽃 스러지다

불꽃은 색과 열의 절묘한 조화와 균형으로 우리를 매료시킨다. 격렬함과 온화함을 넘나드는 불꽃은 비극과 자비, 절망과 슬픔, 천진과 관능을 상징하지 않는가? 강한 흡인력, 뜨거운 비물질성 속에는 내면에서 끓어 올라 불로 정화시킨 경쾌한 날아오름이 있지 않는가?

이중섭은 불꽃처럼 타올라 초월하고 싶었다. 쉬이 꺼질 듯 연약하면서도 굳세게 자신을 불사르는 그 용기를 갖고 싶었다. 불의 바다 위를 떠다니며 소진하는, 순수한 죽음이 존재한다는 환상을 믿고 싶었다.

1955년 7월, 최태응은 중섭을 대구 성가병원에 입원시켰다. 입원비나 보호자가 있을 턱이 없었으나, 최태응이 보증을 섰다.

"대통령님, 대통령님 잘못했습니다!"

중섭은 병원에 실려가면서 높은 의자에 앉은 대통령에게까지 빌었고, 군인이나 경찰관을 보면 무릎을 꿇고 두 손 모아 빌었다.

"잘못했습니다, 용서해 주세요!"

세상살이에 잘못한 일이 너무도 많아 절대로 용서받지 못할 사람처럼 빌었다.

키가 크고 수염이 노란 중섭은 9호실 침대에 눕혀졌다.

병원이란 곳은 이상한 분위기를 지니고 있다. 밖에서는 멀쩡하던 사람도 일단 환자복을 입혀 소독약 냄새 나는 병실에 넣어놓으면 금세 죽는 시늉을 한다. 어딘지 모르게 불길한 예감이 들고, 희망보다는 절망이 더 가깝게 느껴지기 때문이리라.

중섭은 병원이 안전하고 믿을 만한 곳이라고 생각하는 듯했다. 정은 많지만 우락부락한 포대령을 비롯해 뭇사람들의 성가신 횡포를 피할 수 있어서였다.

그러나 안정은 오래 가지 못했다. 잠자리가 없는 예술가들이 병원 9호실까지 찾아와 중섭의 침대를 차지했다. 그러면 중섭은 침대 밑으로 기어들어갔다. 아무도 그를 말리지 못했다. 사람들을 쫓아버리고 싶은 심정을 겉으로 드러내는 대신, 그는 그렇게 자신을 학대했다.

보다 못해 병원에서 방문객 출입을 제한하면서 중섭의 괴로움도 덜어졌다. 하지만 그것도 잠시뿐, 이내 그들은 꾸역꾸역 9호실로 또다시 기어들었다.

중섭이 괴로움에 시달릴 때면 병원의 수녀간호사들이 성경을 주고 묵주도 걸어주었다.

"하느님께 기도하십시오. 인간의 모든 죄를 대신 짊어지신 주께 기도하고 평안을 누리십시오."

병원에서도 중섭은 음식을 입에 대지 않았다. 몸은 나날이 야위어가고 수북하게 자란 노란 수염이 턱을 뒤덮었다. 어떤 날은 화이트 3개를 다 써서 그림을 그리고는 이튿날 또 화이트를 찾았다.

"다 쓰지 않았나, 어제."

최태응이 핀잔하듯 말해도 중섭은 깔개를 들추며 "있을 텐데, 어디 있을 텐데" 그러면서 거듭 뇌까렸다.

중섭은 거의 모든 시간을 자신을 꾸짖고 부끄러워하며 보냈다. 하얀 가운을 입은 수녀간호사가 조용히 지나가는 것을 보고 혼자 탄식

판자집 화실

했다.

"나는 세상을 속였어. 예술을 한답시고 공밥에 공술만 얻어먹고 삔들삔들 놀았어. 곧 뭔가가 될 것처럼 말이야. 다른 사람들은 이 세상을 위해, 그리고 가족과 자신을 위해 저렇게 바삐 일하고 있잖아. 나는 도대체 이게 뭐야. 그림 나부랭이나 신주처럼 모시고 다니고……."

그러다가도 용기를 되찾아 큰 소리로 외치기도 했다.

"내가 보고 겪은 그대로 그릴 테다. 도쿄에 가면 이 고장의 피나는 소재를 가지고 커다란 캔버스에다 마음껏 물감을 바르고 문질러 그림다운 그림을 그려 들고 올 테다. 내가 남덕이 보고 싶어 도쿄에 가는 줄 알면 오해야, 오해. 지난번 편지에다 방 하나를 따로 얻어놓으라고 써 보냈단 말이야."

그러나 이런 큰소리는 얼마 지나지 않아서 바뀌었다.

"내가 그림 그리러 도쿄에 간다는 건 거짓말이야. 남덕이랑 태현이, 태성이가 보고 싶어서야. 나는 이 세상을 속였어. 미안해."

최태응은 칠곡에 있는 아내가 복막염을 앓는 바람에 더는 중섭에게만 붙어 있을 수 없게 되었다. 그는 서울에 가는 장덕조를 통해 중섭의 증세가 심한 것을 구상에게 알리라고 했다.

8월 어느 날, 소식을 전해 들은 김이석과 외종사촌형 이광석이 대구로 내려왔다. 최태응과 구상이 입원비를 내고, 중섭은 퇴원했다. 모두 함께 대구역 앞 식당에서 점심을 먹었다. 중섭은 언제 거식증이 있었느냐 싶게 맛있게 음식을 먹고는 천진스런 소년처럼 밝게 소리내어 웃었다.

"자네들이 주는 건 괜찮을 거야."

그런 소리를 하면서 달걀찜도 먹었고, 두부에 돼지고기를 숭숭 썰어넣은 찌개도 먹었다. 평양에서 자주 먹던 음식이었다.

"빵을 많이 먹었거든."

중섭이 불쑥 말했다.

"무슨 빵?"

이석이 물었다.

"거기 병원에서, 병문안 오는 사람들에게 빵을 가져오라고 부탁해서 오는 사람마다 빵을 들고 왔어. 그래서 온종일 하릴없이 빵을 먹다가는 잠들고, 또 자다가 깨면 일어나 빵을 먹고 그랬지. 진짜 많이 먹고 많이 잤네."

그리고 보니 중섭의 얼굴이 생각보다는 맑아 보였다.

'그렇구나, 지쳐서 병든 사람들의 머리를 그렇게 쉬게 하는구나.'

최태응은 중섭을 바라보며 혼잣말을 중얼거렸다.

"그림은 종종 그렸니?"

그림 그릴 환경이 못 된다는 것을 알면서도 이광석이 물었다.

"은박지에다 그리긴 했는데 구겨버렸어. 그런데 형, 병원에서 말야, 우리를 가끔 마당에 데리고 나가서 둥글게 앉혀놓고……."

중섭이 두 팔로 원을 그려 보였다.

"우리보고 아무 말이나 하라는데, 하고 싶은 말은 다 하라는데, 그래서 아무 말이나 하는데, 하늘에 대고 말하는 놈, 자기 손가락 보고 말하는 놈…… 별별 사람들이 많은데, 그런데 ……사람을 똑바로 쳐다보면서 말하는 놈은 하나도 없고 그냥 아무 데나 대고 마구 지껄이는 거야. 진짜 미친 놈들이더군. 입을 실룩거리면서 지껄이는데……."

이중섭은 그 광경이 재미가 있었는지, 정신이 성하지 않은 사람이 정신이 성하지 않은 사람들을 두고 잇따라 흉내를 냈다. 중섭 또한 입을 실룩거리면서.

이런저런 말이 오갔다. 문득 김이석이 말했다. 자기는 강연할 때 사람들 앞에 서게 되면 심장이 두근거려서 도저히 제대로 말을 못하겠다고 고백했다. 그러자 이중섭이 끼어들었다.

"방법이 있어. 그거 모두 미꾸라지라고 생각해 봐. 미꾸라지들이 몽글몽글 대가리를 내밀고 있다고 생각해. 그럼 아주 마음이 편해질 거야."

이석은 깊게 한숨을 내쉬었다. 그러고는 물었다.

"자네, 기쁜가?"

중섭이 대답했다.

"자네를 보니 기쁘군."

그러나 역 안으로 들어섰을 때, 중섭은 최태응을 붙잡고 귓속말을 했다.

"나를 잡으러 온 거야. 하지만 나는 서울엔 안 가겠네. 왜관쯤 가서 몰래 다시 내려오겠네. 서울은 싫어."

기차에 오른 중섭은 손을 흔드는 대구 동료들을 보며 울었다. 마치 어머니와 헤어지는 어린아이 모습이었다.

중섭이 떠난 대구에는 또 하나의 비극이 일어나고 있었다. 바로 그가 입원해 있던 성가병원 9호실에서 복막염을 앓던 최태응의 아내가 그만 세상을 떠나고, 그 충격으로 최태응마저 입원한 것이다. 게다가 그가 소설을 연재하고 있던 대구매일신문은 주필 최석채의 논설이 말썽을 일으켜 기한도 없이 정간당했다. 그 바람에 소설 연재가 끊기고 원고료도 못 받았다. 끝내 최태응은 입원비도 다 갚지 못한 채 야밤에 병원을 탈출하고 말았다.

그날 오전 9시에 대구를 떠난 중섭 일행은 오후 3시에 서울역에 내렸다. 중섭은 아무 일도 없던 사람처럼 다른 사람들과 함께 웃고 즐기며 이런저런 세상이야기를 했다. 그러나 이광석과 김이석은 중섭이 눈치채지 못하게 그를 주의해 보았다. 언제 갑자기 병이 도져서 발작할지 모르기 때문이었다.

"우리집으로 가자."

이광석은 중섭의 옷소매를 꼭 붙잡고 말했다. 아니나 다를까, 중섭은 안 가겠노라고 펄쩍펄쩍 뛰었다. 가까스로 중섭을 끌고 신촌에 닿은 것은 통행금지 바로 전이었다.

며칠 지나지 않아 또다시 발작이 시작되었다. 이번에는 대구에서와 다른 증세를 보였다. 거식증이 더 심해져 광석의 아내가 깨죽을 쑤어 강제로 입에 떠 넣어주어야만 조금 먹었다. 좋아하던 담배를 끊고, 머리와 수염은 자라는 대로 내버려두었다. 그러다가 갑자기 머리를 빡빡 밀어버리는가 하면, 엄지손가락 등을 마구 문질러 피를 냈다.

"왜 그렇게 손가락을 부비나? 피가 나잖아."

"남덕이 미워서 그래. 죽이려고……."

조카 영진이 찾아오면 그에게는 마음을 터놓고 속말을 꺼냈다.

"거지 같은 녀석들을 죽일 테다. 거지 같은 화가 녀석들이랑 시인 녀석들을 죽여버려야지."

이중섭은 자신의 그림을 태우거나 우물에 처넣는 것으로 시대와의 불화를 가학적으로 표현했다. 끊임없이 남덕이가 밉다고 울부짖었다. 아내를 미워하고 그림을 미워해도 모든 미움은 부메랑이 되어 이중섭 자신에게로 돌아왔다. 결국 손등을 찢는 자학증세가 점점 심해졌다. 영양실조와 간장염이 그의 육신마저 갉아먹었다.

그때의 이중섭을 김춘추의 시가 가슴 아프게 묘사한다.

광복동에서 만난 이중섭은/머리에 바다를 이고 있었다./동경에서 아내가 온다고./바다보다도 진한 빛깔 속으로/사라지고 있었다./눈을 씻고 보아도/길 위에/발자욱이 보이지 않았다./한참 뒤에 나는 또/남포동 어느 찻집에서/이중섭을 보았다./바다가 잘 보이는 창가에 앉아/진한 어둠이 깔린 바다를/그는 한 뼘 한 뼘 지우고 있었다./동경에서 아내는 오지 않는다고.

신촌에는 일주일 남짓 머물렀다. 그런데 광석이 미국 댈러스 남쪽의 메저히스트대학으로부터 초청을 받아 법학대학생 1명, 교수 1명과 더불어 판사 자격으로 가게 되었다. 형수 혼자 남는 신촌집에 중섭이 더 머무른다는 것은 무리였다.

구상은 다시 중섭의 충실한 보호자 역할을 해야 했다. 그러나 시멘트 포대를 깔고 자는 자신의 움막으로 중섭을 데려갈 수는 없었다. 그는 수도육군병원 신경정신과 과장 유석진 소령을 떠올렸다. 그와는 가톨릭 교우였으므로 함께 힘을 써서 육군병원에 중섭을 무료로 입원시켰다. 한참 전에 효력을 잃은 종군화가 단원증이 이때 한몫했다.

많은 사람들이 이중섭의 비극에서 반 고흐의 비극을 떠올렸다.

끝없는 자기 학대와 발작 속에서도 그림을 위해 살았던 두 화가는 예술적 승리와 인간적 파멸이라는 모순된 결론을 얻었다.

칼로 자기 그림을 북북 찢어버린 고흐와 불태우고 우물에 던져버린 중섭, 스스로 자기 귀를 잘라버린 고흐와 음식을 입에 대지 않는 중섭. 두 사람은 모두 사람들에게 시달리면서 그 깊은 절망의 잔을 기울여 마지막 한 방울까지 남김없이 맛보았다.

중섭의 운명은 돈을 벌 수 없는 사람이라는 데 묶였다. 그의 예술 공간은 현실을 받아들일 수 없었다. 그는 예술 공간에 갇힌 창조적 죄수였다. 그가 사는 세계는 반드시 괴로움과 사랑과 이별의 세계여

정릉 풍경

야만 했다. 평생 고독하게 지낸 다른 예술가들의 불행에 비해 아내와 자식이라는 행복을 누릴 수 있었던 그는 그만한 대가를 톡톡히 치러야 했다.

그러나 그가 그리는 그림은 괴로움과 반대되는 환희의 세계였다. 아무리 현실이 절망적이고 헤어날 수 없을 만큼 비극적이어도 그림은 절대로 그것에 물들지 않았다. 그가 이 땅에서 겪었던 불행보다 더한 불행을 치른다 해도 그에게서 나타나는 것은 벅찬 환희와 낙관의 천진난만한 그림일 뿐이다.

굶주린 피란민으로서 어떻게 서귀포나 부산·대구에서 복사꽃이며, 잉어며, 아이들이며, 게를 그릴 수 있었을까. 다른 화가들이 전쟁을 그리고 다른 시인들이 또한 전쟁을 읊조릴 때, 그는 정반대의 세계를 그리고 있었다. 이중섭은 예술을 떠난 어떠한 현실에서도 자유로울 수 있는 진정한 예술가였기 때문이다.

예술적인 자기 학대에 지나지 않던 중섭의 증세는 병이 깊어질수록 위험한 분열증으로 치달았다.

전쟁 부상자들이 득시글거리는 육군병원은 그를 붙잡고 치료해줄 만큼 여유롭지 못했다. 결국 신경정신과 과장 유석진 소령은 중섭을 성북구 삼선교에 있는 자신의 개인병원 '베드로 신경정신과'로 옮겼다.

삼선교로 옮기고부터 중섭의 병은 여러모로 많이 나아졌다. 원장인 유석진 소령은 비록 보통 사람이긴 하나 예술가를 이해했고, 작은 병실 안은 자유로웠다. 간호사는 손수 그의 입에 밥을 떠 넣어주었으며, 때로는 유 소령이 중섭을 데리고 명동까지 나가 술을 사기도 했다.

발작이 잦아들면서 중섭은 그림을 그렸다. 머릿속에 전기가 흐르는 것처럼 아프던 증세도 서서히 가라앉았다.

유석진 원장은 중섭이 화가였으므로 '그림 치료'를 시술했고, 빠른 병세 호전으로 2개월 만인 12월 중순 즈음 중섭은 퇴원할 수 있었다. 초기의 증상을 벗어나 다소 호전된 정도가 아니라 퇴원해도 좋을 만큼 회복되었기 때문이다. 정신질환 치료법의 하나인 임상예술 요법은 오스트리아 출신의 정신병리 학자 모레노(Jacob Levy Moreno)가 미국으로 이민간 뒤 사이코드라마를 시도하여 성공한 요법으로 이후 그림, 음악, 조각, 무용, 시 전반으로 확대되기 시작한 분야다. 이 요법을 이중섭에게 적용해 성공을 거둔 유석진 원장은 1983년 12월 3일 한국임상예술학회 학술대회 개최에 즈음하여 이 분야의 후학들이 "한국인 고유의 예술 감각에 맞는 예술 요법을 정립하는 데 심혈을 기울이고 있다"고 밝힘으로써 임상예술 요법의 토착화가 이뤄지고 있음을 평가한 바 있다.

1973년 12월 16일자 《조선일보》는 〈고 이중섭 화백 '투병 그림' 전시〉라는 기사에서 이중섭의 입원 2개월간 병세의 진행 과정을 시기별로 서술했다. 초기의 '중환', 일정 시간이 흐른 뒤 '다소 호전', 그리고 말기의 '많이 호전' 상태로 빠르게 변화하는 것이었다. 치료 방식은 '그림'이었다. 그림으로 얻은 정신병이었으므로 그림을 통해 정신병을 정화했던 것이다.

1975년 10월 12일 일요일 서울 백병원에서 유석진은 석사학위 논문을 준비하고 있던 학생 이기미를 만난 자리에서 "증세를 보여서 입원하기 훨씬 전부터 그의 정신 상태는 정상적이 아니었다. 그의 병인을 확실히 말하기는 어렵지만 그의 병전(病前) 성격이 다분히 분열증적인 성격이었다"라고 이중섭의 상태를 설명해주었다.

유석진 원장은 병원에서 제작한 이중섭의 치료용 그림을 보관하고 있다가 1971년 홍익대학교 대학원 석사학위 논문 작성을 위해 조사를 요청한 학생 조정자에게 도판촬영을 허락해 주었다. 이렇게 처음 조사한 조정자는 이 작품들을 낙서화(落書畵)라는 뜻의 줄임말인 '낙화(落畵)'라고 부르면서 도판 스무 점을 모두 논문에 실었다.

세상에 처음으로 그의 낙서화가 발표되는 순간이었다. 이 스무 점은 간략한 선묘로 문자를 나열하거나 사물을 간략하게 추상화한 소묘 작품인데 조정자는 이를 두고 "하얀 백지에 크레용으로 그린 빨간 글씨와 파란 그림을 한결같이 그렸다. 또 둥근 테이블은 어떻게 보면 잠재적인 욕구 불만을 표현한 것같이도 보인다. 앞서도 이야기가 있었지만 어떤 섹스적(Sex的)인 표현에 가깝다라고 느낀다" 이렇게 설명했다.

초기 다섯 점의 문자낙서도는 '兪金黃李'(유김황이) 네 글자를 구성하는 것이었다. 네 사람의 성씨로 '유'는 주치의 유석진 원장이고, '이'는 이중섭 자신인데 '김'과 '황'은 누구인지 알 수 없다. 간호사의 성씨가 아닌가 싶다. 문자 낙서도는 다섯 폭 모두 '유'자가 항상 앞장서는데 주치의에 대한 믿음이나 호소 또는 항의처럼 보인다. 따라서 그 제목은 모두 '유석진'으로 붙였는데 〈문자낙서도 01〉의 경우 '이'자가 훨씬 크지만 〈문자낙서도 03〉에서는 '유'자가 압도한다.

이러한 크기의 변화는 '글자에 따라 사람이 변한다'는 중섭의 생각을 그대로 보여주는 것인데, 흥미로운 사실은 '이'자 옆에는 항상 '황'자가 있고, '유'자 옆에는 '김'자가 있는 모양이라는 점이다. 상호관계를 알려주는 구성으로 간호사 황씨가 곁에서 이중섭을 가까이 돌봐주고 있으며, 김씨는 언제나 유석진 원장을 수행하는 간호사임을 알 수 있다.

병세가 다소 호전되었던 중기, 즉 11월 중순 즈음 낙서화는 전기스탠드 또는 소나무를 그린 네 점 및 두 명의 여인이 마주 보고 있는 세 점이다. 전기스탠드 또는 소나무를 그린 네 점의 작품에는 연심이나 모색, 사색이란 낱말을 써 넣었는데 중섭 그 자신의 처지에 대한 성찰 의지를 드러낸 것으로 보인다. 소나무 꼭대기에 파랑새가 앉아 있는 그림은 먼 곳을 보며 희망을 찾으려는 자세라 할 수 있다.

두 여인이 촛불을 마주 받들고 선 모습을 그린 세 점의 작품은 '만남'으로 얻을 수 있는 평화를 상징한다. 저 멀리 두고 온 고향의 어머니, 일본에 살고 있는 아내와 두 아이를 만나야 한다는 소망을 담고 있다. 곁에 쓴 대작(大作)이나 장작(長作)이란 표기는 언젠가 이 밑그림을 바탕 삼아 반드시 역작으로 만들겠다는 다짐의 표현이리라.

병세가 많이 좋아져 퇴원을 앞둔 12월 초순 전후 무렵 작품은 전기 스탠드나 테이블의 형체가 구조화 경향을 보인다. 〈낙서화 79번〉은 전기 스탠드를 기하학 무늬로 변형하는 추상화에 성공한 작품이다. 도판이 흑백사진이어서 색채는 확인할 수 없지만 빨강, 노랑을 칠했다는 기록으로 미루어 장식성도 더한 데다가 꼭대기에 새 대신 별을 배치하고 또 곁에 힘 '力'(력) 자를 쓴 것으로 미루어 강인한 의지를 드러내고 있음을 알 수 있다.

이런 추상화, 장식성과 같은 특성은 〈낙서화 80번〉과 같은 작품에서도 확인할 수 있다. 또한 이 작품과 함께 표현파 성향이 짙게 나타나는 〈낙서화 85번〉은 잠재하고 있는 욕구 불만의 폭발을 보여준다. 그것은 치유 과정 그 자체였다.

1985년 한국임상예술학회 학회지 《임상예술》 창간호에 당시 용인정신병원 의사 곽영숙은 〈이중섭 회화의 상징성〉이란 논문을 발표했고, 그 안에 이중섭의 투병 그림 두 점을 대상으로 분석을 시도했는데,

먼저 〈낙서화 90번〉에 대해 다음처럼 말했다.

"발병 후 베드로병원 입원 즈음에 그린 그림 18은 거의 만화에 가깝다. 정신병적 와해 상태에서 그려졌으리라 생각되는 이 단순한 그림에서도 좌우 대칭의 두 여인이 하나의 촛불을 밝히는, 즉 분열된 정신을 합치려는 시도가 있다."

그리고 〈문자낙서도 10〉에 대해서는 다음처럼 이야기하며 새가 앉은 전나무를 솟대로 보았다.

"같은 시기에 그린 그림 19는 전나무 모양의 나무 꼭대기에 새가 앉아 있다. 삶의 나무(the Tree of Life)는 흔히 꼭대기에 새가 앉아 있다. 이 나무는 지하와 지상과 천상을 연결해준다. 줄기를 강조함으로써 지상, 즉 의식을 강화시키려는 노력이다. 나무는 또한 모성(母性)의 상징이기도 하며 정신적 삶의 성장과 발달을 나타내기도 한다. 제목에서 보듯 사색, 모색을 통한 자기 치유의 노력이라고 볼 수 있다."

끝으로 곽영숙은 그 무렵 이중섭의 〈낙서 92번〉에 주목하여 이처럼 해석했다.

"이 당시 그가 쓴 낙서에 다음과 같은 것이 있다. '수염은 언제나 자라는 것—못 다 잊어 꽃이 핀다. AEMARIA'. 여기서도 '자라난다, 꽃이 핀다' 등 성장과 창조의 의지가 있고 AEMARIA는 아베 마리아(AVEMARIA)가 생략된 것으로 여긴다면 모성 원형의 이미지다.

청량리 뇌병원에 입원했을 때는 거의 사진 같은 그림만 그렸다"고 한다.

곽영숙은 이 낙서에서 모성성, 성장 의지를 확인하고 있는데 같은 시기의 작품 〈낙서 91번〉의 문장은 "꽃은 더불어 피는/삶은 더불어 있는가 바"이고, 〈낙서 93번〉의 문장은 또 다음과 같다.

황소야
바람 나왔다
이 밤은
언제나 변함이 없는 그 빛
바람불어도
이상 변치 않으니
소나무야 소나무야 내가 너를 사랑한다.

이 낙서는 독일 민요 〈소나무〉 가사의 일부인데 본디 번역 가사는 "소나무야, 소나무야, 언제나 푸른 네 빛, 쓸쓸한 가을날이나, 눈보라 치는 날에도, 소나무야 소나무야, 변하지 않는 네 빛"이다. 그 뜻을 새겨보면 더불어 사는 삶과 변함없는 사랑을 간절히 소망하는 내용이다. 결국 이중섭은 성베드로신경정신과병원 입원 2개월 동안 끊임없이 희망했다. 분열의 치유, 그리고 변함없는 사랑을 말이다.

그 무렵, 대구에서 올라와 있던 이목우와 남욱이 신문을 통해 이중섭 돕기 운동을 벌였다. 미술계에서는 김환기와 변종하가 앞장서 모금운동에 나섰다.

중섭은 삼선교에서 푸른 바다에 나선 하얀 돛단배처럼 평화롭고 행복했다. 그러나 수평선 저편에서는 폭풍우를 일으킬지도 모르는 먹구름이 꿈틀거리고 있었다. 그의 그림은 만화나 다름없었다. 낙서가 그림 귀퉁이를 장식하곤 했다.

마침내 낯선 목소리가 중섭에게 말을 걸기 시작했다. 목소리는 중섭의 내부에서 들려오는 듯도 했고 저 높이, 가늠할 수 없는 어느 공간에서 쏟아져 내리는 듯도 했다. 낯선 목소리는, 처음에는 중섭의 아버지를 힐난했다. 네가 아픈 것은 다 네 아버지 때문이다. 해준 것도 하나 없이 그렇게 가 놓고선 빌어먹을 병만 네게 남겼다. 그 다음은 아내였다. 그렇게 떠나야만 했나? 힘들어도 다들 버티던데, 그녀는 너를 미워했을 거야. 원망했을 거야. 중섭이 아니라고 도리질을 쳐도 목소리는 집요하게 들러붙어 그가 사랑하는 이들 모두를 돌아가며 모욕했다. 미워해. 증오해. 종용하고 부추겼다. 중섭은 목소리에 굴복했다. 고래고래 소리를 지르며 모든 이들을 탓했다. 의식과 무의식의 증오와 원망을 그러모아 분출시키고 나니 기억도 시야도 흐릿해졌다. 어쩐지 허망하고 서글펐으나 모순되게도 정신은 깨끗해졌다. 무언가를 힘껏 뛰어넘은 듯했다.

중섭이 발작을 일으킨 다음 날 조카 영진이 병원을 찾아왔다.

"너한테 보여줄 게 있다."

중섭은 연필로 그린 한 입원환자의 초상화를 내놓았다.

사진처럼 얼굴을 그대로 박아낸 그림이었다.

"사람들이 나더러 정신병자라는구나. 그래, 내가 정신병자가 아니라는 것을 보여주려고 이렇게 사진처럼 그렸단다. 영진아, 너도 나를 미쳤다고 생각하니? 아니지?"

영진은 중섭의 물음표가 사라질 때까지 열심히 말했다.

까치가 있는 풍경

"예, 작은아버지. 작은아버지는 정신병자가 아닙니다."

영진이 돌아가려고 인사를 하자, 중섭은 아래층까지 따라 내려왔다.

"그만 들어가세요."

"아니다. 내 저 앞까지……."

중섭은 문밖 비탈길까지 나갔다. 그러고는 조카의 손을 꼭 쥐고 띄엄띄엄 간절한 투로 말했다.

"영진아, 미안하다. 작은아버지 노릇도 제대로 못했구나. 너 혼자 떠돌게 내버려두다니."

그 말이 마치 죽음을 앞둔 유언처럼 들려 영진은 두려움에 몸을 떨었다.

조카 영진은 이따금씩 작은아버지의 병실을 찾아갔다. 그러면 하릴없이 고독에 잠긴 중섭을 볼 수 있었다. 중섭 대신 유석진 소령이 영진의 물음에 대답했다.

"이제는 아무도 오지 않습니다."

이중섭이 병원에 입원할 즈음 뜨겁게 달아올랐던 모금운동이며, 줄을 잇던 문병은 시간이 지남에 따라 점차 식어들었다.

어쩌면 냉정하기 이를 데 없는 이런 부분이 예술인들의 참모습인지도 모른다. 왜냐하면 예술가들이 모두 이중섭을 위해서만 사는 게 아니기 때문이다. 위대한 예술의 탄생을 위해서는 때로 냉엄한 몰인정이 약이 될 수도 있다.

12월, 흰눈이 온 세상을 뒤덮는 계절에 삼선교 생활은 자연스럽게 끝이 났다. 그동안 원장 유석진 소령은 깊은 배려로 다른 환자보다 더 꼼꼼하게 중섭을 진찰하고 치료했다. 그리고 언제나 지극한 김이석을 비롯해 김환기와 구상의 격려도 있었다. 덕분에 중섭의 정신세계는 회복상태로 접어들었다. 다른 건 몰라도 중섭을 괴롭히던 낯선 목소리는 어디론가 떠나간 듯했다.

서울에 눈이 내려 거리를 소복이 덮은 날이었다. 중섭은 삼선교와 가까운 정릉에 사는 한묵·박고석·박연희를 찾아갔다. 으레 그랬듯이 한데 모이자 술판이 벌어졌다. 눈 쌓인 정경을 앞에 둔 술자리는 정말 기가 막혔다. 고독한 병원에서는 들을 수 없었던 이야기들도 오갔다.

"자네, 왜 그러나?"

한묵이 중섭의 찡그린 얼굴을 보고 물었다.

"들어가기 싫다."

다시 삼선교 병원으로 들어가 고독 속에 덩그러니 누울 생각을 하니 진저리가 났다.

"그럼, 나하고 살지. 자네는 건강하니까. 여기에서 살아도 되지 않나?"

한묵의 말에 중섭은 찡그렸던 얼굴을 폈다. '건강'이라는 말과 '나하고 살지'라는 말이 그를 기쁘게 했다. 고독과 병은 그토록 무거운 짐이었다.

"내가 병원으로 전화를 걸어주겠네."

박고석은 전화 있는 곳을 찾아 병원과 통화했다. 마침 원장은 없고 조수가 받았다. 오늘부터 이중섭은 정릉에서 요양생활을 하겠노라고 했다. "괜찮겠지요, 뭐"라는 병원 조수의 대답을 마지막으로 통화는 끝이 났다.

위험이 도사린 즐거움이 찾아왔다.

한묵은 하숙을 하고, 박고석은 가족을 데리고 정릉 약사암 절방에 빌붙어 살았다. 한묵의 하숙에서 몇 집 건너에는 국유지에 지은 조영암의 집이 있고, 가까이에 박연희의 집도 있었다. 그들의 집이 중섭의 잠자리이자 식탁이자 술자리였다.

조영암의 집은 문짝도 없어 영하 20도가 되면 담요를 겹으로 덮어야만 했다. 그 집에서 잘 때에는 추위를 견디기 위해 짐짓 너스레를 떨었다.

"야, 이거 멋진데."

"이러다 동장군이 되고 말겠군."

정 참지 못하면 꽁꽁 언 몸으로 뒷산에 올라 눈 묻은 소나무 가지를 잘랐다. 그것을 아궁이에 넣고 불을 피웠다. 젖은 생나무는 불이 붙기 전까지 꾸역꾸역 연기를 냈다. 이윽고 매운 연기가 가시며 불이 타닥타닥 타오르면 아궁이 앞은 평화로워진다.

불길이 은은하게 어둠을 밝히면 조영암은 타고난 성대로 구성지게 염불을 읊었다. 도도한 낙동강처럼 깊고 거침없이 흐르는 염불에 취해 중섭이 무릎을 쳤다.

"좋다!"

그러자 조영암은 신바람이 나서 '관음예문'으로 접어든다.

"참 좋네. 가슴이 확 트이는 것 같다. 자주 좀 들려주게."

어느새 중섭의 눈자위에 맑은 물이 어려 있었다. 그의 귀에는 아직도 목청 좋은 이의 염불이 울리고 있었다.

나의 소중한 남덕!

11월 24일, 12월 9일에 부친 편지 고마웠소.

대구와 서울 여러 친구들의 정성어린 보살핌으로 이젠 완전히 건강을 되찾았소. 안심하기 바라오. 당신과 태현·태성이가 너무나 보고 싶어 속을 끓인 탓이라 생각하오.

당신 혼자 태현과 태성이를 데리고 고생하게 해서 볼 낯이 없구려. 내 불민함을 용서하시오. 요즘은 그림도 그리며 건강하게 지내고 있으니 걱정일랑 마시오.

4, 5일 뒤에는 하숙을 정해서 당신과 아이들에게 그림을 그려 보낼 생각이오. 기대하고 기다려주시오.

건강 조심하고 조금만 참고 견디시오. 도쿄에 가는 것은 병 때문에 어려워졌소. 도쿄에서 당신과 태현·태성이가 이곳으로 올 수 있는 방법과, 내가 갈 수 있는 방법을 서로 찾아서 가장 빠르고 완전한 방법을 취하기로 합시다. 여러 가지 방법을 알아보고 다시 연락하겠소.

그럼, 건강한 소식 기다리겠소.

중섭

추운 방은 명동으로 나갈 좋은 핑계였다. '동방살롱'과 '피가로'는 곧 중섭의 단골집이 되었다.

그러나 명동은 차츰 변하고 있었다. 전쟁 바로 뒤의 허무하고 불안한 분위기 대신 이기적이고 반항적인 열기가 서렸다. 때는 자유당 독재정권시대. 지식인과 예술가는 부패한 정치를 술자리에서 비판했다. 미술대학생, 작가지망생들은 이중섭을 가리켜 '이 형'이라 불렀다.

제대로 웃을 줄 아는 그의 주위에는 늘 사람들이 들끓었다. 거식증은 술 때문에 자연스러운 것으로 비쳐졌다.

구상은 날마다 술을 마시는 중섭을 걱정하면서도 말릴 수가 없어 겨우 한마디 하곤 했다.

"마실 만한가?"

김이석은 대놓고 핀잔했다.

"그러다 또 쓰러지면 어쩔려고 그러나?"

중섭에게서는 이제 예전의 열정을 찾아볼 수 없었다. 인사동을 기웃거리며 백자 연적이나 청자 대접을 살피는 눈도, 아내에게 보내는 편지를 우체국까지 가서 손수 부치는 성실함도, 담배 은박지를 모아다주는 여학생에 대한 감사도 어딘지 한구석이 비어 있는 듯했다. 무중력 공간에 떠 있는 것처럼.

그런데 극작가 이진섭이 구하기 어려운 베니어판 한 조각을 구해주었을 때만은 달랐다.

"내 여기에다 좋은 그림 그려서 주겠네. 꼭 좋은 그림을 그려야지."

잠깐이나마 옛 열정이 되살아나자, 중섭은 갑자기 동료 화가들과 마시던 술잔을 엎었다.

"이렇게 놀고 있을 때가 아냐!"

그러나 화가로서의 사명은 고작 종이에 조금 끼적거리는 데에서 끝났다. 적당한 재료가 눈에 띄면 그 자리에서 그림을 그려 친구들에게 주어버렸다.

깊은 밤, 한묵을 찾을 때도 있었다.

"잠이 안 오나? 들어오게."

"아닐세. 그냥 누워 있게, 난 여기 있을 테니."

한묵이 이상해서 창호지 문을 열고 내다보면, 중섭은 그윽함을 눈에 담고 말했다.

"아무래도 이제 나는 그림을 못 그릴 것 같네."

그러자 한묵은 문을 소리나게 닫아버리고서 쏘아붙였다.

"가서 잠이나 자!"

그 말이 이제 곧 죽을 이가 남기는 유언 같아 도저히 들어 넘길 수 없어 자기도 모르게 발끈한 것이다.

손 1954년

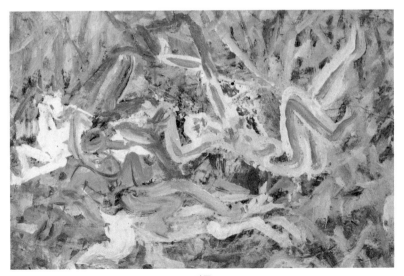

가족

중섭은 박고석에게도 비슷한 말을 했다.

"고석, 좋은 그림 많이 그리게. 내가 어디서든 보아줄게."

여름으로 접어들 무렵, 조카 영진이 정릉으로 작은아버지를 찾아왔다가 깜짝 놀랐다. 방 안이 온통 노랬다. 얼굴도 몸도, 셔츠와 이불에 요까지도 노란빛이었다. 겨울에서 봄에 이르는 무절제한 생활이 간염을 불러온 것이다.

제아무리 견고한 성벽도 한번 무너지기 시작하면 걷잡을 수 없듯이, 중섭의 몸과 정신은 무서운 속도로 파멸해 가고 있었다.

구상은 퉁퉁 부어오른 중섭의 노란 얼굴을 그냥 보고만 있을 수 없었다. 청량리 뇌병원의 최신해 원장에게 부탁해서 그를 무료병실에 넣었다.

그러나 이따금 일으키는 정신발작을 치료하는 일보다도 간염 치료가 더 시급했다.

담당 의사는 문병 오는 동료 화가들을 붙잡고 항의했다.

"이중섭 씨의 정신은 말짱합니다. 이제 여기에서 치료받을 게 아니라 내과로 가야 합니다."

아닌 게 아니라 중섭의 정신은 점점 맑아오는데, 육체는 서리 맞은 풀잎처럼 시름시름 시들어갔다. 누가 보아도 그대로 두었다가는 죽을 것 같았다. 병원을 옮기기로 했다.

중섭은 스스로 정신이상이 아님을 보여준다고 환자들 얼굴을 주름살까지 하나하나 그렸다. 그는 의사·간호사·조수·원장·환자들과 차례차례 악수를 나누었다. 마지막으로 그는 병원에서 얻은 고무신을 돌려주었다.

중섭은 적십자병원에 입원했다. 링거 주사를 맞으며 손톱으로 은박지에 그림을 그렸다. 의사가 들러 상태를 물으면 노랗게 뜬 얼굴로 웃으며 말했다.

"청량리에서는 가끔 병원을 도망쳐나와 정릉에 놀러가곤 했는데, 여기에서는 그게 안 되는군요."

정신과 육체는 번갈아가며 중섭을 배반했다. 조카 영진이 찾아갔을 때에는 다행히도 정신이 맑아 있었다.

"네가 올 줄 알았다. 누가 오기도 전에 그 사람이 몇 시에 오는지 알 수 있단다. 아마 죽으려나봐."

"병원에서 주는 식사를 안 드신다면서요?"

"그건 싫어. 나, 곰탕 한 그릇 먹고 싶구나."

곰탕은 환자 중섭에게 허락된 음식이 아니었다. 그러나 영진은 병원 앞 곰탕집에서 한 그릇을 사왔다. 다 먹을 것처럼 욕심을 부렸으나 겨우 한술 뜨고 말았다.

나뭇잎이 노랗게 물들기 시작한 9월에 황염수가 중섭을 찾아왔다. 그때, 중섭은 시체나 다름없었다. 수혈도 링거도 식사도 마다한 채였다. 악수하자며 내민 손이 어찌나 마분지처럼 뻣뻣하던지, 황염수는 이 사람이 이러다 죽는 게 아닌가 덜컥 겁이 났다.

하지만 제자 김영환과 문우식이 마주친 풍경은 다른 것이었다. 오늘날 국립현대미술관 서울관 뒤켠의 정독도서관에 자리하고 있던 경기고등학교 앞길에서 문우식이 김영환을 우연히 만났다. 김영환은 문병을 간다 했고 문우식이 동행했다. 그날 김영환과 문우식이 목격한 이중섭의 모습은 냉면 한 그릇을 비울 정도로 병세가 호전되어 보였다.

중섭은 바닷가에 홀로 앉아 있었다. 모래알을 움켜쥐었다가는 쓸려오는 파도로 던져주곤 했다. 하늘은 희고 바다는 초록이었다. 주위에 살아 숨쉬는 것이라곤 저뿐인 것 같아 불안하게 두리번거리자 초록 바다에서 '무엇'이 용솟음치듯 튀어올랐다. 소의 얼굴, 말의 허리, 아이의 다리를 한 그것을 중섭은 반갑게 맞았다. 중섭은 얼른 그것을 붙잡아 말의 허리에 올라탔다.

"바다를 건너면 바로 내가 가려는 그곳일 거야."

천도복숭아나무가 자라고 아이들이 뛰노는 따뜻한 남쪽 나라. 중섭은 '히히' 웃고는 소의 목덜미를 힘껏 두드렸다.

'이제 가자!'

소는 구슬프게 으헝으헝 울었다.

1956년 9월 6일 오전 11시 45분, 이중섭은 아무도 지켜보는 이 없이 홀로 눈을 감았다. 겨우 마흔 살, 불혹의 나이였다.

우리 어디서 무엇이 되어 다시 만나랴

"아고리 군은 그저 편하게 지내면서 제작을 하는 건 아니오. 어떤 고난에도 굴하지 않고 소처럼 무거운 걸음을 옮기면서 안간힘을 다해 제작을 계속하고 있소."

1954년 11월 21일, 개인전을 준비하던 서울의 이중섭은 도쿄에 있는 아내 남덕에게 글로 불편한 마음을 전했다. '우직하면서 꿋꿋한 소'는 가난 때문에 가족을 떠나보내고 홀로 예술혼을 불태웠던 이 외로운 고독한 화가의 이상적 자아였다.

붉은 노을을 배경으로 소의 머리 부분을 표현주의적으로 묘사한 이중섭의 '황소'(1953년)가 2013년 10월 국립현대미술관 덕수궁관에서 열린 '명화를 만나다-한국근현대회화 100선' 출품작 가운데 '가장 마음에 드는 그림' 1등으로 꼽혔다.

'명화를 만나다' 관람객 1000명을 대상으로 한 설문조사 결과, 102명이 '황소'를 1위로 꼽았다. 한 관람객은 "힘이 느껴진다. 이 그림이 왜 유명한지 실제로 보니 비로소 알겠다"고 했다. 소 그림의 인기는 여기서 그치지 않았다. 그의 또 다른 작품 '소'(1953년)는 98표로 2위를 차지했다. 관객 다섯 가운데 한 명이 이중섭의 작품을 가장 사랑하는 셈이다.

이중섭은 생전에 소 그림(유화)을 모두 25점 그렸고, 6·25전쟁 때 나온 2점은 통영에 머물던 시기에 그린 것이다. '이중섭 평전'을 집필하던 미술사학자 최열은 "소는 이중섭이 도쿄 유학 시절인 1930년대부터 몰두해 온 주제였다. 강한 붓질, 호소력 있는 눈빛에 깃든 애절함이 관람객의 마음을 끄는 것 같다"고 분석했다.

2014년 국립현대미술관과 조선일보사가 함께 주최, 10월 29일부터 일반관람이 시작된 이 전시회에는 하루 평균 3500여 명이 찾을 만큼 큰 인기를 끌었다.

지금도 많은 사람들이 이중섭의 때 이른 죽음을 가슴 아파하고 그의 미술에 대해 크나큰 애착을 느끼며 높이 평가하는 것은, 무엇보다도 불우하고 짧은 생애 속에서 보여준 그의 천재성과 예술성 때문이다. 그가 새로운 시대의 회화를 이뤄낸다는 의식 속에서 아내와 자식들에의 애처로운 사랑을 통해 자신의 예술적 투쟁을 작품으로 남겼다는 데에 모두들 감명을 받는 것이다.

그러나 그의 예술 창작에 대한 정열적인 의욕은 그 무렵 사회적 혼란, 극한적인 삶의 어려움, 가족과의 생이별 등으로 인해 끝내 좌절되고 충분히 꽃피우지 못했다.

인간 이중섭, 예술가 이중섭이 과연 누구인가는 그의 서한집 마지막 편지, 아들 태현에게 보낸 다음 글에 잘 나타나 있다.

나의 태현아 건강하겠지. (……) 엄마·태성이·태현이를 소달구지에 태우고 아빠가 앞에서 황소를 끌고 따뜻한 남쪽나라로 함께 가는 그림을 그렸다. (……) 그럼 몸 성해라.

돌아오지 않는 강

1956년 마흔 살 젊은 나이로 그 예술혼의 짙은 여운만 남긴 채 안타깝게 세상을 떠난 이중섭이 먼 이국땅에 있는 자신의 가족을 애처롭게 그리워하며 다시 만날 그날을 꿈꾸었던 글이다. 죽기 1년 전에 쓰인 이 편지 구절은 비극적인 생애와 파란곡절로 장식된 그의 운명을 단적으로 보여준다.

행복한 삶의 길을 찾아 가족들이 탄 소달구지를 끌며 따뜻한 남쪽 나라로 함께 가겠다는 이중섭의 애타는 심정은 전쟁에서 겪었던 추위와 굶주림을 벗어나 따스한 생활의 보금자리를 가족에게 찾아주겠다는 한(恨)이 서린 갈망을 나타내는 것이다.

이중섭에 있어서 따뜻한 남쪽나라는 처음 그의 사랑이 싹튼 일본이었고, 또한 전쟁을 겪는 동안에는 생존을 보장할 수 있었던 남쪽 지방이었으며, 사랑하는 가족을 위한 복음의 터전이었다. 그가 말하는 소달구지는 이와 같은 의미에서 가장 안전하고 확실하며, 느긋한 마음으로 타고 갈 수 있는 편안한 교통수단이다. '길 떠나는 가족' 그림의 청회색 배경 속 한 가족이 남쪽으로 가고 있다. 소를 몰고 앞을 향해 걷는 남자는 기쁨에 넘쳐 춤추고 있다. 황소도 춤추듯이 즐겁게 앞다리를 앞으로 옮겨놓고 있다. 그 소 위에는 짐 대신 붉은 꽃잎이 얹어져 있다. 여인 또한 아이들 사이에서 반나로 행복을 마음껏 표현하고 있다. 구름이 떠 있는 하늘 아래에서 달구지를 뒤쫓아온 비둘기와 함께 평화의 꿈이 서린 남쪽으로 가고 있는 것이다.

이중섭의 작품 가운데 어느 것은 거의 완성하지 못했거나 아직 준비 단계의 작품이라는 느낌을 준다. 이것은 그가 불성실했다기보다, 한곳에 정착해 살지 못하고 이곳저곳 떠돌아다니기를 즐긴, 어떤 면에서는 그럴 수밖에 없었던 그의 심리적 배경에 바탕을 두고 있다.

제2차 세계대전과 6·25전쟁이라는 악재 속에서 피란생활의 어려움과 이산가족의 상황 등이 정상적인 창작생활을 불가능하게 했을 것이다. 그러나 반대로 열악한 상황이 이중섭으로 하여금 다양한 재료를 그의 예술과 접목하도록 했다. 이러한 사실은 물론 현실적으로 긴박한 사정에 의한 것이지만, 그에 앞서 작가 이중섭의 창조적인 개발정신이 다양한 재료 탐구로 나타난 것이라 여겨진다.

이중섭의 미술은 모든 통상적인 격식을 멀리한 자유분방한 표현을 보여주고 있으며, 바로 이 점을 높이 평가하고 있다. 자유롭고 개방적인 창작 성향은 이미 분카학원 시절부터 재료에 대한 관심이 대단했으며, 캔버스뿐 아니라 화선지에 먹을 듬뿍 칠하고 그 표면을 끝이 뾰족한 금속성 도구로 긁어내는 작업을 시도했다는 점에서도 잘 드러난다.

그는 화선지·엽서, 양담뱃갑의 은지(銀紙), 캔버스·합판·종이에 크레파스, 또한 종이에 펜·수채·연필·유채 그리고 편지에 삽화, 합판에 유채, 벽화 등, 얼핏 보잘것없지만 틀에 박히지 않은 여러 재료를 통해 자신의 미술세계를 과감히 보여주었다. 게다가 온전히 유채물감만을 쓰지 않고 상당 부분은 에나멜과 같은 도료를 섞어 그렸다.

이는 물론 그가 가난했기 때문이기도 하지만, 정형화된 재료에 얽매이지 않는 그의 자유로운 정신 때문이기도 했다. 비록 재료는 볼품없지만 심혈을 기울여 붓을 놀린 흔적이 역력하고, 그런 흔적은 무엇보다 소 그림에서 뚜렷하게 느낄 수 있다. 화가의 길로 들어선 뒤부터 세상을 떠날 때까지 소에 대한 소재적 집착이 얼마나 뜨거웠는가를 짐작케 한다.

이중섭이 가장 많이 다룬 소재는 단연 소를 꼽을 수 있다. 물론 작품 개수로 따지면 아이들과 가족을 소재로 한 그림이 훨씬 많기는 하지만, 그 소재가 가진 의미와 중요성을 본다면 소 그림이 그의 대표작이라 할 수 있다.

소를 중섭의 자화상이라 말하는 사람도 있고, 그의 어머니로 은유되는 대지의 상징적 존재로 풀이하는 사람도 있다. 어떤 면에서 이 해석들은 둘 다 들어맞는다. 사실 그의 강인한 외모와 수줍은 내성은 소의 면모를 떠올리게 한다.

이중섭이 일본에서 그림을 공부할 때부터 소 그림을 그려왔고, 귀국 뒤 원산에서 살 때도 소 그림을 자주 그렸다는 사실은 주위 사람들의 증언으로 이미 밝혀졌다. 그의 소 사랑은 남한으로 넘어온 뒤에도 변함없었다. 그가 정릉 하숙방 벽에 붙여놓았다는 '소의 말'은 곧 그 자신의 독백이라 해도 좋다.

높고 뚜렷하고 참된 숨결/나려나려 이제 여기에 고웁게 나려/두북두북 쌓이고 철철 넘치소서/삶은 외롭고 서글프고 그리운 것/아름답도다 여기에 맑게 두 눈 열고/가슴 환히 헤치다

소 그림은 이중섭이 가장 오랫동안 다룬 소재임에도 오늘날 남아 있는 작품은 뜻밖에도 적다. 이들 대부분은 소의 격렬한 움직임을 보여준다. 싸우는 소는 말할 나위도 없고, 힘차게 앞을 내딛는 소 또한 싸우는 소 못지않게 강인한 움직임을 보여준다.

침착한 색채의 그러데이션, 정확한 데포르메, 솔직한 이미지, 소박한 환희 등에 그의 뛰어난 소양이 더없이 드러나 있다. 솟구쳐오르는 소, 외치는 소에는 강약중간약의 운율이 흐르는 듯하다. 응시하는 소의 눈동자는 아름다운 애련(哀憐)이다.

여기서 힘차게 내딛는 소는 이중섭의 참된 분신이다. 우직함과 자연스러움, 고뇌와 연민, 환상과 방랑성, 야만성과 광기 그 모든 것을

담고 있다. 그야말로 한 예술가로서의 번뇌에 찬 영혼을 보여주고 있는 것이다.

격하게 몸부림치는 소를 통해 세기의 소리를, 세기의 기운을 듣는 것 같은 표현과, 소의 눈동자에 떠오르는 한없이 처연한 표정은 소가 단순한 동물이 아니라 강한 상징적 매개임을 나타낸다. 전쟁으로 인해 고조되는 어두운 기운과 그 속에 처한 약소민족의 슬픔이 소의 몸부림과 눈동자를 통해 상징적으로 구현되고 있다.

이중섭이 다룬 소 가운데는 격렬한 동세(動勢)에 휘말린 순간을 포착한 것이 적지 않다. 슬픈 눈을 하고 먼 곳을 바라보고 있는 정적인 모습도 없지 않으나, 대부분 두 마리 황소가 얽혀 싸우는 장면이 아니면, 앞을 향해 힘차게 솟구치는 동작이 대부분이다.

밖으로 드러난 격렬한 운동감은 단순한 물리적 현상이라기보다는 내면의 격정을 표현함으로써 더욱 상징성을 높이고 있다. 소의 머리만을 그린 그림도 그 세찬 붓놀림과 입을 벌린 표정에서 격정을 가누고 있는 듯한 인상을 준다.

이중섭에게 소는 단지 소재로서만이 아니라, 특정한 상징체계를 지니고 있다는 점에서 그의 다른 작품들과 구별된다.

이중섭이 활동하던 시기의 한국은 일제강점기와 6·25전쟁을 거치며 당장 먹고살기에도 버거운, 척박한 시절이었다. 산업화와 경제개혁은 먼 나라 이야기였으며, 여전히 농촌에서는 소가 없으면 제대로 농사를 지을 수조차 없었다.

농경사회에서 소는 목숨에 비할 만큼 소중한 가족이자 동료이며 재산이었다. 소를 판다는 것은 그야말로 버티고 버티다 더는 어찌할 수 없을 때 쓰는 마지막 수단이었다. 보릿고개 시절 자식 가운데 하나라도 대학생이 되면 그건 바로 집안의 자랑이자 더 나은 삶을 향한 희망이었다. 그러나 하루 끼니를 해결하기도 버거운데 등록금을 어찌 마련한단 말인가. 결국 소를 팔 수밖에. 그러니 그 무렵에는 대학을 상아탑(象牙塔)이 아닌 우골탑(牛骨塔)이라고 부를 만도 했다.

이중섭은 이처럼 자신의 모든 것을 아낌없이 주인에게 바치는 소의 숭고한 희생적 삶에 감동했다. 온순하고 믿음직하며 묵묵히 궂은 일을 도맡아 하는 소. 모든 어려움과 아픔을 견디어내는 그 힘과 의지, 이는 이중섭에게 중요한 삶의 덕목으로 여겨졌다.

고난과 역경을 참고 견디며 내일에 희망을 두고 삶의 의의를 찾고자 평생을 애쓴 이중섭의 의지가 그의 소 그림에 고스란히 담겨 있다. 격정에 휩싸여 울부짖는 소, 맹렬히 싸우는 소는 자신이 맞닥뜨린 비참한 상황에 대한 이중섭의 몸부림이다.

이중섭은 처음에는 단지 소를 한국민족을 상징하는 매개체로만 여겼다가, 차츰 자기 자신과 소를 일체화해 갔다.

김요섭의 시 '소'는 이중섭의 소를, 운명으로 자신을 타자화하는 소를 그리고 있다.

복종은 무거운 침묵 속에 있소 내 걸음을 보시오

복종은 죄 없는 슬픔에 젖어야 하오 내 눈을 보시오 복종은 아낌없이 모든 것을 빼앗겨야 하오 허나 외마디 남은 발언 음메- 그리고 뿔 하늘 향한 두 뿔 아직도 남은 나의 노여움이 있소

하늘을 이 뿔로 처박아버리고 싶소 하늘이 흘린 푸른 피에 머리를 흠북 젖어 보고 싶은 노여움이 있소

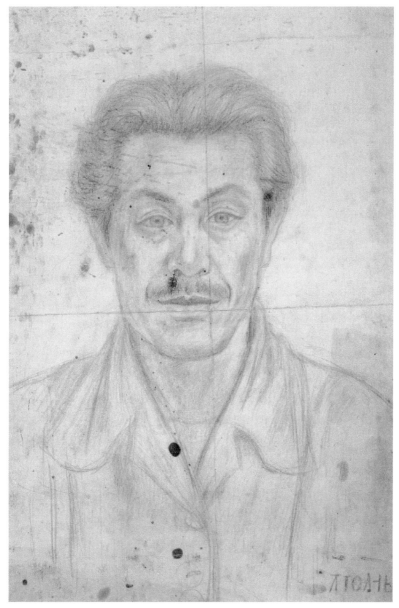

자화상 1955년

나는 흙 위를 걸어가는 슬픈 짐승만은 아니오 복종은 무거운 노여움이오

이중섭의 파란곡절 많았던 생애를 되새겨볼 때, 그가 남긴 작품들이 그의 삶의 행로를 그대로 반영하고 있음을 알 수 있다. 이러한 삶의 불안과 갈수록 쌓이는 심신의 피로 속에서 혼신을 다한 작품이 제작되기를 기대하기란 힘들다. 그렇기 때문에 그의 작품 대부분은 비정상적인 열기로 가득 차 있고, 불안하게 흐트러진 구성과 선이 화면을 지배하고 있는 것이다.

시간을 달리하여 이중섭의 미술을 감상하면 현대 서구의 표현주의 미술에 접근시켜볼 수도 있다. 그러나 표현주의의 선은 재료와 정신의 근대화를 상징하며, 표현주의는 이른바 무가치의 세계관을 표상하는 미술이므로 이중섭의 미술을 여기에 비교하기란 쉽지 않은 일이다.

하지만 이중섭이 분카학원에 다닐 때 제작하고 수상한 작품들을 보면, 그가 자신의 미술에 대해 원대한 포부와 희망을 품을 만한 현대적 예술성을 지녔다는 사실을 확인할 수 있다. 그의 이러한 창작성은 귀국 뒤의 암담한 사회적 상황 때문에 더는 꽃을 피우지 못하고 묻혀버리고 말았다. 바로 여기에 너무나 뼈저린 아쉬움이 있다.

화가로서의 이중섭 운명은 예술과 사랑으로 가득 채워져 있었으나, 이 두 가지의 원만하고 적절한 융합이 그에게는 불가능했다. 그런 면에서 예술가 이중섭과 인간 이중섭은 서로 구분되며, 그 철저한 구분 속에서 그의 예술을 이해하고 새겨야 한다. 이러한 판단은 이중섭이 아내 이남덕에게 보낸 또 하나의 편지에서 뒷받침되고 있다.

사람들은 아고리가 제 아내만을 생각하고 있다고 여길지도 모르지만, 아고리는 당신과 같은 사랑스런 애처와 오직 하나로 일치해서 서로 사랑하고, 둘이 한 덩어리가 되어 참인간이 되고, 차례차례로 훌륭한 일(참으로 새로운 표현과 계속해서 대작을 제작하는 것)을 하는 것이 염원이오. 자기가 가장 사랑하는 소중한 애처를 진심으로 모든 걸 바쳐 사랑할 수 없는 사람은 결코 훌륭한 일을 할 수 없소. 독신으로 작품을 만드는 사람도 있지만, 아고리는 그런 타입의 화공(畫工)은 아니오. 자신을 올바르게 보고 있소.
　예술은 무한한 애정의 표현이오. 참된 애정의 표현이오. 참된 애정에 충만함으로써 비로소 마음이 맑아지는 것이오. 마음이 맑아야 비로소 우주의 모든 것이 올바르게 마음에 비치는 것 아니겠소?

　이중섭의 편지가 말하듯이, 그의 예술은 사랑과 일치되고 융화됨으로써 찬란한 꽃을 피우고자 했다. 사랑을 하고 있는 몸과 마음을 통해, 그 행위를 통해 살갗에 달린 보이지 않는 끈이 어느 순간 풀리면서 두 사람의 영혼이 섞이고 인식이 섞이고 존재가 섞임으로써 위대한 예술을 탄생시키는 것이다. 그러나 불행하게도 이중섭은 그렇게 피어난 찬란한 꽃을 우리에게 제대로 보여주지 못한 채 일찍 져버리고 말았다.
　마침내 그는 고단한 삶을 접었다. 일본에 있는 가족들은 물론, 누구도 그의 곁에 없었다. 그는 마지막까지 누구와도 대화하지 못했다. 마치 병든 짐승처럼 쓸쓸히 홀로 숨을 거두었다.
　사흘 뒤 병원을 찾은 김이석이 비로소 맨 먼저 중섭의 죽음을 발견했다. 안치실에 놓인 시체는 향조차 피우지 못한 채 연고자 없는 시체로서 입원비가 18만 원이나 밀려 있는 어느 가난한 자의 흔적으로만 남아 있을 뿐이었다.

곧 사람들에게 그의 죽음이 전해졌다. 고독한 임종과는 대조적으로 이중섭의 시체라도 보겠다는 사람들이 적십자병원에 구름처럼 몰려들었다.

스스로의 안위만을 좇았던 예술가들은 죽음이라는 큰 사건 앞에서 자신들의 이기심을 탓했다. 정릉 벗들은 중섭을 죽음에 이르게 한 데에 책임감을 느끼고 침통해했다.

영결식은 9월 9일에 치러졌다. 홍제동 화장터에서 그는 뼛조각들로 남았다. 이중섭의 마지막 모습은 이러했다.

불길이 악마의 혓바닥처럼 날름대는 아궁이에 중섭이 잠들어 누워 있는 관을 밀어넣는 순간, 아무 말 없이 서 있던 김이석·구상·황염수·한묵·양명문·박고석·이진섭·최태응·조영암·박연희 모두가 빨려들어가듯 관을 따라 아궁이 앞으로 바짝 다가섰다……

시간이 얼마나 흘렀는지, 이윽고 아궁이가 다시 입을 벌리고는 삼켰던 것을 도로 뱉어냈다. 이번에는 중섭이 없었다. 연기가 솔솔 오르는 잿더미 속에 허연 뼛조각들만이 남았을 뿐이다.

'우리는 죽어간 중섭과 함께 죽는다.
보라. 중섭이 떠나고 우리도 그와 함께 간다.'

모두들 이렇게 생각했으리라.

망우리 공동묘지와 정릉 산기슭에 유골이 나뉘어 묻히고, 나머지는 1년 뒤 아내 남덕에게 전해졌다. 망우리 공동묘지에는 조각가 차근호가 이중섭의 가족 그림을 새긴 오석(烏石)만 덩그러니 남았다. 거기에는 '화가 이중섭지묘'라 쓰여 있었다.

이중섭은 가고 없는데 그가 쓴 글은 그림과 함께 남아 있다. 문학과 연극으로, 영화와 뮤지컬로, 그리고 중섭을 아끼던 사람들은 그를 그리워하며 훈장을 내리기도 한다. 또 오늘날에는 그와 만남이 없던 사람들조차도 이중섭을, 그의 삶을, 그리고 그림을 만난 다음부터는 그를 그리워하며 애상한다.

망우산 이중섭을 보내는 그날, 김이석은 홀로 떨어져 서서 저 멀리 끊임없이 흐르는 한강을 하염없이 바라보았다. 지난날의 회상들이 가만가만 불어오는 바람에 실려오고 있었다. 이중섭의 죽음은 우주 질서의 한 토막이다. 세계 생명의 한 부분이다. 그 죽음이 언제 어디서 우리를 기다리고 있는지 알 수 없다. 나 또한 언제나 그것을 맞이할 준비를 가져야 하리라. 그는 가만히 중얼거렸다.
"우리 어디서 무엇이 되어 다시 만나랴."

이중섭 연보

1916년(1세) 4월 10일, 평남 평원군 조운면 송천리에서 아버지 이희주 어머니 안악 이씨의 2남 1녀 막내로 태어났다. 형과는 12살, 누나와는 6살 차이였다. 아버지는 대지주 집안 마름이었고, 어머니는 평양 민족자본가 집안 딸이었다.

1920년(4세) 아버지가 세상을 떠나자, 이때부터 그리기와 만들기에 깊은 흥미를 나타낸다. 이 무렵 중섭은 사과를 주면 먼저 사과를 그린 뒤에 먹었다고 한다. 평양 외갓집에서 자라면서 소를 좋아하게 된다.

1922년(6세) 서당에서 한문을 익히기 시작한다. 형 중석은 이 무렵 대학 진학을 위해 일본에서 유학생활을 한다.

1923~1928년(7~12세) 평양 종로공립보통학교에 입학한다. 화가 김찬영의 아들 김병기와 6년 내내 같은 반이 된다. 김병기는 아버지의 화구와 화집을 이중섭에게 보여주면서 미술적 감성이 자라는 데 큰 역할을 한다. 보통학교 때 고구려 고분벽화를 관람한다.

1929년(13세) 평양고등보통학교에 들어가려 했으나 뜻대로 되지 않자 오산고등보통학교에 입학하게 되는데, 이 학교와 이중섭의 만남은 그의 삶에 큰 변화의 계기를 마련해 준다. 오산학교는 시인 김소월과 백석을 배출한 곳으로 3·1운동의 근거지였다.

1931년(15세) 도화(圖畵)와 영어 담당 교사로 임용련이 오면서 이중섭만의
            예술세계가 싹이 튼다. 임용련과 부인 백남순의 지도로 조선
            적인 그림을 그려야겠다는 생각을 품게 된다. 이 무렵부터 이
            중섭은 소를 그리는 일에 큰 관심을 가진다. 두꺼운 한지에 먹
            물을 칠한 뒤 철필이나 펜촉으로 긁어내 흰 바탕이 드러나게
            하는 실험적인 방식을 시도했다. 스승 임용련의 가르침에 따
            라 한글자모를 조형화하는 작업에 몰입하게 된다. 이중섭이
            한민족 정서를 작품에 담아내고 자신의 작가 서명을 "ㅈㅜㅇㅅ
            ㅓㅂ"과 같은 한글자모로 남기는 데 직접적인 영향을 끼쳤다.

1932년(16세) 가족이 원산으로 이사하자, 그곳은 이중섭에게 제2의 고향이
            된다. 이중섭은 방학 때면 원산에서 해수욕과 낚시, 음악감상
            을 하고 시집을 즐겨 읽었다. 9월 동아일보가 주최하는 제3회
            전조선남녀학생 작품전에 〈시골집촌가〉를 출품해 입선한다.

1934년(18세) 연말이 되어 졸업사진첩을 만들게 되었는데, 일본에서 조선
            으로 불덩어리가 날아와 한반도를 태우는 그림을 그리는 바
            람에 사진첩이 취소되는 사태가 벌어졌다. 이 무렵에 이미 이
            중섭은 그림을 통해서도 독립운동을 할 수 있다는 생각을 갖
            게 된다.

1935년(19세) 오산학교를 졸업하고 도쿄 데이코쿠미술학교에 입학해 유화
            를 전공한다. 이곳에서 이중섭은 선배 이쾌대와 진환, 그리고
            또래인 최재덕을 만난다.

1936년(20세) 이중섭은 데이코쿠미술학교의 엄격한 분위기가 싫어 자유로
            운 분위기의 분카학원 미술과에 입학한다. 그곳에서 친구 김
            병기와 선배 문학수를 만나고, 민족 차별 의식이 없는 화가이
            자 교수인 쓰다 세이슈의 독려로 시와 그림을 잇는 시도를 하

게 된다.

1938년(22세) 1937년에 창립된 자유미술가협회전 2회 공모전에 출품, 협회
장상을 수상했다. 이중섭은 이때부터 평론가들과 화가들에게
주목과 호평을 받기 시작한다. 연말에서 이듬해 초에 병으로
휴학하고 원산으로 돌아가서 휴양했다.

1940년(24세) 분카학원을 졸업한 뒤에도 일본에 머물며 자유미술가협회에
〈서 있는 소〉, 〈망월〉, 〈소의 머리〉, 〈산의 풍경〉을 출품, 소의
화가로 알려지게 된다. 원산으로 돌아온 이중섭은 한민족 미
술에 대한 관심을 작품에 적극 반영하기 시작한다.

1941년(25세) 도쿄유학생들을 중심으로 한 '조선신미술가협회' 창립전을
만들고 작품을 출품한다. 제5회 일본자유미술가협회에 〈망
월〉, 〈소와 여인〉을 출품, 일본화단에서 극찬을 받으며 회우로
추대되었다. 본격적으로 엽서 그림을 시작하여 90점 가까이
그렸다. 시인 오장환 서정주 들과 어울림.

1942년(26세) 제6회 일본자유미술가협회에 〈소와 아이〉, 〈봄〉, 〈소묘〉 등을
출품했다. 그 무렵 조선인으로서 자유미술가협회 회우(會友)
로는 김환기·유영국·문학수 등이 있었다.

1943년(27세) 제7회 일본자유미술가협회에서 특별상 태양상을 수상하며
정회원이 된다. 조선인이 일본 화단에서 인정받는 것이 어려
웠던 시절에 이례적이고 충격적인 일이었다. 그 뒤 이중섭은
징용을 피하기 위해 원산으로 돌아와 작업에 몰두하는데, 그
의 작품세계가 더욱 원숙해지는 시기였다.

1944년(28세) 징병을 피하기 위해 고아원에서 잠시 아이들을 가르쳤다. 평
양 체신회관에서 김병기·문학수·황염수·윤중식 등과 함께 6
인전을 가졌다. 이들은 경쟁의식을 가지면서도 서로 격려하며

붙들어준 화우(畵友)들이었다.

1945년(29세) 5월, 분카학원시절 사귀었던 야마모토 마사코가 마지막 연락선을 타고 현해탄을 건너와 결혼한다. 아내의 이름을 이남덕으로 바꾸었다. 해방기념미술전에 참가하기 위해 서울에 왔으나 한발 늦어 출품하지 못하고, 최재덕과 미도파백화점 벽화를 제작한다. 이해 여름 시인 김광균을 처음 만났다.

1946년(30세) 조선조형예술동맹에 가입하면서 원산사범학교 미술교사가 되었으나, 가르치는 일보다는 그리는 편이 더 좋아 사흘 만에 그만두게 된다. 이 무렵, 집에서 닭을 키우며 닭과 소를 많이 그렸다. 형 중석이 공산당 기관에 끌려갔다가 죽음을 맞는다. 첫아들이 태어났으나 디프테리아로 세상을 떠난다. 연말에 원산문학가동맹에서 펴낸 공동 시집 〈응향〉의 표지화를 그렸다.

1947년(31세) 평양에서 열린 8·15기념전에 〈하얀 별을 안고 하늘을 나는 어린이〉를 출품, 소련의 평론가로부터 호평을 받았다. 이해에 아들 태현이 태어났다.

1949년(33세) 둘째아들 태성이 태어났다. 그 무렵 원산 이중섭 집에는 화가 김민구·김영주·한묵이 자주 찾아왔다. 이중섭은 한묵과 특히 깊은 우정을 다지며 그림을 그렸다. 강원 금성의 박수근이 자주 방문, 친교를 가졌다.

1950년(34세) 원산에서 '신미술가협회'를 조직하고 회장이 된다. 6·25전쟁이 일어남으로써 겨울에 유엔군 수송선을 타고 부인과 두 아들, 그리고 맏조카 이영진과 함께 월남, 부산 범일동 한 창고에 거처를 정한다. 부두에서 짐 부리는 막노동으로 가족을 부양했다.

1951년(35세) 부산임시수용소에서 제주도로 거처를 옮긴다. 이곳에서 〈서
귀포의 환상〉, 두 점의 〈섶섬이 보이는 풍경〉, 〈바닷가와 아이
들〉 등을 그렸다. 11개월 동안 제주도 생활은 가장 행복한 시
간이었다. 12월 제주도에서 다시 부산으로 나와 오산학교 동
창의 도움으로 범일동 판잣집에서 생활하게 된다.

1952년(36세) 국방부 정훈국 종군화가단에 가입했다. 극심한 영양실조로
두 아이의 생명이 위태로워질 정도가 되자, 부인 이남덕(마사
코)은 친정에 가서 잠시 머물겠다며 일본으로 떠난다. 이때부
터 이중섭은 가족에 대한 그리움이 절절이 스민 그림들을 그
리게 된다. 10월 주간으로 발행되는 〈문학예술〉에 발표한 친
구 소설가 김이석의 소설 삽화로 시작해 다수의 삽화를 그
렸다.

1953년(37세) 5월에 6·25전쟁으로 중단되었던 '신사실파'에 가담, 출품을 하
게 된다. 그러나 굴뚝 그림이 부적절하다는 정부 입장 때문에
철거되는 수모를 겪는다. 주변에서 마련해 준 선원증으로 일
본에 건너가 가족과 만났으나 일주일 만에 돌아와 통영에 머
물렀다. 소 그림, 황소 그림 등 많은 걸작들이 이때 완성되었
다. 성림다방에서 개인전을 가졌다. 11월 부산에 머물던 시절
그린 그림 150점 가량을 유강렬의 부인에게 맡겨두었으나 부
산도심을 휩쓴 대화재로 타버렸다.

1954년(38세) 여름에 서울로 자리를 옮겼다. 친지가 넓은 방을 빌려주어
작품에 몰두하게 된다. 유강렬·장윤성·전혁림과 4인전을 열고
진주에서도 개인전을 가졌다. 6월 경복궁 국립미술관에서 개
최된 대한미술협회전에 〈닭〉 2점과 〈소〉를 출품, 7월 천일백
화점 개관기념 현대미술 작가전에 출품했다. 국립현대미술관

소장의 〈봉황〉을 그렸다.

1955년(39세)　서울 미도파 화랑에서 개인전을 가졌다. 친구인 구상의 설득으로 대구에서 전시회를 열었으나 성과가 그리 좋지 않아 심리적으로 크게 위축된다. 이즈음 정신이상증세를 보이며 정신병원에 입원하게 된다. 병세가 호전되어 퇴원한 뒤 정릉에서 한묵과 지낸다. 미국인 맥타카트가 전시회에서 구입한 은지화 3점을 미국 뉴욕 현대미술관에 기증했다.

1956년(40세)　영양부족과 극심한 간염으로 거식증 증세가 다시 나타나 청량리 뇌병원에 입원했으나, 정신병이 아니라는 이유로 적십자 병원 무료병동으로 보내졌다. 그러나 대향 이중섭은 9월 6일 마흔의 젊은 나이로 쓸쓸한 병실에서 홀로 눈을 감는다.

1979년　이중섭의 아내 이남덕이 엽서를 처음으로 공개하고 서울과 부산에서 전시했다. 아내와 아이들에게 보낸 편지를 모은 서간집을 발행한다.

1999년　문화관광부가 이달의 문화인물로 이중섭을 선정하다. 4월 문화관광부에서 이중섭 거리를 '이중섭 문화의 거리'로 지정했다.

2013~2014년　국립현대미술관과 조선일보사 공동주최 〈명화를 만나다–한국근현대회화 100선〉 전시회가 국립현대미술관 덕수궁관에서 개최되다. '한국인이 가장 좋아하는 그림' 1위와 2위에 이중섭의 〈황소〉와 〈소〉가 선정되다.

2016년　국립현대미술관 덕수궁관 '이중섭100년의 신화'전

고산고정일(高山高正一)

서울에서 태어나다. 성균관대학교국어국문학과졸업. 동대학원비교문화학과졸업.
소설「청계천」으로「자유문학」등단. 1956년~ 동서문화사 발행인. 동인문학상운영
위집행위원장.「한국세계대백과사전」편찬주간. 지은 책「매혹된 혼 최승희」「불과
얼음」「한국출판100년을 찾아서」「愛國作法・新文館 崔南善・講談社 野間淸治」「망석
중이들 잠꼬대」자유문학상수상 한국출판학술상수상 한국출판문화상수상.

우리 어디서 무엇이 되어 다시 만나랴

파파 이중섭

고산고정일 지음

1판 1쇄 발행/2016. 6. 6

발행인 고정일
발행처 동서문화사
창업 1956. 12. 12. 등록 16-3799
서울 중구 다산로 12길 6(신당동 4층)
☎ 546-0331~6 (FAX) 545-0331
www.dongsuhbook.com

＊

＊
사업자등록번호 211-87-75330
ISBN 978-89-497-0919-2 03810